Cathy Marie Hake

EINE BITTERSÜSSE LIEBE

Cathy Marie Hake

Eine bittersüße Liebe

francke

Über die Autorin:
Die erfahrene Krankenschwester Cathy Marie Hake hat sich – auch auf der Krebsstation – eine gesunde Portion Humor bewahrt. Der schimmert immer wieder in den zahlreichen Büchern durch, die sie geschrieben hat. Sie lebt mit ihrem Mann und 2 Kindern in Anaheim/Kalifornien.

Bibliografische Information Der Deutschen Bibliothek
Die Deutsche Bibliothek verzeichnet diese Publikation in der Deutschen Nationalbibliografie; detaillierte bibliografische Daten sind im Internet über http://dnb.ddb.de abrufbar.

ISBN 978-3-86827-485-1

Originally published in English under the title
Bittersweet
by Bethany House,
a division of Baker Publishing Group,
Grand Rapids, Michigan, 49516, USA

35037 Marburg an der Lahn
Deutsch von Rebekka Jilg
Original cover design by Jennifer Parker
Umschlagbilder: © dreamstime.com / Glück33
© dreamstime.com / Aprescindere
Umschlaggestaltung: Verlag der Francke-Buchhandlung GmbH /
Christian Heinritz
Satz: Verlag der Francke-Buchhandlung GmbH
Druck und Bindung: CPI books GmbH, Leck

www.francke-buch.de

1. Kapitel

Sacramento, Kalifornien
September 1860

Am liebsten hätte sich Laney McCain auch noch die Finger abgeleckt, so köstlich schmeckte der Schokoriegel. Schließlich hatte er den weiten Weg von England bis hierher nach Kalifornien hinter sich gebracht und es schien ihr reine Verschwendung, auch nur das kleinste bisschen von etwas so Köstlichem zu vergeuden. Hinter dem Schutz ihres Taschentuches gab sie schließlich der Versuchung nach. Ein … zwei … drei schnelle Bewegungen. Gleichzeitig süß und herb, einfach lecker. Sie sehnte sich nach mehr davon. Entschlossen wandte sie sich an den Nachbarsjungen, Dale O'Sullivan. „Wir müssen auf jeden Fall noch mal zum Süßigkeitenstand gehen!"

„Jetzt sofort?" Voller Verlangen strahlten sie die Augen des Sechsjährigen an.

„Ja!", rief sein Bruder Sean zustimmend.

„Nein." Laney benutzte ihr Taschentuch, um Sean seinen Schokoladenbart abzuwischen.

Dale leckte sich hastig die Lippen ab und grinste. „Ich habe alles erwischt, Laney."

„Ja, das hast du." Sie streckte sich und sah sich im überfüllten Pavillon des riesigen kalifornischen Volksfestes um, während sie ihr Taschentuch zurück in den Ärmel ihrer Bluse steckte. „Ihr Jungs bleibt dicht bei mir. Komm, Sean. Ich trage jetzt den Eimer."

„Weißt du denn, wohin wir als Nächstes gehen sollen?" Dale zupfte sie am Rock.

„Nein, aber ich sehe da einen Mann mit einem Namensschild. Bestimmt kann er uns weiterhelfen." Laney ging auf den bärtigen Mann zu. „Entschuldigen Sie bitte. Ich habe hier Marmelade und Dosengemü–"

„Da sind Sie hier falsch." Ärgerlich zog der Mann die Augenbrauen zusammen und seine Stimme nahm einen scharfen Unterton an. „Landwirtschaftliche Erzeugnisse sind auf der Westseite des Pavillons. Talg, Schmalz und konserviertes Fleisch hier. Milch, Butter und Käse auf der Südseite. Getreide und stärkehaltige Nahrungsmittel im Norden."

Sean O'Sullivan kratzte sich an seinem knochigen Ellbogen. „Sind Kartoffeln landwirtschaftliche Erzeugnisse oder stärkehaltige Lebensmittel?", fragte er.

„Komm mir nicht dumm, Junge", rügte ihn der Mann.

Laney legte ihren Arm um Seans Schulter und zog ihn an sich. Dabei berührten ihre Finger das schwarze Trauerband am Oberarm des Zehnjährigen, während sie auch seinen kleinen Bruder näher an sich zog, der auf der anderen Seite neben ihr stand. „Ich habe mich das Gleiche gefragt, aber da ich keine Kartoffeln habe, ist das wahrscheinlich nicht so wichtig."

„Wahrscheinlich nicht." Sean zuckte mit den Schultern – eine kleine Geste, die aber deutlich zeigte, wie traurig er war.

„Deine Mutter ist dort drüben bei Hilda. Siehst du sie? Sie tragen gerade die Bottiche mit Schmalz und Speck herein."

„Mhm."

„Ich muss mit meiner Marmelade auf die andere Seite des Pavillons. Warum läufst du nicht zu deiner Mutter, Sean, und sagst ihr, dass Dale und ich euch nachher draußen bei der Bank treffen, wo wir vorhin Schokolade gegessen haben?"

Sean sah sie an und dabei füllten sich seine Augen mit einer Mischung aus Trauer und Wut. „Ja, Laney."

„Vielen Dank, du bist mir eine große Hilfe."

Einen Augenblick, nachdem der Kleine weggerannt war, grummelte der Mann: „Ich hab die Trauerbinde an seinem Arm gar nicht gesehen. Wollte ihn nicht erschrecken."

Laney warf Dale einen bedeutsamen Blick zu, dann versuchte sie, ihrer Stimme einen fröhlichen Unterton zu geben. „Ich habe die O'Sullivans dazu überredet, mit mir hierherzukommen. Zwei Brüder von dir und deine Mutter sind hier, nicht wahr, Dale?"

„Mhm. Aber Galen ist zum Arbeiten zu Hause geblieben."

„Gute Idee." Der alte Mann nickte wissend. „Behandle deine Bediensteten gut und sie arbeiten besser."

„Die O'Sullivans arbeiten härter als jeder andere, den ich kenne." Laney rückte seine falsche Annahme gerade, indem sie hinzufügte: „Es ist eine Freude, sie als Nachbarn zu haben." *Und irgendwann will ich mehr sein als nur ihre Nachbarin. Ein Jahr Trauerzeit ist angemessen, dann wird Galen hoffentlich erkennen, dass ich nicht nur die kleine Schwester seines besten Freundes bin. Er wird sehen, wie sehr ich ihn und seine Familie liebe.*

Laney zog das Stofftuch von ihrem Eimer und trat mit ihrem Gemüse und ihrer Marmelade in den Wettbewerb ein, als sie endlich den richtigen Stand erreicht hatten. Ein stolzes Gefühl des Erfolgs durchzuckte sie. Vor gerade einmal sechs Monaten hatte sie nicht die geringste Ahnung vom Kochen gehabt. Nur ein einziges Mal hatte sie versucht, Marmelade zu kochen – mit desaströsem Erfolg. Dank Kelly O'Sullivans liebevoller Unterstützung kannte sich Laney nun in der Küche und rundherum perfekt aus.

Als Dale und sie den Stand wieder verließen, zupfte er sie am Ärmel. „Laney?"

„Ja?"

Er winkte sie mit dem Finger zu sich herunter. „Hast du noch etwas von dem Traubengelee?"

„Zu Hause schon. Warum?"

Er sah niedergeschlagen aus. „Schon gut."

„Hast du Hunger?" Als er den Kopf schüttelte, zog sie Dale mit sich zur Seite und setzte sich auf eine Bank. Als sie ihre Röcke sortiert hatte, nahm sie Dale auf den Schoß.

„Meine Schuhe werden dein neues Kleid schmutzig machen."

„Ein bisschen Schmutz hat noch niemandem geschadet." Liebevoll schlang sie ihre Arme um ihn. „Und jetzt sag mir, warum du wissen wolltest, ob ich noch Gelee zu Hause habe."

„Ich dachte, wenn ich was davon auf Hortense schmiere, will sie niemand haben." Dabei blinzelte er und ließ den Kopf hängen.

„Ach so", sagte sie leise und zog ihn näher an sich. „Ich verstehe." Laney lächelte und erinnerte sich an ihr erstes Marmeladenexperiment, das darin geendet hatte, dass sie die Marmelade im Schweinetrog entsorgt hatte. Ihr Bruder Josh hatte gedacht, die Tiere litten unter einer seltenen Krankheit, als sie über und über mit lila Flecken bedeckt gewesen waren.

Laney fuhr mit den Fingern durch Dales rote Locken. Um sie herum ging das Fest weiter. *Aber Dales kleine Welt stürzt in sich zusammen.*

Endlich hob Dale wieder den Kopf. „Galen sagt, dass ich tapfer sein muss."

Allein schon bei der Erwähnung von Galens Name machte ihr Herz einen aufgeregten Satz. „Wenn jemand weiß, wie man stark ist, dann dein Bruder." Langsam strich Laney mit der Hand über Dales knochigen Rücken.

„‚Farmer bauen Gemüse an und züchten Vieh, um es zu verkaufen. Das ist unser Job'", zitierte der Kleine mit zitternder Stimme.

„Es gibt keinen Zweifel daran, dass du dich hervorragend um Hortense gekümmert hast. Ich erinnere mich gut daran, als sie noch ein kleines Ferkel war."

Dale nickte. Seine Locken hatten sich in den Perlen ihres Kleides verfangen.

Einige Minuten lang saßen sie schweigend da. Laney dachte darüber nach, was sie tun könnte, damit Dale nicht sein geliebtes Haustier verlor. „Ich muss sagen", sagte sie, während sie ihn noch einmal drückte, „dass du wirklich ausgesprochen tapfer warst. Dein großer Bruder und meiner könnten sich eine Scheibe von dir abschneiden. Noch nie habe ich gesehen, dass zwei erwachsene Männer sich so verhalten, wie die beiden es wegen der Eisenbahn getan haben!"

Dale sah sie an und kicherte. „Hortense hat ihnen wirklich das Leben schwer gemacht, nicht wahr?"

„Ich kann nicht sagen, wer sich am schlimmsten benommen hat: mein Bruder oder deiner oder Hortense."

„Hortense kannst du nicht die Schuld geben. Sie hatte vorher noch nie einen Zug gesehen."

„Das ist ein guter Punkt zu ihrer Verteidigung. Josh und Galen haben diese Ausrede nicht. Und dann hast du" – Laney tippte ihm auf die sommersprossige Nase – „einfach einen zerkrümelten Keks genommen und dafür gesorgt, dass sie ohne Widerstand die Rampe zum Viehwaggon hochging. Das war clever von dir."

„Nicht wirklich. Danach hatte ich selbst nämlich keinen Keks mehr zu essen." Bedrückt fügte er hinzu: „Und wenn ich meinen

Keks für mich behalten hätte, wäre Hortense vielleicht immer noch zu Hause."

Noch weiter darüber zu reden, würde den Kleinen nicht aufmuntern, deshalb flüsterte Laney ihm ins Ohr: „Nichts hält uns davon ab, uns jetzt ein paar Kekse zu gönnen. Ich habe welche draußen zum Verkauf gesehen – direkt neben dem Süßigkeitenstand. Wir könnten uns ein paar Schokoladenriegel und Kekse teilen." Als Dale sie mit seinen Augen anfunkelte, sah sie sich im Pavillon um und beugte sich dann näher zu ihm. „Ich denke …" Sie machte eine Pause, um die Spannung zu erhöhen.

Aufgeregt rutschte Dale hin und her. „Was denkst du, Laney?"

„Ich denke", sagt sie grinsend, „dass auch Hortense an ein oder zwei Keksen Gefallen hätte."

Mit offenem Mund sah er sie an. „Du würdest meinem Schwein einen Keks kaufen?"

„Hortense ist ja kein gewöhnliches Schwein."

„Das stimmt", platzte Dale heraus. „Sie ist unheimlich klug."

„Es gibt da nur ein Problem."

„Welches denn?"

„Tja …" Laney nickte langsam und traurig. „Ich weiß leider nicht, was Hortense lieber mag: Zuckerplätzchen oder Ingwerwaffeln."

ↀ

„Was für ein hübsches Mädchen du bist." Galen O'Sullivan tätschelte den Hals des kleinen Mustangs. „Ja, das bist du wirklich. Und du willst laufen, stimmt's? Nicht mehr lange, dann ist es so weit." Er führte die Stute nach draußen an den Zaun und suchte den Horizont ab.

Seit Monaten schon führte er die Station des Pony Express'. Die Reiter waren beeindruckend pünktlich, die Pferde ausgeglichen und die Nachrichten aus dem Osten aktuell und nicht schon wochenalt. Wenn der Express nur profitabel wäre.

Viereinhalb Monate. Das war eine lange Zeit, in der er die Pferde ohne Vergütung untergebracht und versorgt hatte – und am Ende würde nicht mit eingerechnet werden, dass sein Bruder Dale regelmäßig seine täglichen Arbeiten unterbrechen musste, um die Pferde vorzubereiten und die gerittenen Tiere abzukühlen.

Außerdem hatte er die Pferde in letzter Zeit sehr häufig verarzten müssen. Die Reiter hielten sich an die Vorgaben der Gesellschaft und ritten die Tiere bis ans Limit. Das hatte natürlich seinen Preis, den die Tiere bezahlen mussten. Von drei Pferden, die bei ihm untergestellt waren, musste Galen normalerweise eins zur Regeneration aus dem Rotationssystem heraushalten.

„Du bleibst hier, Mädchen. Ich hole schon mal den Becher für den Reiter. Er kann jederzeit hier sein."

Als Galen ins Haus ging, verzog er das Gesicht. Er hatte sich die größte Mühe gegeben, alles allein zu managen. Aber man sah es den Zimmern an, dass er zumindest im Haushalt kläglich versagt hatte. Anstatt des köstlichen Aromas von Mas Essen erfüllte ein Chaos das Haus, das jede Frau auf dem Absatz hätte kehrtmachen lassen. Das ungemachte Bett, schmutziges Geschirr und ein verkrusteter Topf auf dem kalten Ofen waren nur die Spitze des Eisberges.

Während er Wasser in einen Eimer laufen ließ, versuchte er sich daran zu erinnern, wo er die Schöpfkelle zuletzt gesehen hatte. An dem Tag, als Ma und seine Brüder zum Fest gefahren waren, hatte er Tassen benutzt. Die nächsten beiden Tage hatten der Eimer und eine Schöpfkelle herhalten müssen. An diesem Morgen hatte er dann aus der Rührschüssel getrunken. Immerhin hatte seine Mutter, wenn sie Teig gerührt hatte, ihm und seinen Brüdern immer erlaubt, die Schüssel auszulecken. Also würde sie dagegen bestimmt auch nichts haben.

Wenn Galen allerdings dem Reiter Wasser aus der Rührschüssel anbieten würde, dann würde sie mit Sicherheit etwas dagegen haben.

Das Trommeln von Hufen warnte Galen, dass er sich lieber beeilen sollte. Ein paar Minuten später streckte er dem Reiter ein viereckiges Einmachglas entgegen. „Wasser."

„Danke." In einem Zug trank er das gesamte Glas leer.

„Ma ist in Sacramento auf dem Fest. Deshalb musst du damit vorliebnehmen." Galen reichte dem Reiter eine große Birne aus dem Garten seiner Mutter. Obwohl es nicht Teil der Absprache mit dem Ponyexpress war, bestand seine Mutter darauf, dass sie den

Männern mit Gastfreundschaft begegneten. Normalerweise hielt sie immer ein Sandwich oder etwas frisch Gebackenes bereit.

„Bist du ganz allein hier?"

„Aye." Galen nahm dem schwer atmenden Pferd die lederne *Mochilla* ab und legte sie auf den Sattel des frischen Tieres. Alle vier Taschen waren dick befüllt. Das musste ein gutes Zeichen sein – das Geschäft lief scheinbar immer besser.

„Redest du schon mit dir selbst?"

Galen lachte. „Aye."

Der Reiter nickte wissend. „Du darfst dir auch selbst antworten. Aber wenn du anfängst, mit dir selbst zu streiten, solltest du einen Arzt aufsuchen."

„Ich werd's mir merken."

„Ich wette, Miss McCain hat sich gut um dich gekümmert, während deine Mutter weg ist."

„Sie ist ebenfalls in Sacramento, aber selbst wenn sie nicht dort wäre, würde es sich nicht schicken, wenn sie mich hier besuchen würde."

„Ach, sie ist doch eine anständige junge Frau. Niemand würde glauben, dass sie sich nicht richtig verhält. Außerdem ist sie so oft hier, dass sie schon fast zu eurer Familie gehört, oder? Wann stellst du ihr eigentlich endlich die Frage aller Fragen?"

„Gar nicht. Sie ist wie eine kleine Schwester für mich."

Der Reiter schüttelte den Kopf und schwang sich wieder in den Sattel. „Aber sie ist doch in dich verliebt."

„Woher willst du das wissen? Du kommst ein paarmal die Woche für ein paar Minuten vorbei."

„Ich erkenne, wenn eine Frau verliebt ist. Du wirst ihr das Herz brechen."

„Wenn sie erwachsen ist, dann wird sie ihre kindischen Träume schon vergessen. Ich schone ihre Gefühle, indem ich ihre Avancen ignoriere. Und jetzt ab mit dir. Gott sei mit dir."

Galen sah Pferd und Reiter nach, wie sie am Horizont verschwanden. Schließlich wandte er sich um und seufzte schwer. *Gott, ich habe mehr Arbeit, als ich schaffen kann. Aber du hast uns versprochen, uns nicht mehr aufzubürden, als wir tragen können. Ich habe diesen Punkt erreicht. Ich mache mir Sorgen um Ma. Sie trauert so schrecklich um Dad. Und ich kann meinen drei kleinen Brüdern nicht den Vater ersetzen, sosehr ich das wollte.* Sich im Sommer zusammen mit Collin um die Farm und den Ponyexpress zu kümmern, hatte sie ihre ganze Kraft gekostet. Jetzt, wo Collin wieder in der Schule war, musste Galen seine letzten Kraftreserven abrufen, das wusste er. *Das ist es, Herr – meine Familie, meine Finanzen und meine Farm – und alles ist vollkommen durcheinander. Kannst du mir nicht bitte weiterhelfen?*

Er schnappte sich die ledernen Zügel und führte das Pony herum, um es abzukühlen, dann rieb er es trocken und gestattete ihm einen kleinen Schluck Wasser aus der Tränke. „Das war's für dich, Junge. Auch wenn du eigentlich mehr willst. Aber das wäre nach der Anstrengung noch zu früh. Bald darfst du fressen und so viel trinken, wie du willst."

Anschließend jätete Galen im großen Garten seiner Mutter Unkraut und wässerte ihn gründlich. Die Obstbäume, die ihn umgaben, sahen trotz der Trockenheit frisch aus. Die McCain-Frauen – Laney und Joshs Ehefrau Ruth – hatten seiner Mutter von Anfang an geholfen, beim Pflanzen, bei der Ernte und beim Einkochen des Obsts – und das monatelang. Ihre Gesellschaft hatte es Ma leichter gemacht, vor allem, nachdem sie Dad verloren hatten. Und genau aus diesem Grund konnte er seinem Freund Josh auch schlecht sagen, dass er seine kleine Schwester zu Hause lassen sollte. Er hatte einfach gelernt, Laneys Aufmerksamkeit zu ignorieren.

Bis es dunkel wurde, arbeitete er, dann machte er im Licht der Laterne in der Scheune weiter. Endlich ging Galen ins Haus. Es war viel zu heiß, um den Ofen anzufeuern und sich etwas zu essen zu kochen. Das Brot, das Ma vor ihrer Abreise gebacken hatte, war inzwischen steinhart. Er aß es mit einem Streifen Trockenfleisch und einer Birne.

Bevor er erschöpft ins Bett fiel, füllte Galen das alte halbierte Fass, das sie als Waschschüssel benutzten. Nachdem er sich mit ein paar Strichen rasiert hatte, sammelte er das benutzte Geschirr ein und weichte es über Nacht in dem Wasser ein.

Am nächsten Morgen wurde er vom lauten Knurren seines Magens geweckt. Galen dachte an die vielen Eier, die er in den letzten vier Tagen eingesammelt hatte, dann sah er die eingeweichten Teller und schwor sich, dass er sie heute noch spülen und abtrocknen würde, damit er morgen früh Rührei essen konnte. Für heute nahm er mit einem Stück Käse und etwas Obst vorlieb.

Gegen Mittag, als er gerade wieder im Garten beschäftigt war, hörte er ein lautes Schniefen und richtete sich auf. „Rick Maltby! Was führt dich hierher?"

„Mein schlechtes Gewissen." Rick hob einen Pappkarton hoch. „Und ein Gnadenmahl. Ich dachte mir, dass du mittlerweile fast verhungert sein müsstest."

„Das stimmt." Er zeigte in Richtung eines schattigen Plätzchens. „Lass uns da rübergehen."

„Wenn es dir nichts ausmacht, Galen, ich –", der Anwalt nieste wieder –, „bin a-a-allergisch auf irgendwas hier draußen."

„Ins Haus können wir nur unter einer Bedingung."

Maltby schniefte noch einmal. „Sag schon."

„Versprich mir, dass du niemandem gegenüber jemals erwähnst, was du dort gleich siehst."

„Wovon redest du?" Maltby nieste dreimal hintereinander und bekam kaum noch Luft. „Raus damit, Galen. Mein Heuschnupfen bringt mich noch um."

„Komm." Galen ging in Richtung Haus. „Hier sieht es aus wie auf einem Schlachtfeld. Ma würde mir den Hals umdrehen, wenn sie sehen könnte, wie hier alles im Chaos versinkt."

Maltby musste ein Lachen unterdrücken.

„Das ist überhaupt nicht lustig." Mit gespieltem Zorn funkelte Galen seinen Freund an.

„Doch, das ist es. Ich bin so froh, dass ich nicht der einzige Mann bin, der seine Mutter nicht enttäuschen will!" Als er das Haus betrat, stieß Maltby ein langes, anerkennendes Pfeifen aus. „Das ist wirklich beeindruckend."

Galen sammelte das Geschirr ein, das er am Morgen zum Trocknen auf einem Tuch ausgebreitet hatte. Während er es im Schrank stapelte, wechselte er das Thema. „Du hast also ein schlechtes Gewissen?"

„Das habe ich." Maltby setzte sich und schob ihm den Karton zu.

Als er das Geschirr ungefähr dorthingeräumt hatte, wo es hingehörte, setzte sich Galen und machte den Deckel auf. Der Duft von gebratenem Hühnchen ließ ihm augenblicklich das Wasser im Mund zusammenlaufen. Er zwang sich dazu, wieder aufzustehen.

„Was machst du?"

Schweren Herzens riss er seinen Blick von dem Karton los. „Ich hole uns Teller."

„Ich habe schon gegessen. Ich dachte, du willst vielleicht noch was fürs Abendessen aufheben."

Galen setzte sich wieder hin und rieb sich die Hände. „Ich weiß gar nicht, wofür ich Gott zuerst danken soll – für das Essen, dafür, dass du so ein guter Freund bist oder dass Bill heute im Copper Kettle gekocht hat."

Rick lächelte nicht. „Ich fühle mich nicht so, als wäre ich dir ein guter Freund gewesen, Galen."

Galen erstarrte und sah das Essen skeptisch an. „Hat das etwa Ethel gekocht?"

„Nein. Bill. Ethels Essen hätte ich dir nicht gebracht."

Erleichterung durchströmte Galen. „Du hast mir Essen gebracht. Das beweist doch, dass du ein guter Freund bist."

Maltby stieß einen langen Seufzer aus. „Ich habe dir und deinem Vater vorgeschlagen, eine Ponyexpress-Station bei euch einzurichten. Und jetzt ist mir zu Ohren gekommen, dass die Gesellschaft mit ihren Zahlungen im Rückstand ist."

„Aber das ist doch nicht deine Schuld. Dad und ich haben über diese Sache gebetet und sie gemeinsam beschlossen."

„Du könntest den Tod deines Vaters und die Zahlungsrückstände der Gesellschaft als Gründe angeben, um dich ohne Verluste aus dem Geschäft zurückzuziehen. Dabei würde ich dich kostenlos vertreten."

„Das ist sehr großzügig von dir, aber ich gebe ihnen noch eine Chance und ich will Wort halten. Dads Tod ist für mich keine Ausrede, um mich aus einem geltenden Vertrag zurückzuziehen."

„Aber der Ponyexpress zahlt nicht."

„Zugegeben, ich wünschte mir schon, sie würden endlich mit dem Geld rausrücken. Und ich sehe ja auch, dass die Satteltaschen inzwischen voll bepackt sind. Vielleicht braucht das Geschäft noch ein bisschen Zeit, um in Schwung zu kommen." Galen zuckte mit den Schultern. „Das ist wahrscheinlich der Farmer in mir. Ich habe

Verständnis dafür, dass es Zeiten gibt, in denen man kein Wachstum erkennt, weil die Pflanzen erst Wurzeln schlagen müssen."

„Das Angebot steht jedenfalls – sobald du meine Hilfe brauchst, bin ich für dich da."

Galen nickte dankbar. „Vergiss dein schlechtes Gewissen wegen des Geldes. Habgier wäre ein schäbiger Grund, eine Freundschaft aufs Spiel zu setzen." Galen nahm sich ein perfekt gebratenes Hühnerbein und wedelte damit vor Ricks Nase herum. „Aber versuch bloß nicht, diese Aussage gegen mich zu verwenden, indem du mir hier etwas wegisst."

Zum ersten Mal, seit sie sich gesetzt hatten, lächelte Rick.

Ein anständiges Essen und jemand zum Reden, das konnte einen Mann nach einem anstrengenden Tag versöhnlich stimmen. Als Rick gegangen war, machte sich Galen wieder an die Arbeit. Spät am Nachmittag ließ er seinen Blick in die Ferne schweifen. Was er dort sah, ließ ihm das Blut in den Adern gefrieren.

2. Kapitel

Mit schmerzendem Rücken, wunden Schultern und zitternden Beine stand Ivy Grubb da und blinzelte in die Sonne. „Ich mache jetzt am besten das Abendessen."

Ihr Zwillingsbruder Ishmael nickte. „Die Schlange habe ich da drüben hingelegt."

Mit zusammengebissenen Zähnen ging sie zu dem geköpften Tier hinüber. Es wurde zwar behauptet, dass Schlangenfleisch gut schmeckte, aber Ivy hatte ihren Ekel gegen diese Tiere nie überwinden können. Angewidert starrte sie auf das eklige Reptil. „Ich würde ja lieber hungern, du Ekeltier, aber der Magen meines Bruders knurrt so laut wie ein Bär, der gerade aus dem Winterschlaf erwacht ist."

„Was ist los, Mädchen?" Pa hielt seine Hand zum Schutz vor der Sonne über die Augen und sah sie düster an. „Mach uns was zu essen. Die Schlange wird nicht von selbst in die Pfanne kriechen."

„Ja, Pa." Ivy lief ein Schauer über den Rücken und hob das Tier hoch.

„Und pass auf, wenn du sie häutest. Ich habe Ishmael gesagt, dass er einen Gürtel oder ein Hutband daraus machen soll. Es wird nichts verschwendet, womit wir Geld verdienen könnten."

Sie legte die Schlange neben die Feuerstelle, schnappte sich zwei Eimer und ging an den kleinen Bachlauf. Während sie ihre schmutzigen Hände wusch, versuchte sie vergeblich, ihr Spiegelbild zu ignorieren. Bei Ishmael sahen die weißblonden Haare gut aus. Bei ihr wirkten sie zottelig und so ausgebleicht wie das einzige Kleid, das sie besaß. „So wird sich nie irgendjemand für mich interessieren", murmelte sie.

Der Bachlauf war nicht tief genug, um die Eimer einzutauchen, also legte sie den einen hinein, um den anderen zu füllen.

Das Wasser hier war kühl und schmeckte süß. Pa hatte entschieden hierzubleiben, da in dieser Gegend viel Getreide wuchs.

Wem dieses Land gehörte, das wusste Ivy nicht und es war ihr auch egal.

In den letzten sechs Jahren hatte Pa sie und Ishmael von einer Stadt in die nächste geschleift. Zuerst hatte sie noch die Hoffnung gehabt, dass sie irgendwo Wurzeln schlagen würden. Vor vier Jahren hatte Ivy diese Hoffnung dann endgültig begraben. Pa war ruhelos. Es war wie eine Krankheit und niemand schien ein Heilmittel dagegen zu kennen. Natürlich gab es viele Menschen, die gern Dads selbst gebrannten Schnaps kauften, aber es gab auch den einen oder anderen, der ihnen die Gesetzeshüter auf den Hals hetzte. Und so waren sie und Ishmael mit Pa unterwegs, egal wohin es sie verschlug.

Gerissen, wie Dad war, hatte er sein Handwerk perfektioniert – sie durften keine Aufmerksamkeit erregen, also bauten sie sich keine Hütte, um darin zu leben, sondern waren mit einem Zelt unterwegs, das sie sofort wieder abbrechen konnten, wenn die Erntezeit vorüber war. In ihrem Zelt transportierten sie dann auch das Getreide, das sie auf fremden Feldern angebaut hatten, wenn Dad es nicht sofort zu Schnaps brennen konnte.

Pa hatte immer versprochen, dass sie sich eines Tages eine Hütte bauen und sesshaft werden würden, aber das Einzige, was Ishmael und er bisher gebaut hatten, waren kleine Verschläge. Die dienten ihnen aber nicht als Dach über dem Kopf, sondern waren dazu gedacht, dass niemand mitbekam, was Pa vorhatte.

Ishmael und sie kümmerten sich um das Getreide und sammelten Holz. Ein kleiner Teil davon wurde zum Kochen benötigt, der Großteil aber für Pas Brennerei. Am Ende war es immer egal gewesen, dass sie keine Hütte gebaut hatten. Zehn Wohnorte in sechs Jahren hatten Ivy gelehrt, dass Pas Lügen das Einzige waren, auf das sie sich wirklich verlassen konnte, – und dass Ishmael das einzig Gute in ihrem Leben war.

Am ersten Tag an einem neuen Ort baute Pa immer das Zelt auf – dass er sich mit dieser leichten Aufgabe von Sonnenaufgang bis Sonnenuntergang beschäftigte, lag daran, dass Pa einfach nicht gern arbeitete. Abhängig von seiner Tagesform rieb er sich dann den Rücken oder sein Knie oder die Ellbogen und jammerte über seinen Rheumatismus und darüber, dass niemand wusste, was er für schreckliche Schmerzen litt. Dieses Leiden war der Grund dafür, dass er Schnaps brannte – gegen die Schmerzen half nichts anderes. Er glaubte wahrscheinlich wirklich, dass er anderen etwas Gutes tat, wenn er ihnen die gleiche Kur anbot.

Im Lauf der Jahre war Ivy zu dem Schluss gekommen, dass Pa nur ein Problem hatte: seine Selbstsucht. Menschen mit Rheuma hatten geschwollene oder verkrümmte Gelenke und einen gebeugten Rücken. Aber Pa … Nun, wenn es ans Arbeiten ging, dann hatte er meistens einen „schlechten" Tag. Aber danach ging es ihm dann ganz plötzlich wieder besser.

Der Einzige, um den sich Ivy wirklich Sorgen machte, war Ishmael, so hart, wie Pa ihn immer schuften ließ. Schon Ivy tat der Rücken höllisch weh, aber sie war sich klar darüber, dass ihr Bruder sie niemals die wirklich harte Arbeit tun ließ. Einen besseren Bruder als ihn gab es nicht.

Ein schneller Blick zu ihrem Bruder ließ Ivy zusammenzucken. Gerade bückte er sich und hatte seine Hände um einen Stein gelegt, der so groß wie eins von Pas Fässchen war. Notgedrungen widerstand Ivy der Versuchung, ihm zu helfen. Pa würde böse werden, wenn sie nicht so schnell wie möglich das Abendessen zubereitete.

Mit lautem Stöhnen hievte Ishmael den Stein in die Höhe und trug ihn zu ihrem neuen Verschlag. „Pa, ich habe noch einen gefunden."

„Setz ihn ab und hol noch mindestens vier von dieser Größe."

Vier? Ivy fing an, die Schlange zu häuten. *Ich muss das zeitlich genau abstimmen. Pa hat Hunger, aber Ishmael wird sich sonst was anhören müssen, wenn er nicht mindestens noch vier Steine anschleppt, bis das Essen fertig ist.*

„Mein Magen knurrt, Mädchen!" Ungeduldig trat Pa aus dem Verschlag und funkelte sie böse an. „Und du hast nicht mal das Feuer in Gang gebracht."

„Ich musste erst Wasser holen, Pa. Ich war achtsam, so wie du es mir beigebracht hast. Wenn das Feuer zu groß wird oder qualmt, kann ich es sofort löschen, damit niemand auf uns aufmerksam wird."

„Der Wind wird sich bald drehen." Er legte den Kopf in den Nacken und schnüffelte wie ein Jagdhund. „Setz die Feuerstelle um. Am besten auf die andere Seite des Baumes."

„Ja, Pa." Froh, eine Aufgabe zu haben, die Ishmael ein bisschen mehr Zeit gab, warf Ivy ihrem Bruder einen kurzen Blick zu. Er hatte sich einen weiteren Steinbrocken vorgenommen. „Ishmael, wetten, dass ich meine Steine schneller umgeräumt habe als du deine?"

Er grinste sie an. „Darauf würde ich nicht zählen."

„Haltet den Mund und macht euch an die Arbeit." Pa ging zurück in den Verschlag, um mit seinen Kupferrohren herumzuklimpern.

Ivy trug die Steine an die Stelle, die ihr Pa ausgesucht hatte, und baute eine neue Kochstelle. Aber hier lagen viele Äste und Blätter herum und sie erhob sich, um die Stelle zu reinigen.

Ishmael kam auf sie zu und tat so, als würde er einen weiteren Stein holen wollen. „Gib mir die Schlange", murmelte er so leise, dass ihr Pa sie nicht hören konnte. „Ich häute sie für dich."

„Das mache ich schon selbst. Ich schinde extra Zeit, damit du dich mit den Steinen nicht so hetzen musst."

„Und ich mache schon extra langsam, damit du mehr Zeit zum Kochen hast!"

Ivy lachte. „Arme Schlange. Sie hat ihr Leben für unser Abendessen gegeben und jetzt lassen wir sie so lange warten."

Ishmael musste leise lachen und stemmte seinen Fuß gegen einen Stein, um ihn vom Boden zu lockern. Ivy beobachtete ihn dabei, wie er den schweren Brocken anhob, dann nahm sie ihren Feuerstein und entfachte das Feuer. Tausende von Malen hatte sie schon darüber nachgedacht, ihren Dad zu verlassen, aber sie konnte Ishmael doch nicht alleinlassen.

Der Wind änderte seine Richtung – aber nicht so, wie Pa es vorausgesagt hatte. Funken flogen über den Rand der Feuerstelle hinweg und setzten vertrocknetes Gras und verwelkte Blätter in Brand. Auch der Stapel mit dem Feuerholz fing an zu knistern und loderte kurz darauf auf.

Ivy sprang auf und schüttete den Eimer Wasser in die Flammen. Ishmael schnappte sich eine Schaufel und warf trockene Erde auf einen der Brandherde. Pa schrie so laut, dass er die Toten hätte aufwecken können, und kam angerannt, um seine wertvolle Kupferschüssel zu retten.

„Schnell, mach eine Decke nass!", rief Ishmael Ivy zu.

Ivy tat, wie ihr geheißen war, und zu zweit gelang es ihnen, das Feuer zu löschen. Plötzlich kam Pa wieder aus seinem Verschlag: „Du hättest mich fast umgebracht! Dummes Mädchen. Ich –“ Seine Augen wurden schmal. „Das ist meine Decke!“

Ivy sah auf den schweren Stoff in ihren Händen. Die olivfarbene Wolle war voller Matsch und Asche, die Decke löchrig und die Ecken angesengt. Sie war unbrauchbar geworden, das sah man auf den ersten Blick.

„Meine Decke!“, schrie er wieder. „Du hast sie ruiniert!“

„Ich tausche mit dir, Pa.“ Ishmael stellte sich zwischen ihn und seine Schwester. „Du kannst meine haben.“

„Du hast letzten Winter mit Ivy getauscht. Ein Spinnennetz ist dicker als dieser Stofffetzen. Meine alten Knochen können keine Kälte vertragen. Mädchen, was du da in der Hand hast, gehört jetzt dir. Egal was du anfasst, du ruinierst einfach alles.“

Ivy kaute auf ihrer Unterlippe.

Pa fluchte noch eine Weile vor sich hin, bis er schließlich wieder in seinem Verschlag verschwand.

Kurze Zeit später kniete Ivy neben der Pfanne und wendete das Schlangenfleisch. Obwohl ihr Magen laut und vernehmlich knurrte, konnte sie sich einfach nicht überwinden, von dem Tier zu essen.

Als das Fleisch fertig war, stand sie auf und rief: „Essen ist fer–“ Die Worte erstarben ihr auf den Lippen, als ein rothaariger Mann auf einem kleinen Mustang in ihr Lager galoppiert kam.

Er riss an den Zügeln und sah sich um. „Sie sind unerlaubt auf meinem Grund und Boden.“

„Wir haben keinen Zaun gesehen“, sagte Pa, der hinter dem Verschlag hervorkam. „Wir sind einfache Leute, die versuchen, sich ein Leben aufzubauen. Die Zeiten sind hart, aber wir geben unser Bestes. Warum steigen Sie nicht ab? Setzen Sie sich zu uns. Meine Tochter hat gerade das Abendessen fertig.“

„Schlange“, sagte Ivy und war sich nicht ganz klar darüber, ob sie dem Fremden damit sagte, was es zu essen gab, oder ob sie ihn vor ihrem Dad warnen wollte.

Der Mann sah sie böse an. „Sie und Ihr Bruder –“

„Das wäre dann wohl ich.“ Ishmael wischte sich die Hände an den Hosen ab. „Ich erinnere mich an Sie, Sir. Wir haben Sie in der

Stadt getroffen und Sie haben Ivy und mir eingemachtes Gemüse als Bezahlung gegeben. Das waren wirklich viele Kisten, mit denen wir Ihnen da geholfen haben."

„Das stimmt." Der Mann nickte höflich. Aber sein Gesicht blieb hart. „Aber dieses Land ist schon vergeben."

„Das wussten wir nicht. Keine Zäune. Niemand, der es bestellt." Pa setzte seinen mitleiderregenden Blick auf. „Wir dachten, wir wären endlich angekommen."

„Dieses Land bis dort drüben zur Anhöhe ist im Besitz meiner Familie." Mit dem Arm beschrieb der Mann einen großen Bogen. „Wir sind seit Jahren hier und haben den rechtlichen Anspruch darauf."

„Aber wir tun doch niemandem etwas." Pa schaffte es so zu klingen, als hätte der Fremde gerade völlig grundlos seinen besten Jagdhund abgeschossen.

„Das ist mein Land. Sie müssen hier verschwinden."

„Richte das Essen an, Schatz", sagte Pa.

Sie fing an, das Fleisch zu verteilen. Pa nannte sie fast nie bei ihrem Namen. Meistens hieß sie für ihn einfach nur *Mädchen.*

„Und", sagte Pa weiter, „tu dem Gentleman auch etwas auf."

Pa weiß genau, dass wir nur drei Teller haben. Zum Glück würde ich sowieso keinen Bissen herunterbringen.

„Ich habe schon gegessen." Der Tonfall des Fremden war höflich, aber er würde sich nicht von seiner Meinung abbringen lassen.

„Ich hoffe, es stört Sie nicht, wenn wir schon anfangen. Wir haben den ganzen Tag gearbeitet und einen ordentlichen Appetit." Pa nahm sich den Teller mit der größten Portion und setzte sich in den Staub.

Ishmael nahm seinen Teller entgegen und murmelte: „Danke, Schwesterchen."

„Sicher, dass Sie nichts wollen, Mister?" Ivy streckte ihm ihren Teller entgegen.

„Nein. Danke."

Sie ging zurück zu Ishmael und tat ihm ihr Schlangenstück zusätzlich auf den Teller. Dann holte sie aus der Tasche ihres Kleides eine Zwiebel hervor. „Zum Glück habe ich die heute gefunden. Ich kriege einfach kein Schlangenfleisch runter."

Ishmael klopfte auf den Boden neben sich. „Setz dich. Du hast doch den ganzen Tag gearbeitet."

Während Pas Worte und sein ganzes Benehmen darauf ausgelegt waren, den Fremden dazu zu bringen, sie gewähren zu lassen, verhielt Ishmael sich wie immer. Ivy saß neben ihm und biss in ihre Zwiebel.

Pa fuhr sich über die Lippen. „Mister, noch ist es nicht zu spät für eine Portion von diesem köstlichen Essen."

„Spätestens morgen müssen Sie hier verschwinden."

„Ach, kommen Sie." Pa stellte seinen Teller zur Seite. „Jetzt haben Sie mir den Appetit verdorben. Und warum? Ich sage es Ihnen. Für nichts und wieder nichts. Dass wir hier sind, ist doch eine große Hilfe für Sie. Bis Sie dazu kommen, auf diesem Teil ihres Landes Getreide anzubauen, werden wir uns darum kümmern. Sehen Sie sich nur an, was wir in dieser kurzen Zeit schon erreicht haben."

Die Gesichtszüge des Mannes blieben unbeeindruckt, während er den verbrannten Boden und die Asche betrachtete. „Genau das tue ich."

Pa sah ihn brüskiert an. „Wir haben doch nur die Bodenqualität verbessert. Jeder weiß, dass es dem Boden Kraft verleiht, wenn man Asche daruntermischt. Außerdem haben wir schon eingesät."

„Wir haben unser letztes Getreide verbraucht." Ishmael nahm sich ein Stück Fleisch und steckte es sich in den Mund.

„Das hätten wir nicht tun sollen." Pa schüttelte den Kopf. „Aber mein Junge hat es sich in den Kopf gesetzt, das Getreide einzusäen. Natürlich habe ich ihm gesagt, dass wir große Probleme bekommen, wenn es bis zum 4. Juli nicht mindestens kniehoch ist. Aber er wollte einfach nicht hören." Ungeachtet seiner Behauptung, man hätte ihm den Appetit verdorben, wandte Pa sich wieder der Schlange zu.

Ivy biss sich auf die Zunge. Es war ungerecht, dass Pa Ishmael die Schuld gab, wo er selbst unbedingt das Getreide hatte einsäen müssen.

„Wir sind in Kalifornien." Ishmaels Stimme klang ruhig, als hätte Pa eben keine Lügen erzählt. „Ich dachte, hier wäre es länger warm."

Pa schüttelte den Kopf. „Ich sage Ihnen, Mister. Ich habe große Angst, dass meine Kinder im nächsten Winter hungern müssen."

Das hat ihn bis jetzt noch nie gestört. Solange er seinen Schnaps hat, sind ihm Kälte und Hunger doch sowieso egal.

„Wenn der Herbst warm genug ist, sollte das kein Problem sein", sagte der Mann und stieg endlich ab. „Viele Farmer säen ein zweites Mal aus."

„Mister, Sie müssen uns erlauben hierzubleiben", sagte Pa.

„Zumindest über den Winter." Ishmaels Kommentar überraschte Ivy. Normalerweise überließ er es Pa, den Leuten Honig ums Maul zu schmieren. Ihr Bruder warf ihr einen besorgten Blick zu und erhob sich. „Wir haben nicht viel, aber Sie könnten uns als Pächter akzeptieren oder ich könnte bei Ihnen arbeiten."

„Das ist doch ein guter Plan!" Dad klopfte sich aufs Bein. „Mein Sohn hat seine Arbeitskraft damals in der Stadt ja schon bei Ihnen unter Beweis gestellt. Er arbeitet hart und ist stark. Das Mädchen und ich – wir kümmern uns um alles hier draußen. Und wenn der Frühling kommt, werden Sie uns anbetteln, dass wir hierbleiben, weil wir Ihnen bis dahin so eine große Hilfe sein werden."

Ohne ein Wort zu sagen stand der Mann da.

Ivys Herz hämmerte. Ishmaels Angebot musste sich für ihn gut angehört haben, aber Pa redete weiter und weiter, als täten die Grubbs ihm einen Gefallen damit, dass sie sich auf seinem Land einnisteten. *Pa, sei doch still!* Nur war ihr Pa nicht der Mann, der sich die Gelegenheit entgehen ließ, sich selbst reden zu hören. Er machte einfach weiter. Ivy nahm noch einen Bissen von der Zwiebel.

Als der Mann von Pas Gerede genug hatte, wandte er seine Aufmerksamkeit Ishmael zu, danach sah er Ivy lange an. „Ich kann es mir nicht leisten, einen Arbeiter zu bezahlen."

Ivy blinzelte und sah zu Boden. Sie hoffte, dass er die Tränen in ihren Augen auf die Zwiebel zurückführen würde.

„Das macht mir nichts aus", erklärte Ishmael. „Sie lassen uns bleiben – das reicht mir völlig."

„Aber wir erhalten den ganzen Ernteertrag", warf Pa ein.

„Es gibt hier draußen noch sehr viel zu tun." Die Augen des Mannes wurden schmal, als er Pa ansah.

„Das Mädchen und ich – wir werden das schon schaffen."

Ivy nickte und erhob sich. Sich hier niederzulassen, ohne die ständige Angst, dass man sie jederzeit vertreiben könnte … Dieser Mann erfüllte ihr gerade ihren innigsten Wunsch. Es war ihr egal, wenn die ganze Arbeit an ihr allein hängen bliebe und ihr Dad keinen Finger krumm machen würde. Das war sie gewöhnt.

Der Mann schüttelte den Kopf. „Dem kann ich nicht zustimmen."

Mit einem Mal stürzten alle ihre Hoffnungen in sich zusammen und die Zwiebel fing an, in ihrem Magen zu brennen.

„Zwei volle Tage Arbeit und drei halbe." Der Mann nickte. „Das fordere ich dafür, dass Sie sich vorübergehend auf meinem Land niederlassen dürfen."

Pa spuckte in Richtung eines Löwenzahnes. „Zwei volle Tage und *ein* halber."

Oh, Pa. Wie kannst du das nur vermasseln?

Ishmael zwang sich zu einem künstlichen Lachen, während er auf den Fremden zuging. „Wenn Sie Pa besser kennenlernen, werden Sie merken, dass er einen seltsamen Humor hat." Er streckte ihm die Hand entgegen. „Zwei volle Tage und drei halbe. Das ist ein faires Angebot, wo wir doch die Ernte behalten dürfen. Mister, Sie haben einen neuen Arbeiter."

„Ich weiß noch, dass Sie Ishmael heißen. Wie ist Ihr Nachname?"

„Grubb." Jetzt, wo er fertig war mit Essen, stellte Pa seinen Teller zur Seite und sprang auf. „Ich bin Ebenezer Grubb. In Ishmael haben Sie einen guten Arbeiter. Ivy ist meine Tochter."

Der Mann wandte sich ihr zu, tippte sich an den Hut und nickte. „Miss Grubb. Ich bin Galen O'Sullivan."

„Mr O'Sullivan." Noch nie hatte sich jemand ihr gegenüber so höflich benommen.

Er und Ishmael trafen noch die letzten Absprachen, wann ihr Bruder am nächsten Morgen zur Arbeit erscheinen sollte, dann machte sich Mr O'Sullivan auf den Weg.

Pa führte einen lustigen kleinen Tanz auf, als er außer Sichtweite war. „Unglaublich! Endlich werden die Zeiten leichter für mich. Da hab ich uns eine gute Absprache arrangiert."

Ishmael sah zu Ivy. „Ich werde hart für ihn arbeiten, Schwesterchen."

„Das weiß ich, Ishy."

Ishmael wandte sich zu Pa. „Ich finde es nicht richtig, als Dank für seine Freundlichkeit eine Schnapsbrennerei auf seinem Grund und Boden zu betreiben."

„Was er nicht weiß, macht ihn nicht heiß. Halt ja den Mund und arbeite hart. Ruinier bloß nicht meine gute Zukunft."

Ivy wandte sich ab und betrachtete das Getreidefeld. Keinen einzigen Finger hatte Pa krumm gemacht, um das Land zu roden, einzusäen, zu wässern und zu jäten. Wenn die Ernte kam, würde er sich auch nicht überarbeiten, das war klar. Das tat er nie. Aber er würde sich um die alte Brennerei kümmern und einen Teil des Gewinns versaufen.

Ishmael wartete, bis Pa außer Hörweite war. „Schwesterchen, für diesen Farmer werde ich alles tun."

Sie lächelte ihren Bruder an. „Pa weiß gar nicht, dass du das Beste bist, was ihm je passiert ist."

„Hey, komm schon. Du und ich – wir sind zusammen geboren. Du kannst ruhig denken, dass ich das Beste bin, was Dad passiert ist, aber ich sage dir eins: So wahr ich hier stehe, ich bin derjenige, der das größte Los gezogen hat. Du bist mein größtes Glück."

Sie zog die Nase kraus. „Du bist wirklich zu bemitleiden, Ishy, wenn du dein größtes Glück in jemandem findest, der nach Zwiebeln stinkt."

„Jungs!" Laney versuchte, wenigstens ein Mindestmaß an Würde zu behalten, doch mit Dale und Sean, die links und rechts an ihren Händen zogen, war sie gerade noch dazu in der Lage, nicht über ihre Röcke zu stolpern. Jeden Moment konnte es dazu kommen, dass die Reifen sich selbstständig machten und einen unziemlichen Blick auf ihre Knöchel freigaben.

„Wir dürfen nicht zu spät kommen, Laney!", rief Sean und zog sie weiter.

„Wir haben noch genug Zeit", warf Kelly O'Sullivan ein. „Wenn ihr sie weiter so zieht, verfängt sie sich in ihren Röcken und landet im Staub."

Colin musste ein Lachen unterdrücken. Das Geräusch zauberte

Laney ein Lächeln aufs Gesicht, denn sie hatte den Jungen kaum fröhlich gesehen, seit sein Vater gestorben war. Die O'Sullivans mit auf den Jahrmarkt zu nehmen, war eine gute Idee gewesen. Besser als sie es sich ausgemalt hatte.

Sie blieben am Zaun stehen und sahen zu, wie ein Mann Fett über einem quiekenden Schwein ausschüttete.

„Das Schwein ist ja größer als du, Laney!", rief Dale aus.

„Dale!" Kelly O'Sullivan zog streng die Augenbrauen zusammen. „Man vergleicht eine Dame nicht mit einem Schwein!"

Laneys Bruder und Schwägerin kamen auf sie zu. Ruth versuchte, ein Kichern zu unterdrücken, während Josh Laneys Statur musterte. „Galen hat schon Zaunpfosten versenkt, die länger waren als sie."

Wenn Galen mich nur bemerken würde!, musste Laney denken.

„Joshua McCain" – Kelly O'Sullivan schaffte es doch tatsächlich, gleichzeitig empört und amüsiert zu klingen – „wie soll ich meinen Söhnen Manieren beibringen, wenn du ihnen so ein Vorbild bist?"

„Sie hat recht", stimmte Ruth zu. „Du musst ehrlich sein. Die Zaunpfähle waren mindestens doppelt so lang wie sie."

Hilda, die Haushälterin der McCains, murmelte: „Was allerdings überhaupt nichts mit dem Essen bei uns zu tun hat."

Dale drückte sein Gesicht gegen den Zaun und musterte das Schwein genau. „Ich werde diese Jagd gewinnen. Das werde ich."

„Keiner von uns hat das Wettessen gewonnen, aber wir hatten trotzdem alle Spaß." Josh zerzauste Dales rote Locken. „Du wirst jede Menge Spaß haben, egal wer gewinnt."

„Um Spaß geht es nicht." Dale sah Josh an. „Ich muss gewinnen."

„Um Himmels willen, Junge, warum musst du denn unbedingt gewinnen?", wollte Kelly wissen.

„Wenn ich das Geld gewinne, kann ich es dir geben und Hortense behalten."

„Der Gewinner bekommt kein Geld, Junge." Kelly O'Sullivan kniete sich neben ihren Sohn. „Der Gewinner bekommt das Schwein."

„Aber ich will kein anderes Schwein. Ich will Hortense."

„Du wirst tapfer sein müssen, Kleiner." Colin sah seinen Bruder fest an. „Wir Farmer wissen, dass die Tiere, die wir züchten, irgendwann geschlachtet werden. Es sind keine Haustiere. Im Winter wird es ein neues kleines Ferkel geben, um das du dich kümmern kannst."

„Aber es wäre ein anderes Ferkel." Dem Jungen liefen die Tränen über die Wangen. „Ich würde immer noch Hortense lieben und sie vermissen."

Kelly O'Sullivan streichelte ihren jüngsten Sohn. Schmerz zeichnete die Züge der Frau, die gerade erst Witwe geworden war. „Du bist traurig, das weiß ich. Der Schmerz kommt, wenn man wirklich liebt und das Geliebte verliert."

Laney blinzelte ihre eigenen Tränen zurück und traf eine Entscheidung. Sie würde Hortense retten.

3. Kapitel

„Jungs und Mädchen!" In dem Bereich, der mit Heuballen abgegrenzt war, hatte sich ein Mann aufgestellt und erhob seine Stimme. „Jeder, der an unserem Schweinefangwettbewerb teilnehmen möchte, soll jetzt herkommen und genau zuhören."

Eine Sekunde später stand Dale inmitten eines Haufens aufgeregter Kinder, die sich um den Mann drängten und ihm mit großen Augen zuhörten. „Oh nein!" Kelly O'Sullivan sah betrübt aus. „Ich habe ihm gar nicht seine alten Sachen angezogen."

Laney winkte ab. „Dann ist der kleine Dale endlich genauso schmutzig wie seine großen Brüder. Nach dem Kuchenwettessen sehen sie selbst aus wie Tortenstücke."

„Bei mir ist es nicht anders." Josh sah an seinem Hemd herunter. „Ruth hat gesagt, sie würde mir ein neues Hemd besorgen und ich brauche auch dringend eins."

„Darf ich es ihr jetzt sagen?", drängte Sean Josh.

„Jep."

„Ma, Josh hat gesagt, wenn Colin und ich genauso viel Kuchen auf unseren Hemden haben wie er, dann bekommen wir auch neue geschenkt."

„Joshua McCain!", sagten Kelly und Hilda wie aus einem Munde.

Laney liebte das spitzbübische Funkeln in den Augen ihres Bruders. Er zuckte mit den Schultern und sagte möglichst unbeteiligt: „Hey, wir Männer müssen doch zusammenhalten."

„Bei dem ganzen Kuchen, den ihr alle auf euren Hemden habt", sagte Laney und fing an zu kichern, „könnten wir gut und gerne Galen etwas mit nach Hause bringen."

„Lasst das Schwein frei!", rief jemand.

Laney wandte ihre Aufmerksamkeit wieder Dale zu. Alle Kinder rannten hinter dem quiekenden Schweinchen her. Viele von ihnen warfen sich auf das arme Tier oder fielen übereinander, aber das Schwein befreite sich immer wieder und rannte kreuz und quer durch den Pferch.

„Was macht Dale denn da?“ Laney sah, wie er sich im Schneidersitz auf den Boden setzte.

Über all das Tohuwabohu hinweg hörte sie seine hohe Stimme. „Ruuu-hiiig! Gaaanz ruuuhiiig. Hier, Schweinchen. Schweinchen. Schweinchen.“

Das kleine Tier umrundete einige Kinder und trabte direkt auf Dale zu. Ein Junge kam heran und schnappte sich das Schwein am Hinterbein, doch es konnte sich befreien und schoss mit lautem Quieken zurück in die Richtung, aus der es gekommen war.

„Dale ist ein kluger kleiner Kerl“, sagte Josh anerkennend.

„Ja, das ist er“, stimmte Kelly ihm zu.

Auch ein paar andere Kinder bekamen das Schwein zu fassen, aber es entkam ihnen immer wieder. Dale hingegen blieb reglos in der Ecke sitzen. „Schweinchen“, lockte er es immer wieder leise.

Laney stellte sich mit angehaltenem Atem auf die Zehenspitzen, als das Tier tatsächlich wieder auf Dale zusteuerte. Zwei Kinder folgten ihm und jeder schnappte sich ein Bein.

„Lasst es los!“, rief der Schiedsrichter.

„Warum denn?“ Sean reckte den Hals und sah, wie die beiden sofort losließen.

„Es darf nur jeweils ein Kind das Schwein anfassen“, erklärte Kelly. „Wenn zwei es sich schnappen, müssen sie es beide loslassen und das Spiel geht weiter.“

Laney legte die Hände um die Lippen und rief: „Das machst du ganz hervorragend, Dale!“

Er warf ihr einen glücklichen Blick zu und in diesem Moment kam das Ferkel tatsächlich auf ihn zugelaufen. „Hierher, Schweinchen“, lockte Dale. Als das Schwein ihm auf den Schoß krabbelte, beugte sich Dale schnell über das Tier.

„Fünf, vier, drei“, zählte der Schiedsrichter ab.

„Zwei, *eins*!“, stimmten alle Zuschauer mit ein.

„Er hat gewonnen!“ Colin fuhr herum und warf seine Arme um seine Mutter. „Ma, er hat gewonnen!“

Irgendjemand brachte eine seltsame Art von Leine, die dem Ferkel umgebunden wurde, dann drückte man Dale seinen Gewinn in die Hand. Dale kam an die Absperrung gelaufen. „Hiiier, Ma!", quietschte er glücklich.

„Was für ein Anblick, mein kleiner Sieger. Komm, wir bringen das Ferkel zu Hortense."

Colin lief vorneweg. „Hey! Da ist etwas an Hortenses Pferch."

Sean lief zu ihm und rief den anderen zu: „Hortense hat eine Auszeichnung bekommen!"

Überglücklich führte Dale das Ferkel in Hortenses Pferch. Die beiden Tiere stupsten sich sofort mit ihren Näschen an.

Ein Mann kam zu ihnen herüber und nickte anerkennend, als er die Schweine sah. „Da haben Sie aber zwei wirklich wohlgenährte Ferkel."

„Danke." Dale strahlte.

„Köstlicher Schinken und schmackhafte Rippchen." Dass Dale dabei immer blasser wurde, merkte der Mann nicht. „Ich würde gerne den Preis erfah–"

„Das tut mir leid." Laney trat einen Schritt nach vorn. „Ich habe dieses Ferkel schon gekauft. Wie Sie sagten, sieht es sehr vielversprechend aus. Die Preisrichter haben das im Übrigen genauso gesehen. Aus diesem Grund habe ich Hortense als exzellente Investitionsmöglichkeit entdeckt."

Kelly O'Sullivan sah sie völlig perplex an.

„Dales Hauptgewinn von heute ist ein kleiner Eber." Laney versuchte überzeugend zu wirken. „Das könnte für ihn der Beginn eines großen Geschäftes werden."

Hilda rieb sich das Kinn. „Natürlich müsstest du Hortense drüben bei den O'Sullivans unterbringen, Laney.

„Ja. Ja, das würde ich machen. Aber ich könnte sie jederzeit besuchen."

„Moment mal", sagte der Metzger. „Der Mann, der hier das Sagen hat, hat mir mitgeteilt, dass hier ein Ferkel zum Verkauf steht. Das kann nur dieses hier sein. So viele Ferkel gab es hier dieses Jahr nicht."

„Deshalb ist meine Idee ja auch so vielversprechend." Laney sah ihn mit einem gewinnenden Lächeln an. „Stellen Sie sich nur vor, nächstes Jahr haben wir höchstwahrscheinlich mehrere Ferkel für Sie."

Ärgerlich murmelnd ging der Mann davon.

„Ich darf Hortense behalten?"

„Du beherbergst sie – genau wie Galen es mit den Pferden vom Ponyexpress tut." Laney gab ihr Bestes, ihre Stimme ernsthaft klingen zu lassen. „Geschäftsabkommen sind sehr wichtig, das weißt du."

Mit großen Augen platzte Dale heraus: „Wir wären Partner?"

„Genau. Ein Geschäft zwischen zwei Menschen basiert auf ihrer Ehre und Rechtschaffenheit. Keiner von uns darf sich zurückziehen oder aufgeben."

„Niemals?"

„Niemals", bekräftigte Laney. „Egal, was passiert."

„Das stimmt." Hildas Augen wurden schmal und sie musterte die Schweine. „Ich bin sicher, als Gegenleistung für die Unterbringung, könntest du –"

„Die Ferkel bekommen!", rief Laney schnell. „Würdest du dann das Geschäft mit mir eingehen, Dale? Ich weiß, ich verlange viel von dir."

„Wenn du eine Partnerschaft mit meinem Sohn eingehst, soll sie für beide Seiten gewinnbringend sein", mischte sich Kelly ein. „Dale, eine Partnerschaft muss jedem etwas nützen. Wenn du zustimmst, sollte Laney die eine Hälfte der Ferkel bekommen und du die andere."

„Die Hälfte", sagte Dale und sah Laney dabei an.

„So einer Abmachung kann ich nicht zustimmen." Laney schüttelte den Kopf. „Und es ist nicht sehr damenhaft, wenn ich mit dir feilsche", fügte sie schnell hinzu.

„Drei Viertel", schlug Hilda vor. „Das ist gerecht. Dale behält drei Viertel der Ferkel und Laney bekommt ein Viertel."

„Laney, welches Viertel willst du denn? Das vordere oder das hintere?"

„So meinte Hilda das nicht, Dale." Colin grinste seinen kleinen Bruder an. „Sie meinte, wenn du vier Ferkel hast, musst du eins davon an Laney abgeben und darfst drei für dich behalten. Sie wollten nicht alle schlachten."

„Das wusste ich nicht. Außerdem", sagte Dale und warf seinem neu gewonnen Ferkel einen anerkennenden Blick zu, „bin ich Farmer und sollte alles als Nahrungsmittel betrachten. Das habe ich von meinem großen Bruder gelernt."

Krack! Die Eierschale zerplatzte und die eine Hälfte fiel in die Schüssel. Die andere klebte an Galens Fingern, während das Innere des Eies an der Schale herunterlief.

Der Hahn krähte, als jemand an der Tür klopfte.

„Kommen Sie rein!", rief Galen und überlegte, wie er seine Hand schnell sauber bekam, um die Eier, die bereits in der Pfanne lagen, zu wenden, bevor sie verbrannten.

Die Tür öffnete sich mit einem Quietschen. „Guten Morgen, Mr O'Sullivan."

„Ishmael." Er schnappte sich ein Geschirrtuch und wischte sich daran die Hände ab. „Und die Sonne ist noch nicht einmal aufgegangen. Weißt du, wie man kocht?"

„Nicht wirklich. Das macht normalerweise meine Schwester. Ihr Frühstück qualmt."

Galen schnappte sich das nächstgelegene Küchenutensil und versuchte, die Eier zu wenden, wobei er sie mit der Gabel in kleine Stücke riss. „Rührei. Auch gut", murmelte er und fing an, die Masse zu rühren. Das meiste hing allerdings in der Pfanne fest und wurde immer dunkler. Qualm erfüllte die Hütte. Verzweifelt hielt Galen die Pfanne über seinen Teller und gab die Masse – zwei stinkende, kastaniengroße Häufchen – darauf.

„Das waren wohl Wachteleier." Ishmael wirkte nicht, als hätte er einen Witz machen wollen.

Galen starrte auf das Desaster in der Pfanne. „Die traurige Wahrheit ist, dass es tatsächlich Hühnereier waren. Zumindest, bis ich mich intensiv mit ihnen beschäftigt hatte."

Ishmael lachte laut auf. „Ich will mich nicht über Sie lustig machen, Boss, aber Sie sind ganz schön clever, wenn Ihnen so ein Witz einfällt."

„Wenn ich so clever bin, warum kann ich dann kein Spiegelei machen?"

„Ich dachte, das sollte Rührei sein."

Galen besah sich seinen armseligen Teller, dann streckte er seinem neuen Arbeiter die Pfanne entgegen, damit er sich den Inhalt ansehen konnte. „Ich habe versucht, es zu retten."

Ishmael räusperte sich. „Sie sind ein sehr guter Farmer, wenn ich mir Ihr Land so anschaue."

„Aber der schlechteste Koch, den du jemals finden wirst." *Ma hat schon immer gestichelt, dass ich eine Frau brauche, die sich um mich kümmert, damit ich nicht verhungere. Zum ersten Mal glaube ich, dass sie das nicht als Witz gemeint hat.* „Kochen ergibt für mich einfach keinen Sinn. Wenn Ma die Eier aufschlägt, landen sie immer in der Pfanne. Was würde ich nicht für einen leckeren Teller mit Speck und Eiern geben."

Ishmael schluckte.

Ich jammere hier herum und dieser Mann ist wirklich hungrig. „Komm her. Zwei erwachsene Männer lassen sich doch nicht von ein paar Eiern in die Flucht schlagen."

Er startete einen neuen Versuch, aber drei Eier später nahm Galen die Pfanne mit dem verkohlten Inhalt vom Herd und ließ ihn im Mülleimer verschwinden. „Das kann man nicht mehr essen."

„So schlecht sah es aber doch gar nicht aus."

„Vielleicht könnten wir Wasser aufsetzen und die Eier kochen."

„Wenn wir manchmal Eier haben, tut Ivy sie in einen Topf und kocht sie genauso lange wie den Kaffee."

„Das schaffen wir!" Galen ließ Wasser in die Kaffeekanne laufen, dann hielt er inne. „Reich mir den Topf, bitte."

„Den hier?"

„Ja." Galen befüllte ihn auch mit Wasser. „Wenn ich Eier mache, dann so viele, dass wir auch morgen noch davon essen können." Er platzierte die Eier in dem Topf und musste ein bisschen von dem Wasser wieder abschütten, damit alle hineinpassten.

„Soll ich währenddessen schon mal Kaffee kochen, Mr O'Sullivan?"

„Wäre nicht schlecht. Sonst bin ich den ganzen Tag über ungenießbar." Während Galen die Eier auf den Herd stellte, gab er zu: „In den letzten zwei Tagen habe ich kalten Kaffee von vorgestern getrunken."

„Bei mir hat der Kaffee gar nicht die Chance, kalt zu werden."

Ishmael ging an den Schrank. „Wo haben Sie die Bohnen, Mr O'Sullivan?"

„In dem blauen Kanister. Ganz unten. Und nenn mich Galen. Sonst habe ich das Gefühl, du sprichst mit meinem Vater."

„Ist in Ordnung. Hier sind die Bohnen. Soll ich die Pfanne schrubben, damit ich sie anrösten –"

„Nicht nötig. Ma kauft jetzt immer dieses neue Zeug. *Osborns Gefeierten Fertig Zubereiteten Java Kaffee*. Du musst die Bohnen nur mahlen und fertig."

Ishmael pfiff leise und öffnete den Kanister. „Bei diesem Namen hat man das Gefühl, man würde etwas ganz Besonderes trinken. Wie viele Tassen soll ich denn machen?"

„Es passen acht in die Kanne."

„Ich soll die ganze Kanne machen?" Als Galen nickte, musste Ishmael grinsen. „Planst du, in den nächsten Tagen wieder kalten Kaffee zu trinken?"

„Bis zum Mittag haben wir ihn getrunken. Ich habe heute nämlich viel vor." Galen tat so, als würde er nicht sehen, wie Ishmael gewissenhaft siebzehn Bohnen aussuchte und sie in die Mühle legte. „Weißt du was? Warum gehst du nicht nach draußen und sammelst Eier, während ich hier alles fertig mache?"

„Klar." Ishmael nahm den leeren Eierkorb vom Tisch und verschwand.

Galen schüttete die Bohnen aus der Mühle in den Messbecher, den seine Mutter immer zum Kaffeekochen benutzte. Sie füllten das Behältnis nur zur Hälfte. Er tat mehr dazu, mahlte sie dann schnell und schüttete sie in die Kaffeekanne.

Kurze Zeit später saßen die beiden beim Frühstück. Galen sah Ishmael über den Tisch hinweg an. „Ich möchte um den Segen bitten."

Ishmael legte die Stirn in Falten und sah sich in der Hütte um. „Ich dachte, du wärst alleine hier. Wen willst du denn bitten?"

„Um den Segen bitten bedeutet, dass man zu Gott betet. Ich mache das immer vor dem Essen."

„Ich war noch nie in einer Kirche. Was soll ich denn machen, während du betest?"

„Schließ deine Augen und bete mit. Wenn ich Amen sage, heißt das, dass das Gebet vorbei ist." Galen stützte die Ellbogen auf dem Tisch ab und faltete die Hände.

„Das ist eine gute Idee. So kommt niemand auf die Idee, heimlich was zu essen, wenn niemand hinschaut." Sofort stellte auch Ishmael seine Ellbogen auf den Tisch und faltete die Hände so fest, dass seine Fingernägel weiß wurden.

Herr, diesem Mann fehlt nicht nur sein tägliches Brot, er kennt auch nicht das lebendige Wasser. Hast du ihn deshalb zu mir gebracht?

„Lieber Vater im Himmel, wir danken dir für dieses Mahl. Segne uns, wenn wir heute arbeiten. Sei auch bei denen, die wir lieben, und beschütze sie bei allem, was sie gerade tun. Im Namen Jesu, Amen."

Galen griff nach der Kaffeekanne.

Ishmael sah ihn verwirrt an. „Ich dachte, ihr Christen betet zu Gott. Ich wusste nicht, dass ihr zu den Toten betet. Dein Pa freut sich bestimmt, dass du ihn noch so in dein Leben einbeziehst."

Während er ein Ei schälte, wägte Galen seine Worte genau ab. „Es stimmt, mein Dad ist vor zwei Monaten gestorben." Seine Stimme versagte und er musste sich räuspern. „Wir vermissen ihn alle sehr, aber von ihm habe ich nicht gesprochen, als ich eben gebetet habe. Gott ist unser himmlischer Vater."

„Und wer ist deine himmlische Mutter?"

Diese Frage verblüffte ihn. *Sie ist logisch. Aber ich habe bisher noch nie darüber nachgedacht.* „Gott hat uns erschaffen. Deshalb ist er unser Schöpfer und wir nennen ihn Vater."

Ishmael verschlang ein Ei. „Das ergibt Sinn, glaube ich."

Galen biss in sein Ei und schob den vollen Topf zu Ishmael rüber.

„Danke."

Sie hatten beide zwei Eier gegessen und Galen nahm sich ein drittes. „Greif nur weiter zu. Ich habe es ernst gemeint, als ich gesagt habe, dass heute ein harter Tag wird."

„Ich würde lieber eins aufheben und heute Abend für meine Schwester mitnehmen."

Galen nahm drei Eier und legte sie auf den Teller seines Arbeiters, dann nahm er noch zwei für sich. Er hob den Topf und hielt ihn so, dass Ishmael hineinschauen konnte. „Ich muss irgendwas falsch gemacht haben, denn die meisten Eier sind angeknackst. Sie werden sich nicht lange halten, deshalb wollte ich sie gerne deiner Familie mitgeben."

Ishmael wurde knallrot.

„Ich komme aus Irland", sagte Galen nachdenklich. „Das hast du wahrscheinlich schon gemerkt. Ich habe meinen Akzent nie verloren. Wie auch immer, die Zeiten waren schwer dort. Kartoffelfäule. Ma und Dad haben oft auf ihr Essen verzichtet, damit wir Kinder genug hatten – aber trotzdem waren zwei meiner Brüder so schwach, dass sie an der Cholera gestorben sind. Ich habe nicht viel Geld, Ishmael, aber Gott hat meine Familie hier in Kalifornien sehr gesegnet. Ich habe mehr Essen, als ich brauche. Ich könnte morgens nicht mehr in den Spiegel schauen, wenn ich etwas für mich behalten würde, das ein anderer braucht."

„Ich stehe in deiner Schuld."

„Quatsch. Jetzt, wo Ma und die Jungs unterwegs sind, brauche ich die ganzen Eier doch gar nicht und ich habe auch keine Zeit dafür, um sie zum Markt zu bringen und zu verkaufen. Sie würden nur schlecht werden."

„Wann kommt deine Familie denn zurück?"

„In zwei, drei Tagen." Galen setzte sich gerader hin, als ihm eine Idee in den Sinn kam. „Dein Dad und deine Schwester haben da draußen viel zu tun, vor allem, weil du hier bist, aber ich würde Ma gerne überraschen und hier einiges erledigen. Wie groß ist die Chance, dass Ivy in den nächsten beiden Tagen morgens hierher kommt, um zu helfen? Es wäre ja nur halbtags und sie könnte Tomaten und Birnen als Bezahlung mitnehmen."

„Boss, du hast keine Ahnung, was du da gerade für ein Geschäft vorgeschlagen hast."

4. Kapitel

Galen öffnete die Tür, um das Haus zu verlassen, als der Hahn krähte. Ishmael stand vor ihm und trug eine Kanne mit Milch. Seine Schwester hielt etwas in ihrem Rock, sodass der Saum hochgerutscht war und ihre Knöchel und Schienbeine zu sehen waren. Schnell wandte Galen den Blick ab und sah Ishmael an. „Ihr beide seid früh dran."

Ivy ging an ihm vorbei, nahm die Eier aus ihrem Rock und legte sie vorsichtig in den dafür vorgesehenen Korb. „Sie haben ein paar sehr legefreudige Hennen, Mr O'Sullivan. Ishy hat mir erzählt, dass Sie gestern Probleme mit den Eiern hatten. Ich kann Ihnen Spiegelei machen, wenn Sie wollen."

„Einfach so?"

„Sagen Sie mir einfach nur, wo das Schweineschmalz ist."

Schweineschmalz! Das hätten sie gestern wissen müssen! Galen sah Ishmael fassungslos an.

Die Erkenntnis seiner Dummheit von gestern schien auch ihn schwer getroffen zu haben. Er schlug sich mit der Hand an die Stirn und wendete sich ab.

„Ma bewahrt das Fett unter der Spüle auf. Sie sagt, da bleibt es kühler."

„Ich will mich nicht in der Küche einer anderen Frau breitmachen, aber da Ihre Ma weg ist, könnte ich vielleicht noch ein paar Kekse backen."

„Das wäre ein Traum!"

„Ich habe noch nie so einen guten Ofen gesehen. Und die Herdplatten erst! Da könnte ich auch gleich noch ein Körnerbrot backen." Ivy holte das Fett aus dem Schrank, dann öffnete sie eine Dose. Als sie daran roch, musste sie laut niesen. „Ich dachte, das sei Mehl, ist es aber nicht."

Ishmael kam zu ihr und las das Etikett. „Bor-säu-re." Er deutete auf den Schrank. „Der Kaffee ist in dem blauen Kanister. Schon geröstet. Wahrscheinlich hebt Mrs O'Sullivan all ihr Essen in dem Schrank auf. Ich gehe dann mal und miste den Stall aus. Es sei denn, du hast was anderes für mich zu tun, Boss."

Galen wollte eigentlich nicht, dass eine fremde Frau allein in seinem Haus war. Andererseits wäre es unangemessen, wenn er mit ihr zusammen hierblieb. Er dachte kurz nach. „Geh und miste den Stall aus. Da die Messer von Ma schon ziemlich stumpf sind, werde ich mich solange auf die Veranda setzen und sie schärfen, bis das Frühstück fertig ist." Er nahm den Schleifstein aus einer Schublade und machte sich an die Arbeit.

Bald zog aus der Küche ein köstliches Aroma auf die Veranda. Galen versuchte, sich auf das Schleifen zu konzentrieren, aber Miss Grubb sang leise Melodien vor sich hin, die er noch nie gehört hatte. Es war zum Weglaufen.

„Und sie hatte allen Hörner aufgesetzt", trällerte sie vor sich hin. Eine Sekunde später stand sie auch schon in der Tür. „Mr O'Sullivan, Sir, es ist gleich alles fertig. Wollen Sie Ihre Kekse gern trocken oder soll ich einen Schmalzklecks drauftun?"

„Im Kühlhaus haben wir Butter. Ich hole einen Block."

Als er mit der Butter zurückkam, konnte Galen hören, wie Ishmael durch das geöffnete Fenster etwas zu seiner Schwester sagte: „Der Boss hat gestern vor dem Essen gebetet. Mach einfach die Augen zu und falte die Hände. Wenn er Amen sagt, dürfen wir reinhauen."

„Ich erinnere mich daran, dass die Farbigen dieses Wort immer gesungen haben, wenn sie Baumwolle gepflückt haben. Weißt du noch? Amen. Amen. A-a-men, amen, amen."

Ihre Stimme klang schief und der Rhythmus stimmte auch nicht, aber Galen erkannte den Gospelsong.

„Das ergibt doch alles keinen Sinn", murmelte Ivy. „Die Sklaven waren doch gar nicht beim Essen. Die haben sich stattdessen ihre Finger blutig geschuftet."

„Kirchenleute haben ihre eigenen Ansichten. Das müssen wir nicht verstehen, Schwesterchen. Mach einfach mit. Der Mann ist unglaublich. Wird schon nicht weh tun, seine komischen Sitten mitzumachen."

Galen wartete noch kurz, bevor er hineinging.

Ivy warf einen Blick über die Schulter, dann nahm sie einen Teller. „Perfektes Timing. Die Eier sind fertig." Sie tat ihm drei Spiegeleier auf den Teller. „Bitte schön."

„Danke." Als Galen sah, wie viel auf den anderen beiden Tellern war, runzelte er die Stirn.

„Stimmt etwas nicht?", fragte Ivy unsicher.

Er nahm den Teller, auf dem nur ein Ei lag und ließ es auf den fallen, auf dem schon zwei waren. „Mein kleiner Bruder ist erst sechs und selbst der isst zwei Eier. Da niemand von uns sechs ist, müssen Sie noch drei Eier braten."

„Wie viele essen Sie denn normalerweise?"

„Gestern hat er fünf gegessen", sagte Ishmael.

„Mit den Keksen heute reichen mir drei."

Ishmael setzte sich und Ivy wandte sich wieder dem Herd zu. Sie schlug zwei Eier auf und briet sie schnell. Als sie zurück an den Tisch kam, warf sie Galen einen fragenden Blick zu. „Was ist denn los?"

„Warum fragen Sie?"

„Sie stehen da und starren mich an."

„Es ist unhöflich, wenn ein Mann sich setzt, bevor sich die Dame gesetzt hat."

„Davon hab ich ja noch nie etwas gehört." Sie stieß ein Schnaufen aus. „Aber es hat mich auch noch nie jemand für eine Dame gehalten."

„Aber ein Flittchen bist du auch nicht."

Galen fühlte mit ihr. Arm und einfach, wie sie aufgewachsen war, war man ihr nicht einmal mit der angemessenen Höflichkeit begegnet. „Nicht der Reichtum macht eine Frau zur Dame, Miss Grubb. Ein fürsorgliches Herz und hilfreiche Hände sind das, was zählt. Ihr Bruder hat gerade Ihre gute Moral erwähnt. Ich kann außerdem erkennen, dass Sie Ihre Familie lieben und Sie sind so freundlich, für mich zu kochen."

„Nett von Ihnen, das zu sagen, aber Sie machen mich nervös. Mir wäre es lieber, Sie würden essen, solange es noch warm ist." Sie setzte sich.

Galen nahm ebenfalls Platz und musterte ihren Teller.

„Ich schaffe keine drei Eier – nicht, wenn ich noch Kekse will.

Wir hatten seit Monaten keine Mehlspeise mehr, da werde ich schneller satt sein, als ich gucken kann."

Sie beschwerte sich nicht und versuchte auch nicht, ihn darauf aufmerksam zu machen, wie schlecht es ihr und ihrer Familie ging. Nein, ihre Stimme hatte den gleichen fröhlichen Klang wie Laneys, wenn seine Mutter ihren Lieblingskuchen gebacken hatte. Galen lächelte. „In meinem Haus beginnen wir jedes Essen mit einem Gebet."

Ishmael stützte augenblicklich seine Ellbogen auf den Tisch und faltete die Hände. Ivy tat es ihm nach.

Galen beugte den Kopf und schloss die Augen. „Geliebter Vater, ich danke dir für dieses Essen. Ich bitte um deinen Segen für die Hände, die es bereitet haben, und darum, dass wir heute unser Tagwerk gut bewältigen können. Schütze uns bei allem, was wir tun, und sei mit deiner Liebe bei uns. Sei auch bei allen, die wir lieben, und bring sie gesund zu uns zurück. In Jesu Namen. Amen."

Ishmael griff nach seiner Gabel, aber Ivy musterte ihre Hände. „Ich glaube nicht, dass sie jetzt anders aussehen. Noch nie hat jemand für meine Hände gebetet. Woher weiß man, ob dieser Gott auch zuhört?"

„Gott hört seinen Kindern immer zu."

Sie seufzte und stach mit der Gabel in ihre Eier. „Sie sind kein Kind, Sie sind ein Mann."

„Galen hat es mir gestern erklärt." Ishmaels Stimme hatte einen Benimm-dich-Unterton. „Christen glauben, weil Gott sie gemacht hat, ist er ihr Dad."

„Hm, das ist aber komisch. Ein Kind sagt seinem Vater doch nicht, was er zu tun hat. Warum sollte dieser Gott Ihnen zuhören. Eigentlich sollten Sie doch auf das hören, was er Ihnen sagt."

„Ich höre ihm zu. Er spricht durch die Bibel zu mir. Und wenn der Pfarrer in der Kirche predigt, dann lerne ich noch mehr über Gott. Außerdem habe ich liebe Geschwister im Herrn, die mir mit Rat und Tat zur Seite stehen."

„Ich weiß nicht, ob es mir gefallen würde, wenn mir so viele Leute sagen, was ich zu tun und zu lassen habe. Macht es Ihnen was aus, wenn ich ein bisschen Butter nehme?"

„Bedienen Sie sich.“ Galen schob ihr den Teller hin.

„Was sollen wir heute machen?“, fragte Ishmael und tauchte seinen Keks in das flüssige Eigelb.

Galen ging seine Liste durch. Bis vor zwei Monaten hatte immer sein Dad am Frühstückstisch aufgezählt, was zu tun war und wer die Aufgaben übernehmen sollte. Da seine Brüder noch nicht alt genug waren, um die ganzen Arbeiten zu übernehmen, hatte er diese Tradition nicht fortgeführt. Ein Teil von Galen trauerte, doch der andere war erleichtert darüber, dass sie heute mehr schaffen würden als an allen anderen Tagen in den letzten Wochen.

Ivy schlürfte an ihrem Kaffee, dann stellte sie ihre Tasse ab. „Wenn ich abgewaschen habe, kann ich in die Scheune kommen und –“

„Miss Grubb, das erwarte ich nicht von Ihnen.“ Galen schüttelte den Kopf. Er hatte nur Aufgaben auf der Liste, die große körperliche Kraft voraussetzten.

„Ich habe einen starken Rücken.“

„Eigentlich hatte ich geplant, dass Sie sich um Mas Garten kümmern. Er ist ziemlich groß und jetzt, wo sie und meine kleinen Brüder weg sind, macht sich das Unkraut breit. Sie sollen alles abernten, was reif ist, und bis zum Mittag Unkraut jäten. Danach könnten Sie den Garten noch wässern.“

„Gärtnern ist doch keine Arbeit, sondern reines Vergnügen. Haben Sie Eimer oder Körbe, in die ich die Ernte legen kann?“

„Wir haben eine Schubkarre. Stellen Sie die Körbe darein. Mittags kann ich Ihnen dann helfen, das Obst und Gemüse zum Haus zu bringen.“

Sie strahlte. „Stimmt es, dass Sie einen Birnbaum haben?“

„Sogar mehrere. Ma macht Birnenmarmelade, Birnenkuchen und sie trocknet die Birnen, damit wir den ganzen Winter über versorgt sind. Bestimmt wollen Sie ein paar mit nach Hause nehmen. Sie könnten sie auch für den Winter trocknen.“

„Ich weiß gar nicht, wann ich das letzte Mal Birnen gegessen habe.“ Ishmael schob sich den letzten Kekskrümel in den Mund. „Hört sich nach einer unglaublichen Belohnung für unseren Arbeitstag heute an.“

Galen dachte darüber nach, sich den letzten Keks zu nehmen.

Aber stattdessen schob er Ivy den Teller hin. „Ihr Bruder und ich haben ordentlich zugelangt. Die Kekse sind wirklich gut."

„Dann nehmen Sie sich doch den letzten."

„Ich hatte schon genug."

„Ich bin auch voll, Schwesterchen." Ishmael knackte mit den Knöcheln. „Warum hebst du ihn dir nicht auf und isst ihn später?"

Plötzlich sprang Ivy auf. „Das Brot ist fertig." Sie zog eine Form aus dem Ofen und stellte sie zur Seite. „Ich habe auch Bohnen eingeweicht. Zum Abendessen müsst ihr sie nur in frisches Wasser tun und sie kochen. Dann habt ihr eine leckere Mahlzeit."

„Vielen Dank."

Als Ivy in den Garten verschwunden war, machten Galen und Ishmael sich daran, frisches Heu in der Scheune einzulagern, damit die Tiere den Winter über versorgt waren. Eines der Scheunentore schloss nicht richtig und ließ sich nur schwer bewegen. Ishmael hielt es in die richtige Position, während Galen es wieder festschraubte.

Als sie fertig waren, sah Ishmael in Richtung eines brachliegenden Feldes. „Pflanzen wir da irgendwas an?"

Galen nickte. „Ja, da könnten wir Gerste einsäen."

„Du hast hier sehr viel Land. Es ist gut, die Felder brachliegen zu lassen. Dann sind sie im nächsten Jahr viel fruchtbarer. Ich wette, deshalb habt ihr so viel Ernteertrag."

„Gott meint es gut mit uns."

Ishmael zuckte die Schultern. „Davon verstehe ich nichts. Für mich sieht es eher so aus, als würdest du hart arbeiten." Er ließ seinen Blick umherschweifen. „Ich habe noch nie so fruchtbares Land gesehen – und ich war schon fast überall."

„Woher kommst du eigentlich?"

„Aus Crooked Leg. Je nachdem, wen man fragt, ist das in Alabama oder Tennessee. Aber in den letzten sechs Jahren sind wir nur unterwegs gewesen. Soll ich schon einmal die Steine vom Feld sammeln, während du das Pferd vor den Pflug spannst?"

Galen nickte. Er verstand den Wink mit dem Zaunpfahl und sagte nichts mehr von Gott. Vor langer Zeit hatte sein Dad ihm erklärt, dass die Seele wie ein Feld war – solange die Steine nicht weggeräumt und das Unkraut gejätet war, fiel die Saat auf unfruchtbaren Boden. Einen Mann mit dem lebendigen Wasser zu überspülen, bevor der Heilige Geist in ihm gewirkt hatte, würde alles nur untergehen lassen. Das Beste, was ein Christ tun konnte war, als gutes Beispiel voranzugehen und Gott wirken zu lassen.

„Egal wann Sie Hilfe brauchen, ich bin da." Ivy starrte auf die Kiste zu Ishmaels Füßen. Salat, Tomaten und Birnen lagen darin. Neben der Kiste stand ein Sack mit grünen Bohnen, Brokkoli und Äpfeln.

Galen O'Sullivan lächelte. „Ich erzähle Ma, was für eine gute Arbeiterin Sie sind. Wenn sie Hilfe braucht, wird sie sich bestimmt an Sie wenden."

Seine roten Locken waren so ganz anders als Ishmaels glattes blondes Haar, aber die Freundlichkeit, die in seinen Augen funkelte, war die gleiche. *Das ist ein Mann, dem ich vertrauen kann.*

Ishmael hob die Kiste hoch. „Morgen früh bin ich wieder da."

„Bis dann."

Ivy griff nach dem Sack.

„Warte, Schwesterchen." Ishmael stellte die Kiste wieder ab. „Die hat Henkel. Lass sie uns zusammen tragen und ich nehme den Sack."

„Okay."

„Wir sind es gewöhnt, Seite an Seite zu arbeiten", erklärte er seinem Boss. „Zwillinge eben."

Galen nickte verstehend.

Als Ivy den einen Griff genommen hatte und sie „nach Hause" gingen, warf sie ihrem Bruder einen Blick zu. „Ich hätte den Sack auch alleine tragen können. So schwer ist er doch gar nicht."

Ishmael trottete neben ihr her. Wenn sie nebeneinander hergingen, passte er seine Schrittlänge immer der ihren an. Und sie versuchte, ihre Schritte immer größer zu machen als normalerweise, damit er nicht zu sehr auf sie warten musste. „Ich wollte, dass der Boss sieht, wie gut wir zusammenarbeiten. Vielleicht kommt er dann auf die Idee, dich immer mit mir zusammen zu sich zu bestellen."

„Du bist schlauer als ein Fuchs."

„Aber dein Verstand ist auch nicht von schlechten Eltern. Scharf.

Ich habe genau gesehen, dass du Gemüse ausgesucht hast, das man jetzt gleich essen kann, aber auch viel, das man gut trocknen und aufheben kann."

„Ich habe einfach das genommen, was da war. Es liegt an der Jahreszeit, dass gerade so viel reif ist." Sie seufzte. „Vielleicht sollten wir einen Teil der Sachen irgendwo verstecken. Pa isst in letzter Zeit so viel, dass er alles für sich allein nehmen wird, bevor ich ihn davon abhalten kann."

„Irgendwann werden wir auch so eine Hütte besitzen wie die O'Sullivans, Schwesterchen. Ich weiß, dass Pa seine Versprechen nie hält, aber ich meine es ernst. Du und ich – wir wurden zusammen geboren und wir werden immer zusammenbleiben. Wenn ich eine Frau finde, wird sie dich lieben und du darfst bei uns wohnen. Darauf gebe ich dir mein Wort."

„Ishy, ich gebe dir das gleiche Versprechen – wenn ich jemals einen Ehemann finden sollte, wird er dich als meine Familie ansehen und froh sein, dich zu haben."

Während sie weitergingen, seufzte Ivy erneut. „Du hast dafür gesorgt, dass ich anfange, mir Hoffnung auf ein gutes Leben zu machen und das ist schrecklich. Wir sind wie Erdhörnchen – wir graben uns schon unser ganzes Leben lang ein. Ich habe Angst, dass wir wieder vertrieben werden oder man uns erschießt oder wir einfach so verhungern."

„Du hast uns doch heute erst mal genug Essen erarbeitet. Das wird eine Weile reichen."

„Ishy, ich befürchte, dass wir morgen früh aufwachen und Dad alles aufgegessen hat, was mir Mr O'Sullivan mitgegeben hat."

„Das kann er nicht tun."

„Doch, das kann er. Und das wird er. Du hast an deinem ersten Arbeitstag die Eier mitgebracht und er hat sie alle aufgegessen. Du und ich – wir haben kein einziges bekommen. Mit den anderen Sachen wird er es genauso machen."

Ishmael gluckste. „Wenn er nur ein Viertel davon isst, werden ihn seine Bauchschmerzen umbringen."

Der tägliche Entzug von Essen und die harte Arbeit hatten sie abstumpfen lassen – aber nur ein Tag auf der Farm der O'Sullivans hatte Ivy wachgerüttelt: ein festes Dach über dem Kopf, fruchtbarer

Grund und Boden, eine Familie, die zusammenhielt. Ihre Verzweiflung trieb sie dazu, ein Thema anzusprechen, an das sie sich sonst niemals herangetraut hätte. „Ich habe mich gefragt, Ishmael … Andere Menschen nehmen Land für sich in Anspruch. Wie tun sie das? Und warum machen wir beide es nicht genauso? Es kann doch nicht sein, dass alles Land schon vergeben ist."

„Das geht nicht, Ivy." Er sah sie traurig an. „Du glaubst gar nicht, wie oft ich schon darüber nachgedacht habe. Aber ich habe mich nie getraut, darüber zu sprechen, weil es sowieso nicht klappen kann."

Sie stellte ihre Seite der Kiste ab. „Warum denn nicht?"

Auch Ishmael setzte die Kiste ab und stellte den Sack vorsichtig daneben. Als er sich erhob, warf er ihr einen schwermütigen Blick zu. „Wir können uns nicht von Pa losreißen. Wir hätten doch gar keinen Esel oder Pflug. Keine Axt. Gar nichts."

„Aber es muss einen Weg geben. Wir könnten auf einer Farm oder Ranch anheuern. Ich könnte kochen und putzen und du könntest draußen arbeiten. Wir könnten jeden verdienten Penny sparen, so lange, bis wir uns all das leisten können."

„Ich habe es durchgerechnet. Öfter, als ich denken kann. Aber es kann nicht funktionieren."

„Dann denk weiter nach, Ishy. Ich will nicht aufgeben. Wir beide haben keine Angst vor harter Arbeit. Ich finde es schrecklich, dass Mr O'Sullivan uns mit so viel Essen bezahlt und uns auf seinem Land leben lässt, während wir lächeln und so tun, als wäre alles in Ordnung. Wir sind Lügner – eiskalte Lügner. Mir ist es egal, was es uns kostet. Ich erwarte mehr von meinem Leben, als nachts zitternd unter einer viel zu dünnen Decke zu liegen und meinem leeren Magen beim Knurren zuzuhören."

5. Kapitel

„Der Zug wird sehr voll“, stellte Laney fest, als sie sich auf dem Bahnsteig umsah.

„Man kann die Schilder kaum noch lesen.“ Hilda warf einem Mann, der sie anrempelte, einen bösen Blick zu. „Zwischen den ganzen Wahlplakaten und Bildern. Man könnte meinen, wir wären in Washington.“

„Es ist eben eine sehr wichtige Wahl“, sagte Laney. „Die Zukunft unseres Landes steht auf dem Prüfstand.“

„Wenn die Wahl so wichtig ist, warum gibt es dann einen Kandidaten, der noch nicht einmal seinen Namen schreiben kann?“ Sean zeigte auf drei unterschiedliche Plakate. „Abraham. Abrm. Abram. Wenn er sich nicht mal für eine Schreibweise entscheiden kann, wie soll er dann entscheiden, was das Beste für Amerika ist?“

„Also, in der Bibel gibt Gott Abram den Namen Abraham.“ Kelly O’Sullivan fuhr mit den Fingern durch die ungezähmten roten Locken ihres Sohnes. „Und Abraham wurde der Vater von Israel. Er war ein guter und weiser Mann.“

Dale zog die Nase kraus. „Wenn die Männer wählen und es eine geheime Wahl ist, warum reden sie dann so viel darüber?“

„Sie versuchen, die anderen von ihrer Meinung zu überzeugen, damit ihr Kandidat gewinnt.“ Laney zuckte zusammen, als zwei Männer sich lauthals darüber stritten, ob sich nun Bell oder Breckinridge zurückziehen sollte, damit der andere eine bessere Chance hatte. „Ich werde die Ruhe und den Frieden daheim jedenfalls genießen, wenn wir endlich wieder da sind.“

Joshs Frau, Ruth, nickte. „Ich auch. Ich habe einen ganz neuen Blick auf die endlosen Weiten von Broken P. bekommen. Aber der Heimweg wird noch mal sehr anstrengend. Ich frage mich, wie all diese Menschen in den Zug passen sollen.“

„Bitte einsteigen!“, rief der Schaffner. Josh beeilte sich, den Frauen beim Erklimmen der Trittstufen zu helfen.

Laney wartete, bis Dale sich einen Platz am Fenster gesucht hatte, dann raffte sie den Stoff ihres goldfarbenen Reisekleides zusammen und setzte sich so, dass sie den Durchgang nicht behinderte.

„Wir sind genauso bepackt wie auf der Hinreise", seufzte Kelly, als sie sich auf die andere Seite des Ganges gesetzt hatte. „Dabei hätten wir eigentlich mit weniger nach Hause gehen sollen, als wir mitgebracht haben."

„Abgesehen von den Büchern für die Leihbücherei", warf Ruth ein. „Ihr habt mir alle so sehr geholfen. Ich freue mich schon auf die Eröffnung. Ohne euren Rat und eure Meinung hätte ich niemals so schnell so viele Bücher gefunden."

Dale hüpfte auf seinem Sitz auf und ab. „Aber am allerbesten ist, dass ich anstatt mit keinem Schwein mit zwei Schweinen nach Hause komme!"

„Hortense gehört jetzt Laney", erinnerte Kelly ihren Jüngsten.

„Ja, aber sie hat gesagt, dass sie Hortense mit mir teilt. Und ich werde Rüsselchen mit ihr teilen. Geteilte Freude ist doppelte Freude, sagst du doch immer, Ma."

„Rüsselchen?" Laney legte den Kopf schief. „Rüsselchen. Ich bin nicht sicher, ob das ein Name ist, über den sich ein Schwein freuen würde."

„Seit wann können sich Schweine denn freuen?" Hilda versuchte ihren Hut zu richten, damit die Krempe nicht andauernd gegen das Fenster stieß.

„Rüsselchen ist Hortenses Verehrer. Er hat sehr viel, über das er sich freuen kann." Laney sah Dale an. „Da er so ein wichtiges Schwein ist, werde ich ihn lieber Mr Rüsselchen nennen."

„Hast du das gehört, Ma?", lachte Sean. „Warte, bis Dad –" Sein Mund schnappte zu und seine Augen füllten sich mit Tränen.

„Komm her, Schatz." Kelly zog ihren Sohn zärtlich an sich. Auch sie musste mit den Tränen kämpfen. „Ich weiß, wie schwer das ist. Mindestens zwanzig Mal am Tag erwische ich mich dabei, wie ich daran denke, ihm etwas erzählen zu wollen."

Die Lokomotive setzte sich in Bewegung und das schrille Pfeifen zerriss die Luft. So aufregend und erfolgreich die Reise nach Sacramento auch gewesen sein mochte, in ein leeres Zuhause zurückzukehren, war für alle äußerst ernüchternd. Die kurze Rückfahrt nach Folsom kam ihnen wie eine Ewigkeit vor.

Als der Zug endlich in den Bahnhof einfuhr, sah Laney sich gespannt um, musste dann jedoch ihre Enttäuschung herunterschlucken. Insgeheim hatte sie gehofft, dass Galen kommen würde, um seine Mutter und seine Brüder abzuholen … und um sie zu sehen. *Es war ein dummer Gedanke. Er ist allein daheim und muss sich um die Farm und den Ponyexpress kümmern. Er hat gar keine Zeit dafür. Ich kann nicht erwarten, dass er in mir eine erwachsene Frau sieht, wenn ich solche Träume habe.*

Josh half ihnen allen aus dem Zug. „Geht schon mal vor in den Copper Kettle. Ich organisiere uns derweil Wagen und Pferde aus dem Mietstall und lade unsere Sachen auf. Schatz –", er warf Ruth einen festen Blick zu, „du weißt, was du zu tun hast, bevor du mein Essen bestellst."

Ruth nickte. „Fragen, wer kocht."

„Wenn Ethel am Herd steht, wäre es Geldverschwendung, für ein Essen hier in der Stadt zu bleiben", bekundete Hilda.

„Und Essensverschwendung", warf Sean ein. „Ich habe gehört, dass sie einfach alles anbrennen lässt."

„Das ist nur Tratsch", sagte Kelly und sah ihren Sohn vorwurfsvoll an. „Außerdem kannst du auch nicht besser kochen."

„Ich frage mich, wie Galen die letzten Tage überstanden hat." Laney grinste. „Er ist hoffnungslos verloren, wenn es ums Kochen geht."

„Ach, er hat einen zähen Magen", warf Kelly ein und konnte sich ein Lächeln nicht verkneifen. „Er wird seine Versuche schon überleben."

Laney nahm Dale an die Hand. „Lass uns gehen. Josh, bitte sei vorsichtig mit den Spezialkisten."

„Du hast Spezialkisten?" Dale zog an ihrer Hand. „Wir sind jetzt Partner und du darfst nichts vor mir geheim halten."

Laney beugte sich zu ihm. „Pssst. Es ist eine Weihnachtsüberraschung."

„Oooh." Dales Augen wurden groß. „Ich habe letztes Jahr einen Lutscher bekommen, der so groß war wie Mas Bratpfanne."

„Ich bin mehr an Fleisch und Kartoffeln interessiert als an Süßigkeiten", sagte Hilda und ging an ihnen vorbei auf den Bürgersteig.

Während sie die bergige Hauptstraße entlanggingen, öffneten sich die Türen des Copper Kettle. Lester Pearson aus dem Gemischtwarenladen kam ihnen entgegen und flüsterte: „Ich kann euch nur warnen – heute steht Ethel in der Küche und kocht."

Hilda blieb so abrupt stehen, dass Sean gegen sie prallte. Sie sah von Laney zu Ruth und wieder zurück. „Ich könnte auf Broken P schnell ein paar Sandwiches machen."

„Aber wir haben kein Brot zu Hause." Ruth reckte ihre Schultern. „Wir machen es so, wie Josh gesagt hat."

Laney beugte sich hinunter und flüsterte Dale und Sean zu: „Das heißt, dass wir Sandwiches bestellen sollen und Kuchen zum Nachtisch."

„Kuchen!" Sean horchte auf.

„Der Junge hat beim Wettbewerb einen ganzen Kuchen verdrückt. Man sollte meinen, er hätte genug", murmelte Hilda.

„Colin hat zwei ganze Kuchen gegessen." Sean warf seinem älteren Bruder einen bewundernden Blick zu, der sich aber schnell in ein Grinsen wandelte. „Und dann ist ihm schlecht geworden."

„Das war doch schon vor drei Tagen." Colin öffnete die Tür, damit sie alle eintreten konnten. „Jetzt bin ich bereit für neuen."

Josh gesellte sich zu ihnen. Sie alle aßen Schinkensandwiches und als sie schon beim Nachtisch waren, kam Ethel plötzlich aus der Küche. „Ich sage euch, ich verstehe gar nichts mehr", erzählte sie ihnen. „Ich habe heute Morgen Hühnerfrikassee gemacht und gedacht, die Leute würden es mir aus den Händen reißen. Nur eine einzige Bestellung. Und dann meine Schweinerippchen! Ich habe acht dicke Rippen gebacken, mit Radieschen und Rosinenfüllung in Sirupsoße. Wenn alle nur Sandwiches bestellen, verkommt das ganze Essen."

„Das ist eine Schande", sagte Josh.

Laney nickte. „Ethel, wenn Sie das Hühnchen einpacken können, würden wir etwas mitnehmen."

„Würden wir nicht!", rief Hilda halblaut.

„Aber natürlich." Laney tupfte ihren Mund mit der Serviette ab.

„Tatsächlich?" Ruth sah sie fassungslos an.

„Ja, das würden wir."

Ethel verschwand in Richtung Küche. „Ich mache eure Bestellung sofort fertig." Kurze Zeit später kam sie wieder und stapelte einige Pappschachteln auf dem Nachbartisch. „Sie verstehen das nicht, Laney, aber ich schon. Wenn man in einen Mann verliebt ist, geht er einem Tag und Nacht nicht mehr aus dem Kopf."

Laney wäre am liebsten unter den Tisch gekrochen. Sie hatte wirklich versucht, ihre Schwärmerei für Galen geheim zu halten. Eine Dame sprach nicht über solche Dinge.

Völlig blind gegenüber der Verlegenheit, die sie auslöste, plapperte Ethel weiter: „Sie haben sich Sorgen um Galen O'Sullivan gemacht."

Ruth warf ein: „Wir *alle* haben uns Sorgen gemacht."

„Brauchen Sie nicht. Meine Nichte hat eine ordentliche Mahlzeit gepackt, damit Rick Maltby sie ihm bringen konnte. Myrtle ist wirklich unheimlich hilfsbereit. Sie wird mal eine gute Ehefrau. Sie wollte ihm noch öfter Essen bringen, aber das ging natürlich nicht. Ein Mädchen kann nicht vorsichtig genug sein, was seinen Ruf angeht." Ethel strich über den Deckel des obersten Kartons. „Wie auch immer, Sie müssen sich keine Sorgen um Galen machen. Mein Essen wird ihn im Handumdrehen satt machen."

Hilda beäugte die Boxen. „Das reicht für mindestens zehn Leute."

„Ich habe auch für zehn gerechnet", sagte Ethel und schien Hildas Vorbehalte gar nicht zu bemerken. „Ihr seid zu acht und dann ist da noch Galen auf der Farm. Er hat bestimmt Hunger für zwei. Nur um sicherzugehen, dass ihr wirklich alle satt werdet, habe ich noch meinen berühmten Apfel-Schokoladen-Kuchen eingepackt."

„Oh, das hätten Sie nicht tun müssen", sagte Kelly O'Sullivan.

„Aber trotzdem wissen wir es zu schätzen." Laney lächelte.

Als Josh die Kartons hinten auf einem der gemieteten Wagen stapelte, warf er Laney einen argwöhnischen Blick zu. „Laney, das ist eine schreckliche Idee. Wenn du Galen etwas davon anbietest, wird er dir das niemals vergessen."

„Oder verzeihen", warf Ruth ein.

Hilda warf den Kartons einen finsteren Blick zu. „Elaine Louise McCain, was hat dich geritten, vier frikassierte Hühnchen mitzunehmen?"

Laney ließ ihren schönen Papiersonnenschirm aufschnappen. „Es war die bessere Wahl."

„Ich vermute, alles ist irgendwie relativ", sagte Ruth langsam.

„Ethel ist eine liebe Frau, aber eine schreckliche Köchin." Hilda schüttelte den Kopf. „Ihr Essen ist nicht gemacht für –"

„Den *menschlichen* Verzehr", beendete Laney den Satz und ging dann langsam zum Gemischtwarenladen hinüber. „Ich sehe nach, ob Post für uns da ist."

Galen nahm die Zügel des erschöpften Ponys und sah dem Reiter nach, der auf einem frischen Tier davongaloppierte. Während er die Stute langsam herumführte, um sie abzukühlen, rief er Ishmael zu: „Setz zum Schutz vor der Sonne lieber deinen Hut auf. Auf dem Feld soll Gerste wachsen, keine roten Rüben."

„Ich denke, ich setze meinen Hut auf, wenn mein Gesicht so rot ist wie deine Haare."

„Das war schon vor einer halben Stunde der Fall."

„Wow." Ishmael blieb am Ende der Reihe stehen, die er gerade gepflügt hatte. Er rieb sich mit dem Ärmel über die Stirn. „Boss, ich habe eine Zwillingsschwester, die sich schon ständig Sorgen um mich macht. Kein Grund, ihren Part zu übernehmen, wenn sie nicht da ist."

„Aber sie ist ja nicht hier, um dir Vernunft beizubringen."

„Na ja, wenn du oder deine Ma mal Ivys Hilfe braucht, sage ich ihr, dass sie wieder herkommen soll."

„Ich behalte dein Angebot im Kopf. Wenn ich diese Schönheit hier versorgt habe, gehe ich eine Runde pflügen."

„Ach was. Diese Pflugscharen aus Metall sind wirklich beeindruckend. Damit geht die Arbeit viel leichter. Ich hatte schon davon gehört, habe aber noch nie eine ausprobiert." Ishmael streckte einen knochigen Finger in die Luft und zog eine gerade Linie. „Der Pflug pflügt die Erde tief und schnell um und es ist nur halb so anstrengend."

„Das stimmt." Galen konnte sich nicht daran erinnern, bei den Grubbs einen Pflug gesehen zu haben. Sie besaßen nur einen sehr armselig wirkenden Esel. Hatte Ishmael den Boden etwa nur mit Handwerkzeug bearbeitet? „Es macht mir nichts aus, meinen Pflug an Leute zu verleihen, die gut damit umgehen und ihn zu schätzen wissen. Nächste Woche kommt ein Nachbar und nimmt ihn sich mit. Dafür leiht er mir seine Sense aus."

„Ich will ja nicht angeben, aber ich bin ziemlich gut mit der Sense. Wenn die Erntezeit kommt, wirst du schon sehen."

Ishmael ging nicht auf Galens verstecktes Angebot ein, also ließ er das Thema fallen. „Wenn du mit der Sense nur halb so gut bist wie mit dem Pflug, bin ich mehr als zufrieden."

„Ich habe versprochen, hart zu arbeiten und das mache ich auch. Es fühlt sich gut an, den Boden zu bearbeiten. Er ist fruchtbar – sehr fruchtbar. Ich habe noch nie so viele Würmer gesehen."

„Das gefällt besonders den Vögeln ganz gut." Dutzende Sperlinge und Meisen pickten eifrig in der Erde, hüpften hier und dort herum und feierten ein Festmahl mit den Insekten und Körnern, die Ishmael zu Tage förderte.

„Hast du denn keine Vogelscheuche?"

„Nein. Dafür hatte ich noch keine Zeit. Bei dieser Aufgabe hilft normalerweise meine Ma meinen kleinen Brüdern. Das ist Familientradition." *Wie sehr ich sie vermisse.*

„Deine Familie hat ganz schön viele Traditionen."

Galen nickte und führte das Pferd in Richtung Koppel. Seit Dad gestorben war, gab es jeden Tag Situationen, in denen seine Abwesenheit schmerzlich offensichtlich wurde. Alberne Dinge, die Galen nie bemerkt hatte, waren plötzlich wichtig geworden – Ma umarmte und küsste sie immer noch alle, wenn es ins Bett ging, aber jetzt drückte Galen Colins Arm und zerzauste Sean und Dale die Haare, wie es ihr Dad immer getan hatte. Außerdem hatte er, wenn er morgens an die Arbeit gegangen war, die Veranda immer mit einem Pfeifen auf den Lippen verlassen. Obwohl es ihm fast das Herz brach, zwang Galen sich dazu, es ihm nachzutun, damit Ma und die Jungs dieses Geräusch nicht missen mussten.

Jesus, auf Dads Beerdigung hat der Pastor gesagt, dass auch du deinen irdischen Vater verloren hast. Josef hat dir das Zimmererhandwerk beigebracht, aber du warst als Marias Sohn bekannt. Du weißt, wie es ist, einen Vater zu lieben und ihn zu verlieren. Du hast sein Handwerk fortgesetzt und bist an seine Stelle getreten. Sogar am Kreuz hast du dich um deine Mutter gekümmert. Hilf mir, genauso für meine Familie da zu sein. Alleine schaffe ich es nicht. Ich muss mich auf dich verlassen.

„Hey, Boss!“

Galen ging zurück zu seinem neuen Arbeiter.

Ishmael zeigte in die Ferne. „Da kommt jemand.“

Galen trat zur Seite, steckte die Finger in den Mund und stieß drei laute Pfiffe aus. Sofort wurden sie genauso erwidert.

„Sie sind es – meine Familie.“

Die Gruppe verschwand hinter einer Wegbiegung und kam dann wieder in Sicht.

„Wieso sind das denn so viele? Ich dachte, du hättest nur drei Brüder?“

„Die Nachbarn sind auch dabei. Mein bester Freund, Josh, hat mir versprochen, sich um meine Familie zu kümmern.“

„Aber sie haben zwei Wagen.“

Galen lachte, als noch ein dritter folgte. „Joshs Frau, Ruth, will eine Bücherei eröffnen. Sieht so aus, als hätte sie jedes Buch im Staat Kalifornien gekauft.“

„Wow! Guck dir das an. Alle Wagen sind beladen!“

Galen schüttelte den Kopf. Als Josh McCain den ersten Wagen im Hof anhielt, hob Galen eine Augenbraue.

„Ich habe sie alle gesund und sicher nach Hause gebracht.“

Joshs Haushälterin, Hilda, lenkte den zweiten Wagen. „Fakten sind nun mal Fakten. Daher gebe ich nicht an, wenn ich sage, dass ich den ersten Platz für mein Schmalz bekommen habe und Laney den zweiten für ihr Traubengelee. Deine Mutter kann mit den Auszeichnungen für ihr Gemüse und das Eingemachte eine ganze Wanne füllen.“

Colin ließ den dritten Wagen zum Stehen kommen. „Rat mal, was wir mitgebracht haben.“

Auf der Ladefläche des Wagens saß Laney mit einem bildhübschen Sonnenschirm, der ihren sanften Zügen Schatten spendete. Der goldfarbene Rock ihres Reisekleides lag wie der pure Sonnenschein um sie herum. Nur die Art, wie sie Hortenses Kopf auf ihrem Schoß hielt und das kleine Ferkel ununterbrochen grunzende Laute von sich gab, ruinierte den bühnenreifen Auftritt.

Galen verschränkte die Arme und sah seinen jüngsten Bruder vorwurfsvoll an. „Dale, du solltest Hortense doch verkaufen.“

„Habe ich! Laney hat sie gekauft!“

Jetzt wandte er seine Aufmerksamkeit Joshs nerviger kleiner Schwester zu. „Was hast du vor, Laney? Das Ferkel wiegt mindestens genauso viel wie du."

6. Kapitel

„Das war kein sehr netter Vergleich, aber ich ignoriere ihn einfach." Laney streichelte Hortense zwischen den Ohren und das Schweinchen grunzte glücklich. „Ich bin ins Geschäftsleben eingestiegen. Dale ist mein Partner."

„Ja, und sieh dir das an, Galen. Ich habe ein eigenes Schwein gewonnen! Einen kleinen Eber." Dale drehte den Kopf des Ferkels zu ihm. „Mr Rüsselchen, das ist mein Bruder, Galen."

Galen rümpfte die Nase. „Was stinkt hier so?"

Hilda lachte so laut, dass sie fast Schluckauf bekam.

Laney schob Hortense beiseite, die von ihrem Kleid plumpste. „Wir haben Hühnerfrikassee mitgebracht."

Galen wandte sich um und rief: „Hey, Ishmael! Komm her! Sie haben uns Abendessen mitgebracht!"

„Wer ist Ishmael?" Ma drehte sich um.

Galen griff nach ihrer Hand. „Unser neuer Arbeiter." Er half ihr beim Absteigen, ließ sie aber nicht gleich wieder los. Stattdessen umarmte er sie fest und flüsterte: „Gut, dass du wieder da bist."

Ishmael kam zum Wagen und hob Hortense herunter. „Wahrscheinlich soll sie in den Stall?"

„Ich nehme Mr Rüsselchen", murmelte Galen. Er warf einen sehnsüchtigen Blick auf die Kartons aus dem Copper Kettle. „Was ist da drin?"

„Das Hühnerfrikassee", erklärte Sean, worauf er und Dale lauthals zu lachen anfingen.

„Zum Glück ist es so viel. Ishmael und ich waschen uns schnell an der Pumpe. Wir haben einen Riesenhunger."

„Es ist nicht für dich, Galen." Colin nahm ihm Mr Rüsselchen ab.

„Warum denn nicht?"

Galen funkelte seinen Bruder böse an – teils, weil er ihm ein leckeres Essen verwehrte, teils, weil er jetzt Laney beim Absteigen helfen musste.

„Weil", sagte Laney, als sie ihre Hände auf Galens Schultern gelegt hatte, „ich es für die Schweine gekauft habe."

„Du hast Hühnchen für die Schweine gekauft!" Er stellte sie unsanft ab. *Das Mädchen ist völlig verrückt!*

Laney machte sich nicht von ihm los. „Ich konnte ja schlecht Schweinerippchen für die Schweine kaufen." Sie lächelte und fuhr in einem absolut vernünftigen Tonfall fort: „Sonst wären sie ja zu Kannibalen geworden."

„Ethel hat gekocht", erklärte Ma.

„Wir setzen uns jetzt zum Essen zusammen." Galen warf einen Blick in Richtung des Schweinestalles. „Ishmael ist unser neuer Arbeiter. Er, seine Schwester und sein Dad sind halb verhungert. Ihr werdet alle von diesem Hühnerfrikassee essen … ob ihr wollt oder nicht."

„Ich wusste, dass das nicht gut enden würde", grummelte Hilda. „Warum muss ich für Laneys seltsame Einfälle leiden?"

„Galen?" Sean zog ihn am Ärmel. „Warum geben wir ihm das Hühnchen nicht einfach mit nach Hause?"

„Weil ich Ishmael mag", schnappte Galen.

Mit vor der Brust verschränkten Armen sah Josh ihn vorwurfsvoll an. „Ich dachte, wir wären Freunde. Ich hätte niemals gedacht, dass du mich zu Ethels Essen zwingen würdest. Ihre Sandwiches haben wir gerade so herunterbekommen. Das war schon schlimm genug. Wir sollten lieber keine Magenverstimmung riskieren."

„Ihr werdet das jetzt essen." Galen gab nicht nach. „Ich werde Schweine nicht besser ernähren, als meine Nachbarn es können."

„Ich denke, ich könnte einen oder zwei Bissen essen." Laney wischte hufförmige Abdrücke von ihrem Kleid.

„Ich auch." Ruth tätschelte Laneys Arm. „Und wir können uns auch auf Josh verlassen. Stimmt's, Schatz?"

Josh knurrte. „Galen, das ist ein wirklicher Beweis meiner Liebe und Freundschaft."

Unter anderen Umständen hätte Joshs Kommentar Galen amüsiert, aber heute zwang er sich dazu, ernst zu bleiben. „Glaubst du etwa, ich hätte nicht bemerkt, dass du noch nicht zugestimmt hast, etwas zu essen."

„Meine Schwester hat es doch nur gut gemeint."

Laney ist ein Kind – und ein anstrengendes dazu.

„Galen“, wiederholte Josh, „Laney hat es doch nur gut gemeint.“

„Ich habe gehört, dass der Weg zur Hölle mit guten Vorsätzen gepflastert ist.“ Galen blieb stur.

„Das kann ich nicht mit Sicherheit sagen.“ Ma legte ihre Hand in Galens. „Aber eins weiß ich: Gottes Absichten führen uns heute zumindest auf den Weg der Magenverstimmung.“

Laney wartete auf der Veranda, damit Kelly und die Jungs zuerst ins Haus gehen konnten. Hilda schüttelte den Kopf und deutete auf Laneys Rock. „Klopf diesen Schmutz ab. Kelly wird in den nächsten Tagen genug zu tun haben, hier Klarschiff zu machen. Da musst du nicht noch Dreck mit ins Haus tragen.“

Josh stand immer noch da und hielt Hilda die Tür auf. Alle vier Kartons waren in seinen Armen gestapelt und Hildas Augen wurden schmal. „Cowboy, es gibt eine Zeit für Muskeln und eine Zeit für Gehirn. Du verwechselst sie gerade. Anstatt mir die Tür aufzuhalten und die Boxen zu balancieren, solltest du lieber einen tragischen Unfall vortäuschen und alles fallen lassen.“

„Das wäre unehrenhaft.“

Hilda sah Laney bedeutungsvoll an. „Irgendwann musst du deinem Bruder Verstand beibringen. Das Leben unschuldiger Frauen und Kinder zu retten, ist wichtiger als alles andere.“

Als Hilda im Haus verschwunden war, zwinkerte Josh Laney zu und flüsterte: „Sie ist mir immer noch böse, weil ich mein gutes Hemd mit Kirschkuchen bekleckert habe.“

Laney warf ihm ein Lächeln zu, dann richtete sie ihren Rock und klopfte ihn aus. „So. Sehe ich jetzt gut aus?“

Josh machte sich nicht die Mühe, sie zu mustern. Sein Kiefer spannte sich an und er schloss die Tür. „Laney Lou“, murmelte er. „Vergiss es. Galen ist nicht an dir interessiert. Mach es ihm nicht noch schwerer. Das Leben hier draußen ist hart genug.“

Laney schüttelte den Kopf. „Ich verstehe das, Josh. Der Anstand gebietet ein Jahr Trauerzeit. Ich kann warten, bis sich seine Gefühle für mich entwickeln.“

„Da wird sich nichts entwickeln.“ Ihr Bruder senkte seine Stimme noch weiter. „Galen hat nie etwas getan, um dich zu ermutigen. Hör auf, den armen Mann zu verfolgen."

Sie trat dichter an ihn heran und flüsterte zurück: „Hilda erlaubt Ruth und mir nicht, auf Broken P zu helfen, das weißt du. Aber Kelly macht es Freude, uns etwas beizubringen. Wir haben bei ihr so viel gelernt! Viel mehr als auf den Schulen im Osten. Außerdem sind Galens Brüder bezaubernd und ich mag sie. Ich würde auch herkommen, wenn ich nichts für Galen empfinden würde."

„Das hier ist weder der richtige Zeitpunkt noch der richtige Ort. Und vor allem ist Galen nicht der richtige Mann für dich." Josh sah sie fest an. „Du handelst dir nur Liebeskummer ein."

Darauf wollte Laney nicht antworten, sondern sagte stattdessen: „Ich muss rein und helfen, das Essen auf den Tisch zu bringen."

Sie schlüpfte in die Hütte und hielt inne, als sie sah, dass Galens Mutter an der Seite des Bettes stand, auf der ihr Mann immer gelegen hatte. Mit gesenktem Kopf stand sie da.

Ich bin so selbstsüchtig und denke nur an meine Zukunft, wo sie sich durch jeden einzelnen Tag kämpfen müssen.

Sean huschte an Laney vorbei und nahm die Hand seiner Mutter. „Dad ist nicht mehr hier."

Laney wollte zu ihnen gehen, aber Josh stellte die Kartons mit dem Essen auf dem Tisch ab und hielt sie zurück.

„Das stimmt." Kelly zog Sean an sich und Dale trat neben sie auf die andere Seite.

Laney schloss die Augen, um ihre Tränen zurückzuhalten und suchte in ihrem Ärmel nach einem Taschentuch. Plötzlich erklangen von der Veranda tiefe Männerstimmen, die Galen, Colin und einen anderen Mann ankündigten. Laney öffnete wieder die Augen und trat beiseite.

Als das Trio in die Hütte kam, erkannte Galen sofort, was hier vorging. Er trat mit Colin ans Bett und legte seinen Arm um die Schulter seines jüngeren Bruders. „Dieses Bett ist genauso leer wie mein Herz. Aber euch alle wieder hier zu haben, das lindert den Schmerz."

Kelly drehte sich um und schmiegte sich in Galens Arme, während sich Colin, Sean und Dale an sie klammerten – ein großes Bündel Trauer.

Laney wäre am liebsten auf sie zugegangen und hätte ihnen den Schmerz genommen, doch sie tat es nicht. Und sie konnte es auch nicht, denn dies war nicht ihr Zuhause. Ihr Herz und ihr Verstand fragten sich, was sie nun tun sollten.

Josh schob Laney und Ruth in Richtung Tisch und flüsterte: „Deckt den Tisch und kümmert euch um das Essen. Der Neue und ich laden die Wagen ab."

Laney nickte und flüsterte zurück: „Bring Zucker und Mehl mit rein."

Er blinzelte zum Einverständnis und ging.

Ruth nahm einen Stapel Teller aus dem Schrank und drückte ihn Laney in die Hand. „Tu so, als wärst du beschäftigt."

Laney nickte. Als Ruths Mutter gestorben war, hatte Kelly ihnen erklärt, dass man über den ersten Schmerz besser hinwegkam, wenn man sich beschäftigt hielt. Sie beherzigten ihren Ratschlag. Ruth entzündete im Ofen ein Feuer und fing an, Kaffee zu machen.

Josh kam mit zwei vollbepackten Kisten zurück. Der Arbeiter folgte ihm mit einem Zehnkilosack Mehl über der einen und einem ebenso schweren Sack Zucker über der anderen Schulter.

„Bitte stellen Sie es dort ans Fenster", sagte Laney zu ihm.

„Ja, Ma'am."

Galen räusperte sich. „Ma, das ist Ishmael Grubb. Er kommt zweimal ganztags und dreimal halbtags, um mir bei der Arbeit hier zu helfen. Dafür erlaube ich ihm und seiner Familie, auf der Südwiese Getreide anzubauen. Sie behalten die Ernte, wir bekommen seine Arbeitskraft. Ishmael, das ist meine Ma, Mrs O'Sullivan."

„Ma'am." Ishmael stellte die Säcke ab und wusste anscheinend nicht recht, was er mit seinen Händen anfangen sollte. „Es tut mir wirklich leid, dass Ihr Mann gestorben ist."

Kelly raffte sich zu einem Lächeln auf. „Danke, Mr Grubb."

„Ich muss etwas sagen." Laney atmete zitternd ein. „Cullen O'Sullivan ist tot und zu wissen, dass er von jetzt an bei Gott ist, ist ein großer Trost. Aber –", sie sah die O'Sullivans an und dann blieb ihr Blick auf Galen liegen, „– er ist immer noch hier. Cullen O'Sullivan lebt weiter in Galen, Colin, Sean und Dale. Sie sind sein Vermächtnis und solange wir uns an ihn erinnern und seine Söhne seinen Namen weitertragen, wird er unter uns sein."

Galen sagte nichts, doch die Falten um seinen Mund glätteten sich etwas.

„Ach, Laneyschatz. Das hast du wundervoll gesagt." Kelly sah jeden ihrer Söhne lange an. „Ich habe trotz allem ein gutes Leben und noch immer wartet eine Zukunft auf mich."

„Und Freunde, die sie mit dir teilen", fügte Ruth hinzu.

„Aber das hier aufzutischen ist nicht gerade ein Freundschaftsdienst." Hilda hatte den Deckel eines der Kartons geöffnet und starrte angeekelt den Inhalt an.

„Ich bin mir sicher, dass es uns gut schmecken wird", sagte Galen.

Hilda schnaubte und drehte die eine Schachtel um, um den Inhalt herauszuholen. Aber nichts geschah. Dann plötzlich ein unappetitliches *Platsch* und ein Berg Kartoffelbrei, gespickt mit grauen Flocken vom Boden des Kartons, fiel auf den Teller.

Ruth drehte die zweite Box um. Etwa zwei Dutzend Stückchen Hühnerfleisch klecksten auf den Teller. „Ich glaube, der Rest klebt fest."

Kelly griff nach ihrer Schürze. „Ihr Männer, gebt uns zwanzig Minuten, dann haben wir ein köstliches Mittagessen gezaubert."

„Was –", Galen musterte die übrigen Boxen und Laney wunderte sich, dass sie bei seinem Blick nicht in Flammen aufgingen, „– ist in den andern beiden Kartons?"

„In einem ist Apfel-Schokoladen-Kuchen." Laney versuchte, besonders fröhlich zu klingen, obwohl sie bei dem Gedanken an den Nachtisch das kalte Grauen überkam. Immerhin hatte Galen darauf bestanden, dass sie Ethels Essen zu sich nahmen und jetzt würde sie ihr Bestes tun, um seine Entscheidung zu unterstützen.

Ruth öffnete den letzten Deckel. „Halb halb. Hühnchen und Kartoffelbrei."

„Lasst uns das für später aufheben." Kelly wandte sich an Hilda. „Ein paar Gewürze, ein bisschen Ei und aus dem Kartoffelbrei werden ein paar köstliche Kartoffelpuffer. Ich mache eine Soße. Laney, koch bitte Nudeln. Ruth, sei so lieb und reib den Käse für mich."

Ishmael ging langsam rückwärts in Richtung Tür. Kelly wedelte mit dem Finger in der Luft herum. „Wenn Sie jetzt gehen, junger Mann, erwarte ich Sie zum Mittagessen zurück. Aye, das tue ich,

Ishmael. Und auf Ihrer Flucht können Sie dann gleich die beiden Säcke mitnehmen, die sie dort abgestellt haben. Die sind für Broken P."

„Kelly", sagte Hilda, „Laney hat drei Säcke Mehl und drei Säcke Zucker mitgebracht. Ich habe nur Lagerplatz für insgesamt vier Säcke. Bitte behalte diese beiden."

„Könntest du mit dem Zucker nicht Birnenaufstrich machen?", fragte Galen. „Das hatten wir schon so lange nicht mehr."

„Tja, warum eigentlich nicht."

Laney lächelte. *Alles entwickelt sich so, wie ich es geplant habe.* „Ruth und ich würden dir gerne dabei helfen."

„Ich auch", warf Hilda ein.

„Ihr habt wirklich schon genug für uns getan." Galen schüttelte den Kopf.

Das hört sich an wie ein Lob, aber sein sturer Gesichtsausdruck und das Kopfschütteln ... „Deine Mutter war wirklich wunderbar zu uns, Galen. Sie hat Ruth und mir viel beigebracht. Wir sind ihr sehr dankbar", platzte Laney heraus.

Galen wandte sich von Laney ab und sagte zu seiner Mutter: „Ich glaube, Ishmaels Zwillingsschwester könnte dir helfen."

Laney erstarrte. Zu sehr schmerzten sie Galens Worte und sein Verhalten.

„Wow!" Dale starrte Ishmael an. „Du hast einen Zwilling?"

„Sie können ja gar keine Zwillinge sein, wenn sie ein Mädchen ist." Sean zog die Nase kraus. „Zwillinge müssen immer entweder Mädchen oder Jungs sein."

Ishmael kniete sich vor die Kleinen. „Also, das stimmt nicht ganz. Zwillinge können entweder gleich sein oder sie werden einfach zusammen geboren."

„Wie bei unserer Gertie, als sie geworfen hat: Hortense und Peasyl und –"

„So ähnlich."

„Dale!" Kellys Stimme hörte sich an, als wüsste sie nicht genau, ob sie schockiert oder amüsiert sein sollte. „Mrs Grubb ist doch kein Mutterschwein. Bitte nehmen Sie es ihm nicht übel, Mr Grubb."

Ishmael grinste. „Nachdem ich gesehen habe, was Hortense für ein feines Ferkel ist und jetzt, wo ich weiß, wie sehr Dale sie liebt, fasse ich das einfach mal als ein Kompliment auf. Ich denke, wenn meine Ma noch leben würde, würde sie sich geehrt fühlen."

Galen zerzauste Dales Haar. „Bei Zwillingen sind es nur zwei Babys."

„Ach so. Und sehen sie auch gleich aus?"

Laney fürchtete sich davor, zu erfahren, wie Ishmaels Schwester aussah, aber gleichzeitig war sie auch unheimlich neugierig. Sie wartete auf seine Antwort.

Ishmael erhob sich und lächelte. „Ich und meine Schwester – hm, wir haben beide helle Haare und hellblaue Augen, aber bei Ivy sieht es wunderschön aus."

„Miss Grubb und ich haben eine Übereinkunft getroffen", sagte Galen und sah dabei seine Ma an.

Laneys Herz setzte einen Schlag aus: Ivy Grubb sollte nicht nur Galens Mutter im Haus helfen, sondern sie sah dazu auch noch gut aus.

7. Kapitel

Meine Fantasie geht mit mir durch. Galen ist viel zu bodenständig, als dass er sich innerhalb von ein paar Tagen von einem hübschen Gesicht beeindrucken lässt. Aber das Gleiche hätte ich auch über Josh gesagt und jetzt ist er völlig in Ruth vernarrt.

Galen bemerkte überhaupt nicht, wie sehr seine Worte Laney beunruhigten und erzählte weiter. „Miss Grubb war hier und hat sich um deinen Garten gekümmert, Ma. Sie hat Unkraut gejätet und Bohnen, Tomaten und Birnen geerntet, damit du erst morgen wieder an die Arbeit gehen musst."

Mir musste Galens Mutter das Gärtnern erst beibringen. Ivy scheint schon alles zu wissen, sodass sie sich alleine um den Garten kümmern kann. Ein Farmer wie Galen braucht eine Frau, die an seiner Seite arbeiten und all diese praktischen Dinge erledigen kann. Ich habe einfach nicht schnell genug dazugelernt. Laneys Magen zog sich zusammen.

Über Kellys Lippen kam ein leises Lachen. „Ich hätte wissen müssen, dass du Hilfe hattest. Das Haus sauber zu halten war noch nie deine Stärke und mein Ofen funkelt wie neu."

„Elaine Louise", sagte Hilda und riss Laney aus ihren bedrückenden Gedanken. „Du solltest doch Wasser aufsetzen und die Nudeln kochen. Hör auf zu träumen und mach dich nützlich."

Laney nickte nur und sagte lieber kein Wort, weil sie ihrer Stimme nicht traute. Ihr Glaube und ihre Gebete hatten nichts gebracht. Galen behandelte sie immer noch so, als wäre sie Joshs lästige kleine Schwester, anstatt in ihr eine erwachsene junge Frau zu sehen, die eine gute Ehefrau sein konnte. Und genau deshalb hatte er sein Herz einer anderen geschenkt.

Ivy zuckte zusammen, als sie den Eimer aus dem Bachlauf hob. Gestern hatte sie sich die Hand verbrannt – was schon seit Jahren nicht mehr passiert war. Die Hornhaut an ihren Händen beschützte sie normalerweise, aber ihr Dad hatte sie abgelenkt. Bis zum Morgen hatte sich in ihrer Handfläche eine Brandblase von der Größe eines Spatzeneis entwickelt. Der Seilgriff des Eimers schnitt nun unangenehm in die Wunde.

„Warum brauchst du so lange?“, knurrte ihr Dad sie an.

„Ich muss nur noch zwei Reihen wässern“, rief sie zurück. Und leise murmelte sie: „Wenn du nicht so unheimlich beschäftigt wärst, könntest du mir ja helfen.“

„Komm zu mir, damit ich was trinken kann.“ Dabei sah er sie nicht einmal an. Er schnitzte einfach weiter an seinem Stöckchen herum, umgeben von nutzlos heruntergefallenen Spänen.

Sie kam zurück und nahm den Eimer in die andere Hand. Ihr Dad rammte das Messer in den Baumstamm, auf dem er saß und steckte seine Hand in das Wasser.

Er zog die Hand zurück und schnappte: „Das ist nicht kalt genug.“

„Ich nehme es zum Wässern und hole dir dann frisches.“

Ärgerlich versetzte er dem Eimer einen Stoß, sodass Ivys Rock über und über mit Wasser begossen wurde. „Du bist so dumm wie du hässlich bist. Wie oft hab ich dir gesagt, dass ein Mädchen die Männer in ihrem Leben an erste Stelle setzen muss?“

Ivy trottete zurück zum Bach. Der dünne, durchtränkte Stoff ihres Kleides klebte an ihren Beinen. Sie wrang das Wasser raus, dann suchte sie sich ein schattiges Plätzchen, um den Eimer wieder zu füllen. Während sie so dort kniete, musterte sie den ausgeblichenen Schriftzug auf dem ausgeblichenen blauen Material. B-E-S-T.

„Das heißt *best*“, hatte Ishmael ihr vor Jahren erklärt, als sie den Rock aus einem alten Futtersack genäht hatte. „Und genau das bist du auch. Die beste Schwester, die man sich wünschen kann.“

Das gute weiße Mehl wurde in Baumwollsäcken verkauft; mittelmäßiges in einfachem Leinen. Jeder, der den Stoff ihres Kleides sah, wusste, dass sie bettelarm waren. Außer Ishmael hätte niemand bei dem Anblick ihres einzigen Kleides positive Worte finden können.

„Was ist denn jetzt schon wieder los?“ Ihr Dad spuckte laut aus. „Ich bin halb verdurstet, nicht mal Spucke hab ich noch.“

Pa führt sich auf wie eine Ziege mit brennendem Bart. Ishy weiß gar nicht, wie gut er es hat, dass er hier rauskommt.

„Mädchen!" Ihr Dad stieß eine Reihe von Flüchen aus.

Ivy zog den Eimer aus dem Wasser und ging zurück zu ihrem Vater. „Hier. Kälter geht es nicht." Sie hielt ihm den Eimer hin und ihr Dad trank. „Da hast du aber schon ganz schön viele Späne gemacht."

„Jep. Sie sind für mich wie pures Gold."

Gold? Ivy sagte nichts dazu. Ihr Dad konnte nicht einfach trockene Blätter und Zweige nehmen, um das Feuer für seinen Brennkessel anzufachen, wie es jeder andere getan hätte. Nein, normalerweise bestand er auf Eichenholz, das in Richtung Osten gewachsen war. Wenigstens das ersparte er ihr heute.

„Steh da nicht wie angewurzelt rum. So hässlich, wie du bist, will ich dich doch nicht die ganze Zeit anstarren. Wir haben noch 'ne Menge zu tun heute. Ich habe nämlich nur noch eine Flasche übrig und die ist auch nur noch halb voll."

Ivy ging in den entferntesten Teil des Gartens und leerte ihren Eimer aus. Sie musste noch fünfmal gehen, damit auch die letzte Reihe mit Wasser versorgt war.

Währenddessen wuchsen ihre Sorgen. Zu seinen besten Zeiten war ihr Dad mehr als ungehalten. *Wenn er keinen Schnaps mehr hatte, würde er unausstehlich werden. Das Getreide wird nicht schnell genug reif sein und dann steht er ohne Schnaps da. Sonst hilft Ishy mir immer, wenn Dad ausrastet. Aber jetzt, wo er arbeitet, wie soll ich da alleine mit Dad fertigwerden?*

„Hey."

Ivy sah sich um und entdeckte ihren Bruder ein paar Reihen entfernt stehen. „Ishy! Was machst du denn hier?" Er sah nicht bedrückt oder enttäuscht aus, trotzdem rief Ivy: „Du sollst doch für O'Sullivan arbeiten. Ist irgendwas schiefgelaufen? Hat er dich gefeuert?"

„Hör auf, dir Sorgen zu machen." Vorsichtig suchte sich Ishmael einen Weg zu ihr. „Seine Leute sind nach Hause gekommen. Dafür arbeite ich morgen den ganzen Tag. Und schau nur, was ich hier habe."

Ivy legte den Kopf schief. „Eine Kiste?"

„Eine Kiste aus einem echten Restaurant. Das ist gekauftes Essen!"

„Das kann nicht sein. Es ist doch niemand so blöd und verpackt gekochtes Essen in einem Pappkarton."

Ishmael musste ein Lachen unterdrücken. „Kommt drauf an, was für Essen. Aber die Frau in dem Diner scheint nicht die allerbeste Köchin zu sein. Mr O'Sullivans Ma und drei andere Frauen brauchten eine Stunde, um daraus etwas Essbares zu machen."

„Das ergibt doch keinen Sinn. Niemand gibt Geld für Essen aus, das er mit nach Hause nimmt und da noch mal neu kocht."

„Manche Leute sind eben seltsam. Aber ich werde bestimmt nicht nachfragen. Das ist die Familie von meinem Boss und ich mache mich garantiert nicht unbeliebt." Vorsichtig hob Ishmael den Deckel des Kartons an.

Ivy sah hinein und widerstand dem Drang, mit dem Finger in das Essen zu picken. „Was ist das?"

„Kartoffeln und Frick a See-Huhn. Oder so."

„Was hat das Huhn denn mit einem See zu tun?"

„Keine Ahnung. Ich hab nicht nachgefragt. Aber Mrs O'Sullivan hat eine helle Bratensoße dazu gemacht und wir haben sie mit Nudeln zu dem Seehuhn gegessen."

„Was sind das denn für kleine Stückchen?"

Wieder musste Ishmael sich das Lachen verkneifen. „Ein Teil von den Kartoffeln ist im Karton hängen geblieben. Sie haben auf der Ranch noch Eier und Käse unter die Kartoffeln gemischt und sie angebraten, damit sie besser schmecken. Das nennt man Kartoffelpuffer."

Ivy lief das Wasser im Mund zusammen.

„Schmeckt wirklich gut. Mrs O'Sullivan hat mir den Rest von dem Essen mitgegeben. Sie meinte, dass sie nach der langen Fahrt keine Kraft mehr hätte, den auch noch zu Kartoffelpuffern zu verarbeiten. Die anderen Frauen – sie wohnen auf der Nachbarranch – haben gesagt, dass sie das Essen nicht brauchen. Die McCain-Frauen – eine ist Josh McCains Schwester, die andere seine Frau – also, als Galen ihnen erzählt hat, wie köstlich dein Frühstück schmeckt, haben sie mich gefragt, ob ich den Rest nicht mitnehmen will. Du könntest ja auch Kartoffelpuffer machen, meinten sie. Sonst hätten sie es an die Schweine verfüttert."

„So was geht doch nicht!" Ivy sah zurück zu der Kiste. „Obwohl, der Anblick erinnert schon ein bisschen an Schweinefutter."

„Mrs O'Sullivan hat mir ein Riesenstück Käse mitgegeben." Er schüttelte den Kopf. „Du wirst es nicht glauben, Schwesterchen, aber ich habe heute einen Kuchen an die Schweine verfüttert."

Ivy starrte ihn fassungslos an. „Einen Kuchen?"

„Wenn man das überhaupt so nennen konnte. Außen war er total verbrannt und innen flüssig. Als die Mutter vom Boss ihn angeschnitten hat, kam eine klumpige braune Masse rausgelaufen. Alle haben laut losgelacht, als wäre es ein Riesenwitz. Einer von den Jungs hat den Finger in den Teig gesteckt, um zu naschen. Danach brauchte er eine Tasse Milch, um den Geschmack wieder loszuwerden."

„Das ist eine Schande."

„Schwesterchen, wenn so jemand einen Job als Köchin in einem Diner bekommt, dann habe ich keine Zweifel mehr." Er drückte ihr den Karton mit dem Essen in die Hände. „Du hast eine gute Zukunft vor dir, Ivy. Denn du bist eine gute Köchin. Irgendwann kochst du in einem von diesen noblen Stadtrestaurants und die Leute kommen von weit her, um dein Essen zu genießen."

Er nahm den Eimer und musterte das Feld. „Morgen stehe ich früher auf und wässere das Getreide."

„Das brauchst du nicht."

Sie gingen zurück zur Feuerstelle, wo ihr Dad saß und beim Schnitzen vor sich hin fluchte.

„Das sind ganz schön viele Späne." Ishmaels Stimme klang angespannt. „Ich dachte, du wärst gestern schon damit fertig geworden."

Ihr Dad schüttelte den Kopf. „Ich habe heute Nacht kaum ein Auge zugemacht. Wusste erst nicht, warum. Heute Morgen ist es mir dann eingefallen. Östlich des Mississippi habe ich Zweige genommen, die nach Westen wachsen. Jetzt sind wir an der Westküste. Ich meine, da müsste ich doch Zweige nehmen, die nach Osten wachsen. Der, den ich gestern bearbeitet habe, ist in die falsche Richtung gewachsen. Das musste ich heute nachholen."

Ishmael warf Ivy einen Blick zu. „Hast du noch Holz fürs Abendessen?"

„Nicht mehr viel. Ich habe fast alles aufgebraucht. Und Dad wollte einen Großteil für die Destille." Fast das gesamte Holz, das sie gesammelt hatte, hatte sich ihr Dad unter den Nagel gerissen.

Sie zeigte auf einen kläglichen kleinen Haufen. „Das ist alles, was ich noch zum Kochen habe."

Ishmael stellte den Eimer ab und nahm sich die Axt. „Da Dad am liebsten Eichenholz benutzt, werde ich mich mal nach Ahorn oder Pappel umsehen", murmelte er leise.

„Ich werde noch viel Eiche brauchen, wenn es so weit ist." Dad warf den Rest des Stockes achtlos hinter sich. „Und ich brauche auch jetzt sofort einen neuen Ast. Eben ist ein Käfer über die Späne gekrabbelt."

„Du hast doch schon ziemlich viele Späne geschnitzt." Ishmael besah sich die Späne, in deren Mitte ihr Dad saß. „Auf jeden Fall genug, wenn ich mir das so anschaue. Ich wette, du hast den ganzen Tag daran gearbeitet."

„Tja, Pech gehabt. Der Käfer hat alles ruiniert. Ich mache morgen einen neuen Vorrat. Und du suchst mir jetzt einen Ast, der nach Osten zeigt."

Ishmael stieß ein langes, übertriebenes Seufzen aus. „Sorry, Schwesterchen. Aber wir werden dieses köstliche Abendessen wohl doch nicht bekommen."

„Hm?" Endlich sah Dad sie an. „Warum nicht? Und was hast du da überhaupt?"

„Das ist egal, Dad." Ishmael musterte das Axtblatt. „Du sagst doch immer, wir sollen die Destille an erste Stelle setzen."

Dads Gesicht verzog sich, so wie immer, wenn er sich eine Ausrede überlegte. „Ich denke, du kannst doch erst mal Holz fürs Kochfeuer schlagen. Der Käfer ist ja nur kurz auf den Spänen gewesen, also müssten sie noch gut genug sein."

Ishmael nickte langsam. „Du weißt es am besten, Dad."

„Mädchen, bring die Späne in den Unterstand. Aber pass auf, dass du keins von meinen kleinen Löckchen zerbrichst."

„Das ist wirklich großzügig von dir, Dad." Ishmaels Grinsen war so breit, dass Ivy seine Backenzähne sehen konnte. „Dass Ivy sich um die Späne kümmern soll, damit wir Männer das schwere Holz schleppen. Wirklich, wie ein Gentleman."

„Warte mal. Mein Rücken tut mir schon den ganzen Tag über weh."

„Das bezweifelt niemand", sagte Ivy.

„Dann binde ich ein Seil an den Esel", sagte ihr Bruder. „Das schont deinen Rücken, Dad."

Dad ließ sich zurückfallen. „Dann brauchst du mich ja nicht."

„Ich kann aber erst mit dem Kochen anfangen, wenn ich das Holz habe", sagte Ivy und versuchte, die Verbitterung aus ihrer Stimme herauszuhalten.

Dad zuckte mit den Schultern. „Es ist ja erst Nachmittag. Ishy hat noch genug Zeit."

Ivy wandte sich ab. *Es ist zwecklos, Dad zum Arbeiten bringen zu wollen. Wenn er in die Arbeit genauso viel Elan stecken würde wie in seine Ausreden, dann wäre das Leben um einiges leichter. Zumindest für Ishy und mich. Aber das ist Dad egal.*

„Hey. Was glaubst du denn, was du da verdammt noch mal tust?"

Ivy wandte sich um und sah, dass ihr Bruder die albernen Spänchen in Händen hielt. „Da ich noch Zeit habe, dachte ich, ich könnte Ivy helfen."

„Das ist Frauenarbeit."

„Als wir meine Arbeitskraft angeboten haben, um hier auf diesem Land bleiben zu dürfen, hast du gesagt, dass Ivy und du das Land bestellen würden. Jedes einzelne Getreidekorn, was wir je geerntet haben, hast du Ivy und mir zu verdanken. Ivy macht Männerarbeit. Harte Arbeit. Jeden Tag."

„Ist ja nicht meine Schuld, dass ich so schlimmes Rheuma habe. Das Mädchen hat einen starken Rücken. Sie muss nur aufhören, den ganzen Tag zu vertrödeln. Sie hat Stunden gebraucht, um das Feld zu wässern."

„Ich weiß noch, dass wir vor ein paar Jahren ein ähnliches Problem hatten. Da haben wir einfach einen kleinen Graben ausgehoben, der das Wasser zu den Feldern transportiert hat, die weit vom Fluss entfernt waren."

„Ich werde bestimmt nicht graben. Hab euch gesagt, dass mein Rücken das nicht mitmacht."

Ishmael zog sein Hemd aus und kniete sich hin. „Schwesterchen, du gehst und suchst nach einer Weide." Er warf ein paar der Späne auf sein Hemd. „Ich kümmere mich hier drum. Wenn ich dann das Holz hole, kannst du Dad einen Weidenrindentee gegen die Schmerzen kochen."

„Hier gibt es keine Weiden“, grummelte Dad.

„Vielleicht flussaufwärts. Ivy hat eine gute Nase, wenn es um so etwas geht.“ Zu ihr gewandt fuhr er fort: „Ivy, lass dir Zeit. Such eine gute Weide mit dicker Rinde, damit der Tee auch wirklich gegen Dads Beschwerden hilft.“

Ivy lächelte ihren Bruder an. „Und du schaffst das hier wirklich allein?“

„Hör auf, deinen Bruder zu ärgern!“

„Ach, Dad. Ivy hat doch nur Spaß gemacht. Deine Rückenschmerzen müssen wirklich ziemlich schlimm sein, wenn du noch nicht einmal das Zwinkern in ihren Augen gesehen hast.“

„Ja, mein Rheuma plagt mich sehr.“ Dad funkelte sie böse an. „Worauf wartest du noch? Besorg mir endlich diese Rinde.“

„Ich hole dir nicht einfach irgendeine Rinde, Dad. Ich gehe auf Nummer sicher und suche nach der wirkungsvollsten, dicksten Rinde, die ich finden kann.“ Sie stellte den Karton mit dem Essen ab, nahm den Eimer und ging davon.

Eine Weile später kam Ishmael zu ihr in den Schatten einer Weide geschlendert. „Und? Wie viel hast du schon?“

„Der Eimer ist schon halb voll. Ich dachte, dass ich vielleicht einen Teil davon trocknen könnte. Dad wird bestimmt bald etwas wollen, wenn gerade keine Weide in der Nähe ist.“

„Das ist eine gute Idee. Aber wo willst du es aufbewahren?“

„Erinnerst du dich noch an die Zigarrenkiste, die ich gefunden habe? Ich dachte, dass sie gut für solche Zwecke geeignet ist.“ Sie duckte sich, um unter einem tief hängenden Zweig vorbeizugehen, und sah den Esel in der Nähe stehen.

„Ich habe schon einen dicken Ast ans Feuer gezogen. Pass auf. Ich finde es schrecklich, dass Dad das Feuerholz benutzt, das du sammelst, aber es bringt nichts, mit ihm zu diskutieren. Ich sammle jetzt genug, dass es für die nächsten Tage reicht. Außerdem habe ich mir überlegt, dass wir in der Nähe ein paar geheime Stapel anlegen könnten. Dann kommst du leicht an das Holz, wenn ich gerade auf der Ranch arbeite.“

„Danke, Ishy.“

„Du brauchst mir nicht danken. Ich sollte eher dir danken. Während ich einen guten Boss habe und regelmäßig Essen auf der Farm bekomme, musst du hier bei Dad bleiben und allein für ihn schuften."

„Daran bin ich doch gewöhnt." Ihr Magen knurrte laut. „Aber ich gehe jetzt zurück und mache etwas Leckeres aus diesem gekauften Essen."

„Da musst du fast zaubern, aber wenn es jemand schafft, dann du."

Sie führten den Esel zurück in Richtung Lager. Als es in Sicht kam, hätte Ivy am liebsten laut geschrien.

Dad saß immer noch auf dem Baumstumpf. Wenn nicht der Karton mit dem Essen auf seinem Schoß gestanden hätte, hätte Ivy geschworen, dass er sich die ganze Zeit über nicht gerührt hatte. Bei ihm saß ein Fremder und beiden schmeckte es scheinbar.

8. Kapitel

„Komm schon." Ishmael zog an dem Zaumzeug des Esels.

Ivy war sich nicht sicher, ob er mit dem Tier oder mit ihr sprach, aber sie trottete weiter. Das Essen war weder ansehnlich gewesen noch hatte es gut gerochen, aber in ihrem momentanen Zustand hätte sie alles verschlungen.

Dad sah sie an und schob dabei den Unterkiefer vor. „Wird auch Zeit, dass du endlich zurückkommst, Mädchen. Dir ist es wohl egal, dass ich stundenlang auf dich warte und verhungere. Meine Schmerzen sind kaum noch zu ertragen."

„Ich habe Weidenrinde gegen deine Schmerzen gesammelt und ich habe auch ein paar Kräuter für die Suppe gefunden."

„Ich weiß gar nicht, warum man dieses Essen noch verbessern soll. Es ist das Beste, was ich seit Langem gegessen habe. Nicht so wie das Zeug, das du uns immer auftischst. Da wusste jemand, was er tat."

„Es war wirklich gut." Der Fremde beugte sich vor und musterte Ivy interessiert.

„Es *war*?" Ishmaels Stimme klang entrüstet.

„Mr Smith und ich hatten ein Geschäftsessen. Daran ist nichts auszusetzen." Dad wedelte mit der Gabel in Ishmaels Richtung. „Du hast auf der Farm gegessen, also hast du keinen Grund zu meckern." Er warf die Gabel in den leeren Karton. Am Geräusch erkannte Ivy, dass sich nichts mehr von dem Essen darin befand.

„Ivy wollte –"

„Ist mir egal, was sie wollte. Sie sollte mir danken. Jetzt braucht sie nicht für uns Männer zu kochen. Also habe ich ihr Arbeit erspart. Sobald sie mir den Tee gekocht hat, kann sie sich selbst was machen."

Der Fremde wandte seine Aufmerksamkeit wieder Ivy zu. Sein Mund verzog sich zu einem spöttischen Lächeln und in seinen Augen funkelte kalte Gemeinheit. „Sie ist ja tatsächlich so dürr, wie ich gehört habe."

Ishmael funkelte den Fremden böse an. „Wagen Sie es ja nicht, so über meine Schwester zu reden."

„Er hat doch recht." Dad winkte mit derselben Geste ab, mit der er lästige Fliegen von seinem Teller verscheuchte.

Ishmael zog den Esel zwischen den Fremden und Ivy. „Und wer redet bitte schön über Ivy?"

Der Esel bewegte sich zur Seite, sodass Ivy sehen konnte, wie der Fremde mit den Schultern zuckte. „Viele Männer mögen Frauen, die eine gute Figur haben."

„Heute Morgen ist hier schon ein anderer Mann vorbeigekommen", sagte Ivy leise zu ihrem Bruder. „Er hatte dunkleres Haar, aber ich würde wetten, dass es sein Bruder oder Cousin gewesen war."

„Mr Jones hier ...", fing Dad an.

„Eben hat er ihn noch Smith genannt", flüsterte Ivy.

„... ist mein neuer Partner", redete er weiter. „Solange ich noch nicht genug Getreide zum Brennen habe, bringt er mir Korn und Zucker."

„Das stimmt." Mr Smith oder Jones erhob sich und klopfte seine Hose aus. „Morgen komme ich wieder."

„Übermorgen wäre besser. Nachmittags." Ishmaels Stimme klang fest.

„Je eher wir anfangen, desto besser", sagte Dad. „Morgen hört sich gut an."

Ishmael schüttelte den Kopf. „Dad, deinem Rücken ging es heute wirklich schlecht. Es bringt doch nichts, alles noch schlimmer zu machen. Übermorgen reicht aus. Da bin ich auch den ganzen Nachmittag und Abend da. Ich muss dir doch beim Abladen helfen, wenn Mr –"

„Johnston", warf der Fremde ein.

„Mr Johnston die Säcke bringt."

„Wir brauchen nicht zu warten." Dad klang ungeduldig. „Das Mädchen ist stark genug."

„Dad, Mr Johnston hat doch selbst gesagt, dass Ivy dürr ist. Wenn sie einen Sack fallen lässt, platzt er womöglich auf. Übermorgen ist besser."

„Er kann kommen, wann er will", schnarrte Dad. „Mädchen,

hör auf, faul herumzustehen und mach mir endlich diesen vermaledeiten Tee."

Ishmael zog Ivy weg von dem Fremden. „Und hol einen Eimer frisches Wasser. Aber such die kühlste Stelle aus, mit dem besten Wasser."

Ivy ging so weit sie konnte. Der schwarzhaarige Mann von heute Morgen war gut aussehend gewesen und so geschniegelt wie ein Rabe nach einem Bad. Er hatte eine lockere und freundliche Art an sich gehabt – ganz anders als der Fremde jetzt. Dads neuer Geschäftspartner ließ ihr die Nackenhaare zu Berge stehen. Viele von Dads Bekannten waren falsche Hunde, das wusste sie, aber mit diesem hier war wirklich nicht gut Kirschen essen.

Plötzlich vernahm sie hinter sich Schritte. Erschrocken fuhr sie herum.

„Ich bin's nur, Schwesterchen." Ishy kam näher. „Der Typ ist weg. Das ist der Käse, den die Mutter vom Boss mir gegeben hat. Du kannst ihn essen."

„Wollen wir nicht teilen?"

„Nein. Ich habe heute an der Arbeit schon so viel gegessen, dass ich fast geplatzt wäre."

Ivy biss in den Käse und musste ein genüssliches Stöhnen unterdrücken, als sich das Aroma in ihrem Mund entfaltete. „Ishy, der ist unglaublich gut."

„Hast du noch die Scheide für dein Messer?"

„Mhm." Sie schluckte und wartete mit dem zweiten Bissen, um den Geschmack noch länger auf der Zunge genießen zu können.

„Aber du hast sie nicht bei dir. Von jetzt an will ich, dass du dein Messer die ganze Zeit über dabei hast. Da ich nicht an Gott glaube, glaube ich eigentlich auch nicht an den Teufel – aber dieser Mann heute könnte mich das alles noch mal überdenken lassen."

„Wertlose, faule Ziege", hörten sie Dad aus der Ferne. Dann bellte er: „Ich sterbe, Mädchen. Und du lässt mich hier warten!"

Ivy füllte schnell den Eimer mit Wasser. „Von jetzt an habe ich mein Messer immer bei mir. Da kannst du sicher sein."

„Ishmael und ich säen heute die Gerste." Galen stand vor der Waschschüssel in der Küche und wollte sich gerade rasieren. Dabei schaute er in den Spiegel, um die Reaktion seiner Mutter zu sehen.

„Ich habe mich schon gefragt, warum du das nicht schon gestern nach dem Pflügen gemacht hast."

„Wir brauchen eine Vogelscheuche." Er drehte sich um. „Könntest du das mit Dale zusammen übernehmen?"

„So wahr ich hier stehe und atme." Ma setzte Kaffee auf. „Wenn der Markt nicht gewesen wäre, hätte ich sie schon lange fertig."

„Du und die Jungs hattet Spaß und waren abgelenkt. Von daher hat sich der Besuch gelohnt."

„Als ich meine Kleider anprobiert habe, hat das pinkfarbene nicht mehr gepasst. Anstatt es wegzuschmeißen, würde ich es gern verwenden und aus der Vogelscheuche dieses Jahr eine Vogelscheuchenfrau machen."

„Eine weibliche Vogelscheuche? Das ist mal was ganz Neues." Er zuckte mit den Schultern. „Warum eigentlich nicht."

Ma nickte. „Das dachte ich mir auch. Es ist mal was anderes."

Galen wartete.

„Dein Dad war in den letzten Monaten so krank, dass er nur noch seine Nachthemden getragen hat. Gestern Abend habe ich einige seiner Sachen ausgeräumt." Ihr versagte die Stimme. „Galen, Schatz, du siehst deinem Vater so unglaublich ähnlich."

Galen legte das Rasiermesser beiseite und ging auf seine Mutter zu. Zärtlich legte er die Arme um sie und drückte sie fest an sich.

Als sie sich an ihn schmiegte, wurde ihm zum ersten Mal bewusst, wie schrecklich zerbrechlich sie trotz all ihrer inneren Stärke war.

Seit sein Dad gestorben war, hatte Ma Galen darin bestärkt, sich eine Frau zu suchen. Er hatte den Gedanken abgelehnt, weil seine erste große Liebe mit einem Metzger aus Sacramento davongelaufen war. Dann hatte er sich für Ruth interessiert, doch die hatte Josh ihm weggeschnappt. Diese beiden Erfahrungen hatten ihn vorsichtig gemacht. *Das ist jetzt vorbei. Ich werde den jungen Damen in der Kirche mehr Aufmerksamkeit schenken. Gott sagt, dass es nicht gut ist, wenn ein Mann alleine ist. Ich möchte eine Gefährtin haben und unser Heim mit Kinderlachen füllen. Meine Frau wird Ma helfen und die Kinder werden sie auf Trab halten.*

„Ich glaube, ich könnte es nicht ertragen, wenn du Cullens Hemden tragen würdest."

Galen hielt sie immer noch fest. „Mach dir keine Sorgen, Ma. Ich brauche Dads Hemden nicht."

„Ich weiß. Aber ich habe mich gefragt, ob –" Sie atmete zitternd ein, dann sagte sie schnell: „Würde es dir etwas ausmachen, wenn ich sie Ishmael geben würde? Wir haben Cullen in seinem Sonntagsanzug beerdigt und die beiden anderen Hemden sind nur einfache Arbeitshemden – und sehr abgenutzt."

Herr, genau das hatte ich heute Morgen auf dem Herzen. Galen senkte den Kopf und drückte seiner Mutter einen Kuss aufs Haar. Wann hatte ihr Haar diese grauen Strähnen bekommen?

Sie strich sanft über seinen Rücken. „Wenn dir der Gedanke nicht gefällt ..."

„Ma, Dad würde sich freuen, wenn jemand seine Hemden trüge." Selbst in ihrem Schmerz hatte sie noch das Wohl der anderen im Sinn. Genauso wollte er es auch machen. „Aber was ist mit den Jungs?"

„Ich sage euch, was ich denke", kam eine Stimme von der Schlafstatt her.

„Sean Michael O'Sullivan. Du hast gelauscht?" Galen sah ihn fest an.

„Nicht mit Absicht." Sean sah zu ihnen herunter. „Laney hat gesagt, dass es ein Segen ist, zu geben. Weil Josh uns neue Hemden gekauft hat, sollten wir jetzt wohl mal die Gebenden sein."

Plötzlich tauchte Dale an der Seite von Sean auf. „Außerdem, der Vogelscheuche steht Mas Kleid vielleicht, aber Ishmael würde wirklich ziemlich albern darin aussehen."

Plötzlich fiel die Tür hinter Colin ins Schloss, der gerade von der Toilette kam. „Was ist denn so lustig?"

Dale quietschte: „Wir haben uns dazu entschlossen, dass Ishmael nicht Mas pinkfarbenes Kleid anziehen muss."

„Deshalb geben wir ihm lieber Dads alte Hemden", brachte Sean die Erklärung zu Ende.

„Nein!" Colin schüttelte vehement den Kopf.

Galen war sich nicht sicher, ob Colin damit seine Ablehnung ausdrücken wollte oder zwischen Ma und ihm hin und her sah, um den Schuldigen für diese Idee auszumachen. Galen ließ seine Ma los und trat einen Schritt vor. „Loslassen ist schwer. Man muss sich daran gewöhnen. Vertrau uns, Colin. Ma und ich haben das Gefühl, das Richtige zu tun."

Schritte erklangen auf der Veranda und dann klopfte jemand an die Tür.

„Ja?", rief Galen.

Ishmael öffnete die Tür nur einen Spaltbreit und flüsterte: „Der Milcheimer ist noch nicht in der Scheune."

„Wir sind heute Morgen etwas langsamer, Ishmael. Ich schicke Sean zu den Kühen und du kannst den Stall ausmisten."

„Okay." Die Tür wurde wieder geschlossen.

Ma sah Colin an, sagte aber nichts weiter.

„Wir machen das hier schon", versprach Galen seiner Mutter.

„Dale und ich sammeln die Eier." Sie drückte Colin die Hand. „Und niemand sagt etwas zu Ishmael. Ich will nicht, dass einer meiner geliebten Söhne verletzt wird."

Alle anderen waren schon aus der Hütte geschlüpft, doch Colin bewegte sich keinen Millimeter. Ein Gefühl unbändiger Wut ging von ihm aus.

Herr, schenke mir Weisheit.

„Du darfst Dads Hemden nicht weggeben!"

Galen sah in Richtung der Waschschüssel und stieß einen langen, leisen Seufzer aus. *Sei bei uns, Gott. Das Tal der Trauer ist viel tiefer, als ich gedacht habe.*

Galen legte seinen Arm um Colins angespannte Schultern und zog ihn zum Spiegel. „Der Baumwollstoff eines Hemdes hält nicht ewig. Er zerfällt und vergeht." Dann öffnete er die Schublade an der Waschkommode und nahm etwas heraus. „Du bist jetzt ein Mann, Colin. Aye, das bist du. Ich denke, Dad hätte gewollt, dass du das hier bekommst." Er drückte Colin den Gegenstand in die Hand.

„Dads Rasierklinge." Überraschung und Ehrfurcht vermischten sich in Colins Stimme.

„Aye. Und es ist eine gute Klinge. Ich benutze die, die früher unserem Großvater gehört hat. Ich bin stolz darauf. Diese hier – Dads Klinge – ist für die Ewigkeit gemacht." Er fuhr Colin ein paarmal übers Kinn. „Es wird Zeit, dass du deine Kindheit hinter dir lässt, Colin. Wir werden uns jetzt rasieren."

Eigentlich hatte er seinen Rasierer schon geschärft, aber er tat es noch einmal. „Und jetzt du."

Colin zog die Klinge mit mehr Eifer als Können über den Riemen, aber das war egal. Er zuckte zusammen, als er mit dem Daumen die Schärfe der Klinge prüfte und nickte dann fachmännisch, als wüsste er genau, wie sie sich anfühlen musste.

„Heißes Wasser ist am besten. Ma stellt morgens immer einen Topf auf den Ofen. Hol ihn bitte."

Während er das Wasser zum Waschtisch brachte, fragt Colin: „Wie viel brauchen wir?"

„Nur einen kleinen Schluck. Sodass die Seife leicht bedeckt ist."

Colin schüttete das Wasser in die Schüssel und zuckte zusammen, als er sah, dass es zu viel war.

„Da wir uns beide rasieren, ist die Menge in Ordnung." Galen zwang sich zu einem Lächeln. *Genau das Gleiche habe ich bei meinem ersten Mal auch gemacht – und Dad hat mir dasselbe gesagt.*

„Nichts riecht so gut wie McGillicuttys", murmelte Colin.

„Das ist die beste Seife, ja." Galen entspannte sich bei dem Spruch, den auch sein Dad immer über seine Rasierseife gesagt hatte. „Jetzt streich sie auf dieses Tuch und reib es in Kreisbewegungen über deine Wangen."

Bald standen sie mit weißem Schaum im Gesicht da. „Guck, wie ich es mache. Halte die Klinge so. Lass den Zeigefinger immer hier und heb dein Kinn. Dann leg den Kopf schief und zieh ganz langsam. Laaangsam."

Vorsichtig tat Colin genau das, was Galen ihm vorgemacht hatte, und meisterte die ersten Striche mit Bravur. Dann wuchs sein Selbstbewusstsein zu sehr und er schnitt sich. „Autsch!"

Galen zog die Schublade auf und legte den Stift zum Blutstillen neben die Schüssel. „Das Alaun stoppt die Blutung, brennt aber wie ein Wespenstich."

Ein Grunzen war die einzige Erwiderung – bis Colin den Stift benutzt hatte. Er verzog das Gesicht zu einer Grimasse, sog die Luft ein und stieß sie wieder aus. Eine halbe Minute lang. „Beim nächsten Mal bin ich vorsichtiger."

„Aye." Galen fuhr mit seinen Erklärungen fort. „Wenn du deinen Schnurbart rasierst, musst du aufpassen, dass du die Seife nicht in die Nase bekommst. Sonst musst du niesen und verletzt dich noch schlimmer."

Endlich wischte Colin die letzten Seifenreste aus seinem Gesicht. „Und?"

Galen tat so, als mustere er das Ergebnis kritisch. Dabei fuhr er seinem Bruder mit dem Daumen über das Kinn. „Ich würde sagen, du besitzt da eine exzellente Rasierklinge. Sehr gut gemacht."

Colin warf einen Blick auf das Erbstück seines Vaters. „Ich werde nie vergessen, wie Dad sich damit rasiert hat."

„Diese Erinnerungen machen uns stark. In den nächsten Jahren wirst du diese Klinge benutzen und dich an die weisen und guten Dinge erinnern, die er dir gesagt hat. Wir werden unsere Erinnerungen teilen und so bleibt er lebendig. Anderes müssen wir loslassen, Colin."

„Du redest von Dads Hemden."

„Das stimmt. Und es wird auch noch andere Dinge geben."

„Aber warum?"

„Ich sage mir immer wieder, dass ich die Dinge loslassen kann, weil ich einen reichen Schatz an Erinnerungen habe, die mir niemand nehmen kann. Wir haben Freude daran, uns an Dad beim Rasieren zu erinnern. So eine einfache Sache – und doch unendlich gut."

Sean kam zurück und auch Dale und Ma betraten die Hütte. Auf Mas Stirn bildeten sich Sorgenfalten, als sie Colin und Galen ansah.

„Also, Ma", sagte Galen mit verschränkten Armen. „Du brauchst dir keine Sorgen zu machen. Colin hat sich kaum geschnitten."

„Colin hat sich rasiert?" Sean machte große Augen.

„Natürlich hat er das." Endlich lächelte Ma wieder. „Das wurde aber auch Zeit. Er verwandelt sich vor unseren Augen in einen jungen Mann. Und dazu noch in einen gut aussehenden."

„Aye, man bekommt nicht gerade Kopfschmerzen, wenn man ihn anschaut, aber das ist nur das Äußere." Galen klopfte seinem Bruder männlich auf den Rücken. „In seinem Inneren, wohin Gott schaut, hat Colin ein reines Herz."

„Das habt ihr alle." Ma sah ihre Söhne der Reihe nach an, dann ging sie an den Schrank. „Aber ich will auch, dass ihr was im Kopf habt. Darum beeilt euch, damit ihr nicht zu spät zur Schule kommt."

Während der Speck in der Pfanne zischte, stellte Ma sechs Teller auf den Tisch. Es wirkte gleichzeitig falsch und richtig. Sie räusperte sich. „Ich mache Rührei, Galen. Es dauert nur noch ein paar Minuten. Am besten holst du Ishmael, damit er sich noch waschen kann."

„Ich mach das." Colin war schon auf dem Weg nach draußen.

Während Sean und Dale sich wuschen, ging Galen zu seiner Ma und murmelte: „Ich hoffe, es macht dir nichts aus. Ich habe ihm Dads Rasierklinge gegeben."

Ma gab die Eier in die Pfanne und machte dabei ein seltsames leises Geräusch. Dann blinzelte sie, um die Tränen zurückzudrängen. „Da Colin das Kinn seines Vaters hat, scheint mir das passend."

Galen sah dabei zu, wie sie die Eier umrührte und diese sich in eine fluffige gelbe Masse verwandelten – ganz anders als die schwarzen Klumpen, die er produziert hatte. Seltsam, wie diese kleinen Dinge das Leben wertvoll machten.

„Galen, ich bin so froh, dass du mit ihm gesprochen hast." Ma lehnte sich an ihn. „Ich wusste nicht, wie ich Colin hätte trösten sollen. Ihm den Rasierer zu geben, war eine wunderbare Idee."

„Ich glaube, Dad hätte es auch so gewollt."

„Davon bin ich überzeugt."

Nachdem sie sich alle zum Essen gesetzt hatten und Galen das Dankgebet gesprochen hatte, saß Ishmael da und rührte die Eier kaum an. „Mrs O'Sullivan, Ma'am, Colin hat mich gefragt, ob ich die alten Hemden seines Dads haben will."

Ma nickte.

„Ich werde sie nicht nehmen, wenn es Sie schmerzen würde, mich darin zu sehen."

„Nehmen Sie sie. Bitte." Ma reichte ihm die Schüssel mit den Eiern. „Die hier auch."

„Ich glaube, Dad hätte es so gewollt", sagte Colin.

„Dass Ishmael die Hemden nimmt oder die Eier?", fragte Dale.

„Die Hemden." Sean nahm sich drei große Löffel voll Rührei und gab die Schüssel dann an seine Ma zurück. „Wir alle glauben,

Dad hätte gewollt, dass sie jemand bekommt, der sie gebrauchen kann."

„Ja, das hätte er", stimmte Galen zu.

9. Kapitel

„Galen."

„Ja, Ma?" Er sah über den Rücken des Ponys hinweg, das er gerade abgesattelt hatte. Sie hielt einen Mehlsack in Händen.

„Du hast gesagt, dass die Grubbs auf unserem Land leben, aber ich weiß nicht, wo."

„Am südlichen Ende, unten beim Bachlauf. Warum?" Er sah, wie seiner Mutter Tränen in die Augen stiegen und ging um das Pferd herum zu ihr. „Was ist denn los?"

„Den Gedanken, dass die Grubbs hungern müssen, kann ich nicht ertragen." Nun flossen ihr die Tränen über die Wangen.

Galen nahm ihr den Sack ab, stellte ihn neben sich und nahm seine Mutter in die Arme. Beim Frühstück und Mittagessen hatte Ishmael offensichtlich versucht, nicht zu viel zu essen, aber immer, wenn Galen oder Ma ihm noch einen Nachschlag angeboten hatten, hatte er ihn dankbar angenommen und heruntergeschlungen wie ein hungriger Wolf.

„Wir wissen genau, wie es ist, wenn man nicht genug zu essen bekommt." Mas Worte klangen leise und rau.

„Aye, das ist wahr." Immerhin waren zwei seiner Brüder während der großen Kartoffelfäule gestorben, bevor sie noch in Amerika angekommen waren. Doch Galen hatte gedacht, dass seine Ma mittlerweile ihren Frieden damit gemacht hätte. Es war viele Jahre her und sie hatte immer wieder betont, wie gnädig Gott gewesen war, ihr drei weitere Söhne zu schenken, denen es nun an nichts mangelte. Aber Dads Tod schien die Trauer und den Schmerz wieder aufbrechen zu lassen.

„Ma, ich habe Ishmaels Schwester zweimal hier arbeiten lassen, als du nicht da warst. Sie hat als Bezahlung Gemüse und Obst mitgenommen."

Ma zog sich von ihm zurück und trocknete ihre Tränen mit der Schürze ab. „Schön und gut, aber ich bringe ihnen trotzdem noch etwas vorbei und frage das Mädchen, ob es mir beim Aufstrichmachen helfen könnte."

„Nein."

„Aber du hast es doch selbst vorgeschlagen."

Aber ich will nicht, dass du dorthin gehst. Ich vertraue Ebenezer Grubb nicht. Ishmael hat bewiesen, dass er klug und vertrauenswürdig ist und Ivy hat hart gearbeitet, als sie hier war. Doch ihr Vater ist ein Schwätzer und Tunichtgut. Warum lasse ich überhaupt jemanden, dem ich nicht vertraue, auf meinem Grund und Boden leben? Galen versuchte, seine Gedanken zu sortieren. „Wir fragen Ishmael einfach, ob er sie morgen mitbringt."

Ein Lied wurde vom Wind zu ihnen getragen. Galen drehte den Kopf in Richtung der Quelle. Ishmael pfiff vor sich hin, während er die Vogelscheuche aufstellte. Die Melodie stammte von einem Lied, das sie auf der Beerdigung seines Vaters gesungen hatten.

„‚Ruhe in Christus'". Ma legte ihre Hand in die von Galen, während sie den Namen des Lieds nannte. „Du hast es heute nach dem Frühstück gesummt. Es ist ein großer Trost zu wissen, dass Cullen bei Gott seinen Frieden gefunden hat."

Ishmael hat das Lied von mir. Er weiß nicht, dass es ein christliches Lied ist, aber es ist ein Anfang. Vielleicht sind sie genau deshalb hier – damit wir ihnen Jesus näherbringen können.

„Wir dürfen die drei nicht zu auffällig beschenken, Ma. Ich bringe ihnen den Sack. Überleg dir, wann du den Aufstrich machen willst und sag es Ishmael, bevor er geht. Er wird Ivy fragen."

„Das ist wohl am besten."

Ma ging nach drinnen und Galen versteckte den Sack. Dann kümmerte er sich weiter um den kleinen Mustang und brachte ihn auf die Weide, wo er sich ausruhen konnte.

„Also, Boss", rief Ishmael, „was soll ich als Nächstes machen?"

Galen nickte in Richtung Schweinestall. „Tausch die untersten Bretter aus. Dale klettert immer wieder drauf, um Hortense und Mr Rüsselchen zu besuchen."

„Rüsselchen?" Ishmael schlug sich gegen die Stirn. „Oje, dann habe ich ihn immer missverstanden. Ich dachte, er hat das Schwein Mr Rotzelchen genannt, weil es unter der Nase so eine komische Farbe hat."

„Das musst du unbedingt Dale erzählen. Er wird sich totlachen."

„Mache ich. Aber jetzt kümmere ich mich erst mal um die Bretter. Soll ich sonst noch etwas austauschen?"

„Nein, den Zaun auf der Pferdekoppel habe ich gestern schon repariert, als du schon zu Hause warst." Galen musste Ishmael eine Weile beschäftigen, damit er heimlich Mas Sack abliefern konnte. „Wenn du mit dem Schweinestall fertig bist, hack bitte Holz. Ich bin ein wenig in Rückstand geraten und wir brauchen noch einiges für den Winter."

„Haben wir Äste hier oder soll ich erst einen Baum fällen?"

„Das machen wir nächste Woche zusammen. Hinter der Scheune müssten noch ein paar Äste liegen, die du hacken kannst."

Ishmael wusste, wo er das Werkzeug fand; er hatte ja schon geholfen, das Scheunentor zu reparieren. Als er alles Nötige eingesammelt hatte, machte er sich auf den Weg zum Stall.

Galen schnappte sich den Mehlsack und stahl sich davon. Ein Pferd konnte er nicht nehmen, weil man ihn sonst schon von Weitem gehört hätte. Deshalb machte er sich im leichten Dauerlauf auf den Weg.

Als er zum Lager der Grubbs kam, verlangsamte Galen seine Schritte und sah sich nach einem Ort um, wo er heimlich den Sack ablegen konnte. Er wollte nicht gesehen werden, aber er wollte trotzdem, dass Ivy das Mehl schnell fand.

„Ach du meine Güte!"

Galen fuhr herum.

Ivy stand vier Meter von ihm entfernt und hatte die Hand aufs Herz gepresst. Es entging Galen nicht, dass sie in der einen Hand ein Messer hielt. „Mr O'Sullivan, Sie hätten mich fast zu Tode erschreckt. Was schleichen Sie sich denn so an?"

Er legte einen Finger auf den Mund und schüttelte den Kopf.

„Ich hab Sie doch schon lange gesehen."

Er stellte den Sack ab und sah sich um.

„Oh", flüsterte Ivy jetzt. „Mein Vater soll nicht wissen, dass Sie uns etwas zu essen bringen?"

Er nickte.

„Egal was es ist, danke, Mr O'Sullivan."

Galen lächelte und verschwand wieder, ohne ein Wort gesagt zu haben. Als er zurück zur Farm kam, hörte er das laute Schlagen der Axt. Er ging zu dem Maisfeld, das sie schon abgeerntet hatten, und entschied, dass die Stangenbohnen, die am Rand entlangwuchsen, noch etwa zwei Wochen lang Ertrag bringen würden.

Letztes Jahr hatte Dad geholfen, die letzten Bohnen zu ernten, doch er war viel zu schwach gewesen. Galen stand jetzt genau an der Stelle, an der sein Vater damals zusammengebrochen war. Natürlich hatte er gewusst, wie schwach sein Vater war, deshalb hatte er neben ihm gearbeitet und ihn aufgefangen.

„Sohn, lass mich hier auf meinem Grund und Boden sitzen. Es ist Zeit, dass wir miteinander reden und ich könnte mir keinen besseren Ort dafür vorstellen.“ Galen ging in die Knie, als die Erinnerung ihn traf. *„Wir sind umgeben von Leben, Sohn – doch die Jahreszeiten ändern sich. Unser Erlöser wird mich zu sich nehmen, bevor wir noch eine gemeinsame Ernte erleben. Deine Ma und deine Brüder – ich vertraue sie dir an. Gott wird dir die Kraft geben, weiterzumachen.“*

„Galen?“

Die panische Angst in Seans Stimme holte Galen mit einem Schlag zurück in die Gegenwart. Er bemühte sich, ruhig zu antworten. „Aye, Kleiner?“

„Bist du verletzt oder krank?“

Galen erhob sich und zog Sean zu sich, dann nahm er ihn an den Füßen, drehte ihn auf den Kopf und hielt ihn in die Luft, bis der Junge anfing zu kichern. „Ich bin so gesund wie ein Ackergaul. Aye, das bin ich.“ Er tat so, als ließe er Sean fallen, fing ihn auf und stellte ihn wieder auf die Beine. „Und du wirst immer größer und schwerer. Bald werde ich an dir zerren und ziehen und du wirst dich keinen Millimeter von der Stelle bewegen.“

„Heißt das, dass ich morgen bei der Maisernte helfen darf?“

Galen sah ihn mit einem Auge an und legte den Kopf zur Seite. „Hmmm.“

Sean baute sich in voller Größe vor ihm auf und machte sich so breit er konnte.

„Nicht ganz, ich glaube, nächstes Jahr bist du so weit. Aber morgen musst du dich zusammen mit Dale um die Bohnen kümmern, während Colin, Ma und ich das letzte Maisfeld abernten.“

„Ach, Galen!“ Sean trat in den Staub.

„Und du wirst auch Mas Blumengarten jäten."

Sean verschränkte die Arme vor der Brust. „Dad hätte nie verlangt, dass ich Frauenarbeit mache."

„Dad hätte dir für diesen Satz einen Klaps auf den Hintern gegeben." Das war das erste Mal, dass einer seiner Brüder seine Autorität infrage stellte. *Sie werden nicht zu den Männern heranwachsen, die Gott und Dad sich wünschen, wenn ich nicht hart bleibe. Es ist passend, dass ich mich ausgerechnet hier zum ersten Mal beweisen muss.*

Galen funkelte Sean böse an. „Ein Mann – ein echter Mann – tut, was getan werden muss. Adam und Eva waren die ersten Farmer und die einzige Aufgabe, die Gott allein der Frau gegeben hat, war es, Kinder zu gebären."

„Nee, nee." Sean schüttelte den Kopf. „Eva musste die Blätter zu Kleidern nähen."

Er prüft mich. Galen sah seinen kleinen Bruder fest an. „Kleidung zu machen, ist nicht nur Frauenarbeit. Gott selbst hat Kleider für Adam und Eva gemacht, als er sie aus dem Paradies geworfen hat."

„Willst du mich veräppeln?"

„Unser Herr soll gepriesen und erhoben werden. Über sein Wort mache ich mich nicht lustig. Es steht im dritten oder vierten Kapitel von 1. Mose."

Immer noch sah Sean ihn ungläubig an und legte den Kopf zur Seite.

Er versucht abzuschätzen, wie weit er gehen kann. Galen biss die Zähne zusammen. Er senkte die Stimme und sagte mit Nachdruck: „Das nächste Mal, wenn du versuchst, dich vor einer Aufgabe zu drücken, weil du denkst, dass sie unter deiner Würde ist und Ma sie lieber machen soll, wirst du so lange daran arbeiten, bis dein Hintern wehtut."

Fassungslos machte Sean den Mund auf.

„Wir sind eine Familie und wir arbeiten zusammen. Egal welche Arbeit erledigt werden muss, wir tun sie." Er zog eine Braue hoch. „Hörst du mich, Sean Michael O'Sullivan?"

Sean nickte langsam.

Mehr als einmal hatte Dad gesagt, dass Gott seine Macht mit Weisheit paarte. Galen nahm sich das zu Herzen. Er hatte seinen

Standpunkt klargemacht; jetzt konnte er Sean entlassen. „Geh jetzt und zieh dir ein altes Hemd an. Es gibt noch viel zu tun heute."

Sean blieb stehen. „Galen? Eigentlich bin ich hier, um dir zu sagen, dass mein Pferd lahmt."

Galen verschränkte die Arme vor der Brust. „Zieh dich um und komm dann zu mir in den Stall. Wir gucken uns das zusammen an." Als Sean ins Haus gerannt war, bückte sich Galen und klopfte den Staub von seinen Knien. *Ich weiß gar nicht, warum ich mir Gedanken mache. Meine Brüder sorgen schon dafür, dass ich auf Knien zu dir komme, Herr. Wenn du mir ein bisschen Weisheit und noch mehr Geduld schenken würdest, wäre ich dir sehr dankbar. Ach, und wo ich gerade beim Bitten bin: Wenn Seans Pferd nichts Ernstes hätte, wäre das für uns alle eine Erleichterung.*

Zehn Minuten später hielt Galen den Huf der Stute zwischen Knie und Arm und führte Seans Hand, der ein kleines Messerchen hielt. „Siehst du das? Dieser Stein hat sich festgekeilt und jedes Mal, wenn Lightning auftritt, drückt er sich weiter rein. Armes Mädchen. Hol ihn ganz vorsichtig raus, Sean. Genau so. Es ist besser, sich Zeit zu nehmen, als den Job nur halb zu machen."

„Aber ich würde lieber schnell machen, damit sie keine Schmerzen mehr hat."

„Wenn Lightning den Huf nicht belastet, hat sie ja keine Schmerzen. Also, mach langsam weiter. Jawoll, geschafft! Du hast ihn rausgeholt!"

„Ich hab es geschafft!" Sean strahlte. „Jetzt geht es Lightning wieder besser."

„Aye." Galen ließ das Bein der Stute los und richtete sich auf. „Aber es war gut, dass du mich geholt hast. Hast du schon mal gesehen, wie Josh und ich zusammen ein Pferd untersuchen?"

„Ja."

„Dafür gibt es viele Gründe. Eine zweite Meinung kann oft eine Lösung bringen, wo ein einzelner Mann vor einem Rätsel steht. Außerdem sind verletzte Tiere immer gefährlich, vor allem, wenn sie so stark sind wie ein Pferd."

„So wie damals, als Mr Lufes Pferd so schlimm gebockt hat?"

„Genau so." Galen steckte das Messer wieder ein. „Eddie Lufe war klug genug, jemanden bei sich zu haben, sonst wäre er schwer verletzt worden. Verwechsle Tapferkeit nie mit Torheit."

„Ganz bestimmt nicht, Galen." Sean bückte sich, um den kleinen Stein aufzuheben. Er betrachtete ihn bewundernd, dann steckte er ihn in die Tasche.

„Dann hol jetzt mal Dale. Ihr beide sollt noch Holz ins Haus bringen."

Ein paar Minuten später hielt Galen Dale und Sean zurück, während Ishmael die letzten Äste zerhackte. Gerade, als er das letzte Stück auf den Hackklotz gelegt hatte und zuschlagen wollte, verrutschte das Holz. Die Axt verfehlte ihr Ziel und ein großes Stück Holz flog plötzlich durch die Luft und traf Ishmael mitten im Gesicht.

„Aaah!", schrie der junge Mann laut auf und ließ die Axt fallen. Dann sank er zusammen und fuhr sich mit den Händen ans Auge.

10. Kapitel

Galen schob die Jungs auseinander und rannte zu Ishmael. Er nahm den jungen Mann und ließ ihn sich auf den Hackklotz setzen. „Lass mich das anschauen."

Aber Ishmael nahm seine Hände nicht weg. Er wiegte sich vor und zurück. „Verdammt."

Galen zog sein Halstuch aus der Hosentasche und rief seinen kleinen Brüdern zu: „Sagt Ma Bescheid, dass Ishmael sich verletzt hat. Ich bringe ihn nach drinnen." Er konnte nicht sehen, ob seine Brüder ihm gehorchten. Ishmael lief das Blut über die Finger und die Wange. Galen zwang den jungen Mann, seine Hand wegzunehmen und drückte sein Halstuch gegen die Wunde, die sich zwischen Augenbraue und Haaransatz befand. „Es ist deine Stirn. Kannst du etwas sehen?"

Vorsichtig machte Ishmael die Augen auf. „Es … würde weniger wehtun … wenn du nicht so hässlich wärst."

„Wenn du nicht schon bluten würdest, würde ich dir dafür eine blutige Nase verpassen. Komm. Steh auf. Ich helfe dir ins Haus."

Ishmael erhob sich. „Verdammt. Verdammt!"

Galen nahm Ishmael fest am Arm. „Du bist zwar verletzt, aber du solltest trotzdem auf deine Worte achten. Es ist schlimm genug, dass du vor den Kleinen geflucht hast. Ich erlaube nicht, dass du vor Mum so sprichst, verstanden?"

Ishmael griff sich an die Stirn und hielt nun selbst das Tuch fest. Er biss die Zähne fest zusammen, das war seine einzige Reaktion auf diese Rüge.

Galen führte ihn über den Hof zur Veranda. Colin stand schon in der Tür. „Soll ich den Arzt holen? Oder soll ich den Wagen fertig machen, damit wir ihn in die Stadt bringen können?"

„Lasst mich erst mal sehen." Ma hatte schon ein Tuch in der Hand und einige auf dem Tisch bereitgelegt. „Das ist ziemlich viel Blut. Ah ja, hier kommen wir der Sache schon näher. Da fehlt ein sehr großes Stück Haut an Ihrer Stirn, Ishmael. Die Wunde ist zwar nicht tief, aber sehr breit. Da können Sie froh sein, dass Gott Sie mit so einem Dickschädel ausgestattet hat."

„Was brauchst du, Ma?" Galen bewunderte seine Mutter, dass sie so ruhig bleiben konnte.

„Ich will die Blutung stoppen und die Wunde säubern."

„Wir haben doch den Blutstillstift bei unseren Rasiersachen." Colin ging in Richtung Waschtisch.

„Nein, Colin. Gemeiner Blutweiderich wird hier besser helfen. Ishmael, drehen Sie den Kopf so. Genau. Galen, drück ihm das Tuch gegen den Kopf. Ich hole den Weiderich."

Ma ging hinaus und kam mit drei Stängeln einer lila blühenden Pflanze zurück. „Wer hätte gedacht, dass sie so staubig sind?" Sie wusch die Stängel und streifte die Blüten in eine kleine Schüssel. Nachdem sie ein wenig Wasser dazugetan hatte, zerdrückte sie die Blüten mit einem Löffel und mischte eine Paste daraus.

„Boss, ich habe die Axt draußen liegen lassen."

„Darum wird sich Colin kümmern." Galen warf dem Jungen einen Blick zu. Der nickte und ging nach draußen.

„Ma", rief Dale vom Schlafboden her, wohin er mit Sean geklettert war, um besser sehen zu können, „was willst du damit machen?"

„Ich stelle eine Salbe her."

Dale kicherte. „Du willst ihm dieses lila Zeug auf die Stirn schmieren?"

„Es ist nicht lustig, wenn jemand Schmerzen hat." Galen sah seinen kleinen Bruder ernst an.

„Sei mir nicht böse, Boss, aber genau das Gleiche dachte ich auch gerade."

„Weiderich stoppt die Blutung und hilft, dass die Wunde schneller heilt." Ma nahm Ishmael das Tuch von der Stirn und fing an, die Paste zu verteilen.

„Wow, das gibt's ja nicht. Das Brennen lässt schon nach", wunderte sich Ishmael.

Zehn Minuten später war Ma immer noch mit Ishmaels Stirn zugange. Vorsichtig wischte sie den Großteil der Paste wieder ab, sodass nur eine dünne Schicht zurückblieb. „Ich fürchte, es wird noch ein paar Tage wehtun. Hoffentlich gibt das keine Narbe."

„Glaubst du, der Doc würde das nähen?", fragte Sean, der oben am Geländer lehnte.

„Nein, das glaube ich nicht." Ma sprach voller Autorität. „Die Wunde ist zwar breit, aber nicht tief und man näht nur tiefe Wunden. Galen, sein Hemd kann man nicht mehr retten."

Galen ging langsam an den Schrank und nahm ein Hemd seines Vaters heraus. *Herr, du wusstest lange vor dem Unfall, dass er die Hemden brauchen würde. Danke, dass die Jungs – und vor allem Colin – jetzt darauf vorbereitet sind.*

„Vielen Dank für Ihre Hilfe, Mrs O'Sullivan. Ich stehe in Ihrer Schuld."

„Papperlapapp. Ich bin froh, dass es Ihnen den Umständen entsprechend gut geht. Sie werden vielleicht ein paar Tage Kopfschmerzen haben, also hole ich Ihnen noch Weidenrinde. Aber trinken Sie bitte bis morgen noch keinen Weidenrindentee. Wenn Sie ihn zu früh zu sich nehmen, könnte die Wunde wieder anfangen zu bluten."

„Aber das ist nicht nötig, Ma'am. Meine Schwester hat immer einen Vorrat an Weidenrinde da, weil mein Vater manchmal Rheumaanfälle hat."

Galen stand neben Ishmael. „Sobald Ishmael sich umgezogen hat, bringe ich ihn zurück zu seiner Familie."

Ma verstand den Hinweis. „Gut. Ich hole etwas aus dem Brunnenhaus. Ishmael, wenn Sie irgendetwas brauchen, schicken Sie Ihre Schwester her."

„Das wird nicht nötig sein, Ma'am."

„Ach – und am Montag würde ich gerne Birnenaufstrich machen. Könnten Sie Ihrer Schwester bitte ausrichten, dass ich ihre Hilfe gebrauchen könnte?"

„Ich bin sicher, sie wird sich freuen, Ma'am." Ma ging und Ishmael zog eins von Dads alten Hemden an. „Ich bin stark wie ein alter Stein, Boss. Du musst mich nicht nach Hause bringen wie einen kleinen Jungen, der zum ersten Mal in die Schule geht."

„Dein Gehirn muss doch mehr in Mitleidenschaft gezogen worden sein, als wir dachten, wenn du glaubst, dass ich dich alleine gehen lasse."

Galen und Ishmael machten sich auf den Weg in Richtung Südweide. Als Ishmael auf halber Strecke immer langsamer wurde und dann schließlich ganz stehen blieb, fragte Galen: „Was ist los?"

„Ich kann es gar nicht wirklich sagen. Deshalb bleibe ich auch stehen. Ich bin kein feiner Herr, aber ich habe vorher eigentlich noch nie geflucht. Dad tut das sehr oft und ich würde mir wünschen, er würde es lassen – vor allem in Ivys Gegenwart. Aber ich verstehe auch gar nicht, warum dich das so aufgeregt hat. Ich hab doch nichts anderes als *verdammt* gesagt."

„Ich verstehe, dass du diesen Fluch nicht wirklich so gemeint hast." *Ich lag falsch, Herr. Ich habe erwartet, dass ein Mann, der dich nicht kennt, sich wie ein Christ verhält.* „Aber du weißt wahrscheinlich gar nicht, was du da eigentlich gesagt hast."

„Na ja, ich habe was Dummes gemacht und ärgere mich jetzt darüber."

„Du hast dich verletzt; es war ein Unfall. Bisher ist noch kein Mann durchs Leben gekommen, ohne sich zu verletzen. Aber die Worte, die du gebraucht hast – sie haben eine Bedeutung, die du nicht kennst. Verdammen bedeutet, dass man auf ewig von Gott getrennt ist. Erinnerst du dich noch daran, dass ich Gott als meinen Vater bezeichnet habe?"

„Jep. Also dachtest du, ich meinte, dass ich nichts mit deinem Gott zu tun haben will?"

„Nein, Ishmael. Aber wir Christen glauben, dass nach unserem Leben hier auf der Erde unsere Seele entweder zu Gott in den Himmel kommt oder in die Hölle. Die Hölle ist die Verdammnis. Wenn eine Seele dorthin kommt, ist sie für alle Ewigkeit verloren."

„Also, als ich verda– … Mist, entschuldige. Ich wusste nicht, dass dieses Wort so schrecklich ist."

„Jetzt weißt du es und ich hoffe, dass du es in Zukunft nicht mehr benutzen wirst. Die Jungs brauchen ein gutes Beispiel und Ma ist eine Frau. Ich will nicht, dass meine Familie solche Wörter hört."

„Ich weiß nicht, ob ich das für den Rest meines Lebens schaffe. Aber ich gebe mein Bestes. Reicht das?"

Galen lächelte. „Ich schätze deine Ehrlichkeit. Aye, das reicht. Morgen und am Sonntag brauchst du nicht zu arbeiten. Sonntags fahren wir mit dem Wagen in die Stadt zum Gottesdienst. Wenn du möchtest, kannst du uns begleiten."

„Nein, danke. Das bringt doch jetzt auch nichts mehr. Ein alter Hund lernt eben keine neuen Tricks mehr."

Galen wollte ihn nicht unter Druck setzen. Viele Menschen reagierten mit Widerstreben, wenn man versuchte, sie mit etwas Neuem zu konfrontieren. Ein Schulterzucken erschien ihm die beste Antwort auf Ishmaels Kommentar zu sein.

Ishmael schob seinen Hut weit in den Nacken. „Ich kannte mal einen Mann, dessen Boss ihn jeden Sonntagmorgen aus dem Bett geschmissen hat, nur damit er in die Kirche ging. Verlangst du auch, dass ich mich auf eine harte Bank setze und einem Prediger dabei zuhöre, wie er über die schrecklichen Dinge in der Welt klagt?"

Galen schüttelte den Kopf. „Ob du mitkommst oder nicht ist deine Sache. Die Einladung steht, Ishmael – für dich und deine Familie."

Sein Arbeiter zuckte nur mit den Schultern.

„Wie geht es deinem Kopf?"

„Ich hab einen harten Schädel, Boss. Du musst dir keine Sorgen machen."

„Fragst du Ivy, ob sie Mum bei dem Aufstrich hilft?"

„Na klar. Aber ich kann dir jetzt schon sagen, dass ihr auf sie zählen könnt. Meine Schwester hatte schon lange keinen Kontakt mehr zu anderen Frauen und sie wird sich diese Chance nicht entgehen lassen. Sie würde alles tun, um Zeit mit deiner Ma zu verbringen."

„Warum singst du so laut, kleiner Vogel?" Ivy sah hinauf in den Baum über ihrem Kopf. „So fröhlich kann man doch gar nicht sein. Bestimmt willst du nur was von unserem Brot abhaben. Aber vergiss es, du hast mehr auf den Rippen als ich."

„Schwesterchen?"

„Mhm?" Ivy rieb sich mit dem Handrücken über die Wange, um das lästige Jucken loszuwerden. Sie drehte sich um und stieß einen erschrockenen Schrei aus. „Was ist denn mit dir passiert?"

„Ich habe Holz gehackt und es hat zurückgeschlagen." Ishmael grinste. „Verstand hat es mir aber nicht eingehämmert, also mach dir keine falschen Hoffnungen."

„Das war schlau."

Vorsichtig betastete Ishmael die Wunde auf seiner Stirn. „Ist gar nicht so schlimm. Und sieh dir das an, ist das nicht ein super Hemd?"

„Wenn du nicht diesen Riesenkratzer auf deiner Stirn hättest, sähest du richtig gut aus."

„Das Hemd haben mir die O'Sullivans gegeben. Es hat Mr O'Sullivan gehört, bevor er gestorben ist."

„Dann habe ich wohl heute einen Geist gesehen." Sie drehte sich um und verscheuchte den lästigen kleinen Schreihals von seinem Ast. „Mr O'Sullivan atmet und spricht jedenfalls noch."

„Ich meinte seinen Vater. Aber sag schon, du hast heute Galen gesehen? Wo denn?"

„Ich sollte es eigentlich nicht merken. Er hat sich angeschlichen und uns einen Sack mit Mehl gebracht. Ich habe Brot gebacken." Ivy warf ein paar Zutaten in den Kochtopf. „Zusammen mit dem Gemüse werden wir heute eine königliche Mahlzeit haben."

„Hört sich gut an."

„Bist du sicher, dass es deinem Kopf gut geht? Das sieht schrecklich aus."

„Kaum mehr als ein Kratzer. War hier heute irgendwas los?"

Ivy wollte nicht, dass er sich Sorgen um sie machte. Ishmael musste nicht wissen, dass Mr Smith oder Jones oder Johnston – welchen Namen er sich auch immer gerade ausdachte – ihr unheimlich war. „Dieser Typ und der Mann, der vorher schon mal hier war, waren wieder da. Haben Getreide und vier Säcke Zucker vorbeigebracht."

Ishmaels Augen verdunkelten sich und sein Unterkiefer spannte sich an. „Ich mag es gar nicht, dass sie herkommen, wenn ich nicht da bin. Du musst dich von ihnen fernhalten."

„Ich habe ja mein Messer und Angst, es zu benutzen, habe ich keine. Mach dir um mich keine Sorgen." Ishmael kannte sie zu gut. Wenn sie nicht schnell das Thema wechselte, würde er ihre Furcht bemerken. Ivy warf ihm ein Lächeln zu. „Du wirst nicht glauben, was ich mit dem Mehl vorhabe, das Mr O'Sullivan so unheimlich heimlich gebracht hat."

„Frisches Brot hört sich für den Anfang doch schon mal gut an."

„Ja, finde ich auch. Die Birnen hat Dad schon fast alle aufgegessen. Aber morgen zum Frühstück wollte ich frische Brötchen machen."

„Nein, nicht morgen."

Ivy sah ihn ungläubig an. „Wieso denn nicht?"

„Weil ich hier bin. An den Tagen, an denen ich arbeite, bekomme ich ein gutes Frühstück und ein noch besseres Mittagessen. Wenn ich zu Hause bin, kann ich größtenteils aufs Essen verzichten. Mir ist es wichtig, dass du einen vollen Magen bekommst, wenn ich auf der Farm arbeite."

Ivy schubste ihn spielerisch zur Seite. „Du hast zu viel mit diesen Christenmenschen zu tun. Du wirst schon selbst einer."

„Nein, glaub mir, heute erst hat mir der Boss eine Standpauke gehalten." Er schüttelte den Kopf, als ihm ein anderer Gedanke kam. „Die O'Sullivans haben vier Pferde und drei weitere, die dem Ponyexpress gehören."

Sie nickte. Ishmael wurde es nie leid, ihr von den Pferden zu erzählen. Er hätte es niemals zugegeben, aber Ivy wusste, dass er gerne ein eigenes Pferd gehabt hätte. Welcher Mann wollte das nicht?

„Es ist super, den O'Sullivan-Kindern zuzuschauen, wie sie in die Schule reiten."

„Ishy, bist du manchmal neidisch auf sie?"

Ishmael sah sie überrascht an. „Nein, ganz ehrlich, ich bin froh, dass diese Jungs eine gute Zukunft vor sich haben."

Sie schüttelte den Kopf. „Manchmal frage ich mich, ob wir überhaupt verwandt sind."

„Enger als wir zwei kann man wohl kaum verwandt sein."

„Aber du freust dich für diese Kinder. Ich hingegen kann nicht aufhören, daran zu denken, wie ungerecht das alles ist." Sie warf einen Blick in Richtung des Zeltes. „Jeder andere hat ein Dach über dem Kopf. Ich habe die ersten zwölf Jahre meines Lebens unter einem undichten Blechdach gewohnt. In die Schule bin ich noch nie gegangen und auf einem Pferd habe ich auch noch nicht gesessen. Die meiste Zeit über bin ich so hungrig, dass mein Magen lauter redet als ich."

Mit jedem ihrer Worte wirkte Ishmael angespannter und sein Mund verhärtete sich. Er räusperte sich. „Von jetzt an wird es besser werden."

Sie schüttelte den Kopf so vehement, dass ihr Zopf von einer Schulter zur anderen flog. „Nein, wird es nicht. Mag sein, dass wir gerade jetzt ein bisschen besser dran sind. Aber sobald die Leute rausfinden, was Dad hier macht, werden sie uns verjagen. Dann sind wir wieder ohne Zuhause und ziehen weiter." Sie schluckte schwer. „Es war dumm von mir, dir davon zu erzählen, dass ich von einem Haus träume, in dem wir mit unseren Ehepartnern leben können. Wenn ich daran denke, dass das niemals passieren wird, wird mir ganz anders."

„Es ist nichts falsch daran, sich eine bessere Zukunft zu erträumen, Schwesterchen. Die Dinge werden sich ändern."

„Werden sie nicht. Höchstens wenn du einem reichen Mädchen das Herz stiehlst."

„Das stimmt so nicht."

Immer heftiger rührte sie im Kochtopf herum. „Doch. Dad erzählt mehr Lügen, als dass er die Wahrheit sagt, aber mit einer Sache hat er recht. Ich bin hässlich und dumm. Kein Mann wird jemals ein Auge auf mich werfen."

„Dir ist der Richtige einfach noch nicht begegnet." Zärtlich legte er seine Finger auf ihren Arm. „Du bist klug, Schwesterchen. Lesen zu können ist nicht die einzige Art von Schlauheit. Und was das Aussehen angeht – wenn ich nicht so übel zugerichtet wäre, wäre ich dir wirklich böse. Die Leute sagen, wir wären uns wie aus dem Gesicht geschnitten."

„Nur, weil wir flachsblond sind, blaue Augen haben und so spindeldürr sind wie Bohnenstangen."

Ishmael schenkte ihr ein Lächeln. „Wir haben auch beide gute, kräftige Zähne."

„Du hast eindeutig zu viel mit Pferden zu tun."

Am Montagmorgen band sich Laney ein kakaobraunes Seidentuch um den Hals und trat einen Schritt zurück, um sich im Spiegel zu betrachten. Als sie ihr Spiegelbild sah, runzelte sie die Stirn.

„Elaine Louise McCain", bellte Hilda von unten, „ich fahre in fünf Minuten los. Wenn du dann nicht draußen bist, bleibst du heute zu Hause!“ Hilda hatte die Angewohnheit, alle herumzukommandieren. Schon als Laney noch ein kleines Mädchen war, hatte sie als Haushälterin zur Familie gehört und sich ihren Platz in Laneys und Joshs Herzen erkämpft. Als Josh und ihr Dad Broken P gekauft hatten, war Laney auf dem Mädcheninternat gewesen und ihr Bruder hatte ihr in einem Brief beschrieben, wie Hilda das Haus und vor allem das Kommando übernommen hatte. Selbst jetzt, wo Josh und Ruth verheiratet waren, behauptete sich Hilda noch.

„Ich bin's“, sagte Ruth, während sie leise an die Tür klopfte und hereinkam. „Bist du noch nicht fertig?“

„Nein. Ich brauche Hilfe, weil ich das Mieder nicht eng genug schnüren kann.“ Sie nahm das Tuch wieder ab und knöpfte ihre Hemdbluse auf. „Du musst das machen.“ So schnell wie noch nie zuvor hatte sie auch die Knöpfe an ihrem Rock aufgemacht und ließ ihn zusammen mit dem Unterrock auf den Boden fallen.

„Aber das sieht doch gut aus.“

„Nein, sieht es nicht. Ich sehe aus wie ein zerknittertes Taschentuch. Bitte, Ruth, hilf mir.“ Laney hielt sich mit den Händen an einem Bettpfosten fest und drehte sich so, dass Ruth an den Schnüren ziehen konnte.

Ruth löste die Schleife und fing an, die Bänder enger zu ziehen. „Es ist albern, dich so einzuschnüren. Bei der Hitze heute wirst du noch umfallen.“

„Ich bin –“, Laney schnappte kurz nach Luft, als das Korsett immer enger wurde, „– viel … stärker … als du … glaubst.“ Sie atmete noch einmal kurz ein und klammerte sich wie eine Schnecke an dem Bettpfosten fest. Ruth zog die Bänder so eng, dass Laney vor und zurück ruckte. „Ich bin … noch nie … ohnmächtig geworden.“

„Für alles gibt es ein erstes Mal.“ Wieder zog Ruth.

Laney atmete schmerzhaft ein. „Aber nicht heute.“

„Sei aber vorsichtig.“ Ruth fing an, die Bänder zu einer Schleife zu binden.

Von unten hörte man Hilda etwas vor sich hin murmeln. Dann rief sie laut, dass sie gleich hochkommen würde, um Laney Beine zu machen.

„Beeil dich!“ Laney schnappte sich die Bluse.

„Hier!“ Ruth schob sie so, dass sie wieder in der Mitte der zu Boden gefallenen Röcke stand. Meter um Meter Baumwolle und noch mehr Baumwolle.

Hildas Murmeln wurde lauter, während sie schließlich doch die Treppe heraufkam und Ruth zuflüsterte: „Wir haben keine Zeit mehr.“

„Bind sie einfach alle zusammen!“ Laney kämpfte mit einem widerspenstigen Knopf.

„Leichter gesagt als getan“, grummelte Ruth. „Dein Rock drückt die Unterröcke immer wieder nach unten.“ Der wollene Unterrock rutschte zurück auf den Boden. „Wir müssen ihn einfach weglassen.“ Ruth zog an den Bändern und verknotete die beiden restlichen Unterröcke.

„Elaine Loui–“, die Zimmertür öffnete sich, „–se.“ Hilda stürmte ins Zimmer und blieb plötzlich wie vom Donner gerührt stehen. „Ich hätte es wissen müssen. Das wird doch alles viel zu heiß. Diese ganze Wolle und ein dritter Unterrock! Diese Benimmschule hat euch die albernsten Flausen in den Kopf gesetzt. Hierher passt so etwas nicht.“

Hilda durchquerte den Raum und schob Ruth beiseite. „Wo du sowieso halb ausgezogen bist, können wir dich auch gleich noch ein bisschen mehr einschnüren.“

11. Kapitel

Laney versuchte, nicht zu Ruth zu schauen. Sonst hätte sie sich ein lautes Lachen wohl nicht mehr verkneifen können.

„Ach, Mädchen." Hilda besah sich den dicken Knoten, den Ruth gebunden hatte, um die Unterröcke festzuhalten, dann tätschelte sie Laneys Wange. „Du bist nervös, weil du Galen wiedersehen wirst. Aber mach dir keine Sorgen. Ich werde dir schon helfen."

„Danke", sagte Laney im selben Augenblick, als Ruth fassungslos fragte: „Wirklich?"

„Darauf kannst du wetten." Hilda fummelte so lange an dem Knoten herum, bis er sich endlich gelöst hatte und die Röcke erneut in einem Haufen Laney zu Füßen lagen.

„Hilda", begann Ruth mit skeptischem Tonfall, „was hast du damit gemeint, dass du Laney helfen würdest?"

„Ruth, du bist so bis über beide Ohren in Josh verliebt, dass du den Wald vor lauter Bäumen nicht sehen kannst. Ich weiß schon lange, dass Laney Galen sehr gern hat. Auch andere Leute sprechen schon davon – zum Beispiel Ethel im Diner. Auch wenn die Frau nicht kochen kann, merkt sie, was für ein wunderbares Paar Laney und Galen abgeben würden."

„Aber Galen ist in Trauer", warf Ruth ein. „Genau wie Laney."

„Habe ich gesagt, dass sie sich gleich morgen früh einen Ring kaufen und zum Altar hetzen sollen? Nein, habe ich nicht." Die Haushälterin pickte einen kleinen Fussel von Laneys Bluse. „Aber ich weiß, was für einen Ausdruck Männer haben, wenn sie sich dazu entschieden haben zu heiraten."

Eine seltsame Panik ergriff Laney. Mit rauer Stimme fragte sie: „Galen?"

„Mhm. Galen hat sich gestern vor und nach dem Gottesdienst unter den jungen Frauen umgesehen."

„Hilda!", protestierte Ruth.

Das Gesicht der Haushälterin legte sich in Falten. „Du kannst ja meinetwegen glauben, dass ich keine Ahnung von der Liebe habe, weil ich eine alte Jungfer bin, aber da hast du unrecht. Diejenigen von uns, die bei dieser Sache am Rande stehen, sehen, wie die Funken zwischen Verliebten sprühen. Ich habe das schon hundertmal gesehen. Diejenigen, die sich verlieben, haben für nichts anderes mehr Augen – und genau so bist du im Moment, Ruth. Du bist zu sehr mit Josh beschäftigt, um irgendetwas anderes um dich herum zu bemerken. Tja, aber ich habe mitbekommen, wie Galen alle unverheirateten Frauen unter die Lupe genommen hat und mir war sofort klar, dass jetzt Laneys Chance gekommen ist."

„Ach das", winkte Ruth ab. „Galen hat den Leuten doch nur die Schüsseln zurückgegeben, in denen sie der Familie Essen gebracht haben."

„Das stimmt, nach Cullens Tod haben viele Leute hier in der Gegend für die Familie gekocht und sie mitversorgt, aber das ist jetzt schon zwei Monate her." Laney versuchte, den letzten Knopf zu schließen, aber ihre Hände zitterten zu sehr. „All diese Schüsseln, die Galen gestern zurückgegeben hat, waren von Mädchen, die erst kürzlich für ihn gekocht haben und die alles darum geben würden, wenn er sie umwerben würde."

Ruth sah Laney fassungslos an. „Alles darum geben?"

Hilda schob Laney zurück zum Bett. „Halt dich fest. Ich hole da mindestens noch drei Zentimeter raus."

„Sie wird ohnmächtig werden", warnte Ruth.

„Und was wäre so schlimm daran?" Hilda hob eine Braue. „Ein Mann wie Galen will sich stark fühlen und beweisen, dass er einer Frau zur Seite stehen kann. Laney, pass nur auf, dass du vorher seufzt und elegant zu Boden sinkst. Fall nicht um wie eine sterbende Kuh."

Laney legte ihre Arme wieder um den Bettpfosten. „Das haben sie uns bei Lady Genevieve beigebracht."

„Gut, gut." Hilda grinste. „Dann war dieses ganze Geld wohl doch nicht vergeudet."

„Hilda, es ist nicht richtig von uns, die Kupplerinnen zu spielen." Ruth sortierte die Unterröcke auseinander und legte den wollenen zusammen. „Diese Dinge müssen sich von alleine entwickeln."

„Ein Schubs in die richtige Richtung hat noch niemandem geschadet."

„Ich meine ja nur, dass es keinen Grund gibt, die Dinge zu überstürzen. Mrs Landon – oder war es Mrs Penley? – egal, irgendjemand hat mir beigebracht, dass eine Frau einen Mann niemals bedrängen sollte. Männer wollen die Kontrolle haben."

„Männer wollen gerne glauben, dass sie die Kontrolle haben", erwiderte Hilda. „Und dieses Gefühl geben wir Frauen ihnen."

Ruth löste Laneys Hände von dem Bettpfosten und umklammerte ihre Handgelenke. „Laney, ich will nicht, dass man dir wehtut. Und genau das wird geschehen. Denn Galen hat noch nie angedeutet, dass er zärtliche Gefühle für dich hat."

„Und weil das so ist, werden wir ihm die Augen öffnen", bestand Hilda auf ihrem Standpunkt.

Laney nickte, doch Ruth hielt sie auch weiterhin energisch fest.

„Ich will, dass der Mann, den du einmal heiratest, dich um deiner selbst willen liebt", sagte Ruth. „Wenn alles, was es braucht, um seine Aufmerksamkeit zu erregen, eine schmale Hüfte ist, dann ist er deiner nicht würdig. Es kommt nicht auf dein Äußeres an, sondern darauf, zu was für einem Menschen Gott dich gemacht hat."

„Das weiß ich." Laney tätschelte Ruths Hand. „Galen ist ein ehrenhafter Mann."

Ruths Griff lockerte sich und sie sah nicht mehr länger so streng aus.

„Hilda und ich haben schon darüber gesprochen. Wir sind davon überzeugt, dass Galen bis jetzt nur noch nicht gemerkt hat, dass ich mehr bin als nur Joshs kleine Schwester. Wenn er erst einmal verstanden hat, dass ich erwachsen bin, wird er sich schon in mich verlieben." Laney wandte sich wieder ihrem Bettpfosten zu und klammerte sich daran, als würde ihr Leben davon abhängen.

Hilda zog fest an den Bändern. „Galen braucht Hilfe. Soweit ich gehört habe, ist die Schwester von diesem Farmarbeiter etwas ganz Besonderes. Wir dürfen nicht zulassen, dass sie hereingeschneit kommt und Galen bezirzt."

„Ich fürchte … das ist schon … passiert." Laney ließ das Bett los und wandte sich um. Der Raum schwankte ein wenig, dann stand er wieder ruhig da.

„So, jetzt aber nur zwei Unterröcke. Du kannst ja schlecht schwitzen wie ein Schwein, bevor Galen dich in seine Arme schließt."

Galen sah auf, als ein Wagen vor dem Haus stehen blieb, dann zuckte er zusammen, weil ein hoher, unangenehmer Laut die Luft zerriss.

„Kelly!“, rief Laney besorgt und sprang auf.

„Alles in Ordnung“, beruhigte Josh die drei Frauen, während er auf den Wagen zuging. „Das ist nur Ivy, die singt.“

„Der Himmel steh uns bei“, rief Hilda aus, als er ihr beim Absteigen half. „Hört sich an wie eine Katze, die durch den Fleischwolf gedreht wird.“

Galen hätte fast mit den Augen gerollt. Seit Ivy und Ishmael heute im Morgengrauen aufgetaucht waren, sang sie ständig das gleiche Lied vor sich hin. Galen hatte gehofft, dass sie sich nur warm sang, aber mittlerweile hatte er die Hoffnung aufgegeben.

„Der alte Ben Tucker war ein guter Mann“, sang Ivy gerade mit unglaublich lauter Stimme.

„Ich dachte, es heißt *Dan* Tucker“, sagte Ruth.

„Tut es auch – oder sollte es zumindest.“ Galen half ihr vom Wagen.

„Wusch seine Füß’ in einer Bratpfann’.“

„Sein Gesicht“, erklärte Laney Ruth. „Er hat sein Gesicht in der Bratpfanne gewaschen, nicht seine Füße.“

„Die muss mit Eddie Lufe verwandt sein, wo sie das Lied so schlachtet.“ Hilda verzog das Gesicht und griff nach einem mitgebrachten Korb.

„Ishmaels Zwillingsschwester.“ Galen hatte gehofft, dass Ishmael herüberkommen und Laney beim Absteigen helfen würde, aber als er erkannte, dass das nicht geschehen würde, seufzte er innerlich und wendete sich Joshs kleiner Schwester zu. Als er seine Hände um ihre Taille legte, runzelte Galen die Stirn.

„Stimmt etwas nicht?“ Laney war ihm sehr nahe und ihr Duft umwehte ihn. Frisch. Zitronig.

Galen atmete noch einmal tief ein und bemerkte dann, dass seine Finger an Laneys Rücken fast zusammenstießen. Langsam hob er sie herunter. *Ich dachte immer, du wärst noch ein Kind, aber das stimmt ja gar nicht. Du bist zwar klein, aber … aber sehr fraulich.* Immer langsamer näherte er sie dem Boden und setzte sie ab, dann schüttelte er den Kopf, um seine Gedanken zu sortieren.

Laney sah ihn mit ihren großen braunen Augen an. „Ist alles gut?"

„Ja." Er lächelte sie an. „Geh noch nicht rein."

Laney befeuchtete ihre Lippen.

Er wollte, dass sie hierblieb, aber dann wurde Galen klar, dass es dafür eigentlich keinen Grund gab. Außer sie anzustarren. Ein Mann konnte sich in ihren samtweichen Augen verlieren … bis er ihren zarten Mund gesehen hatte. *Warum ist alles an Laney plötzlich so … anders … neu? Warum ist sie so weiblich?* Galen räusperte sich, weil er seiner Stimme nicht traute. „Ich habe dir noch gar nicht gratuliert. Ich habe gehört, dass du mit deiner Marmelade den zweiten Platz gewonnen hast."

Ihre Mundwinkel wanderten nach oben. „Danke. Ich habe das Rezept von deiner Mutter. Also verdient sie eigentlich die Anerkennung."

„Ma hat auch schon Preise für Dinge gewonnen, bei denen du ihr geholfen hast."

„Und sie verdient sie. Genau wie du. Man braucht Nahrungsmittel von bester Qualität, um so gute Produkte herzustellen. Die O'Sullivan-Farm blüht unter deiner Hand richtig auf."

Er nahm ihr Lob mit einem Nicken an. Drinnen im Haus fing Ivy inzwischen an, ein anderes Lied zu verunstalten, und plötzlich fiel Galen ein, dass die zarte kleine Laney gar nicht auf Ishmaels Zwillingsschwester vorbereitet war.

„Laney, es ist komisch, das zu sagen, aber ich möchte dich gerne bitten, dass du freundlich zu Ivy bist." Als er merkte, wie unhöflich sich seine Worte anhörten, versuchte er, sie zu neutralisieren. „Ich will, dass sie sich willkommen fühlt."

Verletzt wandte Laney den Blick ab, zwang sich aber zu einem zitternden Lächeln. „Ich bin sicher, sie ist eine nette junge Frau."

„Sie ist anders." Als Galen aus dem Augenwinkel Ishmael sah, senkte er seine Stimme. „Ich kann es nicht erklären. Es ist … also … kompliziert."

Ishmael kam auf sie zu und sagte mit einem unterdrückten Lachen: „Wie gut, dass meine Schwester hier singen kann. So glücklich hab ich sie noch nie gesehen."

„Guten Morgen, Mr Grubb." Laney nickte ihm höflich zu. „Ich denke, Ihre Schwester hat noch mehr Fähigkeiten."

„Jep." Ishmael legte seine Hände an einen der Zuckersäcke auf der Ladefläche des Wagens. „Sie ist die beste Köchin der Welt. Nichts gegen deine Ma, Boss, die kocht auch wirklich gut. Aber Ivy hat es echt drauf."

„Laney", rief Ruth von der Veranda her. „Die Männer bringen die Säcke rein. Lass uns unsere neue Freundin begrüßen."

„Ich bringe gleich schon die Gewürze mit." Laney stellte sich auf die Zehenspitzen und griff nach einem Korb.

Sie ist immer hilfsbereit und packt mit an. Galen sah ihr nach, als sie mit schwingenden Röcken in Richtung Haus ging. Er musste sich geradezu zwingen, seinen Blick von ihrem sehr weiblichen Gang abzuwenden, und schenkte kurzerhand einem zwanzig Kilo-Sack Zucker seine ganze Aufmerksamkeit. „Schnapp dir auch ein paar Säcke, Ishmael. Wir haben einen vollen Tag vor uns. Wenn alles nach Plan läuft, sind wir zum Mittagessen wieder zu Hause."

Galen folgte Laney ins Haus. Obwohl sie ein großes Herz und hervorragende Manieren hatte, hatte Galen die Befürchtung, Ivys Art könnte sie schockieren.

Ivy saß breitbeinig auf der Bank, den Rücken zum Tisch. Vor sich hatte sie eine Schüssel mit Birnen, die sie schälte und in eine große Wanne zwischen ihren nackten Füßen fallen ließ. Als sie die Frauen sah, sprang sie auf und wischte die Hand an der Schürze ab, die Ma ihr geliehen hatte.

Ma rief vom Herd her: „Ivy, das sind unsere Nachbarinnen von der Ranch Broken P: Hilda, Ruth und Laney."

„Ma'am", sagte Ivy zu Hilda, „Ihre Töchter sind hübsch wie frisch geschlüpfte Küken."

Hilda schüttelte den Kopf. „Ich bin die Haushälterin, Miss Grubb."

„Oh, verdammt."

Galen erstarrte. Ishmael hatte er das Fluchen verboten. Und jetzt tat es seine Schwester vor den anderen Frauen.

Aber Ivy plapperte munter weiter: „Du musst nicht so förmlich sein, Hilda. Du bist ihre Dienerin, nicht meine. Ich bin einfach nur Ivy."

„Hilda ist offiziell unsere Haushälterin, aber für uns gehört sie mit zur Familie", erklärte Laney.

„Das stimmt", fuhr Ruth fort. „Wir sind alle Nachbarn. Wir Frauen sollten die Formalitäten weglassen."

„Find ich auch. Wer von euch ist wer?"

„Ruth hat kürzlich meinen Bruder geheiratet", erklärte Laney, während sie die Hand auf Ruths Arm gelegt hatte, „also ist sie meine Schwägerin."

„Also bist du Laney. Schön dich kennenzulernen." Ivy streckte ihr die Hand entgegen.

Galen hielt den Atem an, aber Laney beugte sich vor und ergriff Ivys Hand. Niemals hätte er gedacht, dass sie jemandem die Hand schütteln würde. Damen taten das nicht. Aber Laney hatte die Regeln ihres Mädchenpensionats innerhalb weniger Sekunden über den Haufen geworfen. Galen war beeindruckt.

„Dein Bruder hat schon viel von dir erzählt." Laneys Lächeln wankte keine Sekunde, auch wenn Ivys Hände von den Birnen klebrig sein mussten und ihr Händedruck dem eines Pferdehändlers alle Ehre gemacht hätte.

„Mhm. Hast du Parfüm drauf? Du riechst besser als ein Apfelkuchen."

„Danke."

Auch Ruth trat vor und schüttelte Ivy die Hand.

Erleichtert stellte Galen den Zuckersack ab. Die Sorgen hatte er sich umsonst gemacht. Laney war die Liebenswürdigkeit in Person, auch wenn angesichts von Ivys Verhalten jeder anderen Frau die Haare zu Berge gestanden hätten.

„Wo soll ich die hier hinstellen?", wandte sich Ishmael über die Einmachgläser hinweg an Galens Ma.

„In die Ecke, bitte."

Galen ging wieder nach draußen, um die anderen Sachen zu holen. Die Frauen von Broken P waren mit unglaublich vielen Gläsern und Zuckersäcken angereist. Im Sommer hatten sie das Gleiche getan, als sie Ma beim Marmeladekochen und Einmachen geholfen hatten.

An dieser Situation hatte Galen zu knabbern. Josh lehnte es ab, etwas von dem Geld anzunehmen, das Galen in der Stadt mit dem Verkauf der Lebensmittel verdiente. Josh beharrte immer wieder darauf, dass Broken P ja in Naturalien bezahlt wurde.

Josh sagte auch immer wieder, dass die Gläser, der Zucker und die Gewürze nur ein kleiner Ausgleich dafür waren, dass Laney und Ruth Kochunterricht bei Galens Ma bekamen und alles über Haushaltsführung lernten. Und wenn das noch nicht genug war, stellte Josh immer wieder gerne heraus, wie wichtig die Zeit hier auch für Hilda war, die durch die regelmäßigen Besuche bei Kelly viel weniger knurrig und brummig war als früher.

Aber Galen war kein Narr. Josh wusste genau, dass das Geld knapp war, und er suchte sich diese Ausreden, um seinem Freund zur Seite zu stehen. Nur Galens Stolz rebellierte dagegen.

„Das einzige Mal, dass ich so viele Gläser auf einmal gesehen habe, war damals in der Stadt", kommentierte Ishmael, als er eine weitere Kiste aus dem Wagen holte.

Galen nickte und brummte, während er sich noch einen Sack nahm. Im Haus hatten sich Laney und Ruth rechts und links neben Ivy gesetzt und schälten nun gemeinsam Birnen.

„Sohn, ich brauche noch mehr Birnen."

„Ich hole sie gleich. Es kann aber ein bisschen dauern. Die Birnen stehen hinter den Äpfeln und ich muss sie erst frei räumen."

„Äpfel!" Hilda fuhr herum.

Laneys Augen funkelten. Ihre Augen trafen sich und sie warf Hilda einen bedeutungsvollen Blick zu. „Erinnerst du dich noch an letztes Jahr, Galen?" Laneys Lächeln hatte einen schelmischen Zug angenommen. „Deine Mutter und Hilda haben diesen köstlichen Apfel-Birnen-Aufstrich gemacht."

Er rieb sich das Kinn und tat so, als müsste er nachdenken. „Jetzt, wo du es erwähnst, ja. Ich erinnere mich."

„Ich habe keinen Apfel-Birnen-Aufstrich mehr gegessen, seit ich hier bin." Ruth konzentrierte sich sehr genau auf das Schälen der Birne. „Wie kommt das?"

„Wie soll eine Köstlichkeit wie diese bitte schön so viele Monate überstehen?", fragte Hilda empört. „Das war vor über einem Jahr."

Ma schob einen Topf in den Ofen. „Galen, Schatz, kannst du mir dann auch noch die Äpfel mitbringen? Jetzt habe ich auch Lust auf diesen Aufstrich. Und wenn Hilda unserer armen Ruth noch nichts von *dieser Köstlichkeit* anbieten konnte, umso mehr."

„Klar, Ma."

Laney musste sich ein Lachen verkneifen, weil sie wusste, dass Hilda diesem Aufstrich selbst sehr zugesprochen hatte. Aber sie schaffte es, das Lachen in ein leises Hüsteln abzuwandeln, das sogar recht überzeugend wirkte.

Ivy klopfte Laney fest auf den Rücken. „Bist du okay?"

Laney wurde von dem Stoß fast von der Bank geworfen.

„Laney!" Galen trat neben sie und kniete sich hin. Er konnte sich nicht erklären, warum Ivy so grob mit ihr umsprang. „Geht es dir gut?"

Laney schaffte es, sich aufzurichten. Mit großen Augen sah sie ihn an und nickte.

„Ich wusste, das würde helfen. Man braucht einen kräftigen Schlag auf den Rücken, wenn man sich verschluckt hat."

„Ich … danke dir … für deine Hilfe", sagte Laney leise.

Ivy sah glücklich aus. „Keine Ursache. Du hättest das Gleiche ja auch für mich getan."

Galen erhob sich, ohne seine Augen von Laney zu nehmen. Endlich kehrte die Farbe zurück in ihre Wangen. Ihre Stimme klang fast wieder normal, als sie sagte: „Ich bin so froh, dass du die Äpfel erwähnt hast, Galen."

„Und wenn man die Äpfel ganz dünn schneidet, kann man sie trocknen. Dann mit Mehl bestreuen und am besten auch mit Zimt, aber den gibt's ja nicht so oft. Das schmeckt so gut, dass man *Hallo Julia* singen will."

„Oh, dieses Lied liebe ich." Vorsichtig ließ Laney die Birne in den Waschtrog fallen, damit es nicht spritzte.

„Vielleicht könnt ihr es mir ja beibringen." Ivy warf die Birne ins Wasser, dass es nur so spritzte. „Ich hab es nur einmal gehört, aber es hat sich toll angehört. Wisst ihr, wer diese Julia ist?"

„Es geht da nicht um eine Julia." Ma kam vom Ofen herüber. „Das Lied heißt *Halleluja*. Es ist ein besonderes Wort, das Christen benutzen, um Gott zu loben."

„Oh, wie peinlich. Da hab ich mich wohl gerade blamiert."

„Überhaupt nicht“, sagte Laney ohne zu zögern. „Am letzten Weihnachtsfest haben wir das Lied in der Kirche gesungen. Würdest du dieses Weihnachten gerne mitkommen?“

Galen spürte ein Gefühl von Stolz in sich aufsteigen. So, wie Ivy sich verhielt, hätten viele Frauen einfach aufgehört, mit ihr zu reden. Laney hingegen schüttete ihre ganze Freundlichkeit über Ivy aus und nutzte die erste Gelegenheit, um sie zum Gottesdienst einzuladen.

Ishmael rutschte unruhig hin und her. „Wir sind keine Kirchgänger.“

„Die Einladung steht.“ Galen konnte sich gerade noch beherrschen, bevor er Ishmael auf den Rücken klopfte. Ivy hätte es als Anlass nehmen können, es ihm gleichzutun. Stattdessen legte er seinen Arm um die Schultern des jungen Mannes. „Komm schon.“

„Es gibt ein Weihnachtslied, in dem die Stechpalme und der Efeu vorkommen, Ivy. Wie dein Name. Ivy, Efeu“, hörte Galen Laneys Stimme beim Rausgehen.

„Ja, das kenn ich sogar. Die Stechpalme und der Efeu, sind nun beide ganz ausgewachsen“, fing Ivy gleich an zu singen.

Zumindest kennt sie den richtigen Text, auch wenn die Melodie ziemlich schief ist.

„Boss, mach dir keine Sorgen. Meine Schwester hat ein Auge auf dieses McCain-Mädchen. Es scheint ziemlich schwächlich zu sein.“

„Ehrlich gesagt, Ishmael, habe ich heute ein paar Stärken an Laney entdeckt, die mir vorher noch nie aufgefallen sind.“

12. Kapitel

„Ist hier noch ein Platz für mich?"

Laneys Herz fing an zu rasen, als sie über die Schulter blickte und Galen sah. Sie wusste nicht, ob er sie oder Ivy gefragt hatte.

„Klar." Bereitwillig rutschte Ivy von Laney weg.

Galen setzte sich zwischen sie auf die Verandastufen und balancierte seinen Teller auf den Knien. „Sieht so aus, als würdet ihr Frauen ganz schön was schaffen."

Noch niemals zuvor hatte Galen sich neben sie gesetzt. Eigentlich hatte Laney sogar bemerkt, dass er bisher immer erst gewartet hatte, bis sie Platz nahm, um sich dann seinen Sitzplatz so weit wie möglich entfernt von ihr zu suchen. Seine Nähe machte sie atemlos. *Das liegt an ihm. Nicht an meinem Mieder. Wenn mein Mieder zu eng wäre, wäre mir schon den ganzen Morgen schwindelig gewesen. Ich werde dieses Mieder jeden Tag für den Rest meines Lebens tragen, wenn das bedeutet, dass Galen meine Nähe sucht.*

„Zum Glück haben wir den zweiten Baum gefällt." Ishmael trottete auf die Veranda, als reite er ein Pferd. „Die Frauen schaffen es noch und verfeuern jedes noch so kleine Ästchen in ihrem Backofen."

Galen hob seine Scheibe Brot mit Birnenaufstrich. „Im Notfall fälle ich jeden Tag einen Baum. Das hier ist ein absoluter Hochgenuss."

„Der Geschmack von gekochten Birnen ist einfach wundervoll." Laney nahm vorsichtig ein Rippchen zwischen Daumen und Zeigefinger und hob es von ihrem Teller.

„Das Einzige, was noch schöner riecht, ist dein Parfum, Laney", warf Ivy ein.

Galen wandte sich an Laney. „Da kann ich nur zustimmen."

Laney lächelte ihn an und war ganz verwirrt. *Hat er jetzt gemeint, dass der Aufstrich gut riecht oder mein Parfum?*

„Wartet, bis die nächste Portion fertig ist", sagte Hilda, während sie sich in einen Stuhl neben Kelly fallen ließ. „Die Äpfel werden wahre Wunder bewirken."

Miss Genevieve würden die Haare zu Berge stehen, wenn sie wüsste, dass ich mit den Fingern esse. Laney lächelte über sich selbst und nahm den nächsten Bissen. Wahrscheinlich war Miss Genevieve nie in den Genuss gekommen, auf der Veranda zu sitzen und gebratene Rippchen zu essen. Der Geschmack machte die Schmiererei mehr als wett und um neben Galen zu sitzen, würde sie auch noch die eine oder andere weitere Anstandsregel missachten.

Hin- und hergerissen zwischen ihren aufkeimenden Hoffnungen und der Tatsache, dass sie schrecklich eingeschnürt war, hatte Laney keinen großen Appetit. Sie nagte nur ein wenig an den gebratenen Rippchen.

„Halt still", sagte Galen, als er ein frisches Taschentuch hervorgezogen hatte.

Laney wurde rot, als sie merkte, was er tun wollte. *Er wird mich niemals als erwachsen ansehen, wenn ich Essen im Gesicht hängen habe.*

Er wischte ihr über die Wange. „So, und wie viel Essen habe *ich* auf mir verteilt?"

„Auf dem Hemd, den Händen oder Ihrem Gesicht?", fragte Ivy.

Ishmael musste ein Lachen unterdrücken. „Ist doch egal, Boss. Du hast doch noch ein Rippchen übrig. Danach siehst du sowieso wieder so aus wie vorher."

„Jep." Ivy biss genussvoll in ihr Rippchen und bewegte den Kopf nach rechts und links, um das Fleisch vom Knochen zu lösen.

Als Galen den Teller von Laney betrachtete, runzelte er die Stirn. „Hast du keinen Hunger?"

„Nachdem ich den ganzen Morgen Birnenaufstrich probiert habe? Ich bekomme keinen einzigen Bissen mehr herunter."

„Sie hat nur einen Knochen abgenagt."

Bei Ishmaels Feststellung wurde es Laney ganz warm. „Ruth, die Rippchen schmecken köstlich. Du hast sie perfekt gewürzt."

„Aber wirklich", stimmte Ivy zu. „Das sollte man nicht verkommen lassen."

„Das stimmt." Galen nahm sein Rippchen und legte es Ivy auf den Teller, dann schnappte er sich Laneys angenagtes Stück Fleisch.

„Mr O'Sullivan, Sie arbeiten so hart da draußen." Ivy konnte das

Verlangen in ihrer Stimme nicht völlig unterdrücken. „Sie sollten das große Stück bekommen."

„Nein." Galen nagte schon an dem Knochen herum. „Das hier reicht mir völlig."

Als sie fertig mit Essen waren, ging jeder wieder an seine Arbeit. Hilda warf Laney ein breites Grinsen zu. *Also ist es nicht nur meine Einbildung? Galen bemerkt mich wirklich?*

Der Nachmittag verging wie im Fluge. Galens Brüder kamen aus der Schule nach Hause, verrichteten die Arbeiten, die ihre Mutter ihnen auftrug, und setzten sich dann auf die Veranda, um ihre Hausaufgaben zu erledigen.

„Ma", rief Collin. „Wann gibt es Abendessen?"

„Bald, bald." Kelly rührte weiter in dem riesigen Topf auf dem Herd. „Hilda, kannst du den Braten aus dem Ofen nehmen? Ich will nicht, dass der Aufstrich anbrennt."

„Einen Moment." Laney brach von einem der frisch gebackenen Brote ein Stück ab. Hilda hatte Teig für vier Brote mitgebracht und Kelly hatte schon sechs im Ofen gehabt, als sie heute Morgen angekommen waren. Da der Ofen sowieso befeuert wurde, war es sinnvoll, gleichzeitig zu backen. Den ganzen Tag über hatten sie frisches Brot gemacht. „Hier, Ivy. Du musst diesen Aufstrich probieren."

Das ließ Ivy sich nicht zweimal sagen. Sie schnappte sich das Brot und lief zu Kelly.

Kelly tat ihr reichlich von dem Aufstrich aufs Brot. „Ich frage mich, ob genug Zimt drin ist. Was meinst du?"

Ivy wartete nicht, bis der Aufstrich abgekühlt war. Sie blies nur kurz darauf und schob sich das Brot dann sofort in den Mund. „Oooh." Mit vollem Mund sog sie die kühlende Luft ein, dann fing sie an zu kauen und redete gleichzeitig. „Das ist das Beste, was ich jemals gegessen habe. Ich hätte nicht gedacht, dass der Aufstrich von heute Morgen noch übertroffen werden kann, aber ich sage euch, jede Portion übertrifft die vorherige."

Hilda winkte mit den Topflappen in Ivys Richtung. „Der Braten verbrennt, wenn du mir nicht aus dem Weg gehst."

„Entschuldigung." Mit einem Satz war Ivy zur Seite gesprungen.

Ruth trat neben sie. „Komm mit mir zum Brunnenhaus. Ich weiß nicht genau, was Toledo, unser Arbeiter, in den Eimern versteckt hat, aber er wollte unbedingt, dass Hilda es bekommt", sagte sie mit einem Lächeln und trat durch die Tür nach draußen.

Hilda öffnete den Ofen und der köstliche Duft von gebratenem Fleisch überlagerte das süße Aroma des Aufstriches. „Hier kannst du ihn hinstellen, Hilda." Laney schob ein paar Einmachgläser zur Seite und die Haushälterin stellte den Bratentopf mit einem dumpfen Schlag ab.

„Laney", sagte Kelly, „es war wirklich eine wunderbare Idee, Ivy zur offiziellen Abschmeckerin zu ernennen."

„Wir mussten etwas tun. An dem Tag, als wir vom Jahrmarkt wiedergekommen sind, hat Galen uns erzählt, dass die Grubbs halb verhungert sind. Ich dachte, er hätte übertrieben." Sie hielt kurz inne. „Hat er aber nicht."

„Nein, hat er nicht."

„Also, was können wir unternehmen?"

„Ich hatte gehofft, dass du fragen würdest. Ich will deine Gefühle nicht verletzen, deshalb sage ich es geradeheraus. Ich werde Ivy fragen, ob sie hierher zum Arbeiten kommt. Dann können wir ihr noch mehr Essen für ihre Familie mitgeben und die Grubbs behalten trotzdem ihre Würde. Sei also nicht traurig, wenn ich dich eine Weile nicht bitte, mir beim Gärtnern zu helfen."

Obwohl sie enttäuscht war, nickte Laney. Sie liebte es, mit Galens Mutter zusammen zu sein. *Aber meine Wünsche sind nichts im Vergleich zu Ivys Nöten.*

„Wir sollten uns trotzdem weiter treffen." Hilda zog ihre Schürze zurecht. „Wie wäre es mit Nähen?"

„Eine wundervolle Idee. Das sollten wir auf jeden Fall tun." Kelly klopfte ihren Holzlöffel am Topfrand ab. „Warum nicht Ende der Woche?"

„Ja, das machen wir." Laney besah sich die grünen Zuckersäcke. Wie es aussah, passte die Farbe nicht zu dem Quilt, den Ruth machen wollte, aber Laney entschied, dass man aus dem Stoff schöne Kissen für ihr Zimmer nähen könnte. *Dann kann Galen sehen, wie gut ich mich in Haushaltsdingen auskenne. Ich weiß vielleicht nicht alles, wenn es ums Kochen geht, aber Nähen kann ich besser als alles andere.*

Ruth und Ivy kamen zurück. Ruth schien fasziniert von dem Inhalt des Eimers, den sie trug.

„Stell das zur Seite", sagte Kelly. „Der letzte Aufstrich ist fertig."

Glas um Glas wanderte an den Herd und wurde mit dem köstlichen Inhalt gefüllt. Ruth und Hilda stellten die Gläser zurück auf den Tisch. Laney strich den Aufstrich glatt, damit keine Luftbläschen entstanden, und Ivy legte die Deckel darauf.

„Ma?", rief Dale von der Veranda. „Dürfen wir den Topf auslecken?"

„Kind, ihr werdet Bauchschmerzen bekommen, wenn ihr das tut."

Galens unterdrücktes Lachen drang zu ihnen herein. „Ich glaube nicht, Ma."

„Ich auch nicht", fügte Ishmael hinzu.

„Ishmael und ich haben einen Riesenhunger mitgebracht", erklärte Galen von draußen. „Die Jungs werden mit uns um den Topf kämpfen müssen."

„Glaub nicht, dass du zu alt für eine Standpauke bist, wenn du deine kleinen Brüder auf den Arm nimmst, Galen Cedric O'Sullivan!"

Laney und Ruth sahen sich an und formten ein fassungsloses „Cedric?" mit den Lippen.

Galen lehnte sich gegen den Türrahmen und grinste. „Zum Glück bin ich nicht nachtragend."

„Der Duft von köstlichem Essen bezähmt jede Bestie", sagte Hilda trocken.

Ishmael quetschte sich an seinem Boss vorbei. „Fertig, Schwesterchen?"

„Wofür denn fertig?", wollte Ruth wissen und stellte das letzte Glas auf den Tisch.

„Für den Heimweg." Ivy zeigte auf das Glas. „Sobald ich das zugemacht habe."

Ishmael und Ivy – vor allem Ivy – müssen hierbleiben und essen, dachte Laney. *Aber Galen fängt endlich an, Interesse an mir zu zeigen. Ist er auch an Ivy interessiert?*

„Heimweg?", fragte Ruth ungläubig. „Du kannst jetzt doch nicht gehen. Schließlich ist Abendessenszeit."

Ivy zuckte mit den Schultern. „Pa musste sich schon alleine um sein Mittagessen kümmern. Ich muss weg."

Heißer Birnenaufstrich lief an dem Messer herunter und traf Laney an der empfindlichen Haut zwischen Daumen und Zeigefinger. *Das geschieht mir ganz recht für diese Gedanken.* „Das Abendessen ist doch schon so gut wie fertig. Was, wenn –"

„Papperlapapp." Kelly winkte mit der Hand, als versuchte sie, eine lästige Fliege zu verscheuchen. „Wir stellen einen Teller für euren Vater zusammen, den könnt ihr dann nachher mitnehmen."

„Das ist wirklich sehr freundlich von Ihnen." Ishmael hakte die Daumen hinter seine Hosenträger. „Vielen Dank, Ma'am."

Laney fuhr mit dem Messer durch das Glas, sodass eine große Luftblase aufstieg und zerplatze und die Menge des Aufstrichs im Glas scheinbar schrumpfte. *Wie meine Hoffnungen und Träume für Galen und mich?*

„Zum Glück hast du die Blase gesehen. Die hätte den ganzen Aufstrich verdorben." Ivy versiegelte den Deckel.

Ich weiß nicht, was ich fühlen soll, Herr. Du hast den Deinen versprochen, ihre Gebete zu erhören, wenn sie treu zu dir stehen. Ich weiß, dass du nur das Beste für mich willst. Und jetzt verhalte ich mich selbstsüchtig und bin eifersüchtig. Was soll ich nur tun?

„Da du das nicht mehr brauchst ..." Galen schnappte sich Laneys Messer und grinste, als er den Aufstrich ableckte.

Laney musste laut auflachen.

„Die einfachen Dinge machen das Leben lebenswert." Er leckte das Messer noch ein letztes Mal ab und seufzte dann. „An einem Löffel wäre mehr dran gewesen."

Ruth hob den Eimer mit Fleisch und brachte ihn zu Galens Mutter. „Ivy hat gesagt, wir sollten das mit reinbringen."

Kelly beäugte den Inhalt. „Ach ja. Die Zunge."

Laney ging ein Schauer über den Rücken. „Zunge?"

„Aye." Kelly schob die Zunge zur Seite und hob ein anderes großes, dickes, abscheulich aussehendes Stück Fleisch an.

Ein seltsames Pulsieren erklang in Laneys Ohren.

„Das hier", sagte Kelly erklärend und hielt ihr das bluttriefende Etwas hin, „ist Leber."

Plötzlich fing der Raum an, sich zu drehen.

„Laney!", rief Hilda.

Augenblicklich war Laney von Dunkelheit umgeben, doch sie spürte zwei starke Arme, die sie auffingen.

13. Kapitel

Noch bevor Laney zu Boden fiel, fing Mr O'Sullivan sie auf. Wie ein nasser Waschlappen hing sie in seinen Armen. „Soll ich sie auf dein Bett legen, Ma?"

„Wohin denn sonst?"

Hilda pumpte Wasser auf ein frisches Tuch. „Hier."

Während er sie ablegte und ihre Wange tätschelte, wischte seine Ma ihre Hände ab und trat ans Bett. „Raus mit euch Männern. Aber geht nicht zu weit weg. In ein paar Minuten ist das Abendessen fertig."

Als die Tür zu war, schob Kelly Hilda beiseite. „Das mit dem Tuch bringt doch nichts. Ich habe mich schon den ganzen Tag gefragt, wie das Mädchen das aushält. Sie ist viel zu eng geschnürt."

Ivy trat zurück, als die anderen die Knöpfe an Laneys wunderschönem Kleid öffneten. Sie trug nicht nur ihren hübschen Rock. Nein, sie hatte nicht nur einen, sondern gleich zwei Unterröcke an. „Bei all dem Stoff muss sie sich doch totschwitzen."

„Nun, normalerweise trägt sie sogar drei." Ruth gab diese Information resigniert weiter. „Ist sie –"

„Sie kommt gleich wieder zu sich." Kelly zog an den Bändern. „Wenn sie wieder atmen kann. Das ist purer Schwachsinn, ein Mädchen, das sich so einschnürt. Ich werde ihr ordentlich den Kopf waschen, wenn du es nicht tust, Hilda."

Hilda schüttelte den Kopf. „Sie ist verliebt."

Laney stieß ein Geräusch aus, das auch von einem Katzenjungen hätte stammen können. „Sie kommt zu sich."

„Oh", flüsterte Laney, als ihre Augen aufflatterten. „Was –"

„Du bist ohnmächtig geworden, Laney Lou." Hilda benahm sich wie eine Henne bei ihrer ersten Brut. „Bleib ganz ruhig liegen."

„Kein Wunder, dass das passiert ist." Kelly schaffte es, gleichzeitig ernst und fürsorglich zu klingen. Ivy fragte sich, wie sie das nur schaffte. „Dein Korsett war viel zu eng geschnürt. Es macht schon einen Unterschied, ob man sich vernünftig kleidet oder leichtsinnig. Du solltest das eigentlich besser wissen."

„Entschuldigung", flüsterte Laney.

„Ohnmächtig ist sie noch nie geworden." Ruth fächelte ihrer Freundin Luft zu.

Ivy stand auf Zehenspitzen und starrte unentwegt das Kleid an, das Kelly gelöst hatte. Es war kaum vorstellbar, dass so etwas Albernes jemanden umfallen ließ. „Vielleicht muss ihr Blut angereichert werden. Leber ist gut fürs Blut. Ich könnte sie schnell kleinschneiden und mit Zwiebeln anbraten."

„Sie mag keine Leber", murmelte Hilda.

„Elaine Louise McCain –"

Oh oh. Kelly O'Sullivan nennt niemandem bei seinem vollen Namen, wenn er nicht gleich Ärger bekommt.

„Du wirst jetzt Leber essen." Kelly verknotete die Bänder von Laneys teurem Kleid neu. „Und zwar eine ordentliche Portion."

„Ich fange gleich damit an", erklärte sich Ivy bereit. Sie wartete gar nicht erst auf eine Antwort, sondern machte sich sofort an die Arbeit. *Ich kann mir gar nicht vorstellen, wie es wäre, wenn so ein Aufsehen um mich gemacht werden würde. Viel Lärm um nichts. Für mich ergibt es überhaupt keinen Sinn, dass man sich so einschnürt, dass man freiwillig so aussehen will, als würde man verhungern.*

Beim Abendessen nahm sich Laney gehorsam von der Leber. Ivy fragte sich, ob sie endlich Farbe im Gesicht hatte, weil sie nicht mehr so eingeschnürt war oder weil ihr die ganze Sache ziemlich peinlich war. Ruth und Kelly hatten sie zwischen sich gesetzt, so als wären sie beide nötig, um sie vor einer erneuten Ohnmacht zu beschützen.

„Ivy, wir bereiten einen Teller für deinen Vater vor. Hätte er lieber Leber oder Braten?", fragte Kelly in ihre Gedanken hinein.

„Leber", log Ivy. Sie traute sich nicht, Ishmael anzuschauen. Er war ja die meiste Zeit des Tages unterwegs und wusste gar nicht, wie schlimm ihr Dad mittlerweile betrunken war. Jetzt, wo die Schnapsbrennerei in Betrieb war, schaffte Dad es, von morgens bis abends durchs Lager zu torkeln. Aber Ivy wollte unbedingt verhindern, dass Ishy um den Zustand seines Vaters wusste. Er machte sich schon genug Sorgen wegen der „Geschäftspartner", die bei ihnen ein und aus gingen. Daran konnte er eh nichts ändern, also tat Ivy so, als wäre alles in Ordnung.

„Leber?", fragte Kelly erstaunt.

Ivy nickte vehement. „Leber. Vielen Dank."

„Du warst heute eine große Hilfe. Ohne dich hätten wir niemals so viel geschafft." Kelly tätschelte ihren Arm. Diese Form der Zuneigung ließ Ivys Herz hüpfen.

„Ihr Frauen habt wirklich hart gearbeitet", sagte Ishmael lächelnd. „Heute Morgen dachte ich noch, ihr wärt alle verrückt, als ich die ganzen Gläser hier reingeschleppt habe. Aber sie sind wirklich alle voll."

„Habt ihr auch den ganzen Zucker verbraucht?" Galen sah sich um und entdeckte die ordentlich zusammengefalteten Stoffsäcke auf der Fensterbank.

„Zwölfeinhalb Kilo Zucker in jeder Fuhre, Junge", sagte Hilda. „Und jetzt reich mir den Mais."

„Der O'Sullivan-Mais ist der süßeste, den ich je gegessen habe", sagte Laney.

„Wenn man deinen Teller so sieht, glaubt man das aber nicht." Ivy starrte fassungslos auf die winzige Portion, die Laney sich von jeder Zutat genommen hatte. „Hilda hat mir gesagt, dass du Leber nicht magst. Aber anscheinend magst du irgendwie überhaupt nichts."

„Tut mir leid. Ich glaube, ich habe alles vermasselt."

„Nein, hast du nicht." Josh zeigte auf die Butter. „Kann ich die bitte haben?"

Ivy fragte sich, ob Laney jemals schon etwas vermasselt hatte. Sie sah immer noch aus, als hätte sie sich gerade frisch umgezogen. Na gut, beim Mittagessen hatte sie einen winzigen Soßenfleck auf der Wange gehabt, aber alle anderen waren total verschmiert gewesen. Selbst nach einem ganzen Tag in der Küche sah Laneys Schürze immer noch frisch gebügelt aus. Wenigstens wirkte Ruths Kleid schon mitgenommener.

„Miss Ruth", sagte Ishmael, „dann können Sie ja jetzt den Quilt nähen, von dem Sie erzählt haben. Ich meine, jetzt, wo die Zuckersäcke leer sind."

Ruth nahm von dem frisch gekochten Aufstrich und tat ihn sich aufs Brot. „Laney glaubt, dass das Grün nicht so gut passt – und sie hat ein sehr gutes Auge für Farben." Als ein paar Krümel auf Ruths Schürze fielen, legte sie das Brot auf den Teller und schnipste sie ungeduldig weg. „Außerdem habe ich meine Meinung geändert. Nachdem ich all diese Quilts auf dem Jahrmarkt gesehen habe, will ich ein anderes Motiv nähen. Ich dachte an fliegende Gänse."

Laney stellte ihre Tasse so sanft ab, dass der Kaffee darin nicht einmal schwankte. „Ich glaube, der Quilt würde traumhaft werden, wenn du das Grün durch Braun ersetzen würdest. Galen, hat deine Mutter dir letztes Jahr nicht auch eine Decke gemacht?"

Er nickte. „Du hast aber ein gutes Gedächtnis."

„Ja, das hat sie." Ruth biss von ihrem Brot ab.

Ivy beobachtete, wie sich wieder Krümel auf ihrer Schürze verteilten. *Wenn ich es nicht besser wüsste, würde ich denken, dass sie nicht zu den Reichen gehört. Sie kleckert und krümelt genauso schlimm in der Gegend rum wie ich.*

Mr O'Sullivan kratzte die letzten Reste auf seinem Teller zusammen. Das Essen war bis jetzt einmal rumgegangen und er hatte es geschafft, alles in wenigen Minuten herunterzuschlingen. „Bitte reich mir noch mal das Fleisch."

„Leber oder Braten?", fragte seine Ma.

Er grinste. „Beides. Ich muss doch das reinholen, was Laney nicht isst."

Laney legte ihren Kopf zur Seite wie ein kleiner Vogel, der sich überlegt, welches Lied er trällern sollte. „All diese Gespräche über das Nähen haben mir Lust auf mehr gemacht. Wollen wir uns nicht am Freitag treffen?"

„Ma", piepste einer von Mr O'Sullivans kleinen Brüdern, „dein rosa Kleid hat ja die Vogelscheuche bekommen. Jetzt haben wir doch schönen grünen Stoff. Deine Kleider sind alle so hässlich schwarz. Näht ihr dann etwas Schönes für dich?"

Kellys Augen füllten sich mit Tränen und sie schüttelte den Kopf.

Laney wandte sich Ivy zu. „Ruth und ich haben uns gerade erst neue Kleider genäht. Hättest du gerne die Zuckersäcke?"

„Ja, Schwesterchen. Grün würde dir bestimmt gut stehen."

Ivy traute sich kaum zu atmen, geschweige denn etwas zu sagen, so groß war die Angst davor, dass diese unglaubliche Familie ihr

Angebot zurücknehmen könnte. *Ich dachte schon, dass Laney eine eingebildete Schnepfe ist, mit ihren feinen Manieren und dem immer perfekten Benehmen. Und jetzt schenkt sie mir Stoff, damit ich ein echtes eigenes Kleid haben kann?* Ivy merkte gar nicht, dass das Gespräch um sie herum weiterging. *Das ist der beste Tag meines Lebens. Ich bin bis obenhin vollgegessen und ich werde ein neues Kleid bekommen!*

„Schwesterchen, wir gehen jetzt am besten nach Hause."

Ivy sprang auf.

„Du hast heute viel gearbeitet, Ivy", sagte Kelly und deutete in Richtung der Kisten mit den Gläsern. „Nimm dir doch ein Dutzend Gläser mit."

„Danke, Kelly. Vielen Dank. Wenn es dir nichts ausmacht, dann würde ich heute nur sechs mitnehmen und die anderen sechs am Freitag nach dem Nähen."

Auf dem Heimweg trug Ishmael die Gläser wie einen Schatz in den Armen. „Sei vorsichtig Ishy. Nicht, dass was zu Bruch geht."

„Warum hast du nur die Hälfte mitgenommen?"

„Weil Dad am Freitag sonst wütend ist. Ich kann doch nicht den ganzen Tag unterwegs sein, ohne abends eine Bezahlung mitzubringen."

„Dieser Teller voll mit Essen wird ihn schon davon überzeugen, dass es gut ist, wenn du öfter mit zu den O'Sullivans kommst."

Ivy nickte, doch sie hatte so ihre Zweifel. Plötzlich wünschte sie sich, sie hätte die Wahrheit gesagt und Dad Braten statt Leber mitgebracht.

Während Galen zum Stall der McCains ritt, wärmte die hochstehende Sonne seine Schultern. „Was ist passiert?", rief Josh, als er auf ihn zulief.

„Nichts. Überhaupt nichts." Galen stieg ab.

Mit zusammengezogenen Augenbrauen fragte Josh: „Und was führt dich dann mitten am Tag hierher? Wo du doch so viel zu tun hast auf deiner Farm?"

„Nicht was. Wer." Galen stemmte die Hände in die Hüften. „Laney."

„Oh, Galen." Josh seufzte laut. „Das tut mir leid. Ich sage Ruth, dass sie mit ihr reden soll, damit sie dich nicht mehr –"

„Nein, Josh. Ich war ein Idiot." Er hielt inne, dann fuhr er fort: „Irgendetwas hat mir die Augen geöffnet und ich habe erkannt, was für eine bezaubernde junge Frau unsere kleine Laney geworden ist."

Josh wischte sich die Hände an der Hose ab. „Ja, das ist sie. Ich weiß gar nicht, wann und wie das passiert ist."

„Ich hoffe, dass noch kein anderer bei dir vorgesprochen hat. Ich glaube, das wird dich überraschen, aber ich hätte gerne deine Erlaubnis, um deine Schwester zu werben."

Anstatt sofort einzuwilligen, kaute Josh nachdenklich auf seiner Unterlippe herum.

Galens Mund wurde trocken. *Die ganze Zeit über dachte ich, er täte mir einen Gefallen damit, dass er seine Schwester von mir fernhält. Aber kann es sein, dass er glaubt, ein armer Farmer wie ich wäre nicht gut genug für seine Schwester?*

14. Kapitel

„Hör zu, Galen." Josh verschränkte die Arme vor der Brust und starrte ihn an. „Ich will nicht, dass du etwas mit Laney anfängst, wenn du dir nicht hundertprozentig sicher bist. Mir ist klar, dass es bei der Brautwerbung darum geht, sich kennenzulernen und festzustellen, ob man zusammenpasst. Aber Laney ist in dich verliebt, das wissen hier alle. Und wenn du dir nicht absolut sicher bist, dass du sie heiraten willst, dann lass das mit ihr."

„Ich dachte mir schon, dass es dir nicht recht ist, wenn ich an ein und demselben Tag um sie werbe und um ihre Hand anhalte. Aber wenn du es nicht anders willst: Ja, ich möchte dieses Mädchen heiraten." Er nickte einmal energisch, um seinen Standpunkt zu untermauern. „Ich liebe sie."

„Das ist mal ein Sinneswandel."

Galen schüttelte den Kopf. „Nein, Josh. Zu sagen, dass es ein Sinneswandel ist, trifft die Sache nicht. Mit mir ist etwas passiert. Mein *Herz* hat sich gewandelt – mein Herz hat die Wahrheit erkannt und angenommen. Jetzt gibt es kein Zurück mehr. Ich habe in Laney immer nur das Kind gesehen. Aber in dem Trubel der letzten Monate hat sie sich sehr reif und erwachsen verhalten. Anstatt ihr aus dem Weg zu gehen, habe ich ihre Nähe gesucht. Sie ist die Frau für mich, Josh."

„Bist du dir da sicher?"

„Laneys Gefühle für mich kenne ich. Jetzt, wo ich endlich zur Vernunft gekommen bin, habe ich erkannt, was für eine unglaubliche Frau sie ist."

Josh hob eine Augenbraue. „Meine Schwester wurde dazu erzogen, sich angemessen und damenhaft zu verhalten. Aber selbst jetzt, wo deine Mutter ihr die wichtigen Dinge des Lebens beibringt, hat sie noch sehr viel zu lernen."

„Trotzdem scheut sie sich nicht davor, hart zu arbeiten. Aber bevor du jetzt denkst, dass ich sie nur heiraten will, damit ich Hilfe auf der Farm habe, lass dir gesagt sein, dass es gar nicht ihre körperliche Arbeit ist, die ich zu schätzen gelernt habe. Ich habe noch nie eine liebevollere Frau kennengelernt. Im Umgang mit Menschen ist Laney unübertroffen großherzig und gütig. Wir würden uns gegenseitig glücklich machen und, so Gott es will, gemeinsam alt werden."

Ein breites Lächeln trat auf Joshs Gesicht. „Wenn es dir nur um Hilfe auf der Farm gegangen wäre, dann hättest du auch Ivy Grubb fragen können."

„Ich will Laney zur Braut. Sie und Ma können natürlich auch jederzeit Ivy rufen, wenn sie Hilfe im Haus oder im Garten brauchen."

„Ich rede mit Laney", sagte Josh.

Galen sah seinen besten Freund fest an. „Tu das bloß nicht. Zu niemandem ein Wort. Ich will, dass Laney die Veränderung in meinem Herzen erkennt. Nur so kann ich sie davon überzeugen, dass ich der Richtige für sie bin."

„Na gut. Dann sage ich Laney nichts. Aber vor meiner Frau habe ich keine Geheimnisse."

„In Ordnung. Sag es Ruth, aber nimm ihr das Versprechen ab, dass sie Laney gegenüber kein Wort verliert." Als Josh zustimmend nickte, entspannte Galen sich etwas. „Ich bin ehrlich gesagt ziemlich ungeduldig. Du hast dir dein gemeinsames Leben schon aufgebaut. An Weihnachten will ich Laney fragen, ob sie mich heiraten will."

„Hey, du solltest in aller Ruhe um ihre Hand anhalten und nichts überstürzen", lachte Josh.

„Joshua McCain, ich liebe deine Schwester vom Scheitel ihres hübschen Kopfes bis hinunter zu ihrem Rocksaum. Mein Plan ist, sie von den Füßen zu fegen. Natürlich bildlich gesprochen. Ich vertraue Gott, dass er sie für mich bestimmt hat. Und es wäre schön, wenn du dich meinem Glück nicht in den Weg stellen würdest." Galen grinste. „Ich bin immerhin bereit, bis Weihnachten zu warten, damit du dich langsam mit dem Gedanken anfreunden kannst."

„War das eben Galen, den ich da gerade bei Josh gesehen habe?“, wandte sich Hilda an Toledo, der die Milchkanne von draußen reingebracht hatte.

Laney sah sie mit großen Augen an. „Galen ist hier? In diesem Augenblick?“

Toledo blieb auf der Veranda neben der Küchentür stehen und nickte.

„Kommt es dir jemals in den Sinn, auch nur ein Wort zu sagen?“ Die Stimme der Haushälterin klang genervt. „Gegen dich ist ein Einsiedler geradezu schwatzhaft.“

Ruth lächelte, sagte aber nichts.

Zwei Laibe Zucchini-Brot lagen auf dem Küchentisch und boten einen willkommenen Grund, Galen zum Bleiben einzuladen. „Also redet Galen nun mit meinem Bruder, oder nicht?“

Toledo wollte gerade nicken, da besann er sich eines Besseren und brachte ein kurzes „Jep“ über die Lippen, wobei er Hilda zuzwinkerte.

„Du Schuft.“ Sie versuchte, ihm die Milchkanne abzunehmen. Doch er war schneller und zog sie ihr weg.

„Das musst doch nicht du schleppen, wenn ich hier bin, um es für dich zu tragen.“

Mit großen Augen starrte Hilda den Mann an und wusste nicht, was sie sagen sollte. Sie war sprachlos.

Unterdessen schlüpfte Laney an Hilda vorbei. „Ich biete ihm einen Kaffee an.“

„Tun Sie das, Miss Laney“, sagte Toledo mit einem unterdrückten Lachen.

Gerade als Galen und Josh aus dem Stall kamen, war sie im Hof. Josh hatte seinen Arm um Galens Schultern gelegt und die beiden schienen ins Gespräch vertieft zu sein. Als Josh plötzlich aufsah, blieb Laney wie angewurzelt stehen und fühlte sich peinlich berührt. Eine Frau sollte einem Mann nicht nachstellen. Das wusste sie. Aber andererseits war das ja kein richtiges Nachstellen. Immerhin war er hierhergekommen. Sie wollte ihm ja nur die angemessene Gastfreundschaft entgegenbringen.

Jetzt hatte auch Galen sie erblickt. Selbst aus dieser Entfernung ließ die Kraft seiner blauen Augen ihr Herz schneller schlagen. Er betrachtete sie kurz. „Guten Morgen, Laney.“

„Was für eine schöne Überraschung, dass du vorbeikommst. Ist bei euch alles in Ordnung?“

„Ja. Ich musste nur etwas mit deinem Bruder besprechen.“

Josh schlug ihm auf den Rücken. „Wie wäre es mit einem Kaffee?“

„Hört sich gut an.“

Laney versteckte die Hände hinter ihrem Rücken und zwickte sich. Es tat weh, nun wusste sie, dass sie nicht träumte. Schwindelig vor Freude sagte sie: „Und es gibt dazu auch noch frisches Zucchini-Brot.“

„Bekomme ich dann aber auch etwas von deiner Traubenmarmelade?“

„Traubenmarmelade und Zucchini-Brot?“ Josh sah seinen Freund an, als wäre er von allen guten Geistern verlassen.

„Sie hat damit den zweiten Preis auf dem Jahrmarkt gewonnen. Ich bin sicher, die Marmelade schmeckt auf jedem Brot gut.“

Josh stieß ihm mit dem Ellbogen in die Rippen. „Hildas Schweineschmalz hat den ersten Platz gemacht. Willst du das jetzt auch überall draufstreichen?“

„Nein, aber wenn ich jemals wieder Rührei machen muss, werde ich darauf zurückkommen.“

Als sie die Küche betraten, stellte Ruth gerade Becher auf den Tisch. „Toledo, bleib doch und trink einen Kaffee mit uns.“

„Gerne.“ Er zog einen Stuhl hervor. „Hier, Hilda, nimm doch Platz.“

„Ich muss mich um den Kaffee kümmern, Cowboy.“

„Den habe ich schon.“ Josh nahm den Topf vom Herd, stellte ihn auf den Tisch und zog für Ruth einen Stuhl hervor.

Galen stellte für Laney einen Stuhl bereit. Da die anderen Männer den Frauen diese Höflichkeit erwiesen hatten, musste er notgedrungen nachziehen, vermutete Laney. Oder hatte er es freiwillig gemacht? Und dann setzte er sich auch noch neben sie. Ihre Gedanken wirbelten ungeordnet durcheinander und sie blinzelte. „Ich habe die Marmelade vergessen.“

„Ist schon okay. Dann habe ich wenigstens einen guten Grund, dich wieder zu besuchen.“

Hilda verteilte den Kaffee. „Laneys Traubenmarmelade ist die beste, die ich je gegessen habe. Sie hat das rote Band verdient und ich bin sicher, dass sie nächstes Jahr das blaue gewinnt."

„Da fällt mir etwas ein", sagte Ruth, während sie sich den dritten Löffel Zucker in den Kaffee rührte. Da sie ihren Kaffee normalerweise ohne Zucker trank, war Laney sehr verwundert darüber. Was war nur mit ihrer Schwägerin los, dass sich ihr Geschmack so geändert hatte? Als sie den vierten Löffel hineinschaufelte, sprach Ruth weiter: „Wir haben noch die Weintrauben von Eddie Lufe. Laney, du solltest ihm ein paar Gläser Marmelade vorbeibringen."

„Er mag keine Weintrauben."

Galen warf Laney einen erstaunten Blick zu. „Du weißt, was Eddie mag und was nicht?"

„Kuchen. Er liebt Kuchen." Kaum hatte sie die Worte ausgesprochen, da wünschte Laney sich, sie könnte sie zurücknehmen. Aber die Nervosität ließ sie weiterreden. „Nicht, dass ich ihn sonderlich gut kennen würde. Er war nur ein paarmal hier. Ich glaube, es gibt nicht viel, was er nicht mag. Aber er hat die Kisten mit den Trauben gebracht und gesagt, dass er sie nicht gerne isst. Da Josh ihm mit dem Hengst so entgegengekommen ist, brauchte er vielleicht eine Ausrede, um häufiger herzukommen und zu sehen, ob Josh noch mehr Pferde zu verkaufen hat."

„Nicht viele Männer können mit einem Hengst so gut umgehen." Toledo nahm sich eine weitere Scheibe Zucchini-Brot. „Er ist ganz schön temperamentvoll."

„Eddie", lachte Ruth, „oder der Hengst?"

„Wie soll man das auseinanderhalten?" Hildas Stimme nahm einen ironischen Unterton an. „Lufe hat die gleiche Statur wie ein Pferd. Aber eins weiß ich sicher: Der Mann liebt gutes Essen. Es macht eine Köchin stolz, wenn sie sieht, wie gut ihr Essen ankommt."

„Dann reicht mir bitte noch mehr Brot", sagte Galen. „Ich will nicht, dass Hilda denkt, ich wüsste ihre Backkünste nicht zu schätzen."

„Das Brot habe ich gar nicht gemacht. Das war Laney."

„Dann nehme ich zwei Scheiben."

„Hast du das gesehen? Hast du das gehört?" Laney klammerte sich an Ruths Arm, als sie Galen hinterhersahen, der gerade vom Hof ritt. „Gott beantwortet meine Gebete!"

„Laney, tu dir das nicht an. Galen ist ein guter Mann und ein wunderbarer Freund. Damit musst du dich zufriedengeben. Nur, weil er dankbar für den Kaffee war, heißt das noch lange nicht, dass er in dich verliebt ist."

Ein wenig verärgert wandte sich Laney ihrer Schwägerin zu: „Warum sagst du solche Dinge? Du weißt genau, wie ich für Galen empfinde. Ich –"

„Die Bibel sagt uns, wo wir unsere Prioritäten setzen sollen. ‚Richtet eure Gedanken also nach oben und nicht auf die irdischen Dinge.'"

„Galen ist kein Ding, er ist ein Mann – ein wunderbarer Mann. Du liebst meinen Bruder. Wie kannst du mir da vorschreiben, ich dürfte für Galen nicht die gleichen Gefühle haben?"

Ruth ergriff ihre Hand und führte sie zu den Korbstühlen auf der Veranda. Nach einem tiefen Seufzer ließ sie sich fallen und Laney setzte sich angespannt neben sie.

„Du kannst niemanden dazu zwingen, dich zu lieben, Laney. Meine Mutter hat diese Lektion auf die harte Weise gelernt. Mein Vater hat sie weggeschickt, und trotzdem ist sie ihm bis zu ihrem Tod treu geblieben. Ich will nicht, dass du dich genauso quälst."

„Galen würde mich nicht wegschicken. Er ist ehrenhaft und würde sich immer an seinen Hochzeitsschwur halten."

Ruth beugte sich vor und legte ihre Hand auf Laneys Finger. „Ich habe dich sehr lieb, Laney. Und ich würde niemals etwas tun oder sagen, das dich verletzt. Das weißt du doch, oder?"

„Du bist meine beste Freundin und meine Schwester. Deshalb verstehe ich auch nicht, warum du von mir verlangst, dass ich meinen tiefsten Herzenswunsch ignoriere. In Psalm 37 steht: ‚Freu dich innig am Herrn! Dann gibt er dir, was dein Herz begehrt. Befiehl dem Herrn deinen Weg und vertrau ihm; er wird es fügen.'"

„Laney", sagte Ruth und zog ihren Namen in die Länge. „Du kannst nicht einfach sagen, dass du etwas haben willst und dann von Gott erwarten, dass er es dir gibt. Wenn dein Herz wirklich Gott sucht, dann wirst du mit dem zufrieden sein, was er für dich entscheidet. Du musst *seinen* Plänen folgen und nicht umgekehrt. Dieser Vers bedeutet nicht, dass Gott uns all unsere Wünsche und Träume erfüllt."

„Galen ist kein Wunsch oder Traum."

Ruth drückte ihre Hand. „Bis jetzt habe ich es für mich behalten, weil ich gehofft habe, dass sich deine Schwärmereien für Galen legen würden. Aber Tatsache ist, dass er außer christlicher Nächstenliebe nichts für dich empfindet."

„Das kannst du doch gar nicht wissen."

„Oh doch." Ruths Gesichtszüge wurden sehr ernst. Anstatt wie sonst frei zu sprechen, schien sie nach den richtigen Worten suchen zu müssen. „Als ich das erste Mal mit dir bei den O'Sullivans war, hat Kelly dich gebeten, Butter aus dem Brunnenhaus zu holen. Du sollst nicht denken, wir hätten unschöne Dinge über dich gesagt, aber Galen hat klar ausgesprochen, dass er für dich keine romantischen Gefühle hat. Ich wäre eine schreckliche Freundin, wenn ich dich in deinen Hoffnungen unterstützen würde, wo ich doch weiß, dass er deine Gefühle nicht erwidern kann."

Tränen traten Laney in die Augen. „Das kann nicht sein. Du hast ihn doch heute erlebt."

„Das habe ich. Und ich habe auch gesehen, wie Hilda versucht, euch zu verkuppeln. Du kannst ihn nicht dazu bringen, dich zu lieben, Laney. Galen ist ein wunderbarer Freund. Nimm seine Freundschaft an und erlaube Gott, dir einen anderen Mann – den richtigen Mann – zu zeigen."

„Heute war alles anders. Er war so anders."

Ruth nickte. „Vielleicht hat Hilda wirklich recht und er hat sich dazu entschieden, nach einer Ehefrau zu suchen. Wenn er sich für jemanden entschieden hat, muss er sich dir gegenüber nicht mehr so ablehnend verhalten, weil du erkennen musst, dass er vergeben ist."

Alles in Laney wehrte sich gegen diesen Gedanken. Ungläubig starrte sie Ruth an. „Heute –"

„Nein, Laney. Galen hat nicht mit dir geflirtet. Er war einfach nur gut gelaunt – das ist alles. Du bist seit zwei Jahren wieder hier und hast das Mädchenpensionat hinter dir gelassen und Galen hat dich nicht ein einziges Mal ermutigt. Du musst jetzt endlich damit aufhören."

Jetzt liefen ihr die Tränen über die Wangen. „Aber ich weiß nicht, wie ich aufhören soll, jemanden zu lieben."

ꕥ

„Also heute trefft ihr euch zum Nähen?" Galen gab seiner Ma einen Kuss auf die Wange.

„Aye, das tun wir." Sie reichte ihm den kleinen Topf mit heißem Wasser vom Herd.

Galen ging zum Waschtisch. Während er das Wasser in die Schüssel schüttete, hörte er, wie seine Brüder oben auf dem Boden aufwachten. Das Letzte, was er jetzt gebrauchen konnte war, dass die Kleinen mitbekamen, wie er seine innersten Gefühle mit seiner Ma besprach. *Ma ist klug. Sie wird sehen, wie die Dinge zwischen Laney und mir stehen. Aye, das wird sie. Und es wird sie überglücklich machen. Sie liebt Laney wie eine Tochter.*

Als er sich den letzten Rest Schaum von der Wange wischte, hörte er Ivy und Ishmael die Treppe heraufkommen. Ishmael schien immer besonders laut aufzustampfen. Und Ivy stand ihm, was die Lautstärke betraf, in nichts nach. Aber sie trug auch Männerschuhe, das erklärte den Krach.

Laney würde vor Scham sterben, bevor sie so breitbeinig dasitzen würde, wie Ivy es vor ein paar Tagen getan hatte. Wir alle haben so getan, als würden wir nicht merken, wie ihr Rock über die Knöchel gerutscht ist, während sie die Birnen geschält hat. Aber vor allem Laney entgehen solche Details nicht. Es würde mich nicht wundern, wenn sie ihr nach dem neuen Kleid auch ein Paar Schuhe besorgen würde, die angemessen waren.

Weil Ma gleich Herein rief, klopften die Grubbs nicht einmal.

Ivy stieß die Tür auf und stapfte herein. „Morgen, alle miteinander. Ich hole die Eier, sobald ich den Korb habe."

„Die Milchkanne ist auch hier." Ishmael folgte seiner Schwester auf dem Fuße. So schnell sie gekommen waren, waren sie auch schon wieder verschwunden.

„Es ist noch nicht mal richtig hell." Colin kletterte mit zerzaustem Haar die Leiter herab. „Was machen sie so früh hier?"

„Arbeiten." Ma klopfte mit dem Kochlöffel gegen den Topf mit den Haferflocken. „Du musst vor der Schule noch beim Laden vorbeigehen und die Eier verkaufen, also beeil dich."

Nach dem Frühstück ritt Colin vor zum Gemischtwarenladen. Sean und Dale sattelten ihre Pferde und trafen ihn dann an der Schule. Gerade, als sie losritten, lenkte Hilda den Wagen von Broken P auf den Hof. Galen half Hilda beim Absteigen. Der Anstand gebot, dass er den älteren Frauen zuerst half. Außerdem wollte er sich Laney bis zum Schluss aufheben, um den Moment genießen zu können.

„Ruth." Er griff nach der Hand von Joshs Frau.

Ihre Augen weiteten sich vor Überraschung. „Nein, ich meine – also ..." Sie wühlte auf der Ladefläche herum. „Ich glaube, ich habe mein Nadelkissen verloren."

„Ruthie, du hast mich darum gebeten, darauf aufzupassen." Laney klang verhalten. Regelrecht traurig.

Galen streckte Ruth wieder seine Hand entgegen. „Du bist Laney bestimmt dankbar, dass sie so gut organisiert ist."

„Ich bin Laney für so viele Dinge dankbar, dass ich sie gar nicht mehr zählen kann."

„Und du kannst bestimmt ziemlich gut zählen", sagte Ivy, die gerade vorbeikam. „Wahrscheinlich sogar bis hundert."

Schließlich bot Galen Laney seine Hand. Doch sie lehnte sich nicht an ihn oder berührte mit ihren Händen seine Schultern, wie sie es sonst immer tat. Stattdessen stützte sie sich auf seine Unterarme, als wollte sie ihm so fern wie möglich bleiben. Seine Hände umspannten ihre Taille und er stellte sie so dicht vor sich ab, wie ihre Röcke es zuließen.

Aber Laney sah ihn nicht an, sondern murmelte nur: „Ivy, Ruth ist ohne Zweifel die klügste Frau, die ich kenne."

Galen hielt sie immer noch fest und fragte sie. „Geht es dir gut?"

Ihre Schultern hoben sich zu einem Zucken und sanken dann wieder in sich zusammen – eine anmutige, aber traurige Geste. „Es ist viel passiert. Ich habe wehmütige Gedanken."

Er nahm ihre kleine, zarte Hand in seine und sagte: „Ich würde zu gerne wissen, was dich belastet."

Sie zupfte an ihrem Ärmel herum. „Das ist unwichtig."

„Stimmt doch gar nicht." Er nahm allen Mut zusammen und

berührte sie so am Kinn, dass sie ihn ansehen musste. Der Schmerz und die Trauer in ihren Augen zerrissen ihm fast das Herz. *Ich war so mit meinem eigenen Leben beschäftigt, dass ich mich gar nicht darum gekümmert habe, dass Laney auch erst vor Kurzem ihren Vater verloren hat.* Er räusperte sich. „Es ist schwer, jemanden zu verlieren, den man liebt.“

15. Kapitel

Laney erbleichte und blinzelte die Tränen zurück.

„Wir sind … Freunde, Laney. Wann immer du jemanden zum Reden brauchst, lass es mich wissen."

Sie machte sich von ihm frei, reckte die Schultern und nickte. „Wirklich nett von dir."

Beim Mittagessen ließ sich Ivy auf die Bank neben ihm fallen. Galen hatte gehofft, dass Laney sich zu ihm setzen würde. „Laney, du hattest recht, als du gesagt hast, dass Galen nett ist. Ich habe noch nie einen Mann getroffen, der mir gegenüber so höflich ist."

Ma legte ihre Gabel beiseite. „Ich bin nahezu daran verzweifelt, bis ich all meinen Söhnen gute Manieren beigebracht hatte. Der erste Mensch, dem Galen die Hand schüttelte, war der Kapitän des Schiffes, das uns nach Amerika gebracht hat. Danach hat er sofort zugegeben, dass er in seiner Tasche eine Kröte versteckt hat und nun hofft, dass der Kapitän jetzt keine Warzen bekommt."

„Wenn er welche bekommen hätte, hätte er sie auch schnell wieder loswerden können. Dafür hätte er nur eine Zwiebel auf die Warze reiben, die Zwiebel in ein Baumwolltaschentuch einwickeln und sie dann bei Vollmond begraben müssen."

„Und das würde helfen?" Ruth klang wirklich ernst. „Ich meine, auf Schiffen gibt es ja keine Erde, deshalb machen sie doch Seebestattungen. Ich frage mich, wenn man die Zwiebel ins Wasser schmeißen würde …"

Galen sah, wie Laney sich neben Ruth niederließ. „Was meinst du, Laney?"

„Ich glaube –", dabei sah sie nicht ihn, sondern ihre Schwägerin an „– Ruth wird niemals aufhören, mich damit zu beeindrucken, was sie für interessante Denkansätze bei solchen Themen hat."

Ruth lachte. „Zu schade, dass du keine von meinen Schulleiterinnen warst. Dann wäre ich vielleicht nicht so oft vor die Tür gesetzt worden. Sie haben das leider ganz und gar nicht so gesehen."

„Galen, Schatz, warum sprichst du nicht das Tischgebet?" Ma faltete die Hände.

„Einen Moment noch." Ivy beugte sich über den Tisch. „Ich will wissen, vor welche Tür du gesetzt worden bist. Das müssen wirklich wichtige Türen gewesen sein."

„Jemanden vor die Tür setzen ist ein Sprichwort. Man schmeißt jemanden raus oder schickt ihn nach Hause, wenn man ihn vor die Tür setzt."

„Du warst in der Schule und sie haben dich rausgeschmissen?"

Ruth nickte.

„Galen spricht jetzt das Tischgebet." Laney faltete die Hände. „Wenn wir nicht essen und weiternähen, wird es ewig dauern, bis Ivys Kleid fertig ist."

„Aye, wir alle haben heute noch 'ne Menge zu erledigen. Mit Gottes Hilfe und unserer Ausdauer wird alles Wichtige getan werden." Ein kurzes, kräftiges Gebet, ein schnelles Essen und schon hätte Galen wieder an die Arbeit gehen müssen. Stattdessen trödelte er wie ein Schuljunge, nur um noch ein paar Minuten mit Laney zu haben.

„Boss, diese Mädchen – sie haben unheimlich viel gearbeitet heute. Sieh dir an, was sie schon alles geschafft haben. Nur noch ein oder zwei Tage und Ivy hat ein schönes, neues Kleid."

Laney nahm einen Schluck Wasser. Galen kam es so vor, als würde sie absichtlich nicht in seine Richtung schauen. „Nächste Woche könnte ich meine Dose mit Knöpfen mitbringen. Wäre es nicht wunderbar, das Mieder damit zu verzieren?"

„Dafür kann ich dir aber kein Geld geben."

„Das möchte Laney auch gar nicht", sagte Ma, während sie aufstand und schon einmal das Geschirr abräumte. „Sie teilt sie mit dir."

Ivy grinste. „Vielen Dank – vor allem, wenn du noch solche hast wie den an deinem Hals. Der ist so schön, dass ich heulen könnte."

Mit den Fingern berührte Laney den kleinen Gegenstand. „Oh, das ist kein Knopf. Das ist ein Kamee – ein Schmuckstück. Es hat einmal meiner Mutter gehört."

„Mhm." Ivy beugte sich wieder über den Tisch und besah sich die Halskette näher. „Deine Ma war wirklich eine wunderschöne Frau."

„Das ist nicht ihre Mutter, Ivy." Ruth sah selbst auf das hübsche Schmuckstück. „Es ist ein Stein, in den jemand dieses Bild geschnitzt hat."

„Aye, aber es ist wirklich schön." Galen wollte die Gelegenheit ergreifen und Laney ein Kompliment machen. „Kein Wunder, dass Ivy dachte, es sei Laneys Mutter. Ich habe auch schon oft gedacht, dass dieses hübsche Abbild Laney sehr ähnlich sieht."

Laney senkte das Kinn und sah auf den Kamee herab. „Danke."

Zufrieden mit dem Kompliment erhob sich Galen. „Wir haben noch viel vor, Ishmael. Lass uns weitermachen."

„Das Essen hat wirklich gut geschmeckt." Galen legte seine Serviette beiseite. Als Josh ihn nach der Kirche zum Mittagessen eingeladen hatte, hatte er freudig angenommen.

„Wir sind froh, dass wir es mit dir teilen konnten." Josh tätschelte Ruths Arm. „Nicht wahr?"

„Galen ist uns immer willkommen. Deine Mutter hat erwähnt, dass sie gerne ein neues Buch lesen würde. Warum gehen wir nicht rüber zur Bibliothek und du suchst ihr eins aus?"

„Gute Idee." Josh nickte. „Du hast ja gesehen, wie viele Bücher wir vom Jahrmarkt mitgebracht haben. Wahrscheinlich weißt du noch gar nicht, dass Ruth noch viel mehr Bücher bestellt hat, mehr als du dir vorstellen kannst. Das kleine Cottage, in dem früher ihr Vater gewohnt hat, ist mittlerweile eine wahre Schatztruhe voller Bücherregale."

„Die Bücherei ist eine Hommage an meine Mutter. Darauf werde ich niemals mehr verzichten können." Ruth warf Josh ein strahlendes Lächeln zu. „Jetzt musst du dich auch nicht mehr darüber beschweren, dass ich hier im Haus alles vollstelle. Erst neulich hast du mir doch eine Liste von Büchern gegeben, die wir noch hinzufügen sollten." Und zu Galen gewandt sagte sie: „Mein Ehemann sollte froh sein über das Häuschen. Sonst würde ich für die ganzen Bücher wahrscheinlich das Wohnzimmer in Beschlag nehmen."

„Nun, das halte ich nicht für ausgeschlossen, dass du das trotzdem noch tust", stichelte Josh.

„Laney war mir dabei eine große Hilfe. Galen, vielleicht kann sie dir dabei helfen, etwas Interessantes für deine Mutter zu finden."

„Das ist eine gute Idee. Ich weiß eigentlich gar nicht, was sie interessiert. Aber Laney, du und meine Ma habt einen ähnlichen Geschmack. Vielleicht könntest du mir wirklich helfen."

Laney suchte nach einer Ausrede, um nicht mitgehen zu müssen. Es fiel ihr schwer, Zeit mit Galen allein zu verbringen – und Ruth und Josh sollten das am allerbesten verstehen. Sie hatten ihr immer wieder gesagt, dass sie Galen nicht belästigen sollte. Und jetzt, anstatt ihn von ihr fernzuhalten, luden sie ihn auch noch zum Essen ein.

„Ich komme nicht mit", sagte Hilda mit einem Schniefen. „Ich bin mit den anderen Büchern noch gar nicht fertig."

„Ruth kann dir auch helfen", sagte Laney, während sie die Teller zusammenräumte. „Dann helfe ich Hilda in der Küche."

„Papperlapapp." Hilda schob Laney unsanft beiseite. „Ihr jungen Leute verschwindet jetzt von hier und lasst mich meine Arbeit machen."

Gerade, als sie die Veranda betraten, schlug sich Ruth vor die Stirn. „Ich habe vergessen, Hilda etwas zu sagen."

„Wir warten auf dich", sagte Laney.

„Ach was, geht ruhig schon vor. Ich komme gleich nach."

Josh ging links von Laney und Galen rechts. *Was bin ich froh, dass ich mein Sonntagskleid anhabe. Die Unterröcke sorgen dafür, dass ich wenigstens ein bisschen Abstand zu Galen habe.*

„Hey, Toledo!" Josh winkte ihm zu. „Ich müsste etwas mit dir besprechen." Während er schon davonging, rief er noch über die Schulter: „Ich komme gleich zurück."

Das Cottage war nur einen Steinwurf entfernt. Es wäre äußerst unhöflich gewesen, wenn Laney sich geweigert hätte, Galen dorthin zu begleiten. Immerhin war er Gast hier auf Broken P und Ruth hatte ihm den Zugang zur Bibliothek gestattet. Solange die Tür offen blieb und Josh in der Nähe war, konnte sie schlecht irgendwelche Anstandsregeln vorschieben und darauf beharren, nicht mit ihm alleine sein zu wollen.

„Ich erinnere mich daran, dass die unterste Stufe ein bisschen locker war, als ich das letzte Mal hier war." Dabei hielt Galen ihr galant seinen Arm hin.

„Sehr freundlich." Allein schon neben ihm zu gehen, ließ ihr Herz schneller schlagen; und der Gedanke an seine wunderschönen blauen Augen ließ in ihr den Wunsch erwachen, seine Frau zu werden. Es war ein Fehler, ihn anzusehen. Ein großer Fehler. Schweigend betrachtete er sie und Laney konnte spüren, wie auf ihre Wangen eine verräterische Röte zog. Schnell raffte sie ihre Röcke zusammen und entwischte in eine Reihe gestapelter Kisten. „Ich glaube, ich habe hier hinten ein paar Bücher übers Handarbeiten gesehen."

„Wo?"

Galens tiefe Stimme so nahe an ihrem Ohr – ein Schauer lief ihr über den Rücken. „Oh! Ähm … in dieser Kiste." Dabei zeigte sie auf den Deckel.

„Dann lass mich mal dorthin." Er legte seine Hände um ihre Taille, hob sie mühelos hoch und setzte sie an einer anderen Stelle wieder ab. Als er sie losließ, grinste er. „Ich will doch nicht, dass dir der Deckel auf die Füße fällt."

„Ich hoffe, ich mache dir jetzt nicht unnötige Arbeit. Ruth und ich haben versucht, die Bücher nach Themen sortiert in den Kisten zu verstauen, bis wir genug Regale haben. Aber weil die Deckel wieder drauf sind –"

„Den Deckel aufzumachen ist doch kein Problem." Er stemmte die Kiste von einem hohen Stapel und öffnete sie mit einem Brecheisen. Als er den Deckel abgenommen hatte, warf er Laney einen langen Blick zu. „Du hattest recht. Das sind alles Bücher übers Nähen und so."

„Gut!" Sie war erleichtert, denn jetzt würden sie sich das erstbeste schnappen und dann konnten sie hier wieder verschwinden.

„Ich frage mich, ob es etwas über Blumen gibt. Du weißt doch, wie sehr Ma Blumen liebt. Ein Schnittmuster mit Blumenmotiven wäre optimal."

„Der Blumengarten von deiner Mutter ist etwas ganz Besonderes."

Ein Lächeln trat auf sein Gesicht. „Letztes Jahr hatte sie nicht sehr viel Zeit dafür. Wenn Ruth und du nicht gewesen wären, wäre dort nur Unkraut gewachsen."

„Wir sind immer froh, wenn wir euch helfen können. Du kannst uns ruhig jederzeit holen, wenn es nötig ist."

„Du bist sehr großzügig, Laney. Bis jetzt hast du uns schon bei so vielen Arbeiten geholfen, vom Backen bis zum Unkrautjäten, besonders auch, als mein Vater so krank geworden ist. Und danach hast du meine Familie mit zum Jahrmarkt genommen, damit sie in ihrer Trauer nicht versinkt. Und dann hast du für Dale sogar Hortense gekauft."

„Das war eine rein geschäftliche Entscheidung." Laney zog ein Buch aus der Kiste und fing an es durchzublättern. „Hortense und Mr Rüsselchen geben ein schönes Paar ab." Kaum hatte sie die Worte ausgesprochen, da wünschte sie sich schon, sie hätte es nicht getan. Nun hatte sie es doch tatsächlich geschafft, sich wie eine Kupplerin für Ferkel anzuhören. Schnell wechselte sie das Thema. „Du bist bestimmt stolz auf Dale. Er ist für sein Alter schon sehr verantwortungsbewusst."

„Aye, er gibt sein Bestes. Und er weiß ganz genau, dass du sein geliebtes Ferkel gerettet hast und will, dass du froh darüber bist, ihn als Partner zu haben." Galen musste ein Lachen unterdrücken. „Du bist so eine wohlerzogene Dame, dass man sich darüber wundern sollte, warum du dich derart für ein Schwein einsetzt. Aber das tue ich nicht. Du siehst die Bedürfnisse anderer und machst dich daran, zu helfen. Nimm zum Beispiel Ivy. Dieses grüne Kleid –"

Laney blätterte weiter durch die Seiten. Als sie endlich ein Muster für Häkelrosen gefunden hatte, streckte sie Galen das Buch entgegen.

Galen schüttelte den Kopf. „Rosen kann meine Ma im Schlaf häkeln. Diese Kamelien, die Ruth ihr besorgt hat – sie hütet sie wie einen Schatz. Gibt es da drin irgendwas mit Kamelien?"

„Ich fürchte, die würden auch sehr wie Rosen aussehen."

„Hm. Was ist deine Lieblingsblume?"

„Ich mag den Duft von Maiglöckchen, aber Narzissen machen mich immer glücklich, wenn ich sie sehe."

Er schob ihr die Kiste hin, durchsuchte die ersten paar Bücher und zog dann eins hervor. „Lass uns für beides ein Muster finden. Es wäre schön, wenn Ma sich eins aussuchen könnte."

Sie suchten weiter und hielten Smalltalk. Galen kam jedes Mal näher, wenn er etwas gefunden hatte, das er ihr zeigen wollte. „Ich muss dich zur Verschwiegenheit verpflichten, Laney. Wenn irgendjemand in Folsom herausfindet, dass ich nach Häkelmustern suche, ist mein guter Ruf dahin."

Sie lachte.

„Habt ihr schon was gefunden?", fragte Josh von der Tür aus.

„Oh, sieh dir das an! Ist das nicht hübsch?" Laney zeigte ihm eine Zeichnung. „Und in der Erklärung steht, dass man bunte Fäden für die Blüten und den Stiel nehmen soll."

„Das ist großartig!" Galen legte sein Buch zur Seite und blätterte das von Laney durch. „Ich glaube, das ist genau das richtige Buch für Ma. Wir brauchen kein zweites zur Auswahl."

Als Ruth zu ihnen kam, äußerte sich Galen bewundernd über die schiere Masse an Büchern, die bei ihnen lagerte, obwohl sie die Bücherei noch nicht einmal eröffnet hatten. Kurz danach musste er wieder nach Hause.

Ruth, Josh und Laney gingen zurück ins Haus und setzten sich gemeinsam ins Wohnzimmer, wie sie es an jedem Sonntagnachmittag und -abend taten. Josh nahm sich die Zeitung. „Hier in der Anzeige steht, dass es im Laden in der Stadt Tiermedikamente gibt. Für den Winter brauche ich noch das eine oder andere."

„Hafer." Ruth tätschelte seinen Arm. „Vergiss nicht, ein paar Säcke Hafer mitzubringen. Ich würde Maxie gerne belohnen, wenn sie mit mir ausgeritten ist. Es ist nur schade, dass Hafer nicht in schöne Säcke verpackt wird."

Josh lächelte. „Planst du schon ein neues Kleid für Ivy? Galen hat mir erzählt, dass das andere fast fertig ist. Laney Lou, er ist dir ja so dankbar, dass du Ivy diese grünen Säcke geschenkt hast. Dieses Kleid ist alles, was sie besitzt."

Ruth nickte zustimmend. „Kelly hat mir erzählt, dass die Grubbs noch nie in einer Kirche waren."

Josh blätterte seine Zeitung um. „Galen und seine Mutter versuchen, ihnen ein Zeugnis christlicher Nächstenliebe zu sein. Er hat recht, es bringt nichts, wenn man ihnen predigt, dass sie in die Kirche gehen sollten. Der Heilige Geist wird bewirken, dass sie den richtigen Weg einschlagen. Wir folgen Galens Vorbild und lieben sie so, wie sie sind."

Nachdenklich stellte Laney ihre Teetasse auf den Tisch. *Missverstehe ich Galens Freundlichkeit als Interesse? Hatte ich ursprünglich doch recht, als ich dachte, er hätte Gefühle für Ivy?* Ihre Gedanken wirbelten in ihrem Kopf umher und der bittere Geschmack der Angst verdarb ihr die Süße des Tees, als Galens Worte ihr wieder in den Sinn kamen. *„Sie ist anders. Es ist kompliziert … Du musst sie liebhaben …“*

16. Kapitel

„Und jetzt ganz vorsichtig", gab Josh Anweisungen, während Galen und Ishmael das dritte bunte Glasfenster an seinen Platz setzten. Als Ruth erfahren hatte, dass sie ein ansehnliches Erbe erhalten hatte, hatte sie beschlossen, damit gemeinnützige Einrichtungen zu unterstützen. Die Bücherei war eines ihrer Hauptprojekte; diese Glasfenster waren ein weiteres. Auf ihrer Hochzeitsreise hatten Josh und sie einen Künstler damit beauftragt, die Fenster anzufertigen. Jetzt endlich waren sie fertig und eingetroffen.

„Oh, Ruth. Das ist mein Lieblingsmotiv", flüsterte Laney, als die Männer das letzte Fenster einsetzten.

„Ich konnte es kaum abwarten, bis alle Fenster hier waren."

„Hätte nie gedacht, dass Glas so schwer sein kann", stöhnte Ishmael, gerade als seine Finger abrutschten.

„Vorsicht!" Galen fing das Fenster ab und rückte die letzte Ecke an ihren Platz.

„Zum Glück hattet ihr heute Zeit", sagte Josh.

„Ich wäre heute sowieso in die Stadt gekommen." Galen hämmerte vorsichtig den letzten Nagel in die Holzleiste, die das Glas an seinem Platz hielt, dann versiegelte er die Spalten mit Fensterkitt. „Ich habe noch nie eine Wahl verpasst und wenn man will, dass seine Stimme gehört wird, ist heute der Tag aller Tage."

„Die Zukunft der Nation hängt vom Ergebnis dieser Wahl ab", sagte Josh nachdenklich."

„All diese Männer, die im ganzen Land ihre Reden halten und ihre Plakate aufhängen, und die Zeitungen, die alle eine andere Meinung haben ..." Ishmael schüttelte den Kopf. „Wie soll man da wissen, wen man am besten zum Präsidenten wählt."

„Aye, da sagst du was." Galen wischte einen kleinen Fleck vom Fenster. „Es ist genauso wie bei diesem bunten Glas. Wenn man zu nah dransteht, kann man das Gesamtbild nicht erkennen – nur

Einzelteile und Mosaiksteinchen. Man muss zurücktreten und Gott bitten, sein Licht auf diese Sache zu werfen."

Laney sah auf. „Dieser Vergleich, den du gerade gezogen hast, ergibt mehr Sinn als alles, was ich bisher zu diesem Thema gehört habe."

„Das stimmt." Ruth schob ihre widerspenstigen Locken zurück. „Und ich stimme auch Josh zu – wir können froh sein, dass Galen und Ishmael gerade Zeit hatten, um uns mit den Fenstern zu helfen. Es ist ein Segen, dass Galen sich so gut mit Glasarbeiten auskennt", fügte Ruth hinzu. „Ich hätte nicht gewusst, dass man die Kanten versiegeln muss. Wusstest du das, Laney?"

„Nein."

„Das dauert auch gar nicht lange." Galen tupfte einen Klecks auf die senkrechte Kante und verschmierte die Paste mit dem Daumen.

Laney hatte keinen Schimmer, warum er ihr die Aufgabe übertragen hatte, die Dose mit dem Kitt zu halten. Dadurch war sie gezwungen, sehr nah bei ihm zu stehen, damit er sich nehmen konnte, was er brauchte. Genauso gut hätte sie die Dose auch auf die oberste Stufe der Leiter stellen können. Aber stattdessen hatte Ruth ihr die Dose in die Hand gedrückt und sie so zu dieser Aufgabe gedrängt. *Sie hat mir gesagt, dass ich mich von Galen fernhalten soll und jetzt schubst sie mich ihm fast in die Arme.*

„Ich brauche noch mehr Kitt, Laney."

Bereitwillig hielt sie ihm die Dose hin. „Viel ist nicht mehr da."

„Das wird gerade so reichen." Den Rest kratzte er mit einer Kelle zusammen und verteilte ihn im Fensterrahmen.

Ishmael musste ein Lachen unterdrücken. „Ich hätte nie gedacht, dass ich mal freiwillig in einer Kirche sein würde, aber hier bin ich und es ist schön."

„Sie und Ivy sind jederzeit eingeladen, mit uns zum Gottesdienst zu kommen." Laney lächelte ihn an. „In ihrem neuen Kleid würde sie wunderschön aussehen, wenn sie in der Bank sitzen und von dem Licht beschienen würde, das durch das Fenster fällt, das Sie eingesetzt haben."

„Einem anderen würde das vielleicht gefallen, aber mich reizt das nicht. Für mich ist meine Schwester das schönste Mädchen der Welt, egal, welches Kleid sie trägt oder wo sie ist."

„Ich bin hier fertig." Galen wischte sich an einem alten Lappen die Hände ab und kam die Leiter herunter.

Nachdenklich trat Laney einen Schritt zurück und betrachtete das Fenster. „Hast du jemals etwas so Schönes gesehen?"

„Nein, Laney. In meinem ganzen Leben habe ich noch nichts gesehen, das auch nur annähernd so schön war." Etwas in seiner Stimme machte Laney stutzig. Galen schaute gar nicht zum Fenster hinauf.

Er sieht mich an!

Ein Lächeln breitete sich langsam auf seinem Gesicht aus. „Schöner als alles andere auf der Welt."

Ruth kam näher. „Die Kinder haben so liebliche Gesichter!", rief sie erfreut und wirkte, als hätte sie am liebsten einem von ihnen auf die Nase gestupst.

Josh tippte auf die Metallplatte unter dem Fenster, auf der der Vers geschrieben stand, den der Künstler dazu ausgesucht hatte. Laut las er: „‚Lasst die Kinder zu mir kommen; hindert sie nicht daran! Denn Menschen wie ihnen gehört das Reich Gottes. Lukas 18,16.'"

„Der Typ in der Mitte sieht aus, als wäre er ziemlich froh, dass so viele Rotznasen um ihn herumstehen."

„Jesus liebt Kinder", erklärte Josh an Ishmael gewandt. „Er möchte, dass wir seinem Vater so vertrauen wie die Kinder ihren Eltern."

Noch immer wandte Galen seinen Blick nicht von Laney ab. „Du liebst auch Kinder, stimmt's, Laney?"

Sie konnte kaum glauben, dass das hier gerade wirklich passierte. Ein Mann stellte einer Frau nicht solche Fragen, es sei denn ... nun, es sei denn, er warb um sie. Da sie ihrer Stimme nicht traute, nickte sie nur fassungslos.

„Ma hat immer gesagt, dass sie gerne noch ein Dutzend mehr gehabt hätte, wenn der Herr sie damit gesegnet hätte." Galen trat näher und senkte seine Stimme. „Hast du jemals darüber nachgedacht, wie viele Kinder du gerne hättest?"

Plötzlich wurden ihre Wangen ganz heiß und sie flüsterte: „Das überlasse ich Gottes Führung. Aber ich hätte gerne mehrere."

Galen grinste. „So gerne, wie ich Kinder habe, hätte ich gerne ein ganzes Haus voll."

„Ihr habt genug zu essen und ein festes Dach über dem Kopf. Eure Kinder werden glücklich sein."

Als sie Ishmaels Stimme hörte, zuckte Laney auf einmal zusammen. Sie hatte die anderen völlig vergessen.

Galen lächelte. „Wo wir gerade von Essen sprechen, Ma hat einen Picknickkorb mitgeschickt. Am Sonntag hat sie gehört, dass Ethel heute ein neues Rezept ausprobieren will."

Ruth musste lachen. „Hilda auch. Sie hat ebenfalls Mittagessen mitgeschickt, sodass wir die halbe Stadt mitversorgen können."

Zu Laneys Freude setzte sich Galen im Kirchhof direkt neben sie auf die Decke. „Du solltest heute mehr essen als sonst, Laney. Ma hat extra für dich gebratenes Hühnchen und Gebäck mitgegeben."

„Mein Lieblingsessen!"

Er zwinkerte ihr zu und zog ein Glas aus dem Korb. „Und sieh dir das an. Ein Glas von eurem Apfel-Birnen-Aufstrich."

„Zum Glück teilen wir unsere Körbe!", rief Ruth, die Galen diese Köstlichkeit sofort aus der Hand schnappte. „Hilda versteckt unseren Aufstrich vor mir."

Laney und Galen sahen sich an und mussten laut loslachen. Ihr Herz schwoll an vor Freude.

„Da bist du ja." Galen hoffte so sehr, dass Laney schon an seiner Stimme merkte, wie sehr er sich freute. Als sie ihn anlächelte, wusste er, dass seine Hoffnung sich erfüllt hatte.

„Hier ist ihr Sonnenschirm", sagte Sean und drückte ihn Galen in die Hand. „Wir sehen uns nachher." Sean schlenderte zu den Pferden hinüber, die am nächsten Baum angebunden waren.

Normalerweise fuhr er mit Ma und Dale hinten auf der Ladefläche des Wagens zurück. Aber heute war Laney Galens Sonntagsgast. Ihre bunten Röcke nahmen enorm viel Platz ein. Und obwohl Galen lieber Laney neben sich gehabt hätte, ließ er heute Dale auf der Fahrerbank Platz nehmen. Wenn er Ma ein bisschen Zeit mit Laney gab, konnte er sie den Rest des Nachmittags zu einem Spaziergang entführen. Galen öffnete Laney den Sonnenschirm und reichte ihn ihr. „Die Dame."

„Danke, der Herr." Als sie sich ein wenig zu ihm vorbeugte, umwehte der erfrischende, belebende Duft ihres Parfums seine Nase. „Ist es nicht ein Segen, dass wir so wunderschönes Wetter haben? Als ich im Pensionat war, habe ich die Sonne Kaliforniens vermisst."

„Aye", sagte Ma. „Aber sieh dich vor. Du bist so wunderschön blass und die Sonne ist noch sehr stark."

Galen konnte seine Augen nicht von Laneys Gesicht wenden. „Aye, du bist wirklich wunderschön."

Eine zarte Röte zeichnete sich auf Laneys Wangen ab. „Danke."

Sie waren gerade einmal eine Meile aus der Stadt heraus, als Dale nach hinten kletterte und sich an Laney schmiegte. Als Ma Galen ein wissendes Lächeln zuwarf, grinste er zurück. *Wir alle lieben Laney. Mitten in meiner Familie – da ist ihr Platz.*

„Zum Mittagessen macht Ma Schinken", sagte Dale. „Aber keine Angst, Laney. Das Fleisch stammt nicht von einem unserer Schweine. Wenn ich dich mit zum Stall nehme, kannst du ruhig nachzählen."

„Da brauche ich nicht nachzuzählen, Dale. Wir sind Partner. Ich vertraue dir."

„Auch Hortense und Mr Rüsselchen vertrauen uns. Deshalb ist auch noch kein Schinken, Speck oder Rippchen aus ihnen geworden."

Gleich nach dem Mittagessen wurde Dale zu einer gewissen Plage. Sean und Colin waren von Ma mit dem Abwasch beauftragt worden, also bot sich Dale an, mit auf den Spaziergang zu kommen. Zu Galens Missfallen war Ma einverstanden. „Aye, Dale. Du zeigst Laney, wie gut du dich um die Ferkel kümmerst."

Ich will einen Spaziergang mit meiner Angebeteten machen. Alleine. Wenn ein kleiner plappernder Bruder dabei ist, ist das nicht gerade romantisch.

„Aber danach kommst du sofort wieder zurück." Ma lächelte. „Ich habe nicht vergessen, dass du mir noch eine Partie Dame schuldest. Ich fordere Revanche für meine Niederlage am Mittwoch. Und diesmal werde ich dich schlagen."

Vehement schüttelte Dale den Kopf. „Keine Chance, Ma. Wart's nur ab, ich fege dich vom Brett."

„Lass mich nur nicht zu lange warten."

Galen zwinkerte Ma zu. Sie hatte ihren Plan genau ausgeklügelt. *Aye, und ich hätte es wissen sollen. Wie gut, dass die beiden Frauen, die ich so sehr liebe, sich so wunderbar verstehen.*

Galens Blick wanderte zurück zu Laney. Aber ihr Lächeln war verschwunden. Tatsächlich sah sie sogar ein wenig sorgenvoll aus. *Warum nur? All die Monate wollte sie, dass ich sie umwerbe. Jetzt, da ich es tue, will sie unbedingt meinen nervigen kleinen Bruder um sich haben? Das ergibt doch gar keinen Sinn.*

Als Dale Laney voller Stolz gezeigt hatte, wie gut es Hortense ging, rannte er zurück zum Haus. Endlich wagte Galen es und nahm Laneys Hand. Das sollte ihr mehr als deutlich machen, dass er zur Besinnung gekommen war und sich für sie interessierte. Vielleicht war sie heute hierhergekommen, weil sie gedacht hatte, dass sie Dale damit einen Gefallen tat. Die Art, wie sie ihre Lippen öffnete, zeigte, wie überrascht sie war. Galen sagte nichts. Manchmal standen Worte einem nur im Weg. Stattdessen wollte er ihr seine Liebe zeigen. Mit Worten war er sowieso noch nie gut gewesen. Als er ihr tief in die Augen sah und sie anlächelte, hellte sich ihr Gesicht auf und ihre Mundwinkel hoben sich endlich wieder.

Seite an Seite schlenderten sie durch die Felder. „Dein Vater wäre so stolz auf dich, Galen. Ich meine, das war er ja auch schon, als er noch gelebt hat. Aber wenn man so sieht, wie gut du das Land bewirtschaftest und was du für Erträge herausholst – ich weiß, wie schwer es ist, aber du bist dieser Aufgabe mehr als gewachsen."

„Danke, Laney. Ich möchte auch, dass Dad stolz auf mich ist. Ma und die Jungs sollen eine sichere und gute Zukunft haben. Ich will nicht, dass sie sich Sorgen darum machen müssen, ob die Ernte ausreicht, um über den Winter zu kommen."

„Dieses Ziel hast du doch schon längst erreicht. Das Farmerleben ist hart. Wenn ich mir andere Farmer ansehe, habe ich das Gefühl, dass sie immer gegen das Land und das Wetter kämpfen. Du … du tust das nicht. Es ist, als wenn …" Sie lachte nervös.

„Als wenn …?"

„Es hört sich vielleicht albern an, aber du arbeitest *mit* dem Land, nicht *dagegen*. Bei deiner Pflege und Fürsorge – wie sollte da nicht alles wachsen und gedeihen?"

„Aber es braucht mehr als nur harte Arbeit, Laney. Bis jetzt war

Gott gut zu mir. Aber ich weiß auch, was in der Bibel steht, dass es Jahre des Wohlstandes und Jahre der Entbehrung gibt. Ich bete und arbeite Tag und Nacht dafür, dass meine Familie alles hat, was sie braucht." *Und ich hoffe, dass du eines Tages auch dazugehörst.*

„Es gab mal eine Zeit, in der wollte sich Josh als Soldat melden, falls der Krieg ausbrechen sollte. Das war noch, bevor er und Ruth geheiratet haben. Jetzt ist natürlich keine Rede mehr davon."

Galen verstand die unausgesprochene Frage. „Ich habe Dad geschworen, dass ich für Ma und die Jungs da sein würde. Dass es bald Krieg zwischen dem Norden und dem Süden geben wird, daran zweifle ich nicht. Es ist ein Konflikt, der schon lange schwelt und dem niemand ausweichen kann. Ich bete für diejenigen, die kämpfen müssen. Aber ich? Ich würde niemals meinen Schwur brechen und meine Familie verlassen."

Laneys Blick war immer noch ein wenig angespannt. „Lester Pearson hat neulich im Gemischtwarenladen damit geprahlt, dass der Krieg nur drei Wochen dauern würde. Er ist überzeugt davon, dass der Süden den Staaten aus dem Norden den Hintern versohlen wird. So hat er es zumindest ausgedrückt."

Galen grinste grimmig. „Aber er hat auch gesagt, dass der Süden bald auf dem Rasen des Weißen Hauses essen und Tee in Boston trinken wird. Das darfst du nicht vergessen."

„Das habe ich nicht gehört. Wahrscheinlich, weil Mr Darlden laut gegen Lesters Standpunkt gewettert hat. Er hat gesagt, das Einzige, wobei der Süden den Norden schlagen würde, wäre eine Partie Dame."

„Hast du deshalb so einen traurigen Blick gehabt, als Ma das Damespiel erwähnt hat?"

Sie nickte. „Lester und Mr Darlden waren einmal Freunde. Jetzt nicken sie sich nicht einmal mehr höflich zu."

„Ja, es ist traurig, wenn zwei Freunde sich wegen unterschiedlicher Standpunkte zerstreiten."

„Politik, Religion und Finanzen – diese drei Gesprächsthemen sollten wir – wenn es nach Mrs Genevieve ginge – unter allen Umständen vermeiden. Sie war die Leiterin des Mädchenpensionates."

Wieder nickte Galen.

„Ich bin mir nicht sicher, aber manchmal kommt es mir so vor, als wären das die Themen, über die Männer am häufigsten diskutieren."

„Zumindest manche Männer." Er führte sie an den Rand des Pfades. „Es gibt aber auch Männer, die am liebsten über die Gnade Gottes und die Familie sprechen."

„Ich wusste schon, warum ich dich so gerne habe." Kaum hatte sie die Worte ausgesprochen, da sah sie ihn erschrocken an.

Galen lachte. Er bückte sich und pflückte ein paar Wildblumen vom Wegesrand. Als er sich wieder aufgerichtet hatte, hielt er sie Laney hin. „Und ich habe *dich* gern."

„Aber das ergibt doch überhaupt keinen Sinn, dass dieser Jesus einfach dalag und sich ans Kreuz hat schlagen lassen."

„Er hat es aus Liebe getan", erklärte Galen.

Der Tag, als sie die Fenster in der Kirche angebracht hatten, hatte nicht nur Licht in die Kirche gebracht, sondern auch Ishmael seine Unwissenheit vor Augen geführt und ein ehrliches Interesse in ihm geweckt. In den vergangenen zwei Wochen hatte es keinen Tag gegeben, an dem er Galen nicht Fragen über Gott gestellt hatte. Ihre Gespräche waren teilweise erschreckend. Es kamen Dinge zur Sprache, mit denen Galen aufgewachsen war und die er einfach „wusste", die er nie infrage gestellt und über die er sich noch nie Gedanken gemacht hatte.

„Das ist doch auch unlogisch. Nur seine Anhänger haben ihn gut behandelt."

„Er hat es für alle getan; nicht nur für seine Jünger."

Ishmael schüttelte den Kopf. „Das verstehe ich nicht. Gut, für jemand ganz Besonderen würde man die Schuld vielleicht auf sich nehmen. Für Ivy würde ich mich umbringen lassen."

„Jesus hat es seinen Jüngern so erklärt: Normale Menschen bringen Opfer für diejenigen, die sie lieben – aber wenn man zu Gott gehört, muss man anders sein. Wir sollen auch unsere Feinde lieben, das macht den Unterschied."

Ishmael hörte mit der Arbeit auf und streckte sich. „Wo ich herkomme, lässt ein kluger Mann seinen Feind sterben. Mein Vater hat mir früh beigebracht, dass man sich um sich selbst kümmern muss. Sonst kümmert sich niemand um einen."

„Wie ich schon sagte, als Christen glauben wir etwas anderes."

Ishmael knackste mit den Fingern. „Dein Jesus hatte komische Ansichten."

Galen akzeptierte Ishmaels Meinung. Es war logisch, dass er etwas, das dem menschlichen Wesen so sehr widersprach, infrage stellte. „Christus hat uns gesagt, dass wir unseren Nächsten genauso lieben sollen wie uns selbst."

„Das ist ja auch einfach. Deine Nächsten sind deine Nachbarn. Die McCains sind gute Leute, die man leicht lieben kann."

„Es ist ein Segen, dass wir sie als unsere Nachbarn und Freunde haben." Galen wartete einen halben Herzschlag lang, dann fuhr er fort: „Aber Jesus meinte mit dem Nächsten nicht nur den Nachbarn. Er hat eine Geschichte erzählt, um uns zu erklären, wer unser Nächster ist."

„Zu Hause in Crooked Leg hatten wir den alten Cletus Bantley. Er hat auch gerne Geschichten erzählt. Er und dein Jesus hätten sich bestimmt gut verstanden."

Galen lächelte. „Da bin ich mir sicher."

„Schade, dass Ivy nicht hier ist. Niemand mag Geschichten mehr als Ivy."

„Was ist mit Donnerstag? Kommen Ivy und dein Vater an Thanksgiving?"

„Pa sagt, das ist ein Nordstaatler-Feiertag." Ishmael rieb sich mit dem Handrücken die Nase.

„Du kannst deinem Vater sagen, dass Kalifornien schon seit zehn Jahren Thanksgiving feiert, also ist es kein Nordstaaten-Feiertag mehr." Galen musste ein Lachen unterdrücken. „Tatsache ist, dass Ruth und Laney die Ansichten von Sarah Josepha Hale sehr unterstützen. Sie ist die Herausgeberin des *Godey's Lady's Book* und eine leidenschaftliche Verfechterin von Thanksgiving. Sie fordert, dass es zum nationalen Feiertag gemacht wird."

„Pa ist sich nicht sicher, ob wir überhaupt noch lange eine Nation bleiben. Um ehrlich zu sein, hat er geflucht wie ein verdammter Kesselflicker, als er erfahren hat, dass Lincoln zum Präsidenten gewählt wurde."

Galen hob eine Augenbraue.

„Ups. Sorry, Boss. Das war nur so dahergesagt."

„Du weißt, dass ich solche Worte hier nicht hören will."

Ishmael nickte kleinlaut. „Ich habe noch nie über den eigentlichen Sinn solcher Worte nachgedacht. In Zukunft gebe ich mir Mühe."

„Das freut mich."

Ishmael wühlte mit seinem Stiefel im Dreck. „Wenn Pa zu Thanksgiving mit zu euch kommt, sagt er bestimmt auch lauter Sachen, die ihr nicht hören wollt. Und er wird über die Wahl ziemlich viel zu sagen haben."

„Nach einer Wahl kochen die Emotionen immer hoch. Wir können das Gespräch ja in eine andere Richtung lenken."

„Aber so leicht ist Pa nicht von einer Sache abzubringen, wenn er sich erst mal etwas in den Kopf gesetzt hat."

„Aber die Kochkünste meiner Mutter hat er noch nie probiert."

Ishmael musste ein Lachen unterdrücken und schüttelte den Kopf. „Moment. Das stimmt nicht. Wir haben ihm schon dreimal Essen von deiner Mutter mit nach Hause gebracht. Wenn ich ihn daran erinnere, wird er die Einladung sofort annehmen."

„Dann sage ich Ma, dass sie ihn mit einrechnen soll."

„Und Ivy auch. Du könntest vielleicht die Geschichte erzählen, die Jesus von dem Nächsten erzählt hat. Ich sage Ivy, dass sie eine Geschichte zu hören bekommt. Dann hat sie etwas, auf das sie sich freuen kann."

„Tu das."

„Boss? Du weißt ja, dass Ivy schon zweimal zum Nähen hier war." Ishmael verzog das Gesicht und starrte auf seine Füße. „Wenn Pa wüsste, dass sie nur hierherkommt, um sich ein Kleid zu nähen, würde er sie niemals gehen lassen. Ich schäme mich, das zuzugeben, aber er ist schrecklich hart mit ihr. Wir lassen Pa in dem Glauben, dass die Gläser mit dem Aufstrich die Bezahlung dafür sind, dass Ivy hier gearbeitet hat. Außerdem hat Ivy mir erzählt, dass du mittlerweile dreimal da warst, um uns Säcke mit Lebensmitteln zu bringen. Da tun wir auch einfach so, als wäre es der Lohn für unsere Arbeit."

„Eigentlich sollte Ivy das gar nicht mitbekommen, aber sie hat mich beim ersten Mal erwischt."

„Aber wie hätte sie dann wissen können, dass der Sack da ist?"

Galen grinste. „Mein Plan war, den Sack irgendwohin zu stellen, wo sie ihn auf jeden Fall gefunden hätte. In der Bibel steht, dass wir Gutes ohne großes Aufsehen tun sollen. Die linke Hand soll nicht wissen, was die rechte tut."

„Also in deiner Bibel stehen echt ein paar ziemlich komische Sachen. Aber als du das letzte Mal das Essen gebracht hast, habe ich es in einem Baum versteckt. Und auf dem Heimweg hat Ivy den Sack dann ins Lager gebracht, damit Pa ihr auch weiter erlaubt, zu euch zu gehen."

„Ich verstehe."

„Ich glaube nicht." Ishmael seufzte. „Pa ist meistens ziemlich schlecht gelaunt. Ivy und ich haben früh gelernt, ihn nicht zu reizen. Wir lügen ihn aber trotzdem nicht an, sondern lassen ihn einfach nur seine eigenen Schlüsse ziehen, wenn Ivy Lebensmittel mit nach Hause bringt."

„Ich würde auch nicht lügen oder von meiner Mutter verlangen, dass sie das tut." Galen runzelte die Stirn. „Ist Ivy bei euch im Lager denn sicher?"

„So sicher wie immer." Endlich sah Ishmael wieder auf. „Und viel glücklicher. Deine Ma und deine Nachbarinnen – sie waren wirklich nett zu meiner Schwester. Pa findet, dass Ivy nicht viel wert ist, weil sie ein Mädchen ist. Aber das war in letzter Zeit auch ganz gut so. Er geht nicht davon aus, dass sie viel verdienen kann, deshalb ist er damit zufrieden, wenn sie ein paar Lebensmittel und ab und zu einen Teller Fleisch mit nach Hause bringt."

Herr, wie soll ich nur mit dieser Situation umgehen? Schenk mir Weisheit. Galen sah in die Ferne. Die Jungs machten sich gerade auf den Weg zur Schule und Ma gab jedem von ihnen noch einen Abschiedskuss. *Wie würde ich mich fühlen, wenn Ma uns nicht alle gleich liebhaben würde?*

„Vielleicht ist es doch besser, wenn wir nicht kommen."

Wie im Zeitlupentempo verschränkte Galen die Arme vor der Brust. „Du glaubst also, dein Vater ist schwierig? Dann versuch mal, meiner Mutter zu erklären, warum du ihre Einladung ablehnst." Er schüttelte den Kopf. „Ich würde lieber durch einen Schwarm zorniger Wespen laufen, als sie zu enttäuschen. Ich werde mit ihr reden und wir werden dafür sorgen, dass wir nichts sagen, was Ivys Sicherheit gefährden könnte."

Mit einem Mal wich alle Traurigkeit und in Ishmaels Augen spiegelte sich ein spitzbübisches Funkeln. Er tat so, als würde er noch überlegen müssen. „Ich nehme dich beim Wort, Boss. Mit der Köchin sollte man es sich am wenigsten verderben."

Ivy drückte den Rand der Pastete fest und gab sie vorsichtig in den flachen Schmortopf. Ishy hatte ihr zwei kräftige Eichhörnchen gefangen. Mit dem Mehl und dem Schmalz, das sie von den O'Sullivans bekommen hatte, hatte sie aus den Tieren ein Meisterstück zubereitet. Sie konnte den morgigen Tag kaum erwarten. Nur so viel hatte sie bei all dem Gerede über Thanksgiving während des Nähens verstanden: Es würde sehr viel zu essen geben. Und stolz wie sie war, wollte sie auch etwas dazu beisteuern.

Die Leute sagten ihr immer, dass sie die beste Eichhörnchenpastete backe, die sie jemals gegessen hätten. Ivy freute sich darauf, ihr schönes grünes Kleid anzuziehen und diese Pastete mit zu den O'Sullivans zu nehmen. Es würde großartig werden.

Plötzlich fiel ein Schatten auf sie. Ivy sah auf und versuchte, ihre Angst zu verbergen. „Pa ist im Unterstand", sagte sie dem schwarzhaarigen Mann.

„Das dachte ich mir schon." Pas Partner deutete nach rechts. „Ich habe noch mehr Getreide mitgebracht."

Ivy nickte. Einer von Dads Partnern kam mehrmals die Woche vorbei und brachte Korn oder Zucker oder beides. Jedes Mal fuhren sie mit einem Wagen vor, um die abgefüllten Flaschen mitzunehmen – aber man wusste nie, wann genau sie kamen, sodass sie ihnen auch nicht aus dem Weg gehen konnte.

Mr Wie-auch-immer hockte sich neben sie. Als er ihr unvermutet mit dem Finger über die Wange fuhr, zuckte sie zusammen. „Du machst dich. Siehst immer hübscher aus. Wirklich ein netter Anblick."

Ivy versuchte, ruhig zu bleiben und suchte nach dem Messer, das sie an ihrem Gürtel trug.

„Hey!" Pa kam aus dem Unterstand.

Langsam erhob sich der Mann. „Ich habe noch mehr Getreide dabei. Sieht aber so aus, als könntest du auch bald ernten."

„Jep. Mädchen, ich hab dir doch gesagt, dass du heute noch mit der Ernte anfangen sollst. Es ist noch lange genug hell, um eines zu schaffen."

Froh, eine Ausrede zu haben, machte sich Ivy schnellstens auf den Weg.

Während der Fremde sein schwerbeladenes Pferd zum Unterstand führte, redete Pa die ganze Zeit auf ihn ein, dass er noch mehr Getreide und Zucker brauchte. Er schob es auf Ivy, weil sie so faul war und nicht genug arbeitete. Deshalb seien sie mit der Ernte noch nicht so weit, wie sie eigentlich hätten sein müssen.

Solange der Fremde und er mich in Ruhe lassen, kann Pa beschuldigen, wen er will. Sie ging die erste Reihe des Getreides entlang und erntete die reifen Ähren. Einige brauchten noch ein paar Tage. Bevor sie weitermachte, sah sie schnell noch einmal nach der Pastete. Sie drehte den Topf und legte heiße Kohlen auf den Deckel.

Ivy entschloss sich, jetzt gleich mit der Vorbereitung fürs Abendessen zu beginnen. Der letzte Jutesack mit Essen, den Kelly O'Sullivan ihr mitgegeben hatte, war noch nicht ganz leer. Ivy versuchte, die Lebensmittel so gut es ging zu strecken, damit sie alle drei möglichst lange davon satt wurden. Sie maß ein paar Schwarzaugenbohnen und Reis ab und gab sie in den einzigen anderen Topf, den sie besaß. Ishy liebte Hoppin' John, ein Reisgericht, das hier in den Südstaaten sehr verbreitet war. Darüber würde er sich freuen, wenn er nach Hause kam.

Ab und zu drangen Wortfetzen der Unterhaltung zwischen Pa und seinem Partner an ihr Ohr. Ivy wünschte, der Mann würde verschwinden. Er hing viel zu oft hier herum und verkostete mit Pa zusammen den Schnaps. Er betrank sich nicht so schlimm wie Pa, aber er wurde trotzdem immer unangenehmer. Lieber wäre es ihr gewesen, wenn statt ihm sein Bruder oder Cousin – was auch immer er war – gekommen wäre. Der verschwand wenigstens hinterher sofort wieder.

Als sie den Reis gewürzt hatte, sah Ivy noch einmal nach der Pastete. Weil sie fast durch war, nahm Ivy sie vom Feuer und ließ sie so noch etwas im Schmortopf garen. Ein schneller Blick zum Unterstand zeigte ihr, dass die Luft rein war. Sie sprang auf und machte sich mit der Pastete auf den Weg zum Fluss.

„Mädchen!“ Pas Stimme ließ sie erstarren. „Was glaubst du, wohin du gehst?“

17. Kapitel

„Lass mich dir helfen“, bot sich Laney an und machte Anstalten aufzustehen, obwohl sie viel lieber am Tisch sitzen geblieben wäre. Seit dem Tag, als sie den Birnenaufstrich gemacht hatte, bestand Galen darauf, neben ihr zu sitzen. Und auch heute war es so. Am liebsten hätte sie noch mehr Zeit so dicht neben ihm verbracht, aber sie konnte ihre Gastgeberin unmöglich die ganze Arbeit allein machen lassen. „Bitte entschuldige“, murmelte sie.

Galen erhob sich und machte einen Schritt zur Seite, damit sie aus der Bank kam. „Ladys, das Essen war köstlich.“

„Ja, das war es.“ Ivy krempelte sich die Ärmel ihres grünen Kleides hoch. „Es ist ein Wunder, dass der Tisch nicht zusammengekracht ist, bei allem, was ihr aufgefahren habt.“

„Hilda, warum ruhst du dich nicht zusammen mit Kelly ein wenig aus?“ Ruth legte ihren Arm um Laney. „Wir beide räumen ab und übernehmen den Abwasch.“

„Wirklich?“, fragte Sean erleichtert.

„Junge, freu dich nicht zu früh.“ Galen sah seinen kleinen Bruder fest an. „Ma hat eigentlich dir und Colin aufgetragen, den Abwasch zu erledigen.“

Laney versuchte, sich nicht allzu sehr über Seans fassungslosen Gesichtsausdruck zu amüsieren. Galen hatte seine kleinen Brüder gut unter Kontrolle. *Ich sollte ihm sagen, wie stolz ich auf ihn bin. Es ist nicht leicht, gleichzeitig Bruder und Vater zu sein.*

„Unsinn, natürlich helfe ich beim Aufräumen mit.“ Kelly runzelte die Stirn, als sie sich die Unordnung auf dem Esstisch besah.

„Aber wir bestehen darauf“, sagte Laney.

„Jep. Das tun wir.“ Ivy zog eine von Kellys Schürzen über ihr grünes Kleid.

„Dann lasst mich wenigstens die restliche Milch und den Käse raus ins Brunnenhaus bringen.“

„Aber wirklich nur das“, sagte Ruth mit gespielter Strenge.

Mr Grubb blieb am Tisch sitzen und Laney wagte es nicht, die Teller und Schüsseln, die um ihn herumstanden, auch nur zu berühren. Alle hatten viel gegessen und sich lebhaft unterhalten. Mr Grubb allerdings hatte nur ein paar knappe Kommentare abgegeben und sich dann den Teller vollgeschaufelt. Und gegessen. Und gegessen. Und gar nicht mehr aufgehört zu essen.

Als sie Ivy und Ishmael kennengelernt hatte, war Laney davon ausgegangen, dass ihr Vater auch nur Haut und Knochen war, aber das Gegenteil war der Fall. Obwohl er nicht der stämmigste war, hatte er doch einen deutlichen Bauchansatz. Jetzt, wo sie gesehen hatte, wie er das Essen in sich hineinschaufelte, war Laney sich sicher, dass er sich trotz der kargen Mahlzeiten, die Ivy auf den Tisch brachte, erst selbst den Magen vollschlug, bevor er seine Kinder essen ließ.

Es schien unhöflich, den Tisch abzuräumen, aber Mr Grubb machte keinerlei Anstalten, irgendwann mit dem Essen aufzuhören. Josh, Ishmael und Galen waren zur Gesellschaft sitzen geblieben, aber sie alle waren schon lange fertig mit Essen.

Hilda reagierte, ohne mit der Wimper zu zucken. Sie stützte sich auf Joshs Schulter und beugte sich über den Tisch, um die Platte mit dem Truthahn an sich zu nehmen. Als Mr Grubb sie böse anfunkelte, funkelte Hilda zurück.

Noch zwei weitere Male gab es solche Machtkämpfe, die aber Hilda jeweils für sich entscheiden konnte. Laney, Ivy und Ruth machten alle einen Schritt zurück, um dem wortlosen Streit zuzuschauen. Mr Grubbs buschige Augenbrauen zogen sich zusammen und die linke Seite seines ungestutzten Bartes zuckte so, als wolle er knurren, als Hilda nach der Schüssel mit den gestampften Süßkartoffeln griff.

Dann überraschte Hilda sie alle. Sie schob ihm die Schüssel direkt unter die Nase. „Da Sie so gern Kartoffelbrei essen, bedienen Sie sich doch ruhig noch ein bisschen.“ Sie grinste ihn breit an. „Möchten Sie vielleicht auch noch ein bisschen braunen Zucker dazu?“

„Gerne.“ Als Hilda einen Löffel draufgetan hatte, bedeutete er ihr, weiterzumachen.

Um Himmels willen! Es sind doch bestimmt schon zwei Tassen Zu-

cker in den Kartoffeln und er will noch mehr? Und dann isst er sie auch noch direkt aus der Schüssel?

Einen Moment später trat Hilda einen Schritt zurück und stemmte die Hände in beide Hüften. „Es erfreut das Herz, einen Mann zu sehen, der keine Angst vorm Essen hat."

Mr Grubb warf Ivy einen finsteren Blick zu. „Ich bekomme nicht oft so was Gutes. Das Mädchen ist die mieseste Köchin, die ich kenne. Die Eichhörnchen-Pastete von gestern hat mich fast umgebracht."

Er hat seinen dicken Bauch von ihrem Essen. Und dann wagt er es, sich zu beschweren? Er ist ein schrecklicher Mensch! Laney tat das, was man ihr beigebracht hatte, wenn ihr Gesichtsausdruck nicht verraten sollte, was sie dachte. Sie senkte den Blick.

„Die Pastete war eins von Mas Rezepten." Ishmaels Schultern wirkten angespannt. „Meine Schwester macht die Gerichte immer so, wie Ma sie ihr beigebracht hat – und die Pastete muss man über Nacht stehen lassen, damit sie durchzieht und ihr volles Aroma entfaltet, bevor man sie am nächsten Tag isst."

Die Muskeln in Ivys Kiefergelenk spannten sich an.

Sie hat die Pastete für heute gebacken. Und er hat sie ruiniert, nur um sie zu kränken. Was für ein fürchterlicher, gemeiner Mensch. Laney warf Galen einen flehenden Blick zu.

„Das Hoppin' John, das Ivy mitgebracht hat, war köstlich", erwiderte Galen. Laney sah, wie er die Ellbogen auf den Tisch stützte und sich leicht vorbeugte. „Wenn ich nicht gesehen hätte, dass sie es mitgebracht hat, hätte ich gedacht, es wäre von meiner Ma."

Josh musste ein Lachen unterdrücken. „Und ich hätte gesagt, Hilda hat es gemacht. Wahrscheinlich haben sie die Rezepte ausgetauscht."

Zur Bestätigung schlug Galen mit der Hand auf den Tisch. „Das ist eins der besten Komplimente, die eine Frau bekommen kann – dass eine Köchin so gut ist wie die eigene Mutter. Stimmt doch, oder, Laney?"

„Auf jeden Fall." Und an Ivy gewandt sagte sie: „Weißt du noch, dass es dein Vorschlag war, Apfelscheiben in Haferflocken zu wälzen und sie dann zu braten? Wir haben es ausprobiert. Sie waren köstlich!"

Das laute Schaben des Löffels, mit dem er den letzten Rest des Pürees zusammenkratzte, konnte Mr Grubbs abfälliges Schnauben nicht übertönen.

„Unsere Geschmäcker sind eben verschieden." Hildas Tonfall klang viel zu herzlich. Laney machte einen Schritt zurück, während sie beobachtete, wie ihre Haushälterin nickte. „Mr Grubb hier mag zum Beispiel eher Fleisch und Kartoffeln. Nicht wahr?"

Mr Grubb nickte und schob sich den letzten Rest in den Mund. Dann rieb er sich den dicken Bauch und rülpste herzhaft.

„Na, satt?", fragte Hilda.

„Mhm." Ein selbstzufriedenes Lächeln trat auf sein Gesicht. „Ich könnte keinen einzigen Bissen mehr runterbringen."

„Das habe ich mir schon gedacht", sagte Hilda. „Das zeugt von Reife."

„Reife?", fragte Kelly, die gerade wieder zur Tür hereinkam.

„Bis auf das letzte bisschen", rief Hilda aus und hielt ihr die leere Schüssel entgegen. „Gutes, gesundes Essen. Ein reifer Mann bevorzugt eben so etwas."

Laney konnte ihr fassungsloses Starren kaum mehr unterdrücken. Hilda war völlig verändert. Wenn zu Hause einer der Arbeiter nach dem Essen rülpste, musste er damit rechnen, dass die Haushälterin ihm nicht nur ihre Meinung, sondern auch das eine oder andere Geschirrtuch um die Ohren schlug. Aber jetzt schien Hilda wie ausgewechselt.

„Diese jungen Kerle hier", Hilda sah die Männer langsam der Reihe nach an, „sind im Herzen noch Kinder. Ich weiß genau, was sie vorhaben." Sie verschränkte die Arme vor der Brust und musterte Galen, Ishmael und Josh abschätzig. „Sie warten auf den Nachtisch."

Josh lehnte sich zurück und sah Hilda empört an. „Hilda, du wärst doch tödlich beleidigt gewesen, wenn ich nicht noch Platz für deinen Kuchen gelassen hätte!"

„Kuchen?" Mr Grubbs Augen wurden groß. „Ich sehe keinen Kuchen."

Hilda winkte ab. „Er ist im Brunnenhaus. Laney und Galen haben ihn vorhin dorthin gebracht. Aber seien Sie nicht traurig, dass Sie schon satt sind. Ich bin sicher, Kelly freut sich genauso wie ich darüber, dass Sie so zufrieden mit dem Kartoffelbrei waren. Wir sind nicht beleidigt, dass Sie keinen Kuchen mehr mögen. Sie haben uns heute schon genug Komplimente gemacht."

„Absolut", sagte Kelly, während sie herumräumte. „Ivy, dein Vater sieht trotzdem ein bisschen enttäuscht aus. Wie wäre es, wenn du morgen zum Arbeiten vorbeikommen würdest, dann könntest du als Bezahlung einen Kuchen mitnehmen."

„Ich habe die Reste von den Tellern in den Eimer gekratzt", verkündete Dale. „Laney, kommst du mit und fütterst mit mir die Schweine?"

„Ja, hahahaha!" Mr Grubb schlug sich auf den Oberschenkel, als hätte er einen urkomischen Witz gehört.

„Natürlich mache ich das, Dale." Laney wandte dem gemeinen Kerl den Rücken zu. „Es ist eine ganze Woche her, dass ich Hortense und Mr Rüsselchen besucht habe. Wie geht es ihnen?"

„Laney, ich habe mich gut um sie gekümmert. Du wirst nicht glauben, wie groß sie mittlerweile sind!" Als sie den Stall erreichten, zupfte Dale an ihrer Hand. „Also?"

„Hm?" Laney blinzelte ihn an.

„Du hast gesagt, du würdest mir helfen. Der Eimer ist ziemlich schwer und ich kann ihn nicht allein über den Zaun heben."

„Wirklich? Ich hatte gar nicht daran gedacht, wie schwer er bei all den Resten sein muss. Du bist aber stark, dass du den Eimer bis hierher getragen hast!"

Dale strahlte wegen des Lobes und nickte. „Ich bekomme immer mehr Muskeln."

„Natürlich bekommst du die, aber jetzt helfe ich dir noch mal. Immerhin sind wir Partner." Laney stellte sich dorthin, wo Galen ein großes Blech angebracht hatte, damit die Essenreste nicht auf die Kleidung spritzten, wenn man sie in den Pferch schüttete.

„Warte noch!" Dale kletterte auf den Zaun und rief: „Koooommt her! Koooommt her!"

Laney lachte. „Dale, Hortense und Mr Rüsselchen sind doch schon da."

„Ich weiß. Aber ich mache das, damit jeder hört, dass ich meine Aufgaben erledige." Und dann half er ihr, den Eimer in den Trog zu leeren.

„Ein Blick und man sieht, was für einen guten Job du gemacht hast. Sieh dir nur an, wie dick sie schon geworden sind."

Dale ließ freudig die Beine baumeln und lachte. „Siehst du? Hortense ist fast so groß wie Gertie."

„Wie kann das denn sein? Ist Gertie nicht Hortenses Mutter?"

„Jep!" Endlich sprang Dale wieder runter. „Aber ich habe dir doch gesagt, wie gut ich mich um sie kümmere. Gestern erst hat Ma gesagt, dass wir sie bald Jungsau nennen können und nicht mehr Ferkel."

„Du bist ein richtiger Farmer, Dale. Ich bin beeindruckt."

„Ich werde auch einmal groß und dick." Er tätschelte seinen Bauch. „In meinem Bauch habe ich noch Platz für mindestens zwei Stückchen Kuchen gelassen."

Laney konnte sich das Lachen nicht mehr verkneifen. Pure Freude durchströmte sie. *Heute ist ein Tag, um dankbar zu sein, Herr.*

„Sie werden den Kuchen doch nicht ohne uns essen?"

„Niemals."

Dale beschleunigte seine Schritte. „Wir sollten uns trotzdem lieber beeilen, Laney. Der komische Mann hat zwar gesagt, dass er satt ist, aber vielleicht ändert er seine Meinung noch mal."

Laney machte längere Schritte und passte sich seiner Geschwindigkeit an. Innerlich musste sie lachen.

„Wir sind wieder da!", rief Dale laut, als sie die Hütte betraten.

Die Männer hatten die Bänke ans Fenster gestellt, damit alle die Strahlen der späten Augustsonne genießen konnten. Galen und Josh erhoben sich sofort. Ishmael tat es ihnen nach. Nur Mr Grubb blieb bewegungslos sitzen. Das Besteck klimperte und das Wasser spritzte, während Colin und Sean abwuschen.

Laney legte ihre Hand auf Dales Schulter. „Dieser junge Mann macht einen wunderbaren Job."

„Aye, er ist sehr pflichtbewusst", stimmte Kelly ihr vom Bett aus zu, wo Hilda und sie sich zum Sticken niedergelassen hatten.

Laney sah Galen an. Das seltsame Gefühl, dass sie ihn bei etwas unterbrochen hatte, überkam sie.

„Ich lese gerade das Gleichnis vom barmherzigen Samariter vor."

„Oh!" Laney löste ihren Blick von seinen unsagbar blauen Augen und schaute auf die Bibel, die er in seinen Händen hielt.

„Laney, setzen Sie sich doch zu uns.“ Ishmael zeigte ans Ende der Bank, wo er gesessen hatte. „Galen liest uns eine interessante Geschichte aus der Bibel vor.“

„Danke.“

„Neben mir ist auch noch Platz“, forderte Galen sie auf und kam auf sie zu. Plötzlich durchströmte eine angenehme Wärme ihren Körper. Galen wollte sie bei sich haben. Sie raffte ihre Röcke und setzte sich zwischen ihn und Ivy. Als Galen sie ansah, trat ein breites Lächeln auf sein Gesicht. „Schön, dich hier zu haben.“

Mehr brauchte es nicht, um sie glücklich zu machen. „Es ist ein wunderschöner Tag. Ich freue mich, dass du aus dem Wort Gottes liest.“

„Es ist nicht nur ein Wort. Es sind ganz viele.“ Ivy stieß ihr den Ellbogen in die Seite. „Es ist eine schrecklich spannende Geschichte. Ein Mann ist zu Fuß unterwegs gewesen und wurde von Räubern überfallen. Jetzt will ihm niemand helfen. Ich kann kaum erwarten, was weiter passiert.“

Als Dale zu Laney kam, nahm sie ihn auf den Schoß. „Bitte lies weiter, Galen.“

„‚Dann kam ein Mann aus Samarien‘“, fuhr er fort, „der auf der Reise war. Als er ihn sah, hatte er Mitleid, ging zu ihm hin, goss Öl und Wein auf seine Wunden und verband sie. Dann hob er ihn auf sein Reittier, brachte ihn zu einer Herberge und sorgte für ihn. Am andern Morgen holte er zwei Denare hervor, gab sie dem Wirt und sagte: Sorge für ihn, und wenn du mehr brauchst, werde ich es dir bezahlen, wenn ich wiederkomme.‘“

„Ist das nicht verrückt?“ Ishmael stützte sich auf den Tisch. „Er bezahlt für einen Mann, den er nicht mal kennt!“

„Und hat der Mann aus Samarien dann die Räuber verfolgt und sie aufgehängt?“, wollte Ivy begeistert wissen. „Ich liebe es, wenn Menschen ihre Strafe bekommen.“

„Die Bibel erzählt uns nicht, was weiter passiert ist“, sagte Galen. „Das ist ein Gleichnis – eine erfundene Geschichte von Jesus, um die Menschen zum Nachdenken zu bringen. So geht es weiter. ‚Jesus fragte: Was meinst du? Wer von diesen dreien hat sich als der Nächste dessen erwiesen, der von den Räubern überfallen wurde?‘“

„Keine Ahnung.“ Ishmael runzelte die Stirn. „In der Geschichte steht ja nicht, wo die einzelnen leben. Wir können nicht wissen, welcher der Nächste ist."

Ivy zog die Nase kraus. „Ist das ein Rätsel?"

„,Der, der barmherzig an ihm gehandelt hat.'" Galen zeigte auf den Vers in der Bibel. „Das ist die Antwort, die der andere Mann Jesus gegeben hat. ,Da sagte Jesus zu ihm: Dann geh und handle genauso!' Wir sollen also jeden Menschen als unseren Nächsten ansehen und freundlich und hilfsbereit zu allen sein, denen wir begegnen."

Mr Grubb schnaubte. „Für diesen Sam war es doch einfach zu helfen. Er hatte einen Esel und Geld. Es hatte sogar Wein. Menschen, die so viel wie er besitzen, fällt es leicht, anderen zu helfen." Er nickte in Richtung Ishmael. „Wir haben zu Hause noch Arbeit zu erledigen."

„Ich hole den Kuchen." Ruth verschwand nach draußen und war wenige Minuten später wieder da. „Ivy? Ishmael? Wollt ihr Pekannuss oder Kürbis?"

„Pekannuss!" Ivy strahlte.

Ishmael musste ein Lachen unterdrücken. „Sie fragen ein Südstaatenmädchen, ob es Pekannüsse will? Da könnten Sie auch einen Biber fragen, ob er Holz mag."

„Pekannusskuchen habe ich bestimmt seit sechs Jahren nicht mehr gegessen", sagte Ivy, als sie neben Ruth an den Tisch trat. Als Ruth ein großzügiges Stück abgeschnitten hatte, schnappte Ivy es sich und biss hinein. „Mmmm! Köstlich!"

„Das ist ein Rezept meiner Großmutter", erklärte Hilda, die ihre Stickarbeit beiseitelegte. „Wenn du willst, schreibe ich es dir auf."

Mr Grubb höhnte. „Würde nichts bringen. Das Mädchen kann kein einziges Wort lesen."

„Das macht nichts", platzte Laney heraus.

„Natürlich macht es was", erwiderte Mr Grubb und sah sie böse an.

„Kannst du denn auch nicht lesen, Ishmael?", fragte Galen.

„Nur ein bisschen. Nicht so gut, wie ich es gerne könnte."

„Ich will für die Stadt eine Bücherei eröffnen." Ruth machte sich nicht die Mühe, zu fragen, welchen Kuchen Ishmael wollte. Sie schnitt noch ein weiteres großes Stück Nusskuchen ab und drückte es ihm in die Hand. „Sie können jederzeit auf Broken P vorbeikommen und sich ein Buch ausleihen."

„Und so lange, bis du das Lesen gelernt hast, liest Ishmael dir vor", sagte Laney an Ivy gewandt. „Josh hat mir auch jahrelang vorgelesen, bis Ruth es mir letztes Jahr beigebracht hat."

Ivy verzog beleidigt das Gesicht. „Du machst dich über mich lustig."

„Nein, Ivy", sagte Laney leise. „Ich konnte wirklich nicht lesen."

„Wir sind alle sehr stolz auf die harte Arbeit, die Laney ins Lesenlernen gesteckt hat." Galens Stimme war warm und weich.

„Siehst du?" Hilda wedelte mit der Nadel in ihre Richtung. „Ich werde das Rezept auf jeden Fall aufschreiben, Ivy. Und dann können es dir dein Bruder oder dein Vater vorlesen."

„Wir müssten längst wieder unterwegs sein", rief Mr Grubb und drängte zum Aufbruch.

Er kann selbst auch nicht lesen. Diese Erkenntnis erstaunte Laney. Seine Tochter hatte er vor allen klein gemacht, was schon schrecklich genug war; aber das hatte er nur getan, um von seiner eigenen Schwäche abzulenken.

Im nächsten Augenblick hatte Mr Grubb sich von allen verabschiedet, sichergestellt, dass Ivy den Topf wieder mitnahm, den sie mitgebracht hatte, und seine Kinder aus der Tür geschoben.

„Ich freue mich, dich morgen wiederzusehen, Ivy!", rief Kelly ihnen nach.

„Ich werde da sein. Du kannst dich auf mich verlassen!" Und mit leiser Stimme fügte Ivy hinzu: „Danke für den großartigen Tag!"

„Ma?"

Kelly wandte sich um. „Aye?"

Sean trocknete gerade einen Teller ab. „Ishmael und Ivy sind wirklich nett, aber ihr Dad – ich habe wirklich versucht, ihn zu mögen, aber es hat nicht geklappt. Er ist fies und gemein."

„Ich mag ihn auch nicht", stimmte Galen ihm finster zu. „Wir müssen gute Nachbarn sein und für ihn beten."

„Es ist kaum vorstellbar, dass es in unserer Zeit wirklich noch Menschen gibt, die das Evangelium nicht kennen", murmelte Ruth vor sich hin.

„Unser Verhalten wird ihnen viel mehr geben, als unsere Worte."

Ein ironisches Lächeln umspielte Galens Lippen. „Ishmael beobachtet mich wie ein Raubvogel."

„Aye, das tut er." Kelly starrte aus dem Fenster. „Neulich haben wir gehört, wie Ishmael ein Kirchenlied gepfiffen hat, das Galen morgens gesummt hat."

„Wo wir gerade von Liedern sprechen ..." Laney schlüpfte an Galen vorbei und ging zum Bett hinüber, wo ihr Handarbeitskorb stand. Schon lange hatte sie auf diese Überraschung gewartet und wollte ihnen jetzt ihr Geschenk überreichen.

„Das ist für die ganze Familie. Weil, also –" All die schönen Worte, die sie sich zurechtgelegt hatte, waren plötzlich verschwunden. Dankbar drückte sie Kelly das Buch in die Hand. „Heute ist Thanksgiving. Wir wollen Danke sagen, dass Cullen O'Sullivan so ein großherziger Mann war."

„Was haben wir denn hier?" Kelly drehte das Buch um.

„*Kirchengesangbuch*", las Galen laut.

Kellys Mundwinkel zitterten. „Das ist so lieb von dir. Mein Cullen hat immer so gern gesungen."

Galen nickte gedankenverloren.

„Galen pfeift und singt jeden Morgen, wenn er an die Arbeit geht." Dale stellte sich auf die Zehenspitzen, um einen besseren Blick auf das Buch zu erhaschen.

„Mach es auf", drängte Laney.

„Zum Andenken an Cu–", Kellys Stimme brach und sie musste schlucken, als sie die Widmung las.

Laney sah Galen an, als sie sagte: „Ich wollte etwas Besonderes machen, weil dein Vater so ein wunderbares Geschöpf Gottes war."

Galens Hand fand die ihre und drückte sie. „Was für eine wundervolle Geste. Wir werden es wie einen Schatz hüten."

Josh klopfte Galen auf den Rücken. „Zum ersten Mal in ihrem Leben muss man meiner Schwester alles aus der Nase ziehen. Was sie eigentlich sagen wollte ist, dass die Gemeinde jetzt Gesangbücher hat, die in Erinnerung an deinen Vater gedruckt wurden."

„Oh", sagte Sean mit einem Stirnrunzeln. „Dann muss sich Mr Lufe gar nicht mehr diese lustigen Texte ausdenken?"

„Das", sagte Hilda voller Enthusiasmus, „ist doch mal etwas, für das wir alle dankbar sein sollten."

ꞓ3

„Pa wird glücklicher sein als ein Hund mit zwei Schwänzen“, rief Ivy am nächsten Tag, als sie einen zweiten Kürbiskuchen auf den Tisch stellte.

Kelly lächelte. „Diesen Ausdruck hat mein Vater auch immer verwendet. Das erinnert mich an glückliche Zeiten mit ihm.“

Ivy nickte. Sosehr sie es auch versuchte, ihr fielen beim besten Willen keine glücklichen Zeiten ein, wenn sie an ihren Vater dachte.

„Die Wäsche sollte bald trocken sein.“ Kelly ging an den Herd.

Wollte sie noch einen Kuchen backen? Ivy biss sich auf die Zunge. Wer sollte das denn alles essen?

„Wir beide setzen uns jetzt auf die Veranda und essen den hier auf.“ Dabei drehte sich Kelly um und präsentierte zwei Teller.

„Hildas Pekannusskuchen!“

„Schnapp dir eine Gabel. Dann setzen wir uns raus in die Sonne.“

„Das lasse ich mir nicht zweimal sagen.“ Eine Minute später saßen Ivy und Kelly auf den Verandastufen und ließen sich den köstlichen Kuchen schmecken. „Mmmmm!“ Ivy schloss für einen kurzen Moment die Augen. „Der ist sogar noch besser als gestern! Und eigentlich ist das fast nicht möglich.“

Auch Kelly genoss jeden Bissen. „An ihrem Rezept ist irgendetwas Besonderes. Wir schauen uns die Zutaten an und finden heraus, was ihr Trick ist. So einen guten Kuchen habe ich noch nie gegessen.“

Ivy starrte auf ihre knochigen Knie. „Dir macht es nichts aus, es mit vorzulesen?“

„Warum sollte es?“

BUMM! Ein ohrenbetäubender Knall zerriss die Luft.

Ivy sprang auf die Beine. Kelly tat es ihr gleich. Erschrocken sahen sie in die Richtung, aus der der laute Donnerschlag gekommen war. Plötzlich fing Ivy panisch an zu rennen.

18. Kapitel

Als sie nach Hause rannte, galoppierten Ishmael und Galen ohne Sattel an ihr vorbei. Ivy ignorierte das Stechen in ihrer Seite und zwang sich dazu, weiterzulaufen. Als sie die Lichtung erreichte, waren auch schon Josh McCain und drei seiner Männer vor Ort.

Der Unterstand war verschwunden. Die Bretter und Balken waren in der Gegend verteilt und brannten wie Fackeln. Teile der Destille lagen hier und dort, die Funken sprühten. Der Eselskarren, den Dad benutzt hatte, um die vollen Flaschen zu lagern, stand lichterloh in Flammen. Trockene Äste knackten und der Wind fachte das lohende Holz noch an.

Pa war nirgendwo zu sehen und auch der Esel fehlte.

„Pass auf die Pferde auf!", rief Josh, während er Ivy die Zügel in die Hand drückte.

Ivy schaffte es, die Pferde dorthin zu ziehen, wo Ishy normalerweise ihre Lebensmittel an einem Seil aufhängte. Sie brauchte all ihre Kraft, um die Tiere dort anzubinden.

Die Luft war erfüllt von brennendem schwarzem Qualm. Ivy musste sich anstrengen, um überhaupt erkennen zu können, was vor sich ging. In Panik riefen die Männer sich Anweisungen zu. Ishy hatte sich die alte Schaufel geschnappt und versuchte, die Flammen mit Erde zu ersticken. Am liebsten hätte Ivy ihm geholfen, doch sie traute sich nicht, die Pferde unbeaufsichtigt zu lassen.

Genauso schwer und dick wie der Rauch durchströmten Ivy nun Angst und Traurigkeit. *Jetzt hat Pa es geschafft. Er hat alles versaut und Mr O'Sullivan wird komplett ausrasten. Er wird uns hier vertreiben und wir haben nichts, was wir für den Winter mitnehmen können.*

Es schien eine Ewigkeit zu dauern, doch endlich hatten die Männer das Feuer unter Kontrolle. Galen O'Sullivan stapfte auf Ishy zu und schrie ihm etwas entgegen. Ivy konnte die Worte nicht verstehen, doch was spielte das jetzt noch für eine Rolle? Schließlich sah sie, wie ein anderer Mann auf die beiden zukam und ihnen etwas sagte. Daraufhin wandten sich Mr O'Sullivan und Ishy beide zu ihr um und sahen sie mit großen Augen an.

Müde strich sich Mr O'Sullivan die Haare aus dem Gesicht und sagte etwas zu Ishy.

Aber Ivy wollte nicht, dass ihr Bruder diese Situation allein durchstehen musste. Eigentlich sollte Pa hier sein und für dieses ganze Chaos geradestehen. Aber er war nicht da. Weil sich die Pferde inzwischen beruhigt hatten, ließ sie sie allein und ging zu ihrem Bruder.

Fürsorglich legte Ishy seinen Arm um ihre Taille und zog sie fest an sich. Er wollte sie vor dem Zorn seines Bosses beschützen, aber das würde Ivy nicht zulassen. Sie machte sich los und trat ihm entgegen. „Sobald Pa wieder da ist, werden wir hier verschwinden."

Galen O'Sullivan sah erst sie und dann Ishy an, ohne ein Wort zu sagen.

Ishy zog sie zurück an seine Seite.

„Dein schönes Hemd ist verbrannt", rief sie erschrocken.

„Schwesterchen –"

„Ich –"

Ishy legte ihr die Hand auf den Mund. „Du musst mir jetzt zuhören."

Als sie gehorsam nickte, nahm er seine Hand wieder weg.

„Pa wird nicht zurückkommen."

ଔ

„Nun?" Galen sah sich in dem kleinen Kreis der Männer um, die sich im Wohnzimmer des Pastors versammelt hatten.

„Es ist eine schwierige Entscheidung", sagte der Pastor langsam.

„Wir haben jetzt schon alle möglichen Sichtweisen diskutiert und es ist immer noch nichts geklärt." Galen setzte sich endlich.

Rick Maltby, der einzige Anwalt der Stadt, verschränkte die Arme vor der Brust und lehnte sich zurück. „Lasst mich eins klarstellen: Die Grubbs sind illegale Siedler."

„*Waren* illegale Siedler." Galen wollte ganz ehrlich sein. „Ich habe eine Abmachung mit ihnen getroffen."

Der Sheriff schüttelte den Kopf. „Es ist meiner Meinung nach ganz eindeutig. Diese Leute haben eine illegale Brennerei betrieben."

„Das waren nicht sie, sondern ihr Vater", klärte Galen den Sachverhalt auf.

„Aber die Zwillinge wussten davon und das Mädchen hat sogar das Getreide dafür angebaut." Energisch schlug der Sheriff mit der Faust auf den Tisch. „Das macht sie zur Mittäterin und ihren Bruder auch."

„Galen hat uns berichtet, dass das Getreide erst jetzt reif zur Ernte war. Vielleicht könnte man argumentieren, dass Ivy Grubb ihren Vater in seinem illegalen Handeln also noch nicht wirklich unterstützt hat."

Galen war sich nicht sicher, ob Rick wirklich an sein Argument glaubte oder ob er nur den Sheriff aufstacheln wollte. Die beiden lagen miteinander im Streit, seit sie erfahren hatten, dass der eine Breckinridge unterstützt hatte, während der andere für Lincoln gestimmt hatte.

Josh runzelte die Stirn. „Woher hat Mr Grubb denn dann das Getreide und den Zucker bekommen, um seinen Schnaps zu produzieren?"

„Das würde ich auch gerne wissen." Der Sheriff beugte sich vor. „Wir hatten in letzter Zeit einige Diebstähle, die begannen, seit die Grubbs sich hier in der Gegend aufhalten. Wenn sie es nicht waren, dann bleibt doch nur derjenige, der sie unterstützt hat."

„Wir können Ishmael fragen. Er kann uns vielleicht sagen, wer es war." Galen seufzte schwer. „Er hat gut und hart für mich gearbeitet."

„Die beiden haben ihren Vater verloren", erinnerte Pastor Dawes leise. „Dieser Verlust ist Strafe genug."

„O'Sullivan hat ihnen Arbeit gegeben." Der Sheriff erhob sich und wanderte auf und ab. „Und zum Dank haben sie ihm mit dieser illegalen Destille fast das Land abgefackelt."

„Galen ist auf fremde Hilfe angewiesen." Dabei beugte sich Josh vor und stützte sich mit den Ellbogen auf dem Knie ab. „Die Farm alleine ist schon mehr, als er bewältigen kann. Dann kommt auch noch der Ponyexpress dazu. Ishmael arbeitet hart und ist eine wichtige Unterstützung. Mehr als einmal hat Galen erwähnt, dass er so etwas wie ein Geschenk Gottes ist."

„Nun, in der Regel gebraucht Gott keine Schwarzbrenner dazu, um seine Hilfe zu schicken“, erwiderte der Sheriff scharf.

„Der Allmächtige gebraucht jeden und alles“, erwiderte der Pastor. „Er hat die Hure Rahab benutzt, um den Kindern Israels zu helfen und Bileams Esel hat gesprochen.“

„Ishmael und Ivy verfügen über keinerlei Wissen über Gott den Herrn.“ Galen rieb sich die Stirn.

„Dann machen wir einen großen Fehler.“ Pastor Dawes trommelte mit den Fingern auf seine Stuhllehne. „Wir messen die Grubbs mit christlichen Werten. Wenn sie aber noch nichts von Gottes Güte gehört haben, war ihr bisheriges Leben ein schierer Kampf ums Überleben.“

„Was sie getan haben, war illegal“, knurrte der Sheriff.

„Christliche Werte sind der Grundstein unseres Rechtssystems.“ Rick streckte seine Hände aus und hob sie abwechselnd, als wöge er zwei Dinge miteinander ab. „Gerechtigkeit und Barmherzigkeit müssen einander die Waage halten. Jemand, der noch nie von unseren christlichen Werten gehört hat, sollte auch nicht nach ihnen gerichtet werden.“

„Wie ich es sehe“, sagte Pastor Dawes langsam, „diskutieren wir hier zwei Dinge. Erstens: Sollen die Grubb-Zwillinge vor Gericht gestellt werden?“

Der Sheriff funkelte die anderen Männer an. „Die meisten Beweisstücke sind verbrannt, also würde ich sie wohl kaum hinter Gitter bringen können. Außerdem ist mir der liebe Herr Maltby hier so weichherzig, dass er auch noch das letzte Schlupfloch für sie finden wird.“

Rick nickte.

Pastor Dawes sah Galen an. „Dann ist die zweite Frage: Was wird aus den Grubbs?“

„Schmeißt sie aus der Stadt“, schlug der Sheriff vor. „Je schneller, desto besser.“

„Das war gestern auch mein erster Gedanke, als wir das Feuer gelöscht hatten“, gab Galen zu. „Dann haben sie herausgefunden, dass ihr Vater ums Leben gekommen ist. Ich habe erkannt, dass meine erste Reaktion falsch war, denn Rache und Vergeltung sind Gottes Sache.“

Rick nickte. „Aber das bedeutet keinesfalls, dass du auch noch die andere Wange hinhalten und sie auf deinem Land behalten musst."

„Da sind wir heute zum ersten Mal einer Meinung." Der Sheriff funkelte Galen an. „Die Grubbs haben Sie betrogen. Wie können Sie jetzt noch sicher sein, dass Ihrer Mutter und Ihren kleinen Brüdern nichts geschieht?"

„Ishmael und Ivy mögen wohl etwas ungehobelt und rau sein, doch gefährlich sind sie nicht."

„Josh, du hast sie inzwischen auch kennengelernt", sagte Rick. „Was ist deine Meinung?"

„Ishmael arbeitet hart. Er verhält sich respektvoll Kelly gegenüber und ist freundlich zu den Jungs."

Der Sheriff ging immer noch im Raum auf und ab. „Und Ivy?"

„Hinterwäldlerisch", sagte Galen, „aber das können wir ihr nicht vorhalten."

„Ruth und Laney haben viel Zeit mit Ivy verbracht." Josh streckte sich. „Ihr Eindruck ist, dass Ivy sich für ihren Vater den Rücken krummgearbeitet, aber niemals ein Wort des Dankes dafür erhalten hat."

„Pa findet, dass Ivy nicht viel wert ist, weil sie ein Mädchen ist." Ishmaels Worte kamen Galen wieder ins Gedächtnis. *„Ich schäme mich, das zuzugeben, aber er ist schrecklich hart mit ihr."*

„Es gibt einen klaren Unterschied zwischen Mitleid erregen und Ärger riskieren", sagte der Sheriff und starrte Galen an.

„Nun, Sie haben uns um Rat gefragt." Pastor Dawes sah jeden Einzelnen von ihnen an. „Da die Frage des Rechts –"

„– des Unrechts", murmelte der Sheriff,

„– ein Thema ist, mit dem Sie sich nicht mehr beschäftigen müssen", fuhr der Pastor fort, als wäre er nicht unterbrochen worden, „müssen Sie sich nur noch entscheiden, ob die Grubbs auf Ihrem Grund und Boden bleiben dürfen oder nicht. Wir haben dieses Treffen mit einem Gebet um Weisheit begonnen. Und auf die gleiche Weise werden wir es beenden. Sie sind niemandem von uns Rechenschaft schuldig. Egal wie Sie sich entscheiden, es ist eine Sache zwischen Ihnen und Gott."

„Nicht unbedingt." Der Sheriff räusperte sich. „Wenn ich herausfinde, dass die Grubbs hinter den Diebstählen stecken, könnten Sie wegen der Beherbergung Krimineller angeklagt werden."

„Das ist doch lächerlich", rief Josh.

„Nein, leider hat er recht." Rick rutschte unruhig hin und her. „Du weißt ja nun, dass Ivys und Ishmaels Integrität infrage steht und dass die Diebstähle begonnen haben, als die Familie hier in der Gegend aufgetaucht ist. Daher könnte man dich als Komplizen ansehen, weil du ihnen Unterschlupf gewährst."

„Merken Sie sich meine Worte", sagte der Sheriff und schlug wieder mit der Faust auf den Tisch. „Sie schaffen sich nur Probleme, wenn Sie die beiden bei sich wohnen lassen."

Als sie mit einem Gebet geendet hatten, machte Galen bei Lesters Gemischtwarenladen Halt, um Ma dort einzusammeln. Den ganzen Heimweg über schwiegen sie. *Herr, was soll ich nur tun?*

„Was ist das denn?", fragte Ma erschrocken, als der Wagen beim Haus zum Stehen gekommen war, und zeigte auf eine freie Stelle auf dem Boden. Jemand hatte einen Pfeil hineingekratzt.

Galen half ihr beim Absteigen und folgte dann dem Pfeil. Als er zur Rückseite des Hauses kam, entdeckte er noch etwas. Der Holzstapel war inzwischen viel höher als noch heute Morgen. Das meiste neue Holz war angebrannt und sofort war Galen klar, woher es stammte. In die Erde vor dem Holzstapel hatte jemand zwei Worte gekratzt: 'tschuldigung Boss.

Ivy wollte nicht zu der Stelle schauen, wo die Männer gestern Pa beerdigt hatten. Sie waren wirklich freundlich gewesen, für ihn ein Loch auszuheben. Ishy hatte nicht zugelassen, dass sie Dad noch mal sah. Er hatte die schlechteste ihrer drei Decken genommen und ihn darin eingewickelt. Mr O'Sullivan hatte angeboten, ein Gebet zu sprechen, doch Ivy hatte abgelehnt. Es war ihr nicht richtig erschienen, am Grab eines Mannes über Gott zu sprechen, der steif und fest behauptet hatte, dass es ihn gar nicht gibt.

Pa war weg, aber der Esel war zurückgekommen. Ivy ging auf das Tier zu und nahm das Seil, das als Halfter diente, so fest in die Hand, dass ihr das Material in die Handfläche stach. Aber auch dieses Gefühl konnte die Erinnerung an die weiche Erde, die sie in das Grab ihres Vaters geworfen hatte, nicht vertreiben.

„Wo sollen wir jetzt hin?"

Ishmaels Frage holte sie zurück in die Gegenwart. Sie sah ihren Bruder an, der neben ihr ging, und zuckte mit den Schultern.

„Bis jetzt sind wir immer nach Westen gegangen. Vielleicht sollten wir diesmal in Richtung Süden. Der Winter kommt, also wäre es dumm, irgendwo hinzugehen, wo es kalt ist."

„Stimmt." Sie liefen weiter. Die Vögel zwitscherten, als wäre alles in Ordnung. Das einzige andere Geräusch war das Schaben des Beutels, den Ishy aus ihrem Zelt gebaut hatte. Aus purem Glück war das Zelt nicht mit verbrannt. Die kläglichen Überreste ihres ohnehin geringen Besitzes hatte Ivy darin verstaut.

„Ich sorge für dich, Schwesterchen." Ishmael wischte sich die Stirn ab und drückte seinen Hut zurück auf den Kopf. „Wir haben einen Esel und eine Axt. Und wir haben noch ein bisschen Essen und die Töpfe."

Sie setzte ein Lächeln auf, damit er nicht sah, wie schrecklich müde sie war. „Mit deinen Tierfallen und meinen Kräutern werden wir schon nicht verhungern."

„Wir müssen auch nur so lange durchhalten, bis ich Arbeit gefunden habe. Gute, ehrliche Arbeit. Entweder in einer Stadt oder vielleicht wieder als Farmarbeiter. Diese Arbeit hat mir wirklich gut gefallen."

„Du bist aber nicht der Einzige, der arbeiten kann. Vielleicht braucht die Farmerin ja eine Haushaltshilfe."

Sie wagten es nicht mehr davon zu träumen, dass sie eines Tages eigenes Land besitzen würden. Das Feuer hatte ihren Pflug und ihr ganzes Getreide zerstört.

Das Galoppieren eines herannahenden Pferdes veranlasste Ivy, fester am Seil des Esels zu ziehen. Sie mussten das Tier an den Wegrand bringen, damit es den Reiter nicht behinderte. „Komm schon, du widerspenstiges Vieh."

Der Esel iahte dickköpfig und bewegte sich nicht von der Stelle.

Ishy zog an seiner Mähne. „Jetzt mach schon." Das Tier zuckte mit den Ohren. „Nur ein paar Zentimeter."

Ob es jetzt der Tonfall war oder der Zug an der Mähne, Ivy wusste es nicht. Es war ihr auch egal. Endlich bewegte sich das störrische Tier und machte den Weg frei und Ivy und Ishmael stellten sich neben den Esel, um den Reiter passieren zu lassen. Als er näher kam, blinzelte Ivy. Sie konnte ihren Augen nicht trauen.

Mr O'Sullivan zog an den Zügeln und sein Pferd blieb gehorsam neben ihnen stehen. Mr O'Sullivan tippte sich sogar höflich an den Hut, als er Ivy zunickte.

Er ist wirklich ein komischer Typ. Benimmt sich wie ein feiner Herr, obwohl wir sein Land angezündet haben.

„Ishmael."

Ishy räusperte sich. „Boss, wir wissen, dass wir Mist gebaut haben. Du warst so gut zu uns und wir haben Pas Geheimnis für uns behalten. Das war keine Art, dir deine Freundlichkeit zu danken."

„Da hast du recht."

Durch den Schatten, den die Hutkrempe warf, konnten sie seinen Gesichtsausdruck nicht erkennen, aber aus der Knappheit seiner Worte konnten sie auf seinen Gemütszustand schließen.

„Du hast gesagt, dein Land geht bis zu dem Hügel dort." Ishmael setzte den Esel wieder in Bewegung. „In ein paar Minuten sind wir von hier verschwunden."

„Wir hatten eine Abmachung."

Ivy sah von Mr O'Sullivan zu ihrem Bruder und wieder zurück. Schon gestern hatte er Ishmael angeschrien. Jetzt würde es bestimmt so weitergehen. *Egal, wohin wir gehen, die Leute sind immer gleich. Sie finden raus, was Pa tut und dann vertreiben sie uns.*

„Ja, richtig, wir hatten eine Abmachung", stimmte Ishmael zu, „aber Pa –"

„Diese Abmachung habe ich mit dir getroffen, nicht mit deinem Vater."

Verwirrt sahen sich Ivy und Ishmael an.

„Nicht dass wir uns missverstehen. Einen weiteren Betrug werde ich nicht dulden. Wenn ich auch nur einen Tropfen Selbstgebranntes bei euch finde, hetze ich euch den Sheriff auf den Hals. Aber ich mache euch nicht verantwortlich für die Taten eures Vaters."

Das Seil rutschte Ivy aus der Hand. Dabei kratzte es in ihrer Handfläche und ihr war mit einem Mal klar, dass das hier gerade kein Traum war.

„Christen vertrauen auf Gottes Gnade und Vergebung. Wir beichten unsere Sünden und er vergibt uns. Du warst Manns genug, dich zu entschuldigen, Ishmael. Ich gebe dir noch eine Chance, wenn du bereit bist, sie anzunehmen."

„Ich darf immer noch für dich arbeiten und Ivy und ich dürfen weiter hier leben?" Ishmael hörte sich genauso ungläubig an, wie Ivy sich fühlte.

„Das war unsere Abmachung. Entweder, du hältst dich dran oder zu ziehst weiter. Deine Wahl."

Ishmael rupfte sich den Hut vom Kopf und lief mit ausgestreckter Hand auf Mr O'Sullivan zu. „Vielen Dank, Boss."

Die Männer schüttelten sich die Hände und Ivys Knie fingen an zu zittern.

„Den Tag heute braucht ihr, um euer Lager wieder aufzubauen. Dann sehen wir uns morgen früh."

Ishy wartete, bis sein Boss davongeritten war, dann warf er seinen zerdrückten Hut in die Luft. „Jawoll!", jauchzte er und konnte sein Glück nicht fassen.

Ausreden. Dumme kleine Ausreden, von denen sich niemand wirklich täuschen ließ. Die aber einfach nur wunderbar waren! Laney sah, wie ihr Bruder und Galen neben der Stute standen und sich über das Tier unterhielten, während Laney neben dem anderen Pferd wartete. Josh war derjenige gewesen, der das heutige Treffen ausgeheckt hatte – bestimmt mit Ruths Hilfe. Die beiden waren in letzter Zeit sehr erfinderisch und schufen immer neue Gelegenheiten, damit Laney und Galen Zeit miteinander verbringen konnten. Es war so aufregend.

„Sie ist ein bisschen mürrisch", erklärte Josh Galen gerade. „Es wäre schön, wenn du sie reiten würdest und mir dann berichtest, wie du mit ihr auskommst. Ich will sie nicht den Darldens zum Kauf anbieten, wenn sie nicht auch mit Fremden klarkommt. Das wäre zu gefährlich für ihren Sohn."

Galen musste innerlich lachen. Laney freute sich darüber, dass er so glücklich war. Er schüttelte den Kopf. „Der Junge ist genauso versessen auf ein eigenes Pferd wie meine kleinen Brüder. Wenn es zwischen Reiter und Pferd nicht klappt, liegt es meistens daran, dass die Kinder noch mehr Training brauchen, nicht die Pferde."

Josh warf einen Blick auf Galens Koppel. „Ich reite mit Nessie heim. Wir können wieder tauschen, wenn du das nächste Mal bei uns vorbeikommst."

„Ich hoffe, ich sehe sie jemals wieder." Galen versetzte ihm einen freundschaftlichen Schubser. „Ich weiß, dass du einen Narren an ihr gefressen hast."

„Sie ist eins der besten Pferde, die ich je zugeritten habe. Es ist eine Schande, dass nicht alle Weiber so leicht im Umgang sind."

„Joshua McCain!" Laney sah ihn wütend an.

„Ich bin sicher, er meinte Stuten."

„Ich bin sicher, die meinte er nicht."

Josh wirkte nicht im Mindesten so, als würde er bereuen, was er gerade gesagt hatte. „Ich lebe mit drei Frauen in einem Haus. Ruth, Laney und Hilda verschwören sich regelmäßig gegen mich. Du weißt ja gar nicht, was für ein Glück du hast, dass ihr bei euch so viele Männer seid."

„Aye, da hast du recht." Galen grinste. „Aber ehrlich gesagt, hat meine Ma die Zügel doch ziemlich fest in der Hand und kommandiert uns alle ganz schön herum. Trotzdem wird sie froh sein, wenn ich verheiratet bin und sie nicht mehr die einzige Frau im Haus ist."

Galens Worte gingen Laney nicht so schnell aus dem Kopf, sondern wirkten noch lange nach. Er schwang sich in den Sattel und ritt neben sie. „Diese Stute ist ziemlich unruhig."

„Sie sehnt sich nach einem Galopp. Josh hat sie auf dem ganzen Weg hierher nur im Trab laufen lassen."

„Dich habe ich auch noch nie schneller als Trab reiten sehen."

Laney warf ihm ein breites Grinsen zu. „Wir sehen uns oben auf dem Hügel." Damit gab sie ihrem Pferd die Sporen und war auf und davon, bevor er auch nur reagieren konnte. Nach einer Weile hörte sie Galens lautes Lachen hinter sich und einen Moment später galoppierten sie Seite an Seite. Als sie die Kuppe des Hügels erreicht hatten, verlangsamten sie das Tempo und strahlten sich an.

„Du reitest gut. Das freut mich."

„Danke. Ich liebe den Wind in meinem Gesicht.“ Laney griff sich an den Hut, um ihn zu richten.

„Dabei siehst du gleich auch noch frischer aus und deine Augen strahlen noch mehr als sonst.“ Galen musterte sie. „Aye, und endlich sehe ich mal deine Locken. Sonst sind deine Haare immer so ordentlich hochgesteckt.“

Entschlossen strich sich Laney die Haare hinters Ohr.

Galen streckte die Hand aus und legte seine Finger sanft um die ihren. „Lass sie so, wie sie sind. Du siehst wunderschön aus.“ Langsam, ganz langsam, ließ er ihre Hand los. „Du hast so viele Facetten, Laney“, sagte er mit rauer Stimme. „Ich möchte gerne alle kennenlernen.“

„Hey, ihr!“ Plötzlich kam Ivy hinter einem Baum hervor. „Was macht ihr zwei hier draußen?“

„Wir reiten aus.“ Galen legte seine Hand auf den Sattelknauf. „Josh will dieses Pferd verkaufen und ich soll ausprobieren, ob es auch mit Fremden gut klarkommt. Die Käufer haben einen kleinen Sohn.“

„Jeder, der sich unsicher ist, ob ein Pferd das richtige für sein Kind ist, sollte es erst mal mit einem Esel probieren. Sie sind stark und verlässlich. Unser Esel arbeitet hart. Er ist zwar hässlich, aber das Aussehen ist ja nicht immer das, was zählt.“

„Da haben Sie recht“, stimmte Galen zu.

„Was hast du da?“ Laney deutete auf den Eimer, den Ivy bei sich hatte.

„Pinienkerne. Die schmecken richtig lecker, wenn man weiß, wie es geht.“

„Ich habe noch nie welche gegessen, aber an der Begeisterung in deiner Stimme erkenne ich, dass sie wirklich köstlich sein müssen. Ach, Ivy, da wir zu Thanksgiving bei den O’Sullivans waren, würde ich zum Weihnachtsessen gerne alle zu uns einladen. Du und Ishmael seid uns herzlich willkommen.“

Ivy sah sie zögernd an. „Müssen wir vorher in die Kirche gehen?“

Laney sah, dass Galen leicht den Kopf schüttelte. „Ivy, ihr seid immer eingeladen, mit uns in die Kirche zu kommen, aber jetzt geht es nur ums Essen.“

„Ich rede mit Ishy.“

„Machen Sie das." Galen wandte sich an Laney. „Die O'Sullivans jedenfalls freuen sich über deine Einladung. Ich könnte mir nichts Schöneres vorstellen, als den Tag mit dir zu verbringen."

„Dann noch einen schönen Ausritt." Ivy drehte sich um und ging davon.

„Sollten wir ihr nicht anbieten, sie mit nach Hause zu nehmen?"

Galen schüttelte den Kopf. „Nein, Laney. Die Grubbs wohnen in einem Zelt. Wenn du sehen würdest, wie sie leben, würde sie sich schämen."

„Ein Zelt! Galen, das ist ja schrecklich. Sie müssen doch frieren!"

„Ishmael hat gesagt, dass sie schon seit Jahren so leben und schon an viel kälteren Orten gewohnt haben. Ich habe ihnen eine stabile Plane gegeben, um das Zelt wasserdicht zu machen. Und weil nach dem Feuer ihre Decken verbrannt waren, hat Ma ihnen neue gegeben. Solange Ivy Ma im Garten hilft und wir ihnen dafür Essen geben können, kommen sie ganz gut über die Runden. Sie wollen natürlich keine Almosen. Es ist eine Gratwanderung zwischen Hilfsbereitschaft und der Möglichkeit, ihren Stolz zu verletzen."

„Dann werde ich sie davon überzeugen, dass sie auf jeden Fall zu Weihnachten zum Essen kommen sollen. Ich habe schon einen Schal für Ivy. Ruth und ich nähen ihr auch noch ein zweites Kleid. Es ist Tradition bei uns, zu Weihnachten neue Kleidung zu bekommen. Das wird unsere Ausrede sein."

„Laney, du bist unglaublich großzügig. Ma kümmert sich natürlich um sie – aber ich glaube, es tut Ivy auch gut, jemanden in ihrem Alter zu haben, der Zeit mit ihr verbringt."

„Deine Mutter ist wunderbar. Was sie mir alles beigebracht hat! Ich werde das zwar jetzt nicht alles an Ivy weitergeben, aber irgendwie ist es eine ähnliche Situation. Ich tue mein Bestes, um ihr zu helfen und ihr eine gute Freundin zu sein und ihren Stolz dabei nicht zu verletzen."

Sie wendeten die Pferde und ritten noch ein bisschen weiter. Als sich Laneys Reitkleid in einem Busch verfing, hielt Galen an. „Vorsicht." Er beugte sich herab und befreite sie. „Du hast die Weihnachtstradition erwähnt. Heißt das, dass du auch ein neues Kleid bekommst?"

Laney nickte und versuchte, sich Galens Reaktion auf das neue

Kleid vorzustellen. Sie würde es an Weihnachten tragen – zuerst in der Kirche, mit den Reifen darunter, damit es besonders hübsch aussah. Die Ärmel waren als Kontrast zum Rock eher sparsam verziert. Die Grundfarbe erinnerte sie an gebackene Mandeln und brachte die cremefarbene Spitze wunderbar zur Geltung. Ein hochgeschlossenes Korsett machte das Outfit perfekt. Und wenn sie dann zu Hause war, würde sie die Unterröcke ausziehen und den Rock nach hinten raffen, wo er hübsche Falten werfen würde. In der gleichen Farbe hatte sie einen Unterrock genäht. Daran, wie leicht sich das Kleid von einem wunderschönen Ausgehkleid zu einem praktischen Hauskleid abändern ließ, würde Galen erkennen, wie anpassungsfähig sie war und wie gut sie in seine Welt passte.

„Verrätst du mir, wie es aussieht?"

Laney schüttelte verspielt den Kopf. „Du musst Geduld haben und warten."

Galen wollte schon etwas erwidern, überlegte es sich dann aber doch anders. Nachdenklich sah er sie an und sagte dann leise: „Manche Dinge sind das Warten wert."

19. Kapitel

Liebevoll legte Galen seine Hand auf Dales knochiges Knie und sofort hörte der Junge damit auf, seine Beine vor und zurück zu schwingen. Dabei lächelte er ihn entschuldigend an. *Dad musste das bei mir auch immer machen,* dachte Galen. *Aye, und ich erinnere mich auch noch daran, wie er mich dafür gelobt hat, wenn ich in der Kirche ruhig neben ihm gesessen habe, als meine Beine schon so lang waren, dass sie bis zum Boden reichten. Sean ist jetzt in diesem Alter. Ich will das beim Weihnachtsessen heute Abend lobend erwähnen.*

Dass Dad nicht mehr unter ihnen war, tat ihnen heute besonders weh. Er fehlte ihnen so. Am vergangenen Weihnachtsfest war er zu gebrechlich gewesen, um allein zu stehen, also hatten er und Ma rechts und links neben ihm gesessen und so lange gewartet, bis er sich zu den Liedern erhoben hatte. Seit Dads Tod versuchte Galen, ihn auf jede mögliche Weise zu ersetzen. Heute tat er das nicht. Anstatt neben Ma zu sitzen, wie er es seit der Beerdigung getan hatte, hatte Galen heute Dale und Sean neben ihr platziert.

„Und nun erheben Sie sich alle für die Lieder, die wir singen werden. *Zu Bethlehem geboren* und danach mein Lieblingslied, *Herbei, o ihr Gläubigen*", forderte sie Pastor Dawes auf.

Diese Lieder. Dad hätte sie geliebt! Er hat die Musik so gemocht. Erinnerungen, süß und traurig, erfüllten Galen.

Nach den beiden Liedern sagte der Pastor: „Wir haben einige besondere Überraschungen. Wenn die Erwachsenen bitte wieder Platz nehmen würden, fangen wir gleich an."

Dale und Colin kletterten an Ma vorbei und kamen mit Sean nach vorne. Auch Laney und Ruth schlüpften aus ihrer Bank. *So ein hübsches Kleid, was mein Schatz da trägt. Ich muss ihr unbedingt sagen, wie gut es ihr steht.* Laney bot Dale die Hand an, der sie gern ergriff. Galen wusste nicht, was sie vorhatten, aber die Zärtlichkeit, die Laney seinem kleinen Bruder entgegenbrachte, wärmte Galen das Herz und ließ seinen Körper bis in die Zehenspitzen kribbeln. Sie würde eine wundervolle Mutter sein.

Dad hat mir gesagt, dass ich es tief in meinem Herzen erkennen würde, wenn ich die richtige Frau getroffen habe. Aye, Galen wusste es – wie recht sein Dad doch gehabt hatte.

In wenigen Augenblicken waren alle Kinder in der Sakristei verschwunden. Laney und Ruth hatten sie begleitet und die Türen hinter ihnen geschlossen, damit niemand vorzeitig das Geheimnis lüften konnte. Doch Galen musste grinsen. Er hatte selbst ein Geheimnis, das er hütete. Ein schmaler Goldring ruhte in seiner Hemdstasche, genau über seinem Herzen. In den vergangenen Wochen war er bei vielen Gelegenheiten versucht gewesen, Laney seine Liebe zu offenbaren und sie zu bitten, seine Frau zu werden. Heute endlich würde er sie zu einem Spaziergang auffordern und um ihre Hand anhalten.

Galen rutschte die Bank entlang zu seiner Ma und legte den Arm um ihre Schultern. Als er den Ellbogen anwinkelte, bemerkte er plötzlich, wie der Ärmel riss. Sein bestes Hemd war schon lange fadenscheinig gewesen, doch er wollte nicht, dass Ma ihm ein neues nähte. Sie hatte schon genug zu tun.

Nach einer Weile öffneten Laney und Ruth die Tür wieder.

„Oooh", seufzten die Damen der Gemeinde im Chor.

Galen riss seinen Blick von seiner wunderschönen Laney los und musste grinsen, als er Maria und Josef sah. Dale steckte in einem von Joshs gestreiften Hemden, das ihm fast bis auf den Boden reichte, obwohl er einen Gürtel umgelegt hatte. Ein Handtuch bedeckte seinen Kopf und in einer Hand hielt er einen Stab.

Die hübsche kleine Greta Newman trug ein blaues Gewand und hatte ein weißes Tuch auf dem Kopf. In ihren Armen trug sie eine Puppe und ihr breites Grinsen entblößte eine niedliche Zahnlücke.

Dales linker Arm schoss in die Luft und er wedelte herum, bis der hochgekrempelte Hemdsärmel so weit verrutschte, dass seine Hand wieder frei war. Dann nahm er Greta am Arm und führte sie nach vorne.

Einige andere Kinder marschierten hinter ihnen her und trugen Papierflügel. Flüsternd und schubsend nahmen sie ihre Plätze um Maria und Josef herum ein. Laney stand an der Seite und dirigierte sie, als sie *Es ist ein Ros entsprungen* sangen.

Als Nächstes kamen die Hirten. Dann waren Sean, Colin und ein dritter Junge an der Reihe, die ausgefallene Gewänder und eine Krone auf dem Kopf trugen. Anstatt den Mittelgang herunterzumarschieren, wie die anderen es getan hatten, gingen sie an der Seite entlang und sangen ein Lied über die drei Weisen aus dem Morgenland, das Galen bisher noch nie gehört hatte.

Nachdem die Gemeinde mit den Kindern zusammen *Stille Nacht, heilige Nacht* gesungen hatte, gingen alle wieder zurück zu ihren Eltern. Galen beobachtete, wie Laney sich wieder in ihre Bank gegenüber des Mittelganges setzte. *Nächstes Jahr wird sie neben mir sitzen.*

Als Galen sich wieder auf das Geschehen um sich herum konzentrierte, bemerkte er, dass seine Brüder und Brett die Geschenke der Weisen aus dem Morgenland vorne auf dem Altar stehen gelassen hatten.

Pastor Dawes zeigte auf sie. „Weise Männer und Frauen bringen ihre Gaben vor den Herrn. Das ist nicht nur damals so gewesen, als sie unseren Heiland beschenkten. Es ist ein Symbol für das, was wir ihm immer wieder zu Füßen legen."

Zuerst hob er das purpurne Samtkästchen hoch, das mit Goldbändern verziert war. „Gold. Es zeigt, wie sehr wir unseren himmlischen König verehren. Dabei geht es nicht nur um das, was wir an Geld spenden, sondern darum, was wir anderen von unserem Herzen abgeben. Durch Gottes Gnade werden wir gereinigt. Er formt uns, sodass wir ihm zur Ehre gereichen."

Als Nächstes nahm der Pastor ein zierliches Glasgefäß. Silberne Ornamente schmückten das weißliche Material. „Weihrauch." Er nickte bekräftigend. „Es ist angemessen, dass wir genau dieses Kästchen ausgewählt haben, um ihn zu repräsentieren, denn Weihrauch ist ein wertvolles Gut. Die Rinde einiger Bäume in Persien wird angeritzt und ein weißlicher Saft tropft aus der Wunde, der drei Monate verhärten muss, bevor er geerntet werden kann." Der Pastor hielt das Kästchen für alle sichtbar in die Höhe. „Da er so teuer ist, wurde Weihrauch ursprünglich zu medizinischen Zwecken oder als Parfüm verwendet. Die Israeliten aber verwendeten ihn, um ihn im Tempel zu verbrennen und seinen wunderbaren Duft freizusetzen. Doch wir dürfen nie vergessen, dass der Weihrauch aus einer Wunde entstammt. Was wir von diesem Geschenk lernen können ist, dass wir unserem Herrn mitten in unseren Schmerzen die Ehre geben sollen. Er kennt die Tränen, die unser verwundetes Herz weint, unsere Furcht, und unser zur Reue bereiter Wille ist unser persönlicher Weihrauch auf dem Altar unseres Lebens."

Ma rückte näher. Schon die ganze Zeit über hatte sie sich die Augen abgetupft, doch jetzt lehnte sie ihren Kopf an seine Schulter und die Tränen strömten ihr übers Gesicht. Liebevoll hielt er sie fest und senkte dabei den Kopf.

Pastor Dawes sprach weiter. „Myrrhe ist ein Harz, das ebenso wie Weihrauch gewonnen wird. Obwohl es gut duftet, bedeutet der Name *bitter*, weil es einen bitteren Geschmack hat. Wenn man die Myrrhe in Alabastergefäßen aufbewahrt, behält sie ihren wunderbaren Duft jahrzehntelang. Sehr reiche Menschen ließen ihre Toten damit einbalsamieren. Außerdem wurde Myrrhe mit Wein vermischt und half so, Schmerzen zu lindern. Die Weisen bringen dem kleinen Jesus die Myrrhe als Zeichen ihrer Ehrerbietung. Und wir sehen die Myrrhe wieder, als Jesus ans Kreuz geschlagen wird. Er lehnt es ab, sie mit dem Wein anzunehmen. An der Myrrhe wird uns deutlich gemacht, dass Jesus erlebte, was es bedeutet, ganz Mensch zu sein und die schlimmsten und schrecklichsten Qualen zu erdulden."

Galen zog sein Taschentuch hervor. *Das war nicht die Predigt, die ich erwartet hatte, aber es ist doch genau die, die ich brauchte.*

Pastor Dawes sprach noch ein wenig weiter. Nach einigen weiteren Gedanken sagte er: „Gottes größtes Geschenk an uns kam in Windeln gewickelt. Weise Männer knieten vor ihm. Die Engel sangen. Und auch wir wollen ihm die Ehre geben."

Der Pastor sprach das Abschlussgebet. Er hatte das Amen kaum gesprochen, da schlug die Kirchentür auf und Ishmael stand da, einen Arm um Ivy gelegt, und in der anderen hielt er Galens Gewehr.

„Galen O'Sullivan, du hinterhältiger Mistkerl. Du hast meine Schwester entehrt."

20. Kapitel

Fassungslos stand Galen da und starrte Ishmael an. „Du irrst dich. Ich habe niemals –“

„Der Einzige, der sich irrt, bist du, weil du dachtest, ich würde dich nicht erwischen.“

Galen schüttelte den Kopf. Dabei bemerkte er die Angst in den Augen seiner Ma und Ethels mürrischen Blick. Aber am meisten ängstigte ihn Laneys plötzliche Blässe. Wut durchzuckte ihn. „Wenn deine Schwester in Schwierigkeiten steckt, ist das nicht meine Schuld. Ich habe ihr nichts getan. Überhaupt nichts.“

Ishmael zerrte Ivy nach vorn und legte das Gewehr an. „Ivy ist keine Lügnerin. Sie hat gesagt, dass du der Vater ihres Babys bist.“

Galen funkelte sie böse an. Als Ishmael sie nach vorn gezerrt hatte, hatte sie das Gleichgewicht verloren und saß nun wie ein Häuflein Elend auf dem Boden. Die Streifen auf ihrem schmutzigen Gesicht zeigten, dass sie geweint hatte. Sie mochte in Schwierigkeiten stecken, aber das war nicht seine Schuld. „Sagen Sie es ihm. Sagen Sie ihm die Wahrheit. Sie wissen, dass ich Sie nicht –“

„Wage es nicht, meine Schwester einzuschüchtern.“ Zu allem entschlossen richtete Ishmael die Waffe auf ihn. „Ich lasse dir die Wahl: Entweder du heiratest sie jetzt sofort oder der Pastor kann über deinen Überresten ein Gebet sprechen.“

„Ich habe keinen Grund, sie zu heiraten. Überhaupt keinen.“

Ishmael zielte weiter auf ihn. „Doch, hast du. Das ist für dich die einzige Möglichkeit, zu überleben. Setzt euch alle wieder hin. Gleich gibt es hier entweder eine Hochzeit oder eine Beerdigung.“

Mein Gewehr. Ishmael war in meinem Haus und hat sich mein Gewehr genommen. Das waren Dinge, mit denen er sich später beschäftigen musste. Jetzt ging es erst einmal darum, seine Familie zu beschützen. Galen stellte sich vor Ma und bedeutete Colin, alle aus der Schussbahn zu bringen, als er in den Mittelgang trat.

Wieder warf er Ivy einen Blick zu. „Wir beide wissen –“

„Wir beide wissen“, schnitt ihm Ishmael das Wort ab, „dass du meine Schwester besucht hast, während ich bei dir gearbeitet habe." Ishmaels Stimme zitterte vor Wut.

„Habe ich nicht." Galen starrte zurück.

„Ich habe Beweise. Die letzten fünf Male hast du ihr Essen mitgebracht."

Einige in der Gemeinde schnappten nach Luft. Lesters Brauen zogen sich zusammen. Eddie Lufes Kinn schoss nach oben. Brüder und Schwestern in Christus sahen Galen plötzlich mit offener Verachtung an.

Ungläubig schüttelte Galen den Kopf. „Ich habe euch Essen gebracht, weil ihr sonst nicht genug gehabt hättet. Aus christlicher Nächstenliebe!"

„Was du nicht sagst. Aber dabei verschweigst du, dass du eine Gegenleistung dafür verlangt hast."

„Das habe ich nicht." Galen starrte Ishmael an.

„Beim ersten Mal hast du einen Sack vorbeigebracht, aus dem meine Schwester sich ein Mieder genäht hat. Die anderen habe ich noch als Beweis."

Ein Flüstern durchdrang die Kirche.

„Die Decken –", knurrte Ishmael.

„Deine eigene Decke hast du ruiniert, als du das Feuer gelöscht hast. Ohne die, die meine Ma euch geschickt hat, wärt ihr erfroren."

„Ich war ja so dumm, als ich dachte, du würdest sie bringen, weil du gut zu uns bist. Du hast dein Bett mit meiner Schwester eingerichtet. Jetzt wirst du auch darin liegen."

Galen spürte, dass Pastor Dawes und Josh zu ihm traten und ihn in ihre Mitte nahmen. Es waren nur ein paar wenige Augenblicke vergangen, seit Ishmael in den Gottesdienst geplatzt war, doch sie fühlten sich an wie Jahre. Galen wagte einen Blick an Josh vorbei zu Laney.

Ihre Augen funkelten. Vor Angst? Vor Schmerz? Aus ihren Wangen war jedes bisschen Farbe gewichen.

Josh knurrte: „Tu das nicht." Er machte einen Schritt vor, um Galen die Sicht zu versperren.

Tu das nicht? Meint er, dass ich Laney nicht ansehen oder dass ich Ivy nicht heiraten soll? Herr im Himmel, was soll ich denn tun?

„Sie sind der Pastor." Ishmael senkte die Waffe, als er mit Dawes redete. „Verheiraten Sie die beiden."

„Die Ehe ist ein Sakrament. Man sollte nicht ohne Vorbereitung heiraten."

„Ich werde nicht dastehen und dabei zusehen, wie meiner Schwester Unrecht getan wird. Nun machen Sie schon."

Galen funkelte Ishmael wutentbrannt an. „Ich dulde es nicht, dass du so mit dem Pastor sprichst."

Ishmael hob sein Kinn. „Ich wollte nicht unhöflich sein, aber ich verlange mein Recht. Bald würden sowieso alle wissen, was du getan hast."

„Ich habe sie nie … angerührt. Einer Frau, die keine Christin ist, würde ich mich niemals nähern."

„Du hast meine Schwester entehrt. Kein Mann wird sie mehr nehmen und es ist dein Kind, das in ihr wächst."

„Ivy kann kein Baby bekommen." Verwirrung mischte sich in Dales Angst. „Eine Frau kann doch nur ein Baby bekommen, wenn sie verheiratet ist."

„Und genau dafür werde ich sorgen."

„Lass uns das privat regeln", sagte Josh.

Ishmael hob wieder das Gewehr. „Genug geredet. Du wirst jetzt für diese Sache geradestehen oder –"

Ivy schlang ihre Arme um Galens Bein und jammerte: „Tu ihm nichts, Ishy."

Ethel knurrte: „Sie haben das Mädchen kompromittiert. Sie zu heiraten, ist das Mindeste, was Sie tun können." Einige Männer und Frauen wendeten plötzlich ihr Gesicht von Galen ab.

„Am Tag des Jüngsten Gerichts wird Gott uns alle für unsere Vergehen zur Verantwortung ziehen." Der Pastor sah von Galen zu Ivy und wieder zurück. „Nur Sie beide wissen, wer hier die Wahrheit sagt."

„Ich werde nicht lügen. Ich werde diese Frau nicht lieben und ehren, bis dass der Tod uns scheidet."

„Das hättest du dir vorher überlegen sollen." Ishmael schloss ein Auge und zielte auf Galen. „Du wirst für Ivy und das Kind sorgen. Wenn du darüber keine großen Worte verlieren willst, ist mir das egal. Hauptsache, sie ist deine rechtmäßige Ehefrau."

Die Wut in Ishmaels Augen machte deutlich, dass er es ernst meinte. *Meine Chance, mit Laney glücklich zu werden, ist dahin. Ich kann ihr nicht mehr sagen, dass ich sie liebe.*

„Ich habe euch Essen gebracht, das ist alles. Wärt ihr lieber verhungert?" Galen sah, wie sich Ishmaels Finger um den Abzug spannte. *Ich habe keine Wahl.* „Ich habe meinem Dad versprochen, mich um Ma und die Jungs zu kümmern. Das kann ich nicht, wenn du mich erschießt. Pastor Dawes, ich werde die Gelübde nicht entehren, indem ich sie am Altar spreche. Lassen Sie das als Versprechen gelten. Ich, Galen O'Sullivan, verpflichte mich nur aufgrund meines Ehrenwortes, mich um Ivy Grubb und das Kind zu kümmern, das sie unter dem Herzen trägt."

Seine schlichten Worte hingen in der Luft.

Pastor Dawes räusperte sich. „Ivy, bitte stehen Sie auf."

Ivy erhob sich. Sie schwankte einen Moment, doch Galen weigerte sich, ihr aufzuhelfen. Dann stemmte sie sich auf die Bank vor ihr und starrte Galen an. „Ich glaube, jetzt bin ich dran. Ich bin Ivy Grubb und von jetzt an deine Ehefrau. Ich tue mein Bestes für dich und deine Familie." Ihr Blick wanderte zu dem Pastor. „Ich glaube, das reicht."

Der Pastor seufzte schwer. „Möge Gott diese ... Verbindung segnen. Amen."

Galen starrte an Ivy vorbei und sah, wie Ishmael das Gewehr senkte. „Gott hatte hiermit nichts zu tun. Das war das Werk des Teufels."

Ivys Nägel bohrten sich in das Holz der Kirchenbank. Tuschelnd verließen die Leute die Kirche, manche hatten es sogar ziemlich eilig. Ivy konnte Galens Zorn förmlich spüren. Dafür konnte sie ihm wirklich keinen Vorwurf machen. Aber er war zur rechten Zeit am rechten Ort gewesen. Dieser unheimlich klingende Tag des Jüngsten Gerichts, von dem der Pastor geredet hatte ... wenn er irgendwann kam, würde sie sich ihm eben stellen müssen. Schlimmer als das, womit sie sich im Moment herumschlagen musste, konnte es gar nicht mehr kommen.

Es ist niemand glücklich mit mir, aber ich tue doch nur, was ich tun musste.

Endlich hob sie ihren Blick. Inzwischen waren die Brüder von Galen verschwunden. Aus seiner Familie war nur noch seine Mutter da – sie hatte sich an den Pastor gelehnt, der sie erschrocken stützte.

Entschlossen stampfte Galen an ihr vorbei. Ishmael hatte die Waffe gesenkt, die Galen ihm nun aus den Händen riss. „Ich gebe dir eine Stunde. Dann bist du von meinem Land verschwunden."

„Nein!" Ivy konnte es nicht glauben.

„Meine Schwes–"

„Ist nicht länger deine Sache."

Ihre Beine zitterten so sehr, dass sie fast umgefallen wäre. Ivy taumelte auf Galen zu. „Bitte …" Mehr kam ihr nicht mehr über die Lippen, weil alles um sie herum schwarz wurde.

„Sie wacht wieder auf."

„Kümmere dich nicht um sie, Ma und lass dir nicht von deiner Gutherzigkeit den Verstand vernebeln. Sie ist gefährlicher als eine Klapperschlange." Der Wagen rumpelte über eine Wurzel. „Ich bringe dich nach Broken P."

„Nein, Junge. Ich komme mit dir und Ivy nach Hause. Dabei weiß ich nicht, wer mich mehr braucht – du oder sie. Aber mitkommen tue ich auf jeden Fall."

„Ich will dich aber nicht dahaben."

„Keine Widerrede. Ich gebe euch Zeit, um das zu besprechen, was besprochen werden muss. Aber ihr Bruder, Galen, Schatz –"

Die Art und Weise, wie die Stimme seiner Mutter zitterte und dann ganz erstarb, zerriss ihn innerlich. „Mach dir keine Sorgen, Ma. Ishmael hat bekommen, was er wollte. Er wird mich nicht umbringen."

„Solange er noch hier in der Nähe ist, lass ich dich nicht allein."

Der Wagen rumpelte über ein Schlagloch und Ivy stöhnte auf. Ma warf einen besorgten Blick nach hinten. „Sie ist jetzt wach, glaube ich."

Galen kümmerte es nicht, sondern er starrte stur geradeaus.

Niemand sagte mehr ein Wort, bis sie zu Hause ankamen. Während Galen seiner Ma beim Absteigen half, raffte Ivy ihren Rock und sprang herunter.

„Nein!“ Ma packte Ivy am Arm. „So etwas darfst du nicht tun. Das kann dich das Baby kosten.“

„Aber ich muss aufs Klo.“ Ivy machte sich los und rannte zum Toilettenhaus.

Vulgär. Sie ist vulgär. Und eine Ungläubige. Und eine Lügnerin. Und schwanger. Blanker Zorn pulsierte durch seine Adern. *Und so was Ähnliches wie meine Frau.*

„Sie ist noch rau und ungehobelt, Galen, Schatz. Ich tue mein Bestes, um bei ihr die Kanten abzuschleifen.“ Ma nickte und ging ins Haus.

Missmutig nahm Galen dem Pferd das Geschirr ab und ließ den Wagen im Hof stehen. Was Ma für seine Brüder arrangiert hatte, das wusste er nicht. Aber wenn er die Kleinen abholte, würde er eine Entschuldigung haben, um Laney wiederzusehen. Der schockierte Ausdruck auf ihrem Gesicht heute würde ihn ewig verfolgen.

Ich werde herausfinden, wer der Vater von Ivys Kind ist, und dann befreie ich mich von ihr. Er ging ins Haus und kletterte die Leiter zum Boden hoch. Ganz langsam formte sich ein Plan in seinen Gedanken und nahm immer konkretere Züge an: Er würde in die Sattelkammer ziehen. Aye, das würde er. Tagsüber würde er Ivy so lange bearbeiten, bis sie zugab, wer der richtige Vater war; und nachts würde er sich so weit wie möglich von ihr fernhalten, damit keinerlei Missverständnisse aufkamen.

„Ich helfe dir“, hörte er Ivy sagen.

Beim Klang ihrer Stimme erstarrte Galen. Er sah nach unten, wo Ma und die Lügnerin gerade das Bett von Ma abzogen. Sie legten ein frisches Laken auf. Mit zwei Handgriffen hatte Ma es festgesteckt. Die Seite der Lügnerin sah aus, als hätte sie noch nie zuvor ein Bett bezogen. Dann wurde eine dicke Wolldecke darübergelegt.

Ma sagt kein einziges Wort, sondern nahm einfach einen weißen Mehlsack und stopfte ein Kissen hinein.

Das andere Kissen schnappte sich Ivy und starrte den Bezug an. Eine Stickerei aus Blättern und Reben zierte die Öffnung. „Sieht schön aus.“

Galens Hände umklammerten das Geländer. Es gab nur einen Grund, warum seine Ma das Bett neu bezog. Aber unter keinen Umständen würde er jemals das Lager mit Ivy teilen. Die Worte kamen über seine Lippen, als würde er schwere Steine zu Boden fallen lassen. „Was … machst … du … da?“

Die Lügnerin sah nicht mal auf. „Ich helfe deiner Mutter.“

Galen kochte innerlich. Wütend stieg er die Leiter herunter und wandte sich an seine Mutter. Mit einem Finger zeigte er auf das Bett. „Das ist dein Bett. Deins alleine. Für sie hole ich die Pritsche.“ Dabei warf er Ivy einen feindseligen Blick zu. „*Sie* wird darauf schlafen.“

Seine Mutter nickte nur, ohne ein Wort zu sagen, und presste ihre Hände gegen seine Brust, dann ging sie.

Galen wartete, bis seine Mutter außer Hörweite war. Plötzlich musste er an Laney denken. *Was macht sie wohl gerade? Heute sollte so ein besonderer Tag für uns werden und jetzt hat diese Lügnerin alles verdorben.*

Seine Stiefel waren wie Hammerschläge auf dem Boden der Hütte. Als er die Arme vor der Brust verschränkte, spürte er plötzlich den Ring in seiner Brusttasche. Auf einmal wog das kleine Goldband unermesslich schwer. Es schien sich durch den Stoff auf seiner Haut einzubrennen. Genauso brannten die Folgen von Ivys Lügen. „Wer ist es?“, verlangte Galen zu wissen.

Ivy stopfte weiter das Kissen in die Hülle.

„Wer ist der Vater?“

„Du.“

„Wir wissen beide, dass das nicht stimmt.“

Ivy wagte es, ihm in die blitzenden blauen Augen zu schauen. „Du bist mein Mann. Also bist du der Vater.“

„Ich habe dich niemals auch nur angefasst.“ Sein Blick wanderte an ihr herab. „Und das werde ich auch niemals. Du wirst alleine hier schlafen. Wenn ich dich zu Verstand gebracht habe, werden wir diese Schande einer Ehe annullieren lassen.“

„Was bedeutet nullieren?“

„Annullieren. Aufheben. Rückgängig machen.“

Ivy schüttelte den Kopf. „Das kannst du nicht tun. Du hast vor Gott geschworen.“

„Wage es nicht, den Namen Gottes in den Mund zu nehmen, wenn du nicht einmal an ihn glaubst. Und geschworen habe ich gar nichts.“

Sie zuckte mit den Schultern und fuhr mit ihrem schmutzigen Daumen über das Kissen. „Vor allen Leuten hast du dein Wort gegeben. Da kommst du nicht mehr raus.“

Ihre nüchterne Feststellung trieb ihn fast zur Weißglut. Galen riss ihr das Kissen weg und warf es aufs Bett.

„Wir beide wissen, dass ich dir nichts angetan habe.“ Er funkelte sie an. „Das Baby, das du in dir trägst, kann nicht von mir sein. Wer ist der Vater? Wer?“

Ivy tat so, als hörte sie ihn nicht.

Galen trat so dicht an sie heran, bis sein Gesicht nur noch Millimeter von ihrem entfernt war. „Wer?“

„Ich bin deine Ehefrau. Ich –“

„Ehefrau?“ Seine Wut war unbändig. „Nur zu deiner Information: Du trägst vielleicht zeitweise meinen Namen, aber du wirst niemals meine Ehefrau sein. Ein anderer Mann sollte sich um dein Kind kümmern. Wer ist es?“

Ivy senkte den Blick und presste die Lippen zusammen.

„So zahlst du mir also meine Freundlichkeit zurück? Nicht nur einmal, nein, zweimal habe ich euch gestattet, auf meinem Land zu leben. Ich habe euch Essen gegeben, deinem Bruder einen Job angeboten und die Kleider, die du trägst, habt ihr in meinem Haus genäht. Ich habe dich niemals auch nur angerührt. Warum lügst du dann?“

Sie hielt den Blick gesenkt.

Galen nahm ihr Kinn, um sie zu zwingen, ihn anzuschauen, aber sie zuckte zurück und wandte sich ab.

Ihre Reaktion überraschte ihn. Niemand würde so zurückzucken und sich abwenden, wenn man ihn nicht schon mehrmals geschlagen hätte.

Seine Wut verwandelte sich in Entsetzen. „Ich dachte, du wärst selbst schuld daran. Aber ich hatte unrecht, stimmt's? Hat dich jemand verletzt?“

Er griff sie am Arm. „Ist es das? Hat dich ein Mann zu dieser Sache gezwungen?“

Augen so kalt und farblos wie der Eisregen, der damals von ihrem Hausdach in Irland getropft war, starrten ihn an. Keine Reue, keine Scham, kein Leid war darin erkennbar. „Das geht dich gar nichts an, wie ich zu meinem Kind gekommen bin. Du bist mein Mann."

Mit diesen Worten machte sie die einzige mögliche Ausrede zunichte, die er für ihr Verhalten hätte zählen lassen.

„Nicht nur deine Seele gehört dem Teufel, auch dein Herz." Galen riss seine Hand förmlich vor ihr zurück. „Mach keinen Fehler. Ich finde heraus, wer der Vater ist. Am besten gibst du es jetzt gleich zu."

„Da ist ein Loch in deinem Hemd. Ich könnte es schnell stopfen."

Galen starrte sie an. Sie hatte ihm seine Zukunft mit Laney gestohlen und seinen guten Ruf zerstört, und jetzt redete sie davon, sein Hemd zu stopfen?

„Wir … hatten … eine … Abmachung", erklang ein atemloser Ruf durch die geöffnete Tür.

„Ishy!" Hastig rannte Ivy zur Tür.

Galen war zuerst dort. Er verstellte ihr den Weg und funkelte Ishmael an. „Verschwinde von meinem Grund und Boden."

Ivy stellte sich auf die Zehenspitzen, um ihm über die Schulter schauen zu können. Ihr Bruder war verschwitzt und völlig außer Atem. Sie versuchte, Galen zur Seite zu schieben. „Er ist den ganzen Weg von der Stadt hierher gerannt!"

Galen gab nicht nach.

„Wir … hatten … eine … Abmachung!", sagte Ishmael und stützte sich mit den Händen auf den Knien ab, um wieder zu Atem zu kommen. „Kein Schwarzgebrannter. Ich arbeite für dich. Ivy und ich dürfen auf deinem Land leben." Endlich beruhigte er sich etwas. „Wir haben nichts falsch gemacht. Und ich arbeite hart für dich."

„Du hast mich betrogen und hintergangen und da glaubst du, ich lasse dich hierbleiben? Nein."

Wäre Ishmael ein Pferd gewesen, hätte Galen für Abkühlung gesorgt und ihm Wasser und Futter gegeben. Doch Pferde waren loyal; Ishmael war ein Verräter. Galen hatte kein Mitleid für ihn übrig. „Pack deine Sachen und verschwinde."

„Hör nicht auf ihn, Ishy. Du bist mein Bruder. Du kannst bleiben."

„Auf keinen Fall", tobte Galen. Er versperrte Ivy immer noch den Weg. All ihre Versuche, an ihm vorbeizukommen, scheiterten. „Du und deine Schwester habt gemeinsam diesen Plan ausgeheckt. Ivy habe ich am Hals, aber mit dir will ich nichts mehr zu schaffen haben. Verschwinde."

„Ishy, bleib." Ivy stach Galen immer wieder mit dem Finger in den Rücken. „Mein Bruder hat bewiesen, dass er seine Familie beschützt. Du bist jetzt auch seine Familie. Du hast keinen Grund, Angst vor ihm zu haben."

„Ich habe auch keine Angst. Aber ich bin auch kein Narr."

Plötzlich ertönte aus der Scheune ein lauter, schriller Schrei.

21. Kapitel

Colin saß auf der Ladefläche des Wagens und hatte seinen Arm schützend um Sean gelegt. Dale hatte sich an Laneys Seite gekauert. Sie wusste nicht, wer von ihnen beiden mehr zitterte.

Hilda tätschelte Seans Knie. „Warte, bis du meinen Weihnachtsbaum siehst. Er ist wunderschön. Stimmt doch, Ruth?"

Ruth saß auf dem Sitz neben ihr und nickte nach hinten. „Ich habe vorher noch nie einen gesehen. Ihr, Jungs?"

„Nein", murmelte Colin.

„Ich habe Glitzerschmuck drangehängt. Ihr dürft ihn euch gerne anschauen. Aber nicht anfassen!" Hilda drohte mit dem Finger in Dales Richtung. „Und es nimmt auch niemand die Kekse ab, bis das Abendessen vorbei ist."

Da ihre Welt in Trümmern lag, überließ es Laney den anderen, die Jungs abzulenken. Sie wünschte sich so sehr, die Frau an Galens Seite zu werden. Aber das würde nun niemals mehr geschehen. Diese Erkenntnis rührte sie zu Tränen. Am liebsten hätte sie sich verkrochen und den Rest ihres Lebens geweint.

„Ruth, ich brauche deine Hilfe in der Küche", befahl Hilda. „Die Jungs können Josh mit dem Wagen helfen."

Normalerweise wollte Hilda keine Hilfe in der Küche. Es war ihr Reich, aus dem sie jeden verjagte, der es wagte, sich dort einzuschleichen. Laney war klar, dass Hilda ihr so die Möglichkeit gab, allein zu sein, und sie nahm dieses Geschenk dankbar an.

Laney hielt ihre Emotionen unter Kontrolle, bis sie im Haus war. Dort angekommen, raffte sie die Röcke, stürmte die Treppe hinauf und knallte die Tür hinter sich zu. Als sie sich endlich aufs Bett fallen ließ, schluchzte sie herzzerreißend.

Alle ihre Hoffnungen und Träume waren zerplatzt wie eine Seifenblase. Der Mann, den sie liebte, war ihr genommen worden. Nie wieder würde er ihr etwas Nettes ins Ohr flüstern. Aus der Traum von einer Schar rothaariger Kinder. Es würde keinen Morgen geben, an dem sie aufwachen würde und ihm den starken, schwarzen Kaffee kochen, den er so gern mochte. Nie wieder würde sie die Sonne auf ihrem Gesicht spüren, wenn sie mit ihm über ihre gemeinsame Farm spazierte.

Andere Mädchen wollten reiche oder angesehene Männer heiraten. Darauf legte sie keinen Wert. Ihr war es wichtig, einen Mann zu heiraten, der in anderer Hinsicht reich war – an seiner Liebe zum Herrn. Und das war Galen, sehr reich sogar. Er strebte nicht nach Ansehen; er arbeitete hart, weil er die versorgen wollte, die er liebte und die bei ihm an erster Stelle standen.

Aber jetzt ist er mit Ivy verheiratet.

Sie weinte, bis sie keine Tränen mehr hatte und ihr Schluchzen in einem Schluckauf verebbte. Laney drehte sich um und fing erneut an zu weinen. Dort auf dem Tischchen stand ein kleiner Rahmen. Auf einem ihrer Spaziergänge hatte Galen ihr Wildblumen gepflückt. Tief in ihrem Herzen war Laney an diesem Tag klar geworden, dass Galen sie nun endlich als Frau sah und sie als seine Frau haben wollte. Als sie nach Hause gekommen war, hatte sie die Blumen gepresst und in den Rahmen getan. Sie waren das erste Symbol von Galens Liebe für sie.

Nur, dass er sie nicht geheiratet hatte, sondern Ivy.

Da sie den Anblick nicht länger ertragen konnte, ging sie schluchzend zum Tisch und verbarg den Rahmen in einer Schublade. Hier waren noch mehr Erinnerungen und Träume für eine Zukunft verborgen, die sie nun niemals haben würde.

Plötzlich schloss sich leise die Tür zu ihrem Zimmer. Erschrocken fuhr Laney herum. Als Ruth auf sie zukam, warf Laney sich in ihre Arme. „Sag mir bitte, dass das alles nur ein schrecklicher Traum ist."

„Es tut mir so leid", flüsterte Ruth leise.

„Ich liebe ihn. Und ich weiß, dass er mich auch liebt. Ich weiß es einfach."

„Wir alle wissen es." Liebevoll strich Ruth ihr über den Rücken. „Aber jetzt musst du versuchen, damit aufzuhören. Du darfst ihn nicht mehr lieben. Er ist ein verheirateter Mann."

Erst, als Hilda nach einer Weile Laney aus den Armen von Ruth löste und ihr die Tränen trocknete, merkte Laney, dass die Haushälterin zu ihnen gekommen war.

„Dein Bruder." Hilda schüttelte den Kopf. „Ich weiß nicht, ob ich ihn umarmen oder schlagen soll. Die O'Sullivan-Jungs hierherzubringen –"

„Sie konnten ja schlecht nach Hause. Nicht, nachdem sie sich schon so auf das Fest hier gefreut haben." Ruth drückte Laney die Hand. „Und sie sind noch zu klein – sie sollten lieber nicht mitbekommen, was da gerade bei ihnen zu Hause passiert."

„Das ist alles richtig, aber unserer Laney bricht es das Herz." Wieder zog Hilda das Geschirrtuch hervor, das sie immer an der Schürze trug, und tupfte Laney die Wangen ab.

„Josh", drang Dales hohe Stimme zu ihnen herauf, „dein Haus ist so groß. Ich frage mich, ob sie sich verlaufen haben. Das könnte durchaus passieren."

Seine süße Unschuld berührte Laney. Bis heute war sie selbst mit großen Augen durch die Welt gegangen. Plötzlich fühlte sie sich alt … schrecklich alt.

Die Jungs – ich muss stark für sie sein. Sie haben selbst so viel durchgemacht. Laney nahm Haltung an, rieb sich noch einmal übers Gesicht, dann drehte sie sich um und bückte sich.

Augenblicklich waren Ruth und Hilda an ihrer Seite.

„Keine Sorge, mir ist nicht schwindelig. Ich suche nur den Reifen, damit ich meine Röcke richten kann."

„Warum denn?" Hilda sah verwirrt aus.

Laney sah Ruth an und nickte.

Ruth verstand sie. „Sie beschäftigt sich."

„Geht schon mal vor", sagte Laney. „Ich wasche mir kurz das Gesicht und komme dann gleich nach." Das kalte Wasser tat ihren geröteten Augen gut, aber man sah noch immer, dass sie geweint hatte. Dann strich sie sich das Haar glatt und kniff sich in die Wangen, damit sie rosig wurden. Während sie die Treppe hinunterging, betete sie: „Gib mir Kraft, Herr."

Colin rückte ihr den Stuhl zurecht und setzte sich dann neben sie – beides Dinge, die sie sich von seinem älteren Bruder gewünscht hätte.

Sitzt Galen jetzt neben Ivy und sie genießen ihr Weihnachtsessen?

Josh nahm neben Ruth Platz und gab ihr einen schnellen Kuss auf die Schläfe. Die beiden verhielten sich nie unangemessen, zeigten aber immer wieder in kleinen Gesten, wie sehr sie sich liebten. Ein kurzer Blick, ein zarter Kuss – diese kleinen Aufmerksamkeiten machten deutlich, wie glücklich sie zusammen waren. *Galen war auch immer respektvoll zu mir. Er hat meine Hand gehalten, meinen Arm berührt. Wenn Ivy jetzt ein Kind bekommt …* Laney wurde ganz schlecht.

„Laney?" Dale zupfte sie am Ärmel.

„Hm?" Mit aller Kraft versuchte sie, die traurigen Gedanken beiseitezuschieben und sich auf den Jungen zu konzentrieren.

„Eins verstehe ich nicht. Rind ist Fleisch, das von Rindern kommt."

Sie nickte.

„Schwein ist Fleisch, das von Schweinen kommt."

„Ja." Sie tat ihm einen kleinen Löffel Kartoffeln auf und nahm sich selbst noch weniger.

„Und Truthahn ist Fleisch, das von Truthähnen kommt und Hühnchenfleisch kommt von Hühnern." Er atmete tief durch. „Also, ich verstehe nicht, warum ich nie den Kaumagen bekomme, wenn wir Rind oder Schwein essen. Den mag ich doch am liebsten."

Laney reichte die Kartoffeln an Colin weiter und nahm den Fleischteller von Ruth entgegen. „Dafür gibt es einen guten Grund." Wieder nahm sie sich nur ein winziges Bisschen. Alles andere wäre Verschwendung gewesen.

„Und verrätst du mir den auch? Ich dachte nämlich immer, ich wäre zu langsam und die Großen hätten ihn mir schon weggegessen."

„Nein, nein." Laney zwang sich zu einem Lächeln. „Kühe und Schweine haben gar keinen Kaumagen."

„Oh. Also haben Hortense und Mr Rüsselchen und alle anderen Schweine und Ferkel auch keinen?"

„Nein, nur Tiere mit Flügeln haben einen Kaumagen."

Ruth lachte. „Laney, ich glaube, deine Miss Genevieve wäre jetzt schon in Ohnmacht gefallen."

„Wer ist Miss Genevieve?" Sean leckte seinen Milchbart ab.

„Eine Dame, die das Mädchenpensionat geleitet hat, auf dem Laney war“, erklärte Josh und verzog dabei das Gesicht. „Sie hat viele seltsame Regeln aufgestellt, an die man sich halten musste.“

„Die Lehrerinnen auf diesen Schulen sind steife, sauergesichtige Hennen“, erklärte Hilda. „Ich wette, keine von denen hat jemals an einem saftigen Rippchen gekaut oder eine Kissenschlacht gemacht.“

„Oder ist barfuß durch den Garten gelaufen, um Würmer zum Angeln zu sammeln“, fügte Ruth hinzu.

„Das hört sich ganz danach an, als hättet ihr ihnen etwas beibringen müssen.“ Sean strich sich Honig aufs Brötchen. „Mit den wirklich wichtigen Dingen im Leben kennen die sich ja gar nicht aus.“

Wenn das Leben nur so einfach wäre!

„Warte. Ich habe noch eine Frage.“ Dabei stemmte Dale sich mit den Ellbogen auf den Tisch und sah Laney mit seinen großen blauen Augen an. „Laney, Engel haben auch Flügel. Haben sie dann auch Kaumägen?“

Laney murmelte etwas davon, dass sie Gott fragen müssten, wenn sie in den Himmel kämen. Ihre Antwort schien den Jungen zufriedenzustellen. Der Rest des Essens ging an ihr vorbei. Sie bekam keinen Bissen herunter, sondern stocherte nur mit der Gabel in ihrem Essen. *Was macht Galen jetzt gerade? Er hätte hier sein sollen, aber jetzt ist er bei Ivy.*

„Ihr Jungs habt ja richtig zugelangt“, lobte Hilda sie und nickte anerkennend. „Dann darf sich jetzt jeder ein Plätzchen vom Baum nehmen. Aber seid vorsichtig. Ich will nicht, dass der Schmuck runterfällt und zerbricht.“

„Mach dir keine Sorgen, Hilda.“ Josh erhob sich. „Wir sind ganz vorsichtig.“

Herausfordernd verschränkte Hilda die Arme und sah ihn schelmisch an. „Was meinst du mit *wir*, Cowboy?“

„Josh ist doch ein Junge.“ Sean sprang auf. „Du hast gesagt, die Jungs dürfen sich Plätzchen nehmen. Essen wir die hier oder auf der Veranda?“

„Draußen ist es zu kalt.“ Ruth sah Laney an. „Meinst du nicht auch, Laney?“

Sie nickte.

„Da heute Weihnachten ist, dürft ihr ausnahmsweise im Wohnzimmer essen." Josh nahm Ruths Hand und zog sie mit sich. „Lasst uns alle rübergehen. Hilda, hör auf mit der Hausarbeit. Wir sollten jetzt lieber alle den wunderschönen Weihnachtsbaum genießen."

Als sie Kekse gegessen hatten, legte Ruth ihre Hand in die von Josh und drückte sie liebevoll. Als sie die beiden beobachtete, zog sich Laneys Herz schmerzvoll zusammen. *Ich hatte so gehofft, dass Galen und ich eine Ehe führen wie die beiden* – glücklich und erfüllt.

„Bis jetzt habe ich hier im Haus noch nie erlaubt, Kerzen am Weihnachtsbaum zu haben, aber dieses Jahr machen wir es anders." Josh lächelte Ruth an. „Meine Frau hat sie sich gewünscht, also haben wir dieses Jahr einen Christbaum mit Kerzen und wir zünden sie auch an."

Voller Vorfreude klatschten Sean und Dale in die Hände.

„Ich habe Eimer mit Sand und Wasser hier", sagte Josh. „Hört mir genau zu. Wenn hier ein Feuer ausbricht, müsst ihr alle sofort nach draußen. Verstanden?"

Alle nickten.

Josh klopfte Colin auf den Rücken. „Ich glaube, du bist schon groß genug, um mir mit den Kerzen zu helfen. Ruth hat diese Lundstrom-Schwefelhölzer gekauft, damit geht es leichter als mit einem Feuerstein. Ich glaube, wir fangen oben an und arbeiten uns nach unten vor."

Als die beiden sich an die Arbeit gemacht hatten, schnappte Dale sich die Hand von Laney. Ruth nahm ihre andere und drückte sie leicht. Die Flammen erhellten den Raum und durch ihre Tränen wirkte es auf Laney tatsächlich so, als stünde der ganze Baum in Flammen.

„Ich wünschte, Ma und Galen wären hier", sagte Sean mit leiser Stimme.

„Ich auch." Dale zupfte an Laneys Hand. „Laney, warum weinst du denn?"

Traurig kniete sie sich neben ihn und drückte ihn an sich. Sie wollte seine wunderbare Unschuld bewahren. Aus all diesen Tragödien war er unverletzt hervorgegangen.

„Der Baum ist so wunderschön", sagte Ruth. „Ich glaube, Laney ist einfach sprachlos."

„Das stimmt", sagte Laney mit rauer Stimme. „Der Anblick ist atemberaubend."

„Den Tag heute werde ich nie vergessen", erklärte Sean ehrfürchtig.

„Ich auch nicht", kam es Laney über die Lippen.

Dale legte seinen Arm um ihre Schultern und beugte den Kopf so, dass er an ihrer Schläfe lag. „Laney?"

„Mhm?"

„Erinnerst du dich noch an meinen Geburtstag, als ich die ganzen Kerzen auf meinem Kuchen auspusten musste?"

„Oh ja."

„Ich glaube nicht, dass ich die hier alle auspusten kann. Heißt das, dass meine Wünsche nicht in Erfüllung gehen?"

„Weihnachten ist doch der Geburtstag von Jesus."

Dale dachte kurz nach. „Also singen wir *Viel Glück und viel Segen* und helfen ihm, indem wir die Kerzen für ihn ausblasen?"

„So ein Quatsch", grummelte Hilda.

„Aber Jesus ist doch wichtiger als alle anderen. Dann sollte man seinen Geburtstag auch wirklich richtig feiern." Dales kindlicher Logik war nichts entgegenzusetzen.

„Da hast du recht", sagte Josh, als Colin und er einen Schritt zurückgingen und den Anblick genossen. Sie alle starrten den Baum an, dann fing Josh an zu singen. Danach nahm Josh Dale in die Arme und hob ihn hoch. „Du pustest die oberste Kerze aus. Wir anderen helfen dir dann."

Eine Kerze nach der anderen wurde wieder ausgepustet. Kleine Rauchwolken erfüllten die Luft und überlagerten kurz den Duft des Weihnachtsbaumes. Das Licht war erloschen, zurückgeblieben waren nur noch die verbrannten Dochte und die geschmolzenen Kerzen. *Wie bei mir. Auch mein Liebeslicht darf nicht brennen. Es hat kaum geleuchtet, bevor es wieder erstickt wurde. Ach Galen … warum nur?*

Dale drehte sich in Joshs Arm. „Das hat Spaß gemacht. Können wir es noch mal machen?"

Josh stellte ihn ab. „Nein. Manche Dinge sind so besonders, dass man sie nur ein einziges Mal tut."

Wie heiraten zum Beispiel.

„Oder einmal im Jahr", fügte Ruth hinzu.

„Und jetzt zu unserer besonderen Überraschung!" Ruth sah Josh an. „Ich kann nicht länger warten."

„Wir essen noch mehr Plätzchen?" Dale berührte einen großen Zuckerkeks, den Hilda gebacken hatte. Wie sie da an ihren bunten Bändern hingen, waren sie mehr als verlockend.

„Nein. Eine andere Überraschung." Josh bedeutete ihnen allen, sich hinzusetzen.

Laney erstarrte. Die Taschentücher, die sie für Galen bestickt hatte, das Kleid für Kelly – all die besonderen Geschenke würden nun vor ihren Augen präsentiert werden. Hilflos sah sie zu Ruth. *Das kann ich nicht ertragen.*

Im selben Augenblick kam Ruth auf sie zu und tat so, als würde sie ihren Ärmel richten. „Keine Sorge. Josh hat sich um alles gekümmert."

Als sich alle gesetzt hatten, hob Josh die Tischdecke, die unter dem Baum ausgebreitet war. „In der Kirche hat Pastor Dawes von Weihnachtsgeschenken gesprochen. Ich glaube, hier sind auch ein paar davon gelandet."

Für jeden von ihnen hatte Ruth ein Buch ausgesucht. Sean und Dale bekamen hölzerne Bilboquet-Spiele. Josh machte großes Aufsehen darum, dass Colin nun ein Mann sei und schenkte ihm seinen ersten Schlips. Hilda hatte für Ruth und Laney Schürzen genäht, sie bedankten sich mit einem Rock und einer Bluse.

„Hm. Was könnte das denn sein?" Josh kniete sich hin und sah unter den Tisch.

„Was denn?" Sean legte den Kopf schief.

„Vielleicht können Dale und du es besser rausziehen. Es ist ziemlich weit nach hinten gerutscht."

Die Jungen ächzten und stöhnten, als sie eine große Holzkiste hervorzogen. „Wow, die ist aber schwer." Mit großen Augen blickte Dale in das Gesicht von Josh. „Ich wette, die ist für dich."

„Eigentlich hat Ruth mir mein Geschenk schon heute Morgen gegeben. Eine wunderschöne Taschenuhr. Seht sie euch nur an." Voller Bewunderung betrachteten die Jungen den verzierten Deckel.

„Der Fächer, den meine Mutter mir geschenkt hat, war kaputt", sagte Ruth, als sie ihrerseits das Geschenk herzeigte, das Josh ihr gemacht hatte. „Josh hat diesen hier gefunden, der noch viel schöner ist. Ich werde ihn immer in Ehren halten."

„Oh, Josh." Laney sah ihren Bruder an. „Wie aufmerksam von dir."

„Ruth? Laney?", fragte Hilda. „Wisst ihr, für wen die Kiste ist?"

Fachmännisch strich Josh mit der Hand über den Deckel und stieß einen anerkennenden Pfiff aus. „Kirschholz. Weich wie Seide. Ich denke, wir sollten sie öffnen, dann sehen wir, wer sie bekommen soll."

„Okay!" Schon öffnete Sean die Scharniere, während Dale neben ihm stand und neugierig zusah. Als sie den Deckel anhoben, half Josh ihnen dabei.

„Das ist doch bestimmt für dich, Josh." Sean streckte seine Hand aus und berührte den Griff eines Werkzeuges.

„Ich weiß nicht recht. Eigentlich habe ich schon sehr viel Werkzeug. Was steht denn da?" Josh fuhr mit dem Finger über die großen roten Buchstaben auf der Seite.

Colin las laut: „‚Geo – das steht für George – Parrs Jugendwerkzeugset.'" Er streckte sich und sah Josh ungläubig an. „Das ist echtes Werkzeug, aber für Jungen."

Josh musste innerlich lachen. „Jep. Das stimmt. Ich glaube, für deine kleinen Brüder hat das Werkzeug genau die richtige Größe. Was meinst du?"

Sean und Dale kreischten vor Freude. Während sie nun ein Werkzeug nach dem anderen bewunderten, reichte Josh Colin eine Lederscheide. „Ein junger Mann braucht sein eigenes Messer."

Colin bekam ganz heiße Ohren und sein Nacken wurde rot, aber seine Freude war unverkennbar.

Eine Weile später sah Laney zu, wie Josh und Colin Kisten zum Wagen trugen. Darin waren Geschenke für Kelly, Ivy und Ishmael. Laney war sich nicht sicher, ob sie auch Galens Geschenk mitgeben würden. Nach diesem Morgen hatte Josh seine Sachen vielleicht aussortiert. *Ich will, dass Galen die Taschentücher trotzdem bekommt. Nein, vielleicht auch nicht. Ich weiß es nicht.*

Sean kicherte. „Guck, was du gemacht hast, Dale!"

Laney ging zu den beiden. Sie war froh darüber, dass sie ein wenig Ablenkung und Beschäftigung hatte. „Dale, komm einmal her."

„Ich habe aber gar nichts gemacht."

„Du hast deinen Mantel falsch zugeknöpft. Komm, ich helfe dir."

Dale kam näher und flüsterte laut: „Weißt du noch auf dem Jahrmarkt? Hortense mochte die Kekse so gerne. Josh und Hilda wollen die Plätzchen noch am Baum hängen lassen. Wenn du am Freitag kommst, kannst du dann welche für Hortense und Mr Rüsselchen mitbringen?"

„Nein", rief Hilda.

„Warum denn nicht?"

„Laney hat in der nächsten Zeit sehr viel zu tun und kann eine Weile nicht zu euch kommen", erklärte Ruth.

Dale schüttelte den Kopf. „Aber Laney und ich sind doch Partner. Sie hat selbst gesagt, dass wir beide zusammen die Verantwortung tragen. Partner lassen sich nicht im Stich. Niemals. Egal, was passiert. Das hat Laney versprochen. Und sie kommt jede Woche, um nach den Ferkeln zu sehen. Also auch am Freitag, stimmt's, Laney?"

Laney wusste, dass sie ihm das versprochen hatte. *Aber solche Umstände hätte ich mir in meinen schlimmsten Albträumen nicht vorgestellt.* Laney blickte dem Jungen in seine großen, blauen Augen. *Er hat dieselben Augen wie Galen.*

„Du musst auch keine Kekse mitbringen." Vertrauensvoll sah er sie an. „Nicht für mich oder Ma oder meine Brüder. Auch nicht für die Ferkel. Du musst nur kommen und sie besuchen."

„Ich ..." Sie versuchte, zu lächeln. „Ich versuche es."

„Ich wusste, du würdest kommen!" Dankbar warf er ihr seine Arme um den Hals. „Du bist die beste Partnerin der Welt!"

Josh machte Dale von Laney los und drehte ihn zu sich. „Laney hat wirklich viel zu tun in nächster Zeit. Wenn sie es nicht schafft, dann komme ich zu dir und du zeigst mir alles. Dann kann ich ihr berichten, wie es den Ferkeln geht. Das nennt man Arbeitsteilung."

„Genau wie wenn Sean zweimal hintereinander abtrocknet, weil Colin lernen muss?"

„Genau." Josh erhob sich. „Eine Familie arbeitet gemeinsam und hält immer zusammen."

Sean seufzte laut. „Ich wollte so gerne, dass Laney ein Teil unserer Familie wird. Und jetzt haben wir Ivy am Hals."

Urplötzlich brachte Laney keinen Ton mehr über die Lippen. Der Schmerz, den sie die ganze Zeit hatte verdrängen wollen, brach wie eine Sturmflut über ihr herein und sie konnte sich ihrer Tränen nicht mehr erwehren.

Colin räusperte sich laut. „Diese Werkzeugkiste ist sehr schwer. Schafft ihr beide es, sie zum Wagen zu bringen?"

Auf diese Weise gelang es Josh und Colin, die beiden nach draußen zu bugsieren. Ruth blieb zurück und wollte Laney in den Arm nehmen. Aber die schob sie weg. „Ich kann nicht gehen. Das weißt du doch. Bitte geh du mit ihnen. Und lass mich wissen –", zitternd atmete sie ein, „– wie es allen geht."

„Laney, mich interessiert viel mehr, wie es dir geht."

Energisch schüttelte sie den Kopf. „Ich brauche Zeit. Kelly – vielleicht muss sich eine andere Frau um sie kümmern." Kaum hatte sie es ausgesprochen, da zuckte sie zusammen. *Sie hat ja jetzt Ivy.*

„Ich verstehe, was du meinst. Dann werde ich mitgehen und dafür sorgen, dass Josh sich benimmt." Ruth nahm sie kurz in den Arm und verschwand dann nach draußen. „Wartet! Ich komme mit!"

Ohnmächtig vor Traurigkeit eilte Laney nach oben und schälte sich aus ihrem Kleid, das heute eigentlich Galen hätte beeindrucken sollen. Enttäuscht warf sie es in ihren Kleiderschrank. Jeder Stich an diesem Kleid hatte sie mit Hoffnung erfüllt. Aber nun wollte sie es nie wieder sehen.

Als sie ihr Reitkleid angezogen hatte, lief Laney die Treppe wieder hinunter und schlüpfte durch die Hintertür zum Stall, wo sie auf Toledo traf. Er war am Morgen auch in der Kirche gewesen und hatte alles mitbekommen. „Ich sattle ein Pferd für Sie."

Dankbar sah Laney ihn an. In wenigen Minuten würde sie über Land galoppieren, doch ihrem Schmerz würde sie niemals entkommen.

22. Kapitel

„Ist zwar nicht gebrochen, sieht aber böse aus“, stellte Ivy fest.

Galen schlug den Saum des Kleides schnell wieder zurück, um den Knöchel seiner Mutter zu bedecken. Er war zu demselben Schluss gekommen, doch Ivys ungewollte Einmischung zerrte an seinem ohnehin schon angespannten Nervenkostüm. „Ishy, lauf vor und hol den Eimer aus dem Brunnenhaus.“

„Das ist doch alles Quatsch“, beschwerte sich Ma. „Ich kann laufen.“

Aber Galen ignorierte ihren Protest. „Halt dich an mir fest.“ Mit seinen starken Armen hob er sie hoch und trug sie ins Haus.

„Ich lege ein kaltes Tuch drauf, dann schwillt er nicht so stark an.“ Ivy trat ans Bett. „Kelly, du bleibst liegen und ich lege dir ein Kissen unter den Fuß. Aber dazu muss ich dir die Strümpfe ausziehen.“

Schnell wandte sich Galen ab. Der Knöchel war schon angeschwollen und es wurde höchste Zeit, dass er gekühlt wurde. Dazu musste der Strumpf ausgezogen werden. Ma hatte nie viel Wesens darum gemacht, dass sie die einzige Frau in der Familie war. Sie hatte gebadet und sich angezogen, wenn die Jungs anderweitig beschäftigt waren. Wenn nötig hätte Galen ihr selbst den Strumpf ausgezogen, doch da eine andere Frau da war, war es so besser für Ma. *Auch, wenn es Ivy ist, die ihr hilft.*

Hastig stürmte Ishmael ins Haus. „Ich habe den Eimer hier. Das Wasser ist frisch und kalt. Und ich kann auch in die Stadt laufen und den Arzt holen.“

„Einen Arzt brauche ich nicht“, sagte Ma mit fester Stimme.

„Was anderes als wir kann der auch nicht machen“, behauptete Ivy selbstsicher. „Ich habe Weidenrinde in der Zigarettenschachtel. Daraus koche ich dir einen Tee, dann geht es dir gleich viel besser.“

„Mrs O’Sullivan“, sagte Ishmael und stellte den Eimer ab, „ich habe draußen einen schönen Ahornast gesehen. Ich hole ihn gleich und schnitze Ihnen daraus einen Gehstock.“

„Sie ist ziemlich klein, Ishy. Denk daran, dass er dir nur bis zur Hüfte reichen muss.“

„Ishmael verschwindet hier.“ Galens Stimme klang entschieden.

Ivy hörte auf, das Handtuch auszuwringen. Das einzige Geräusch in der stillen Hütte war das Tropfen des Wassers über dem Eimer. Langsam legte Ivy den Lappen über den Rand des Eimers. Mit langen Schritten ging sie zum Ofen und nahm das kalte Backblech heraus. Sie schlang ein trockenes Tuch darum und legte vorsichtig Mas Fuß darauf. Dann wickelte sie den feuchten Lappen um den verletzten Knöchel.

Erst als Ivy sich wieder umdrehte, sah Galen, dass ihr Tränen über die schmutzigen Wangen strömten. Auch Ishmael wischte sich mit dem Ärmel über die Augen, dann zog er seine Schwester fest an sich. Eng umklammert standen sie da, bis Ishmael sie schließlich mit sich hinausschob.

Galen wandte seine Aufmerksamkeit wieder Ma zu. Auch in ihren Augen standen Tränen. „Wenn du so große Schmerzen hast, hole ich doch lieber den Arzt.“

Sie schüttelte den Kopf. „Jetzt sind sie sich gegenseitig alles, was sie noch haben.“

„Mit dieser Aktion heute hat er sich alles verdorben.“ Galen rieb sich den Nacken. „Es muss einen Ausweg geben. Laney –“

„Ist die Schwester von Josh. Du hast doch selbst immer gesagt, dass sie anhänglich und kindisch ist.“

Unwillig sah Galen sie an. „Ma, du weißt ganz genau, dass sich das längst geändert hat.“

„Und heute hat sich wieder alles geändert. Du darfst nicht zurückschauen, Junge. Nur nach vorne.“ Mühsam versuchte Ma, sich im Bett aufzurichten, verzog dabei aber das Gesicht. Er beugte sich vor, um ihr zu helfen und blieb bei ihr, als sie ihre Arme um seinen Nacken schlang. „Galen, Schatz, sag mir, dass du Laney nie einen Antrag gemacht hast. Das hast du doch nicht, oder?“

„Nicht wörtlich, aber dass ich ernste Absichten hatte, war ihr schon klar.“

„Wir alle lieben sie und ich kann deinen Wunsch verstehen, sie als deine Braut haben zu wollen. Ich kann gar nicht sagen, wie schwer es mir fällt, das in Worte zu fassen. Aber du musst sie vergessen. Das Mädchen ist noch jung. Das hast du doch selbst oft genug gesagt. Irgendwie wird sie es verkraften. Und du auch. Du bist nun verheiratet und sie wird merken, dass sie mit ihren Schwärmereien aufhören muss."

„Es ist längst mehr als das. Sie ist eine erwachsene Frau und wir lieben uns." Galen erhob sich wieder. „Es war ein großer Fehler, dass ich das nicht schon längst erkannt habe. Aber ich werde unsere Gefühle füreinander nicht länger verleugnen."

„Du bist jetzt ein verheirateter Mann. Der Anstand verlangt, dass du alle anderen Wünsche aufgibst. Steh zu der Frau, die jetzt unseren Namen trägt."

Irgendwie hatte Ma recht. *Wenn ich Zeit mit Ivy verbringe, kann ich nach Antworten suchen. Ich kann herausfinden, wer der Vater ist und diese unselige Ehe annullieren lassen. Dann bin ich wieder frei für Laney.*

Plötzlich drangen Ivys Schluchzen und Ishmaels eindringliches Flüstern an ihr Ohr. „... schreiben. Und sie lesen dir vor. ... braucht seinen Vater."

Mas Hand fuhr über die Decke und suchte die Hände von Galen. „Das Baby muss auch seinen Onkel kennenlernen."

„Ma, du lässt dich viel zu leicht von deinen Gefühlen überwältigen. Vor nicht mal einer Stunde hattest du noch Angst davor, dass Ishmael mir etwas antun würde."

„Nein, mein Sohn." Vehement schüttelte sie den Kopf. „Du hast mich missverstanden. Davor hatte ich keine Angst. Ich hatte Angst um dich, du warst so blind vor Wut, dass ich schon fürchten musste, du würdest dich vergessen."

„Ich habe noch niemals jemanden verletzt."

„Ich weiß." Sie seufzte leise. „Aber diese Situation ist anders. Ein Mann, den man in der Öffentlichkeit beleidigt und gegen seinen Willen zu Dingen gezwungen hat, die er nicht tun will, ist unberechenbar."

Galen starrte sie an.

Ivys Weinen erfüllte die Stille, die zwischen ihnen entstand. Galen hatte nicht das kleinste bisschen Mitleid mit ihr. *Sie ist selbst schuld. Unter keinen Umständen werde ich erlauben, dass ihr Bruder hierbleibt. Diesen Plan haben sie gemeinsam ausgeheckt. Ohne ihn wird sie schneller zusammenbrechen und mir verraten, wer der richtige Vater ist.*

„Du bist zornig, Junge, aber lass sie nicht darunter leiden."

„Zornig beschreibt nicht mal annähernd meine Gefühle, die –"

„‚Lasst euch durch den Zorn nicht zur Sünde hinreißen'", zitierte Ma aus dem Epheserbrief. „Ivy! Ishmael kann bleiben."

Galen biss den Kiefer zusammen und ballte die Hände zu Fäusten.

„Ma'am?" Ishmaels Stimme klang unsicher.

„Sie haben mich gehört." Sie war entschlossen und wendete den Blick nicht von Galen ab. „Die beiden arbeiten hart. Das hat sich nicht geändert. Und das Leben geht weiter."

Aus Respekt vor seiner Mutter schwieg er, doch er konnte sich kaum beherrschen. Innerlich erregt starrte er sie an.

„Ich miste sofort den Stall aus! Meine Schwester sammelt die Eier. Wir arbeiten hart wie immer", versprach Ishmael von draußen her und zusammen verließen sie die Veranda.

Galen konnte es nicht fassen: „Wie kannst du nur –"

Ma hob eine Hand, um ihn zum Schweigen zu bringen. „Das alles ist schon schwer genug. Ishmael hat nur getan, was er tun musste, um eine Lösung für diese Sache zu finden."

Ungläubig sah er seine Mutter an, während ihm gleichzeitig heiß und kalt wurde. Langsam zog er seine Hand zurück und machte sich von ihr los.

„Je schneller du zu dieser Sache stehst, desto besser. Wir machen das Beste daraus."

„Du glaubst also auch, ich wäre bei ihr gewesen." Eine Eiseskälte nahm von Galen Besitz. Ohne noch ein Wort zu sagen, verließ er das Haus und ging in die Scheune. Ishmael hatte sich gerade die Schaufel genommen. „Du."

Ishmael wandte sich um.

Galen stieß ihm mit dem Zeigefinger gegen die Brust, um jedes seiner Worte zu betonen. „Von jetzt an kommen alle Anweisungen von mir. Du kannst bleiben – aber ich lege die Regeln fest. Du hältst dich von deiner Schwester fern. Wenn ich nicht dabei bin, sprichst du nicht mit ihr. Wenn ich sehe, dass ihr die Regeln brecht, schmeiße ich dich raus."

Ishmael lehnte sich auf die Schaufel. „Wenn du meinst."

„Ja, das meine ich." Plötzlich kam Galen ein altes Sprichwort in den Sinn. *Halte deine Freunde in deiner Nähe, aber deine Feinde noch näher.* Seine Augen wurden schmal. „Ich ziehe in die Sattelkammer. Du schläfst auch da. Mach sie sauber."

Als Laney losgeritten war und niemand sie mehr sehen konnte, ritt sie bis an die Grenze von Broken P, dorthin, wo das Land der O'Sullivans begann. Sie konnte nicht anders.

Unzählige Male war sie hierhergekommen und abgestiegen. Hatte sich auf den alten Zaun gesetzt und davon geträumt, wie sie Galen heiraten und mit ihm zusammenleben würde. In den letzten Wochen war in ihr die Hoffnung gewachsen – sogar der feste Glaube –, dass Gott ihre Gebete erhört hatte und sie bald Galens Frau sein würde.

Heute stieg sie nicht ab, sondern war in sich selbst versunken. In Gedanken sah sie Galen vor sich, wie er seine Hände faltete und seine Stimme beim Beten diesen ruhigen, aber festen Klang annahm. Wie sich ein anfängliches Schmunzeln zu einem herzhaften Lachen steigern konnte. Die Sicherheit, mit der er mit seinen Pferden umging. Die immer gleiche Art, mit der er seine Stiefel vor der Veranda abklopfte – links, rechts, links. Tausend kleine Details kamen ihr in den Sinn und machten ihr klar, wie sehr sie ihr Herz an ihn verloren hatte … und wie sicher sie gewesen war, dass ihre Liebe auf Gegenseitigkeit beruhte.

Doch nun hatte er Ivy geheiratet.

Der Zaun, der bald abgerissen werden würde, war nicht länger eine klapprige Barriere zwischen ihrem Land. Jetzt stand er für etwas völlig anderes. Er hätte genauso gut eine hohe Steinmauer sein können. Auf ihrer Seite lagen nur die zerplatzten Träume und die Trümmer der Hoffnung, die sie sich gemacht hatte, während sich auf seiner Seite die Zukunft an der Seite von Ivy abzeichnete. Und es würde ein Kind geben.

Die Hochzeit hatte in der Kirche stattgefunden und Ivy hatte dabei das grüne Kleid getragen, für das Laney ihr nicht nur den Stoff gegeben, sondern an dem sie auch noch mitgenäht hatte. *Die ganze Zeit über habe ich versucht, ihr eine Freundin zu sein, aber sie hat mir den Mann gestohlen, den ich liebe. Und jetzt erwartet sie sein Kind.*

Alles, was Galen gesagt und getan hatte, kam ihr nun wieder in den Sinn und gewann auf einmal eine völlig neue Bedeutung. *Es ist komisch, aber ich möchte dich bitten, dass du freundlich zu Ivy bist … Ich will, dass sie sich willkommen fühlt … Ich kann es nicht erklären … Es ist kompliziert.* Obwohl er so gern Rippchen aß, hatte er Ivy seins gegeben und sich mit den Resten von Laneys Portion zufriedengegeben. Heute in der Kirche hatte er zugegeben, dass er allein mit ihr gewesen war – ihr Essen und Decken gebracht hatte.

Laney wischte sich übers Gesicht und trocknete ihre Tränen. Aber der Schmerz in ihrem Herzen saß tief. Die Leere, die sie spürte, würde nie wieder gefüllt werden, das wusste sie. Irgendwann ließ sie die Zügel los und ihr Wallach trottete langsam weiter. Erst, als er nach einer Weile stehen blieb, nahm Laney ihre Umgebung bewusst wahr.

Am Wegesrand standen hier und da vereinzelt ein paar Bäume. Die Straße wand sich in Serpentinen zwischen den Hügeln entlang. Wo sie begann und endete, war für jemanden, der sich hier nicht auskannte, nicht zu erkennen. Weniger als eine Meile entfernt fiel das Land plötzlich in eine unerwartete Senke ab.

Einst wusste ich, wohin mein Weg mich führte. Jetzt ist alles zerbrochen. Was soll ich nur machen?

Auf einmal frischte der Wind auf und wurde stärker. Ihr Wallach wandte sich um und schüttelte die Mähne. Laney spürte seine Rastlosigkeit und lenkte ihn zu einer Felszunge. Dort angekommen, ließ sie sich von seinem Rücken gleiten, nahm die Zügel in die Hand und entschied sich zu Fuß zu laufen. *Ich kann noch nicht nach Hause. Ich kann es einfach nicht.* In der Vergangenheit war sie immer zu Kelly gegangen, wenn sie einen Rat brauchte. *Das ist jetzt nicht mehr möglich.*

In der Ferne hörte Laney ein Geräusch und führte ihr Pferd weiter von der Straße weg. Obwohl sie niemanden sehen konnte, wusste sie, dass es entweder Josh oder Ruth sein würden, die von den O'Sullivans zurückkehrten. Aber sie wollte mit niemandem sprechen.

Zaumzeug klirrte und hölzerne Räder knirschten auf dem Weg. „Brrr."

Laney zog sich in den Schatten zurück.

„Ich bin mir ganz sicher, dass ich sie gesehen habe." Sorge schwang in Ruths Stimme mit. „Sie hat nicht einmal eine Decke dabei, Josh."

„Laney Lou", rief er und benutzte ihren Kosenamen. Zum ersten Mal hatte er sie so genannt, als er ihr nachts gesagt hatte, dass ihre Mutter gestorben war. Und voller Stolz hatte er sie so gerufen, als sie aus dem Pensionat nach Hause zurückgekehrt war. In seiner Stimme schwang liebevolle Sorge mit.

Das gab ihr den Rest. Wieder wurden ihre Augen feucht. *Ich dachte, ich hätte keine Tränen mehr. Ich will nicht, dass sie mich so sehen.*

„Komm schon, Laney Lou. Lass uns nach Hause reiten." Josh war jetzt kaum noch drei Meter von ihr entfernt.

Laney hob die Schultern und blinzelte die Tränen zurück. „Ich reite neben euch her."

„Nein, fahr du mit Ruth im Wagen. Ich folge euch auf Juniper."

„Du willst mit mir diskutieren?"

„Selbst wenn ich zustimmen würde, würde Ruth darauf bestehen." Ein Grinsen umspielte seine Mundwinkel. „Du weißt genau, dass ich recht habe." Entschlossen nahm er ihr die Zügel ab.

Als sie beim Wagen ankamen, rutschte Ruth zur Seite und Josh hob Laney zu ihr hoch. Einladend öffnete Ruth ihren Umhang, so als wollte sie Laney mit darunter nehmen, doch stattdessen tätschelte sie etwas, das auf ihrem Schoß lag. „Das ist deiner."

Laney zögerte, als sie den Mantel sah. Aus feinstem Kaschmir, wunderbar warm und weich. Sie presste die Lippen zusammen, um ein Schluchzen zu unterdrücken und schüttelte den Kopf.

„Er ist von Josh und mir. Kelly hat ihn bei sich aufbewahrt, damit du ihn nicht findest." Ruth ließ ihren eigenen Umhang fallen und wickelte Laney in ihr Geschenk ein. „Du bist ja halb erfroren! Josh, wir müssen schnell nach Hause."

„Die Fahrt geht erst weiter, wenn du dich wieder warm eingepackt hast."

„Also wirklich." Ruth schnaubte, legte sich den Umhang um die

Schultern und schnappte sich die Zügel. „Laney, war dein Bruder schon immer so rechthaberisch?“

„Ruthie?“ Josh wirkte nicht im Mindesten berührt.

„Was denn jetzt noch?“

„Du wirst die Pferde noch so antreiben können – es bringt gar nichts, wenn du nicht die Bremse löst.“

Laney versuchte zu lächeln.

Als sich der Wagen in Bewegung gesetzt hatte, rief Ruth laut: „Josh, reite vor und sag Hilda, dass sie Tee aufsetzen soll. Deine Schwester und ich sind total durchgefroren.“

Ohne zu zögern ritt Josh davon.

Ruth hielt ihre Augen auf die Pferde gerichtet. „Laney, bestimmt willst du wissen, dass Kelly –“

„Bitte, Ruth, sag nichts. Ich kann das nicht ertragen.“

Den kurzen Rückweg verbrachten sie in schmerzhaftem Schweigen. Als Ruth den Wagen neben der Küchentür anhielt, kam Josh aus dem Haus und half ihr beim Absteigen. Als er Laney auf die Veranda hob, hielt er sie noch kurz fest. „Ich will, dass du mir zuhörst. Es ist nicht richtig, wenn du die O'Sullivans besuchst.“

„Das könnte ich auch gar nicht.“ Sie erschauderte. „Glaub mir, ich kann nie wieder dorthin. Nie wieder.“

23. Kapitel

„Ihr Jungs müsst jetzt ins Bett." Ivy war in die Scheune gekommen. Die Kerosinlampe gab ein helles Licht ab, in dem ihre Haare aussahen wie ein Spinnennetz.

„Och, schon?" Sean sah von einem windschiefen Stuhl auf, den er zusammengezimmert hatte. „Können wir nicht noch eine Weile aufbleiben?"

„Ja, Galen." Dale ließ den Hammer sinken. „Können wir nicht noch ein bisschen hierbleiben?"

Nur Colin, der auf einem Heuballen saß, schnitzte unbeirrt weiter. „Es ist Weihnachten."

Das ist die perfekte Ausrede. Ich könnte die Jungs glücklich machen und Ivy gleichzeitig in ihre Schranken verweisen.

„Da Weihnachten ist, könntet ihr es als ein Geschenk an eure Mutter ansehen und ihr gehorchen, indem ihr fröhlich ins Bett geht", erwiderte Ivy.

„Will Ma, dass wir ins Bett gehen? Oder du?" Sean klang streitlustig.

„Weil deine Ma es will, will ich es auch."

„Also hat dich Ma geschickt?" Colins Augen verengten sich.

„Na klar. Mit ihrem dicken Knöchel wird sie euch wohl kaum holen können."

„Geht rein", befahl Galen den Jungs. „Aber räumt zuerst die Werkzeuge weg, wie es sich gehört."

Ein paar Minuten später machten sich die Jungen auf den Weg ins Haus. Ivy hatte sich keinen Millimeter von der Stelle bewegt.

Galen drehte ihr den Rücken zu und untersuchte die Riegel an den Pferdeboxen, damit die Tiere über Nacht sicher waren. Für heute war er mit der Arbeit fertig. Normalerweise würde er jetzt mit ins Haus gehen und seiner Familie aus der Bibel vorlesen.

Doch heute wollte er nicht mitkommen. Er hatte den Nachmittag damit verbracht, sich an jeden einzelnen Moment zu erinnern, den er mit Laney zusammen gewesen war. Sie war wie ein Sonnenstrahl gewesen – warm und sanft in den dunkelsten Tagen seines Lebens.

„Galen."

Ivys scharfe Stimme zerrte an seinen Nerven. Zuerst dachte Galen daran, sie zu ignorieren. Doch dann wandte er sich ihr zu.

„Ich wollte mich dafür bedanken, dass mein Bruder bleiben darf."

„Das war Mas Entscheidung, nicht meine."

Als hätte er nichts gesagt, redete Ivy weiter. „Ich habe noch nie in einem Bett geschlafen. Danke, dass du die Liege für mich reingebracht hast."

„Ma hat sich dabei verletzt, als sie sie holen wollte."

Ivy schlang die Arme um ihre Rippen. „Das habe ich mir schon gedacht. Es tut mir auch schrecklich leid. Bei deiner Mutter habe ich mich schon entschuldigt. Aber mach dir keine Sorgen. In ein paar Tagen geht es ihr wieder gut. Und bis dahin übernehme ich alle ihre Arbeiten, damit alles ist wie immer."

Galen starrte sie an. *Alles wie immer? Mit Ma mag sie recht haben, doch sie hat heute gelogen und das hat mich meine süße Laney gekostet. Jetzt habe ich diese Frau am Hals – eine Vogelscheuche auf zwei Beinen.*

In Unkenntnis seiner Gedanken sprach Ivy weiter. „In der Kirche habe ich versprochen, dir und deiner Familie zu helfen. Du musst nur sagen, wie."

„Die einzige Hilfe, die ich von dir will, ist ein Geständnis, dass du gelogen hast und das Kind nicht von mir ist. Dann wird diese Farce hier beendet und du kannst gehen." Er wagte es, einen Schritt auf sie zuzugehen. „Du hast eine schlechte Wahl getroffen, als du mich ausgesucht hast. Ich habe kein Geld, um dich nach einer Annullierung auszuzahlen."

Sie wiegte den Kopf hin und her. „Ich will gar kein Geld. Ich will nur hierbleiben."

„Tja, ich will dich aber nicht hier haben. Ich will *dich* nicht."

Ivy zog die rechte Schulter hoch. „Mein Pa wollte mich auch nicht. Das hat mich aber trotzdem nicht davon abgehalten, für ihn zu kochen und mich um sein Rheuma zu kümmern. Du wirst schon sehen – ich bin ganz nützlich."

„Wenn ich eine nützliche Frau gewollt hätte, dann hätte ich ein Hausmädchen oder eine Köchin angestellt!"

„Aber gerade hast du doch gesagt, dass du kein Geld hast." Sie zitterte.

Galen sah sie böse an. „Du hast weniger Verstand als eine Fliege. Sogar Dale hat eine Jacke angezogen."

„Dale ist wirklich ein kluges Kind." Sie nickte. „Und Sean ist so lebensfroh. Und Colin ist schon fast ein Mann."

„Meine Brüder gehen dich nichts an."

„Sie sind jetzt meine Familie."

„Das kannst du so oft sagen, wie du willst, aber ich will nichts mit einer Lügnerin zu tun haben."

„Du hast Hunger."

Er antwortete nicht. Mit Ivy konnte man einfach nicht reden. Wenn ihr nicht gefiel, was gesagt wurde, wechselte sie einfach das Thema. Es spielte keine Rolle, dass sie recht hatte, mit seinen Brüdern und mit seinem Hunger. Aber niemals würde er sich mit ihr zusammen an den Tisch setzen und das Essen einnehmen, das die McCains mitgebracht hatten. Er hatte keinen Appetit und er würde sicher nicht den Tisch mit Ivy und Ishmael teilen.

„Ich stelle dir Essen warm. Wenn du nachher reinkommst, kannst du noch etwas haben."

„Ich komme nicht rein." Dabei starrte er sie an.

Das behäbige Traben eines müden Tieres erklang. Einen Moment später führte Ishmael den Esel herein. „Ich habe alles hergebracht, Boss." Einen Moment später veränderte sich Ishmaels Gesichtsausdruck. „Ich wusste nicht, dass du hier bist, Schwesterchen."

„Sie wollte gerade gehen. Jetzt gleich."

„Ich habe dein Bett in der Sattelkammer aufgebaut, wie du gesagt hast."

Ivy zog die Brauen zusammen und wandte sich an Galen. „Du hast dein Bett nach hier draußen verlegt?"

Plötzlich wurde Ishmael knallrot. Er sah von Galen zu Ivy. „Tut mir leid. Es ist eure Hochzeitsnacht. Da wollt ihr bestimmt alleine sein."

„Auf keinen Fall." Galen verschränkte die Arme vor der Brust. „Ich werde deine Schwester nicht anrühren, genau wie ich es in der

Vergangenheit auch nicht getan habe. Sobald ich herausgefunden habe, wer der Vater ihres Kindes ist, kann sie zu *ihm* gehen."

„Meine Schwester geht nirgendwo hin, nur, dass du es weißt." Ishmael schob den Esel von sich weg, als er anfing, nach Aufmerksamkeit zu heischen. „Du hast ein Eheversprechen gegeben."

„Ich habe versprochen, mich um sie und das Kind zu kümmern. Wenn das bedeutet, dass ich ihr und ihrem Liebhaber jeden Monat Geld schicke, soll mir das auch recht sein."

Ivy hielt ihren Bruder fest, der die Hände zu Fäusten geballt hatte. „Nicht, Ishy. Bitte nicht."

Energisch machte Ishmael sich von ihr los. „Ehrlich gesagt, würde ich dir am liebsten meine Faust ins Gesicht rammen, Boss. Aber das werde ich nicht. Ich habe dir und deiner Ma mein Wort gegeben, dass ich euch keine Schwierigkeiten mache."

Galen schnaubte laut. „Du hast uns heute schon mehr Schwierigkeiten bereitet, als die meisten Menschen in hundert Jahren."

„Wenn es dir damit besser geht, dann gib ruhig uns allen die Schuld, aber trotzdem bist du verantwortlich für das, was du getan hast."

„Ich habe aber nichts getan." Galen wandte sich an Ivy. „Dein Bruder weiß, dass er nicht mit dir reden darf, wenn ich nicht dabei bin. Ich –"

„Das ist das Dümmste, was ich je gehört habe." Ivy sah ihn böse an.

„Mich stört es nicht, Schwesterchen." Ishmael legte seinen Arm um den Hals des Esels. „Ein Mann hat das Recht zu bestimmen, wie die Dinge auf seinem Grund und Boden zu laufen haben."

Ivy wirkte immer noch verstimmt, zuckte aber mit den Schultern.

„Deine Sachen sind in dem blauen Bündel", sagte Ishmael und nickte mit dem Kopf in Richtung der Stange, an der die Decken mit ihren Habseligkeiten hingen. Als Ivy sich daranmachte, ihr Bündel zu lösen, fragte Ishmael: „Boss, soll der Esel nachts draußen bleiben oder soll ich ihn hier im Stall unterstellen?"

Galen musterte das Tier. Er hatte noch nie ein bemitleidenswerteres Wesen gesehen. Seine Rippen standen deutlich sichtbar hervor. „Was habt ihr ihm zu Fressen gegeben?"

„Dies und das. Er ist anspruchslos und frisst alles." Ivy presste ihr Bündel an sich und sagte stolz: „Und er arbeitet hart. Er könnte zusammen mit deinem Ackergaul arbeiten."

Ishmael räusperte sich. „Mit dem Esel und deinem Gaul pflügen wir die Felder in der Hälfte der Zeit. Im Frühjahr wirst du noch mehr Land bewirtschaften können als bisher."

„Mach bloß keine Pläne für meine Zukunft." Galen beäugte Ivys Bündel. „Bring das nach drinnen."

„Gute Nacht, Schwesterchen." Ishmael ließ den Esel los und umarmte seine Schwester."

Ich kümmere mich lieber um den Esel als um diese unselige Hochzeit. Obwohl Galens Magen knurrte, blieb er stur stehen, während Ivy ins Haus lief.

Ishmael nahm ein weiteres mageres Bündel von dem Stock herunter. „Ich weiß nicht, ob deine Ma diese Sachen gebrauchen kann. Aber ich denke, zwei zusätzliche Töpfe können nie schaden. Vor allem jetzt, wo zwei Frauen am Herd stehen."

Galen starrte die zerbeulten Töpfe an.

„Sie sehen nicht mehr so gut aus, aber Ivy hat darin das beste Essen gezaubert." Ishmael grinste. „Besser, das Mädchen ist hübsch und der Topf hässlich als andersrum."

Galen knirschte mit den Zähnen. Ihm zu widersprechen war zwecklos. Er musste das Beste aus der Situation machen. „Bring ihn in die letzte Box."

„Mach ich."

Mit energischen Schritten ging Galen zum Haus und sofort lief ihm das Wasser im Mund zusammen. Das verlockende Aroma von Hildas Essen erfüllte den Raum.

Colin saß an Mas Bett. Dale und Sean lagen neben ihr. „Wo ist sie?", wollte Galen wissen.

„Ivy ist zum Abort gegangen." Ma legte das Kinn auf Seans Kopf.

Galen nickte und drehte sich um, um aus dem Fenster zu schauen. Wenn Ivy es wagte, zum Stall zu gehen …

„Wir haben auf dich gewartet."

Colin brachte Galen Dads Bibel. Gestern Abend hatte Galen ihnen die Weihnachtsgeschichte vorgelesen. Er hatte an der Stelle aufgehört, wo die Hirten das Jesuskind besuchten. Galen lehnte ab. „Heute liest du."

„Okay.“ Colin setzte sich wieder neben Mas Bett, wo das Licht der Lampe am hellsten war.

Als Ivy zurück ins Haus kam, starrten alle sie an. Sie lachte nervös. „Es ist kalt draußen. Verda ... wirklich kalt.“

„Wir lesen jeden Abend aus dem Wort Gottes“, sagte Ma und winkte ihr. „Setz dich und hör zu.“

Colin las vor und Sean zog seine sommersprossige Nase kraus. „Da steht ja gar nicht, dass es drei Könige waren. In unserem Lied heißt es aber, ‚Wir sind drei Könige‘.“

„Das war ein wunderbares Lied.“ Ma lächelte. „Ich denke, wir gehen davon aus, dass es drei Weise waren, weil sie drei Geschenke mitgebracht haben.“

„Galen war nicht dabei, als Josh uns nach Hause gebracht hat. Er hat sein Geschenk noch gar nicht gesehen.“ Dale rutschte näher an Ma heran. „Dürfen wir aufbleiben und zugucken, wie er es aufmacht?“

Nein. Schon wollte er Dales Bitte ablehnen, doch etwas an dem unschuldigen Enthusiasmus seines kleinen Bruders hielt ihn davon ab. In der Kirche hatten seine Brüder und seine Mutter schreckliche Angst gehabt. Den Tag mit etwas Erfreulichem abzuschließen, würde es ihnen allen leichter machen. „Natürlich.“

„Sie sind in der Kiste unter dem Tisch“, sagte Ma schnell, weil sie wohl befürchtete, dass Galen seine Meinung wieder ändern könnte.

„Ich hole sie.“ Ivy sprang auf.

Galens böses Funkeln sorgte dafür, dass sie sofort wieder auf ihren Platz zurücksank. Er wandte sich an seine Brüder und rieb die Hände aneinander. Ivy und ihren Einfluss auf seine Brüder würde er so weit wie möglich von ihnen fernhalten. „Also habt ihr Jungs versucht, die Geschenke der McCains etwa vor mir zu verstecken?“

„Wir haben sie nicht versteckt.“ Sean sah ihn verschmitzt an. „Ich kenne viel bessere Verstecke als unter dem Tisch.“

„Wirklich?“ Galen zog die Brauen zusammen.

Sean streckte sich. „Ja. Aber Dale, erzähl bloß niemandem, wo die sind.“

„Natürlich nicht. Niemand würde auf die Idee kommen, unter dem –“

„Galen, Schatz“, unterbrach Ma Dale. „Ich will nicht, dass die Jungs so lange aufbleiben. Am besten holst du die Kiste jetzt gleich.“

„Das wird lustig!“, sagte Ivy.

Galen versuchte, nicht auf sie zu reagieren. Er zog die Bank aus dem Weg und holte die Kiste hervor. „Bring sie her“, rief Dale. „Wir wollen auch sehen, was drin ist.“

„Natürlich.“ Galen stellte die Kiste auf die Bank, sodass alle sie sehen konnten. „Entweder, da ist was ziemlich Schweres drin oder ich werde langsam alt und schwach.“

„Wir haben alle Bücher geschenkt bekommen.“

„Pssst, Dale.“ Sean griff um Ma herum und stupste seinen kleinen Bruder an. „Verdirb ihm doch nicht die Überraschung.“

„Das sieht mir nicht nach einem Buch aus.“ Galen zog eine Hose hervor.

Ma nickte. „Und sie ist braun. Darauf wird man den Schmutz kaum sehen.“

Colin legte die Bibel zur Seite. „Josh hat sie gekauft, als wir auf dem Jahrmarkt alle so schmutzig waren. Ich habe ihm gesagt, dass braun deine Lieblingsfarbe ist.“

„Und wir haben ihm auch geholfen, die Hemden auszusuchen.“

„Dale ...“, schnaubte Sean ärgerlich.

„Ich habe ihm die Überraschung nicht verdorben, er konnte sie doch sowieso schon sehen. Stimmt’s, Galen?“

Er legte die Hose auf den Tisch. „Ich sehe da ein feines, weißes Hemd.“ Vorsichtig hob er es an. Es war das erste gekaufte Hemd, das er jemals in der Hand gehalten hatte. „Und da ist sogar noch eins.“

„Du brauchtest ein neues Sonntagshemd. „Das habe ich beim Bügeln gesehen.“

Galen nickte und holte das zweite Hemd hervor.

„Es ist blau, wie das von Dale.“

„Aye, Colin. Das stimmt.“

„Laney hat es ausgesucht. Sie hat gesagt, es passt zu unseren Augen.“ Dale riss die Augen weit auf. „Zu unseren *wunderschönen* Augen.“

Colin knackte mit den Fingern. „Und welches Buch hast du bekommen?“

Danke. Er nickte seinem Bruder kaum merklich zu. *Colin versucht, mich hier durchzubringen. Er wird langsam zum Mann.*

„Ja, mein Sohn, welches Buch hat Ruth für dich ausgesucht?"

Sorgfältig legte Galen das blaue Hemd zur Seite und nahm nicht nur ein, sondern gleich zwei Bücher aus der Kiste. „*Der Neue Bauernkalender*. Und meine eigene Ausgabe *Nutztierhaltung und Landwirtschaft*."

„Dann brauchst du nicht immer nach Broken P zu reiten, um dir dort Rat zu holen." In Mas Stimme schwang ein Unterton mit.

Galen legte die Bücher langsam auf den Tisch. Ma machte deutlich, wie sehr sich die Dinge ändern würden – sich schon geändert hatten. Wut loderte in ihm auf – auf Ma, dafür, dass sie kein Vertrauen zu ihm hatte; auf Ishmael, dass er ihn zu dieser Farce einer Ehe gezwungen hatte; aber am meisten auf Ivy, dass sie gelogen und so seine verheißungsvolle Zukunft ruiniert und Laney das Herz gebrochen hatte.

Ein weißes Aufblitzen erregte seine Aufmerksamkeit. Galen sah auf den Boden der Kiste. Dort unten lagen drei weiße Taschentücher. Auf jedem waren seine Initialen ordentlich in einer anderen Farbe gestickt worden. In grün, braun und blau. Jeder einzelne Nadelstich ein Beweis für Laneys Gefühle für ihn. Zärtlich fuhr er mit den Fingern darüber. Sie musste Stunden damit verbracht haben, jedes Monogramm anders zu gestalten und mit so unglaublich kleinen, akkuraten Stichen zu arbeiten.

Er wusste, dass sie bis letztes Jahr kaum hatte lesen können. Josh hatte immer alles so für sie arrangiert, dass es niemandem auffiel, doch Galen hatte es gewusst. Natürlich hatte er sich nie etwas anmerken lassen. Dass Laney diese Buchstaben nun so reich verziert hatte, bedeutete nicht nur, dass eine wunderschöne Arbeit entstanden war, nein, es zeugte von ihrem Triumph.

Aber es bedeutet noch so viel mehr. Hier vor meinen Augen liegt der Beweis, dass Laney meine Gefühle erwidert. Es ist keine bloße Schwärmerei, es ist Liebe. Und ich habe es endlich erkannt – und zu lange gewartet. Sie ist eine Frau mit reinem Herzen und die Richtige für mich, doch eine schäbige Lüge hat uns entzweit. Meine arme, kleine Laney.

„Da ist noch etwas in der Kiste", sagte Ivy, die den Kopf reckte. „Irgendwas Weißes."

Galen tat schnell alle Geschenke zurück in die Kiste. Er wollte nicht, dass die anderen sahen, was Laney für ihn gemacht hatte. „Ich bin fertig, Ma. Die Jungs sollten jetzt ins Bett gehen."

Irgendjemand gähnte und Ma sagte: „Ihr seid lange genug aufgeblieben."

Die Gutenachtküsse, die Ma an seine kleinen Brüder verteilte, rissen ihn zurück in die Wirklichkeit. „Ab ins Bett mit euch."

„Aber wir haben noch nicht gebetet." Colin rührte sich nicht.

„Ich bin dran." Dale faltete seine Hände und wartete, bis es ihm alle nachgetan hatten. „Lieber Jesus, danke, dass du das Christuskind bist. Danke für alle Geschenke. Bitte pass auf uns auf und sorg für uns. Segne Ma und Galen und Colin und Sean und mich."

Und Herr, bitte sei bei Laney.

„Ach, und segne auch Ivy."

24. Kapitel

Tock, tock, tock, tock, tock. „Laney?"

Noch bevor Ruth ihren Namen genannt hatte, wusste Laney, dass sie es war. Nur ihre Schwägerin konnte klopfen wie ein nervöser Specht.

Ruth wartete nicht auf eine Antwort, sondern kam sofort ins Zimmer. „Ich habe noch Licht gesehen." Erleichterung war in ihrer Stimme zu hören, als sie weitersprach. „Oh, gut, du liest in der Bibel."

Laney nickte.

Josh kam wie beiläufig hinter seiner Frau zur Tür herein, doch Laney wusste es besser. Sie hatten diesen Besuch geplant, weil sie sich Sorgen um sie machten. „Welche Stelle liest du denn gerade?", fragte er.

„1. Mose." Laney legte ihre Hand auf die aufgeschlagene Seite. „Wo Laban seinen Neffen Jakob betrügt und ihn am Ende mit Lea verheiratet und nicht mit Rahel."

Josh wirkte angespannt. „Und trotzdem war Lea seine Frau, Laney. Und sie hat ihm mehrere Kinder geboren."

„Aber er hat immer noch Rahel geliebt und es war nicht seine Schuld, dass Lea seine Frau war."

Ruth kam zu ihr und setzte sich ans Bett. Liebevoll legte sie ihre Hand auf Laneys. „Aber das war zu biblischen Zeiten. Heutzutage können Männer nicht mehrere Frauen haben."

„Egal welche Gefühle du und Galen füreinander hattet, jetzt spielt das alles keine Rolle mehr. Das muss aufhören." Joshs Hand legte sich um den Bettpfosten. „Er ist verheiratet und es ist ein Kind unterwegs."

„Aber es ist nicht sein Kind", betonte Laney. „Ich schäme mich dafür, dass ich es auch nur eine Sekunde lang gedacht habe. Es ist nicht seins. Da bin ich mir ganz sicher."

Josh und Ruth wechselten einen Blick.

Laney schnappte nach Luft. „Das könnt ihr nicht glauben! Josh, du bist sein bester Freund. Du – vor allen anderen – solltest wissen, dass er niemals … niemals …“ Ihre Stimme erstarb.

Joshs Mine war grimmig. „Am Ende ist es egal, wer der Vater des Kindes ist. Da er jetzt Ivys Mann ist, ist es auch sein Kind.“

„Was, wenn Ivy und Ishmael gelogen haben? Wenn es gar kein Kind gibt?“

Josch schüttelte den Kopf. „So gut kann niemand schauspielern. Ishmael ist normalerweise die Ruhe in Person.“

„Aber Ivy lügt.“

„Vielleicht.“ Ruth schaute Laney in die Augen.

„Vielleicht?!“ Laney lief ein kalter Schauer über den Rücken.

Zaghaft strich Ruth über Laneys Hand. „Laney, du weißt, dass ich mit diesen ganzen albernen gesellschaftlichen Konventionen zu kämpfen habe, aber selbst ich weiß, dass ein Mann eine Frau niemals alleine sehen sollte. Galen hat zugegeben, dass er Ivy mehr als einmal getroffen hat.“ Ruth seufzte. „Und er hat ihr sogar eine Decke geschenkt.“

„Er hat nur in christlicher Nächstenliebe gehandelt.“

„Nein, in erster Linie hat er sein schlechtes Urteilsvermögen gezeigt.“ Josh schüttelte traurig den Kopf. „Galen hat zugegeben, sie getroffen zu haben und das hat seinen Ruf ruiniert. Kaum jemand wusste, wo sie lebt und jetzt ist sie schwanger.“

Laney starrte ihren Bruder an. „Glaub doch, was du willst. Ich kenne den Mann, den ich liebe. Galen würde niemals … sündigen. Er ist ein rechtschaffener Mann.“

„Auch rechtschaffene Männer sündigen von Zeit zu Zeit.“ Joshs Stimme war voller Trauer.

„Laney, du musst uns zuhören.“ Ruth drückte jetzt ihren Arm. „Du hast gerade gesagt, dass Galen der Mann ist, den du liebst. Das muss jetzt aufhören. Er ist nun einmal mit Ivy verheiratet. Ungeachtet dessen, was du für ihn empfindest, ist er ihr Mann. Es ist falsch, diese Gefühle zu haben. Es ist …“

„Ehebrecherisch“, beendete Josh ihren Satz.

Ihre Worte trafen Laney wie ein Hammerschlag. Sie nahmen ihr die Luft zum Atmen.

„Ivy mag gelogen haben …“ Ruth hielt Laney immer noch fest.

„Aber sie ist keine Christin, Laney. Sie hat nicht die gleichen moralischen Vorstellungen wie wir."

„Deshalb ist es noch viel verwerflicher, Galen zu verurteilen!"

„Laney", seufzte Josh. „Aber sie sind verheiratet. Es geht nicht darum, wer gelogen hat und wer nicht. Was spielt das jetzt noch für eine Rolle?"

„Oh, Josh. Ich bin so enttäuscht von dir. Du kennt Galen doch. Du weißt um seinen aufrechten Charakter. Eigentlich solltest du sein Freund sein."

Josh hielt ihrem Blick stand. „Ich *bin* sein Freund. Allein unsere jahrelange Freundschaft hält mich davon ab, sofort zu ihm zu reiten und ihn in Stücke zu reißen, weil er dich so schrecklich verletzt hat."

„Du bist uns wichtiger", erklärte Ruth.

„Aber hier geht es doch gar nicht darum, sich zwischen uns zu entscheiden. Ivy ist diejenige, die gelogen hat."

Josh setzte sich ans Fußende ihres Bettes. „Du hast gerade von Jakob gelesen. Vergiss nicht, Laney – er hat Esau um sein Geburtsrecht betrogen. Es ist eine Erinnerung daran, dass Gott einen Menschen auch für sein großes Werk benutzen kann, wenn er falsche Dinge getan hat."

Laney senkte langsam die Bibel. „Aber Galen hat doch gar nichts Falsches getan. Und denkt nur an Lea. Sie *wusste*, dass Jakob Rahel liebt, hat aber trotzdem ihren Part im gemeinen Plan ihres Vaters mitgespielt."

„Und sieh dir an, wie schrecklich es für sie gewesen sein muss", sagte Ruth leise. „Jakob wollte Lea nie. Ihr ganzes Leben lang wusste sie, dass er sie nicht liebte. Ivy wurde gedemütigt, als sie heute in die Kirche gezerrt wurde. Jeder weiß jetzt, dass sie befleckt ist. Galen hat sie zwar geheiratet, aber auch Ivy kann wahrscheinlich niemals vergessen, dass er sie nicht gewollt hat."

„Aber es ist doch nicht Galens Ablehnung, die sie traurig machen sollte, versteht ihr das denn nicht? Egal wer der wahre Vater des Kindes ist – er ist derjenige, der Ivy entehrt und sie dann sitzengelassen hat. Galen empfindet doch gar nichts für sie; er liebt mich." Laney wagte sich, hinzuzufügen: „Und ich liebe ihn."

„Am besten hältst du dich in Zukunft von ihm fern." Dabei sah Josh sie fest an.

Tränen traten ihr in die Augen. „Galen muss jetzt mehr denn je wissen, dass ich ihm glaube."

„Es tut mir leid, Laney. Aber Josh hat recht. Du darfst nicht zu ihm gehen. Zumindest nicht in der nächsten Woche. Erst müssen sich die Wogen glätten."

„Eine ganze Woche!"

Ruth nickte. „Du wirst ihm in der Kirche begegnen. Ich weiß, dass du dich daran gewöhnt hast, ihn jeden Tag zu sehen –"

„Ruth." Joshs Stimme klang warnend.

„Schatz, so zu tun, als würde es ihre Gefühle nicht geben, bringt Laney auch nichts." Ruth strich Laney sanft über den Arm. „Ich weiß, dass du von einer Beziehung zu Galen geträumt hast, doch jetzt wird daraus nichts, niemals. Alles, was wir tun können, ist dafür zu beten, dass Gott dir einen Mann schickt, der dich von ganzem Herzen liebt."

„Einen anderen Mann könnte ich niemals lieben."

Josh erhob sich. „Es zerreißt mich innerlich, wenn ich dein gebrochenes Herz sehe. Aber, Laney, mach diese Sache nicht noch schlimmer, als sie ohnehin schon ist."

„Sie könnte doch gar nicht schlimmer sein!"

„Da irrst du dich." Er nahm Ruths Hand und zog sie aus dem Bett. „Du bist zu traurig, um zu erkennen, dass selbst die unschuldigste Handlung deinerseits andere dazu verleiten könnte, Vermutungen über dich anzustellen."

„Mir ist egal, was die Leute über mich denken. Jahrelang habe ich mir Sorgen um meinen guten Ruf gemacht und dabei ging es mir schrecklich. Jetzt muss ich nach meinen Überzeugungen leben und dem Herrn antworten – niemandem sonst."

„Wenn du schon nicht an dich selbst denkst, dann wenigstens an Galen." Ihr Bruder wich nicht von seinem Standpunkt ab. „Er hat von nun an einen sehr wackligen Stand in der Gemeinde. Das Letzte, was er jetzt gebrauchen kann, ist das Gerücht, dass er die Aufmerksamkeit, die eigentlich seiner Ehefrau gehört, einer anderen schenkt. Ich will ehrlich sein, Laney. Zu unser aller Bestem musst du mindestens eine Woche verstreichen lassen, bis du einen Fuß auf sein Land setzt."

„Bete darüber, Laney." Ruth hauchte ihr einen Kuss auf die Wange. „Wir tun es auch."

Als die beiden die Tür hinter sich geschlossen hatten, legte Laney die Bibel auf ihren Nachttisch und blies die Kerze aus. Noch während sie sich in ihrem Bett zusammenrollte, liefen ihr die Tränen über die Wangen. Ihr Gebet bestand nur aus einem einzigen Wort. *Warum?*

Ivy saß auf der Pritsche und streckte sich. Sie hatte kaum geschlafen. Teilweise, weil die Liege viel zu weich war. Nachdem sie ihr Leben lang auf dem Boden geschlafen hatte, konnte sich ihr Körper nicht so recht an das ungewohnte Gefühl beim Liegen gewöhnen.

Ein paarmal war sie zu Kelly geschlichen und hatte kontrolliert, ob ihr Fuß auch erhöht auf dem Kissen lag. Am liebsten hätte sie die Pritsche näher an das Bett gerückt, aber die Leiter zum Boden war im Weg. Sie fühlte sich einsam, weil sie so weit weg von allen anderen schlief. Sie und Ishy waren immer zusammen gewesen, zuerst im Bauch ihrer Mutter, dann in der Wiege. Noch nie in ihrem Leben hatte sie getrennt von ihrem Zwillingsbruder geschlafen. *Ich hoffe, Ishy hat mehr Schlaf bekommen als ich.*

Kalte Luft kroch durch das Loch am Ellbogen ihres Nachthemdes. Ein Nachthemd. So hatte es zumindest Kelly genannt, als sie es ihr gestern Abend gegeben hatte. Auch Kelly hatte in einem knöchellangen, dunkelblauen Flanellnachthemd geschlafen. Kaum vorzustellen, dass manche Menschen extra Anziehsachen hatten, um sie im Bett zu tragen!

Ivy strich ihr zerzaustes Haar glatt und stand auf. Ihr drehte sich fast der Magen um, doch sie atmete ein paarmal tief durch. Dass es ihr morgens immer schlecht war, hatte Ishy stutzig gemacht.

Mir darf es jetzt nicht schlecht gehen. Es gibt Arbeit zu tun und ich will nicht, dass mein Mann denkt, ich wäre ein Faulpelz. Das Nachthemd wallte um ihre Knie, als sie auf Zehenspitzen durch den Raum und zur Tür schlich.

Ein paar Minuten später kam sie wieder zurück ins Haus. Galen stand am Herd und fachte das Feuerholz an, das sie gestern schon aufgeschichtet hatte. „Ich kümmere mich schon darum“, flüsterte sie und ging zu ihm. „Und dann mache ich dir sofort einen Kaffee.“

Galens Blick wanderte von Kopf bis Fuß an ihr herab.

Ivy rollte die nackten Zehen ein. Sie hatte es eben so eilig gehabt, dass sie sich nicht einmal Schuhe angezogen hatte.

Er zischte sie an. „Warum trägst du mein Hemd und wo warst du?"

Morgens zu flüstern, war für sie nichts Neues. Pa hatte immer länger geschlafen, also hatten Ishy und sie sich daran gewöhnt, leise miteinander zu sprechen. „Deine Ma hat es mir gegeben. Und ich musste pinkeln." Sie warf ihm ein Lächeln zu. „Scheint so, als müsste ich das in letzter Zeit ziemlich oft."

Sein Gesicht wurde hart. „Ich werde das nicht dulden. Nein, das werde ich nicht. Es ist unschicklich, wenn dich jemand so sieht und es ist vulgär, wenn eine Frau mit einem Mann über so etwas spricht."

„Aber es sieht mich doch niemand außer meiner Familie. Vulgär – ich weiß nicht, was das bedeutet, aber du hast mich gefragt, wo ich war." Sie nahm den Kaffeetopf und ging hinüber zur Pumpe.

Galen zog ihr den Topf wieder weg. „Zieh dich an, bevor meine Brüder dich so sehen."

Sie zuckte mit den Schultern und ging zu dem Haken, an den sie ihre Kleider gehängt hatte. Heute war ein Werktag, also würde sie ihr Mehlsackkleid tragen. Als sie es angezogen hatte, hatte Galen schon die Schublade aus der Kaffeemühle gezogen und den gesamten Inhalt in den Kaffeetopf geschüttet.

„Dieser Kaffee wird stark genug, um einen Pflug durch ein steiniges Feld zu ziehen." Sie setzte sich auf die Bank und schob ihren Rock hoch, damit sie sich die Schuhe anziehen konnte.

Galen riss den Rock nach unten. Sein linkes Auge zuckte, als er sie anstarrte. „Benimm dich in meinem Haus angemessen."

„Ich habe doch gar nichts gezeigt. Irgendwie muss ich doch meine Schuhe zukriegen." Sie zog die Nase kraus. „Ich weiß gar nicht, was mit dir los ist. Jeder hat doch Beine und jeder pinkelt."

„Eine Dame zeigt ihre Knöchel nicht – ganz zu schweigen von ihren Waden oder ihren Knien." Seine Worte zischten wie Wassertropfen auf einer heißen Herdplatte. „Wenn du deine Notdurft verrichtest, wirst du nicht darüber sprechen."

„Dann frag mich halt nicht." Sie beugte sich nach vorne

und versuchte, ihren Schuh blind anzuziehen und zu binden. Das war natürlich total albern, aber Pa hatte ja auch so seine Eigenarten gehabt – zum Beispiel, bestimmte Äste zu benutzen, nur weil sie in eine gewisse Richtung zeigten.

Die ersten Tage werden ziemlich anstrengend, bis ich mich an alles gewöhnt habe. Ich habe ihn vorher noch nie so zornig erlebt. Er hat dann wirklich einen Furcht einflößenden Blick in den Augen. Wir brauchen nur unsere Zeit. Bis alles läuft. Mein Baby braucht mich.

Als sie den zweiten Stiefel geschnürt hatte, flüsterte Ivy: „Willst du Pfannkuchen oder Eier zum Frühstück?"

„Das Einzige, was ich will, ist die Wahrheit, damit ich dich so schnell wie möglich wieder loswerde."

„Wir haben ein paar sehr gute Legehennen."

„*Wir?*" Er schrie das Wort geradezu heraus.

„Hm?" Kelly setzte sich aufrecht hin. Schmerz verzog ihr Gesicht.

Galen warf Ivy einen anschuldigenden Blick zu, doch seine Stimme wurde sofort weicher. „Es ist noch früh, Ma. Schlaf weiter."

Kelly rieb sich den Schlaf aus den Augen. „Wenn es so früh ist, dann frage ich mich, warum ich schon Kaffee rieche."

Ivy wollte nicht zugeben, dass es bereits an ihrem ersten gemeinsamen Morgen so weit gekommen war, dass ihr Ehemann sie angeschrien hatte. „Eier – ich habe mich für Eier zum Frühstück entschieden. Ich weiß genau, wie du deine Eier magst. Ich hole sie schnell." Dabei schnappte sie sich den Eierkorb vom Tisch und wollte nach draußen laufen.

„Es ist kalt", rief Kelly ihr nach. „Nimm dir meinen Mantel."

„Oh." Ivy blinzelte die plötzlich aufkommenden Tränen zurück. „Allein bei deinem Angebot wird mir schon warm."

„Es wäre reine Dummheit, sich eine Erkältung zu holen, wenn du sie vermeiden kannst – vor allem, wo du schwanger bist. Ich erwarte, dass du stets auf dich achtest."

„Ja, Kelly. Aber zuerst sollten wir dich in den Mantel wickeln und ich helfe dir nach draußen zum Pink ... –" Ivy riss sich zusammen – „zum, äh … Abort."

„Ich trage dich, Ma." Galen nahm den Mantel von einem Haken und brachte ihn ihr ans Bett.

„Das ist nicht nötig, Junge. Ishmael hat mir einen hübschen Stock geschnitzt."

„Dafür ist es noch zu früh. Du kannst doch noch nicht laufen."

Er ist ziemlich dickköpfig. Aber er ist mein Mann und ich muss auf seiner Seite sein. „Ishy meinte nicht, dass du den Stock jetzt schon benutzen sollst." Ivy drückte den Eierkorb an sich. „Er hat ihn reingebracht, damit er ihn abmessen kann. Er muss ihn noch kürzen, damit er die richtige Länge hat. Und wenn er ihn gekürzt hat, muss er ihn erst noch abschmirgeln. Nicht, dass du dir einen Splitter holst."

Galen legte seiner Mutter den Mantel um die Schultern. „Wir haben viel Arbeit. Ishmael wird erst in ein paar Tagen dazu kommen."

Ivy öffnete die Tür, als er näher kam.

Kelly legte den Kopf an die Schulter ihres Sohnes. „Ivy, der Topf mit der eingedrückten Seite –"

„Der, in dem wir das Wachs geschmolzen haben?"

„Aye, genau der. Das Erste, was ich jeden Morgen tue, ist Wasser aufzusetzen, damit Galen und Colin sich rasieren können."

„Ich kümmere mich sofort darum." Während sie weg waren, füllte Ivy schnell den Topf und stellte ihn auf den Herd. Galen wollte bestimmt, dass seine Mutter sich ausruhte, deshalb richtete sie auch noch das Bett und schlug die Decke und den Quilt zurück. Dann faltete sie ihre eigene Decke zusammen und legte sie unter das Kissen auf der Liege.

Echte Betten. Ihr Kind würde in einem echten Haus aufwachsen und in einem echten Bett schlafen. Es würde eine eigene Decke und genug zu essen haben. Am besten war, dass es zur Schule gehen und Rechnen, Schreiben und Lesen lernen würde. Sie presste ihre Hand auf den noch flachen Bauch. *Was auch immer nötig ist, Kleines, ich kümmere mich darum, dass du alles hast, was du brauchst.*

Galen durchsuchte die Kiste unter der Werkzeugbank.

„Wonach suchst du?" Dale beugte sich vor und versperrte Galen die Sicht. „Wow!"

Die zerzausten Haare und das falsch geknöpfte Hemd seines

jüngsten Bruders waren ein lustiger Anblick. Erst vor ein paar Minuten war er von der Leiter geklettert. Erfreut zu hören, dass Ivy seine Aufgabe übernommen und die Eier geholt hatte, war er mit Galen in die Scheune gekommen.

Er drehte sich um und zeigte Galen seinen neu gefundenen Schatz. „Sieh dir diese langen Schrauben an!"

Die Schrauben waren so dünn wie sie lang waren. Galen konnte sich beim besten Willen nicht daran erinnern, wo sie herkamen. Wegen dieser Werkzeugkiste werden die Jungs anfangen, alle möglichen Sachen zu sammeln. Galen fuhr langsam mit dem Daumen über eine der Schrauben. „Ziemlich interessant, hm?"

„Ja! Kann ich sie haben?"

„Es ist nicht gut, wenn ein Mann Dinge haben will, nur um sie zu besitzen. Weißt du schon, wofür du sie benutzen willst?"

„Boss? Frühstück ist fertig."

Schnell erhob sich Galen. Dale ließ die Schrauben fallen und schnappte sich seine Hand.

„Du hast was fallen lassen, Partner."

Dales Stimme zitterte. „Du bist nicht mein Partner. Laney ist mein Partner."

„Das stimmt." Ishmael kam zu ihnen.

Dalen klammerte sich ängstlich an Galens Oberschenkel und schrie: „Er hat ein Messer, Galen!"

25. Kapitel

„Das Messer steckt doch in der Scheide." Galen sprach leise, aber er funkelte Ishmael böse an. *Er hat in die Herzen meiner kleinen Brüder Angst gesät und ich werde diese Saat in den nächsten Tagen wieder ausreißen müssen.*

Ishmael ließ sich auf die Knie fallen und stützte die Hände auf die Oberschenkel. „Ich bin nicht dein Partner, Dale. Ich bin dein Bruder."

„Nein." Dales kleine Hand zerquetschte Galen fast die Finger. „Bist du nicht. Kein Bruder würde einen anderen erschießen."

„Da hast du recht. Ich war wirklich sauer auf Galen. Aber das war, bevor wir Brüder wurden. Wir hatten ein großes Problem, aber nun hat er es wiedergutgemacht. Er hat meine Schwester geheiratet und jetzt sind auch wir beide Brüder."

„Versuchst du jetzt nicht mehr, ihn zu erschießen?"

„Nein. Niemals."

„Und du wirst auch das Messer nicht gegen ihn benutzen?"

„Auf keinen Fall."

„Da siehst du es", sagte Galen mit rauer Stimme.

„Oder die Axt?", wollte Dale weiter wissen. „Oder einen Stock oder ein –"

„Nichts werde ich gegen ihn erheben. Nie mehr. Das schwöre ich." Ishmael wollte gerade seine Hand erheben, um sich zu bekreuzigen.

„Mach das nicht! Das ist böse." Dale ließ Galen los. „Ma hat es uns verboten."

„Kannst du mir erklären, warum?"

Dale hockte sich hin, um die Schrauben aufzuheben. „Weiß nicht. Aber Ma findet es wichtig. Ich wette, Galen weiß, warum. Er ist ziemlich schlau."

„Boss?"

Eine Million Gedanken gleichzeitig jagten durch Galens Kopf. Ishmael hatte recht – sie waren jetzt verwandt. Nicht, dass Ishmael irgendeine legale Beziehung zu jemand anderem aus Galens Familie gehabt hätte, aber das seinem kleinen Bruder zu erklären, hätte ihn nur durcheinandergebracht, und es Ishmael auf die Nase zu binden, hätte seinen neuen „Verwandten“ womöglich seinen „Schutz“ genommen. *Ihn hier im Stall wohnen zu lassen – Ma hatte recht. Es ist besser, wenn ich weiß, wo er ist und ihn glauben lasse, er wäre Teil meiner Familie.*

Ishmael hatte auch versucht, Dale die Angst zu nehmen. Das zählte etwas. Von seinem Standpunkt aus hatte er für seine Schwester getan, was getan werden musste, um das Problem zu lösen. Ihm zu grollen, würde es Ma und seinen kleinen Brüdern noch schwerer machen. *Es ist eine bittere Wahrheit, doch ich muss meinen Stolz herunterschlucken.*

Galen räusperte sich. „Ein Kreuz auf der Brust zu machen ist das Zeichen für Jesus. Er ist gestorben, weil er ans Kreuz geschlagen wurde, also würdest du bei seinem Namen schwören.“

„Wenn dieser Jesus tot ist, was macht das dann? Er hört doch nicht, was ich sage.“

„Ishmael!“ Dale kicherte laut los. „Jesus ist doch nicht tot geblieben!“

„Das Frühstück wird kalt!“, rief Sean von der Veranda her.

„Ich zeige Sean meine Schrauben!“ Dale rannte davon.

„Ich meine es ernst, Boss. Deine Leute sollen wissen, dass von mir keine Gefahr mehr ausgeht.“ Ishmael war die Last anzumerken, die er mit sich herumtrug.

„Es wird noch eine Weile dauern, bis meine Familie ihre Angst vor dir überwunden hat.“

Ishmael seufzte unglücklich. „Das tut mir so leid. Mittlerweile ist mir auch klar, dass ich länger hätte nachdenken sollen. Aber als ich erkannt habe, dass meine Schwester in Schwierigkeiten ist, habe ich Rot gesehen. So etwas ist mir vorher noch nie passiert.“

„Wenn du irgendjemandem hier noch mal so einen Schrecken einjagst, verschwindest du von hier. Ich werde das nicht dulden.“

Ishmael wagte es, ihn genauso düster anzufunkeln. „Ich erwarte, dass ich das nie mehr machen muss. Ein Mann behandelt seine Ehefrau gut. Solange du gut zu meiner Schwester bist –“ Er hielt inne. „Jep. Das ist alles, was ich will.“

„Hier geht es nicht darum, was du willst."

„Pa hat immer gesagt, man muss sich um sich selbst kümmern, sonst kümmert sich niemand um einen. Es war dumm von mir, das zu vergessen, nur weil du von Gott gesprochen hast."

Meine eigene Mutter denkt, ich sei schuldig. Warum sollte ich etwas anderes von ihm erwarten? Ivys Lüge sorgt dafür, dass die ganze Gemeinde an meinem Charakter und an mir als Christ zweifelt. Manchmal denke ich, die beiden haben sich diese Sache gemeinsam ausgedacht, dann wieder bin ich überzeugt davon, dass Ishmael keine Ahnung hat.

„Aber ich glaube, ich kann nicht mal einem Christen vorwerfen, dass er seine Vorsätze über Bord wirft, nur um an meine Schwester zu kommen. Sie ist wirklich ein Gewinn."

Entrüstet verschränkte Galen die Arme. „Ishmael, meine Beziehung zu Gott ist mir wichtiger als alles und jeder andere. Das ist das letzte Mal, dass ich jetzt mit dir darüber rede. Mein Herz ist rein und ich habe mir in Bezug auf deine Schwester nichts vorzuwerfen."

Ein Lächeln trat auf Ishmaels Gesicht. „Gut, dass du es so siehst. Durch die Hochzeit hast du die Sache mit ihr in Ordnung gebracht. Du hast dir das hübscheste Mädchen weit und breit ausgesucht und du erwartest ein Kind mit ihr." Er klopfte Galen auf den Rücken. „Essenszeit."

„Geh schon vor. Ich habe noch keinen Hunger."

Ishmael musste ein Lachen unterdrücken. „Also leidet Ivy unter Morgenübelkeit und du unter Liebeskummer. Ich richte ihr aus, dass du dir Platz für ein großes Mittagessen lässt. Dann regt sie sich nicht so auf."

Als er wieder allein im Stall war, starrte Galen auf die Kramkiste. Dort lag die Wäscheleine, die er gesucht hatte. Er brauchte sie. Und dazu ein großes Tuch. Ma konnte Ivy erklären, wie sie sich angemessen zu verhalten hatte.

Herr, ich habe kaum geschlafen heute Nacht. Als ich heute Morgen aufgewacht bin, habe ich gehofft, dass alles nur ein böser Traum war, aber Ishmael hat wie ein Bär neben mir geschnarcht. Das war schon schlimm genug. Aber als Ivy dann barfuß und mit meinem Hemd bekleidet ins Haus kam, hat es mich wieder wie der Schlag getroffen. Ich weiß nicht, warum du das geschehen lässt. Alles, was ich getan habe, habe ich in deinem Namen getan. Einfach aus christlicher Nächstenliebe. Du musst mir aus dieser Sache heraushelfen. Meine Liebe zu Laney ist ungebrochen und doch bin ich an Ivy gebunden. Ich brauche dringend deine Hilfe.

Laney atmete tief ein und aus, als Josh die Pferde zügelte und den Wagen im Kirchhof zum Stehen brachte. Es war der Sonntag nach Weihnachten. Als ihr Bruder sie vom Wagen hob, legte sie ihm ihre Hände auf die Schultern.

„Sei vorsichtig", warnte er.

Die Entschlossenheit beschleunigte ihren Herzschlag. „Vertrau mir."

Vor der Kirche liefen die Gottesdienstbesucher hin und her, standen in Grüppchen zusammen und unterhielten sich. Als Galen und seine Brüder sich erhoben, schwiegen alle wie auf ein Zeichen hin. „Warum starren uns alle nur so an?", fragte Dale mit hoher Stimme.

Laney trat vor. Sie wählte ihre Worte vorsichtig. „Andere anzustarren ist unhöflich, Dale. Ich bin sicher, das würde niemand mit Absicht tun. Aber ich habe mir auch schon Sorgen um deine Mutter gemacht." *Das hat jetzt irgendwie nicht so geklungen, wie es klingen sollte.* Schnell fügte Laney hinzu: „Auch Ruth und Hilda hoffen sehr, dass es deiner Mutter bald wieder besser geht."

„Ich habe gesehen, wie Galen an Weihnachten den Arzt geholt hat. Wie geht es Ihrer Braut, Galen?", fragte Ethel und kam dabei zu ihnen.

Offensichtlich versuchte die Tratschtante, das Gespräch in eine ganz andere Richtung zu lenken. Innerlich erregt bemühte sich Laney darum, einen sachlichen Ton anzuschlagen. „Ich bin sicher, dass Galens Frau sich Sorgen um Kelly macht, genau wie wir alle." Sie brauchte jedes bisschen ihrer inneren Stärke, um diese Worte über die Lippen zu bringen. *Galens Frau.* Sie würde nicht hier stehen und schweigend dabei zusehen, wie Galen von der Gemeinde schlecht behandelt wurde.

Ruth trat neben sie. „Die Tatsache, dass Ivy zu Hause geblieben ist, um sich um deine Mutter zu kümmern, beunruhigt uns sehr, Galen. Geht es ihr denn so schlecht?"

„Der Doc hat gesagt, dass es noch mindestens eine Woche dauert, bis sie wieder richtig laufen kann." Er nickte ihnen höflich zu. „Ich lasse die beiden wissen, dass ihr nach ihnen gefragt habt."

„Bitte tu das."

„Ma und Ivy werden nächste Woche wieder mitkommen." Colin stellte sich neben seinen Bruder, um ihn zu unterstützen.

„Gut." Lester stieß den Mann neben ihm mit dem Ellbogen an. „Manche Leute müssen nämlich regelmäßig daran erinnert werden, wie sie sich als Christen zu verhalten haben."

Galens Blick wurde hart.

Auch Joshs Stimme klang stählern, als er sagte: „Wir alle haben auf unserem Weg mit dem Herrn noch viel zu lernen. Wenn wir aber auf diesem Weg stehen bleiben und Steine sammeln, die wir auf unseren Nächsten werfen können … nun, wir alle wissen, was Christus dazu gesagt hat."

Die Anspannung im Kirchhof war fast mit den Händen zu greifen. Weil Laney so schnell wie möglich das Thema wechseln, aber gleichzeitig der Familie ihre Unterstützung kundtun wollte, sagte sie hastig: „Hilda, Ruth und ich haben geplant, am Freitag zu euch zu kommen, um unsere Nähabende wiederaufzunehmen. Es sei denn, ihr habt etwas anderes vor?"

„Laney", sagte Dale und zog an ihrem Kleid, „wenn du kommst, kannst du auch die Schweine besuchen."

„Schweine?", schnaubte Ethel.

„Jep. Schweine", rief Dale.

„Ja. Dale und ich sind nämlich Partner." Laney kämpfte gegen den Drang an, Ethel böse anzufunkeln und lächelte stattdessen zu Dale. „Aber er hat die meiste Arbeit. Wir ziehen die Schweine zusammen groß."

„Seit wann denn?", fragte jemand.

Bevor sie noch antworten konnte, sagte Dale schon: „Seit ich das Ferkel auf dem Jahrmarkt gewonnen habe!"

Greta Newman übernahm das Wort. „Er hat mir alles ganz genau erzählt! Dale hat das Ferkel nur kurz angelockt und schon ist es auf ihn zugelaufen. Sie haben es Mr Rüsselchen genannt."

Sean bahnte sich seinen Weg durch die Herumstehenden. „Und wisst ihr was? Sie werden bald Kleine bekommen."

Dale wandte sich seinem Bruder zu. „Das solltest du doch nicht verraten! Es war ein Geheimnis."

„So etwas kann man nicht geheim halten." Bart Winslows Lachen klang geradezu gemein. „Die Zeit bringt es ans Licht."

„Wo wir gerade von der Zeit reden –" Laney ertappte sich dabei, dass sie viel zu laut und angespannt sprach und senkte ihre Stimme. „Der Gottesdienst wird jeden Moment losgehen." Dale und Greta jagten einander nach, doch Josh führte Ruth und Laney in die Kirche.

Galen stand auf der Treppe. Er sah so grimmig aus, dass es Laney fast das Herz zerriss. Als sie an ihm vorbeiging, flüsterte sie ihm so leise zu, dass es außer ihm niemand hören konnte: „Im Vergleich zu ihrer Gesprächsführung ist Ethel wirklich eine ausgezeichnete Köchin."

Galens Augen funkelten für einen kurzen Moment, sodass Laney wusste, dass er sie gehört hatte. *Es wird nicht leicht sein, Galen erst am Freitag zu sagen, dass ich ihm glaube, aber immerhin weiß er jetzt, dass ich ihn unterstütze. Das muss für den Augenblick reichen.*

Gleich nach dem Gottesdienst verschwanden die O'Sullivans. Laney machte ihnen daraus keinen Vorwurf. Sie waren zum Lobpreis hergekommen, aber Galen hatte von den Menschen, die ihn am besten kennen sollten, nur Verachtung erfahren.

Laney stand bei Hilda und Mrs Newman, während diese die Vorzüge von Butter in Kuchenkrusten erörterten. Auch Ethel musste ihren Senf dazugeben. „Es gibt nichts Besseres als Olivenöl für die Kuchenkruste. Aber da Lester sich weigert, für den Laden welches zu bestellen, muss ich immer mit ausgelassenem Speck vorliebnehmen."

„Hildas Schweineschmalz hat auf dem Jahrmarkt den ersten Platz gewonnen", sagte Laney, um der langweiligen Unterhaltung ein Ende zu setzen.

„Laney, Liebes", mokierte sich Ethel. „Sie sind so ein braves Kind. Über jeden sagen Sie etwas Gutes – selbst wenn es nicht gerechtfertigt ist. Nachdem Galen O'Sullivan Ihnen das Herz gebrochen hat –"

„Laney bringt in uns allen das Beste zum Vorschein." Dabei ließ Ruth ihren neuen Fächer aufschnappen und wedelte damit hin und her. „Ethel, kurz bevor wir in die Kirche gegangen sind, hat sie einen Vergleich gemacht, der Ihre Kochkünste sehr hervorgehoben hat."

Ethel strahlte.

Laney ergriff die Gelegenheit und wollte das Thema endgültig wechseln. „Ruth, ich glaube, ich habe gehört, wie Mr Maltby gesagt hat, dass die Basquez-Brüder zurück nach San Francisco gehen wollen."

Mrs Newman nickte. „Das stimmt. Mr Maltby hat es auch meinem Mann gegenüber erwähnt."

„Rick Maltby!" Ethel presste ihre Hand auf die Brust. „Das ist es! Laney, Sie könnten es viel schlechter treffen. Er wäre ein beständiger Ernährer."

Laney versuchte erneut, das Gespräch in eine andere Richtung zu lenken und dabei Ethel zu ignorieren. „Ruth, wäre das Geschäft der Basquez' nicht für deine Bücherei wunderbar geeignet?"

„Absolut!"

Mrs Newman zog ihren Mantel enger um die Schultern. „Dann könnten Sie die Bücherei ja viel früher als geplant eröffnen. Greta lernt gerade Lesen, deshalb werden wir Sie wohl sehr oft aufsuchen."

„Als wir in Sacramento waren, hat Ruth eine ziemlich große Auswahl an Kinderbüchern gekauft. Dale und Sean haben ihr bei der Auswahl –"

„Diese O'Sullivan-Jungen", sagte Ethel dramatisch. „Wenn Sie wüssten, was gut für Ihre kleine Greta ist –"

„Greta spielt sehr gern mit Dale zusammen", sagte Mrs Newman lächelnd. „Es ist so schön für sie, einen guten Freund in ihrem Alter zu haben."

„Sie waren allerliebst zusammen an Weihnachten, nicht wahr?" Kaum hatte sie das gesagt, verzog sie schon ihr Gesicht und warf Laney einen entschuldigenden Blick zu.

Schließlich kam eine junge Frau auf sie zu. „Tante Ethel? Wir wollen nach Hause."

„Sofort, Myrtle."

„Auch wir müssen uns auf den Weg machen." Hilda reckte den Hals. „Ruth, wo ist dein Ehemann abgeblieben?"

„Pastor Dawes spricht noch mit ihm und einigen anderen Männern."

Myrtle nickte. „Bestimmt wegen diesem schrecklichen Galen O'Sullivan. Ich hoffe, die Ältesten haben ein Einsehen und schmeißen ihn aus der Gemeinde."

Laney gefror das Blut in den Adern. „Galen hat seiner Gemeinde immer treu gedient."

Myrtle warf Laney einen mitleidigen Blick zu. „Das ist wirklich lieb von Ihnen, dass Sie das so sagen – vor allem, nachdem er Sie praktisch vor dem Altar hat stehen lassen."

„Für dieses nichtsnutzige, armselige Mädchen."

„Vielleicht sollten Sie beide ein Buch für Ruths Bücherei schreiben." Laney zwang sich zu einem Lachen, obwohl sie am liebsten geweint hätte. „Ihre Gabe, sich Geschichten auszudenken, ist wirklich beeindruckend. Galen O'Sullivan hat nie auch nur ein Wort über eine Ehe zwischen uns verloren und Sie beide haben uns schon vor dem Altar gesehen? Ivy und ich werden am Freitag einiges zu lachen haben, wenn wir uns zum Nähen treffen."

„Lasst uns hier verschwinden." Joshs Stimme war angespannt. Scheinbar war die Besprechung nicht gut ausgegangen.

Auf dem Heimweg zog Ruth ihren Mantel fester um ihre Schultern. „Nach diesem Tag heute frage ich mich, warum wir uns jemals Sorgen gemacht haben, Laney. Du bist die geborene Diplomatin."

„Mir ist egal, ob sie Diplomatin ist. Sie muss weiterhin vorsichtig sein", murmelte Josh.

„Sie war viel zu freundlich zu ihnen", brummte Hilda. „Ich hätte den Weibern am liebsten den Hals umgedreht."

„Von *Ihnen* brauche ich nichts", erwiderte Ethels Bruder eigensinnig, als Galen am Montagmorgen vor der Hintertür des Copper Kettle stand.

„Ich verstehe." Der Stolz hielt Galen davon ab, mehr zu sagen. Seit Jahren brachte ein Mitglied der O'Sullivan-Familie zweimal die Woche Milch, Butter und Eier in die Stadt. Erst letzten Freitag hatte Colin geliefert und es hatte keine Probleme gegeben. Galen wusste ganz genau, warum der Besitzer des einzigen Diners in der Stadt das *Ihnen* so betont hatte. Er hatte sein Urteil über Galen gefällt und ihn für schuldig befunden.

Ivy ist daran schuld. Sie hat meinen guten Namen zerstört. Galen drehte sich um und fuhr weiter. Als er den Kaufladen erreicht hatte, erschien Lester an der Hintertür. „Ich habe Butter, Milch und Eier dabei“, rief Galen ihm zu.

Lester wischte die Hände an seiner langen, grünen Schürze ab. „Die Preise haben sich geändert.“

„Tatsächlich?“ Galen schob seinen Hut in den Nacken. „Warum das?“

„Der Krieg kommt. Die Dinge werden teurer.“

„Wahrscheinlich“, stimmte Galen ihm zu. „Na ja, ich glaube nicht, dass es meiner Mutter etwas ausmacht, wenn sie mehr Geld für ihre Waren bekommt.“

„Weniger. Ich biete Ihnen weniger. Um den steigenden Preisen für die Kunden entgegenzuwirken, muss ich natürlich günstiger einkaufen. Das ist eine reine Geschäftsentscheidung.“

Galen biss die Zähne zusammen und nickte, obwohl ihm klar war, dass seine Familie auf jeden Cent angewiesen war. Gepresst brachte er hervor: „Ich nehme, was du mir anbietest.“

„Ich brauche nur zwei Milchkannen … und die Eier. Fünf Dutzend reichen.“

Er nahm nur ein Drittel seiner normalen Bestellung.

Galen lud die Waren ab, während Lester sich zurücklehnte und ihm dabei zuschaute. Andere Leute hatten sich ein Konto im Kaufladen einrichten lassen, doch Dad hatte so etwas immer abgelehnt. Er hatte immer darauf bestanden, in bar zu bezahlen. Wenn man nicht genug Geld hatte, konnte man sich die Dinge eben nicht kaufen, das war seine Devise gewesen. Niemals zuvor hatte Galen sich Gedanken über diese Praxis gemacht, doch nun war er Dad dankbar. Er war erleichtert, dass er Lester nichts schuldete.

Ohne ein Wort zu sagen schob Lester ihm das Geld für die Eier über den Tisch, dann nahm er sich einen Staubwedel und wischte eine saubere Stelle ab. Er hatte Galen das Geld sonst immer direkt in die Hand gedrückt. Der Hinweis war unverkennbar. Hier war er nicht mehr gern gesehen.

Galen nahm alles bis auf einen Cent an sich. Das Geldstück ließ er an der Kasse liegen, für den einzigen Einkauf, den er heute hier tätigen würde.

Lester nahm sonst immer die zerbrochenen Zuckerstangen aus den Gläsern und bot sie Galen an. So hatte er etwas, was er seiner Familie mit nach Hause bringen konnte. Wenn er einmal keine hatte, entschuldigte sich Lester immer dafür und versprach, beim nächsten Mal welche parat zu haben. Heute hatte er allerdings nichts davon erwähnt.

Galen öffnete das Glas. Die Zuckerstange machte ein lautes, trockenes Geräusch, als er sie im Laden zerbrach. Galen steckte beide Teile in seine Hemdstasche und verließ wortlos den Laden. Ma und Colin würden unter Ivys Lügen zu leiden haben, doch Sean und Dale waren noch Kinder. Galen wusste, dass er sie nicht vollständig vor der Hässlichkeit der Menschen abschirmen konnte. Das hatte er gestern in der Kirche eindeutig zu spüren bekommen. Aber wenigstens in dieser Sache wollte er ihre kleinen Herzen schützen. Eigentlich hatte er kein Geld übrig, doch dieser eine Cent war es wert, ausgegeben zu werden. Die Unschuld seiner Brüder war unbezahlbar.

Später auf dem Rückweg sah er Josh, der ihm entgegenkam. Josh lenkte seinen Wagen auf ihn zu. „Galen!"

Galen ließ die Pferde anhalten. Das Schwappen der Milch in der Kanne und der volle Korb mit Eiern waren Zeugnis dessen, was ihm in der Stadt widerfahren war. *Ivy – es ist alles nur ihre Schuld.*

Josh hatte den Inhalt im Wagen genau gesehen. Er fragte Galen: „Woher wusstest du, dass Hilda mich in die Stadt geschickt hat, um Eier zu holen?"

„Das wusste ich nicht. Ihr habt doch selbst einen Hühnerstall."

Josh verzog theatralisch das Gesicht. „Erinnere mich bitte nicht daran. Ruth hat, ähm … Hühnerpflege betrieben."

„Hühnerpflege?"

„So hat sie es zumindest genannt." Josh schüttelte den Kopf. „Sie hat gelesen, dass Austern gut für die Hennen sein sollen."

„Austern*schalen.*"

„Ich weiß nicht, ob in dem Buch das Wort *Schalen* unterschlagen wurde oder ob Ruth es einfach vergessen hat. Aber sie hat im Laden ein paar Dosen Austern gekauft."

„Dosen!“ Galen verdrehte die Augen. „So viel, wie sie liest, könnte man meinen, Ruth wüsste es besser. Essen sollte nicht in Metalldosen gelagert werden. Es wird schnell schlecht und man wird krank davon.“

„Da Hühner auch Käfer vom Boden aufpicken, dachte Ruth wohl, sie wären hart im Nehmen.“

„Oh nein.“

„Oh doch. So, wie sie es erzählt hat, haben die Hennen die Austern wirklich genossen.“ Josh schob seinen Hut in den Nacken und rieb sich die Stirn. „Um es kurz zu machen, am Schluss musste Toledo gerufen werden, um ein Hühnergrab auszuheben.“

„Wie viele habt ihr denn verloren?“

Josh sah aus wie jemand, den man fast an den Rand der Verzweiflung getrieben hatte. „Alle außer zwei.“

„Das ist wirklich eine Schande. Und deine Frau hat sie doch als Haustiere betrachtet. Stadtmenschen.“

„Sie hat ihnen sogar Namen gegeben.“ Josh musterte seine Stiefel. „Meine Frau hat immer Henriettas feines Gefieder gepriesen. Und Melody und Harmony haben immer zweistimmig gegluckst.“

Galen konnte sich lebhaft vorstellen, wie Ruth vor dem Hühnerstall stand und sich darüber freute. Unter anderen Umständen hätte er gelacht. Aber nun war alles anders. „Laney –“

„Laney ist mit Ruth spazieren gegangen. Sie sammeln Blumen für das Grab.“ Josh starrte ihn an. „Laney geht dich nichts mehr an.“

Diese Worte trafen ihn. Galen wusste, dass Josh nur ehrlich war, doch die Wahrheit tat weh.

„Meine Schwester hatte große Hoffnungen, dass sie deine Braut sein würde; jetzt trauert sie, weil all ihre Träume zerstört sind.“

Joshs Worte zerrissen ihm fast das Herz. „Ich *wollte* Laney zur Frau nehmen!“

„Aber jetzt bist du mit Ivy verheiratet. Was passiert ist, können wir nicht ändern. Das Leben geht weiter.“

„Das ist alles?“

„Ob das alles ist? Sicher nicht.“ Joshs Stimme wurde rau. „Ich habe eine todunglückliche Schwester, die stur an deine Unschuld glaubt. Jeden Abend weint sie sich in den Schlaf, doch wenn sie betet, dann dafür, dass Ivy und du eine gute Ehe führt.“

Purer Zorn entlud sich in Galens Adern. Er hatte die Frau verletzt, die er liebte, und immer noch glaubte sie an ihn. Sie betete sogar dafür, dass Gott seine Ehe segnete. Wenn nur Ivy nicht gewesen wäre …

Joshs Augen loderten. „Wage es ja nicht, jemals mit ihr über deine Gefühle zu sprechen. Ihre Träume sind wie Seifenblasen zerplatzt, nun stiehl ihr nicht auch noch ihre Würde."

„Ich will nur das Beste für Laney. Niemals würde ich etwas tun, das ihr wehtut. Und ich verspreche dir, dass ich niemals mit ihr über die Gefühle spreche, die ich für sie empfinde –" Galen hielt inne. Er zwang sich dazu, seine Worte neu zu wählen. „Empfunden habe."

Gebeugt wie ein alter Mann kletterte Galen vom Wagen und reichte Josh den Korb mit den Eiern. Auch Josh kletterte herunter. „Mich mitten im Winter um eine neue Schar Hühner zu kümmern ist so ungefähr das Letzte, was ich will. Könnte Colin auf dem Weg zur Schule ein paarmal die Woche vorbeikommen und uns frische Eier bringen?"

„Aye."

Josh bezahlte ihm die Eier. „Ich muss trotzdem noch weiter in die Stadt. Die Bazquez-Brüder ziehen nach San Francisco und Ruth glaubt, dass ihr Geschäft ein guter Ort für die neue Bücherei wäre."

„Das finde ich auch."

Josh griff Galen am Oberarm. „Das Leben hat sich verändert, aber meine Freundschaft und die Liebe Gottes sind immer noch mit dir."

„Das ist gut zu wissen." Galen versuchte erst gar nicht, sich zu einem Lächeln zu zwingen. Es wäre ohnehin nicht echt gewesen. Gottes Liebe würde sich wirklich niemals ändern, doch tief in seinem Innern wusste Galen, dass die älteste und beständigste Freundschaft, die er je gehabt hatte, nun eine andere sein würde – auch wenn Josh es sich noch nicht eingestanden hatte. Und auch die Liebe seines Lebens würde Galen nun niemals bekommen.

26. Kapitel

„Galen hat mit mir niemals über eine Hochzeit gesprochen", sagte Laney zu ihrem Spiegelbild. Seit Tagen hatte sie diesen Satz geübt.

Diese Worte waren ehrlich. Sie zwang sich dazu, nicht auch die anderen Worte zu sagen, die alle ehrlich gewesen wären – zu Ivy und zu vielen anderen. In einer halben Stunde würde sie zum ersten Mal zu den O'Sullivans fahren, seit … seit …

„Galen und Ivy verheiratet sind." Laney brachte die Worte kaum über die Lippen. Sie erschauderte und versuchte, sich Worte zurechtzulegen, die nicht ihre innersten Gefühle über diese Tragödie ausdrückten. Dieses Debakel. Diesen schrecklichen Fehler. Ivys Falle, die zugeschnappt war … *Herr, ich weiß nicht, wie ich das durchstehen soll. Bitte schenk mir zur rechten Zeit die richtigen Worte. Ich darf meine Gefühle für Galen nicht offenbaren. Er ist jetzt ein verheirateter Mann. Ich muss Ivy als seine Frau respektieren – auch wenn sie das nur durch ihre Niederträchtigkeit geworden ist.*

„Laney?"

Unsicher, ob sie ihrer Stimme trauen konnte, entschied sich Laney für ein „Hm?"

Ruth kam herein. „Als Josh am Montag in der Stadt war, habe ich ihn darum gebeten, die hier mitzubringen." Sie warf ein paar Dinge auf Laneys Bett. „Wir müssen den O'Sullivans Geschenke mitbringen. Sie werden von unserer ganzen Familie sein."

„Ja. Das ist nur angemessen."

„Mrs Earnest – ein passender Name für die Leiterin eines Mädchenpensionats, stimmt's?" – Ruth wartete erst gar nicht auf eine Antwort. „Also, Mrs Earnest hat gesagt, Angemessenheit ist die beste Verteidigung für die Ehre einer jungen Frau."

Laney nickte, als sie die Schürzen, Geschirrtücher und Topflappen musterte.

„Ich kann es einfach nicht glauben!" Ruth warf ihr einen verstimmten Blick zu.

„Sie sind sehr schön", sagte Laney.

„Ich kann es wirklich nicht glauben!“ Ein Lächeln spielte um Ruths Mundwinkel. „Glaub nicht nur eine Sekunde, dass ich nicht merken würde, wie ihr, du und Josh, über die Anzahl meiner Schulleiterinnen Buch führt. Also, hiermit verpflichte ich dich zur Verschwiegenheit über Mrs Earnest. Wenn dein Bruder jemals herausfindet, wie viele es wirklich waren, würde ich vor Peinlichkeit sterben.“

„Josh würde dich trotzdem lieben.“

Ruth schob eine ihrer Korkenzieherlocken zurück und schaffte es, gleichzeitig eine andere zu lösen. „Jede wahre Liebe wird unweigerlich dazu gezwungen, einen großen Kampf zu überstehen.“

Meine wahre Liebe muss nur einen Kampf überstehen – dass wir niemals zusammenkommen werden. Laney seufzte.

„Jede wahre Liebe wird unweigerlich dazu gezwungen, einen großen Kampf zu überstehen“, wiederholte Ruth leiser, während sie anfing, die Schürzen zusammenzufalten.

„Das hört sich nicht nach etwas an, das du sagen würdest. Du bist eher praktisch veranlagt als philosophisch.“

Auf Ruths Wangen zeigte sich eine zarte Röte. „Jemand, den ich einmal kannte, liebte diesen Spruch.“ Ruth drohte Laney mit dem Zeigefinger. „Und wenn du nur den kleinsten Funken Mitgefühl mit mir hast, fragst du nicht nach, wer es war.“

„Noch eine Schulleiterin?“

Ertappt kümmerte sich Ruth weiter um die Geschenke. „Ich habe einen Artikel über eine Detektei gelesen, die sich die Pinkertons nennt.“

„Ruth! Du weißt, dass ich diese Groschenromane liebe. Verdirb es mir nicht, indem du noch mehr verrätst!“

„Es ist keine ausgedachte Geschichte – die Pinkertons gibt es wirklich. Für Geld beschützen sie Leute oder finden Dinge für sie heraus. So lückenlos wie du die Namen der Schulen herausfindest, an denen ich war, könntest du dich um einen Job bei den Pinkertons bewerben.“

Laney starrte auf die Hochzeitsgeschenke, die nun ordentlich auf ihrem Bett gestapelt waren. „Das einzige Geheimnis, das ich aufdecken will, ist, wer der Vater von Ivys Baby ist.“

„Laaaneyyy.“ Ruth zog ihren Namen in die Länge und sah sie

tadelnd an. „So schwer es auch für dich ist, du musst deine Träume aufgeben und dir eine neue Zukunft aufbauen. Gott ist treu. Er hat jemanden, nur für dich."

Laney antwortete darauf nicht. Es war richtig, wozu Ruth sie ermutigte. Galens Mutter hatte Laney einmal etwas gesagt und das kam ihr nun wieder in den Sinn. *„Nur weil etwas richtig ist, muss es sich noch lange nicht richtig anfühlen. Oft müssen wir den schwierigen Pfad nehmen, wenn wir Gottes Führung folgen."*

„Also!" Ruth rieb ihre Handflächen zusammen. „Was wollen wir heute nähen?"

Laney wollte die Stoffbahnen, die sie für ihre Aussteuer gekauft hatte, gar nicht anschauen. Nun würde sie sie sowieso nicht mehr brauchen. „Ich weiß nicht."

„Ich dachte mir – wenn du nichts Besonderes geplant hast –, dass wir Halstücher für all unsere Cowboys nähen könnten."

Laney war erleichtert. „Das ist eine gute Idee. Toledos Halstuch sieht aus, als wäre es von Ratten zerfressen worden."

„Erinnerst du dich noch an den blauen Stoff, den meine frühere Haushälterin mir einmal mitgeschickt hat? Er würde sich doch glänzend dafür eignen, was meinst du?"

„Ruth!" Hildas Ruf aus der Küche klang ungewöhnlich verstört.

Ruth seufzte. „Was habe ich denn jetzt schon wieder gemacht?"

Hilda kam die Treppe heraufgestampft und murmelte etwas von Cowboys, die nicht mehr lange zu leben hätten.

„Ich glaube, sie ist gar nicht auf dich wütend", flüsterte Laney.

„Sollte wirklich ein Wunder geschehen sein?"

„Ruth!" Hilda hämmerte an Laneys Tür. „Mir ist egal, dass du erst seit Kurzem verheiratet bist. Wenn dein Ehemann es noch einmal wagt, meinen Kuchen zu stehlen, dann mache ich dich zur Witwe."

„Komm schon, Hilda." Ruth tätschelte ihr die Schulter. „Du solltest dich doch geehrt fühlen, dass alle Männer auf Broken P deine Backkünste so lieben. Die Arbeiter triezen Josh so lange, bis er nachgibt und sie mit Nachschub versorgt."

Hilda wirkte nicht im Mindesten besänftigt. „Ich habe diesmal den Apfel-Birnen-Aufstrich verwendet!"

„Und mein Ehemann hat ihn gestohlen?", rief Ruth nun außer sich.

Hilda nickte. „Ich habe die Spur bis zur Scheune verfolgt. Und da standen sie: elf Cowboys mit Krümeln im Bart und auf den Hemden. Und jeder hat sich beschwert, dass er nicht genug bekommen hat! Josh hat sich vom Acker gemacht, bevor ich ihn erwischen konnte, aber sobald ich ihn in die Finger bekomme –"

„Josh ist weggerannt?", fragte Ruth fassungslos. „Wie ein kleiner Schuljunge?"

„Und er hat die Backform mitgenommen." Hilda richtete ihre Schürze. „Wenn ich nicht so eine Dame wäre, wäre ich ihm hinterhergerannt und hätte ihn mit der Form verprügelt."

„Wenn er heute Abend nach Hause kommt, kann ich ihn ja festhalten, während du genau das tust." Ruth schmollte. „Ich kann nicht glauben, dass er uns unseren Kuchen stibitzt hat."

Da Laney dem Besuch bei den O'Sullivans sowieso mit ausgesprochen unangenehmen Gefühlen entgegensah, hoffte sie, eine angemessene Ausrede gefunden zu haben. „Wir warten einfach, bis du einen neuen gebacken hast, Hilda. Denn wir können doch nicht mit leeren Händen bei Kelly auftauchen."

„Ich mische einfach alle trockenen Zutaten zusammen und tue sie in einen Topf. Wenn wir drüben sind, kann ich von Kellys Marmelade nehmen." Hilda strahlte angesichts dieser klugen Idee. „Ja, genau das tue ich. Seid alle in zehn Minuten unten."

Während des ganzen Wegs zu den O'Sullivans fand Ruth lobende Worte für Hilda und ihre gute Idee. Und Hilda sonnte sich in den anerkennenden Bemerkungen. Die beiden waren so damit beschäftigt, sich selbst zu beglückwünschen, dass sie gar nicht merkten, wie schweigsam Laney war.

Die O'Sullivans zu besuchen, war immer eine große Freude gewesen, doch heute tat Laney es schweren Herzens. Sie ließ Hilda und Ruth den Vortritt – teilweise aus Angst, teilweise, weil sie noch eine Sekunde für sich allein brauchte, um sich zu sammeln.

„Nein, nein. Es ist nicht halb so schlimm, wie es aussieht", sagte Kelly gerade, weil Hilda und Ruth ihren verletzten Knöchel bedauerten. Sobald Laney den Raum betrat, öffnete Kelly weit ihre Arme. „Und da ist ja meine Laney!"

In all der Zeit, die Laney nun schon hier ein- und ausging, hatte Kelly sie nie als *ihre* Laney bezeichnet. Der Moment war bittersüß und Laney musste die Tränen mühsam unterdrücken. Mit diesen Worten wollte Kelly ihr zu verstehen geben, dass sie hier immer noch willkommen war und geliebt wurde – doch tief in ihrem Inneren wusste Laney, dass es auch bedeutete, dass sie niemals ein wirklicher Teil dieser Familie werden würde.

Laney ging hinüber zu dem Schaukelstuhl und umarmte die Frau, die sie so gerne als Schwiegermutter gehabt hätte.

Während sie sie festhielt, flüsterte Kelly: „Mit Mut und Gottvertrauen. So überstehst du diese Zeit.“

Laney drückte sie wieder und nickte. Während sie sich langsam zurückzog, musterte sie den Fuß der Frau. „Heilt alles gut?“

„Aye. Ich belaste meinen Fuß kaum. Er ist nur noch halb so dick wie vor ein paar Tagen. Man könnte meinen, man hätte ihn mir amputiert, bei dem Aufstand, den alle darum machen.“

Der Kaffeetopf schepperte auf dem Herd. „Ich denke, wir brauchen nachher Kaffee“, sagte Ivy. „Bei den letzten Malen mussten wir noch zweimal nachkochen.“

„Ich habe auch einen Kuchen mitgebracht – zumindest die Zutaten dafür. Josh und seine Männer haben den Kuchen, den ich extra für euch gebacken hatte, aufgegessen. Kelly, ich brauche Birnenaufstrich und ein bisschen Schmalz.“

„Hilda, warum nimmst du nicht von unserem Apfel-Birnen-Aufstrich? Ich weiß, dass du den am liebsten hast.“

„Was für eine wunderbare Idee!“ Ruth grinste Hilda an.

„Wenn Kelly darauf besteht …“ Hilda lief zum Schrank und schnappte sich ein Glas.

„Kann ich irgendwas für dich tun?“, fragte Laney und zog ihr die Wolldecke über den Beinen gerade.

„Nein, ich brauche nichts.“

Ivy sah zu, wie Hilda Schmalz und Aufstrich zu den anderen Zutaten gab. „Hast du auch dieses Backpulver reingetan, damit der Kuchen besser aufgeht?“

„Ja.“ Hilda nickte. „Es ist viel besser als das alte.“

„Das sagt Kelly auch.“

Sie nennt sie Kelly? Ich würde Mutter *oder* Mama *sagen.* Laneys und Kellys Augen trafen sich und zwischen den beiden Frauen entstand ein tiefes Verständnis.

„Laney und ich wollen aus diesem blauen Stoff Halstücher für die Cowboys machen.“ Ruth legte die Stoffbahn auf den Tisch.

Ivy runzelte die Stirn. „Ich dachte, du wolltest den Stoff für ein Kleid verwenden.“

Ruth breitete den Stoff auf dem Tisch aus. „Meine damalige Haushälterin hat ihn benutzt, um ein paar meiner Sachen darin einzupacken. Ich habe ihn mir gar nicht richtig angeschaut und ihn einfach zusammengelegt. Irgendwann ist mir aufgefallen, dass der Stoff kaputt ist. Muss ein Produktionsfehler gewesen sein.“

Laney konnte sich nicht mehr daran erinnern, wie genau das mit der Stoffproduktion funktionierte, aber irgendetwas musste in der Fabrik in den Webstuhl geraten sein, sodass mitten durch das Material ein nicht zu behebender Riss verlief. *Wie bei mir. Ivy hat einen Riss in meinem Leben verursacht, der nie wieder –*

„Oh wie schade“, rief Ivy laut. „Das ist ja eine Schande.“

Das ist es und ich habe deswegen schon viele Nächte lang geweint.

Ruth kaute auf ihrer Unterlippe und strich den Stoff glatt. „Ich glaube, wir können drum herum schneiden.“

„Das ist eine gute Idee.“ Ivy nickte und lächelte Laney direkt an. „Jep. Das ist wirklich ziemlich clever.“

Sie ist Galens Frau und so sehr es mir auch zuwider ist, ich muss mich nachbarschaftlich verhalten. Es wäre nicht nur falsch, es wäre unchristlich, sie schlecht zu behandeln. Laney schaffte es, mit rauer Stimme hervorzubringen: „Ein Kleid wäre natürlich viel schöner gewesen, aber unsere Arbeiter brauchen neue Halstücher.“

„Irgendwann einmal“, sagte Kelly leise, „muss man eben seine Pläne ändern und das Beste aus dem machen, was man hat.“

„Ich –“ Laney fasste sich. „Ruth und ich tun alles, was wir können.“

Sie ist hier. Galens Schritte wurden schneller.

Ishmael musste sich ein Lachen verkneifen. „Nachdem du so ein ausgiebiges Frühstück hattest, bist du immer noch hungrig?“

Galen antwortete nicht, sondern stieg die Stufen hinauf. *Da ist sie. Meine Laney.* Er starrte sie an wie ein Verdurstender, dem man das Wasser vorenthalten hat.

Laney wandte sich ihm zu. Sie fing an zu strahlen und ihre großen, braunen Augen funkelten vor Freude.

„Ach deshalb hast du dich so beeilt, Boss." Ishmael schnüffelte. „Irgendwas hier riecht verd– richtig gut. Was ist das?"

Galen machte einen Schritt zur Seite und Ishmael folgte ihm. Laneys Wangen wurden sofort käseweiß. Die Freude wich aus ihrem Gesicht. Sie senkte den Kopf und murmelte. „Kuchen für das Kaffeetrinken."

„Hilda hat ihn gerade aus dem Ofen geholt." Ivy fing an, den Kaffee auszugießen. „Kommt rein und setzt euch."

Laney nahm den blauen Stoff vom Tisch.

„Warte. Ich helfe dir damit." Galen ergriff ebenfalls den Stoff.

Während sie zu ihm aufsah, überkam sie ein Wechselbad der Gefühle. Galen sah sie lange an. *Meine geliebte Laney. Mein Herz schlägt nur für dich, aber das darf es nicht.*

Ihr Kinn hob sich kaum merklich und ihre Mundwinkel wanderten leicht nach oben.

Ich liebe dich. Daran wird sich niemals etwas ändern.

Tränen traten ihr in die Augen. Schnell senkte sie den Kopf und tat so, als würde sie den Stoff anschauen, den sie zwischen sich hielten.

„Ich muss die Mitte erwischt haben." Galen räusperte sich. Seine Finger berührten die ihren und Wärme durchströmte ihn. *Ich habe Josh mein Wort gegeben, dass ich ihr nicht die Würde nehme. Der Anstand verlangt zu viel von mir …*

„Ich nehme es", sagte Laney und nahm ihm sanft den Stoff ab.

Galen drückte ihr das Material in die Arme und ein letztes Mal berührte er ihre Haut. Loszulassen – wirklich und wahrhaftig loszulassen – war das Schwerste, was er jemals im Leben getan hatte.

27. Kapitel

Früher habe ich mich auf den Sonntag gefreut, dachte Galen, als er auf das Haus zuging. Er wollte Ma und die Jungs auf keinen Fall wieder so einer Szene wie neulich im Kirchhof aussetzen. Doch er musste zugeben, dass er auf gewisse Art und Weise selbst schuld an der momentanen Situation war, weil er Ivy „kompromittiert" hatte. Zwar hatte er seiner Ansicht nach einfach nur christliche Nächstenliebe gezeigt, sich aber nicht darum gekümmert, wie andere sein Verhalten auslegen würden. Er hatte es nur gut gemeint, aber seine Motive zählten nun nichts mehr. Sein Ansehen war dahin. *Aber Ma und die Jungs – es ist nicht richtig, dass sie darunter leiden.*

Seine „Ehefrau" würde heute mit zur Kirche kommen. Es war ihm egal, ob sie wollte oder nicht. Als eine O'Sullivan würde sie gehen – und Galen hatte ihr das gestern Abend klargemacht, als sie sich erst geweigert hatte.

Im Hof sprach seine Mutter ihn an. „Ishmael hat gesagt, dass er auch mit zum Gottesdienst kommen will, wenn seine Schwester geht. Ich habe sein Hemd gebügelt."

„Das wäre eigentlich ihre Aufgabe gewesen, Ma."

„Es ist gut, dass die beiden mitkommen. Denk darüber nach."

Colin kam aus dem Haus und biss gerade noch in ein gekochtes Ei. Ein kleiner roter Fleck an seinem Kinn zeigte, dass er sich beim Rasieren geschnitten hatte. „Ich zäume die Pferde auf."

„Das habe ich schon gemacht." Galens Magen knurrte. „Aber fahr du schon mal den Wagen vor. Die Luft ist beißend kalt. Leg ein paar zusätzliche Decken auf die Ladefläche."

„Aye, wird gemacht."

Galen ging nach drinnen und schnappte sich ein Stück Käse vom Tisch. Sonntags deckte Ma den Tisch immer schon früher und stellte Essen bereit, sodass sich jeder selbst bedienen konnte. Da normalerweise alle in Hektik waren, um sich noch schnell für die Kirche fertig zu machen, nahm sich jeder nur ein Stück Brot, Kuchenreste, ein gekochtes Ei oder kalten Schinken auf die Hand – was es eben gerade gab.

„Hey!“ Galen funkelte böse in Richtung der Liege. „Steh auf.“

Alle waren schon so gut wie abfahrtbereit, aber Ivy lag immer noch unter ihrer Decke. Gereizt hob Galen seine Stimme. „Du kommst mit zur Kirche. Steh auf!“

Während er sich nur halbherzig im Spiegel musterte, stellte sich seine ungewollte Braut schlafend. Sie hatte die Augen fest zugekniffen und die Decke über sich gezogen.

Aus den letzten Wochen wusste Galen, dass sie einen leichten Schlaf hatte. Ma hatte ihm erzählt, dass Ivy nachts nach ihr sah und wenn einer seiner kleinen Brüder nachts zur Toilette musste, flüsterte Ivy auf dem Rückweg mit ihm. Da Mas Knöchel immer noch nicht völlig wiederhergestellt war, stand Ivy auch immer besonders früh auf, um Kaffee zu kochen und sich ums Frühstück zu kümmern. Sie konnte ruhig so tun, als würde sie noch schlafen, Galen wusste, dass sie wach war.

„Sean. Dale.“ Galens kleine Brüder standen am Tisch und stopften sich das Essen in den Mund, während sie dabei zusahen, wie Ivy ihm trotzte. Das ist das Letzte, was ich jetzt brauche. „Ihr Jungs zieht schon mal eure Jacken an und steigt in den Wagen. Colin fährt ihn gerade vor.“

Dale starrte sehnsüchtig auf den Käse. „Wenn ich die Jacke angezogen habe, darf ich mir dann noch ein Stück Käse in die Tasche stecken?“

„Aye, aber beeil dich.“

Als seine Brüder draußen waren, ging Galen wütend auf Ivy zu. Er beugte sich vor, legte ihr fest die Hände auf die Schultern und rüttelte sie. „Du wirst mitkommen.“

Sie machte ein leises Geräusch.

„Aufstehen!“ Wieder schüttelte er sie.

Die verrückte Frau schoss hoch und die abrupte Bewegung ließ Galen zurückfahren. „Es ist schon viel zu spät –“

Ivy erbrach sich über sein Hemd.

Galen knurrte frustriert.

„Junge?“, fragte Ma von der offenen Tür her.

Er stieß einen entnervten Seufzer hervor und zog sich sein Hemd aus. „Fahrt schon mal vor."

„Die Jungs können noch kurz warten, während ich euch helfe –"

„Nein, Ma." Angewidert zog Galen die Nase kraus. „Bis wir uns gewaschen und umgezogen haben, wird der Gottesdienst halb um sein. Wir sollten nicht alle zu spät kommen. Fahrt schon mal los."

„Koch ihr einen Tee, Junge. Das beruhigt ihren Magen."

Galen nickte.

„Tut mir leid", murmelte Ivy. Sie ließ den Kopf hängen, doch er konnte sehen, dass sie so weiß wie ihr Nachthemd war. Als er sie das letzte Mal darin gesehen hatte, war ihm aufgefallen, wie dürr sie war. Jetzt saß sie breitbeinig auf der Bettkante und ihre knochigen Knie stachen ihm entgegen. Ihr Nachthemd war voll mit Erbrochenem.

„Geh hinter den Vorhang und zieh das Hemd aus. Ich hole eine Wanne, dann kannst du dich saubermachen."

Sie nickte zunächst, hielt dann aber abrupt inne.

Galen wich zurück – nur für den Fall. Eine Minute später zog sie sich hinter den Vorhang zurück, den er noch am selben Tag, an dem sie sich in sein Leben gelogen hatte, aufgehängt hatte.

Er zog sich die Stiefel aus und seine Sonntagshosenträger. Schließlich war er nur noch mit seiner langen Wollunterhose und dem Unterhemd bekleidet und hoffte, dass er so immer noch den Anstand wahrte. Seine Hosen und Hemden waren draußen in der Sattelkammer. Es gab keinen Grund, sich etwas Frisches anzuziehen, bevor er nicht diese Sauerei weggewischt hatte.

„Galen", erreichte ihn Ivys leise Stimme, „ich brauche keine Wanne. Mir reicht ein Topf mit warmem Wasser. Das ist alles, was ich brauche."

Wütend knallte er den größten Topf auf den Herd. Das Wasser spritzte hoch und benetzte sein Unterhemd. „Das Wasser ist fast fertig."

„Wenn du rausgehst", flüsterte sie heiser, „kann ich kommen und alles saubermachen."

Obwohl Galen das Angebot liebend gerne angenommen hätte, lehnte er ab. Sie würde alles nur noch schlimmer machen. „Nein. Warte noch."

Den Boden sauberzumachen, forderte seine ganze Beherrschung. In all den Monaten, als es Dad so schlecht gegangen war, hatte es Galen nichts ausgemacht, hinter ihm sauberzumachen. *Das hier sollte nicht anders sein. Ist es aber.* Am liebsten hätte Galen die Tür aufgerissen, damit frische Luft in die Hütte kam, doch er wollte unter keinen Umständen riskieren, dass diese lästige Frau sich eine Erkältung holte. Als er fertig war, runzelte er die Stirn.

„Ich habe dir doch gesagt, du sollst dein Hemd ausziehen."

„Mir ist aber kalt", sagte sie leise.

„Warum hast du nichts gesagt?" Verärgert angelte er sich ein großes Handtuch und warf es ihr hinter den Vorhang.

Kleider raschelten und das zusammengerollte Hemd kam zurückgeflogen. „Danke. Ich wasche es sofort aus."

Galen warf ihr Hemd in den gleichen Eimer, in dem auch sein Hemd und seine Hosenträger lagen und stellte ihn auf die Veranda. Als er sich umdrehte, um zurück ins Haus zu gehen, war sie gerade hinter dem Tuch hervorgekommen. Mit einem Quietschen sprang sie zurück.

„Was machst du da?", fuhr er sie an.

„Ich dachte, du wärst weg."

Er antwortete nicht, sondern kippte stattdessen das heiße Wasser in die halb volle Wanne, die sie gestern Abend alle zum Baden benutzt hatten. Ma hatte ihre Maiglöckchenseife mit Ivy geteilt. Den restlichen Abend hatte Ivy davon geschwärmt, wie gut sie roch. Galen zog die Wanne neben den Vorhang. „Solange das Wasser noch nicht warm genug ist, bleib dahinter und warte."

„Okay."

Ihre Stimme klang seltsam. So schwach. Galen runzelte wieder die Stirn. „Du wirst aber jetzt nicht ohnmächtig?"

„N-nein."

„Frierst du immer noch?" Er konnte sich kaum vorstellen, warum. Der Ofen war angefeuert und die Hütte kam ihm wirklich ziemlich warm vor – viel wärmer als die Sattelkammer. Als sie nicht antwortete, fragte er noch einmal. „Frierst du?"

„Das Handtuch ist wirklich schön dick."

Er konnte hören, dass ihre Zähne klapperten, aber sie beschwerte sich nicht. Galen starrte auf den Vorhang, dann erregte eine Bewegung seine Aufmerksamkeit. Das Tuch war ein paar Zentimeter zu kurz, sodass Galen sehen konnte, wie sie auf einem Bein stand, dann auf dem anderen. Die Frau war eine wahre Last.

Er holte den Nachttopf unter dem Bett hervor und schob ihn unter dem Vorhang durch. „Ich gehe in die Sattelkammer und hole frische Anziehsachen. Komm nicht raus."

„Ja, Galen."

Galen konnte beim besten Willen nicht sagen, wie Ma die Wäsche wusch. Während Ivy badete, ging er nach draußen und spülte ihre Kleidung aus. Ma benutzte Laugenseife, so viel wusste Galen. Ihm war zwar nicht klar, wie viel sie verwendete, doch da ihre Klamotten ziemlich stechend rochen, entschied er sich für eine ganze Menge. Er hackte einen ganzen Riegel klein und warf ihn in den Eimer. Als er Wasser dazutat, schäumte es so stark, dass es auf die Veranda tropfte.

Er entzündete ein Feuer und hängte den Eimer darüber. Er wusste, es würde eine Weile dauern, bis das Wasser kochte. Während er wartete, wollte er ein paar seiner Sonntagsarbeiten erledigen.

Sonntag war Ruhetag, daher machten sie nur das Allernötigste. Aber auf einer Farm gab es immer Aufgaben, die täglich verrichtet werden mussten. Er sah nach den Tieren und dann, als er den Hof überquerte, erblickte er Ivy, die sich bei der Wäsche zu schaffen machte. „Was machst du denn da?", rief er.

Mit einem Topf schüttete sie Wasser ins Feuer. „Das Feuer ist zu heiß."

„Ein Feuer kann gar nicht zu heiß sein."

Sie funkelte ihn an. „Weißt du denn nicht, dass Waschwasser nicht kochen darf?"

„So ein Quatsch. Warum sollte das Wasser nicht kochen?" Galen nahm den Stock, mit dem Ma die Wäsche umrührte. Seine Hosenträger sahen schon ganz gut aus, aber er wollte sie noch länger einweichen lassen. Immerhin waren sie aus sehr dickem Stoff. Als Nächstes fischte er ein Geschirrtuch hervor – zumindest vermutete er, dass es ein Handtuch war. Dann suchte er nach seinem neuen gekauften Sonntagshemd.

„Wieso ist mein Nachthemd auf einmal so dunkel?" Ivy beugte sich vor und runzelte die Stirn.

„Das ist nicht dein Nachthemd." Ungläubig starrte er auf die schmutzige Masse.

„Verflixt. Was hast du denn mit deinem guten Hemd gemacht?"

Galen warf das Hemd über einen Baumstumpf. Dann funkelte er sie böse an. „Ich verbiete dir diese Schimpfworte."

„Was, verdammt noch mal, habe ich denn jetzt schon wieder gesagt?"

Bestimmt würden bald seine Backenzähne abbrechen, so oft wie er sie Ivys wegen zusammenbiss. Böse sah er sie an. „*Verflixt* ist eine Abwandlung von *verflucht*."

„Ach, Mensch. Jeder weiß, dass das so nicht gemeint ist. Du regst dich über nichts und wieder nichts auf."

„Es ist mir egal, wie du es meinst oder was andere darüber denken. Du wirst dieses Wort nicht wieder benutzten. Und was *verdammt* angeht –"

„Schon klar. Wenn du dich über *verflixt* schon so aufregst, bin ich auf deine Erklärung für *verdammt* gespannt."

„Hölle."

Ihr Mund öffnete sich schockiert. „Du hast geflucht!"

„Nein, das hast *du* getan." Er funkelte sie an. „*Verdammt* bedeutet, jemanden in die Hölle zu wünschen. Ich will, dass du weißt, was diese Worte bedeuten, und ich erwarte, dass du sie nicht wieder verwendest. Solange du meinen Nachnamen trägst, werde ich nicht dulden, dass du dich so ungebührlich verhältst."

„Jetzt reg dich wieder ab. Es ist ja wohl nicht meine Schuld, dass ihr Christen euch so komische Regeln ausgedacht habt. Ich falte schon meine Hände und senke den Kopf, wenn ihr betet. Mir kommt es albern vor, Gott immer wieder für die Ernte und das Essen zu danken und ihn um seinen Segen zu bitten. Wenn er wirklich Gott ist, müsst ihr ihn doch nicht zu jeder Mahlzeit daran erinnern." Sie zuckte mit den Schultern. „Und Dale hat mir gesagt, dass man nicht schwören darf. Aber wie soll man sonst die Wahrheit beweisen?"

„Du würdest die Wahrheit nicht einmal erkennen, wenn du drüber stolpern würdest!" Er stellte den Stock zur Seite und trat auf sie zu. „Wer ist der Vater deines Kindes?"

Sie presste die Lippen zusammen. Zwei blutleere, schmale Linien.

Seine Augen wurden schmal. „Weißt du überhaupt, wer der Vater ist? Ist es das? Mit wie vielen –“

Wutentbrannt schlug sie ihm ins Gesicht und wirbelte herum.

28. Kapitel

Galen hielt sie am Arm und riss sie zurück. In diesem Moment war er gleichzeitig wütend und erleichtert. Sie hatte kein Recht, ihn zu schlagen, doch die Wut hinter ihrer Handlung verriet ihm, dass sie nicht mit mehreren Männern zusammen gewesen war.

„Ich bin keine Schlampe!"

„Sag mir seinen Namen."

„Der kann dir egal sein. Du bist jetzt mein Ehemann."

Er schnaubte verächtlich. „Ich werde niemals dein Ehemann sein."

„Ich trage aber deinen Nachnamen."

„Ja, aber dir wird niemals mein Herz gehören und ich werde auch mein Bett nicht mit dir teilen. Eines Tages werden dich deine Sünden und Lügen einholen. Und wenn es so weit ist, dann werde ich dich los sein." Sie hatte seinem Druck nicht nachgegeben, also änderte er seine Taktik. Er zog sich von ihr zurück und senkte seine Stimme. „Sag mir, wer es war. Es wird dann leichter für dich. Der Anwalt in der Stadt schuldet mir noch einen Gefallen. Er wird dir helfen."

Ivy machte einen Schritt zur Seite und schnappte sich den Stock. Unwillig betrachtete sie die Kleidungsstücke in dem Eimer und seufzte. „Alles ist ruiniert."

Er hoffte, dass sie weich werden würde und nur einen Augenblick brauchte, um ihre Gedanken zu sortieren, bevor sie gestand. Also wartete Galen ab.

„Deine Ma hat einmal gesagt, dass sie ihre Kleider schwarz gefärbt hat. Wenn sie noch was von der Farbe hat, können wir die Sachen vielleicht retten. Ist ja egal, was für eine Farbe sie haben."

Er schwieg weiter.

„Ich habe noch nie graue und schwarze Blasen im Waschwasser gesehen. Und es sind ziemlich viele."

Seine Geduld war vorüber. Die Wäsche war ihm völlig egal. Er wollte nur eines: ihr Geständnis – nicht mehr und nicht weniger.

„Ich glaube, das Wasser kann man nur noch für die Schweine gebrauchen. Wenn du es ihnen zu trinken gibst, wird kein einziger Wurm überleben."

„Nein, kommt nicht infrage. Die Schweine sind Dales Angelegenheit. Er nimmt seine Sache sehr ernst und wir dürfen uns auf keinen Fall einmischen."

„Es ist ja nicht richtig, einen Liebling zu haben, aber wenn ich einen hätte, wäre es Dale. Er hat was ganz Besonderes an sich."

„Er ist so unschuldig und auf unseren Schutz und unsere Hilfe angewiesen. Er versteht gar nicht, warum uns jetzt alle so ganz anders behandeln als vorher."

„Anders?"

War sie wirklich so blind? Galen starrte sie an. „Das Einzige, was für einen Mann zählt, ist sein Wort. Es verpflichtet ihn. Als du mich als den unehelichen Vaters deines Kindes hingestellt hast, hast du meinen Ruf zerstört. Diese Lüge hat alles verändert. Niemand glaubt mehr meinem Wort."

„Du willst mir doch nicht sagen, dass all die tollen Christen, die über Vergebung und dieses Zeug reden, es dir ankreiden, dass du ein Kind bekommst? Was soll das denn? Sie glauben, dass Gott ihnen ihre Sünden vergibt, verdammen aber andere für das, was sie machen?"

„Genau das meine ich. Vergebung wird einem gewährt, wenn man seine Sünden eingesteht. Aber ich werde nicht lügen. Ich werde nicht sagen, dass ich etwas Falsches getan habe, nur damit ich ihre Vergebung erhalte. Deine Lüge hat dafür gesorgt, dass meine Familie, meine Freunde, meine Nachbarn und meine Geschäftspartner an mir zweifeln."

Galen atmete tief ein. Vielleicht würde sie ihre Meinung ändern und die Wahrheit sagen, wenn sie erfuhr, wie schlimm die Dinge wirklich standen. Vielleicht würde sie endlich alles zugeben. „Als mein Dad noch gelebt hat, mussten wir beide hart arbeiten, um das Land zu bestellen. Dann ist er krank geworden und hat lange gelitten. In dieser Zeit konnte ich nicht so viel anpflanzen. Das Geld war bei uns schon immer knapp, doch in den letzten Monaten war es besonders schlimm."

„Dann ist es doch gut, dass Ishy und ich jetzt hier sind, um dir zu helfen. Mit unserer Hilfe wirst du dreimal so viel anbauen und irgendwann leben wir wie die Made im Schinken, oder wie das Sprichwort auch immer heißt. Das und das Geld, was du vom Ponyexpress bekommst –"

„Der Ponyexpress hat mich seit Monaten nicht bezahlt. Sie schulden mir einiges, aber ich kann mich auf das Geld nicht verlassen", brachte Galen zerknirscht hervor. Sie hatte seine Sorgen abgewiesen, ohne auch nur mit der Wimper zu zucken. „Wir können nur durch den Verkauf von Eiern und Milch Geld verdienen. Aber seit du gelogen hast, ist mir ein Großteil meiner Kunden abgesprungen." Er nickte. „Deine Lüge kostet meine Familie viel mehr, als wir uns leisten können."

Ihr die Wahrheit zu sagen, war nicht leicht. Sein Vater hatte einmal davon gesprochen, dass es Christen gab, die andere danach beurteilten, wie viel Frucht sie für den Herrn brachten, dabei aber gar nicht bemerkten, dass sie selbst ohne Frucht blieben. Einige hochrangige Mitglieder der Gemeinde hatten ihm – ihrem Bruder in Christus – ihr Vertrauen entzogen und wollten nichts mehr mit ihm zu tun haben. Sie hatten ihn gewogen und für zu leicht befunden. Die Konsequenzen würde er nun ausbaden müssen.

Sag die Wahrheit, Frau. Jetzt, wo du die Fakten kennst, sag endlich die Wahrheit.

Sie zuckte mit den Schultern. „Ich kann nichts daran ändern, was die Leute sagen oder denken. Wir müssen einfach weitermachen. Einen Fuß vor den anderen setzen."

„Du musst doch nur zugeben, dass du gelogen hast. Dabei brauchst du nicht einmal den richtigen Vater benennen. Gib einfach zu, dass es nicht mein Kind ist. Dann kannst du mit deinem Bruder weggehen und so leben, wie du es willst."

„Ich will aber nirgendwo anders hin." Während sie das schwarze Waschwasser betrachtete, fügte sie hinzu: „Du hast eben gesagt, dass dein Wort dich verpflichtet. Das bedeutet dann wohl, dass du mir verpflichtet bist."

Am liebsten würde Galen sie laut anschreien, doch etwas hielt ihn zurück. „Du erwartest, dass ich mich dir gegenüber ehrenhaft verhalte, doch selber hast du gelogen und meine Ehre damit zerstört. Jeder, der mir etwas bedeutet – von der Frau, die ich liebe, bis zu meinem jüngsten Bruder –, ist dazu gezwungen, die Folgen deiner Lüge zu tragen.“

„Gib mir Zeit. Ich werde es wiedergutmachen.“

Mit einem stechenden Blick sah er sie an. „Das ist unmöglich.“

☙

„Ruth, dachtest du an einen Tisch mit Stühlen?“, fragte Laney, als sie sich in dem großzügigen Raum umsah. „Oder doch lieber an eine gemütliche Leseecke?“

„Beides!“ Ruth ließ ihren Blick durch das leere Schneidergeschäft schweifen. „Ich hatte gar nicht in Erinnerung, dass der Laden so groß ist. Ist das nicht wundervoll?“

„Ja.“ Laney sah, wie Rob Price fachmännisch gegen die Wand klopfte. Ruth hatte Laney überredet, gleich am Dienstagmorgen mit ihr und dem Schreiner zusammen den ehemaligen Laden der Basquez-Brüder zu besichtigen.

„Mrs McCain, diese Wand hier ist nur provisorisch eingesetzt. Sie hat als Abtrennung zum Lager gedient, aber wenn wir sie rausnehmen, bekommen wir noch mal wesentlich mehr Platz.“

Ruth nickte. „Gut. Das freut mich. Aber da hinten steht noch eine Bank drin. Können Sie die reparieren?“

„Ich sehe sie mir gleich mal an.“ Rob sah sich in dem Raum um. „Und wohin wollen Sie das Regalbrett hängen?“

„Brett?“ Ruth sah ihn erschüttert an.

„Sie haben meine Schwägerin überrascht“, erklärte Laney schnell. „Ruth will dieses Geschäft zu einer der größten Büchereien der Umgebung machen. Sie hat schon sehr viele Bücher beisammen.“

Scheinbar unbeeindruckt sagte er: „Dann baue ich ihnen stattdessen ein Bücher*regal*.“ Er sah Ruth an. „Vielleicht zwei – nein, drei Meter breit?“

„Davon brauche ich mindestens acht. Besser zehn.“

„Zehn.“

Ruth bemerkte den Schrecken, den sie dem Schreiner versetzt hatte, gar nicht und redete weiter. „Wenn die Bibliothek dann wächst –“

„Mrs McCain, es ist schön zu hören, dass Sie schon über eine

Erweiterung nachdenken, doch ich muss Sie daran erinnern, dass Sie so schnell wie möglich eröffnen wollten. Ich kann die Regale so bauen, wie Sie sie benötigen."

„Vielleicht sollte ich flexibler denken." Ruth legte den Kopf zur Seite.

Erleichterung war auf Mr Prices Gesicht zu sehen. „Ich bin froh, dass Sie zu dieser Einsicht gekommen sind."

„Ein Dutzend Regale, drei Meter breit. Dann habe ich genug Platz zum Sortieren der einzelnen Bereiche."

Laney tat der Schreiner leid. „Mr Price, vielleicht hätte ich Ihnen vorher genauer sagen sollen, um wie viele Bücher es sich hier handelt. Ruth, ich habe den Überblick verloren."

„Ich auch."

„Zweihundert?", schlug Rob zögernd vor.

„Oh nein. Nein, nein." Ruth zog die Brauen zusammen. Das tat sie immer, wenn sie ihre Meinung sagte, ohne vorher nachzudenken.

Laney sprang ein, bevor ihre Schwägerin etwas sagen konnte, das sie später vielleicht bereuen würde. „Die Zahl bewegte sich etwa um die Fünftausend, bevor ich den Überblick verloren habe."

„Fünftausend?!" Er fuhr sich mit der Hand durchs Haar. „Gibt es wirklich so viele Bücher auf dieser Welt?"

„Die Bücherei entsteht im Andenken an meine Mutter. Sie erwarten doch nicht etwa, dass ich da knauserig bin?" Seine Antwort wartete Ruth gar nicht erst ab. „Natürlich erwarten Sie das nicht. Jetzt, wo das geklärt ist, habe ich mich dazu entschlossen, dass die Regale aus massivem Eichenholz sein sollen."

„Das muss ich erst bestellen."

Ruth wirkte nicht gerade begeistert über diese Aussicht und fragte zerknirscht: „Dann kann ich also nicht am Freitag anfangen, die Bücher einzuräumen?"

„Freitag? Nein." Rob schüttelte den Kopf. „Nein, das können Sie nicht. Es wird auf jeden Fall ein paar Monate dauern, bis hier alles eingerichtet ist."

„Ein paar Monate!" Ruth klappte ihren Fächer auf und fing an, wild damit herumzuwedeln. Josh hatte Laney einmal erzählt, dass er nur anhand der Fächertechnik seiner Frau erkennen konnte, wie verstimmt sie war. Er hatte eine „Drei-Schläge-Regel“ erfunden, nach der jeder, der in Ruths Nähe war, ihr den Fächer abnehmen wollte, wenn sie sich dreimal selbst damit getroffen hatte.

„Ruth“, sagte Laney, als sie ihr den Fächer abnahm. „Es ist doch besser, wenn hier alles perfekt ist, bevor du eröffnest. Sonst musst du vielleicht zwischendurch schließen, wenn hier umgebaut werden muss, und dann sind deine Kunden enttäuscht.“

„Aber Toledo hat nur einen Tag gebraucht, um den Hühnerstall größenmäßig zu verdoppeln.“ Ruth verriet Rob nicht, dass sie erst neulich all ihre Hühner vergiftet hatte, doch ihr traten die Tränen in die Augen.

„Bücherregale können Sie ja wohl kaum mit einem Hühnerstall vergleichen“, beschwerte sich Rob eingeschnappt.

Gedankenverloren suchte Ruth in ihrem Ärmel nach einem Taschentuch.

Laney reichte ihr ihres. Mr Price dachte wohl, dass Ruth wegen der Dauer der Einrichtung so mitgenommen war – was ja auch teilweise zutreffen mochte –, doch Laney wusste, dass sie schnell das Thema wechseln musste. Wenn Ruth sich erst einmal in die Trauer um ihre geliebten Hühner hineinsteigerte, wäre alles vorbei. „Ich bin sicher, Mr Price wird sich mit den Regalen beeilen. Mr Price, Ruth und ich haben darüber gesprochen, dass wir gerne auch ein halbes Dutzend Kinderstühle hätten.“

Rob lächelte sie an. „Wie reizend.“

„Sie sind zu freundlich.“

„Und auch einen kleinen Tisch. Drüben bei den Kinderbüchern.“ Ruth hatte ihre Fassung wiedererlangt. Innerhalb weniger Momente war ihr eingefallen, dass sie auch noch einen Schreibtisch und einige Lesepulte benötigte.

Der Schreiner stellte Fragen und machte weitere Vorschläge. Laney versuchte, sich in den Hintergrund zurückzuziehen, doch Ruth und Rob fragten sie immer wieder nach ihrer Meinung.

Ruth wartete, bis Rob auf der anderen Seite der Abtrennung verschwunden war, dann wackelte sie mit den Augenbrauen und flüsterte: „Er mag dich.“

Laney tat so, als hätte sie nichts gehört und wandte sich zur Straße hin. „Weißt du schon, was du mit dem Fenster machen willst?“

„Du hörst dich so an, als hättest du schon eine Idee." Ruth kam näher. „Mr Price ist ein guter Mann, Laney."

„Ja, das ist er." Laney sah zu Boden und flüsterte zurück: „Aber er erinnert mich an Josh."

„Das ist doch ein Kompliment."

„Ja, aber ..." Laney schauderte. „Es gibt einen Unterschied zwischen dem, wie *du* über Josh denkst und wie *ich* über ihn denke. Für dich ist er dein Ehemann; für mich ist er nur der Bruder."

„Oh." Ruths Augen wurden groß. „Igitt."

„Stimmt etwas nicht?" Mit schnellen Schritten kam Rob auf sie zu.

Laney würde eher sterben, als ihn wissen zu lassen, worüber sie sich gerade unterhalten hatten.

„Da in der Ecke haben wir gerade einen riesigen Käfer gesehen."

Laney folgte Ruths Blick und musste ihren Ekel gar nicht vortäuschen, als sie die Kakerlake erblickte.

„Ich kümmere mich darum. Spinnen, Käfer, Schlangen, Mäuse – mit so etwas sollten Damen nichts zu tun haben." Er besah sich das Tierchen genauer und meinte nur. „Tot. Ich bringe es gleich raus."

Während er das tat, flüsterte Laney: „Wenn wir hier fertig sind, kaufe ich mir drüben im Laden Schokolade. Du bekommst etwas ab, wenn du mich hier rausholst."

Ruths Augen funkelten.

Als der Schreiner zurückkam, warf er Laney ein Lächeln zu. „Wenn Sie noch mal meine Hilfe benötigen sollten, lassen Sie es mich wissen. Ich kümmere mich um alles."

„Das Fenster ..." Laney wusste, dass sie stammelte, doch sie konnte nichts dagegen tun. Bei Galen fühlte sie sich immer wohl und vor allem selbstsicher. Er hatte eine beruhigende Art. Rob Price, Eddie Lufe, Rick Maltby – sie alle waren gute Männer. Christen. Alleinstehend. Doch keiner von ihnen ließ ihr Herz höherschlagen.

„Das Fenster?" Rob runzelte die Stirn. „Ist es gesprungen? Dann repariere ich es."

„Nein, nein. Es ist nur schmutzig. Wenn es geputzt ist, sollten wir es nutzen, Ruth?"

„Nutzen? Wie?"

Froh, dass sie schon darüber nachgedacht hatte, sagte Laney:

„Entweder, um einen Tisch davorzustellen und das gute Licht zu nutzen oder um Bücher auszustellen."

„Bücher ausstellen?" Rob grinste. „Ich bin nicht sicher, ob ich die Logik dahinter erkenne. Die Leute wissen doch, dass es in einer Bücherei Bücher gibt, wozu sie noch ausstellen?"

Galen gibt mir niemals das Gefühl, etwas Dummes gesagt zu haben.

„Eine Ausstellung?" Ruth kaute auf ihrer Unterlippe. „Was für eine großartige Idee. Wir könnten jeden Monat ein anderes Thema haben. Lebensberichte, Erzählungen –"

„Aber wenn Sie die Bücher alle ins Fenster stellen, wie können die Leute sie sich dann noch ausleihen?" Rob zuckte mit den Schultern. „Vielleicht können Sie eine Liste erstellen, damit die Leute sich die Bücher ausleihen können, wenn die Ausstellung vorbei ist."

„Das werde ich tun!"

Laney lächelte über Ruths Enthusiasmus. „Es wäre auch schön, einen Globus zu haben und Landkarten – vielleicht einen Kompass. Dann könntest du Reiseliteratur anbieten."

„Ah, ich verstehe." Rob nickte. „Und einen Pickel und eine Schaufel für die kalifornische Geschichte." Er zog die Brauen zusammen. „Obwohl das wahrscheinlich noch nicht als Geschichte zählt. Den Goldrausch gibt es erst seit ein paar Jahren."

„Wir könnten das Thema auf den gesamten Westen ausweiten." Ruth strahlte Laney an. „Welche Requisiten könnten wir da noch gebrauchen?"

„Wir könnten einen kleinen Tisch dorthin stellen und Halstücher oder eine Pferdedecke drüberdecken. Dann noch ein paar Erzählungen und Kinderbücher mit Bildern über den Westen. Und mit ein paar Sporen und einem Hut zu dem Pickel und der Schaufel als Dekoration runden wir das Thema ab."

„Kinderbücher!" Ruth umarmte sie. „Was für eine gute Idee! Dann zeigen wir gleich, dass wir Literatur für jedes Alter haben. Jeder wird hier etwas zu lesen finden."

„Also, lassen Sie mich das noch mal zusammenfassen." Rob zog den Bleistift hervor, den er hinter dem Ohr stecken hatte, und kritzelte etwas auf einen kleinen Block. „Sie brauchen sechs Kinderstühle."

„Und einen kleinen Tisch", fügte Ruth hinzu.

Ohne sich umzudrehen, redete er weiter: „Sie wollen auch sechs Stühle für Erwachsene und einen Tisch in Esstischgröße – rund oder eckig?"

„Rechteckig." Ruth lächelte. „Lassen Sie uns lieber zehn Stühle sagen."

Jetzt sah der Schreiner sie doch an. „Wie groß soll denn bitteschön der Tisch werden?"

„Von diesen Dingen habe ich nicht die geringste Ahnung." Ruth sah sie an. „Mit all diesen kleinen Details, die das Leben einfacher machen, kennt Laney sich gut aus. Wie viel Platz braucht man an so einem Tisch?"

Warte mal. Ich dachte, du hättest verstanden, dass du mich mit diesem Mann nicht verkuppeln sollst. „Mit Büchereitischen kenne ich mich weniger aus. An einem Esstisch rechnet man etwa sechzig bis siebzig Zentimeter pro Person."

„Wo wir gerade davon reden", sagte der Schreiner und stopfte sich den Zettel in die Hemdtasche, „warum erweisen Sie mir nicht die Ehre und begleiten mich zum Mittagessen in den Copper Kettle?"

„Ich glaube nicht, dass –", fing Laney an.

„Eine wunderbare Idee." Ruth lächelte zuerst sie an, dann den Schreiner. „Wir würden sehr gerne mit Ihnen essen."

Empört rauschte Laney an Ruth vorbei und flüsterte ihr zu: „Iss dich gut satt. Du bekommst nämlich nicht den winzigsten Krümel von der Schokolade ab, die ich mir nachher noch kaufe!"

29. Kapitel

Mr Darlden öffnete die Tür zum Diner und rief laut vernehmlich durch den Raum: „Ruth, Laney? Ich habe Ihren Gast mitgebracht. Lefty und Jeb laden gerade die Koffer in Ihren Wagen."

„Hallo", sagte eine junge Frau mit tiefer, weicher Stimme, als sie an ihren Tisch trat. „Ich bin Amanda Bradley."

Ruth war gerade am Kauen, daher übernahm Laney das Reden. „Es ist mir eine Freude, Sie hier zu haben, Miss Bradley. Nicht wahr, Ruth?"

Ruth nickte.

„Bitte, nennen Sie mich doch Laney. Die Frauen hier im Westen werden so schnell Freunde, dass man die Formalitäten getrost weglassen kann." Laney wandte sich an Mr Price, der schon aufgesprungen war. „Und das ist unser lieber Schreiner, Mr Robert Price."

„Wie schön, Sie kennenzulernen." Amanda setzte sich auf den Stuhl, den er ihr bereithielt. „Danke, Sir."

Ruth schluckte und beugte sich vor. Ihre Lippen bewegten sich kaum, als sie Laney zuflüsterte: „Sandwich!"

Amanda sah auf ihren Teller. Sie hatten alle ein Sandwich bestellt und Laney hoffte, dass die Freundin ihrer Schwägerin den Hinweis verstand.

Ethel strich ihre Schürze glatt, als sie aus der Küche kam. „Ich habe Mr Darlden gehört. Wo ist er denn schon wieder hin? Oh, meine Lieben. Ruth, wer ist denn Ihre kleine Freundin und wo kommt sie her?"

„Nach der langen Reise ist Miss Bradley bestimmt durstig, Ethel."

„Ich bin immer halb verdurstet, wenn ich lange unterwegs war", sprang Laney ein, als Ruth wieder von ihrem Sandwich abbiss. „Ethel, bringen Sie ihr doch bitte eine Tasse Kaffee."

„Natürlich. Natürlich." Ethel bewegte sich nicht vom Fleck, sondern ließ kurz ihren Blick über Amandas Kleidung schweifen.

Obwohl sie leicht zerknittert und staubig von der Reise war, war sie doch aus feinstem Material gefertigt und mit Spitze verziert. Innerhalb kürzester Zeit hatte Ethel sie richtig eingeschätzt. Gier funkelte in ihren Augen, als sie übertrieben freundlich weitersprach. „Myrtle, sei ein liebes Kind und hol eine Tasse Kaffee." Sie wandte sich wieder an Amanda. „Sie möchten bestimmt meine Nichte kennenlernen. Sie wird sich freuen, Sie kennenzulernen. Jeder Freund der McCains wird uns verzaubern."

Amanda lächelte höflich.

„Es wird uns ein Vergnügen sein, für eine junge Dame von Bedeutung zu kochen. Das Tagesangebot heute –"

„Ich bestelle für die Dame", sagte Mr Price.

„Aber sie hat doch noch gar nichts von dem Kanincheneintopf und dem Pflaumenpüree gehört."

In diesem Moment kam Myrtle aus der Küche. Sie trug eine Tasse mit Untertasse, doch ihr Gesichtsausdruck war alles andere als verheißungsvoll. „Hast du den Kaffee mit dem Tee verwechselt?"

„Nein, natürlich nicht." Ethel nahm ihrer Nichte das Getränk ab und stellte es auf den Tisch. „Gourmetkaffee. Das ist es. Probieren Sie einmal!"

„Ich glaube nicht, dass ich jemals einen Kaffee mit solch einem Aroma gerochen habe."

Laney verzog das Gesicht. Mit ihrer Aussage hatte Amanda recht. Am liebsten hätte Laney dieses Aroma nie wieder gerochen.

„Das Reisen ist für eine junge Dame ja immer sehr anstrengend." Laney beugte sich vor und nahm Amanda die Tasse weg. „Ich habe nicht nachgedacht, als ich Ihnen Kaffee bestellt habe. Tee. Ja, Tee ist besser." Das umwerfend schöne Mädchen nickte. Laney vermutete, dass das Funkeln in ihren Augen Dankbarkeit war. „Einfachen Tee. Es sei denn, Miss Bradley mag gerne Honig?"

„Wie freundlich. Tee wäre wunderbar." Erleichtert fügte sie hinzu. „Und nennen Sie mich Amanda."

Ethel reckte die Schultern. „Tee und einmal Kanincheneintopf mit Pflaumenpüree."

„Ein Sandwich, Ethel", sagte Mr Price bestimmt.

Ethel strahlte. „Sie möchten noch ein Sandwich?"

„Nein, die junge Dame möchte ein Sandwich."

„Ja, das möchte sie!" Laney nahm schnell ihr eigenes Sandwich wieder auf. „Vergeben Sie mir, dass ich vor Ihnen esse, Amanda, aber niemand macht solche Sandwiches wie Ethel. Jedes Mal, wenn ich hierher komme, muss ich eins bestellen!"

„Bitte, essen Sie ruhig."

„Ich hole das Sandwich." Ethel verschwand in Richtung Küche. Gerade, als sie die Tür erreicht hatte, drehte sie sich noch mal um. „Laney, Sie haben mir noch gar nicht erzählt, wie mein Hühnerfrikassee war. Sie wissen schon, das, was Sie nach dem Jahrmarkt mit nach Hause genommen haben." Ethel kam zurück an den Tisch.

„Es ist mir in Erinnerung geblieben."

Ruth lächelte. „Und Ihr Apfel-Schokoladen-Kuchen war auch unvergesslich. Bis zum Abend war kein einziger Krümel mehr davon übrig."

„Myrtle, mach Miss Bradley ein Sandwich." Ethel ließ sich neben Amanda nieder. „Sie müssen mir alles über sich erzählen."

„Die Arme ist so müde von der langen Fahrt." Ruth schüttelte den Kopf. „Amanda, bitte fühlen Sie sich nicht verpflichtet, uns zu unterhalten."

„Genau", stimmte Laney zu. „Als ich hier ankam, wollte ich auch nur noch eine Tasse Tee und mein gemütliches Bett."

Dankbar für ihre Ausreden, nickte Amanda.

Mit unausgesprochenem Einverständnis schirmten Ruth und Laney sie abwechselnd vor Ethel ab. Ethel dachte wohl, sie würde das Gespräch dominieren. Sie blieb nie sehr lange bei einem Thema, doch das lag daran, dass Laney, Ruth und Mr Price sie immer mit dem Klatsch und Tratsch der Stadt ablenkten.

Ganz offensichtlich erschöpft, aß Amanda ihr Sandwich und schwieg während der ganzen Zeit.

Als sie fertig war, begleitete Mr Price die Frauen zum Wagen. „Ich fahre", sagte Ruth. „Laney, du kannst mit Amanda hinten sitzen."

„Oh nein. Ich fahre selbst. Dann kannst du ihr Gesellschaft leisten."

Ruth sah sie verwirrt an. „Laney, deine Freundin ist müde. Sie braucht dich."

„Meine Freundin?" Laney sah ihre Schwägerin verwirrt an. „Sie ist doch hier, um dich zu besuchen oder nicht?"

„Nein, ich dachte, es wäre eine Freundin von dir aus der Schule." Ruth und Laney wandten sich beide der Fremden zu.

Amanda sah sie schüchtern an. „Mein Cousin, Yancy Bradley, hat alles organisiert. Ich soll Miss Elaine als Gesellschafterin dienen. In der Tasche habe ich einen Brief von einem Joshua McCain."

Mr Price lachte leise. „Ich dachte, nur Alte oder Kranke brauchten jemanden, der sich um sie kümmert. Miss Laney, was von beidem sind Sie?"

Amandas Stimme zitterte, als sie leise sagte: „Sie sind Miss Elaine?"

„Ja, das bin ich. Aber das scheint ein Missverständnis zu sein. Mein Bruder hat diese Anfrage schon vor über zwei Jahren geschickt."

Das bisschen Farbe, das noch auf Amandas Wangen zurückgeblieben war, verschwand nun vollends. „Vor zwei Jahren!", wiederholte sie die Worte hoffnungslos.

Ruth und Laney tauschten einen Blick. Die beiden Frauen nahmen Amanda in ihre Mitte.

„Lesen Sie gerne?"

Amanda sah Ruth fragend an. Natürlich war sie mit Ruths Vorliebe, das Gesprächsthema unvermutet zu wechseln, nicht vertraut. Daher musste ihr die Frage völlig unangebracht vorkommen. Trotzdem antwortete sie leise: „Ich *liebe* Bücher."

„Ist das nicht eine göttliche Fügung?" Laney drückte Amanda die Hand. „Er wusste, dass wir eine Bibliothekarin brauchen würden."

„Wiedersehen!" Ivy stand auf der Veranda und winkte. Die McCains waren in der Stadt gewesen und hatten ein paar Dinge und die Post vorbeigebracht.

„Wir sehen uns am Freitag", rief Kelly. Nachdem die Frauen von Broken P weggefahren waren, seufzte Kelly.

„Tut dein Knöchel noch weh?"

„Nur ein bisschen. Aber ich will mich nicht beschweren." Sie stützte sich auf den Stock und ging zurück ins Haus. „Gott hat uns mit wunderbaren Nachbarn gesegnet."

„Es war wirklich nett von ihnen, uns die Post zu bringen."

„Laney und Ruth haben sich am Sonntag Sorgen gemacht. Ich hätte mir denken können, dass sie heute vorbeikommen würden. Die beiden sind sehr aufmerksam."

Ivy verzog das Gesicht. „Ich wünschte, ich könnte etwas wegen der Wäsche machen. Schrecklich, dass die ganzen Handtücher und die Hemden ruiniert sind."

„Da können wir nichts machen. Was geschehen ist, ist geschehen." Kelly ließ sich in den Schaukelstuhl sinken und legte den Fuß hoch.

Ivy setzte Kaffee auf. „So etwas Ähnliches hat Amanda auch gesagt. Ihr Cousin ist doch wirklich ein fieser Hund. Taucht einfach bei ihr auf und behauptet, dass er sich um das Erbe ihres Vaters kümmern will. Dann reißt er alles an sich und schickt sie einfach hierher zum Arbeiten. Wenn jemand das mit mir gemacht hätte, wäre ich zurückgefahren und wäre ziemlich böse geworden."

„Die Vergeltung ist Gottes Sache. Es ist nicht an uns, nach Rache zu verlangen." Kelly nahm ihre Bibel zur Hand.

„Macht es dir was aus, wenn ich mir kurz die Beine vertrete, solange du deinen Knöchel hochlegst?"

„Nein, mach ruhig." Kelly sah auf. „Ivy, wenn wir alleine sind, ist das okay, aber wenn andere dabei sind, musst du dich anders ausdrücken. Worte wie Knöchel oder Beine darfst du nicht verwenden. Es ist unanständig, wenn eine Frau von ihrem Körper spricht."

„Ich versuche, es mir zu merken." Ivy ging. Warum man nicht über seinen Körper reden durfte, das konnte sie nicht verstehen. Jeder Mensch hatte doch Beine und Knöchel. So zu tun, als wären sie nicht da, war doch albern.

Während sie spazieren ging, dachte Ivy über den Nachmittag nach. Ruth war … zum Schießen. Dieser Frau war es egal, wenn sie laut lachte, und es machte ihr überhaupt nichts aus, dass sie so ungeschickt war. Alle mochten sie so, wie sie war. Aber sie war vermögend.

Laney und Amanda glichen sich wie ein Ei dem anderen. Ivy hatte die beiden den ganzen Nachmittag über beobachtet. Sie lächelten viel, zeigten dabei aber nicht ihre Zähne. Und wenn sie lachten, hielten sie sich die Hand vor den Mund. Ihre Stimmen waren genauso weich wie ihre Hände. Immer benahmen sie sich angemessen und hatten kein Problem damit, dass ihre Kleider wegen dem ganzen Stoff mindestens hundert Kilo wogen.

Bestimmt schämen sie sich für mich. Ich wette, am liebsten hätte Galen jemanden wie sie geheiratet. Amanda war ja noch nicht hier, aber über Laney hätten sie sich bestimmt gefreut. Galen hat gesagt, dass er jemanden liebt. Vielleicht Laney? Nein. Das kann nicht sein. Sie hätte es mir gesagt. Wir sind doch Freundinnen.

Ivy raffte ihren Rock und kletterte auf einen Felsen. Als sie sich gesetzt hatte, sah sie an sich herunter und runzelte die Stirn. Die anderen Frauen pressten beim Sitzen immer ihre Knie zusammen. Alles an ihnen war anders. Sie steckten ihre Haare hoch, hatten ihre Ärmel immer nach unten gerollt und machten beim Gehen kleine Trippelschritte. *Die Männer wollen kleine süße Mädchen wie Laney, nicht strohhaarige, raubeinige Lügnerinnen, die mit fremden Kindern schwanger sind.*

Sie presste ihre Knie zusammen.

Seit Sonntag war Galen ihr aus dem Weg gegangen. Daraus konnte Ivy ihm keinen Vorwurf machen. Wenn sie sich nicht übergeben hätte, hätte er sein gutes Hemd nicht ruiniert. Sie war auch froh, dass er Abstand gehalten hatte. Immer wieder musste sie sich einreden, dass sie das alles nur zum Besten ihres Babys getan hatte.

Dass die Leute in der Kirche ihn auf einmal anders behandelten, überraschte sie. Selbst wenn er der Vater wäre – so schlimm konnte ein kleiner Ausrutscher doch nicht sein. Niemand war perfekt. Und dass sie auch dem kleinen Dale das Leben schwermachten … das machte Ivy wirklich zu schaffen.

Wieder sah sie an sich herunter. Während sie kurz in Gedanken versunken war, waren ihre Beine schon wieder auseinandergegangen. *Ich habe Galen in dieser Ehe gefangen. Jetzt kann ich nicht mehr zurück. Das Einzige, was ich tun kann, ist, eine Frau zu werden, für die er sich nicht schämen muss.*

Diesen Freitag würden Kelly und sie nach Broken P zum Nähen fahren. Wenn Laney wirklich ihre Freundin war, konnte sie ihr vielleicht helfen. Ivy hatte nichts zu verlieren.

„Guten Morgen, Miss Elaine.“ Eddie Lufe drückte sich den Hut an die Brust, als er am Donnerstagnachmittag vor ihrer Tür stand, die Haare sorgfältig pomadisiert. Eine Duftwolke aus Haarwasser umgab ihn.

Gerade noch rechtzeitig zog sie ihr Taschentuch aus dem Ärmel, um hineinzuniesen. „Entschuldigung.“

„Gesundheit.“

„Danke, Mr Lufe.“ Sie versuchte, ein höfliches Lächeln aufzusetzen. „Was für eine Überraschung, dass Sie vorbeikommen.“

„Ist das Eddie Lufe?“ Hilda kam zu ihnen. „Stehen Sie doch nicht da in der Kälte herum. Kommen Sie rein. Aber wischen Sie sich erst die Schuhe ab.“

„Ja, Ma'am.“

Unter anderen Umständen hätte Laney sich zu einem Lachen verleiten lassen, weil ein gestandener Mann sich so schnell von ihrer Haushälterin einschüchtern ließ. Nur, dass es hier nichts zu lachen gab. „Ich vermute, dass Sie etwas im Ofen haben, Hilda?“

„Habe ich doch immer.“ Hilda stupste Laney an. „Bring den Gentleman ins Wohnzimmer. Ich bringe gleich etwas zu essen und zu trinken.“

„Bitte setzen Sie sich doch, Mr Lufe.“ Laney machte eine sehr allgemeine Geste in Richtung Wohnzimmer. „Entschuldigen Sie mich kurz, während ich Ruth und Amanda hole.“

„Nein!“ Hilda räusperte sich. „Sie sind drüben im Cottage und sind mit den Büchern beschäftigt. Ich habe ihnen Kuchen mitgegeben.“

„Kuchen?“

Laney setzte ein Lächeln auf. *Eddie wäre auch nur zum Essen vorbeigekommen. Vielleicht ist er gar nicht meinetwegen hier.* „Hilda ist eine wunderbare Köchin.“

„Genau wie Laney.“ Hilda zupfte an ihrer Schürze. „Kelly O'Sullivan und ich haben ihr sehr viel beigebracht. Jetzt ist sie so gut wie wir beide zusammen. Auf dem Jahrmarkt hat sie sogar den zweiten Platz mit ihrem Traubengelee belegt.“

„Wirklich!“

Hilda nickte vehement. „Und das mit den Trauben, die Sie uns gebracht haben!“

„Wir haben Mr Lufe doch Gläser vorbeigebracht. Weißt du das denn nicht mehr? Aber ich hole Ihnen gerne noch mehr, wenn Sie möchten."

„Ach was, das kann ich doch machen, Laney. Du setzt dich mit Eddie hin. Ich bin sicher, ihr werdet viele Themen finden, über die ihr euch unterhalten könnt."

Jetzt, da ihr alle Ausreden genommen waren, setzte Laney sich ins Wohnzimmer. Am liebsten saß sie eigentlich auf dem Sofa, aber sie hatte Angst, Eddie könnte versuchen, sich neben sie zu setzen, deshalb zwängte sie sich mit ihren Röcken in einen der schmalen Stühle.

„Das Klavier ist wunderschön." Als Eddie sich auf den Stuhl setzte, auf dem ihr Vater früher immer gesessen hatte, knarrte er laut. „Spielen Sie?"

„Mehr schlecht als recht." Laney zuckte mit den Schultern. „Ruth ist sehr talentiert. Sie spielt wunderbar."

„Ich bin sicher, dass Sie andere Talente haben."

Plötzlich stürmte Hilda mit einem Tablett in der Hand herein. „Oh ja! Laney ist eine wahre Künstlerin." Laney hegte die starke Vermutung, dass die Haushälterin dieses Treffen arrangiert und Kaffee und Kuchen schon längst in der Küche bereitgestellt hatte. Hilda ignorierte Laney und stellte das Tablett auf den Tisch. „Sie hat das Bild über dem Klavier gemalt."

„Wirklich?" Eddie erhob sich. „Das muss ich mir aus der Nähe anschauen."

„Laney hat auch den Blumenstrauß gesteckt. Sie hat all diese Dinge in dem Pensionat gelernt. Nicht nur das, sie hilft auch Kelly O'Sullivan im Garten."

Laney nahm die Tasse entgegen, die Hilda ihr in die Hand drückte. Doch sie warf der Frau einen strafenden Blick zu. Die Haushälterin gebärdete sich wie ein Pferdehändler, der seine Tiere anpries. *Dann wird sie als Nächstes wohl über meine Zähne reden.*

„Die Blumen sind … sehr schön." Er legte den Kopf schief und schloss ein Auge. „Und das Bild … Ich fühle mich, als wäre ich dort in dieser Landschaft. Die Details hier vorne an den Blumen wirken sehr real."

„Danke."

Hilda wedelte ungeduldig mit der Hand und formte mit den Lippen ein *Sei freundlich*.

Laney war die ganze Situation sehr unangenehm.

Aber so schnell würde Hilda diesen Besuch nicht enden lassen. Sie bedeutete Eddie, sich wieder hinzusetzen und schenkte ihm Kaffee ein. Dann tat sie ihm ein großes Stück Kuchen auf. „Ich könnte mir vorstellen, dass Laney im Frühling den Blumengarten hier auf der Ranch malen könnte, wenn sie bis dahin noch nicht verheiratet ist."

Ein plötzlicher Schmerz durchzuckte ihr Herz, sodass sie die Gabel fallen ließ.

„Mach dir keine Sorgen", sagte Hilda, die sie schnell vom Boden aufhob. „Ich hole dir eine neue."

„Nicht nötig, Hilda." Laney verschränkte die Hände auf dem Schoß. „Ich habe sowieso keinen Appetit."

„Sie isst wie ein Vögelchen", erklärte Hilda Eddie.

Eddie lächelte, nachdem er einen riesigen Bissen Kuchen heruntergeschluckt hatte. „Da passen wir ja perfekt zusammen. Sie sind klein und ich sehr groß. Sie essen wenig und ich viel."

Laney zwang sich zu einem schiefen Lächeln. Ihr kam es vor, als würde sich der Besuch endlos hinziehen. Als Eddie schließlich sein Kuchenstück und das von ihr verzehrt hatte, griff Laney nach einem letzten Strohhalm. „Ich frage Hilda gerne, ob sie Ihnen jetzt gleich ein Stück mit nach Hause gibt."

„Nein, nein. Aber ich würde gerne wiederkommen, wenn ich darf. Und wenn meine Reben wieder Früchte tragen, bringe ich Ihnen so viele Trauben, wie Sie möchten."

„Wie freundlich von Ihnen, Mr Lufe." Laney begleitete ihn zur Tür und lehnte sich erschöpft dagegen, als er endlich gegangen war. Die Zeiger der Uhr waren gerade einmal eine Dreiviertelstunde weitergegangen, doch ihr war die Zeit wie eine Ewigkeit vorgekommen.

Laney marschierte in die Küche. „Hilda, tu das nie wieder!"

„Was denn?"

„Die Kupplerin spielen! Es war … grauenvoll." Ein Stechen hinter den Augen warnte sie. Gleich würde sie in Tränen ausbrechen.

„Wenn ein Nachbar vorbeischaut, ist daran nichts falsch."

„Gut. Dann kannst *du* dich ja demnächst um unsere Besucher kümmern, die auch noch zufällig alleinstehend sind."

Hilda verzog das Gesicht. „Das wäre unhöflich, das weißt du, Elaine Louise."

„Nicht schlimmer als die Tatsache, dass du mich mit Eddie verkuppeln willst."

Hilda kam auf sie zu und tätschelte ihr sanft die Schulter, so wie sie es getan hatte, als Laney noch ein kleines Mädchen gewesen war. „Ich weiß, dass es schwierig ist, aber du musst weitermachen. Das nächste Mal wird es nicht so schwer."

Laney schob ihr Kinn vor. „Weil es kein nächstes Mal geben wird."

„Du hast keine Mutter mehr, also werde ich an ihre Stelle treten. Du kannst nicht länger Galen hinterhertrauern. Er ist schließlich ein verheirateter Mann. Es bringt nichts, verflossenen Träumen hinterherzutrauern. Eddie Lufe ist ein guter, verantwortungsvoller Christ. Genau wie Robert Price. Beide würden dich vom Fleck weg heiraten. Eddie hat mehr Geld, aber Rob sieht besser aus."

„Mir ist es egal, ob sie reich sind oder gut aussehen." Laney schüttelte sich von Kopf bis Fuß. „Ich heirate keinen Mann, den ich nicht liebe. Das kann ich einfach nicht."

30. Kapitel

Am nächsten Tag saß Laney wieder im Wohnzimmer. Nur, dass dieses Mal Kelly und Ivy zum Tee und zu ihrem Nähtreffen da waren, und natürlich Ruth, Hilda und Amanda. Das Treffen mit Eddie am Vortag war schon peinlich und unangenehm gewesen. Aber heute war es noch schlimmer. Das Mädchen, das Laneys Zukunft durch eine gemeine Lüge zerstört hatte, saß neben Kelly, so wie Laney es sich früher neben ihrer eigenen Mutter gemütlich gemacht hatte.

Obwohl sie es kaum ertragen konnte, war Laney klar, dass sie irgendwie damit zurechtkommen musste. „Ich bewundere dein Kleid", sagte sie zu Amanda. „Der Stoff ist exquisit."

„Danke. Eine liebe Freundin von zu Hause hat darauf bestanden, es mir als Abschiedsgeschenk mitzugeben."

„Die Wolle ist bestimmt schön warm. Sicherlich sehr angenehm bei der Kälte heute", sagte Kelly, bevor sie an ihrem Tee nippte.

„Laney, willst du nicht noch einmal über das pinkfarbene Wollkleid nachdenken?" Ruth wandte sich an Amanda. „Die Wolle hat den gleichen Ton wie deine Seide. Mir hat es nie richtig gepasst, und Laney findet, dass sie in Pink grauenhaft aussieht."

„Ich wette, Laney würde selbst in einem Jutesack gut aussehen." Ivy schlürfte laut ihren Tee. „Ich bin dazu verurteilt, mein Leben lang braun zu tragen. Das liegt an meiner Haarfarbe."

Laney sah den Seitenblick, den Ruth ihr zuwarf, und sagte überrascht: „Ivy?"

„Hm?" Ivy sah sie verwirrt an.

Ruth lehnte sich zurück und musterte Ivy. „Ja, Laney. Ich glaube, du hast recht. Ivy würde Pink wunderbar stehen. Worauf warten wir noch?" Sie sprang auf. „Komm schon, Ivy. Amanda und Laney, ihr auch."

„Diese Mädchen." Hilda warf Kelly einen wissenden Blick zu. „Sie haben immer irgendwelche Flausen im Kopf. Macht ihr Mädchen mal. Kelly und ich sitzen lieber am Feuer und nähen."

Während sie die Treppe hochgingen, fragte sich Laney, was ihre Schwägerin vorhatte. Ruth schmiedete ständig neue Pläne. *Ich will kein Teil davon sein.*

„Meine Mutter war sehr lange krank", erklärte Ruth Ivy. „Ich hatte nichts anderes zu tun als zu nähen, während wir miteinander geredet haben." Sie seufzte. „Sie glücklich zu machen war alles, was für mich gezählt hat, also habe ich ein Kleid nach dem andern genäht. Ich habe gar nicht gemerkt, wie viele ich tatsächlich gemacht habe, bis meine Haushälterin sie hierher geschickt hat."

„Das blaue, das du mir geschenkt hast, ist mein Lieblingskleid", sagte Laney.

„Bevor ihr mein Zimmer betretet, müsst ihr wissen, dass dort das reinste Chaos herrscht. Überall liegen Kleider herum." Ruth öffnete die Tür zu ihrem Zimmer.

„Das stimmt", rief Ivy, die verwirrt auf die Kleiderstapel starrte.

„Tut mir leid", sagte Amanda schnell. „Das ist meine Schuld. Die liegen hier doch nur, weil du den Schrank in meinem Zimmer ausräumen musstest."

„Sie hingen da, weil ich sie nicht trage. Amanda, es gibt hier irgendwo ein gestreiftes, das … Egal, ich will, dass ihr die Kleider anprobiert."

Amanda blieb so abrupt stehen, dass Laney fast gegen sie prallte. „Das hast du geplant!", sagte Laney vorwurfsvoll.

Ruth lachte. „Natürlich habe ich das. Wenn sie keiner von euch passen, gebe ich sie weg. Was wäre das für eine Verschwendung, sie für nichts und wieder nichts zu behalten."

„Du würdest deine Kleider weggeben?" Ivy sah genau so schockiert aus, wie ihre Stimme klang.

„Ich teile gern mit Freunden." Ruth zeigte auf den ersten Stapel. „Lasst uns sehen, wem was passt."

Gefühle der Eifersucht machten sich in Laney breit. *Es ist schon schlimm genug, dass sie mir den Mann gestohlen hat, den ich liebe. Jetzt soll ich ihr auch noch helfen, ihm zu gefallen?* „Warum gehe ich nicht wieder nach unten und ihr entscheidet, was euch am besten gefällt?"

„Wir werden bis morgen Mittag brauchen, wenn du nicht hierbleibst, um uns zu helfen", erklärte Ruth. „Vielleicht sogar bis zum

Abendessen. Ich bin eher ein Hindernis als eine Hilfe. Laney, würdest du das pinkfarbene Kleid für Ivy suchen?"

Mit schmerzendem Herzen machte sich Laney auf die Suche nach dem Kleid. *Warum tut Ruth mir das an? Herr, warum tust du mir das an?* Laney zog die pinkfarbene Wolle mitten aus einem Berg heraus. Das Kleid musste fünf Meter Stoff verbraucht haben, so voluminös war der Rock, der sich über die Reifen legen würde. Andere Kleider verrutschten und fielen zu Boden.

„Das ist genauso schön wie die Kleider, die ihr alle anhabt." Genauso schnell, wie Ivys Lächeln gekommen war, verschwand es auch wieder. „Vielen Dank, aber ich kann so ein Kleid nicht anziehen. Kelly hat mir gesagt, dass man über gewisse Dinge nicht reden darf, aber wenn ich so was trage, dann *sehen* doch alle diese Dinge."

„Ach ja, dieses Problem kenne ich." Amanda hockte sich hin und sammelte die Kleider vom Boden. „Alles, was es braucht, sind ein paar Tricks, dann kann nichts schiefgehen."

Ruth musste lachen. „Ihr werdet nicht glauben, was ich getan habe, damit ich mir an windigen Tagen keine Sorgen mehr machen muss."

„Was denn?" Laney wurde neugierig.

„Sieh dir den Raum an."

Laney bückte sich und suchte den Stoff ab. „Knöpfe? Die sind aber doch nicht schwer genug, damit das Kleid sich nicht anhebt."

„Seht euch das an." Ruth hob ihren Rock an und schlug den Saum um, um ihnen die kleinen Päckchen zu zeigen, die alle zwanzig Zentimeter daran hingen.

„Was ist da drin?", fragte Amanda.

Ruth knöpfte einen ab und reichte ihn Ivy.

„Schrot!", rief sie. „Wenn ich es nicht mit eigenen Augen sehen würde, würde ich sagen, dass du mich auf den Arm nimmst. Ups, darf ich denn über Arme reden, wenn ich Beine schon nicht erwähnen darf? Egal, das ist auf jeden Fall eine super Idee."

„Versprecht mir, dass keine von euch jemals ein Wort darüber verlieren wird." Ruth seufzte. „Ich befürchte, dass Josh auch so schon genug um die Ohren hat, ohne dass halb Folsom weiß, dass seine Frau eine Verrückte ist."

„Wenigstens wäre es bei dir nur die Hälfte." Ivy zuckte mit den

Schultern. „Jeder im Umkreis von ein paar Meilen ist davon überzeugt, dass ich zu nichts zu gebrauchen bin."

„Mein lieber Papa hat für solche Fälle immer ein weises Wort parat gehabt", warf Amanda ein und legte ihre Hand auf Ivys Arm. „Die Menschen, die du am meisten beeindrucken musst, werden am wenigsten deine Freunde werden. Diejenigen, die sich um dein Herz und deine Seele sorgen, zählen wirklich."

„Dein Pa war auf jeden Fall viel netter als meiner." Ivy klang wehmütig, als sie weitersprach. „Zu schade, dass er nicht hier ist, um ein paar Leuten den Kopf geradezurücken."

„Oh, aber mein himmlischer Vater kann das." Amanda sah sich im Raum um. „Ivy wird einen Reifrock brauchen, Ruth."

Ich hätte nicht gedacht, dass es Ivy etwas ausmacht, was andere Leute über sie denken. Ich habe so viel Zeit meines Lebens damit verschwendet, anderen zu gefallen. Ich dachte, sie wäre anders, aber vielleicht sind wir uns ähnlicher, als ich dachte. Laneys Brustkorb fühlte sich so eng an, dass sie kaum atmen konnte. *Ich sollte Ivys Freundin sein. Schließlich ist sie meine Nachbarin und sie ist Galens Frau. Ich sollte ihr Gottes Liebe zeigen.*

Kurze Zeit später stand Ivy in der Mitte des Zimmers und starrte auf ihr Spiegelbild. „Was für ein Anblick!"

„Hier", sagte Laney, als sie Ivys Ärmel zurechtzupfte. So weh es auch tat, die Aussicht auf eine gemeinsame Zukunft mit Galen zu begraben, sie hatte keine andere Wahl. Wenn sie Galens und Ivys Zukunft positiv mitgestalten konnte, würde sie das tun. Laney trat zurück und ließ ihren Blick über die junge Frau schweifen. Ivy biss sich unsicher auf die Unterlippe und Laney spürte, dass Ivy Bestätigung brauchte. „Du siehst wunderschön aus. Das Pink passt wunderbar zu deiner Haut und deinem Haar."

„Und der Schnitt ist sehr schmeichelhaft", fügte Amanda hinzu.

Ivy tätschelte mit ihren rauen roten Händen auf die Reifen. „Hier ist auch noch genug Platz, wenn mein Bauch erst mal dicker ist."

Wieder ging ein Stechen durch ihr Herz, noch bevor Laney es unterdrücken konnte. Zitternd presste sie die Hand auf den Mund. *Herr, ich versuche es wirklich, aber es tut so schrecklich weh.*

„Ich habe es schon wieder getan, stimmt's? Ich habe irgendwas Verbotenes gesagt."

„Ich wusste gar nicht, dass du ein Kind erwartest“, sagte Amanda leise.

„Also, jetzt weißt du's. Ich verstehe nicht, warum es nicht in Ordnung ist, darüber zu reden, dass ich schwanger bin. Ich wurde in der Kirche verheiratet, auch wenn mein Bruder dabei sein Gewehr auf den Bräutigam gerichtet hat.“ Ivy schüttelte Ruths Hände ab. „Jeder spricht nur noch darüber. Aber das ist doch totaler Quatsch. Vor Weinachten haben sie alle über Jesus in der Krippe gesprochen. Jetzt reden alle nur noch über das Baby in meinem Bauch.“

Kannst du es ihnen verübeln?, dachte Laney. *Du hast etwas Verwerfliches getan. Und jetzt erwartest du, dass die Leute nicht drüber reden, wenn dein Bruder mit einem Gewehr im Weihnachtsgottesdienst auftaucht?*

„Du solltest jetzt nach vorn schauen. Das ist das Einzige, was du tun kannst“, sagte Ruth. „Die Vergangenheit können wir nicht mehr ändern.“

„Das ist wahr“, stimmte Amanda zu. „Sich an alte Dinge zu klammern oder sich zu wünschen, dass Dinge anders gelaufen wären, ist eine große Versuchung. Es ist schwer, loszulassen und freudig der Zukunft entgegenzugehen.“

„Das ist wirklich lieb von euch. Ich wünschte, alle wären so wie ihr. Es ist doch schrecklich, dass die Leute in der Gemeinde sagen, man soll alle lieben, sich dann aber gegen die O'Sullivans wenden und ihnen das Leben schwer machen.“

Für Galen ist es noch schrecklicher, glaub mir.

Ivy sah sich wieder im Spiegel an. „Ich werde dieses Kleid zum Gottesdienst tragen. Aber ich würde lieber einen Monat lang in diesem schrecklichen Diner essen, als mich mit einer von diesen falschen Schlangen anzufreunden, die die Kirchenbänke mit ihren Hintern wärmen.“ Ivy zuckte zusammen. „Entschuldigung.“

Schlangen. Auch Laney zuckte innerlich zusammen. Ein hässliches Wort … aber wahr. *Und ich bin eine von ihnen. Ich habe das Gift der Bitterkeit in meine Seele eindringen lassen.* Tränen nahmen ihr die Sicht. „Es tut mir leid.“

„Ach, komm schon.“ Ivy zog die Nase kraus. „Ihr Mädchen seid anders. Du und Ruth waren sofort meine Freundinnen, als wir uns das erste Mal gesehen haben. Ihr steht zu den O'Sullivans – kommt immer noch vorbei und habt sogar Hochzeitsgeschenke vorbeigebracht." Ivy drehte sich um. „Amanda, wenn es dir was ausmacht, dass ich schwanger war, bevor ich verheiratet war, würde ich das gerne sofort wissen."

In diesem Moment durchfuhr es Laney. Sie wollte Ivy vor allem weiteren Schmerz bewahren.

„Mit einem Mann zusammen zu sein, bevor du verheiratet warst, war nicht richtig." Amanda sprach langsam.

Laney trat näher und nahm Ivys Hand.

„Aber nur, weil das eine Sünde ist, die ich noch nicht begangen habe, heißt das nicht, dass ich nicht auch schon Falsches in meinem Leben getan hätte." Amanda legte ihre Hand über die von Ivy und Laney. „Es wäre falsch, dich zu verurteilen, denn ich will ja auch, dass Gott mir vergibt und meine Übertretungen vergisst."

„Ich weiß nicht, was das heißen soll, aber ich werde bestimmt nichts Schlechtes über dich denken."

Während Ruth Amanda dabei half, ein Kleid anzuprobieren, nahm Ivy Laney zur Seite. „Ich muss dich was fragen. Kannst du mich unterrichten?"

„Worin denn?"

„Ich will lesen lernen."

Die Sehnsucht in Ivys Augen riss die letzten Mauerreste um Laneys Herz ein. Sie hatte genauso gefühlt, hatte sich das Gleiche von Ruth gewünscht. *Amanda hat recht. Ivy hat mit einem Mann gesündigt und hat eine schreckliche Lüge erzählt, aber auch ich bin nicht sündenfrei. Es ist Gottes Sache, zu vergeben oder Vergeltung zu verlangen, nicht meine.*

„Ich will lesen lernen und auch ein paar von diesen vornehmen Sachen." Ivy senkte den Blick. „Aber wenn du nicht willst, kann ich das verstehen."

Laney legte den Arm um Ivy. „Natürlich werde ich dich unterrichten!"

Ivy fing an zu lachen. „Am besten fängst du gleich damit an, wie ich mich am besten in diesem Kleid bewege. Sonst laufe ich in der Gegend rum wie ein betrunkener Truthahn."

„Oh nein!" Laney drehte sich schnell um und zog Ivy theatralisch hinter sich.

„Was ist denn los?“

„Wenn du aussiehst wie ein Truthahn, hast du ein Problem! Hast du schon Ruths Schrotkugeln vergessen?“

Später am Nachmittag kam Ma zu Galen und stellte sich auf die Zehenspitzen, um in den Koben schauen zu können. „Die neue Sau hat sich gut eingelebt.“

„Ja.“ Laney war gestern ohne Vorwarnung aufgetaucht und hatte eine Sau an einem Seil mitgebracht. Dale war begeistert gewesen und Galen konnte und wollte ihnen den Spaß nicht verderben. Eine weitere Sau würde außerdem das Einkommen deutlich steigern. „Wie es aussieht, wird sie in der ersten Juniwoche werfen.“

„Ich wollte schon lange etwas mit dir besprechen, Galen.“

„Ja?“ Er wandte sich um und stellte den Fuß auf das unterste Holzbrett.

Ma legte ihm ihren Arm um die Hüfte und lehnte den Kopf an seine Schulter. „Du bist verletzt, Sohn. Es ist eine Schande, dass es teilweise auch meinetwegen ist. Du bist ein Mann nach Gottes Gefallen, trotzdem habe ich deine Integrität infrage gestellt.“

Galen hielt sie fest und schwieg.

„Hättest du wirklich bei Ivy gelegen und wärst der Vater des Kindes, dann hättest du deinen Stolz heruntergeschluckt und das Beste aus der Situation gemacht. Das hast du aber nicht. Ein Mann und seine Ehefrau schlafen nicht getrennt voneinander, doch genau das hast du seitdem getan. Seit Weihnachten verströmst du Ärger und Ungeduld und du hast die Zwillinge dazu gezwungen, dass sie sich nur sehen, wenn du dabei bist. Es läuft alles auf eines hinaus: Dir wurde übel mitgespielt. Aye, du wurdest betrogen und ich … Junge, ich habe es nur noch schlimmer gemacht.“

Ma sah zu ihm auf. Tiefer Schmerz stand in ihrem Gesicht geschrieben. „Du hast so hart dafür gearbeitet, dass es uns allen gut geht. Die Trauer verändert uns, macht uns zu Fremden. Ich weiß nicht, wie es dazu kommen konnte, dass ich dir misstraut habe.“ Tränen traten ihr in die Augen und liefen ihr über die Wangen.

„Ma, du konntest es nicht wissen. Es hat einfach alles gegen mich gesprochen."

Ma atmete zitternd ein. „Das mag sein, aber ich war eine Närrin, auch nur eine Sekunde zu glauben, du hättest bei dem Mädchen gelegen. Tief in meinem Herzen habe ich es die ganze Zeit über gewusst und ich bitte dich nun um Vergebung für mein Misstrauen und meine bösen Gedanken."

Galen ließ den Blick in die Ferne schweifen. Dass Ma an ihm gezweifelt hatte, traf ihn tief ins Herz. Nur Laney hatte an seine Unschuld geglaubt. Sein ganzes Leben, sein Ruf als rechtschaffener Mann war innerhalb eines Augenblickes in sich zusammengebrochen. Doch seiner Ma konnte er auch nicht böse sein. Dafür liebte er sie viel zu sehr. Auf ihrem Gesicht stand ehrliche Reue. Galen seufzte und drückte sie an sich. „Ich vergebe dir, Ma."

„Wir müssen Gott vertrauen, dass er diese Situation zum Guten wendet."

„Ich kann mir noch nicht vorstellen, wie das geschehen soll." Er ließ sie los. „Die Frau, die ich liebe, habe ich verloren. Gute Freunde haben sich von mir abgewandt, Dad ist tot und das Geld wird immer knapper. Was der Herr mit all dem bezwecken will, erschließt sich mir nicht."

„Aber immerhin gehen Ishmael und Ivy mit zur Kirche. Das ist wenigstens ein kleiner Lichtblick in dieser ganzen Misere."

„Die Erde unter meinen Fingernägeln zeugt davon, dass ich Farmer bin." Zuerst sah Galen auf seine Hände, dann auf das umliegende Land. „Ich weiß genau, dass selbst wenn der Boden vorbereitet und die Saat gesät ist, sie nicht immer aufgeht."

„Das Kind, Galen – es wird in einem christlichen Zuhause aufwachsen. Selbst wenn Ivy und Ishmael ihre Herzen niemals Gott öffnen, werden wir das Kind mit Gottes Liebe und seinem Wort umgeben und darauf vertrauen, dass es Fuß fasst."

Er nickte.

„Heute ist bei den McCains irgendwas passiert."

Angst machte sich in ihm breit. „Was hat Ivy getan?"

„Ich bin mir nicht ganz sicher. Bei ihnen lebt jetzt eine junge Frau – Miss Amanda Bradley. Sie kommt aus South Carolina und hat sich auf die Anzeige hin gemeldet, die Josh für Laney aufgegeben hat."

Galen war verwirrt. „Was?“

„Josh hat den Brief schon vor zwei Jahren geschrieben. Jetzt braucht Laney natürlich keine Gefährtin mehr, aber Ruth hat sie trotzdem engagiert. Sie hilft ihr mit der Bücherei. Hilda hat mir gesagt, dass Miss Bradley von ihrem Cousin betrogen wurde und er sie um ihren Besitz gebracht hat. Egal, während Ruth ihr und Ivy Kleider geschenkt hat, die sie nicht mehr trägt, muss irgendetwas passiert sein …“

Galen sagte nichts. Er hatte das ungute Gefühl, dass Ivy unter Umständen etwas gesagt oder getan hatte, das die angespannte Situation nur noch schlimmer machte.

„Sie alle sind völlig verändert die Treppe runtergekommen. Galen, Schatz, sie haben Ivy frisiert und ihr ein hübsches Kleid angezogen. Sie sah großartig aus.“

Er rieb sich die Stirn. „Ma, ich bin da wie jeder andere Mann auch – ich mag eine schöne Frau, doch im Endeffekt zählt ihr Herz. Ivy hübsch anzuziehen, ändert nichts daran, dass sie eine gemeine Lügnerin ist.“

„Aye, da hast du recht. Aber das war es auch nicht, was mich am meisten beeindruckt hat. Es war die Veränderung an Laney, die mir ins Auge gefallen ist. Wochenlang hat sie sich Mühe gegeben, höflich und freundlich zu Ivy zu sein – obwohl sie dabei unsagbar gelitten haben muss.“

„Sie war viel gütiger, als sie hätte sein müssen. Ihr Herz ist gebrochen. Es zerreißt mich fast, sie so leiden zu sehen.“

Ma tätschelte seine Hand. „Aber genau aus diesem Grund erzähle ich dir doch davon. Was die Veränderung ausgelöst hat, weiß ich nicht. Aber als sie die Treppe herunterkam, war Laney eine andere Frau – kein Mädchen, Galen, Schatz. Eine Frau. Sie hat versprochen, Ivy das Lesen beizubringen. Aye, das hat sie. Und obwohl ich genau weiß, wie sehr Laney dich geliebt hat, glaube ich, dass ihr Herz nun weiß, dass sie ihren Mädchentraum begraben und sich der Zukunft zuwenden muss. Das Leben muss weitergehen und Laney ist genau das klar geworden. Ich hoffe, dass nun auch die Trauer von ihr weicht.“

„Ich kann niemals aufhören, Laney zu lieben“, flüsterte er heiser. „Und den Gedanken, dass sie jemals aufhören könnte, mich zu lieben, kann ich nicht ertragen.“

31. Kapitel

„Oh, Entschuldigung." Robert Price blieb abrupt stehen, als er das Diner betreten hatte. „Ich wollte Sie nicht unterbrechen."

„Haben Sie die Pläne für die Bücherei dabei?", fragte Ruth und beäugte das zusammengerollte Papier unter seinem Arm. Sie hatte den ganzen Januar über ungeduldig gewartet und konnte es nun kaum noch länger ertragen.

„Bücherei!", rief Patricia Sickenger aus. „Wie wunderbar!"

Laney sah, wie sich Roberts Haltung sofort änderte. Zweimal hatte er sie auf Broken P besucht. Beide Male hatte Laney versucht, höflich zu sein, aber sie konnte einfach nichts anderes als geschwisterliche Zuneigung für ihn empfinden. Ruth hatte ihr versichert, dass sie das verstehen könne, aber vermutlich hoffte sie darauf, dass sich mit der Zeit auch ihre Gefühle dem Mann gegenüber ändern würden. Nun, offensichtlich hatten sich die Gefühle gerade verändert. Zumindest bei Robert. Er wirkte sehr eingenommen von Patricia.

Laney ergriff die Gelegenheit. „Mr Price, ich glaube, Sie kennen alle außer Mrs Morgans Nichte. Miss Patricia Sickenger, das ist Mr Robert Price. Mr Price, Miss Sickenger."

„Es ist mir eine Ehre, Miss."

„Ganz meinerseits. Wie interessant, dass Sie an einem solchen Projekt arbeiten."

Laney trat vom Tisch zurück. „Ich hoffe, Sie alle vergeben mir. Ich habe noch einige wichtige Erledigungen in der Stadt zu machen. Ruth, bitte bring doch die Pläne nachher mit, damit ich sie mir zu Hause anschauen kann. Mr Price, warum nehmen Sie nicht meinen Platz ein?"

Laney musste dem Drang widerstehen, fröhlich auf dem Bürgersteig auf und ab zu hüpfen. *Ich hätte schon viel früher darauf kommen können. Wenn Ruth mir einen Mann sucht, mit dem sie mich verkuppeln will, suche ich einfach eine Frau für ihn, der er nicht widerstehen kann.*

Sie entschied sich dazu, ihren Erfolg mit einem Stück Schokolade zu feiern. Die Glocke an der Ladentür klingelte freundlich, als sie eintrat.

„Laney. Was für eine Freude, Sie zu sehen! Was verschafft mir die Ehre Ihres Besuches?“, fragte Lester und wischte seine Hände an seiner grünen Schürze ab.

„Ich brauche ein paar Dinge.“

„Ihr Wunsch ist mir Befehl.“

„Oh, Ihr Südstaatencharme ist wirklich unübertroffen.“ Laney konnte ihre Freude kaum im Zaum halten. „Ich muss Ihnen unbedingt meine Freundin Miss Bradley vorstellen. Sie ist eine bezaubernde junge Dame aus South Carolina. Ich bin sicher, dass ihr Akzent Sie erfreuen wird.“

„Ich wusste gar nicht, dass Ihre Freundin aus dem Süden kommt.“

„Doch, doch. Und ich muss Ihnen ja wohl nicht sagen, wie sehr sie sich freuen wird, jemanden aus der Heimat zu treffen. Es ist ein wahrer Segen, dass Amanda – ist das nicht ein himmlischer Name? – hier ist. Ruth hat sie darum gebeten, zu bleiben und unsere Bibliothekarin zu werden.“

„Was Sie nicht sagen!“

Laney machte einen Vorschlag, dem er nicht widerstehen konnte. „Ich bin sicher, da sie oft in der Stadt sein wird, werden Sie sie willkommen heißen wollen.“

„Selbstverständlich!“

Sie tat so, als würde sie einen Moment lang nachdenken. „Es ist mir nie in den Sinn gekommen … Es tut mir so schrecklich leid, dass ich so unaufmerksam war, Lester. Sie sind alleinstehend. Es muss Jahre her sein, seit Sie ein großes Sonntagsessen hatten. Warum kommen Sie nicht diesen Sonntag nach dem Gottesdienst mit zu uns? Ich würde Sie liebend gerne Miss Bradley vorstellen.“

„Ich werde da sein!“ Mit dem Zipfel seiner Schürze wischte er sich den Schweiß von der Stirn. Laney war sich sicher: An diesem Tag konnte ihm nichts das Lächeln von seinem Gesicht vertreiben.

Erstaunt und gleichzeitig hocherfreut, wie schnell ihr Plan funktioniert hatte, nahm sie drei Schokoriegel und legte sie auf die Theke. Gerade als Lester zur Kasse gehen wollte, sagte sie: „Warten Sie!“ Sie lächelte. „Ich bin es gewöhnt, drei Riegel zu kaufen. Für

Hilda, Ruth und mich. Aber jetzt brauche ich ja auch noch einen für Amanda."

Lester nickte eifrig.

Laney griff nach einem weiteren Riegel. „Und dann sind da noch Kelly O'Sullivan und Ivy und die Jungs." Sie fuhr mit dem Finger über die Auslage. „Oh je, ich fürchte, ich plündere Ihre Vorräte."

„Machen Sie nur, Laney. Ich habe selbst schon mal einen von diesen Riegeln probiert und weiß, warum Sie sie so mögen. Sie sind gleichzeitig bitter und süß, eine hervorragende Kombination."

Laney konnte den Geschmack der Schokolade förmlich auf ihrer Zunge spüren. „Ich will aber nicht Ihr Regal leer räumen."

„Wissen Sie was? Ich habe hinten noch einen Karton mit zwölf Riegeln. Wenn Sie sich solche Sorgen um mein Regal machen, dann kaufen Sie doch einfach den." Er grinste.

Laney zögerte einen Moment.

Lester musste ein Lachen unterdrücken. „Ich weiß, dass Sie es wollen." Zwei Riegel legte er wieder zurück und drückte ihr den dritten in die Hand. „Und dieser hier geht aufs Haus. Ich hole schnell den Karton."

„Während ich noch ein paar Sachen zusammensuche, könnten Sie vielleicht auch gleich Kaffee mitbringen. Toledo hat Hilda gesagt, dass sie in der Schlafbaracke fast keinen mehr haben."

„Natürlich. Möchten Sie Java oder Rio?"

„Ein Pfund Rio für uns und drei Pfund Java für die Arbeiter."

Lester schüttelte den Kopf. „Ihr McCains seid mir schon eine Truppe. Java ist der teurere Kaffee und ihr kauft ihn für eure Arbeiter."

„Sie sind es wert." Während er den Kaffee holte, sammelte Laney einige Schreibblöcke und Bleistifte zusammen und nahm sich den neuesten Taschenroman.

„Wollen Sie vielleicht auch nach Stoff sehen", rief Lester von hinten. „Broken P ist einer meiner besten Kunden, deshalb ist es nur fair, dass ich Sie vorwarne. Aufgrund der Spannungen zwischen dem Norden und dem Süden werde ich im Norden bald nichts mehr bestellen – keine Süßigkeiten, keine Lebensmittel, nichts mehr."

„Aber Stoffe? Das meiste ist doch Baumwolle und die kommt aus dem Süden."

Lesters Mund wurde hart. „Aber sie wird im Norden gesponnen. Mit unmoralischen Firmen werde ich keine Geschäfte mehr tätigen."

Anstatt sich in diese Diskussion verwickeln zu lassen, sah Laney sich bei dem Regal mit den Stoffen um. Gedankenverloren strich sie über einen buttergelben Flanellstoff. „Zwei Meter – nein, drei Meter hiervon, bitte."

Die Männerhemden für den Sonntag, Nachthemden, Kinderkleidung und Damenunterwäsche wurde aus weißer Baumwolle genäht. Allein ein Unterrock verschlang meterweise Stoff. „Und ich nehme alle weißen Baumwollstoffe."

Lester wartete geduldig, bis Laney fertig geschaut hatte. Er stapelte die Ballen auf der Theke, während Laney die Knopfauswahl betrachtete. Lester fing schon mal an, die Länge der weißen Baumwolle abzumessen. „Neunzehn, nein, zwanzig Meter. Das ist gute Baumwolle, wissen Sie? Die Qualität der Kleidung ist wichtig und zeigt, was man für ein Mensch ist. Als ich zum ersten Mal dieses Flittchen, Ivy, gesehen habe, trug sie einen Mehl–"

„Verzeihung, Mr Pearson", schnitt ihm Laney das Wort ab. „Sicher wollen Sie nicht so über meine Freundin sprechen!"

„Die Welt ist voller Frauen wie sie – Abschaum. Sicher, in ihrem neuen Kleid sah sie am Sonntag wie eine Dame aus, aber sie ist immer noch halb Trampel, halb Isebel."

„Mr Pearson!"

Lester schüttelte den Kopf und fing an, den Stoff wieder aufzurollen. „Verstehen Sie mich nicht falsch. Sie ist es ja nicht allein. Galen ist genauso schuld an dieser leidigen Geschichte. Sein Vater muss sich im Grabe umdrehen. Wenn es nicht um Kelly und die Jungs gehen würde, würde ich mit diesem Mann gar keine Geschäfte mehr machen. Wie schon gesagt, mit unmoralischen Menschen will ich nichts zu tun haben. Wie viele Meter wollten Sie noch mal von dem gelben Stoff?"

„Es tut mir leid, dass ich Ihnen Umstände gemacht habe, Mr Pearson. Aber heute werde ich nichts bei Ihnen kaufen."

Verwirrt sah er sie an.

Laney legte den Schokoladenriegel auf die Theke und zog ihren Mantel fester um die Schultern. „Ich muss mich entschuldigen, dass ich vorhin so voreilig gesprochen habe. Ich werde Ihnen meine Freundin Miss Bradley doch nicht vorstellen. Da die O'Sullivans bei uns gern gesehene Gäste sind und ich sie am Sonntag auch zum Essen einladen werde, nehme ich Ihre Entschuldigung an, dass Sie verhindert sein werden."

Lester stotterte, als Laney in Richtung Tür ging. Als sie sie schon geöffnet hatte, rief er: „Aber was ist mit dem Kaffee und der Schokolade?"

Laney wandte sich noch einmal um. „Mr Pearson, ich kann diese Lokalität von heute an nicht mehr besuchen." Die Glocke klingelte, als sie ohne ein Wort des Abschieds den Laden wieder verließ.

Das Baby bewegte sich. Es fühlte sich an wie das Schlagen eines Flügels und war so schnell wieder verschwunden, wie es gekommen war. Ivy atmete vorsichtig ein und wieder aus. *Alles wird gut. Das muss es einfach.*

„Du bist den ganzen Tag über schon so still." Kelly legte ein Tuch über die Schale mit dem Brötchenteig fürs Mittagessen.

„Ich glaube, ich bin ruhelos."

„Wir haben alles erledigt und bis die Brötchen in den Ofen müssen, haben wir noch Zeit. Ich werde in der Bibel lesen. Soll ich dir etwas vorlesen?"

„Es ist lieb – wirklich lieb –, dass du fragst, aber ich will mir lieber die Beine vertreten. Der Frühling steht vor der Tür."

„Zieh dir deinen Mantel an."

„Ja." Daran musste Ivy nicht erinnert werden. Sie hatte vorher noch nie einen Mantel besessen. Je nachdem, wie das Licht darauf fiel, war der, den Laney ihr geschenkt hatte, entweder hellgrau oder weiß. Perlfarben, hatte Laney es genannt. Ivy flüsterte diese hübsche Beschreibung, als sie die Tür hinter sich zuzog.

Jetzt trug sie den Mantel noch, aber wenn das Baby erst einmal da war, würde sie es hineinwickeln und alle würden sehen, was sie für ein hübsches Kind hatte und was für eine gute Mutter sie war. Bis dahin würde sie eine Frau sein, auf die Galen stolz sein konnte und er würde das Kind lieben wie sein eigenes.

Ivy hatte alles genau geplant. Sie würde diese ganzen seltsamen Dinge lernen, wie man eine Serviette benutzte und richtig saß. Sie hatte sogar schon geübt, wie sie ihre Haare hochstecken konnte. Je mehr Zeit sie mit ihren Freundinnen verbrachte, desto sicherer wurde sie auch bei der richtigen Wortwahl, was man sagen durfte und was nicht und vor allem, wie man es sagte. Aber am wichtigsten war, dass sie lesen lernen würde. Wenn sie in der Bibel lesen konnte, würde es Galen glücklich machen. Da war sie sich sicher.

Als Pa ihr damals verboten hatte, zur Schule zu gehen, hatte Ishy Buchstaben auf den Boden geschrieben. Laney schrieb sie auf Papier und brachte ihr ein Lied bei, damit sie sich die richtige Reihenfolge merken konnte. Ivy wollte nicht, dass das Papier schmutzig wurde, also hatte sie es zusammengefaltet und behielt es in der Tasche ihrer Schürze. Jetzt, wo sie weit genug vom Haus entfernt war, setzte sie sich gerade hin, presste die Knie zusammen, wie es sich gehörte und nahm den Zettel heraus.

Für einen Augenblick betrachtete sie wieder einmal fasziniert das hübsche Papier. Briefpapier, hatte Amanda es genannt. Am liebsten hätte sie es Ishy gezeigt, doch das war gar nicht so leicht. Galen erlaubte ihnen immer noch nicht, dass sie sich alleine sahen. Beim Essen saßen sie nebeneinander und erzählten sich alles, was sich ereignet hatte.

Galen bestand darauf, Ishy zu bezahlen. Es war nicht viel, aber Ishy hatte gesagt, dass er mit dem Essen und dem Dach über dem Kopf eigentlich schon zufrieden gewesen wäre. Alles andere war mehr, als er sich je erhofft hatte.

Ishy arbeitete härter als jemals zuvor. Und Ivy wusste, warum. Er wollte seinem Boss keinen Anlass bieten, ihn zu feuern.

Ishy hatte keine Ahnung, dass Galen nicht der Vater des Kindes war. Das war das erste und einzige Mal, dass sie ihn angelogen hatte. *Und ich will auch nicht, dass er jemals die Wahrheit herausfindet.*

Unwillig schob sie diese Gedanken beiseite und konzentrierte sich auf das Lied. Mit der Linken hielt sie den Zettel und mit der Rechten fuhr sie die Reihe der Buchstaben entlang, während sie sang. „A, B, C, D, E, F –“ Sie hielt inne. „F, du siehst fast genauso aus wie ein E, aber der untere Strich fehlt.“

Wieder und wieder sang sie das Lied und prägte sich die Buchstaben ein. Bis plötzlich ein Schatten auf sie fiel.

32. Kapitel

„Ich habe nach dir gesucht“, sagte ein Mann mit öliger Stimme.

Ivy zuckte zusammen und sah den schwarzhaarigen Mann vor sich stehen, der das Getreide zu Pas Destille gebracht hatte.

„Und wo ist mein Geld?“

„Ich habe kein Geld, Mister.“

„Wo ist dann mein Whisky?“

Ivy sah ihn skeptisch an. „Haben Sie es denn nicht gehört? Die ganze Sache ist in die Luft geflogen. Es ist nichts mehr übrig.“

„Das ist doch Quatsch. Ich lasse mich nicht übers Ohr hauen.“

Er kam näher auf sie zu und der Gestank nach Whisky und Zigarren drehte Ivy den Magen um. „Mister, keiner haut Sie übers Ohr. Die Destille ist explodiert. Pa ist tot.“

„Dann schuldest du mir eben das Geld.“

Am liebsten wäre sie von dem Felsen gekrochen und hätte sich aus dem Staub gemacht. Doch er wäre schneller als sie und würde sie einholen. Sie hätte keine Chance gegen ihn, also reckte sie sich und funkelte ihn so böse wie möglich an. „Hier ist der Zutritt verboten. Verschwinden Sie vom Land meines Mannes.“

Er lachte. Doch sofort änderte sich sein Gesichtsausdruck wieder. Dann drehte er sich um und ging davon. „Wir sehen uns noch“, rief er ihr über die Schulter hinweg zu.

„Nein!“

„Hey, Sie!“, rief Galen. Als er bei Ivy angekommen war, war der Mann schon längst verschwunden.

Ivy taumelte erleichtert vorwärts. Sie zitterte am ganzen Körper und fühlte sich schwach. Als ihr Dad noch gelebt hatte, hatte er sich mit mehr als nur einem zwielichtigen Typen angelegt, aber dieser Mann stellte sie alle in den Schatten. Er hatte die rücksichtslosesten Augen, die sie jemals gesehen hatte. Ivy wusste, dass er sein Wort wahrmachen und zurückkommen würde.

Galen ergriff ihre Schultern. „Ist er es? Ist er der Vater?“

Sie schüttelte den Kopf. Eigentlich brauchte sie Galens Stärke und seinen Schutz. Doch stattdessen machte er ihr nun Vorwürfe.

„Sag mir seinen Namen."

Ivy versuchte, sich freizumachen, hatte jedoch keinen Erfolg. „Keine Ahnung. Johnson. Smith. Such dir was aus."

„Diese Farce läuft schon viel zu lange. Wer ist dein Liebhaber?" Seine Augen verengten sich zu Schlitzen und er ließ ihre Schultern los, nur um nach dem Papier in ihrer Hand zu greifen.

Ivy versuchte, es in Sicherheit zu bringen.

„Hat er dir einen Liebesbrief geschrieben?" Galen war wütend. Letztendlich schaffte er es doch, den Zettel zu greifen, doch sie ließ immer noch nicht los. Da zerriss die Seite.

„Sieh dir an, was du getan hast." Sie starrte fassungslos auf den ausgefransten Papierrest in ihrer Hand.

Galen sah sich seinen Teil der Seite an und seine Augen wurden groß.

Ivy nahm ihm den Zettel ab, steckte die Teile, so gut es ging zusammen und faltete sie wieder. Mit Tränen in den Augen steckte sie ihn zurück in ihre Schürze. Am liebsten hätte sie ihn angeschrien, wie er nur so etwas Wertvolles und Wichtiges zerstören konnte.

„Wie ist sein Name?"

„Das habe ich dir schon gesagt", schnappte sie. „Sein Name war Johnson. Und dann Smith. Und dann hat er sich noch andere Namen gegeben. Er hat Dad Getreide gebracht und dafür Selbstgebrannten bekommen."

„Ich finde raus, wer er ist. Und wenn er wiederkommt, wie er gesagt hat, annulliere ich unsere alberne Ehe und schicke dich mit ihm weg."

Jetzt schrie Ivy ihn wirklich an. „Er ist nicht an mir interessiert. Er will nur den Schnaps."

„Ich bin auch nicht an dir interessiert!", bellte Galen zurück. „Und daran wird sich nichts je ändern."

Seine Worte schmerzten sie, doch das würde Ivy niemals zugeben. „Tja, du hast mich aber." Sie stand so gerade da, dass ihre Wirbelsäule fast brach. „Und daran wird sich nichts ändern."

„„Dem Herrn, eurem Gott, sollt ihr folgen und ihn fürchten und seine Ge-bo-te'", las Dale und wurde bei dem letzten Wort langsamer, „„Gebote halten und seiner Stimme gehorchen und ihm dienen und ihm anhängen.'" Er sah von der Bibel auf und lächelte stolz.

„Wunderbar", lobte Ma.

Galen hatte vorher aus der Bibel gelesen, doch wenn er wusste, dass einer seiner kleinen Brüder eine Passage gut bewältigen konnte, ließ er sie in letzter Zeit immer häufiger lesen. So auch heute. „Ja, unser kleiner Dale. Ich glaube, wenn Dad hier wäre, wäre er sehr stolz darauf, dass du das Wort des Herrn liest."

„Bald kannst du auch so gut lesen, Schwesterchen." Ishmael schlürfte von seinem Kaffee.

„Ich habe heute meine Buchstaben geübt." Ivy tätschelte ihre Schürzentasche.

Ha. Das ist mal eine Ausrede, dachte Galen. *Gibt es denn kein Ende in dieser Liste von Lügen? Sie ist zwar nicht mehr angezogen wie eine Vogelscheuche und auch ihre Haare sehen jetzt nach einer Frisur aus, aber alles, was sie tun muss, ist den Mund zu öffnen und ich werde misstrauisch. Einmal Lügner, immer Lügner.*

„Da steht was von Geboten. Ich kenne alle zehn Gebote", rief Sean aus und fing an, sie aufzuzählen.

Anerkennend klopfte Colin seinem Bruder auf den Rücken. „Das war wirklich gut, aber was ist mit dem elften Gebot?"

„Es gibt doch nur zehn!"

Colin nahm Dale die Bibel ab. Er blätterte ins Neue Testament und zeigte eine Stelle. „Hier, im dreizehnten Kapitel bei Johannes. Lies diese beiden Verse."

„„Ein neues Gebot gebe ich euch, dass ihr euch untereinander liebt, wie ich euch geliebt habe, damit auch ihr einander lieb habt. Daran wird jedermann erkennen, dass ihr meine Jünger seid, wenn ihr Liebe untereinander habt.'"

„Na so was. Es sind ja wirklich elf Gebote." Ishmael stellte seine Tasse ab.

Ma beugte sich vor und schob eine Haarnadel zurück in Ivys Zopf. „Wenn man darüber nachdenkt, merkt man, dass das neue Gebot alle anderen zusammenfasst. Wenn wir den Herrn lieben und ihm von ganzem Herzen dienen, wird seine Liebe von uns an alle anderen weitergegeben."

Ivy wandte sich zu Ma und hielt ihre Hände fest. „Mir ist es nicht so wichtig wie dir, ob es einen Gott gibt. Aber, Ma, du bist wie dieser Samariter, von dem Sean neulich gelesen hat. Die Liebe, die du in deinem Herzen trägst, kommt durch deine Hände und deinen Mund zu uns allen."

„Das ist eins der liebsten Dinge, die jemals jemand zu mir gesagt hat."

Galen starrte sie an. *Ivy hat sie Ma genannt und Ma hat nichts dagegen gesagt. Seit wann ist das so?*

„Wenn jeder, der sich Christ nennt, so großherzig wäre wie Laney und Ruth und diese Amanda, dann könntet ihr gar nicht genug Kirchen bauen, so viele Leute würden euch die Türen einrennen."

Dale zupfte Ishmael am Ärmel. „Ich habe Jesus in mein Leben gelassen, als ich noch ein kleiner Junge war. Es ist wirklich einfach. Du kannst das auch machen."

Alle sahen den Kleinen an, dann Ishmael. Ishmael legte seine Hand auf Dales schmale Schulter. „Manche Dinge entscheidet man mit dem Kopf, andere mit dem Herzen. Zu entscheiden, ob man Gott folgt oder nicht – also, ich glaube, das ist eine schrecklich wichtige Entscheidung. Bis ich mir nicht in meinem Kopf und in meinem Herzen sicher bin, will ich nichts überstürzen."

Dale umarmte ihn. „Wenn du deine Meinung änderst, lass es mich wissen. Dad hat mir gezeigt, was man beten muss, wenn man sein Herz Jesus gibt. Ich kann es dir beibringen."

„Das ist ein großzügiges Angebot. Ich werde es im Hinterkopf behalten."

Dale strahlte ihn an und nickte eifrig.

Ma lachte. „Morgen ist Schule. Ihr Jungs müsst jetzt ins Bett." Als sie gebetet hatte, gingen Sean und Dale zu Bett. Colin saß noch am Tisch und las etwas für die Schule fertig. Als Galen Ishmael nach draußen folgte, hört er, wie Ma Ivy fragte: „Ivy, würdest du mir gerne deine Buchstaben vorlesen?"

Stunden später brannte immer noch eine Laterne in der Ecke des Stalles. Galen saß mit dem Rücken an den Laternenpfosten gelehnt und las das dreizehnte Kapitel aus 5. Mose. *Dem Herrn, eurem Gott, sollt ihr folgen und ihn fürchten und seine Gebote halten und seiner Stimme gehorchen und ihm dienen und ihm anhängen.*

Wenn eine Bibelstelle so an ihm nagte, gab es immer einen Grund dafür. Er ging sie Wort für Wort durch. *Ich folge dem Herrn. Ich fürchte ihn. Ich halte seine Ge–* Er hielt inne. Die Wahrheit stach ihm ins Auge. Er war dem Buchstaben des Gesetzes gefolgt, aber nicht dem Geist der Liebe, den Christus gepredigt hatte. Er hatte den Ärger in sein Herz gelassen. Dies zuzugeben schmerzte. Und als wäre das nicht schon genug, traf ihn die nächste Stelle um so härter.

Seiner Stimme gehorchen. „Herr, ich war so beschäftigt damit, dir zu erzählen, was ich mir wünsche, dass ich gar nicht zugehört habe. Ich weiß nicht, was dein Wille ist und war."

Du sollst mir dienen und mir anhängen. Galens Eingeweide schienen sich zu verknoten. Als Mann Gottes war er zum Gehorsam aufgerufen. „Aber was ist mit Ivy? Ich habe sie mit christlicher Nächstenliebe behandelt und das hat mich doch erst in dieses ganze Chaos gestürzt. Wenn ich nachsichtig mit ihr bin, werde ich nie herausfinden, wer der Vater des Kindes ist, und werde sie nicht mehr los."

Die ganze Nacht lang rang er mit Gott. Als die Laterne ein letztes Mal aufflackerte und dann verlosch, öffnete Ishmael die Tür und blinzelte ihn an. „Bist du in Ordnung, Boss?"

Galen erhob sich langsam. „Nenn mich Galen, Ishmael. Wir sind Brüder."

Laney musste kurz innehalten, bevor sie noch weiter in die Kirche hineingehen konnte. Hier drinnen schien es schrecklich dämmrig im Vergleich zu der strahlenden Märzsonne draußen.

„Nach Ihnen, Miss Laney." Äußerst galant machte Eddie Lufe mit seinem Arm eine einladende Geste.

Laney warf ihm einen Blick zu, den er hoffentlich als höfliches Lächeln auffasste, und raffte ihre Röcke zusammen, damit sie in die Bank passte. Irgendwie hatte Ruth es geschafft, dass Laney nicht bei ihr, Josh, Amanda und Hilda saß. Nein, sie musste fair sein. Vielleicht war auch gar nicht Ruth daran schuld, sondern Hilda. Toledo saß neben ihrer Haushälterin. *Ich weiß nicht, wie sie es geschafft haben, aber ich finde es heraus, damit mir so etwas nicht wieder passiert.*

Als Eddie sich neben ihr niederließ, erzitterte die Bank unter seiner mächtigen Gestalt. Laney war froh, dass sie sich heute Morgen für ihre breitesten Reifröcke entschieden hatte. Sie zwangen ihn dazu, fast einen Meter von ihr entfernt zu sitzen.

Josh drehte sich zu ihr um. „Laney, lade Eddie nachher zum Essen ein. Toledo habe ich schon gefragt."

Sie musterte ihren Bruder kühl und flüsterte zurück: „Es schickt sich nicht, in der Kirche zu reden."

Hilda erklärte ihr über die Schulter. „Es gibt Schinken."

„Und Apfelkuchen", mischte sich jetzt auch Ruth ein.

Die stecken alle unter einer Decke.

Eddie konnte ein freudiges Lachen nicht unterdrücken. „Ich werde auf jeden Fall kommen. Etwas Besseres gibt es ja gar nicht."

Und für mich gibt es nichts Schlechteres.

Ivy beugte sich über den Gang. „Wir O'Sullivans kommen auch. Ich bringe Sauerkraut mit."

Das wird ja immer schlimmer. Seitdem Hilda gemerkt hatte, dass alle im Haus Sauerkraut hassten, hatte sie es ihnen nicht mehr vorgesetzt.

Pastor Dawes trat auf die Kanzel, dann wies er die Gemeinde an: „Singen Sie mit mir *Kommt ihr Verzagten.*"

Zu ihrer Erleichterung nahm Eddie das Gesangbuch. Laney suchte nach einem weiteren, konnte in ihrer Nähe aber keins entdecken. Da drückte ihr Eddie seins in die Hand. „Nehmen Sie das hier, Miss Laney. Ich kenne den Text auswendig." Als der Organist die Einleitung gespielt hatte, sang Eddie sofort kräftig los. Seine Stimme war genauso robust wie seine Statur. „Kommt ihr Verzagten, wo immer ihr schachtet."

Laney starrte auf den Liedtext, wo natürlich „schmachtet" stand, und fragte sich, wie Eddie schon sein Leben lang die Texte so verunstalten konnte.

Ihm schien der Sinn der Worte völlig egal zu sein. „Kommt zum Gnadenthron, kniet nieder voller Leinenschaft. Bringt eure verwunderten Herzen, bringt euren Hummer ..."

Bringt euren Hummer? Und bei ihr im Text standen natürlich die *verwundeten* Herzen und die *Leidenschaft. Aber eben hat er ja auch schon von schachtenden Herzen gesungen, von daher passt das ins Gesamtbild. Oh nein, wie schrecklich. Eddie Lufes Texte fangen an, Sinn zu ergeben!*

Kaum waren sie zu Hause, da befahl Hilda auch schon: „Laney, stell noch einen Teller für Eddie auf den Tisch."

Ivy beugte sich zu Laney. „Hier ist alles verkehrt rum. Das ergibt einfach alles keinen Sinn."

„Wem sagst du das", antwortete Laney trocken.

Amanda zog ihre Schürze an. „Was ist verkehrt herum?"

„Ich dachte immer, die Chefs würden ihre Bediensteten rumscheuchen. Aber hier kommandiert Hilda alle herum."

„Hilda, hast du das gehört?" Laney hob eine Augenbraue.

„Elaine Louise, deck den Tisch fertig. Das Mittagessen ist schon gleich fertig und Eddie hat noch keinen Sitzplatz!"

„Was ist mit Toledo?"

„Darum hat sich Ruth heute Morgen schon gekümmert."

Eddie saß neben Laney. Als Ishmael sah, wie alle anderen Männer den Damen den Stuhl zurechtrückten, machte er es bei Amanda. Aber noch erstaunlicher war es, dass Toledo Hilda behilflich war. Und als wäre das nicht schon genug, rückte Galen bereitwillig Ivys Stuhl zurecht. Als Josh gebetet hatte und sie sich die Schüsseln und Teller anreichten, war Laney froh, dass niemand merkte, wie sehr sie aus dem Gleichgewicht geraten war.

„Es ist schön, eine Dame zu sehen, die gutes Essen zu schätzen weiß", kommentierte Eddie und lächelte sie an.

Laney lächelte zurück – aus purer Höflichkeit.

Ruth und Hilda fingen an zu giggeln wie die Hühner. Laney würde den beiden ordentlich den Marsch blasen, wenn ihre Gäste wieder gegangen waren. Was hatte die beiden geritten, sie in solch eine Situation zu bringen? Sie nahm den Teller mit dem Schinken von Colin entgegen und wunderte sich, dass er sie so seltsam ansah. Sie tat sich ein äußerst kleines, für Damen angemessenes Stück auf und erstarrte schockiert, als sie das Essen sah, das bereits auf ihrem Teller lag. Vor lauter Anspannung hatte sie sich nicht nur einen Anstandslöffel Sauerkraut genommen, sondern gleich zwei große Portionen.

„Oh, Himmel." Als die Worte ihr entschlüpft waren, suchte sie nach etwas, das sie sagen konnte, ohne Ivys Gefühle zu verletzen. „Wo habe ich nur meinen Kopf? Seht euch das an. Diese Menge kann ich doch niemals essen. Ich werde nun jede Anstandsregel brechen, die ich jemals gelernt habe und Mr Lufe meinen Teller geben. Ich weiß, dass es ihm schmecken wird.“

„Laney! Das kannst du doch nicht tun!“, rief Ruth gespielt schockiert und grinste sie mit funkelnden Augen an.

„Wir sind doch alle Freunde hier.“ Eddie deutete auf Laney. „Geben Sie nur her.“

Laney legte endlich das Stückchen Schinken auf ihren Teller, nachdem sie das unliebsame Sauerkraut an ihn abgegeben hatte. Sie suchte krampfhaft nach einem Thema, das von ihr ablenkte. „Die Diskussion über den Norden und den Süden im Kirchhof kann auch das mutigste Herz das Fürchten lehren.“

„Galen und ich haben Zeitung gelesen.“ Ishmael schüttelte den Kopf. „Am selben Tag, als Lincoln seine Inaugi…, ähm, als er Präsident geworden ist, haben die Südstaatler ihre eigene Flagge präsentiert.“

„Inauguration“, half Colin ihm. „Seine Amtseinführung. Ich habe mich in letzter Zeit in der Schule sehr mit diesem Thema beschäftigt. Der Lehrer lässt uns Landkarten zeichnen mit den Staaten, die zur Union stehen und denen, die sich abspalten wollen. Ich musste die Karte schon mehrmals abändern, weil die Situation im Moment noch so undurchsichtig ist.“

„Tennessee hat mich überrascht. Ich dachte, sie würden sich dem Süden anschließen“, erklärte Josh.

„Nun, das kann immer noch passieren“, sagte Toledo. „Es ist alles noch in der Schwebe.“

Laneys Ablenkungsmanöver hatte viel besser funktioniert, als sie erwartet hatte. Die Männer waren in ein Gespräch über die politische Situation verstrickt, während Laney sich diebisch freute, dass sie ihr ganzes Sauerkraut auf Eddies Teller hatte schaufeln können.

„Dass Texas mit dem Süden sympathisiert, überrascht mich.“ Galen reichte Ivy die Butter, obwohl sie gar nicht darum gebeten hatte. „Ich hätte gedacht, dass Sam Houston den Einfluss und die Überzeugungskraft hätte, sie vom Gegenteil zu überzeugen.“

„Danke, Galen.“

Laneys Atem stockte. Galen behandelte Ivy wie seine Ehefrau. Der Augenblick war bittersüß – zwei Menschen, die sie liebte, gestalteten ihr Leben gemeinsam.

„Meine Schwester und ich waren in Texas. Ich wusste sofort, dass sie sich dem Süden anschließen würden. Die Männer da sind Kämpfer. Jefferson Davis wird viel Unterstützung von dort bekommen." Plötzlich runzelte Ishmael die Stirn. „Miss Amanda, Sie sind doch aus South Carolina. Ihr Heimatland wird mitten zwischen den Fronten liegen. Ich hätte nachdenken sollen, bevor ich Ihnen mit meinen Worten Angst mache."

Amanda legte ihre Gabel zur Seite. Laney sah, dass sie noch keinen einzigen Bissen zu sich genommen hatte. „Ich fürchte, ich bin zwiegespalten, genau wie unsere Nation. Auf der einen Seite bin ich der Meinung, dass jeder Staat für sich selbst bestimmen sollte, auf der anderen Seite finde ich die Sklaverei falsch."

„Warum sprechen wir nicht über etwas anderes?" Laney versuchte, sich ihren Ekel nicht anmerken zu lassen, denn der Schinken auf ihrem Teller hatte etwas von dem Saft des Sauerkrautes aufgenommen.

„Gute Idee." Eddie wedelte mit der Gabel in Galens Richtung. „Jetzt, wo die Overland Mail Company den Postvertrag bekommen hat, glaubst du, dass der Pony Express noch gebraucht wird? Die *Contra Costa Gazette* schreibt, dass der Zug teilweise die gleiche Strecke abdeckt wie der Express."

Ein Blick auf Eddies Teller machte Laney sprachlos. Er schien das Essen förmlich aufgesogen zu haben. Fasziniert beobachtete sie, wie er ein Stück Schinken, das die Größe ihrer Handfläche hatte, mit der Gabel aufspießte und es sich in den Mund schob.

„Ich glaube nicht, dass es einen großen Unterschied macht." Hilda schüttete Sean Milch ein. „Die Post bewegt sich wie Sirup; der Ponyexpress wie Wasser. Alles, was dringend ist, wird mit dem Ponyexpress verschickt werden."

Toledo nickte. „Die Wahlnachrichten sind ein perfektes Beispiel dafür. Was sonst mehrere Wochen gedauert hat, erreicht uns jetzt innerhalb von zehn Tagen."

„In den östlichen Regionen läuft der Express besser." Galen verzog das Gesicht. „Der *Daily Evening Bulletin* hat berichtet, dass in den letzten Monaten in unserem Gebiet teilweise Sendungen zu spät eingetroffen sind."

„An dir kann das aber nicht gelegen haben." Ivy nickte, um ihre Aussage zu bekräftigen. „Du und Ishy, ihr habt das frische Pferd immer rechtzeitig bereitgestellt. Nicht ein Reiter musste bis jetzt warten."

„Jetzt, wo die transkontinentale Eisenbahn und die Telegrafie immer weiter auf dem Vormarsch sind", sagte Josh vorsichtig, „werden sie den Ponyexpress doch bestimmt beeinflussen, oder Galen?"

„Wie Hilda schon gesagt hat, die Post bewegt sich wie Sirup und der Express wie Wasser. Aber Züge und Telegramme sind wie der Wind. Wenn die Zugstrecke erst fertig gebaut ist, wird es für die Menschen sicherer, schneller und günstiger, von West nach Ost zu reisen. Dann werden sie den Oregon Trail nicht mehr benutzen. Ich bin sicher, dass der Ponyexpress nicht mehr benötigt wird, wenn erst einmal das Telegrafensystem überall ausgebaut ist."

„Na ja, wenn es soweit ist, haben wir ein paar Pferde mehr – gute Pferde", sagte Ivy.

„Ja!", rief Dale begeistert.

„Nein", widersprach Galen und lächelte seinen kleinen Bruder entschuldigend an. „Die Tiere gehören der Gesellschaft."

Laney nutzte den Moment, um dem Gespräch eine neue Wendung zu geben. „Ich denke, den Rest vom Sauerkraut geben wir unserem lieben Gast!" Sie reichte Eddie die Schüssel.

„Das ist das Beste, was ich je gegessen habe. Will denn sonst niemand mehr etwas davon?"

Josh, Hilda und Ruth verneinten hektisch. Laney sagte schnell: „Wir wissen doch alle, wie gut es Ihnen schmeckt. Natürlich möchten wir gerne, dass Sie es nehmen."

Eddie zögerte. „Toledo, du vielleicht?"

„Nein, danke. Ich bin sicher, Ivy ist eine gute Köchin, aber Sauerkraut war noch nie mein Ding." Er bedeutete Eddie, es aufzuessen. „Übrigens, der Sheriff hat mir erzählt, dass immer noch ein Dieb sein Unwesen in der Gegend treibt."

„Und er ist dreist." Eddie schob seine Gabel in den Berg von Sauerkraut. „Ist nachts in den Gemischtwarenladen eingebrochen, während Lester oben drüber geschlafen hat."

„Ich wette, das benutzt er als Ausrede, um die Preise noch mehr anzuheben." Ivy verzog das Gesicht. „Ich kann zwar immer noch nicht gut lesen, aber mit Zahlen kenne ich mich aus. Beide Male, als ich da war, hat er mich bestohlen. Ich habe seine Schilder gesehen. Er nimmt zwölf Cent für ein Dutzend Eier, hat mir aber nur sechs bezahlt."

„Ma, du hast doch immer neun Cent für das Dutzend bekommen", sagte Sean.

Kelly zuckte mit den Schultern, doch Laney ließ sich davon nicht beirren. Ihr war klar, dass es Kelly etwas ausmachen musste. „Aye, Junge. Aber die Zeiten ändern sich."

„Und sie werden sich wieder ändern", erklärte Laney.

„Ja, das werden sie." Ruth klang absolut sicher. „Und Laney wird uns allen sagen, wie."

„Wir alle haben Hildas Weihnachtsbaum geliebt."

„Es war ein toller Anblick", stimmte Toledo zu.

Eddie starrte Hilda an. „Ihr hattet einen Baum? Als ich noch ein kleiner Junge war, hatten wir auch immer einen."

Dales Augen wurden groß. „Sie waren mal ein kleiner Junge?"

„Ja." Eddies lautes Lachen erfüllte den Raum. Er wandte sich Laney zu. „Also, was ist Ihr Plan?"

„Hilda hat gesagt, dass es in Deutschland die Tradition gibt, an Ostern Eier zu färben."

„Meine Mutter hat die Eier in Zwiebelschalen gekocht, sodass sie wunderschön gelblich braun geworden sind", erklärte Hilda. „Das war ihre Lieblingsfarbe. Aber wir hatten auch andere Farben. Für Grün haben wir Kinder die Eier im Gras gerieben." Hilda zog ihre Nase kraus. „Und manchmal haben wir sie dann den Hügel runter rollen lassen, weil es uns an den Stein erinnert hat, der von Jesu Grab weggerollt wurde."

„Was für eine hübsche Tradition", kommentierte Amanda Hildas Worte.

„Ich weiß nichts über diesen Stein", sagte Ishmael, „aber es hört sich nach einem Riesenspaß für die Kinder an."

„Genau!", rief Laney. „Ich kaufe euch jedes Ei ab, das ihr in den nächsten Wochen habt, und zahle zehn Cent pro Dutzend. Wir werden die schönsten und buntesten Ostereier haben, die unsere

Gemeinde je gesehen hat. An Ostern packen wir sie in Körbe und verteilen sie nach dem Gottesdienst."

„Wenn Sie Kirschen oder Rote Bete benutzen, werden die Eier pink." Eddie grinste. „Daran erinnere ich mich am besten. Wenn ich das Geheimnis für mich behalte, machen Sie doch bestimmt ein paar pinkfarbene Eier für mich?"

Ivy brach in lautes Gelächter aus. „Mr Lufe, ich kann wirklich nicht glauben, dass Sie im Inneren immer noch ein kleiner Junge sind."

„Ich habe eine Menge Rote Bete." Hilda lächelte.

„Ah, Rote Bete!" An Eddies Stimme merkte man, wie sehr er dieses Gemüse liebte.

Laney und Ruth halfen beim Abräumen, während Hilda den Kuchen für den Nachtisch schnitt. In der Küche beugte sich Ruth zu Laney. „Du musst zugeben, dass Eddie nett ist."

„Ich habe nie etwas anderes gesagt." Laney sah ihre Schwägerin bedeutungsvoll an. „Aber er wäre besser für jemand anderen."

„Ach, ich weiß nicht …" Ruths Augen funkelten. „Du müsstest nie wieder Sauerkraut essen."

„Oder Rote Bete", fügte Hilda hinzu.

„Das bezweifle ich. Außerdem würde er bestimmt auch mal was anderes wollen."

„Laney, du solltest ihm eine Chance geben." Ruth sah sie fest an. „Glaub nicht, dass ich nicht bemerkt habe, wie du Robert und Patricia verkuppelt hast."

„Sie sind ineinander verliebt. Das musst du zugeben." Laney legte das benutzte Besteck in die leere Sauerkrautschüssel. „Ich freue mich so für sie."

„Genug davon", sagte Hilda, als sie ein weiteres großes Kuchenstück auf einen Teller schob. „Es wird Zeit, dass du aufhörst, an Galen zu denken."

Laney sah von Hilda zu Ruth. „Galen und Ivy scheinen … glücklicher zu sein. Vor ein paar Wochen hätte ich das schrecklich gefunden, aber jetzt bin ich wirklich froh darüber."

„Schön und gut." Hilda fuchtelte mit dem Kuchenmesser herum. „Aber du musst dir auch jemand neuen suchen und Eddie ist der beste Junggeselle in der Gemeinde."

Laney war versucht, die Haushälterin darauf hinzuweisen, dass sie das Gleiche auch über Lester und Robert gesagt hatte. Nachdem Laney den anderen allerdings mitgeteilt hatte, was Lester über Galen und Ivy gesagt hatte, hatte es niemandem mehr etwas ausgemacht, dass er nicht mehr als potenzieller Ehemann infrage kam. Und seit Robert sich in Patricia verliebt hatte, war auch er aus Ruths und Hildas Kandidatenliste gestrichen worden.

Hilda fuhr fort: „Du musst einfach ignorieren, was er den Kirchenliedern antut. Jeder Mann hat seine Macken."

„Man kann sich gut mit ihm unterhalten und er sagt, was er denkt." Ruth war so dickköpfig wie ein Kleinkind im Süßigkeitenladen. „Ich wette, es spielt gar keine Rolle, welches Thema du anschneidest, er hat immer etwas Interessantes dazu zu sagen. Probier es doch gleich aus."

Ein paar Minuten später beäugte Eddie Laneys Teller, die zwei kleine Bissen von ihrem Kuchen gegessen hatte, während er seinen in drei Bissen verschlungen hatte. „Sind Sie schon satt?"

Sie legte ihre Gabel weg. „Ja, ich habe wirklich schon genug gegessen."

„Aber das können wir doch nicht umkommen lassen." Eddie schnappte sich ihren Teller. Als er ihren Kuchen aufgegessen hatte, lehnte er sich zurück. „Neulich habe ich etwas Interessantes gelesen."

Ruth legte ihren Kopf zur Seite, um Laney anzudeuten, dass sie Interesse zeigen sollte.

Laney gab nach – weil es höflich war und weil Ruth sie sonst die nächsten fünfzig Jahre nerven würde, wenn sie es nicht tat. Sie wandte sich ihm zu. „Was haben Sie denn gelesen?"

Er beugte sich vor und stützte seine Ellbogen auf den Tisch. „Sie wissen ja, wie fortschrittlich England ist."

Laney nickte. England war interessant. Endlich etwas anderes als Krieg oder Raubüberfälle.

„Also, sie bauen seit fünf Jahren in jedem neuen Gebäude Wasserklosetts ein ..."

Er spricht am Tisch über ... über ...

„... und viele haben sogar einen Abzug, sodass alles mit sauberem Wasser weggespült wird."

„Ach du meine Güte“, sagte Amanda leise. Irgendjemand schnappte nach Luft, aber Laney war sich nicht sicher, wer.

Motiviert durch die Reaktionen, die er anscheinend für Bewunderung hielt, schlug Eddie mit der Faust auf den Tisch, sodass das Porzellan klapperte. „Was für ein Fortschritt! Was halten Sie davon?“

„Das ist … sehr –“, Laney drehte sich zu Ruth um und funkelte sie an, „– *außergewöhnlich.*“

33. Kapitel

„Ich verspreche, ich werde mich nicht übergeben."

Galen hob eine Braue. „Danke. Es würde Ruth wahrscheinlich auch nicht gefallen, wenn du das Kleid beschmutzt, das sie dir geschenkt hat."

Ivy zog an dem Reifrock. „Ich komme hiermit nicht klar", sagte sie zu Kelly. „Ich habe Angst, dass ich hinfalle und die ganze Gemeinde die Körperteile sieht, über die ich nicht sprechen soll."

„Denk einfach daran, was Laney dir beigebracht hat: nicht rennen, sondern wie eine Dame schreiten. Das wird schon." Ma zog Ivys Mantel zurecht und nickte zufrieden. „Wir sind fertig. Colin, wenn wir im Wagen sitzen, bring Dale zu mir."

„Aye, Ma."

„Ich trage Sean", erklärte sich Ishmael bereit.

Galen betrachtete die Jungs, die auf Mas Bett lagen und schliefen. Sie waren die ganze Nacht wach geblieben, um Hortense beim Werfen zuzuschauen. Ruth hatte Dale ein Kinderbuch über Tiere gegeben und er hatte ihrer aller Nerven auf eine harte Zerreißprobe gestellt, weil er die Seite über die Schweine immer wieder zitiert hatte. Er hatte Laney gesagt, dass sie acht Ferkel erwarten konnten, da es Hortenses erster Wurf war. Vielleicht zehn, wenn sie Glück hatten. Hortense aber hatte alle Erwartungen übertroffen und zwölf Ferkelchen das Leben geschenkt.

In den frühen Morgenstunden, als Hortense die Geburt überstanden und Dale sich um jedes Ferkel einzeln gekümmert hatte, hatte Galen die beiden zurück ins Haus gebracht. Ivy hatte sie mit einer heißen Schokolade überrascht. Dann hatte sie den Jungs beim Waschen geholfen und sie in ihre Sonntagshosen gesteckt. Ma hatte Sean und Dale zu sich ins Bett geholt. Jetzt halfen Ishmael und Colin ihnen noch schnell in ihre Hemden und Schuhe, aber Galen war klar, dass sie auf dem Weg zur Kirche wieder einschlafen würden.

Als Galen den Frauen in den Wagen geholfen hatte, kam Ishmael mit Sean auf dem Arm und legte ihn Ma auf den Schoß. „Colin", flüsterte Ivy, „gib mir den kleinen Dale." Sie nahm den Kleinen, setzte ihn sich auf den Schoß und stützte seinen Kopf mit ihrer Schulter. Kurz runzelte sie die Stirn, dann legte sie ihren Mantel um ihn, damit er nicht fror.

Daraufhin zog Galen seine eigene Jacke aus und legte sie Ivy um die dünnen Schultern.

„Oh!" Ivy sah ihn verwirrt an. „Danke."

„Du darfst doch nicht krank werden", sagte er grummelig.

Colin blickte auf die Ladefläche. Wenn er es versuchte, konnte er sich zu seiner Ma und den anderen quetschen, doch auf seinem Gesicht konnte man ablesen, dass er alles lieber tat als das.

Galen klopfte ihm aufmunternd auf den Rücken. „Wenn wir zusammenrücken, können wir drei Männer vorne sitzen."

Während Colin auf die Bank kletterte, trat Ishmael heran und sagte leise: „Du wirst mal ein richtig guter Vater."

Galen wollte vehement widersprechen. Doch was hätte es gebracht? Er konnte die Zeit nicht zurückdrehen. Vor genau drei Monaten und einer Woche hatte Ivy ihn mit ihrer Lüge überrumpelt. Seitdem hatte sie nicht ein einziges Mal auch nur das kleinste Anzeichen von Reue gezeigt. Derjenige, der an ihrem Zustand schuld war, war längst über alle Berge oder so hartherzig, dass er nicht dafür geradestehen würde, was er ihr vor fünf Monaten angetan hatte. Oder der Mann war schon verheiratet.

Vater. Dieses Wort hatte ihn wie ein Schlag getroffen. Bis jetzt war er so böse auf Ivy gewesen, dass er daran noch gar keinen Gedanken verschwendet hatte. *Ich bin zwar mit ihr verheiratet. Aber ich habe dieses Kind nicht gezeugt, doch nach dem Gesetz ist es meins.*

Herr, du kennst den Mann, dessen Herz in diesen Tagen angerührt werden muss. Ich lege es in deine Hände.

Im Gottesdienst sangen sie das Lied „Sünder, entsagt euren Ängsten". Ma hatte Pastor Dawes gefragt, welche Lieder er für den Gottesdienst geplant hatte, und hatte die ganze Woche damit verbracht, Ivy und Ishmael die Texte beizubringen. All das musikalische Talent, das Ivy fehlte, schien Ishmael doppelt bekommen zu haben. Man musste Ma zugutehalten, dass sie nicht ein einziges

Mal zusammenzuckte, auch wenn Ivy neben ihr stand und die Noten förmlich schlachtete.

Mit Eddie und Ivy haben wir den falschen Text zusammen mit den falschen Noten.

„Christus, der Herr ist heute erstanden“ kam als Nächstes. Ivy und Ishmael gefiel es offensichtlich, am Ende jeder Strophe laut *Halleluja* zu rufen. Die Gemeinde nahm das Abendmahl ein und Pastor Dawes las aus dem Matthäusevangelium. „‚Aber der Engel sprach zu den Frauen: Fürchtet euch nicht! Ich weiß, dass ihr Jesus, den Gekreuzigten, sucht. Er ist nicht hier; er ist auferstanden, wie er gesagt hat.‘“

Er predigte darüber, was Christus alles erduldet hatte und wie wertvoll der Preis der Errettung war. Die Botschaft war einfach und trotzdem tiefgründig. Pastor Dawes beugte sich über die Kanzel. „Ich will, dass Sie alle etwas Interessantes zur Kenntnis nehmen. In diesen Versen erzählt Jesus seinen Jüngern, was passieren wird, doch sie alle sind zu sehr mit ihren eigenen Gedanken und Plänen beschäftigt, um ihm wirklich zuzuhören.“

Interessant.

„Die Frauen gehen an sein Grab, um die Riten durchzuführen; doch Gott schickt ihnen stattdessen den Engel und gibt ihnen den Auftrag, die frohe Botschaft zu verbreiten. Die täglichen Verpflichtungen zerren an uns. Wir glauben, dass wir es selbst im Griff haben, wie die Dinge laufen.“ Er schüttelte den Kopf. „In Getsemane wusste Jesus, was vor ihm lag. Er hat Gott sogar darum gebeten, diesen Kelch an ihm vorübergehen zu lassen; aber gleichzeitig hat er sich dazu entschlossen, gehorsam zu sein, auch wenn es für ihn den Tod am Kreuz bedeutet hat. Er tat es, weil er wusste, dass der Gehorsam ihm die Erlösung bringen würde.“ Pastor Dawes ließ seinen Blick über die Gemeinde schweifen. „Wir müssen die Steine vor unseren Herzen und Seelen wegrollen. Was Gott für uns will, was er für uns plant, geht weit über das hinaus, was wir uns vorstellen können – aber wir werden es nicht erfahren, wenn wir nicht unsere selbstsüchtigen Wünsche beiseiteschieben und ihm gestatten, seinen Willen zu tun.“ Er nickte, als sei er zu einem Entschluss gekommen. „Kinder …“

Sean und Dale schossen aus der Bank, genau wie Greta Long und ihre beiden Cousinen Sophia und Olivia. Laney und Ruth hatten gleich nach ihrer Ankunft die Körbe mit den gefärbten Eiern hinter dem Klavier versteckt. Gelb, pink, blau und dunkelbraun warteten sie auf ihren Einsatz. Als der Pastor den Kindern die Körbe gegeben hatte, brachten sie sie zur Gemeinde und reichten sie durch die Reihen. Galen nahm sich ein hellgelbes Ei.

„Diese Eier stehen für den Stein, mit dem das Grab versiegelt war. Auf jedem sehen Sie ein Kreuz. Jesus hat sich für Sie geopfert. Sie können sich an dem festklammern, was Sie besitzen oder Sie können es dem Herrn überlassen, indem Sie den Stein wegrollen und ihm die Kontrolle über Ihr Leben überlassen."

Dieses Ei hat die Farbe von Ivys Haar. Herr, vor dem Gottesdienst habe ich dich darum gebeten, das Herz des Mannes zu erweichen, der es nötig hat. Ich war sicher, dass es der Vater des Kindes sein würde; er war es nicht. Ich bin es. Ich muss meine Träume und Wünsche zurückstellen, richtig? Du möchtest, dass ich den Stein von meinem Herzen wegrolle und Ivy als meine Frau akzeptiere.

Langsam entspannte er seine Finger und ließ das Ei in die andere Hand fallen.

Als der Gottesdienst vorbei war und die Menschen die Kirche verließen, nahm Ishmael die Hand von Dale und ließ sie nicht mehr los. Er runzelte die Stirn. Fragend erwiderte Galen seinen Blick.

„Was ist mit der Kniebank?"

„Kniebank?" Galen wusste nicht, was er meinte.

Ishmael zeigte auf den Altar. „Diese Kniebank, meine ich. Da verheiratet der Pastor doch Männer und Frauen."

„Ja. Aber heute heiratet niemand."

„Aber da kann man sich doch auch taufen lassen, oder? Nur, dass der Pastor gar nicht dazu aufgerufen hat."

„Der Altar ist immer da, Ishmael. Willst du dein Herz denn Christus schenken?"

„Jep. Dale hat mir gesagt, dass er mir helfen würde, wenn es so weit ist." Er sah über Galens Schulter. „Ich fände es gut, wenn du meine Schwester rausbringen würdest. Bis jetzt haben wir immer alles zusammen gemacht, aber ich glaube, das ist eine Sache, die ein Mann allein machen sollte."

Das gelbe Ei in Galens linker Hand bekam eine neue Bedeutung. Galen hatte seine eigenen Wünsche hintenangestellt und nun wurde er Zeuge davon, wie sich Gottes Pläne verwirklichten. Den Traum, Laney als seine Gefährtin hier auf Erden zu haben, hatte er aufgegeben und nun hatte er einen Bruder für die Ewigkeit gewonnen. „Ishmael, nimm Dale mit zu Pastor Dawes. Sie werden sich freuen, dich zu Jesus zu begleiten."

Am Montagnachmittag saß Laney, in ihren Taschenroman versunken, auf der Veranda. Amanda und Ruth hatten ihn beide schon gelesen und waren der Meinung, dass es der Beste seit Langem war. Als Laney umblätterte, stimmte sie ihnen innerlich zu.

„Miss Laney ..."

Sie sprang auf. „Ach du meine Güte! Mr Lufe. Sie haben mich aber erschreckt."

Er stand auf der Stufe und wirkte ein bisschen verlegen. „Tut mir leid. Mir geht es auch so, wenn ich lese. Muss ein gutes Buch sein."

„Ja, das ist es. Wenn Sie etwas Spannendes mit Abenteuern und Geheimnissen lesen möchten, sollten Sie es sich ausleihen, wenn Ruth ihre Bücherei eröffnet hat." Laney klappte das Buch zusammen und reichte es ihm.

Daraufhin las Eddie den Titel und nickte. „Ich werde es mir merken. Aber jetzt gebe ich es Ihnen besser zurück. Ich bin immer in der Versuchung, die letzte Seite zu lesen, um zu wissen, ob es auch wirklich gut ausgeht. Es gibt nichts Schlimmeres, als ein ganzes Buch zu lesen, das dann ein offenes Ende hat, sodass man auf den nächsten Band warten muss. Ich bin eben nicht gerade ein geduldiger Mensch ..." Er zuckte mit den Schultern.

Laney lachte. „Ich habe das neulich auch so gemacht. Aus dem gleichen Grund."

„Hat es Ihnen das Buch ruiniert oder hatten Sie trotzdem Freude am Lesen?"

Sie dachte einen Moment nach. „Das kann ich gar nicht sagen. Das Buch war ohnehin nicht sehr gut." Plötzlich erinnerte sich Laney an ihre Manieren. „Möchten Sie vielleicht etwas trinken?"

„Nein, danke. Ich komme nur vorbei, um Ihnen zu sagen, dass

ich die Trauben nicht vergessen habe. Einen Tag vor Ostern habe ich nach den Reben gesehen und sie sehen gut aus. Es wird eine reiche Ernte geben."

„Das ist wirklich freundlich von Ihnen, Mr Lufe."

„Wir sind Nachbarn. Seit Jahren schon. Es wäre mir eine Ehre, wenn Sie mich mit meinem Vornamen anreden würden."

Obwohl er ein Bär von einem Mann war, hatte er eine sanfte Seite. Hoffnung und Wärme funkelten in seinen haselnussbraunen Augen. *Ich liebe ihn nicht. Ich weiß nicht, ob ich es jemals kann. Aber ich muss meine Träume hinter mir lassen.* „Wir sind Nachbarn und Sie sind ein Freund meiner Familie. Ich denke, es wäre in Ordnung, Eddie."

Ein breites Lächeln erstrahlte auf seinem Gesicht.

Bevor er noch etwas sagen konnte, stapfte Hilda aus dem Haus. „Laney, mit wem redest du denn – also, so wahr ich hier stehe! Eddie, was für eine Freude! Ist das nicht eine nette Überraschung, Laney?"

Sie nickte. Es war nett. Irgendwie. Nicht romantisch, aber nett.

„Die Eier gestern in der Kirche – das war eine wunderbare Idee", sagte Eddie zu Hilda. „Ich habe eins genommen, das mit Roten Beten gefärbt wurde. Ich glaube, Laney muss das Kreuz darauf gemalt haben. Es war perfekt. Wunderschön."

„Nächstes Jahr sollten wir das wieder machen", verkündete Hilda.

„Traditionen sind wichtig. Sie fühlen sich gut an hier drin." Er klopfte sich auf die Brust. „Ich habe mich auch schon entschieden, dieses Jahr einen Weihnachtsbaum aufzustellen. Irgendwie sind die alten, bekannten Sachen doch manchmal die besten." Lachend fügte er hinzu: „Natürlich denke ich nicht mehr so, wenn ich in der Eisenbahn sitze und durch das Land brause."

Als er gegangen war, blieb Laney allein auf der Veranda zurück. *Herr, jetzt weiß ich gar nichts mehr. Wohin willst du mich führen? Die alten Träume – Galens Frau zu sein – werden wahrscheinlich niemals ganz aufhören. Ich weiß, dass du seine Ehe mit Ivy segnest und es macht mich gleichzeitig glücklich und traurig. Ist Eddie der Richtige? Muss ich mich einfach dafür entscheiden, dass die neuen Dinge die besseren sind, und verleugnen, was mein Herz sagt? Kann mein Verstand wirklich mein Herz verändern?*

„Kannst du glauben, dass wir wirklich all diese Sachen besitzen?", fragte Ivy ihren Bruder, als sie ein weiteres Hemd von der Leine nahm. „Jeden Montag will ich mich immer kneifen, um sicher zu sein, dass ich nicht träume. Ich hätte nie gedacht, dass uns mal mehr gehört als die Lumpen auf unserem Rücken."

„Du sahst gestern wirklich fein aus in diesem Osterkleid."

Ivy kämpfte gegen den unangenehmen Verdacht an, dass Galen und Ishmael sie zu dieser Sache überreden wollten, die ihr Bruder gestern getan hatte. Sein Leben Jesus anzuvertrauen und so. Ishmael war jetzt Christ und ganz unerwartet hatte Galen heute Morgen verkündet, dass Ishy und sie wieder miteinander reden durften, wann immer sie wollten. Ivy wollte nicht, dass ihr Zwillingsbruder sie sich zur Brust nahm, deshalb lenkte sie das Gespräch weg von der Kirche. „Jep. Brot backen und Wäsche waschen kommt mir gar nicht wie richtige Arbeit vor. Das Waschbrett bringt mich sogar dazu, dass ich anfange zu singen. Und es erinnert mich an den alten Mendel Grisson damals zu Haus. Er hat gleichzeitig auf einem Waschbrett und einem Eimer Musik gemacht."

„Du hast ein gutes Gedächtnis, Schwesterchen." Ishmael wollte eine Decke von der Leine nehmen.

„Ja, das hab ich. Die Decken sind noch nicht trocken. Das letzte Mal, als ich Decken getrocknet habe, hat es fast einen ganzen Tag gedauert."

„Das war, als wir noch im Zelt gewohnt haben?"

„Mhm." Sie lachte, als der Wind eine Decke hin und her bewegte. „Das Gras war vom Regen in der Nacht noch ganz nass gewesen. Sobald ich die Decken gefunden hatte, die Galen uns dagelassen hatte, habe ich sie über die Büsche zum Trocknen ausgebreitet."

Ishy zog die Decke zur Seite, um seine Schwester besser sehen zu können. Er hatte die Stirn gerunzelt. „Die Decken von Galen."

„Jep."

„Und es hatte geregnet."

Ivy nahm das letzte Hemd ab und legte es auf den Stapel im Wäschekorb. „Mhm."

Urplötzlich ließ Ishy den Korb fallen, sodass das Hemd in den Schmutz fiel.

„Hey, was soll das?“ Ivy bückte sich, um das Hemd aufzuheben.

Ishy starrte auf sie herab. „Aber du hast mir doch erzählt, dass Galen dir die Decken gegeben hat.“

Sie nickte und erhob sich, um das Hemd auszuklopfen.

„Aber eben hast du gesagt, dass du sie im Gras –“

Ivy bemerkte, dass sie unaufmerksam gewesen und nicht bei ihrer Geschichte geblieben war. „Natürlich hab ich sie entdeckt.“ Sie beschäftige sich ausgiebig mit dem Hemd, das sie aufgehoben hatte. „Galen hat sie fallen lassen, weil er mich umarmt hat.“

„Und da sind sie nass geworden.“

Erleichtert nickte sie. „Es hat ja in der Nacht geregnet. Schon vergessen?“

Im Bruchteil einer Sekunde war Ishy bei ihr und packte sie an den Oberarmen. „Sie wären aber nicht so klitschnass geworden. Nicht diese dicken Decken, wenn sie nur ein paar Sekunden im Gras gelegen hätten.“

Ihr lief es heiß und kalt über den Rücken und ihre Wangen waren rot vor Hitze. Ivy zwang sich zu einem Lachen, das ihr selbst falsch vorkam. „Wir hatten eben noch etwas anderes zu tun.“

Der Griff ihres Zwillingsbruders verhärtete sich noch weiter. „Du hast mich angelogen. Du hast mir gesagt, Galen hätte die Decken ins Zelt gebracht.“

„Hat er ja auch.“ Sie machte sich los. „Später. A-aber sie waren nass. Sehr nass. Also habe ich sie auf über die Büsche gehängt. Um sie zu trocknen.“

„Eben hast du mir noch gesagt, dass du sie sofort aufgehängt hast, als du sie gesehen hast.“

„Habe ich ja. Als Galen und ich aus dem Zelt kamen.“

„Aber dann hat er sie ja doch nicht reingetragen. Du änderst deine Geschichte immer wieder.“ Ishmael fuhr sich mit den Fingern durchs Haar. „Du hast mich angelogen. Ich kann es nicht glauben. Ivy, du hast mich noch nie angelogen.“

„Aber ich habe nicht gelogen. Ich kann mich eben einfach nicht mehr an jedes kleine Detail erinnern. Ein verliebtes Mädchen achtet auf seinen Verehrer und nicht auf ein paar alte Decken.“

Ishy atmete zitternd aus. „Das stimmt. Ich frage mich, ob das Kind auch sein Muttermal auf der Schulter haben wird."

„Genau wie bei Sean? Vielleicht. Darüber habe ich noch gar nicht nachgedacht." Kaum hatte sie die Worte ausgesprochen, hätte sie sie am liebsten wieder zurückgenommen. Ishys Gesicht wurde weiß wie Kalk und sie wusste, dass jetzt alles vorbei war.

„Galen hat gar kein Muttermal auf der Schulter." Er schrie ihr die Worte entgegen. „Er ist gar nicht derjenige, der bei dir gelegen hat!"

„Doch, das ist er", bestand sie weiterhin.

Einmal – nur einmal – schüttelte er den Kopf, dann drehte er sich ohne ein weiteres Wort zu verlieren um und stapfte davon.

„Ishy!" Ivy wusste nicht, ob sie seinen Namen geflüstert oder geschrien hatte, also rief sie noch einmal: „Ishy!" Aber er drehte sich nicht um. Egal, wie schlimm ihr Leben bisher auch gewesen war, sie hatte immer ihren Bruder gehabt. *Ich habe ihn verloren. Was wird er jetzt machen? Was werde ich jetzt machen?*

34. Kapitel

„Boss?"

Galen klopfte gegen den Stamm. „Überall Blüten. Dieses Jahr wird es eine reiche Kirschenernte geben."

Ishmael verlagerte unruhig sein Gewicht. „Wir müssen reden. Ich habe etwas Schreckliches getan."

Galen sagte nichts. Er wartete darauf, dass Ishmael weitersprach.

„Du warst es nicht", flüsterte Ishmael mit gesenktem Kopf. „Das Kind … ist nicht von dir."

„Das stimmt." Galen starrte ihn an.

„Meine Schwester hat sich verplappert. Sie hat ihre Geschichte verändert. Konnte sich an manche Dinge nicht mehr erinnern." Der Gedanke an diese Lüge trieb ihm die Zornesröte ins Gesicht. „Zu mir hat sie gesagt, dass du der Vater bist, und sie hat mich vorher noch nie angelogen. Ich habe ihr geglaubt und dich deswegen gezwungen, sie zu heiraten."

„Hat Ivy dir gesagt, wer der Vater ist?"

„Nein. Und das wird sie auch nicht. Meine Schwester könnte einem Esel beibringen, was Starrsinn ist. Sie behauptet immer noch, dass du es bist." Ishmael schluckte schwer. „Ich habe dir Unrecht getan. Ich habe dein Gewehr genommen und dich damit gezwungen, sie zu heiraten. Jetzt denken alle schlecht von dir. Ich habe deinen guten Namen ruiniert. Meinetwegen hast du ein fremdes Kind am Hals und der eigentliche Vater kommt davon."

Und was jetzt, Herr?

„Es tut mir leid." Ishmael schüttelte den Kopf. „Was ich getan habe … kann ich nie wiedergutmachen."

Galen legte Ishmael die Hand auf die Schulter. „Du bist zu mir gekommen, hast deinen Stolz heruntergeschluckt und deinen Fehler zugegeben. Du bist nicht verantwortlich für das, was du nicht wusstest."

Ishmael rief: „Das ist viel zu großzügig von dir!"

„Ishmael, ich vergebe dir, was du getan hast."

Sein Kopf schoss hoch und der Mund öffnete sich fassungslos. „Ich … du … Boss, das erwarte ich gar nicht. Du warst gut zu mir und meiner Schwester – du hast uns die Chance gegeben, hierzubleiben, als wir es nicht verdient hatten. Es ist Unrecht, was ich getan habe."

„Gott vergibt uns, Ishmael. Du bist mein Bruder in Christus. Es wäre nicht richtig, vom Herrn Vergebung anzunehmen und sich dann umzudrehen und sie nicht auch dem Nächsten zu erweisen."

„Du versuchst, wie Gott zu sein. Deshalb gibst du uns all diese Chancen."

Galen antwortete nickend: „Christen versuchen, sich so gut wie möglich an Gottes Weisung zu halten. Wir sind nicht perfekt, Ishmael. Wir machen viele Fehler und müssen dann mit den Konsequenzen leben."

„Aber du musst mit Konsequenzen leben, obwohl du gar nichts falsch gemacht hast. Was wirst du jetzt mit Ivy machen?"

„Darauf habe ich noch keine Antwort." Galen lehnte sich an den Baumstamm. „Innerlich bin ich hin- und hergerissen. Ich gebe ja zu, dass ich zuerst zornig war. Ich wollte Ivy unbedingt dazu zwingen, den Namen des Vaters preiszugeben. Und dann wollte ich mich aus dieser Ehe befreien."

Ishmael verzog das Gesicht. „Dafür kann ich dir keinen Vorwurf machen."

„Ich musste die Pläne aufgeben, die ich mir vorher gemacht hatte. Und ich bin auch nicht der Einzige, der durch diese Lüge verletzt wurde."

„Mir ist schon aufgefallen, dass du zu einer Frau noch viel freundlicher warst, als zu allen anderen. Laney –"

„Sprich nicht weiter." Galen starrte durch ihn hindurch.

„Ich könnte mit ihr reden."

„Nein."

Schuldbewusst sah Ishmael zu Boden. „Trotz all dem war sie immer total nett zu meiner Schwester."

Das ist meine Laney. „Die Bibel fordert uns dazu auf, Böses mit Gutem zu vergelten. Ich hatte das zunächst vergessen. Ich war … unfreundlich zu Ivy."

Ishmael seufzte. „Du warst mehr als gut zu ihr. Am Anfang

wollte ich nicht hier weg, weil ich Angst hatte, dass du ihr wehtun könntest."

„Das würde ich niemals tun."

Ishmaels Mundwinkel spannten sich an. „Jetzt weiß ich das auch. Deine Ma und deine Brüder – sie alle haben Ivy aufgenommen. Ich könnte es wenigstens deiner Mutter sagen."

„Sie weiß, dass ich nicht der Vater bin."

„Und trotzdem erlaubt sie es, dass Ivy Ma zu ihr sagt?" Ishmael rieb sich über die Narbe auf seiner Stirn. „Ihr O'Sullivans seid wirklich verrückt. Für mich wird es schwer, mit dieser Lüge klarzukommen. Meine Schwester und ich waren immer füreinander da und sind füreinander eingestanden."

„Du liebst sie immer noch, Ishmael. Du hasst zwar das, was sie getan hat, aber du hasst nicht sie als Mensch."

Die Anspannung in seinen Gesichtszügen wich ein wenig. „Das stimmt." Zögerlich vergrub er die Hände in den Taschen und beugte sich etwas vor. „Ich will alles über den Engel wissen, der kommt und mit den Leuten redet."

„Welchen Engel?"

„Du weißt schon – der, über den der Pastor schon öfter mal geredet hat. Gott schickt doch immer seinen Engel. Zum Beispiel bei Josef, damit er Maria nicht wegschickt, als sie schwanger ist. Ich wette, dein Engel –"

„Ich habe keinen Engel gesehen, Ishmael."

„Nein?" Er wirkte geradezu enttäuscht. Im nächsten Moment änderte sich sein Gesichtsausdruck wieder. „Ich muss dich etwas fragen. Wenn kein Engel dir gesagt hat, dass du das Kind annehmen sollst, was wirst du dann tun?"

„Keine Angst. Dieses Kind wird unter meinem Dach aufwachsen und Liebe empfangen." Eine Böe wehte die Kirschblüten um sie herum.

„Hast du das gesehen, Boss?" Ishmaels Augen wurden groß. „Es sieht so aus, als würden Tausende von Engeln um uns herumfliegen. Das waren keine echten Engel, ich weiß, aber die haben mein Herz beruhigt."

Galen nickte. Es war seltsam, aber auch ihm hatte dieses Gespräch Frieden geschenkt. „Eins noch, Ishmael."

„Ja?“

„Nenn mich nicht Boss. Ich bin dein Bruder.“

Irgendetwas stimmte nicht. Laney konnte es nicht bestimmt sagen, was es war, aber die Art und Weise, wie Ivy sich in den letzten Tagen benahm, kam ihr seltsam vor. Ihre Fröhlichkeit wirkte wie aufgesetzt.

„Erzähl es ihnen, Ishy. Du hast doch alles darüber in der Stadt gehört.“

„Sie wissen mehr?“ Amanda wandte sich ihm zu. „Bitte erzählen Sie, was passiert ist.“

„Die Bensons wurden ausgeraubt. Die Frau war draußen und hat gewaschen und Mr Benson war auf dem Feld. Mrs Benson hat ihr Baby schreien hören und ist nach drinnen gegangen. Alles war durcheinander. Sie hat sich ihr Baby geschnappt und ist raus zu ihrem Mann gelaufen.“

„Könnt ihr euch das vorstellen?“ Ivy schob ihre Hände in die Schürzentasche.

„Wie furchtbar!“ Amanda lief ein Schauer über den Rücken.

„Miss Amanda“, Ishmael sah erst sie an, dann senkte er schnell den Blick. „Sie verbringen sehr viel Zeit in dieser kleinen Hütte, um die Bücher für die Bibliothek zu sortieren. Vielleicht ist es zu gefährlich für Sie. Solange der Sheriff den Einbrecher noch nicht erwischt hat, sollten Sie nicht allein dort sein.“

Er ist in sie verliebt! Laney versuchte, ihre Überraschung zu verbergen. *Ich wette, deshalb ist Ivy so komisch. Sie weiß, dass Ishmael Amanda mag und will sie verkuppeln.*

„Ishmael, da haben Sie wirklich recht“, stimmte Laney zu.

Amanda antwortete flüsternd: „Es ist wirklich freundlich von Ihnen, sich Sorgen um mein Wohlergehen zu machen.“ Schüchtern senkte sie den Blick und ihre Wangen wurden rot.

Laney und Ruth tauschten vielsagende Blicke. Ruth rief: „Amanda und Ishmael –“ Sie riss sich zusammen, bevor sie noch mehr sagen konnte.

„Das ist eine wunderbare Idee, Ruth!“ Laney hakte sich bei Ivy unter. „Ishmael, da ich heute Morgen mit Ihrer Schwester lesen übe, kann Amanda nicht helfen. Sie wollte aber gerne zum Cottage gehen, um die Bücher zu sortieren. Da das keine gute Idee zu sein scheint, könnten Sie ihr vielleicht einige Kisten herbringen?"

„Natürlich. Das mache ich sofort."

„Das wäre wirklich freundlich." Amanda lächelte Ishmael charmant an. „Es wäre schade, wenn sich die Eröffnung der Bücherei noch weiter verzögern würde."

Ruth scheuchte die beiden los. „Amanda, geh doch mit Ishmael rüber und zeig ihm, welche Kisten du brauchst."

„Ich bin mir nicht sicher."

Laney wusste, dass Amanda sich Gedanken wegen des Anstandes machte, doch sie tat so, als würde sie sie missverstehen. „Ishmael wird für deine Sicherheit sorgen. Ich vertraue ihm voll und ganz."

„Ich würde eher sterben als zuzulassen, dass Ihnen etwas geschieht, Miss Amanda."

„Wie ritterlich von Ihnen." Amanda sah Ruth an. „Willst du nicht mitkommen? Bestimmt gibt es auch eine Kiste, die du gerne hättest."

Ruth lachte. „Ich wäre wohl eher ein Hindernis. Du hast schon so viele Kisten sortiert, dass ich gar nicht mehr weiß, was wo ist. Ihr entschuldigt mich bitte, ich habe noch Dinge zu erledigen." Ruth verließ den Raum.

Nachdenklich sah Ishmael Amanda an. „Gibt es auch Bücher, die mich interessieren könnten?"

„Amanda", rief Laney begeistert, „ich glaube, Ishmael sollte unser erster Kunde sein. Du könntest ihm ein oder zwei Bücher empfehlen und er kann sie ausleihen."

„Du bist der Erste, Ishy!" Ivy stupste ihn an. „Was für eine Ehre."

„Miss Amanda, sind Sie zu beschäftigt, um mir ein Buch zu empfehlen? Ich will Sie nicht stören."

„Ich finde es schrecklich, dass die Bücher alle nur in den Kisten liegen. Wenn es Ihnen nichts ausmacht, dass ich meine Bibliothekarsfähigkeiten erst an Ihnen ausprobieren muss, wäre es mir eine Ehre, Ihnen zu helfen."

„Da siehst du!" Ivy strahlte ihren Bruder an.

Ishmael räusperte sich. „Aber ich bin nur drei Jahre lang zur Schule gegangen."

„Das ist dreimal so lange wie Präsident Lincoln." Amanda faltete die Hände. „Obwohl er nur ein Jahr in der Schule war, ist er trotzdem ein erstaunlich belesener Mann."

Als Amanda und Ishmael gegangen waren, drückte Laney Ivys Hände. „Ich glaube, sie mögen sich."

„Das kann ich verstehen. Ishy ist stark und sieht gut aus. Und sie ist ganz alleine, da will sie natürlich einen Beschützer haben."

„Dann spielen wir Amor", sagte Laney und sprang förmlich die Treppe herunter. „Ja, das machen wir."

Ivys Gesicht fiel zusammen. „Das Spiel kenne ich aber gar nicht."

„Du und ich werden Amanda und Ishmael verkuppeln. Wenn man das tut, nennt man das ‚Amor spielen'."

„Das bringt wahrscheinlich auch mehr, als wenn du versuchst, mir das Lesen beizubringen. Ich bin so schlecht."

„Papperlapapp! Du machst das sehr gut. Kurze Worte kannst du schon gut lesen." Laney zog Ivy an den Tisch, wo sie Papier, Stifte und ein Buch hatte. „Außerdem ist dein Unterricht die Ausrede dafür, dass Amanda und Ishmael sich treffen können."

„Wieso?"

„Wir sagen ihnen, sie sollen ein Buch suchen, das dich interessiert und das du schon lesen kannst."

„Und so schlagen wir zwei Fliegen mit einer Klappe."

„Du bist wohl völlig verrückt geworden!", hörte man Hildas schockierte Stimme aus der Küche schallen.

„Komm schon, Hilda", erwiderte eine tiefe Männerstimme.

Laney und Ivy gingen in Richtung der Küchentür.

„Ich bin doppelt so alt wie du, Cowboy!"

Laney blieb so abrupt stehen, dass Ivy gegen sie stieß. Jetzt erkannte Laney die Stimme von Toledo. „Du bist doch nicht vierundachtzig."

„Natürlich nicht!" Hilda hielt kurz inne, dann krähte sie weiter: „Und du bist nicht zweiundvierzig."

„Doch, bin ich. Und wenn du ein bisschen älter bist als ich, was macht das schon?"

Laney und Ivy sahen sich mit kugelrunden Augen an. Ivy öffnete den Mund, doch Laney presste ihr sofort die Finger auf die Lippen.

„Die Küche ist blitzblank und Mittagessen gibt es erst in ein paar Stunden", erklärte Toledo. „Also, gehst du jetzt mit mir spazieren?"

Hilda stammelte etwas. Einen Augenblick später fiel die Tür zur Veranda ins Schloss. Stille. Vorsichtig öffnete Laney vom Esszimmer her die Tür und blinzelte in den Raum. „Sie ist tatsächlich mitgegangen!"

„Kannst du das glauben?" Ivy schüttelte den Kopf.

„Ich finde es wunderbar!"

„Ich wusste, dass Hilda ziemlich klug ist, aber sie hat in einer Sekunde ausgerechnet, was die Hälfte von vierundachtzig ist. Unglaublich." Ivy schüttelte immer noch den Kopf. „Wenn ich lesen kann, kannst du mir dann auch noch das Rechnen beibringen?"

„Natürlich. Aber, Ivy, wir dürfen niemandem sagen, dass wir das mitbekommen haben. Man darf nämlich nicht lauschen."

„Wir konnten ja wohl nichts dafür. Hilda hat so laut geschrien wie ein verwundeter Elch."

Laney kicherte. „Jetzt musst du noch öfter vorbeikommen. Dann können wir auch noch für Hilda und Toledo Amor spielen."

Ivy umarmte Laney fest. „Du bist unglaublich klug, Laney. Ich bin so froh, dass du meine Freundin bist!"

Laney erwiderte die Umarmung. Zum ersten Mal spürte sie trotz ihrer voluminösen Kleidung Ivys Bauch, der von ihrer Schwangerschaft zeugte. Trotzdem tätschelte sie ihr den Rücken. „Ich bin auch froh, dass wir Freundinnen sind."

„Lass uns gehen."

„Ich räume nur schnell noch ein." Ivy sammelte ihre Sachen zusammen und schob sie vorsichtig in die Ledertasche. Dann verabschiedete sie sich von Laney, Ruth und Amanda und ging nach draußen.

Ishmael sagte kein Wort. Er half Ivy auf den Wagen der O'Sullivans. „Wiedersehen, Ladys. Vielen Dank für die Bücher."

„Ich freue mich schon darauf, mit Ihnen darüber zu reden", sagte Amanda mit weicher Stimme.

„Ich mich auch." Ishy legte die Bücher auf die Bank und sprang auf den Wagen. Mit einem Schnalzen zog er an den Zügeln und ließ die Pferde antraben.

Mit jedem Meter, den sie zurücklegten, wurde die Spannung zwischen ihnen immer größer. Ivy wusste, dass es ihre Schuld war. Sie hatte ihn angelogen. *Aber er wird nichts über den Vater des Kindes erfahren. Das würde alles nur noch schlimmer machen.* Um die schmerzliche Stille zu überbrücken, strich sie über die rötliche Ledertasche. *Burgunder* hatte Laney es genannt. Laney hatte immer ausgefallene Namen für Farben – Perle, Magenta, Purpur. „Burgunder", sagte sie laut. „Mhm. Das ist die Farbe meiner Tasche. Laney hat sie mir geschenkt."

Ishmael nahm von der Tasche auf ihrem Schoß kaum Notiz.

„Ich habe darin meine ganzen Schulsachen." Sie hörte auf, über das Leder zu streichen. „Einen Bleistift, Papier und zwei Bücher. Toll, oder?"

Ishmael nickte.

Bitte, Ishy, sei mir nicht mehr böse. „Ich habe sogar schon eine Liste von Wörtern, die ich lesen kann."

Wieder nickte er nur.

„Einunddreißig Wörter." *Früher hättest du dich mit mir gefreut.* „Ich kann schon einunddreißig Worte lesen und schreiben."

„Schön für dich." Er sah sie nicht an und lächelte auch nicht. Stattdessen blickte er starr auf den Rücken des Pferdes, als hätte er so etwas noch nie gesehen.

Als der Wagen über eine Unebenheit rumpelte und die Bücher, die er mit Amanda zusammen ausgesucht hatte, verrutschten, schob er sie vorsichtig wieder zusammen.

Ivy lachte erleichtert. „Du bist so beschäftigt mit Amanda und ihren Büchern, dass du gar nicht gehört hast, was ich gesagt habe."

„Ich habe dich gehört."

Eiseskälte lief ihr über den Rücken. Es war nicht das, was er sagte, sondern wie er es sagte. Das einzige Mal, dass ihr Zwillingsbruder diesen Tonfall benutzt hatte, war, als Pa seine Geduld zu sehr auf die Probe gestellt hatte. „Ishy, ich will, dass du stolz auf mich bist."

Sein Kopf wirbelte herum. „Stolz? Du hast mich angelogen."

„Du liebst mich, Ishy. Deswegen darfst du mir nicht böse sein."

„Vielleicht werde ich dir irgendwann nicht mehr böse sein, aber ich werde mich immer für dich schämen."

Seine Worte raubten ihr den Atem.

„Unser Leben war immer schwer. Pa hat dafür gesorgt, dass wir nie etwas besessen haben."

„Aber so wird es nie wieder sein", rief Ivy. „Verstehst du das denn nicht? Wir haben genug zu essen und hübsche Kleidung und ein richtiges Dach über –"

„Warme Decken", warf er sarkastisch ein.

Seine Worte trafen sie wie ein Schlag und sie zuckte zusammen. Ängstlich klammerte sie sich an seinen Ärmel. „Ishy –"

„Wir sind Zwillinge. Wir hatten immer uns gegenseitig. Du warst mein Stolz und meine Freude." Er sah sie an und schüttelte den Kopf. „Jetzt nicht mehr. Jetzt empfinde ich nicht mehr so für dich. Wegen deiner Lüge habe ich mit dem Gewehr auf den einzigen Freund gezielt, den ich je hatte. Ich habe dir mehr geglaubt als ihm, weil du meine Schwester bist, mein Zwilling, und du immer auf meiner Seite warst."

„Ach, Ishy –"

„Mit dieser Lüge hast du Galens Leben ruiniert."

Ihre Finger legten sich wie Klammern um den Stoff seines Hemdes. „Das Kind, Ishy. Ich habe es für das Kind getan. Jetzt wird es niemals hungrig sein oder frieren."

Seine Augen wurden dunkel. „Ich hätte mich für dich und das Kind totgeschuftet, damit es euch an nichts fehlt."

„Und genau das wäre auch passiert. Und dann wären das Kind und ich wieder allein gewesen und wir wären so arm gewesen wie mit Pa."

„Galen –"

„Ich werde ihn stolz machen. Warte nur ab. Ich lerne Lesen und Schreiben und wie man sich benimmt. Dann wird er anfangen, mich zu mögen."

„Nie hat er auf dich herabgesehen, als du noch dein Sackleinenkleid getragen hast und nicht lesen konntest. Er war freundlich zu uns beiden und so zahlst du es ihm zurück?" Ishmael ließ den Kopf hängen. „Schwester, wie konntest du das nur tun?"

„Ich mache es wieder gut, Ishy. Glaub mir."

„Das kannst du gar nicht. Du hast seinen guten Ruf ruiniert."

„Die Menschen vergessen das wieder. Wenn das Baby erst da ist, werden sie über irgendwas anderes tratschen." Sie ließ ihn los und strich wieder über die Ledertasche. „Und viele Menschen haben ja auch gar nichts gegen ihn. Die McCains stehen zu ihm. Vor allem Laney. Sie ist eine wunderbare Freundin."

„Keine Ahnung, warum sie dich als ihre Freundin akzeptiert."

„Ishy!"

„Galen hat sie geliebt. Und sie hat ihn geliebt."

Entsetzt starrte Ivy ihren Bruder an.

„Du hast deine Lügengeschichte erzählt und ihnen so ihr Glück gestohlen. Er hat jetzt dich am Hals und Laneys Herz ist gebrochen. Du sitzt hier und plapperst davon, was sie alles für dich tut und was du für hübsche Dinge bekommen hast. Tja, ich hoffe, du bist stolz auf dich, denn es sind deine Lügen, die dir das alles beschert haben. Und diejenigen, die als Einzige uns jemals geholfen haben, haben einen hohen Preis dafür bezahlt. Das ist die Wahrheit. Sie haben mit dem Sterben ihrer Träume und Hoffnungen für deine Lügen bezahlt."

Ivy zitterte am ganzen Körper und schüttelte ununterbrochen den Kopf, um die Anschuldigungen zu verneinen.

„Du regst dich darüber auf, dass irgendjemand die Leute in der Gegend ausraubt, aber was du getan hast, ist viel schlimmer. Was du den Menschen genommen hast, kann durch nichts mehr ersetzt werden und ist für immer verloren."

„Das kann nicht sein. Sag mir, dass es nicht so ist", bettelte Ivy. „Laney würde mir nicht helfen und Ruth hätte mir nicht ihre hübschen Kleider geschenkt. Sie haben mir sogar ein Hochzeitsgeschenk gemacht."

Ishmael sah sie finster an. „So ist es aber."

Als ihr langsam die Tasche vom Schoß rutschte, machte Ivy gar keine Anstalten, sie festzuhalten, sondern sie landete auf dem Brett zu ihren Füßen.

Mit seinem finsteren Blick bohrte Ishmael fast ein Loch durch Ivy, als er ihr die entscheidende Frage stellte: „Sag mir, wer der Kerl ist."

Ivy presste sich die Faust vor den Mund und schluchzte.

„Du musst es mir sagen. Es ist die einzige Möglichkeit, um diese Sache wieder geradezubiegen.“

Langsam ließ sie die Hand sinken und schlang die Arme um ihren Bauch. Fast hätte sie ihm geantwortet, doch dann schüttelte sie nur langsam den Kopf.

35. Kapitel

„Ivy, Liebes, komm doch rein."

„Ja, Ma." Ivy trottete die Verandastufen hinauf. Ihr Herz war genauso schwer wie ihre Schritte. Seit Ishmael herausgefunden hatte, dass sie gelogen hatte, hatte sich ihr Leben grundlegend verändert. Nichts war mehr richtig. Sie vermisste sein freundliches Lächeln und seine lieben Worte ganz schrecklich. Aber Galen behandelte sie wirklich gut. Er rückte ihr den Stuhl zurecht, las ihr vor, kaufte sogar Stoff, damit sie Babysachen nähen konnte. Aber mit jeder einzelnen Freundlichkeit von ihm und seiner Ma wuchs der Berg an Schuldgefühlen in ihr nur noch an.

Am allerschlimmsten aber war Laney. Sie saß immer noch neben ihr und half ihr beim Schreiben. Sie zeigte ihr geduldig, wie man sich wie eine Dame bewegte und verhielt. Und als sie zusammen Unkraut gejätet hatten, hatte sie für Ivy Worte in den Boden geschrieben, die sie lesen konnte. Aber immer, wenn sie dachte, Ivy würde es nicht bemerken, schaute sie heimlich zu Galen hinüber und dann funkelten Laneys Augen. Und genauso schnell wendete sie sich wieder ab und arbeitete weiter an ihrer Aufgabe.

Ich habe getan, was ich tun musste. Diese Worte sagte sich Ivy immer und immer wieder. *Ich habe es für mein Kind getan. Erwachsene können lernen, mit einer schwierigen Situation umzugehen, aber Babys sind ihrer Umgebung hilflos ausgeliefert.* Das Baby trat wie zur Bestätigung.

„Sieh nur, wer vorbeigekommen ist!" Ma stellte den Kaffeetopf auf den Herd. „Die Mädchen von Broken P."

Ivy legte den Kopf schief. „Aber es ist doch noch gar nicht Freitag."

„Es ist Geschenketag." Hilda beäugte Ivy neugierig.

Ivy kämpfte gegen den Drang an, die Hände in die Schürzentaschen zu stecken und sie von sich wegzuziehen, damit ihr Bauch nicht so schrecklich dick aussah.

„Komm her“, sagte Ruth. „Wir wollen dir was zeigen.“

„Okay.“ Ivy ging zu ihnen und fragte sich, was sie vorhatten. Ruth und Laney traten zur Seite und präsentierten, was sie hinter ihren Röcken verborgen hatten.

„Es ist nicht nur die Wiege, Ivy. Sie haben auch noch Decken und Kleidung mitgebracht.“ Galens Ma stand neben ihr und fügte noch hinzu: „Das hört sich vielleicht seltsam an, aber ich hatte ganz vergessen, wie niedlich klein die Babykleidung ist. Man würde meinen, dass ich das nach all diesen Söhnen wissen müsste.“

Tränen liefen ihr übers Gesicht. Ivy versuchte, sich zu räuspern und etwas zu sagen, aber sie konnte einfach nicht aufhören zu weinen.

„Seht euch das Mädchen nur an!“ Ma legte Ivy den Arm die Schultern. „Ihr habt Ivy sprachlos gemacht.“

Laney drückte Ivy ihr Taschentuch in die Hand. „Es tut mir leid, dass wir heute nicht länger bleiben können, aber am Freitag kommen wir zum Nähen. Versprochen.“

Ivy nickte. Sie wollte sich das Gesicht abwischen, doch dann sah sie die feine Stickerei auf dem Taschentuch. Sie hatte das gleiche Blau und denselben feinen Schwung wie eins von Galens feinen Sonntagstaschentüchern. In ihrer Hand hielt sie den Beweis. Bisher hatte sie es immer zu verleugnen versucht: Für ihr Kind hatte sie einen Vater und ein Zuhause gesucht und gefunden, aber ihrer Freundin hatte sie dadurch die Liebe ihres Lebens genommen.

Diese Tragödie ließ sie nicht zur Ruhe kommen, auch nicht, als die Frauen schon längst wieder gegangen waren. Sie nagte an ihr, bis Ivy es nicht länger aushalten konnte. Am nächsten Tag dachte sie sich einen Grund aus, warum sie in die Stadt musste. Ishmael und Galen waren beschäftigt und Ma hatte im Garten zu tun. Trotz der Warnungen vor dem Dieb machte sie sich schließlich allein auf den Weg.

Sie nahm all ihren Mut zusammen und traute sich endlich, an die Tür zu klopfen.

„Herein!“, rief eine tiefe Stimme.

Ivy öffnete die Tür und trat vorsichtig ein.

„Mrs O’Sullivan.“

Ivy wandte sich erschrocken um, weil sie dachte, Galens Mutter sei ihr gefolgt. Aber sie war alleine.

„Kann ich Ihnen helfen?" Der Arzt trocknete gerade seine Hände an einem Handtuch ab.

Sie schloss die Tür und lehnte sich dagegen. „Ich kenne mich nicht sehr gut aus. Wenn ich unrecht habe, müssen Sie es mir sofort sagen."

„Egal worum es geht, das werde ich tun."

Sie schluckte. „Pfarrer und Ärzte müssen doch Dinge für sich behalten, wenn man sie ihnen erzählt?"

„Ja. Hier wird alles vertraulich behandelt. Denn den Menschen, die Angst haben müssen, wenn sie uns die ganze Wahrheit sagen, können wir nicht helfen. Gibt es etwas, wobei ich Ihnen helfen kann?"

„Ich habe aber kein Geld dabei." Ihre Augen füllten sich schon wieder mit Tränen. „Und der Ponyexpress wirft im Moment nichts ab, weil sie Galen nicht bezahlen. Vielleicht sollte ich warten, bis der Pastor wieder da ist."

„Sie können tun, was Sie möchten, Mrs O'Sullivan. Aber ich würde Sie trotzdem noch kurz untersuchen und mit Ihnen über das Baby sprechen."

Ihre Knie gaben nach und sie rutschte an der Tür nach unten, während sie flüsterte: „Woher wissen Sie, dass ich deswegen hier bin?"

☙

„Aaaah!" Galen biss vor Schmerzen die Zähne zusammen.

„Das ist ein schlimmer Schnitt", bemerkte Ishmael.

„Aye", stimmte Ma zu. „Der Doc wird das nähen müssen."

„Du kannst mindestens genauso gut nähen." Galen nickte in Richtung Mas Nähkorb. „Nimm eine Nadel."

„Nein, Junge. Das ist kompliziert. Vor allem, weil es um deinen rechten Arm geht. Ich verbinde dir die Wunde, aber du musst sofort zum Arzt. Ich will keine Widerrede hören."

Ishmael klopfte ihm auf die Schulter. „Zum Glück hast du das Hemd an, das Ivy und du beim Waschen ruiniert habt. Kein großer Verlust."

„Reiß einfach den Ärmel ab."

„Ich sattle schon einmal das Pferd."

„Zwei Pferde." Ma sah Ishmael fest an. „Sie werden mit ihm reiten und sicherstellen, dass er in Ordnung kommt."

„Das geht leider nicht, Ma'am. Ich habe Galen versprochen, dass ich mich um den Ponyexpress kümmere. Er kommt heute wieder durch."

Galen knurrte, als Ma noch mehr Aufstand machte, und versicherte ihr, dass er vorsichtig sein würde.

„Doc, ich fühle mich wie ein Idiot deswegen", sagte er später, als der Arzt sich die Wunde ansah.

„Verzeihung, aber Sie wären ein größerer Idiot gewesen, wenn Sie damit nicht zu mir gekommen wären. Der Schnitt ist genau neben einem Nerv. Ich kann natürlich daran vorbeinähen, aber wundern Sie sich nicht, falls Sie den Arm eine Woche lang nicht richtig bewegen können. Das Gewebe wird anschwellen."

Galen nickte mürrisch. Es brannte schrecklich, als der Doc den Schnitt reinigte und anschließend vorsichtig vernähte. Die Naht ging von seinem Handgelenk bis zum Ellbogen. „Wenn Dale dieses Mistvieh nicht so sehr lieben würde, würde es in den nächsten Wochen Rippchen geben."

„Also war es Mr Rüsselchen?"

Galen biss die Zähne zusammen, damit er nicht stöhnte.

„Haben Sie von Fort Sumter gehört?", fragte der Arzt, während er weiterarbeitete. „Vierunddreißig Stunden Kampf. Vierunddreißig, und auf keiner Seite ist ein Mann gefallen."

„Scheint mir, als wollte Gott seinen Kindern sagen, dass sie es vernünftig ausdiskutieren sollen, anstatt sich zu bekriegen."

„Es geschieht alles so schnell. Lincoln hat fünfundsiebzigtausend Männer zu den Waffen gerufen. Lee wollte sie nicht führen und man sagt, dass er stattdessen die Südstaatenarmee anführt."

„Das wusste ich noch gar nicht. Er ist aus Virginia. Nach meiner letzten Information hat sich Virginia zur Union bekannt."

„Nicht mehr. An dem Tag, als Virginia sich losgesagt hat, hat Lee die US-Armee verlassen. Und am darauffolgenden Tag hat Lincoln eine Blockade der südlichen Häfen angeordnet." Der Arzt klärte ihn weiter über die neuesten politischen Entwicklungen auf.

Als er den Arm verbunden hatte, fragte Galen: „Was bekommen Sie dafür?"

Der Arzt dachte einen Moment lang nach. „Einen Gefallen."

„Sie sind ein fairer Mann. Ich bin einverstanden. Sagen Sie, welchen."

„Dass Sie mich zur Geburt rufen."

Galen runzelte die Stirn. „Natürlich lassen wir Sie holen."

„Gut. Gut." Der Arzt trat an die Waschschüssel, um seine Hände zu schrubben. „Ich kann nicht viel offenlegen, Galen. Sie wissen, dass Sie mir keine Fragen stellen dürfen. Alles, was ich sagen kann, ist: Ivy ist sehr schwach. Behandeln Sie sie gut."

„Ist sie krank? Gibt es etwas, das ich wissen sollte?"

„Ich sehe Sie in der Kirche."

„Speisen Sie mich nicht so ab, Doc" Galen starrte den Arzt an. „Was –"

„Keine Fragen", sagte der Arzt und wusch sich gründlich. „Achten Sie einfach auf sie und holen Sie mich, wenn ihre Zeit gekommen ist."

Verwirrt durch diesen kryptischen Hinweis verließ Galen die Praxis. Er schwang sich in den Sattel und biss die Zähne zusammen, als ein stechender Schmerz durch seinen ohnehin heftig pochenden Arm zuckte. Da er wegen dieser Verletzung schon genug Zeit verloren hatte, beschloss er, eine Abkürzung zu nehmen. Er ritt über ein Feld und sah den gleichen Fremden, den er neulich bei Ivy gesehen hatte. Galen dachte kurz daran, ihm nachzureiten, aber irgendetwas hielt ihn davon ab. Stattdessen ritt er ein paar Hundert Meter weiter.

Ivy saß auf einem Baumstumpf, vornübergebeugt, und schluchzte.

Galen stieg ab und ging zu ihr. „Ivy?" Er berührte ihre Schulter und sie zuckte zusammen. „Ich bin's nur, Mädchen. Dieser Mann – hat er dich belästigt? Hat er dich verletzt?"

Sie sah ihn an, Verwirrung umwölkte ihre feuchten Augen.

„Es war der Gleiche, den ich neulich bei dir gesehen habe, als du deine Buchstaben geübt hast. Ivy, hat er … hat er …"

Sie wischte sich die Tränen weg, aber sofort waren neue da. „Ich-ich-ich weiß nicht, was du meinst."

„Hier war ein Mann."

Sie schüttelte den Kopf. „Ich b-b-bin ganz alleine."

Sie war zu durcheinander, um zu lügen. Galen konnte sich nicht erklären, was passiert war. Der Doc hatte anscheinend untertrieben, als er gesagt hatte, Ivy sei schwach. *Wie konnte ich übersehen, dass sie so zerbrechlich ist? Sie ist kaum mehr als ein kleines Mädchen.* Galen nahm ihre Hand. Die Haut war rau und rot, die Finger knochig. Aber am meisten schockierte ihn, wie sehr sie zitterte.

Er kniete sich neben sie. „Ivy, du brauchst keine Angst vor mir zu haben. Die ganze Zeit über dachte ich, du würdest deinen Liebhaber beschützen. Aber das war es nicht, stimmt's? Wenn ein Mann einer Frau etwas Böses antut, dann ist das nicht ihre Schuld. Was auch immer dir passiert ist, dir ist es nicht zur Last zu legen. Du kannst mir vertrauen." Er hob langsam ihre Hand und drückte einen sanften Kuss darauf.

Da brach sie zusammen. An seine Brust geschmiegt berichtete sie schluchzend, was wirklich passiert war.

Unbeholfen zog Galen seiner Frau die Decke über die Schultern und strich sie glatt. Sie hatte sich in den Schlaf geweint.

„Ich beschäftige die Jungs draußen, damit sie ihre Ruhe hat", flüsterte Ma.

Er nickte. „Bete, Ma. Bete."

„Das mache ich."

Er ging in den Stall. Ishmael kümmerte sich um das gerade eingetroffene Pferd. „Kam der Reiter dieses Mal pünktlich?"

„Jep." Ishmael unterdrückte ein Lachen und schob die Nase des Mustangs von seinem Ärmel weg. „Das ist mein Liebling. Sie ist immer so neugierig. Ich glaube, jetzt will sie gerade herausfinden, was ich gegessen habe. Aber ich mache es ihr ja auch wirklich nicht schwer. Meistens habe ich ja sowieso noch irgendwelche Flecken auf dem Hemd." Ishmael drehte sich um. Sein Lächeln verschwand. „Was ist los?"

„Wir müssen reden." Galen ging auf die Weide, während Ishmael ihm folgte. Bald würden die Jungs aus der Schule kommen und er wollte sie jetzt nicht um sich haben.

„Boss, ist irgendwas passiert? Wenn ich wieder was Schlimmes gesagt habe, tut es mir leid. Du weißt, dass ich –"

„Darum geht es nicht." Galen legte Ishmael den Arm um die Schulter. „Zuerst müssen wir beten."

„Okay."

Galen bat den Herrn um Weisheit und Leitung, um Hilfe und Heilung. Als er fertig war, sagte Ishmael gemeinsam mit ihm Amen. Die ganze Zeit über nahm Galen seinen Arm nicht weg. Er sah seinen Schwager an und entschied, dass die einfachste Weise, ihm die Wahrheit zu sagen, simple Worte waren.

„Ishmael, ich weiß jetzt, wer der Vater von Ivys Kind ist."

36. Kapitel

Ishmael starrte ihn an. „Du weißt es?"

„Aye." Galen sah ihn an. „Dein Vater war betrunken. Er –"

„Nein!" Ishmael stieß das Wort aus wie einen Fluch. Er machte sich los und wirbelte herum. „Nein!" Er lief ein paar Schritte davon und kam zurück. Er war nun weiß wie Kalk und in seinen Augen stand die gleiche Qual wie vorhin in Ivys. „Oh nein, nein, nein." Ishmael fiel auf die Knie.

„Sie wollte nicht, dass du es weißt", sagte Galen leise.

„Sie wollte mich beschützen, dabei hätte ich sie beschützen müssen." Er schluchzte laut. „Ich hätte es wissen müssen."

Genau wie er es bei Ivy getan hatte, kniete Galen sich hin und legte die Arme um Ishmael. Endlich, als der Sturm in ihm nachgelassen hatte, hob Ishmael den Kopf. „Ich muss zu ihr. Ich muss. Wo ist sie?"

„Sie hat sich in den Schlaf geweint." Galen seufzte schwer. „Lass sie schlafen, Ishmael. Ma ist bei ihr."

„Ich muss mit ihr reden."

„Ich verstehe dich, aber jetzt geht das nicht. Ich habe Ma gesagt, dass die Jungs heute bei uns in der Sattelkammer schlafen. Wenn Ivy aufwacht, kannst du für sie da sein." Er drückte Ishmaels Schulter. „Auch ich werde dort sein. Sie braucht jetzt unsere Liebe und Kraft."

„Ich bin hier, um dir von meiner Planänderung zu erzählen." Ruth stützte sich schwer auf Laney.

„Ich verstehe." Laney half Ruth zurück ins Bett und nahm ihr den Morgenrock ab. „Leg dich wieder hin. Ich mache dir einen Tee, damit sich dein Magen beruhigt."

„Kelly ist unten. Sie ist mit Ishmael gekommen, aber ich werde euch beide nicht alleine zurückreiten lassen. Toledo kommt mit euch."

„Das ist gut." Laney deckte Ruth wieder zu und sah dann den Eimer neben ihrem Bett stehen. „Ich dachte, du hättest keine Geheimnisse vor mir."

Ruth öffnete die Augen. Wie sie es schaffte, wusste Laney nicht, aber sie wirkte doch tatsächlich pikiert. „Ich war mir nicht sicher. Ich bin es immer noch nicht."

Plötzlich hörte man das Klappern von Geschirr. Hilda betrat den Raum, ein Tablett in der Hand. „Laney, nimm deine Nähsachen und geh nach unten. Du gehst heute alleine zu den O'Sullivans. Ishmael begleitet Amanda in die Stadt und hilft ihr in der Bibliothek. Ich kümmere mich um Ruth. Ruth, ich habe dir Tee gekocht." Hilda stellte das Tablett ab und deutete mit dem Daumen in Richtung Tür.

Laney beugte sich vor, drückte Ruth einen Kuss auf die Stirn und flüsterte: „Du wirst eine wunderbare Mama."

Als sie den Raum verließ, hörte Laney, dass Hildas Stimme ganz weich wurde. „Tee und ein Keks werden dir helfen. Ich habe sogar etwas von dem Birnenaufstrich –"

Ein Stöhnen erklang und Ruth schien sich hektisch zur Seite zu lehnen. Laney drehte sich erschrocken zu ihr um.

„Geh nur. Ich kümmere mich um sie." Hilda hielt Ruth, die sich über den Eimer gebeugt hatte.

Laney lehnte sich über das Geländer. „Ich bin in fünf Minuten unten, Kelly."

„Keine Eile. Hilda hat mir einen Tee gemacht."

Als Amanda vorsichtig ihre Tür öffnete, zog sie Laney zu sich herein. „Ishmael wird mir heute helfen!"

„Ich weiß." Laney folgte ihr zur Kommode. „Ich schnür dich ein."

„Danke!"

Laney zog an den Bändern und spürte einen Stich. *Es war, als Hilda und Ruth mich so eingeschnürt haben, dass Galen mich zum ersten Mal wirklich wahrgenommen hat. Jetzt ist er verheiratet und Ruth und Josh erwarten ein Baby. Amanda und Ishmael sind verliebt. Sogar Hilda und Toledo mögen sich. Jeder hat jemanden, außer mir.*

„Laney", quietschte Amanda, „vielleicht nicht ganz so fest!"

„Oh, tut mir leid." Sie konzentrierte sich auf ihre Aufgabe. „Du musst auf jeden Fall deine rubinroten Kämme tragen. Wenn du einen aus Versehen verrutschen lässt, kann Ishmael deine Haare bewundern."

„Das mache ich."

„Und heute Abend musst du mir alles erzählen!" Laney lief in ihr Zimmer und zog sich an. Bevor sie ging, öffnete sie noch die Schublade in ihrem Schrank und zog ein Spitzenband hervor, das sie ans Herz presste. Eigentlich hatte sie es für ihr Hochzeitskleid benutzen wollen, doch dieser Traum war ausgeträumt. Unten hatte sie schon den Stoff für ein Kleid vorbereitet. Die Spitze würde sich daran wunderbar machen. Nur, dass Ivy es tragen würde, nicht sie.

„Jetzt beeil dich aber", sagte Hilda, als sie zur selben Zeit Ruths Zimmer verließ wie Laney ihres.

Toledo und Josh waren draußen. Josh half Laney in den Sattel und Toledo Kelly. Es wäre indiskret gewesen, über Ruths Zustand zu sprechen, doch Laney musste irgendetwas sagen. Sie nahm die Zügel und beugte sich zu ihrem Bruder. „Nun muss sich Hilda wenigstens keine Gedanken mehr machen, dass Ruth ihr den Birnenaufstrich wegessen könnte", flüsterte sie ihm zu.

Josh legte den Kopf in den Nacken und lachte laut.

Als sie die letzte Kurve vor dem Land der O'Sullivans erreicht hatten, zügelte Kelly ihr Pferd. „Danke, dass Sie uns hierher gebracht haben, Toledo. Ab jetzt schaffen wir es alleine. Ich bin sicher, Sie haben noch viel zu tun." Sie wartete, bis der Cowboy davongeritten war. „Laney, wir müssen reden."

Laney hörte schon an ihrem Tonfall, dass etwas nicht stimmte. „Okay." Sie folgte Kelly und stieg ab.

„Es wird ein schweres Gespräch", warnte Kelly. „Und was ich sage, darf niemand erfahren."

„Ich verstehe."

„Laney, Schatz, es gab eine Zeit, in der ich mir so gewünscht habe, dass du einmal meine Schwiegertochter wirst. Nach all den Jahren, die er dich ignorierte, hatte Galen endlich erkannt, was für eine wunderbare Frau du bist und sein Herz an dich verloren." Sie wandte sich ab. „Mein Leben ist gesegnet, weil ich mit Cullen verheiratet war und seine Söhne großziehen konnte und kann. Selbst in seiner Krankheitszeit habe ich jeden Tag mit ihm genossen. Mein Leben wird nie mehr so sein wie vorher. An Weihnachten hast du den Mann verloren, den du geliebt hast. Du hast die wunderschöne Zukunft verloren, die du dir ausgemalt hast und die Kinder, die du von ihm bekommen wolltest. Wir haben beide getrauert."

Unfähig, etwas zu sagen, nickte Laney.

„Ich bin stolz auf dich. Aye, Laney, ich bin wirklich sehr stolz auf dich. Bis heute hast du meinen Sohn wissen lassen, dass du ihn für unschuldig hältst. Und noch viel mehr. Anstatt Ivy abzulehnen, hast du ihr dein Herz geöffnet. Keiner von uns wird jemals den Preis nachempfinden können, den du bezahlt hast, aber du hast dich selbst zurückgestellt und ihr deine Hand gereicht. Bestimmt sieht Gott auf dich herab und lächelt."

Laney zog ein Taschentuch aus dem Ärmel und tupfte sich das Gesicht ab. „Es war nicht leicht, aber ich habe mich auf Gott gestützt und für ihre Ehe gebetet. Galen hat sich verändert. Er ... mag Ivy mittlerweile. Das freut mich."

„Und das braucht sie auch mehr, als tausend Worte sagen können." Kelly atmete zitternd ein. „Deshalb muss ich auch mit dir reden. Galen und Ishmael wissen schon, was ich dir gleich erzählen werde. Und nur wir vier dürfen es jemals erfahren. Um Ivys willen musst du absolutes Stillschweigen bewahren, Laney."

Laney kämpfte gegen ihre Neugier an. Sie wollte endlich wissen, was los war, trotzdem musste sie fragen: „Will Ivy denn überhaupt, dass ich es erfahre?"

„Sie kann sich selbst nicht dazu überwinden, es zu erzählen, aber sie hat mich darum gebeten." In wenigen, schonungslosen Worten erzählte Kelly von Ivys schrecklichem Geheimnis.

Laney ergriff Kellys Hand, während sie nebeneinander standen, so wie sie es an Cullens Grab getan hatten. Laney trocknete ihre Tränen. „Und Ishmael weiß es?"

„Aye." Ein Schatten legte sich auf Kellys Gesicht. „Du kannst dir vorstellen, wie sehr ihn das mitnimmt."

Nach einer Weile des Schweigens sagte Laney leise: „Erinnerst du dich noch daran, was du mir gesagt hast, als wir uns nach Weihnachten das erste Mal gesehen haben? Dass ich vor allem Glaubensmut brauche, um diese Sache durchzustehen. Mutig ist Ivy, aber Glauben hat sie keinen."

„Und das zerrt an dem Mädchen. Wir werden für sie beten." Kelly sah Laney an. „Eins noch, Laney. Ich habe Gott darum gebeten, dass er dir einen Mann an die Seite stellt. Einen Mann, der es wert ist, dich zur Frau zu bekommen. Und wenn der Tag da ist, werde ich vor Freude singen. Aber tief hier drinnen –", Kelly schlug sich an die Brust, „– wirst du immer meine Tochter bleiben."

Mit einem dumpfen Knall stellten die Männer das Regal auf den polierten Boden und schoben es an Ort und Stelle. „Wundervoll! Wenn wir alle unsere Regale erst mit Büchern gefüllt haben, stehen wir den großen Büchereien in den Städten in nichts nach."

„Traumhaft!" Amanda trat einen Schritt zurück und begutachtete die Regale.

„Das ist wirklich beeindruckend." Ishmael grinste. „Aber ich bin mir nicht sicher, ob Sie diesen vielen Platz wirklich jemals mit Büchern füllen werden."

„Papperlapapp." Amanda kicherte, als sie sein Gesicht sah.

„Er hat eben noch nicht die Schlafzimmer im Cottage gesehen", sagte Laney zu ihr.

Er hob eine Kiste hoch. „In dem gelben Cottage? Da sind auch Bücher in den Schlafzimmern?"

„Beide Schlafzimmer sind voll. Amanda hat alle Kisten durchnummeriert."

Gedankenversunken fuhr Amanda mit dem Finger über den Titel eines Buches, das sie gerade in Händen hielt. „Für jede Kiste gibt es ein Regal."

Ishmael pfiff anerkennend. „Hört sich nach einer ganzen Menge Büchern an. Rob, die Damen meinen, sie hätten genug Regale. Was meinen Sie?"

Rob schob gerade ein weiteres Regal an seinen Platz. „Mich dürfen Sie da nicht fragen. Ich dachte, Ruth würde *ein* Regal brauchen, und sehen Sie sich an, was daraus geworden ist."

Amanda drückte das Buch, das sie gerade in der Hand hielt, fest an sich. „Ein Hafen des Wissens und der Vorstellungskraft."

„Das ist eine hübsche Beschreibung", sagte Ishmael.

Laney schüttelte ein Tuch aus und legte es auf das kleine Tischchen im Schaufenster. Amanda und Ishmael versuchten, es sich nicht anmerken zu lassen, doch man konnte förmlich spüren, wie sehr sie sich zueinander hingezogen fühlten. Mit Galens Zustimmung hatten Ruth und Josh ihn für eine Zeit lang angestellt, damit er bei der Eröffnung der Bücherei helfen konnte. Rob brauchte Hilfe, und Ruth wollte den beiden gern ermöglichen, mehr Zeit miteinander zu verbringen. Und da Ruth meistens bis in die Mittagsstunden mit Übelkeit zu kämpfen hatte, hatte sich auch Laney bereit erklärt zu helfen. Aber heute würde sie sich am liebsten unsichtbar machen.

Ishmael betrachtete die Kiste, die er in den Händen hielt. „Wo soll die hin?"

„Tut mir leid, wo habe ich nur meinen Kopf!" Amanda deutete nach links. „Vor das Regal dort. Ja, genau da. Wie unhöflich von mir zu reden, während Sie so eine schwere Kiste tragen."

„So schwer war sie doch gar nicht."

„Wenn sie noch größer gewesen wäre, hätte ich einen Maulesel gebraucht."

Rob musste lachen. „Wie schaffen Sie es bloß, sich auch nach zweieinhalb Wochen der Zusammenarbeit immer noch über dieses Thema zu streiten?"

„Sie müssen Miss Amanda verstehen. Es ist nicht ihre Schuld, wenn sie so klein ist, dass sie gerade mal eine Teetasse hochheben kann."

„Das stimmt. Und deshalb sind wir ja so glücklich, dass wir zwei kräftige Männer haben, die uns helfen. Laney ist auch nicht stärker als ich."

„Ja, Sie beide sind ein Gottesgeschenk." Laney sah von den Büchern auf, die sie um den Globus herum im Schaufenster arrangiert hatte. „Ich hatte schon Angst, wir würden nicht rechtzeitig bis zur großen Eröffnung fertig werden."

„Ruth war ja keine große Hilfe." Rob räusperte sich. „Nicht, dass ich ihr die Schuld geben wollte. Da sie die letzten beiden Sonntage fluchtartig den Gottesdienst verlassen musste und Josh aussieht, als wüsste er nicht, ob er stolz oder besorgt sein sollte, gehe ich davon aus, dass sie eine Weile indisponiert sein wird."

„Ich dachte, wir wollten über Ruth nichts sagen", grummelte Ishmael.

Amanda und Laney tauschten einen Blick aus. Laney fragte sich, ob ihre Wangen genauso rot waren wie die ihrer Freundin. Sie befeuchtete ihre Lippen und flüsterte: „Wir sagen auch nichts mehr."

Rob schien die peinliche Stimmung nicht zu bemerken. „Ruth wird sich über die Veränderungen freuen, die wir vorgenommen haben. Ishmael, lassen Sie uns das nächste Regal aus meiner Werkstatt holen."

„Okay."

Amanda stellte das nächste Buch an seinen Platz im Regal. „Lassen Sie ruhig die Tür offen. Ist es nicht ein wunderschöner Tag?"

„Hier ist es noch viel wunderschöner", sagte Ishmael leise, als er an ihr vorbeiging.

Laney tat so, als hätte sie nichts gehört. „Ich muss irgendetwas zum Unterlegen finden. Der Globus muss höher platziert werden."

„Vielleicht gibt es in der Werkzeugkiste in der Ecke etwas Passendes." Amanda fing an zu summen.

Laney ging um ein paar Kisten herum und hob den Deckel der Truhe an. „Die ist ja riesig. Wenn ich reinfalle, musst du mich aber retten."

Amanda lachte leise und räumte schon einmal das nächste Regal ein.

Als Laney ihren Kopf in die Truhe gesteckt hatte, hörte sie eine schrille Stimme hinter sich. „Ruth hat sich wirklich ins Zeug gelegt, nicht wahr?"

„Hallo, Ethel." Amandas Tonfall war höflich und gleichzeitig bestimmt. „Ruth hat hier wirklich einiges geleistet, das stimmt. Wie Sie draußen auf dem Schild sehen können, eröffnet die Bücherei erst nächsten Montag."

„Ich weiß, Liebes. Im Gegensatz zu einigen anderen Leuten hier in der Gegend kann ich lesen. Da steht der 7. Mai, aber ich wollte mich jetzt schon mal umsehen. Bestimmt macht es Ihnen doch nichts aus, mir schon ein bisschen früher etwas auszuleihen."

„Ihr Interesse ehrt uns, aber vor der Eröffnung werden keine Bücher verliehen. Wenn Sie mich jetzt entschuldigen würden, die Männer müssten jeden Moment mit dem nächsten Regal kommen. Ich fürchte, dann wird es hier zu eng."

Laney verhielt sich still. Als Bibliothekarin hatte Amanda das Sagen. Und sie meisterte die Situation mit Bravour. Außerdem hatte Laney Angst, Ethel würde sich wieder mit ihr beschäftigen, wenn sie sich bemerkbar machte.

„Ich gehe, bevor die Männer zurückkommen. Um Himmels willen! Taschenromane?" Ethel stöhnte. „Eine Bücherei sollte ein Hort des Wissens und der Erleuchtung sein. Wir beide werden mit Ruth sprechen müssen. Seit sie hier ist –"

„Ich möchte nicht unhöflich sein, aber ich habe noch sehr viel zu tun."

„Natürlich haben Sie das. Und das ist auch wirklich eine wunderbare Arbeit, die Sie da haben. Vornehm. Ich habe gesehen, wie dieser Ishmael Grubb Ihnen nachläuft. Wir müssen ihm jemanden aus seiner eigenen Gesellschaftsschicht suchen. Sie sind so freundlich, doch er ist weit unter –"

Laney steckte ihren Kopf aus der Truhe.

„Mr Grubb ist ein guter Mann." Amandas Stimme zitterte vor Zorn. „Der beste, den ich kenne. Er hat mehr Ehre als all diese sogenannten Gentlemen, die ich aus dem Süden kenne."

Ethel prustete vor Lachen.

„Keiner arbeitet härter als er und in der kurzen Zeit, seit er Christ ist, hat er sich ganz dem Herrn geweiht."

„Ach, Liebes. Sie müssen einsam sein und Heimweh haben. Sie wollen doch keinen Fehltritt machen und –"

Entschlossen schnappte sich Amanda ein Buch aus dem nächstbesten Regal. „Ma'am, ich habe mich geirrt. Sie sollten nicht noch eine Woche warten müssen, bis Sie sich ein Buch ausleihen können. Ich habe da genau das richtige für Sie, Sie sollten sofort anfangen, es zu lesen."

„Was ist es? Eine Bibel habe ich schon!"

„Dann lade ich Sie ein, Philipper 2 Vers 3 zu lesen. ‚Tut nichts aus Eigennutz oder um eitler Ehre willen, sondern in Demut achte einer den andern höher als sich selbst.'"

Ethel knallte die Bibel zurück ins Regal und stampfte wütenden Schrittes davon.

Laney richtete sich auf. Wenn nicht schon Ishmael bei Amanda gestanden hätte, wäre sie voller Anerkennung auf sie zugegangen. „Gott verändert die Herzen der Menschen", sagte er leise.

Amanda atmete zitternd ein und sah ihn mit großen Augen an. „Sie haben mich gehört?"

„Ja, habe ich." Er legte seine Hand unter ihr Kinn und strich ihr mit dem Daumen über die Wange. „Wenn Gott die Herzen der Menschen verändert, dann hoffe ich sehr, dass er das von Miss Ethel verändert und nicht Ihres. Niemals werde ich eine Frau finden, die auch nur halb so gut ist wie Sie."

Laney ließ sich wieder zurücksinken. Der Moment, in dem sich ein Mann und eine Frau ihre Liebe gestehen, sollte privat sein. *Herr, ich freue mich so für sie. Das tue ich wirklich. Aber ich habe von dem Tag geträumt, an dem Galen genau das Gleiche zu mir sagen würde. Das ist jetzt nicht mehr möglich und mein Herz schmerzt immer noch. Was soll ich nur tun?*

„Sieh dir das einmal an." Ivy tippte mit dem Finger auf das Buch, das sie sich in der Bücherei ausgeliehen hatte. „Glaubst du, ich könnte das auf die Decke sticken?"

„Perfekt!" Laney gab ihr ein Stück Reispapier. „Hier. Siehst du, wie gut man da durchschauen kann? Du kannst das Muster mit einem Bleistift abzeichnen und es dann auf die Decke übertragen."

„Zeigst du mir, wie das mit diesem ausgefallenen Stich geht?"

„Das ist ein Satinstich, das ist alles. Die Länge variiert jedes Mal."

Sie saßen nebeneinander im Schatten und stickten. Plötzlich fing Laney an, vor sich hin zu summen.

„Das haben wir am Sonntag in der Kirche gesungen, oder?"

„Ja, Ivy." Laney fing an zu singen. „‚Vater, dessen unendliche Liebe –'"

„Hör sofort auf damit." Ivy wurde schneeweiß. „Du singst und redest über deinen Vater im Himmel. Aber ich? Ich will keinen Vater!"

Laney wurde ganz schlecht. Ihr war gar nicht bewusst gewesen, was sie da sang.

Ivy flüsterte und hielt dabei den Kopf gesenkt, die Hände im Schoß verknotet: „Du weißt, was meiner getan hat."

„Und es bricht mir das Herz."

„Du kannst das nicht verstehen. Jeder hat einen Vater, auf den er stolz sein kann."

„Ich nicht." Jetzt legte auch Laney ihre Hände in den Schoß. „Mein Vater war ein schrecklicher Mann. Er hat uns bis zum Ende betrogen, aber wir haben herausgefunden, dass er ein Mörder war. Er war ein Betrüger und ein Dieb. Er hat sogar versucht, Ruth umzubringen."

„Du nimmst mich auf den Arm."

„Nein, es ist die Wahrheit, Ivy." Laney sah ihre Freundin an. „Ich spreche nie über meinen Vater, weil ich mich so schrecklich für das, was er getan hat, schäme. Wir beide hatten irdische Väter, die schlimme Dinge getan haben. Aber denk nach, Ivy; wir haben eine zweite Chance, weil wir einen himmlischen Vater haben."

„Nein. Wenn Gott gut wäre, würde er doch so schreckliche Dinge nicht zulassen."

„Er lässt solche Dinge zu, Ivy. Wir verstehen nicht immer, warum. Genau, wie wir das Privileg haben, seine Kinder zu sein, haben wir auch die Möglichkeit, ihm den Rücken zuzukehren. Gutes und Böses treffen aufeinander. Die traurige Wahrheit ist, dass manchmal Unschuldige unter den bösen Taten eines Menschen leiden und die Konsequenzen tragen müssen. Aber Gott verlässt uns nicht. Inmitten dieser Umstände bleibt er doch bei uns."

„Tja, meine Umstände sorgen gerade dafür, dass ich meine Füße nicht mehr sehen kann. Und dass mir nur noch zwei von meinen Kleidern passen." Plötzlich warf Ivy den Kopf in den Nacken und lachte, bis sie schnaufen musste.

„Was ist so lustig?"

„Ich! Vor einem Jahr hatte ich nur ein altes Sackleinenkleid. Jetzt jammere ich darüber, dass ich mich nur noch zwischen zwei Kleidern entscheiden kann."

„Laney!", rief Dale, während er auf sie zu rannte. Er hatte ein Ferkel unter dem Arm. „Galen hat gesagt, wenn die Schweine noch einmal ausbrechen, gibt es einen Monat lang Braten. Du musst mir helfen. Du bist meine Partnerin."

„Dann bring es doch zurück –"

„Hallo, Galen!", rief Ivy laut.

Laney schnappte sich das Ferkel und stopfte es sich unter den Rocksaum.

„Ich muss weiterarbeiten." Dale rannte davon, als Galen auf sie zu kam.

Das Ferkel grunzte und brachte Ivy zum Lachen, die selbst ein grunzendes Geräusch von sich gab. „Das ist lustig. Das musst du zugeben."

„Was ist lustig?", fragte Galen.

„Ivy", rief Laney laut. „Sie hat sich gerade darüber beschwert, dass ihr nur noch zwei Kleider passen. Da ist ihr eingefallen, dass sie vor einem Jahr nur ein einziges Kleid besaß."

Das Ferkel und Ivy grunzten gleichzeitig.

Galen zog die Brauen zusammen. „Ivy, bis jetzt habe ich die ganze Zeit darauf bestanden, dass du sonntags mit in den Gottesdienst kommst, aber wenn es dir jetzt zu … unbequem wird, kannst du ruhig zu Hause bleiben."

„Ich denke, mein Platz ist an deiner Seite."

Plötzlich fing das Ferkel an, Laneys Knöchel anzuknabbern. Sie unterdrückte ihr Kichern, so gut sie konnte. Als Galen sie fragend ansah, setzte sie ein gekonntes Lächeln auf. „Ist es nicht wunderbar, dass sie mit zur Kirche will?"

Galen nickte.

Als das Ferkel sich bewegte, klemmte Laney es schnell zwischen ihre Beine. Damit er sich nicht über ihre Bewegung wunderte, beugte sie sich vor. „Ich bin über und über voller Fusseln."

„Ich auch." Ivy nickte.

„Aber das Nähen ist es wert." Laney konnte nicht anders und sah Ivy bedeutungsvoll an. „Was tut man nicht alles für die Kleinen."

Ivy verstand den Hinweis und bekräftigte: „Mhm!"

„Wollt ihr mir was zeigen oder fächelt ihr euch nur Luft zu?"

Im selben Augenblick antwortete Laney: „Wir wollen dir was zeigen!", während Ivy sagte: „Wir fächeln uns Luft zu."

Galen sah sie skeptisch an und schob sich eine Locke hinters Ohr.

„Laney, ist dir aufgefallen, wie gut Galens Arm schon verheilt ist? Man kann kaum noch sehen, wo die Verletzung war."

Galen ließ ihr keine Zeit zu antworten. Er zog die Nase kraus. „Was riecht hier denn so?"

„Ich probiere gerade einen neuen Duft aus." Laney beschäftigte sich intensiv mit einem der Fussel auf ihrem Kleid, während sie den französischen Namen für Ferkel suchte. „Eau de porcelet."

„Das versuche ich vielleicht auch irgendwann mal!", sagte Ivy mit einem Lachen.

„Lieber nicht." Galen musterte seine Stiefelspitzen. „Dann näht mal schön weiter."

Als er davonging, blickte Laney nach unten und sah ein rosafarbenes Schwänzchen unter ihrem Rocksaum hervorschauen. Sie zeigte darauf und flüsterte: „Das beweist, dass du recht hattest. Unter diesen ganzen Reifen kann man tatsächlich ein Baby verstecken."

Galen blickte sich nicht um, als er rief: „Wenn das Ferkel nicht in fünf Minuten wieder im Stall ist, werde ich es braten."

„Wir haben noch immer kein Schweinefleisch gegessen", sagte Ivy zu Laney, als sie am Sonntag in die Kirche gingen.

Laney zwinkerte ihr zu und raffte ihre Röcke zusammen, um in die Bank rutschen zu können. Ivy sagte nichts dazu, dass Ruth am Ende der Reihe saß, sodass sie im Notfall schnell rauslaufen konnte. Ivy saß auf der anderen Seite zwischen Ma und Galen. Sie flüsterte: „Ruths Haut hat die gleiche Farbe wie ihre Augen."

„Vielleicht hat Laney ihr etwas von dem Parfum geliehen", sagte Galen. Dabei sah er seine Frau verschlagen an.

Um nicht laut loszulachen, presste Ivy die Lippen fest zusammen. Während des Gottesdienstes bemerkte Ivy kaum, wie Ma und Galen ihr abwechselnd Luft zufächelten. Der Pastor predigte wie immer, doch diesmal konnte Ivy nicht anders und musste ihm zuhören. Es war, als würde er nur zu ihr sprechen – nur zu ihr und zu niemandem sonst.

John Wall erhob sich und fing an zu singen. Als er mit lauter, tiefer Stimme von Gottes wunderbarer Güte sang, bekam Ivy eine Gänsehaut. Sie streckte ihre Hand aus und legte sie in Galens. Dabei lächelte er sie an.

„Lass Dale zu mir kommen."

Galen beugte sich zu ihr und murmelte: „Aber der Gottesdienst ist doch schon fast vorbei."

Sie drückte seine Hand. „Ich weiß, aber trotzdem will ich Dale bei mir haben." Sie wollte nicht länger warten. Entschlossen ließ Ivy Galen los und griff hinter seinem Rücken nach Dale. „Komm mit, Dale."

Sie kämpfte mit ihren Röcken, als sie über Ma kletterte und zog Dale hinter sich her. Als sie im Gang stand, stellte sie Dale vor sich und legte ihm ihre Hände auf die Schultern, bis das Lied vorüber war.

„Ivy", flüsterte Galen. „Was machst du da?"

„Du hast es mir doch vorgelesen. In der Bibel steht, dass den Kindern das Reich Gottes gehört. Wenn ich mich vor den Altar knie, kann Dale mir helfen, so wie er es bei Ishmael getan hat."

„Dale", sagte Pastor Dawes, „begleite deine Schwester vor den Altar."

Ivy machte einen Schritt nach vorn, dann hielt sie inne. „Pastor, wenn ich Gott in mein Herz aufnehme, werden Laney, Ruth und Amanda dann meine Schwestern?"

„Ja, das werden sie."

„Können sie dann mitkommen und mir helfen? Und Galen und Ishy und Ma?"

Daraufhin entließ der Pastor alle anderen Gottesdienstbesucher und die Menschen, die Ivy so gern hatte, bildeten einen Kreis um sie. Als sie Jesus in ihr Leben eingeladen und ihm ihr Herz geöffnet hatte, sagte Ivy: „Ich habe darüber nachgedacht, was ich Gott versprechen will."

„Was meinst du damit?", fragte Galen.

„Wenn man jemanden heiratet, verspricht man auch etwas. Jetzt habe ich doch eine Beziehung mit Gott. Jesus verspricht mir, meine Sünden zu vergeben und in meinem Herzen zu leben. Also denke ich, dass jetzt ich an der Reihe bin mit einem Versprechen."

Galen nahm ihre Hand. „Dann sag, was du dir überlegt hast."

„Okay. Ich denke, das ist so, wie bei unserer Hochzeit."

„Nur, dass du jetzt nicht mehr Ivy Grubb bist", sagte Laney sanft. „Du bist Ivy O'Sullivan."

Galen und der Pastor nickten.

„Okay. Gott, ich bin Ivy O'Sullivan." Ivy erinnerte sich daran, was sie an Weihnachten versprochen hatte, und änderte die Worte so ab, dass sie passten. „Von jetzt an will ich deine Tochter sein. Ich tue mein Bestes für dich und die Familie, die ich bekomme."

„Amen", sagten alle gemeinsam.

Als sie die Kirche verließen, war Ivy erstaunt, dass die ganze Gemeinde noch im Hof stand. Es war fast so, als hätten sie auf sie gewartet. Die Menschen drängten sich um sie und umarmten sie und wechselten ein paar freundliche Worte mit ihr.

Lester aus dem Gemischtwarenladen trat vor. „Ich freue mich, dass Ivy ihren Weg zum Herrn gefunden und ihren sündigen Weg beendet hat. Galen, was ist mit dir?"

„Wenn Galen etwas falsch gemacht hat, dann ist das doch eine Sache zwischen ihm und Gott, oder?"

Lester stammelte etwas und Galen zog Ivy zu sich. „Lasst uns –"

Plötzlich verstand Ivy, was er damit hatte sagen wollen. Sie machte sich von Galen los. „Ich habe etwas zu sagen. Und Sie sollten mir alle gut zuhören."

37. Kapitel

„Ivy, nein." Galen versuchte, sie zurückzuhalten.

„Ich habe gelogen. Ich hatte schreckliche Angst und ich habe eine schlimme Lüge erzählt." Sie wusste, dass die Menschen ihr fortan aus dem Weg gehen würden, aber wenigstens für Galen konnte sie etwas Gutes tun. „Galen ist nicht der Vater meines Kindes."

„Ist er nicht?" Ethel quietschte förmlich.

Ivy spürte, wie Galen sich neben sie stellte und ihr seinen Arm um die Schultern legte. „Aber es wird mir eine Ehre sein, das Kind großzuziehen."

„Viele Menschen hier haben getratscht und sich die Mäuler zerrissen." Laney griff Ivys Hand. „Wir alle sind Sünder. Anstatt uns gegenseitig zu verurteilen, sollten wir mit gutem Beispiel vorangehen und um Vergebung bitten."

Ivy sah zu, wie die Menschen sich in Grüppchen zusammenfanden und anfingen, miteinander zu reden. Dieselben Leute, die sonst gemein und schnippisch gewesen waren, baten nun kleinlaut um Vergebung. Ein paar Frauen boten sogar an, nach der Geburt vorbeizukommen und mit dem Baby zu helfen.

Als die Gottesdienstbesucher langsam nach Hause gingen, nahm Ivy Laney zur Seite. „Müssen wir alles erzählen, was wir falsch gemacht haben?"

„Was meinst du damit?"

„Als wir das Ferkel versteckt haben, war das eine Sünde? Du hast Galen doch von deinem Parfüm erzählt."

„Ich habe nur von einem neuen *Duft* gesprochen. Natürlich haben viele Parfüms französische Namen und fangen mit *Eau de* an. Ich habe einfach das französische Wort für Ferkel hintendrangehängt. Also war ich absolut ehrlich, als ich Galen geantwortet habe. Wenn du glaubst, wir hätten etwas falsch gemacht, können wir ja zu ihm gehen und ihn um Verzeihung bitten."

„Nein. Wir haben Dale versprochen, ihm zu helfen. Aber wir haben noch ein anderes Problem."

„Welches?"

„Diese kleinen Ferkel sind wirklich süß. Wenn du und Dale euch dafür entscheidet, sie zu schlachten, zählt lieber nicht so genau nach. Denn ich werde so viele wie möglich unter meinem Rock verstecken."

„Und da wären sie auf jeden Fall sicher. Unter deinem Kleid würde niemals jemand nachschauen, Ivy. Das tut man einfach nicht." Laneys Augen funkelten. „Wir können doch nicht zeigen, dass wir wirklich Beine unter unseren Röcken haben."

„Tja, endlich sind diese ganzen Regeln mal für etwas gut."

Die Veranda wirkte viel zu vollgestopft. Laney nahm einen weiteren Schluck von ihrem Tee und fragte sich, was Miss Genevieve in solch einer Situation getan hätte. Lester saß zu ihrer Linken, Eddie zu ihrer Rechten. Beide waren am Montagnachmittag ohne eine Einladung einfach so aufgetaucht. Eddie hatte einen Wildblumenstrauß dabei. Lester einen Schokoladenriegel. Beide funkelten sich böse an.

Toledo stapfte auf sie zu, nahm seinen Hut ab und wischte sich die Stirn ab. „Laney, ich brauche Ihre Hilfe."

Vor Erleichterung hätte sie am liebsten laut gejubelt. „Natürlich helfe ich gerne. Was soll ich tun?"

„Sehen Sie denn nicht, dass sie beschäftigt ist?", maulte Lester, als hätte Toledo ihm die Schokolade abgenommen und ihn dann nach Hause geschickt.

Genau das wird vielleicht gleich passieren. Laney setzte ein Lächeln auf. „Toledo würde mich nicht fragen, wenn es nicht wirklich wichtig wäre, Lester. Worum geht es denn, Toledo?"

„Kann ich nicht genau sagen." Er verlagerte sein Gewicht und zog ein Gesicht. „Eigentlich brauche ich jemanden, der Hilda besänftigt."

Laney ging zu ihm. Eddie und Lester blieben an ihrer Seite.

Toledo warf einen Blick in Richtung Haus und gestand: „Jemand hat das Tor offen gelassen. Ein paar Kühe sind raus zur Wäscheleine gelaufen."

„Oh nein!"

„Oh doch", sagte Toledo mit Grabesstimme.

Laney dachte einen Moment nach. So schlimm die Situation auch war, es hätte schlimmer kommen können. Hilda verteilte das Wäschewaschen immer auf zwei Tage, also hingen wenigstens nicht Ruths und ihre Unterhosen draußen.

Lester räusperte sich. „Nun, ich muss wieder zurück in die Stadt. Laney, ich habe noch einen ganzen Karton dieser importierten Schokoladenriegel für Sie im Laden."

„Das haben Sie Ihr schon dreimal gesagt", grummelte Eddie. Er warf Toledo einen Blick von Mann zu Mann zu. „Er hat ihr Süßigkeiten mitgebracht und versucht, ihr noch mehr zu verkaufen. Man könnte meinen, er hält sie für eine Mastsau und nicht für eine wunderschöne junge Dame."

„Ich würde Miss Laney niemals auf diese Weise beleidigen!" Lester reckte seine Schultern und richtete sich auf. In diesem Moment erinnerte er sie an einen aufgeregten kleinen Hahn.

„Gentlemen", sagte Laney leise. „Wir sind doch alle Freunde."

„Sie können ja gerne alle Freunde sein", sagte Toledo. „Aber Hilda ist da ein anderes Kaliber. Wenn sie erst mal in Rage ist ..." Er rollte mit den Augen.

„Ich werde Ihnen helfen." Eddie klang unerschütterlich. „Was sollen wir machen?"

„Wenn ich das wüsste, hätte ich wohl kaum Laney um Hilfe gebeten."

Lester ging um das Haus herum und stieß ein ehrfürchtiges Pfeifen aus. „Toledo, die einzige Möglichkeit besteht darin, ein Geständnis abzulegen." Er warf Eddie noch einen giftigen Blick zu. „Ich muss zurück in den Laden. Wir sehen uns bald wieder, Laney."

Eddie sah auf. „Waschen. Das ist es, was wir machen. Wir waschen alles noch einmal. Laney, Sie gehen ins Haus und lenken Hilda ab. Toledo und ich – wir waschen alles noch einmal."

Auf Toledos Gesichtszügen zeichnete sich Erleichterung ab. „Sie wissen, wie man wäscht?"

Fasziniert starrte Laney Eddie an.

„Was gibt es da zu wissen? Wir müssen doch nur alles ausspülen."

„Die meisten Sachen schon, ja." Toledos Stirn spannte sich wieder an.

„Gut! Laney, Sie beschäftigen Hilda."

Laney ging nach drinnen und fand Hilda in der Küche. Durch das Fenster konnte sie sehen, wie Toledo und Eddie die Röcke und Hosen abnahmen. Sie zog ein Kochbuch hervor. „Ich dachte, vielleicht könnten wir ein paar Rezepte für Ivy abschreiben. Wenn sie später richtig lesen kann. Welche würdest du empfehlen?"

„Wo sind denn deine Verehrer hin?"

„Lester musste zurück in die Stadt und Eddie hilft ... Toledo bei einem Projekt."

„Dieser Eddie ist ein wirklich guter Mann. Stark wie ein Ochse."

„Toledo aber auch. Na ja, nicht so stark wie ein Ochse, aber schlau wie ein Fuchs."

„Versuch nicht –" Hildas Augen wurden groß. „Wenn dieser Cowboy wirklich so schlau ist, warum macht er dann meine Wäsche schmutzig?"

„Ach, Hilda, er versucht doch nur, alles wiedergutzumachen." Laney hielt Hilda zurück. Einen Moment später fiel ihr die Kinnlade herunter. Sie konnte kaum noch an sich halten und lachte lauthals los.

„Eine Pferdetränke! Sie stecken meine gute Wäsche in eine stinkende, schmutzige Pferdetränke!" Hildas Stimme wurde mit jeder Silbe lauter.

„Sie sind gute Männer. Hart arbeitende Männer."

Hilda stöhnte. „Siehst du das? Glauben sie denn, dass man so Kleider auswringt?"

„Vielleicht sollten wir sie retten."

„Wenn du von den Hosen redest, hast du recht. Wenn du von den Männern sprichst, auf keinen Fall. Ich werde hier sitzen, ein Stück Kuchen essen und die Darbietung genießen. Weißt du, was sie da machen?"

Laney nickte. „Sie machen die Wäsche."

„Nein, Schätzchen. Sie tun etwas ganz anderes. Sie zeigen uns, wie sehr sie uns lieben. Man bekommt nicht oft die Chance, das zu sehen. Mach deine Augen auf, Laney. Und öffne dein Herz. Eddie ist ein guter Mann. Wenn das da draußen nicht Beweis genug ist, weiß ich auch nicht."

Erschöpft ließ Laney die Griffe der Schubkarre los. In den letzten beiden Tagen hatten sie Kirschkuchen gebacken und Kirschen eingemacht. Alles um sie herum wuchs und wurde reif. „Seht euch diese Fülle an. Und es ist erst der Anfang der Ernte!"

„Der Herr ist großzügig", stimmte Kelly zu, als sie den Berg an Gemüse sah, den sie geerntet hatten. „Ivy, du musst dich ausruhen."

Ivy presste ihre Hände in den Rücken und stöhnte. „Macht es euch auch nichts aus? Ich bin leider kein junges Huhn mehr."

„Aber du bist auch keine alte Henne so wie ich." Dabei umarmte Kelly ihre Schwiegertochter liebevoll.

„Erwähnt in Ruths Gegenwart nur keine Hühner", flüsterte Laney, als sie ihre Schwägerin und Amanda zusammen mit Hilda und der zweiten Schubkarre kommen sah.

„Bis zum Mittagessen haben wir noch viel Zeit", erklärte Hilda. „Lasst uns noch etwas Unkraut jäten. Aber Ivy sollte uns dabei lieber nicht helfen."

„Ich schicke Sean und Dale nach der Schule zum Unkrautjäten. Ruth, Galen reitet heute in die Stadt. Ich sage ihm, dass er dir Zitronenbonbons aus dem Laden mitbringen soll. Wenn du sie lutschst, beruhigt das deinen Magen."

„Ich würde mich kopfüber in eine Tonne stellen, wenn das helfen würde."

„So was kannst du nicht machen", sagte Laney.

„Weil dann jeder sehen würde, dass du Beine hast", führte Ivy die Erklärung zu Ende. Sie wirkte sehr zufrieden mit sich selbst, dass sie daran gedacht hatte.

Nach dem Essen setzte sich Laney mit Ivy zusammen und übte Lesen und Schreiben. „Hier sind die Sätze, die du heute schreiben sollst." Laney legte den Zettel auf den Tisch. Nach jedem Satz hatte sie Platz gelassen, damit Ivy ihn jeweils abschreiben konnte.

Ivy entzifferte die erste Reihe. „Gott ist König."

Laney lächelte.

Ivy las die nächste Zeile. „Ich bin seine … Oh oh. Das ist ein schweres Wort."

„Tochter", half Laney.

„Ich bin seine Tochter." Ivy nickte und fuhr mit dem Finger den nächsten Satz entlang. „Das macht Ivy zur Pr-prin-zess-in. Prinzessin. Das macht Ivy zur …"

Laney sah die Freude, die sich auf ihrem Gesicht widerspiegelte. „Prinzessin", sagte sie zusammen mit Ivy. „Das bist du, Ivy. Du bist die Tochter des Königs der Könige."

„Du hast in diesen drei Sätzen eine Geschichte geschrieben."

„Heute Morgen habe ich einen Vers gelesen, den ich gern mit dir teilen möchte. Er ist so besonders, dass sich die Mühe lohnt, ihn zu entziffern." Laney schlug das dritte Kapitel des Propheten Zefanja auf und legte ihr Lesezeichen unter den Anfang des 14. Verses. „Du fängst an. Wenn du Hilfe brauchst, frag ruhig."

Ivy biss sich auf die Unterlippe und fing an. „‚Jauchze, du –" Sie grinste. „*Du* ist wirklich ein einfaches Wort, stimmt's? Zu schade, dass nicht alle so einfach sind. ‚Jauch-ze, du Tochter Zi-on! Froh-locke, Israel.' Das Wort kenne ich schon. ‚Freue dich und sei fröh-lich von ganz-em Herzen, du Tochter Je-ru-sa-lems.' Jerusalem", wiederholte sie noch einmal. „‚Denn der Herr hat deine Strafe weggenommen und deine Feinde abgewendet. Der Herr, der König Israels, ist bei dir, dass du dich vor keinem Urteil mehr fürchten musst'", las sie viel flüssiger weiter.

„Ich liebe diese Verse", sagte Laney. „Kannst du dir das vorstellen? Wir sind Gottes Töchter. Er liebt uns und freut sich über uns."

„Am liebsten würde ich die Worte in die Tasche stecken und immer mit mir rumtragen."

„Deshalb lernen Christen auch manche Bibelstellen auswendig, Ivy. Auf diese Weise hat man Gottes Worte immer bei sich." Laney steckte das Lesezeichen in die Bibel. „Diese Worte sind Gottes Geschenk an uns." Sie klappte den Umschlag zu. „Diese Bibel ist mein Geschenk an dich. Siehst du? Hier steht dein Name."

Ivy sprang auf und lief zur Tür. „Wenn ich nicht so dringend pinkeln müsste, würde ich dich umarmen."

Kelly reichte Laney eine Tasse Kaffee. „Dieses Mädchen – ich muss sie einfach gern haben. Nur deinetwegen, Laney, Liebes, macht sie sich so gut."

„Ist das nicht wundervoll? Ruth hat mir das Lesen beigebracht und jetzt kann ich Ivy unterrichten. Eines Tages kann sie ihrem Kind dabei helfen."

„Das ist ein großartiger Gedanke."

Auf dem Heimweg ließ Laney ihre Stute frei laufen. Sie kamen auf die Kurve zu, wo ihr Weg an Weihnachten geendet hatte. An diesem Ort vorbeizureiten, fiel ihr immer noch schwer. *Egal, wie sehr ich mich für Ivy freue, es schmerzt immer noch. Gott, ich dachte, ich hätte es überwunden, aber es kommt immer wieder.*

Gedankenverloren brauchte sie einen Moment, bis sie bemerkte, dass ein Fremder mitten auf die ansonsten verlassene Straße getreten war. Laney ergriff die Zügel. Innerhalb weniger Augenblicke war ihr klar, dass sie einen Fehler gemacht hatte. Denn plötzlich zog der Mann eine Pistole.

38. Kapitel

Zitronenbonbons. Es fühlte sich komisch an, der Frau eines anderen Mannes Süßigkeiten zu kaufen, aber Ma hatte darauf bestanden, weil sie Ruth guttun würden. Josh war so dankbar gewesen, dass Galen ihm versprochen hatte, jederzeit neue zu besorgen, wenn er wieder in der Stadt war. Ethels Bruder im Copper Kettle freute sich wieder über die Eier, Früchte und das Gemüse. Lester hatte sich zwar nicht nur für sein Verhalten entschuldigt, aber er bezahlte Galen für die Eier und das Gemüse seiner Mutter inzwischen mehr als üblich.

Heute hatte er erfahren, dass ab Juli Placerville die neue Endstation des Ponyexpress' sein würde. Doch bis dahin würde er immer noch viel Geld verlieren, wenn er die Pferde weiterversorgen musste. Rick Maltby hatte ihm zwar angeboten, mit der Gesellschaft eine Abmachung auszuhandeln, doch Galen machte sich dahingehend keine Hoffnungen.

Während er so in Gedanken versunken war, ließ er sein Pferd langsam um die Kurve trotten. Als er den Mann sah, der mit seiner Waffe auf Laney zeigte, schrie er laut „Hey!"

Der Fremde wirbelte herum. Dabei ging sein Revolver los. Erschrocken scheute Laneys Pferd. Sofort verwandelte sich Galens Zorn in nackte Angst. Das Tier galoppierte direkt auf die Schlucht zu.

Er gab seinem eigenen Pferd die Sporen und ritt ihr nach. Doch sie war so weit entfernt, dass er schon das Schlimmste befürchtete. *Gott, rette sie. Hilf mir. Hilf mir. Rette sie. Rette sie.*

Der Abstand zwischen den Tieren hatte sich deutlich verringert, doch Galen wusste, dass nur noch ein Wunder sie retten konnte. Als er sie erreicht hatte, streckte er sich nach ihr aus, schob seinen Arm unter ihren und riss sie aus dem Sattel, kurz bevor sein eigenes Pferd nach links und in Sicherheit davonpreschte. „Geht es dir gut?"

Laney rang nach Atem, dann antwortete sie zitternd: „Dein Arm! Hast du dich verletzt?"

„Meinem Arm geht es gut."

Sie ließ sich gegen ihn fallen. Galen hielt sie fest und machte sich auf den Weg Richtung Broken P. „Kennst du diesen Mann? Hast du ihn vorher schon mal gesehen?"

„Nein. Aber er kannte mich."

„Woher?"

„Er hat gesagt –" Ein Schauer lief ihr über den Rücken.

Galen schluckte seinen Zorn herunter. Laney war schon mitgenommen genug. „Was hat er gesagt, Laney? Ich habe doch gesehen, dass er mit dir gesprochen hat."

„Er wusste, wie ich heiße. Er wusste, dass Ivy und ich Freundinnen sind. Er hat gesagt –" Sie atmete tief ein. „Er hat gesagt, dass die Grubbs ihm Geld schulden. Wenn sie nicht bezahlen wollen, sollte Josh bezahlen."

„Sobald ich dich nach Hause gebracht habe, suche ich nach dem Mistkerl."

„Ich glaube, du hast ihn mehr erschreckt als er uns."

„Unmöglich." Für den Rest des Weges schwiegen sie. Laneys Parfum stieg ihm in die Nase. Es war derselbe Duft wie an dem Tag, als er sie zum ersten Mal als Frau wahrgenommen hatte. Seit Weihnachten hatte sie es nicht mehr aufgelegt. Heute bemerkte er es zum ersten Mal wieder. Er stieg ab und half ihr vom Pferd. Das Verlangen, sie noch ein wenig länger festzuhalten, überkam ihn, doch er wusste, dass es nicht recht war. „Du solltest dieses andere Parfum tragen."

„Was?" Sie sah ihn ratlos an.

„Eau de Porcelet."

Laney lachte laut auf und trat einen Schritt zurück.

Galen rief nach Josh.

Schon aus der Ferne sah Josh, dass etwas nicht stimmte, und lief auf sie zu, dicht gefolgt von Toledo. Galen sah über die Schulter, um sicherzugehen, dass Laney ihn nicht hörte. Seine Stimme zitterte vor unterdrückter Wut. „Gerade hat so ein Verbrecher versucht, Laney zu entführen."

Josh brauste auf.

Galen ließ sich nicht ablenken. Sie hatten keine Zeit zu verlieren. „Er hat Laney erzählt, die Grubbs würden ihm noch Geld schulden. Und er wusste, dass Ivy und Laney Freundinnen sind …"

„Diesen Mistkerl schnappe ich mir. Und wenn ich ihn habe –"

„Übergeben wir ihn dem Gesetzeshüter." Toledo schlug Josh auf die Schulter. „Der Sheriff hat gesagt, dass die Diebstähle ungefähr zu der Zeit begonnen haben, als die Grubbs ihre Destille aufgebaut haben."

Galen fügte hinzu: „Weshalb er auch Ishmael in Verdacht hatte. Ein Mann, der eine illegale Schnapsbrennerei unterstützt und Menschen ausraubt, ist schon schlimm genug, aber Entführung? Als ich gesehen habe, wie er seinen Revolver auf Laney gerichtet hatte –"

„Er hat meine Schwester mit einer Waffe bedroht?!" Joshs Gesicht wurde vor Zorn puterrot.

Toledos Stimme war kalt, als er sprach. „Hier in der Gegend ist keine der Frauen vor ihm sicher. Wir müssen uns diesen Verbrecher unbedingt schnappen."

„Ich reite nach Hause und sehe nach, ob es Ma und Ivy gut geht. Dann nehme ich Ishmael und suche nach dem Typen. Ich habe nur ein Gewehr, das soll Ma behalten, damit sie sich damit im Notfall verteidigen kann. Josh, ich brauche zwei Revolver, für mich und für Ishmael."

Josh wandte sich an Toledo. „Du bleibst bei Ruth, Laney und Hilda. Ich reite mit ihm."

Toledo schüttelte den Kopf. „Boss, ich passe hier auf, kein Problem, aber du solltest Eddie Lufe mit ins Boot holen. Ihm ist diese Sache wegen Laney bestimmt genauso wichtig."

Galen nahm die Waffen von Josh und ritt davon. Er würde diesen Abschaum erwischen. So viel konnte und musste er für Laney tun. Was Eddie Lufe anging … jeden weiteren Gedanken daran unterdrückte Galen. Schließlich war er mit Ivy verheiratet.

„Laney, da bist du ja!" Ivy saß auf der Bettkante und lächelte sie schwach an.

„Du wurdest schon einmal fast erschossen", schrie Ruth fast. „Die Männer suchen seit vier Tagen und haben immer noch keine Spur von dem Verbrecher. Was fällt dir ein, allein hierher zu reiten?"

„Ich bin ja nicht allein gekommen. Außerdem musste ich doch

sofort herkommen, als ich gehört habe, dass Ivy in den Wehen liegt. Bestimmt ist dieser schreckliche Mann längst über alle Berge. Das hat heute Morgen sogar Josh gesagt. Die Männer gehen wieder ihrer normalen Arbeit nach –"

„Aber sie sind immer noch bewaffnet", mischte sich Ruth wieder ein. „Ich kann es nicht fassen, dass du hierhergekommen bist."

„Toledo hat mich gebracht. Wenn jemand versucht hätte, mich aufzuhalten, hätte er den Kampf verloren." Laney zog Ruth zur Tür. „Jetzt halte ich hier für die McCains die Stellung. Du kannst mit Toledo nach Hause reiten." Ein Nein würde Laney als Antwort nicht akzeptieren und so schob sie ihre Schwägerin nach draußen.

Als Ruth draußen war, flüsterte Laney Kelly zu: „Ruth sollte das nicht sehen. Es wird ihr Angst machen. Sag mir einfach, was ich zu tun habe, dann kümmere ich mich um alles."

Als der Arzt da war und sah, dass die Abstände zwischen den Wehen noch ziemlich groß waren, erklärte er: „Die erste Geburt kann sich sehr lange hinziehen." Er sah sich um. „Haben Sie eine Uhr?"

„Nein", sagte Kelly.

„Ich trage eine Brosche mit einer Uhr", sagte Laney und berührte das Schmuckstück.

„Das ist gut. Wenn die Wehen im Abstand von drei Minuten kommen, soll Galen nach mir schicken." Er tätschelte Ivys Arm und ging.

„Es gibt keinen Grund, warum ich den ganzen Tag im Bett verbringen muss." Ivy erhob sich ächzend.

Kelly tätschelte ihr den Arm. „Da hast du recht. Bleib auf den Beinen. Das habe ich bei jeder Geburt so gemacht und es hat die Sache sehr erleichtert."

Laney hatte die Befürchtung, dass das Baby dann auf den Kopf fallen könnte, sagte aber lieber nichts. Denn Kelly wusste ja, wovon sie sprach und Ivy schien sich auch keine Sorgen zu machen.

„Du hast noch gar nichts zu meinem Nachthemd gesagt", sagte Ivy, als sie an dem rosa Stoff zupfte. „Nach all den Stunden, in denen wir es bestickt haben, hast du mich noch nie darin gesehen."

„Du siehst wunderschön aus. Aber deine Haarnadeln sind nachher bestimmt unbequem. Soll ich dir das Haar auskämmen?"

„Wir lassen die Nadeln lieber drin. Wenn mein Kind auf die

Welt kommt, soll es sehen, dass seine Mama eine Dame ist und nicht die Tochter eines Schwarzbrenners."

„Du bist die Tochter des Königs der Könige. Vergiss das nicht." Laney wusste, dass Ivy diese Worte liebte.

„Das macht mich zur Prinzessin." Ivy presste die Lippen zusammen und hielt still. Endlich atmete sie zitternd aus. „Ma, wenn ich eine Prinzessin bin, können mir die Leute doch nicht sagen, was ich zu tun habe, oder?"

„Was möchtest du denn tun?"

„Ich will mich in den Schatten des Ahornbaumes setzen und meine Füße in einen Eimer kaltes Wasser tunken."

Kelly zuckte mit den Schultern. „Es gibt keinen Grund, warum du nicht genau das tun solltest."

„In meinem Nachthemd?"

„Solange du das Tuch drüber trägst, ist es kein Problem." Laney zwinkerte Kelly zu. „Wenn du Ivy nach draußen bringst, hole ich einen Eimer und eine Überraschung."

Ivy war begeistert, als Laney ihr ein Ferkel brachte.

Etwa eine halbe Stunde später kam Ishmael zu ihnen. Laney versteckte das Ferkel schnell unter ihrem Rock und zwinkerte Ivy zu.

Ishmael kniete sich neben seine Schwester. „Kommst du zurecht?"

„Ich muss ja."

„Stimmt. Ich habe dir was mitgebracht, um dich abzulenken." Er verschwand hinter dem Baum und kam mit einem Sack zurück.

Ivy öffnete ihn und konnte nur kurz lachen, weil wieder eine Wehe kam. Doch als sie vorbei war, sagte sie: „Ein Ferkel im Sack!"

„Später komme ich wieder vorbei und sammle es ein."

Das Ferkel, das Laney unter ihrem Rock versteckt hatte, strampelte sich frei. Als es draußen war und Laney es zwischen den Ohren kraulte, quietschte es vergnügt. „Ivy, ich glaube, wir haben die besten Brüder der Welt."

„Das stimmt."

„Ihr Mädchen habt viele Segnungen in eurem Leben." Kelly nahm ihre Stickerei aus dem Handarbeitskorb und machte sich an die Arbeit.

Ivy beobachtete die filigranen Stiche. „Was machst du dieses Mal?“

„Eine Mütze. Meine eigene Mutter war dabei, als ich Galen geboren habe, und hat eine winzig kleine Mütze für ihn genäht. Ich dachte, es wäre eine schöne Tradition.“

„Das stimmt. Ich habe über etwas nachgedacht.“ Ivy spielte mit dem Ohr des Ferkels. „Ich habe meinen Bruder Ishy und Galen hat seine Brüder, also wird mein Kind viele Onkels haben.“

„Aye.“ Kelly lächelte.

„Ishy ist in Amanda verliebt.“

Laney lachte. „Seit wir ihn gefragt haben, ob er beim Einrichten der Bücherei helfen kann, schwebt Amanda wie auf Wolke sieben.“

„Vielleicht wird sie eines Tages meine Schwester. Dann hat das Baby auch eine Tante.“

„Sie wird eine wunderbare Tante sein“, stimmte Laney zu.

„Aber ich finde, es ist nicht richtig, wenn das Baby so lange auf eine Tante warten muss. Ma ist die Oma des Kleinen, Galen wird sein Daddy. Laney, ich wäre schrecklich glücklich, wenn du seine Tante werden würdest.“

Laney schlang ihre Arme um Ivy. „Das wäre mir eine Ehre.“

„Das passt“, stimmte Kelly zu, die nicht von ihrer Stickarbeit aufsah. „Immerhin seid ihr Schwestern in Christus.“

Ivy stöhnte leise. „Die Wehen werden stärker.“

„Du machst das ganz wunderbar, Liebes.“ Jetzt ließ sie doch den Stoff sinken. „Galen kommt. Versteckt die Ferkel!“

„Aber unter meinem Nachthemd kann ich nichts verstecken.“

Laney schob das eine Tier unter ihren Rock und Kelly kümmerte sich um das andere. Als die Tiere verstaut waren, war Galen auch schon bei ihnen. „Hallo, Sohn.“

Galen hatte eine kleine Kiste dabei. „Wie geht es dir, Ivy?“

„Ich sitze im Schatten und kühle meine Füße, als gäbe es keine Arbeit auf der Welt.“

„Ich dachte, du würdest dich vielleicht hierüber freuen.“ Als er die Kiste absetzte, schob sich eine kleine Schnauze über den Rand. Das Ferkel quiekste und die beiden anderen antworteten prompt. Galen sah Laney an. „Hast du gerade gequietscht?“

„Natürlich, Galen, vor Freude. Ivy hat mich gefragt, ob ich die Tante ihres Babys sein will."

„Das freut mich auch so sehr, dass ich vielleicht auch gequietscht habe, Junge."

Das Ferkel schaute unter Laneys Rocksaum hervor. „Ach, guck mal, was wir da haben!" Sie sprang auf.

Kelly legte den Stoff zur Seite und fing ihr eigenes Ferkel ein, bevor es sich aus dem Staub machen konnte. „Na, so was!"

Galen trommelte mit den Fingern auf die Kiste. „Ivy?"

„Hm?"

„Du musst nicht so tun, als hättest du einen Eimer unter deinem Nachthemd."

„Ich tue ja gar nicht so." Als Galen sie zweifelnd ansah, hob Ivy den Saum. „Siehst du? Da ist kein Ferkel."

Sichtlich überrascht fragte Galen: „Und wo ist dann das andere?"

Ivy stöhnte laut.

Erschrocken zuckte Galen zusammen. „Soll ich den Arzt rufen?"

Als der Schmerz vorbei war, schüttelte Ivy den Kopf. „Ich brauche ihn noch nicht. Such lieber nach dem Ferkel. Wir können nicht zulassen, dass Dales Tiere verschwinden."

Am späten Nachmittag hielt Ivy glücklich ihr Baby in den Armen und lächelte schwach. „Du musst mir helfen, Laney."

„Was soll ich tun?"

„Geh und sag Galen, dass ich ihn angelogen habe. Anscheinend hatte ich doch ein Ferkel unter meinem Nachthemd versteckt."

„Boss ..."

Galen hielt das Baby im Arm, das seine zarten Finger um seinen Daumen schlang. „Ja?"

Ishmael deutete mit dem Kopf in Richtung Tür. Als Galen die Stirn runzelte, sagte Ishmael: „Es kann nicht warten."

„Ich bin gleich wieder da", sagte er und legte das kleine Mädchen in Ivys Arme.

„Nein, ist er nicht." Ishmael ging in Richtung Stall.

Galen folgte ihm und war überrascht, als Ishmael ihm das Gewehr in die Hände drückte. „Was soll das?"

„Ich weiß, das Pony gehört dem Express, aber das ist jetzt egal. Ich brauche es." Ishmael schwang sich in den Sattel. „Ich habe den Dieb gefunden. Wir müssen sofort los und ihn zur Strecke bringen."

Galen sprang auf sein Pferd. „Wo ist er?"

„Du wirst es nicht glauben."

„Wo ist er?"

„Ich wollte zu Pas Grab, um daraufzuspucken. Ich weiß, dass es keinen Unterschied macht, aber es würde mir besser gehen. Meine Schwester hat dieses Baby bekommen und Pas Grab war alles, woran ich denken konnte."

„Der Dieb –"

„Das sage ich dir doch gerade. Genau wie in den Romanen, die Ruth hat – der Dieb ist zum Ort des Verbrechens zurückgekommen. Es ist Pas alter Partner. Er hat an genau der gleichen Stelle wieder eine Destille aufgebaut. Ich hätte ihn sofort angegriffen, aber weil ich weiß, dass er noch einen Partner hat, habe ich es lieber sein gelassen."

„Gut so. Wir schleichen uns leise an, damit wir ihn überraschen können."

Die Pferde ließen sie etwa hundert Meter von dem alten Lagerplatz der Grubbs entfernt stehen und banden sie fest. Als sie zu den Bäumen kamen, bedeutete Galen Ishmael, dass sie sich trennen sollten.

Ishmael nickte und schlich nach links, während Galen lautlos nach rechts ging.

Der Wind drehte sich und der süßliche Duft von vergorenem Getreide hing in der Luft. Galen konnte keine Pferde sehen. Ishmael hatte ihm erzählt, dass nur ein Mann da gewesen war, und da auch jetzt kein Pferd in der Nähe war, ging Galen davon aus, dass das immer noch der Fall war – oder dass niemand mehr da war. Doch Schwarzbrenner waren vorsichtig. Sie würden die Destille nicht unbeaufsichtigt lassen, das wusste er.

Galen spürte das Gewehr auf seiner Schulter. Zum Jagen hatte er es schon oft benutzt, doch noch nie hatte er damit auf einen

Menschen gezielt. Die Verantwortung wog schwer, doch es gab keinen anderen Weg. Dieser Mann hatte bewiesen, wie gefährlich er war. Eine Destille zu betreiben war illegal. Menschen auszurauben ebenso. Doch der Versuch, Laney zu entführen, hatte dem Fass den Boden ausgeschlagen. Dieser Mann musste gestoppt werden. Galen nahm das Gewehr in die Hände. Seine Finger spannten sich an.

Aus dem Augenwinkel sah er etwas Blaues aufblitzen – Ishmael – der sich hinter einem Felsen versteckte und langsam vorwärtsschlich. Jeden Schritt wählte er mit Bedacht. Das Knistern von trockenen Ästen oder Blättern hätte ihn sofort verraten.

Als er näher kam, erspähte Galen ein Gewehr, das auf dem Boden herumlag. *Herr, steh mir bei.*

Er umrundete den Busch und trat auf die Hand, die sich in diesem Moment nach der Waffe ausstreckte. Galen zielte mit dem Lauf auf den schwarzhaarigen Mann. „Geben Sie mir bloß keinen Grund, Sie zu erschießen", knurrte er.

Ishmael eilte herbei, schob das Gewehr zur Seite und kniete sich auf den Mann, um ihn zu fesseln. Dann riss er ihn auf die Füße. „Puh. Das ist der Kerl, der mit Pa zusammen war."

„Wo ist Ihr Partner?", wollte Galen wissen.

„Wer sagt, dass ich einen Partner habe?" Der Manns schnaubte. Nur eine Sekunde später murmelte er: „Finde ihn doch selbst."

Er würde offensichtlich keine Fragen mehr beantworten und Galen wollte auch nicht, dass er einen Warnruf ausstieß, also nahm er das Halstuch des Mannes und knebelte ihn.

„Boss, ich baue hier alles ab. Wenn sein Partner zurückkommt und ihn nicht findet, wird er hier alles abfackeln und sich aus dem Staub machen."

„Gute Idee. Aber wir müssen wenigstens eine Flasche aufheben. Der Sheriff braucht einen Beweis, dass er Schnaps gebrannt hat."

Ishmael brauchte nicht lange, um alles zu zerstören und den Großteil des Schnapses wegzuschütten. Er warf einen skeptischen Blick auf den Gefangenen. „Ich habe so ein komisches Gefühl. Wie wäre es, wenn wir auf Spurensuche gingen?"

„Damit habe ich überhaupt keine Erfahrung."

Ishmael grinste. „Ich aber. Normalerweise jage ich zwar nicht nach Zweibeinern, aber ich denke, das dürfte keinen großen Unterschied machen. Es ist jetzt noch mindestens eine Stunde lang hell, also mache ich mich gleich auf den Weg."

Galen zog den Verbrecher mit sich in Richtung ihrer Pferde. „Wenn der andere zurückkommt, darf er ihn nicht hier finden."

„Wohin willst du ihn bringen?"

„Nach Broken P. Einer der Cowboys kann ihn in die Stadt bringen." Galen hob den Mann ein Stück hoch und warf ihn über sein Pferd.

„Ich jage normalerweise immer zu Fuß. Du kannst das andere Pferd nehmen. So wie es aussieht, führen die Fußspuren nach Westen. Ich lasse von Zeit zu Zeit einen Stock fallen, damit du meiner Spur folgen kannst."

„Sei vorsichtig. Tu nichts, bis ich wieder bei dir bin."

Ishmael nickte.

„Gott sei mit dir."

Galen brauchte nicht lange, um seinen Gefangenen auf Broken P abzuliefern. Er wollte die Frauen nicht in Angst und Schrecken versetzen, deshalb nahm er den hinteren Weg und blieb an der Schlafbaracke stehen. Einer der Arbeiter war da. Galen schickte ihn mit dem Schwarzbrenner in die Stadt und wies ihn an, nicht ohne den Sheriff wiederzukommen.

Galen war gerade erst wieder aufgestiegen, als er Josh hörte, der seinen Namen rief. Er ritt ihm entgegen und erklärte: „Ich habe Felipe mit einem der Verbrecher in die Stadt geschickt. Sie hatten eine Destille an genau der gleichen Stelle aufgebaut, wo die Grubbs gelagert hatten. Ishmael glaubt, dass es zwei Männer sind, also verfolgt er den anderen."

„Wohin ist er gegangen?"

„Soweit ich weiß, Richtung Westen. Wenn du nachgesehen hast, ob die Frauen in Sicherheit sind, kannst du nachkommen. Ishmael ist zu Fuß unterwegs und hinterlässt uns eine Spur." Galen ritt los. Doch er war noch nicht weit gekommen, als er rechts von sich eine Bewegung wahrnahm. Es war Ishmael, der auf das kleine Cottage zulief, nicht weit entfernt vom Haupthaus. Eine Sekunde später hörte man eine Frau schreien.

39. Kapitel

Galen gab seinem Pferd die Sporen und ritt von hinten an das Cottage heran. Mit einer flinken Bewegung sprang er aus dem Sattel und platzte in das kleine Haus. Er sah Amanda, die mit dem Rücken zur Wand dastand, die Hände vor den Mund geschlagen. Ishmael kämpfte mit einem Fremden um eine Pistole. Sie stolperten zur Seite, fielen in ein Fenster und Glas splitterte.

Mit dem Gewehr konnte Galen nichts ausrichten, ohne Ishmael zu gefährden. Daher drückte er Amanda die Waffe in die Hand. „Verschwinden Sie hier!"

Ohne ihre Reaktion abzuwarten, mischte sich Galen in den Zweikampf ein und wälzte sich mit den Männern auf dem Boden. Der Verbrecher kämpfte mit der Kraft der Verzweiflung. Galen und Ishmael kämpften, weil sie diejenigen, die sie liebten, schützen wollten. Nach einigen Augenblicken, die Galen wie eine halbe Ewigkeit vorkamen, schaffte er es, dem Mann die Pistole zu entreißen, während Ishmael dem Mann seine Faust ins Gesicht rammte und ihn so k.o. schlug.

„Boss, ich weiß, dass man nicht auf jemanden eintritt, der am Boden liegt, aber im Moment bin ich wirklich versucht."

Galen nickte bedeutungsvoll mit dem Kopf zur Seite.

„Ach, Liebling." Ishmael ging auf Amanda zu und nahm sie in seine Arme. „Jetzt bist du in Sicherheit. Komm, gib mir die Waffe."

Sie hatten kein Seil zur Hand, doch die Bänder, die die Gardinen zurückhielten, würden es auch tun. Kurzerhand fesselte Galen den Mann, während Ishmael Amanda tröstete.

Plötzlich stürmten Ruth und Hilda herein. Ruth hielt eine kleine Taschenpistole und Hilda hielt ihr Nudelholz umklammert. Erschrocken sprang Galen auf und nahm Ruth die Pistole ab. „Weiß Josh, dass du so was hast?"

„Ich trage sie nicht mehr im Ärmel", sagte Ruth, als würde das alles erklären.

Hilda drückte Ruth das Nudelholz in die Hand. „Wenn der Mistkerl Anstalten macht, aufzuwachen, ziehst du ihm das hier über den Schädel. Galen, wo ist Laney?“

„Bei Ivy und Ma.“

Plötzlich sah Ruth ihn fassungslos an. „Galen, was machst du überhaupt hier? Deine Frau liegt in den Wehen!“

„Nein, nicht mehr. Wir haben das süßeste kleine Mädchen, das ihr je gesehen habt.“

„Danke, dass Sie hier waren, Mrs Newman. Und danke für die süße kleine Puppe, die Sie für mein Mädchen gemacht haben.“

„Annabelle ist eine richtige kleine Schönheit, Ivy. Ich hoffe, Sie haben so viel Freude an ihr wie ich an meiner kleinen Tochter.“

Laney trocknete die letzte Teetasse ab. „Stellt euch nur vor: Eines Tages werden Greta und Annabelle zusammen Teepartys feiern.“

„Was für ein schöner Gedanke!“ Mrs Newman sah noch einmal in die Wiege. „Eigentlich wollte ich herkommen, um deine Ankunft zu feiern, kleiner Engel, aber ich bin zu sehr in Gedanken. Mein Mann und ich wurden gesegnet. Annabelle, du hast bald einen Spielgefährten in deinem Alter.“

„Wenn Ihre Zeit gekommen ist, werden wir kommen, um zu helfen.“

Ein paar Minuten später stieß Annabelle ein leises Krähen aus und Ma lief zu ihr. „Aber, aber“, beruhigte sie die Kleine.

„Ich mache Wasser zum Baden fertig“, sagte Laney.

„Ihr beide verwöhnt die Kleine viel zu sehr.“ Ivy lehnte sich im Schaukelstuhl zurück. „Und mich auch. Ich habe eine Woche lang nur rumgesessen.“

Ma hatte das Baby hochgenommen und tätschelte seinen Rücken. „Annabelle, Liebes, sag deiner Mama, dass sie ihre freie Zeit genießen soll. Die Tomaten und alles andere werden noch früh genug reif. Dann ist wieder mehr Arbeit zu erledigen, als ihr lieb ist, und sie wird sich die ruhigen Tage zurückwünschen.“

„Wisst ihr noch, als wir den Birnenaufstrich gemacht haben? Das war einer der schönsten Tage meines Lebens. Ruth stand draußen auf der Veranda und hat gesagt, ‚Lass uns unsere neue Freundin begrüßen.' Da war ich der glücklichste Mensch der Welt."

„Dieses Jahr machen wir auf jeden Fall wieder Birnenaufstrich", versprach Ma.

Laney stellte die letzte Tasse weg. „Wer wird als Erstes fragen, ob wir Äpfel dazutun können – Hilda oder Ruth?"

„Hilda hat mich schon gefragt", sagte Ma.

Ivy lachte müde. „Und Ruth mich – nur dass sie meinte, sie würde nur wegen Hilda fragen."

Als Galen ins Haus kam, stellte er sich hinter Ma und tippte Annabelle auf die kleine Nase. „Hallo, Liebling. Ma, ich schicke Colin mit dem Gemüse in die Stadt. Er hat eine von seinen neuen Hosen an – die, die du dunkelblau gefärbt hast. Lester wird einen Anfall bekommen, wenn er die Farbe sieht, weil er denkt, Colin sympathisiert mit dem Norden. Kannst du ihm Vernunft beibringen?"

„Wem? Colin oder Lester?" Ma lachte. „Ich denke, sie sind beide sehr dickköpfig. Colin soll Lester ausrichten, dass wir noch mehr Paraffinwachs brauchen, damit wir für den Laden Gelee machen können. Das sollte Lester eigentlich milde stimmen."

„Wenn Ivy Annabelle gestillt hat, bade ich sie. Mrs Long hat vorhin das Abendessen für heute gebracht." Laney steckte ihre Hand in das Wasser auf dem Herd. „Warum reitest du nicht zusammen mit Colin in die Stadt? Ruth erwartet dringend ein Buch, das in England ein Renner sein soll. *Große Erwartungen* von Charles Dickens. Wir könnten es heute Abend lesen."

„Und vielleicht kannst du auch den Pastor fragen, welche Lieder wir am Sonntag in der Kirche singen. Du und Laney könnt mir dann den Text beibringen, damit ich nicht so einen schrägen Quatsch singe wie Mr Lufe."

„Schräg wirst du sowieso singen", stichelte Galen.

„Du warst doch derjenige, der mir diesen Bibelvers gezeigt hat. ‚Jauchzet dem Herr, alle Welt.' Eine Krähe würde ihre Stimme wahrscheinlich nicht mit mir tauschen wollen, aber ich jauchze trotzdem."

Galen ging zurück an die Arbeit und Ma machte sich mit Colin auf den Weg in die Stadt. Als Laney und Ivy die kleine Annabelle gebadet hatten, fiel Ivy todmüde ins Bett und schlief ein. Ihre

Träume waren wirr und als sie zwischendurch mühsam die Augen öffnete, sah sie Galen neben sich knien, der ihr seine Hand auf die Stirn gelegt hatte. „Sie ist viel zu heiß", hörte sie ihn sagen, bevor ihr die Augen wieder zufielen.

„Laney?" Ivys Stimme klang rau.

„Ich bin hier." Laney tauchte ein Tuch in kaltes Wasser und tupfte damit Ivy das Gesicht ab. „Das Fieber ist gesunken und du siehst schon viel besser aus."

„Das hat nichts zu sagen. Ich sah noch nie wirklich gut aus." Ivy schloss ihre Augen wieder.

„Du musst etwas trinken. Hier." Laney schob ihren Arm unter das Kissen und hob vorsichtig Ivys Kopf hoch.

„Das reicht. Danke. Wie geht es Annabelle?"

„Sie ist satt und zufrieden. Galen hat heute Morgen versucht, ihr die Windeln zu wechseln. So was hast du noch nicht gesehen. Er sollte es öfter machen, nur, damit wir unseren Spaß haben." Laney tat ihr Bestes, um fröhlich zu klingen, doch in Wahrheit machte sie sich schreckliche Sorgen. Drei Tage Kindbettfieber hatten Ivy total entkräftet. Gerade heute Morgen war der Arzt da gewesen und hatte nicht gerade zufrieden ausgesehen, als er Ivy untersucht hatte.

„Ma, bist du da?", fragte Ivy.

„Ich bin hier und bügle."

„Ich will mit Laney reden. Aber du sollst es auch hören. Eigentlich will ich, dass du Laney dazu bringst, mir zuzuhören."

„Ich höre zu", sagte Laney. „Das heißt aber noch lange nicht, dass ich dir auch zustimmen werde. Ich bin nämlich schrecklich dickköpfig."

„Als ich gelogen habe, habe ich etwas Schreckliches gemacht."

Laney tupfte weiter Ivys Lippen ab. „Gott hat dir schon lange vergeben."

„Aber ich habe nicht nur gelogen. Ich habe auch gestohlen." Ivy atmete zitternd ein. „Ishy hat das gesagt und er hatte recht."

„Ivy, du würdest niemals etwas stehlen."

„Ich habe dir die Freude gestohlen", flüsterte sie mit Tränen in den Augen. „Ich habe dir den Mann gestohlen, weil ich verzweifelt war. Aber das ist keine Entschuldigung. Ich dachte einfach, dass Galen ein netter, höflicher Mann ist und sich dir gegenüber deshalb so verhält. Aber nach allem, was du mir beigebracht hast, weiß ich, dass er um dich geworben hat.“

Herr, was soll ich sagen? Laney tupfte jetzt Ivys Wangen und ihre Stirn ab. „Galen ist ein Gentleman. Natürlich war er nett zu mir, genau wie zu jeder anderen Frau auch.“

„Ich fühle mich schrecklich.“

„Das ist das Fieber. Wenn du dich erst einmal erholt hast und wieder zu Kräften gekommen bist –“

„Nein.“ Ivy öffnete die Augen. „Deshalb wollte ich, dass du mir zuhörst. Mein Herz kann nicht ruhig werden, bevor du mir nicht zwei Sachen versprichst.“

„Dir geht es bald wieder besser.“

„Annabelle. Ich liebe sie.“

Laney lächelte. „Ich weiß. Das tun wir alle. Sie ist ein wunderbares kleines Geschöpf.“

„Ich habe gelogen, damit sie ein besseres Leben hat als ich. Und das wird sie haben, das weiß ich. Sie wird nicht hungern müssen oder alleine sein. Bitte, Laney, halte ihr nicht vor, dass ihre Mutter eine Lügnerin war.“

„Annabelle ist meine Nichte. Ich werde sie immer liebhaben. Darüber brauchst du dir keine Gedanken zu machen, Ivy.“

Ivy schloss die Augen und seufzte. „Ich habe die Liebe in deinen Augen gesehen und weiß, dass es stimmt.“

„Also kannst du dich jetzt ausruhen.“

„Nein. Nicht, bis du mir noch ein anderes Versprechen gegeben hast.“

Unsicher blickte Laney zu Kelly. Die stellte das Bügeleisen auf den Herd und kam zu ihnen. „Du musst deine Kräfte schonen, Kind. Annabelle braucht dich.“

„Ich habe Jesus mein Leben gegeben. Wenn er will, dass ich zu ihm komme, ist meine Seele bereit dafür. Aber nicht mein Herz. Ich kann noch keinen Frieden finden. Ich habe eure Zukunft zerstört – Galens und deine – und das war schrecklich von mir. Galen war immer ein guter Freund, nicht mehr.“

„Galen mag dich sehr", sagte Laney.

„Das weiß ich. Ich mag ihn auch. Aber ich sehe, was Amanda und Ishy füreinander empfinden und Ruth und Josh. Ich und Galen – wir sind Freunde, die eine Zeit lang den gleichen Nachnamen hatten."

„Du hast ihn immer noch. Wenn es dir wieder besser geht, könnt ihr viel Zeit miteinander verbringen. Ich bin sicher, irgendwann werdet ihr euch ineinander verlieben."

Wieder entfuhr Ivy ein tiefer Seufzer. „Einer Schildkröte kann man nicht das Fliegen beibringen. Ich werde mich erst ausruhen, wenn Laney mir versprochen hat, dass sie mit Galen zusammen ihre Liebe leben wird."

In den wenigen Sekunden, die Laney nach einer Antwort suchte, schlief Ivy ein.

Gedankenverloren saß Laney auf der Veranda und blickte in die Ferne, als Kelly sich hinter sie stellte. „Wir wissen nicht, was die Zukunft für uns bereithält."

„Deswegen kann ich ihr dieses Versprechen auch nicht geben. Wenn sie wieder gesund wird –"

„Wenn ein Wunder geschieht, wird sie das. Ich habe bisher erst eine Frau gesehen, die sich vom Kindbettfieber erholt hat."

„Dann wird Ivy wohl die zweite sein."

„Mut und Vertrauen, das brauchen wir jetzt. Damit können wir alle Schwierigkeiten ertragen."

„Ich habe das Vertrauen, dass Gott Ivy heilen wird."

Kelly legte ihre Hand auf Laneys. „Ich hatte auch das Vertrauen, dass Gott meinen Cullen heilen würde. Doch ich musste einsehen, dass es nicht immer so kommt, wie man es sich selbst wünscht. Vertrauen bedeutet auch, darauf zu vertrauen, dass Gott in Liebe handelt."

„Aber –"

„An Weihnachten, als diese ganze Sache angefangen hat, dachten wir, dass daraus nichts Gutes entstehen könnte. Wir hatten unrecht. Ishmael und Ivy haben beide zu Gott gefunden. Und die Menschen in unserer Gemeinde haben gelernt, großherziger zu sein."

Laney schluckte und schwieg.

Ein paar Stunden später griff Ivy erneut nach Laneys Hand. „Du hast es immer noch nicht versprochen. Das mit Galen."

Laney hatte gebetet und nachgedacht und so gab sie jetzt die einzige Antwort, die sie hatte finden können. „Wenn es so weit kommen sollte, werde ich an Galens Seite sein und ihm mit Annabelle helfen."

Galen trug das dunkle Hemd, das sie beim Versuch, die Wäsche zu waschen, ruiniert hatten. Als er seinen Arm verletzt hatte und der Ärmel zerrissen war, hatten alle gesagt, man könne das Hemd nicht flicken – alle außer Ivy. Den Riss wieder zusammenzunähen, war ihr unheimlich wichtig gewesen. Stundenlang hatte sie sich über den Stoff gebeugt und war mit Nadel und Faden zu Werke gegangen. Galen hatte sie verstanden – den körperlichen Schmerz konnte sie ihm nicht nehmen, aber den hatte sie wieder hingekriegt. Seitdem hatte er das Hemd ihr zuliebe getragen. Er hatte gehofft, dass auch sie so über ihren Schmerz hinwegkommen würde.

Jetzt schlief Annabelle in seinen Armen, eingewickelt in die Decke, die Ivy mit so viel Hingabe für sie bestickt hatte. Er und Ishmael scheuten sich nicht, bittere Tränen zu vergießen, während Pastor Dawes an Ivys Grab ein Gebet sprach.

Zurück zu Hause, kümmerte sich Laney um Annabelle, während Hilda für alle kochte. Während der nächsten Woche kamen die Frauen von Broken P regelmäßig und kümmerten sich um alles, vom Windelwaschen bis hin zum Tomateneinmachen. Der Doktor hatte ihnen die richtige Zusammenstellung von Dosenmilch und Sirup erklärt, sodass Annabelle ernährt werden konnte.

Dann bekam Ma schreckliche Halsschmerzen. Selbst das Gurgeln mit Salzwasser half nichts. Zwei Tage später hatte sie Scharlach. Laney stürmte ins Haus und hatte alles Nötige dabei. „Ich schicke Hilda her, damit sie sich um deine Mutter kümmert. Die Jungs und Annabelle nehme ich mit nach Broken P."

„Falls es ansteckend ist, muss Ruth aufpassen."

„Ich bleibe mit den Kindern im Cottage und du kümmerst dich hier um alles."

Zwei lange Wochen später hatte Ma sich endlich so weit erholt, dass Laney die Jungs wieder zurückbringen konnte. Galen saß am

Mittagstisch und beobachtete, wie Laney die kleine Annabelle fütterte. Tief in seinem Herzen wusste er, dass Ma noch nicht kräftig genug war, um das alle paar Stunden zu tun. Er räusperte sich. „Es ist gut, dass die Jungs wieder da sind. Sie können Ma helfen. Laney, kannst du Annabelle noch eine Weile bei dir behalten?"

Laney strahlte ihn an. „Ich bin so froh, dass du fragst. Ich war nicht sicher, wie ich es anbieten sollte."

„Mir geht es doch schon wieder besser", sagte Ma. „Ich kann mich um sie kümmern."

„Papperlapapp." Hilda funkelte Ma böse an. „Du nennst dich meine Freundin und willst das Kind nur für dich? Du hast noch ein ganzes Leben mit ihr, also teil sie jetzt gefälligst."

„Ich werde mich gut um sie kümmern", sagte Laney und sah Annabelle liebevoll an. „Wirklich, das werde ich. Jeden Nachmittag bringe ich sie euch vorbei."

Ma seufzte laut. „Für die Kleine ist es nicht gut, wenn sie so viel unterwegs ist, wo sie doch noch so klein ist. Meine Wünsche darf ich nicht über ihr Wohlergehen stellen."

„Dann komme ich eben jeden Tag her und erzähle euch, wie es ihr geht." Hilda ging zum Ofen und nahm das Brot heraus.

Als sie gingen, gab Galen Annabelle noch einmal einen Kuss. „Niemandem vertraue ich so wie dir", sagte er zu Laney.

Sie lächelte ihn an. „Und ich niemandem so wie dir."

„Morgen komme ich wieder, Junge." Hilda schnalzte mit den Zügeln. „Und wenn ihr mich zwischendurch braucht, schickt einfach Colin rüber."

Die nächsten Tage vergingen ohne besondere Vorkommnisse. Ma erholte sich langsam und es schien ihr vor allem nach Hildas Besuchen immer besser zu gehen. Trotzdem machte sich Galen noch Sorgen um sie und sprach darüber mit Hilda.

„Galen, auch ich habe Angst um sie. Aber sie wird schon wieder. Deine Mutter hat Ivy sehr ins Herz geschlossen. Vielleicht macht es ihr die Trauer um sie noch schwerer, sich schnell zu erholen."

Am nächsten Tag kam Dale aufs Feld gerannt. „Galen! Galen! Ma geht es sehr schlecht!"

40. Kapitel

„Es wird mindestens einen Monat dauern, bis sie sich wieder vollständig erholt hat."

Laney nahm Annabelle hoch und klopfte ihr auf den Rücken, bis sie ein Bäuerchen machte. „Uns geht es gut, Galen. Wirklich. Rheumatisches Fieber ist schrecklich und deine Mutter muss sich erholen. Nach Ansicht des Arztes kommt es durchaus öfter vor, dass Kranke nach dem Scharlach rheumatisches Fieber bekommen. Er weiß zwar nicht, woran das liegt, aber er hat gesagt, wenn deine Mutter sich jetzt nicht komplett auskuriert, wird sie Herzprobleme bekommen."

„Du siehst erschöpft aus", argumentierte er.

Laney runzelte die Stirn. „Und du etwa nicht? Galen, Ivy war meine Freundin. Sie hat mir Annabelle anvertraut. Du musst mir auch vertrauen."

Er seufzte schwer. „Das tue ich ja. Mit dem Ponyexpress habe ich jetzt nichts mehr zu tun. Seit gestern ist der letzte Halt in Placerville. Rick Maltby hat herausgefunden, dass die Gesellschaft hoch verschuldet ist und ihre Rechnungen nicht bezahlen kann. Er hat ausgehandelt, dass ich zwei der Stuten behalten darf. Dein Bruder hat angeboten … ähm …"

Laney wusste, dass Galen nach den richtigen Worten suchte. „Josh hat erwähnt, dass du über eine Pferdezucht nachdenkst. Dein Talent hat er immer gelobt. Ich bin froh, dass er dir dafür unsere Hengste zur Verfügung stellt."

Galen lächelte. „Für die Festnahme der Diebe haben wir eine kleine Belohnung bekommen. Ishmael und ich dachten, wir sollten damit die Gegenstände ersetzen, die gestohlen wurden. Und am Ende ist noch so viel übrig geblieben, dass wir Holz für einen neuen Stall und Zaumzeuge kaufen konnten. In den nächsten Wochen werde ich öfter mal vorbeikommen und mich mit Josh unterhalten, damit ich von seinen Erfahrungen profitieren kann. Außerdem würde ich natürlich gerne Annabelle besuchen."

„Natürlich. Sie ist ein wunderbares kleines Mädchen, Galen."

„Ich muss mich schon die ganze Zeit zusammenreißen, damit ich sie dir nicht einfach wegnehme." Er streckte die Arme nach der Kleinen aus.

Laney gab sie ihm. „Setz dich. Ich hole dir Kaffee."

Galen kam fast jeden Abend vorbei. Wenn er einmal keine Zeit hatte, schickte er Ishmael. Laney neckte Amanda damit, denn es war schwer zu sagen, ob er vor allem seiner kleinen Nichte wegen kam oder seine ganze Aufmerksamkeit seiner Angebeteten schenkte.

An einem Nachmittag Anfang August ließ Galen sich in einen Stuhl fallen. Er lehnte sich zurück und beobachtete Laney dabei, wie sie Annabelle sanft hin und her wiegte. „Es ist kaum vorstellbar, dass Krieg im Land herrscht. Überall leiden die Menschen. Die Berichte über die Schlacht bei Bull Run oder Manassas sind katastrophal. Die Nachrichten über die neue Einkommenssteuer lassen vermuten, dass das nicht nur der kurze Schlagabtausch ist, den die Experten prophezeit haben. Und doch sitze ich hier und genieße den Anblick einer wunderschönen jungen Frau und eines zufriedenen Babys."

Laney sah Galen an und wusste nicht genau, was sie von seinen Worten halten sollte. „Sie ist wirklich zufrieden. Vorhin erst hat Ruth gesagt, dass sie sich auch so ein ruhiges Baby wünscht. Josh hätte sich fast an seinem Kaffee verschluckt. Er hat prophezeit, dass er bis zum ersten Geburtstag des Kindes komplett ergraut ist, wenn das Kind auch nur ein winziges bisschen von Ruths Charakter abbekommt."

„Und wie hat Ruth darauf reagiert?"

„Sie hat ihm zugestimmt." Laney lachte. „Dann meinte sie, wenn das Kind nach ihm kommt, wäre sein Haar bereits innerhalb eines halben Jahres schneeweiß."

Galen grinste. „Auf wessen Seite bist du?"

„Auf gar keiner." Laney wartete einen Herzschlag lang. „Wenn das Baby genug von ihnen beiden hat, raufen sie sich die Haare und sind kahl, bevor das Kleine auch nur einen Monat alt ist."

„Sie können wirklich froh sein, dich zu haben. Du wirst ihnen eine große Hilfe sein, wenn das Kind da ist. Ich weiß, was du alles für mich und Annabelle getan hast."

„Es ist mir eine Ehre. Schließlich habe ich es Ivy versprochen."

Galen beugte sich vor und stützte die Ellbogen auf die Knie. „Ich glaube, ich habe dir noch gar nicht dafür gedankt, dass du so gut zu Ivy warst. Jede andere Frau in deiner Position wäre ihr lieber aus dem Weg gegangen."

„Ich kann nicht sagen, dass es leicht war – vor allem nicht am Anfang. Aber Ivy hatte ein gutes Herz, Galen. Ich habe unsere Freundschaft genossen und ich vermisse sie als Freundin. Für dich tut es mir leid, dass du so viel durchmachen musstest. Das vergangene Jahr war schwer für dich."

„Aber Gott hat mich hindurchgetragen. Viele Male hat er mir die Last abgenommen. Heute sitze ich hier und schaue dich an – so erwachsen. Viel zu lange habe ich in dir nur die kleine Schwester von Josh gesehen. Ich war ein Idiot, dass ich nicht gemerkt habe –"

Laney unterbrach ihn, aus Angst vor seinen nächsten Worten. „Ich war wirklich eine schreckliche kleine Schwester, oder? Bestimmt hat Josh die Befürchtung gehabt, ich würde nie erwachsen werden." Sie setzte ein Lächeln auf. „Jetzt, wo ich drüber nachdenke, frage ich mich, wie Josh und Hilda es mit mir ausgehalten haben, ohne sich die Haare zu raufen."

Galen antwortete nicht.

All diese Monate habe ich mir gesagt, dass er Ivys Ehemann ist. Ich habe meine Gefühle für ihn verleugnet. Es war falsch, Gefühle für einen verheirateten Mann zu haben … aber jetzt ist er nicht mehr verheiratet. Plötzlich wurde sie von einer unglaublichen Panik ergriffen. *Ich muss hier weg. Sonst sage ich noch etwas, das uns beiden peinlich ist.* Völlig abrupt erhob sie sich. „Ich hoffe, du entschuldigst mich. Ich muss Annabelle ins Bett bringen."

„O'Sullivan?"

Galen versetzte dem Nagel einen letzten Schlag und sah auf. „Lufe. Was führt Sie her?"

„Meine Liebe zu Laney."

Galen sah seinen Nachbarn ungläubig an. „Sie lieben Laney?"

„Ja, das tue ich. Ich wäre der glücklichste Mann der Welt, wenn sie meine Frau werden würde."

„Haben Sie sie schon gefragt? Und haben Sie schon mit Josh gesprochen?"

„Nein." Eddie hob sein Kinn. „Laney ist eine gute Frau. Sie ist freundlich zu mir, aber sie fühlt nicht so für mich, wie eine Frau für einen Ehemann fühlen sollte. Es gibt nur einen Mann, dem ihr Herz gehört und das sind Sie."

Herr, kann das wahr sein? Ich weiß, was ich will, aber ist das auch dein Wille?

„Ich habe meinen Stolz. Ich kann keine Frau fragen, ob sie mich heiratet, wenn sie einen anderen liebt. Es gab eine Zeit, da dachte ich, wenn ich es nur oft genug versuchen würde, könnte ich ihr Herz verändern, doch das war falsch. Sie, Sie alleine können ihr Herz verändern. Deshalb komme ich zu Ihnen. Wenn Sie sie nicht lieben, dann müssen Sie ihr das sagen. Erst dann wird sie für einen anderen Mann frei sein."

Da wusste Galen, was er zu tun hatte.

„Ma, heute kommt sie endlich nach Hause."

„Das wird aber auch Zeit. Du glaubst gar nicht, wie oft ich am liebsten nach Broken P geritten wäre, um meine Kleine wiederzusehen."

Galen sah seine Mutter bedeutungsvoll an. „Genau so empfinde ich noch für ein anderes Mädchen auf Broken P."

„Und was gedenkst du deshalb zu unternehmen?"

„Habe ich dir je erzählt, was Dad über meine Knie gesagt hat?"

„Über deine Knie?" Ma sah ihn verdutzt an.

„Meine Knie." Bei der Erinnerung an seinen Dad, der seine Lebensweisheiten immer während der Feldarbeit an ihn weitergegeben hatte, musste er lächeln. „Dad hat mir gesagt, dass ich meine Knie für drei Dinge habe – um zu beten, um einer Frau einen Antrag zu machen und um mit meinen Kindern zu spielen."

„Das hört sich wirklich nach etwas an, das mein Cullen gesagt haben könnte. Dann verrat mir mal, welche dieser drei Sachen du heute vorhast?"

„Warte ab."

Gerade als er seinen Satz fertiggesprochen hatte, kamen Josh und Laney an. Als Galen zum Wagen ging, sah er sofort, dass Laney geweint hatte. Sie hielt Annabelle fest umschlungen und wollte sie nicht loslassen. Auch Annabelle schien es nicht zu gefallen, dass Laney sie ablegen musste, als Josh sie vom Wagen hob. Sie stieß ein lautes, unzufriedenes Quäken aus, das erst endete, als Laney sie wieder hochnahm.

Josh verschränkte die Arme vor der Brust. „Annabelle ist meiner Schwester sehr ans Herz gewachsen."

„Da mache ich ihr keinen Vorwurf. Ich habe die süßeste Tochter der Welt."

Ma ging auf Laney zu.

„Deine Mutter sieht aus, als wollte sie das Baby auf jeden Fall hierbehalten", sagte Josh leise.

„Das ist wohl eine Tatsache, ja."

„Hallo", sagte Laney mit zittriger Stimme.

„Komm rein, Laney. Und bring das wunderbare Kind mit. Wir Frauen trinken jetzt erst mal einen Tee. Für Annabelle ist es sowieso Essenszeit."

Laney ging die Stufen hinauf. „Ich habe für dich gebetet. Hilda hat gesagt, dass es dir schon viel besser geht."

Galen deutete mit dem Kopf in Richtung Stall, um Josh zu zeigen, dass er mit ihm unter vier Augen reden wollte. Als sie weit genug weg waren, konnte Galen nicht länger an sich halten. „Ich war ein Idiot. Anstatt zu sehen, was Laney für eine wundervolle Frau ist, habe ich sie weggestoßen. Ich hätte mir dafür dreimal pro Tag in den Hintern treten können."

„Wenn es nach mir gegangen wäre, wären es mindestens fünf Mal gewesen."

Den Blick von Josh konnte Galen nicht deuten. „Kurz nach Weihnachten habe ich dir mein Wort gegeben, dass ich nicht über meine Liebe zu ihr sprechen würde. Bitte entbinde mich von diesem Versprechen."

Darauf sagte Josh nichts.

„Ich kann die verlorene Zeit nicht wiedergutmachen. Ich will sie nicht nur, weil sie meine Frau sein und sich um mein Kind kümmern soll. Josh, ich habe nie aufgehört, Laney zu lieben. Ich weiß, dass Ivy noch nicht lange tot ist und ich will die Erinnerung an sie in Ehren halten, aber Laney erfüllt mein Herz. Sie bestimmt mein Denken. Ich war mit Ivy verheiratet, nur weil ich keine andere Wahl hatte; aber dieses Mal wähle ich und ich wähle deine Schwester."

„Hältst du offiziell um Laneys Hand an?"

Galen schüttelte den Kopf. „Nein. Ich bitte dich nicht um ihre Hand. Ich will dir einfach nur sagen, dass ich sie heiraten werde. Ich bitte um deinen Segen."

„Das wird aber auch höchste Zeit."

Galen ging ins Haus. „Wie geht es euch?"

„Mir geht es gut, aber Laney ist am Boden zerstört, weil sie Annabelle hierlassen muss."

Galen nahm seiner Mutter das Kind ab und hielt es eine Weile in den Armen. Schließlich gab er seiner Tochter einen Kuss und wendete sich dann zu Laneys Überraschung wieder seiner Mutter zu.

„Laney, vielleicht sollten wir Ma noch ein bisschen Zeit alleine mit Annabelle geben. Wenn es ihr zu anstrengend wird, kannst du Annabelle ja noch für ein oder zwei Tage zu dir nehmen. Würde dir das etwas ausmachen?"

„Nein. Natürlich nicht."

„Das ist gut. Ma, ich würde gerne mit Laney spazieren gehen."

„Lasst euch ruhig Zeit." Kelly sah nur kurz auf und warf ihm hastig ein Lächeln zu.

Obwohl er von einem Spaziergang gesprochen hatte, nahm Galen Laney mit in den Stall. „Ich dachte, du würdest dir vielleicht gerne anschauen, was ich schon alles erreicht habe. Es wird natürlich ein paar Jahre dauern, bis sich die Zucht rentiert, aber mit den Anfängen bin ich schon ganz zufrieden."

Laney ging neben ihm her und sah in die Boxen. „Das sind die beiden, die du vom Ponyexpress bekommen hast?"

„Aye. Sie lassen sich gut reiten. Ich sattle sie."

„Das ist nicht nötig, Galen."

„Du würdest mir aber einen Gefallen tun. Sie sind es gewöhnt, regelmäßig geritten zu werden, deshalb versuche ich, sie jeden Tag einmal zu bewegen."

„Na gut."

Galen sattelte die Pferde und gemeinsam machten sie sich in Richtung Nordwesten auf. Laney ritt neben ihm her. „Wohin reiten wir?"

„Zu einem hübschen kleinen Flecken. Ich hoffe, er gefällt dir." Zehn Minuten später wandte er sich ihr zu. „Und, was sagst du?"

Zufrieden tätschelte Laney den Nacken des Mustangs. „Sie reitet wie der Wind. Wenn der Rest deiner Tiere nur halb so lebhaft ist, wird deine Zucht ein voller Erfolg. Sollten wir nicht allmählich wieder zurückreiten?"

„Genau hier wollte ich hin." Noch während er das sagte, stieg er ab.

Laney wollte lieber weiterreiten. Seit dem Tag, an dem Galen und Ivy geheiratet hatten, war sie nicht mehr hier gewesen. Ohne sie um Erlaubnis zu bitten, legte Galen seine Hände um ihre Hüften und hob sie vom Pferd. Nun standen sie dicht beieinander an dem Zaun, der das Land der Familie McCain von dem Grund und Boden der O'Sullivans trennte.

„Hier bist du immer gewesen, nicht wahr?", stellte er fest.

Erschrocken schnappte Laney nach Luft. Hatte er sie gesehen, wie sie auf sein Land gestarrt hatte? Wusste er, wie vernarrt sie in ihn gewesen war?

„Zuerst habe ich dich nur durch Zufall hier entdeckt und mir dann eine Arbeit gesucht, bei der ich dich ungestört beobachten konnte. Später habe ich schon hierhergeschaut, wenn ich nur das Haus verlassen habe, und jedes Mal gehofft, dass du da sein würdest."

„Ich bin schon lange nicht mehr hier gewesen."

„Aber heute habe ich dich aus einem bestimmten Grund hergebracht. Na ja, eigentlich aus zwei Gründen." Galen wandte sich ihr zu, dann ging er abrupt vor ihr auf die Knie. „Elaine Louise, ich kann nicht länger warten. Ich halte es keine Sekunde mehr aus. Ich liebe dich und darum frage ich dich, ob du mich heiraten willst."

Die Leute könnten sagen, dass es zu früh ist. Er ist Witwer. Aber mir ist egal, was geredet wird. „Ich liebe dich auch, Galen. Nichts würde ich lieber tun, als deine Frau zu werden."

Überglücklich erhob er sich und griff in seine Hemdtasche. „An Weihnachten hatte ich das schon einmal vor." Langsam zog er einen einfachen Goldring hervor. „Damals hatte ich dir mein Herz geschenkt. Ich wollte dir diesen Ring über den Finger streifen und die ganze Welt wissen lassen, dass ich dich liebe. Aber Gott hatte andere Pläne."

Nun traten ihr Tränen in die Augen und sie konnte nichts dagegen tun.

„Schatz, weine nicht, nur weil wir Zeit verloren haben. Wir haben doch noch ein ganzes Leben vor uns."

„Ich weine ja gar nicht wegen der Zeit, die wir verloren haben, Galen. Ich merke erst jetzt, wie jung wir noch sind. Vielleicht zu jung, um zu erkennen, was wir fast gehabt hätten. Es war eine harte Zeit, aber im Nachhinein hätte ich keinen einzigen Augenblick missen wollen. Bei allem, was wir durchgemacht haben, werde ich niemals auch nur einen Tag, den wir miteinander verbringen, als selbstverständlich ansehen."

„Für mich war es schlimm, aber ich dachte immer, für dich wäre es noch viel schlimmer."

Sie schüttelte den Kopf. „Und ich dachte immer, du wärst viel mehr verletzt worden als ich. Ich muss dir etwas gestehen. In Psalm 37 steht: ‚Habe deine Lust am Herrn; der wird dir geben, was dein Herz wünscht. Befiehl dem Herrn deine Wege und hoffe auf ihn, er wird's wohlmachen.' Ich habe das als ein Versprechen Gottes angesehen, dass du anfangen würdest, Gefühle für mich zu entwickeln und mich zu lieben. Am Ende habe ich eine bittersüße Lektion gelernt. Ich musste meine eigenen Träume und Hoffnungen aufgeben. Ich musste darauf vertrauen, dass Gottes Pläne viel besser sind als all meine Wünsche." In ihrer Stimme schwangen tiefe Emotionen mit. „Und so ist es auch gekommen."

„Es war eine Lektion, die wir beide lernen mussten." Galen steckte ihr den Ring an den Finger und sah ihr tief in die Augen. „Aber es gibt noch einen zweiten Grund, warum ich dich hierhergebracht habe. Ich wollte, dass wir uns hier das erste Mal küssen."

Laney zitterte ein wenig, als Galen sie behutsam an sich zog. Er senkte den Kopf und ihre Lippen trafen sich. Nach dem Kuss umarmte Galen sie, als wolle er sie nie wieder loslassen. *Und ich will ihn nie wieder loslassen.*

„Laney, eins müssen wir noch tun."

Sie sah zu ihm auf. „Was denn?"

Zusammen rissen sie den Zaun ein – nicht den ganzen, aber ein kleines Stück davon. Galen formte mit dem Werkzeug aus den Satteltaschen aus einem Stück Holz ein Kreuz und stellte es in die Lücke. Die Sommersonne wärmte das Land und ließ einen Schatten entstehen.

Galen trat einen Schritt zurück und nahm sie in seine starken Arme. „Nun steht nichts mehr zwischen uns und wir sind am Fuße des Kreuzes. Ob Sonnenschein oder Regen, geliebte Laney, ich bin der glücklichste Mann auf Erden, weil Gott dich mir gegeben hat."

Epilog

Viele Meter feinster weißer Seide füllten den Raum, als der letzte Unterrock über die Reifen geworfen wurde. Laneys Herz schlug schneller, als Ruth mit dem Hochzeitskleid über dem Arm zu ihnen kam. Es war auch aus Seide. Das Schimmern des Stoffes und die luftige Spitze brachten den ganzen Raum zum Strahlen.

„Geh mal ein bisschen zur Seite, Laney."

Laney lachte atemlos. „Hier ist kaum noch Platz. Die Reifen nehmen ja alles ein."

„Ich kümmere mich um die Knöpfe." Hilda schob sich an sie heran, als das Kleid richtig saß.

Während Hilda das Kleid zuknöpfte, drehte Ruth den Spiegel. „Sieh dich nur an, Noni! Du siehst wunderschön aus!"

„Das stimmt." Laney betrachtete ihre Freundin und blinzelte die Tränen zurück.

„Ooooh." Noni war sprachlos. Voller Ehrfurcht berührte sie die Spitzenapplikationen. „Laney, es ist ein wunderschönes Kleid."

„Und du bringst es zum Strahlen." Laney trat einen Schritt zurück und sah ihre Freundin an.

„Bist du sicher, dass es dir nichts ausmacht, wenn ich dein Hochzeitskleid trage?"

Laney lachte. „Natürlich nicht. Es ist eben das, was du dir geborgt hast."

Nicht lange nach ihrer Hochzeit mit Galen war Laney mitten in der Nacht aufgewacht, weil Annabelle gefüttert werden musste. Zufrieden hatte sie an ihre Hochzeit und die kurz darauffolgende Doppelhochzeit von Toledo und Hilda und Ishmael und Amanda gedacht. Nur Eddie hatte niemanden, mit dem er zusammen sein konnte. In der Stille der Nacht hatte Laney tief in ihrem Herzen gespürt, dass Gott alles richten würde. Und während sie noch betete, war ihr Noni Neubauer eingefallen.

Als Freundin aus ihrer Kindheit aus Sacramento war Noni wieder in Laneys Leben getreten, als Ethel krank geworden war und man eine Köchin für den Copper Kettle gesucht hatte. Laney hatte sie zum Sonntagsessen eingeladen, während Galen Eddie eingeladen hatte.

Innerhalb weniger Minuten hatten Noni und Eddie sich wegen irgendeines unwichtigen Themas in den Haaren. Am nächsten Tag war Eddie in den Copper Kettle gegangen, um zu beweisen, dass er recht hatte. Aber als er dort angekommen war, hatte er völlig vergessen, Noni seine Beweise vorzulegen, denn sie konnte nicht nur kochen, sondern sie backte auch ganz vorzüglich. Er hatte zwei Portionen Mittagessen bestellt und sich dann den gesamten Strudel gekauft, um auch zu Hause noch etwas davon zu haben.

Jeder in der Stadt freute sich über die Brautwerbung. Hilda hatte gesagt, Eddies Appetit und Nonis Kochkünste seien die einzige Musik, von der Eddie etwas verstünde – und selbst dort gab es kaum Harmonie. Noni wies ihn oft zurecht, vor allem wenn er zu schnell aß – aber nie, wenn er zu viel aß. Er bellte sie wegen irgendeiner Sache an, nur um Sekunden später ihre Hand zu küssen. Sie waren wie Kerosin und ein Streichholz – gefährlich explosiv. Galen hatte einmal leise zu Laney gesagt, dass Eddie Lufe den wildesten Hengst im ganzen County besaß – nur seine Frau würde wahrscheinlich noch temperamentvoller werden. Und genau so war es gekommen.

Ruth kam zu ihr und drückte Laneys Hand. „Du ziehst mich wegen meiner Kuppeleien auf, aber für diese Sache bist ganz alleine du verantwortlich."

„Nein, nein. Gott hat mir Noni in Erinnerung gebracht. Ich bin sicher, dass es sein Wille war."

„Da bin ich Gott aber dankbar." Noni sah sich noch einmal im Spiegel an. „Eddie wird glücklich sein."

Inzwischen war Hilda mit dem Kleid fertig. „Der Mann würde dich auch heiraten, wenn du einen Jutesack tragen würdest. Er liebt dich so sehr. Es ist ein Wunder, dass er noch keinen steifen Hals, wo er dich doch den ganzen Tag lang anstarrt."

Ruth lachte. „Wenn das nicht der Esel ist, der den anderen Langohr schimpft. Was ist denn mit dir und Toledo!"

Es klopfte kurz an der Tür und Amanda huschte herein. „Noni, du siehst ja traumhaft aus!", rief sie und bewunderte das Kleid.

„Nur, weil Hilda mich so eingeschnürt hat. Laneys Taille …“ Nonis Stimme erstarb.

Laney lachte. „Ich glaube nicht, dass meine Taille jemals wieder so schmal sein wird. Galen sagt, er mag mich dick und rund.“ Sie sank auf einen Stuhl.

„Es tut mir leid. Ich wollte nicht unhöflich sein.“ Noni wirkte verunsichert.

„Das war überhaupt nicht unhöflich. Ich danke Gott, dass er Galen und mich gesegnet hat.“

Amanda räusperte sich. „Da wir gerade beim Thema sind, Ishmael und ich erwarten auch ein Kind. Laney, wir wissen noch nicht, was ihr euch für einen Namen ausgesucht habt, falls es ein Mädchen wird. Ishmael und ich würden uns wünschen, dass ihr alles außer Ivy nehmt.“

„Natürlich!“

Plötzlich tauchte Hilda hinter Noni auf. „Jetzt seht mich nicht alle so an. Ich bin viel zu alt, um noch Mutter zu werden.“ Sie legte den Kopf zur Seite. „Noni, sag Eddie bloß nicht, dass das Kleid passt. Sonst zieht er dich noch heute Abend vor den Altar. Wir sagen ihm, dass wir mindestens einen Monat brauchen.“

„Das wird er sicher nicht akzeptieren. Er will nächste Woche heiraten.“

„Nächste Woche ist ganz wunderbar.“ Laney hielt inne, als das Baby sie trat. „Ich will die Hochzeit doch nicht verpassen.“

In diesem Moment hörte man von unten ein Kind schreien.

„Ist das nicht typisch Mann?“ Hilda versuchte, grimmig zu klingen, doch es gelang ihr nicht. Sie mochte den kleinen Kenton. „Ruth, dein Sohn benimmt sich schon wie ein echter Mann – jammert los, sobald er etwas will. Am besten holst du ihn hoch. Laney, du gehst auch. Amanda und ich helfen Noni aus dem Kleid.“

Während Laney und Ruth die Treppe hinuntergingen, flüsterte Laney: „Ich muss dir noch erzählen, was Dale gestern gesagt hat. Er hat beobachtet, wie Ma an eine Melone geklopft hat, um zu hören, ob sie reif ist. Dann hat er sich zu mir umgedreht und gefragt, ob der Arzt es auch so macht, um zu sehen, ob das Kind jetzt endlich reif für die Geburt ist.“

Ruth lachte laut auf.

Am Fuß der Treppe ging Josh aufgeregt hin und her. „Das ist nicht lustig, Ruth. Ich kann ihn einfach nicht beruhigen. Er ist –"

„Hungrig." Ruth ging zu ihrem Sohn.

Galen kniete auf dem Boden. „Laney, Schatz, setz dich hier auf die zweite Stufe."

Sie wusste, warum er sie darum bat, also tat sie es sofort.

Er stellte Annabelle auf ihre beiden Beinchen und hielt sie fest. „Lauf zu Mama."

Annabelle machte drei wackelige Schritte und fiel hin. Sofort rollte sie sich herum, rappelte sich auf und kroch auf Laneys Schoß.

„Es ist ein Anfang." Galens Augen funkelten, als er sich neben sie setzte.

„Und?" Eddie konnte keine Sekunde länger warten. Er warf einen Blick nach oben. „Passt das Kleid?"

„Sie braucht noch etwas Zeit", sagte Laney.

„Über wen reden wir hier?", fragte Ishmael mit einem Grinsen. „Die kleine Annabelle oder Noni?"

„Beide."

Zärtlich schlang Galen seine Arme um Laney, zog sie an sich und sah ihr tief in die Augen. „Für die wichtigsten Dinge im Leben lohnt sich das Warten."

Die Liebesgeschichte von Ruth & Josh

Cathy Marie Hake
Mehr Charme als Etikette
ISBN 978-3-86827-428-8
368 Seiten, Paperback

Kalifornien 1859:

Wenn sie nicht über ihre eigenen Füße stolpert, bringt sie garantiert ihr schnelles Mundwerk in Schwierigkeiten. Dabei hat Ruth Caldwell die besten Absichten. Seit Jahren versucht sie, eine echte Lady zu werden. Doch es will ihr einfach nicht gelingen.

Als Josh McCain Ruth das erste Mal sieht, verschlägt es ihm die Sprache. Nicht nur, weil sie so aussieht, als hätte sie wochenlang in ihrer Kleidung geschlafen, sondern auch, weil ihre wilden Locken und die hinreißenden grünen Augen ihn auf Anhieb faszinieren.

Doch dann erhebt Ruth Anspruch auf Joshs Erbe – und schon bald fliegen zwischen ihnen eher die Fetzen als die Funken. Noch nie in seinem Leben hat Josh eine so halsstarrige, unbeholfene und ungeschickte Person wie Ruth kennengelernt. Als ihre »Unfälle« gefährliche Ausmaße annehmen, muss er eine Entscheidung treffen ...

Weitere Buchtipps

Karen Witemeyer
Wie angle ich mir einen Prediger
ISBN 978-3-86827-454-7
304 Seiten, Paperback

Auf dem Weg zum Vorstellungsgespräch bei seiner ersten Gemeinde wird der junge Prediger Crockett Archer aus dem Zug entführt. Er kann es nicht glauben, als er den Grund dafür erfährt: Die Tochter seines Entführers wünscht sich nichts sehnlicher als einen Prediger zum Geburtstag – und er soll ihr Geschenk werden! Gut, dass Crockett kein Prediger wie jeder andere ist. Allein mit drei Brüdern auf einer Farm aufgewachsen, hat er gelernt zu überleben. Er wird sich auch aus dieser misslichen Lage befreien können. Doch ist das auch Gottes Plan für sein Leben? Oder haben Joannas Wunsch und ihre Gebete ihn genau dahin gebracht, wo er sein soll?

Amanda Cabot
Ein verheißungsvoller Frühling
ISBN 978-3-86827-486-8
368 Seiten, Paperback

Wyoming 1886:
Charlotte Hardings Leben hat dramatische Wendungen genommen: Zuerst wurde ihr Mann ermordet, dann stellte sich heraus, dass ihr neugeborener Sohn blind ist. Doch Charlotte ist fest entschlossen, sich nicht unterkriegen zu lassen.
Tatsächlich schafft sie es, sich ihren Traum von einem eigenen Schneideratelier zu erfüllen. Und sogar ein zarter Hoffnungsschimmer des Glücks fällt in ihr Leben, als sie dem charmanten Barrett Landry begegnet. Wäre er nur nicht so fest entschlossen, ihrer besten Kundin den Hof zu machen. Und müsste Charlotte nur nicht befürchten, dass die Schatten der Vergangenheit sie doch noch einholen …